Três irmãs, três rainhas

OBRAS DA AUTORA PUBLICADAS PELA EDITORA RECORD

Série *Tudors*
A irmã de Ana Bolena
O amante da virgem
A princesa leal
A herança de Ana Bolena
O bobo da rainha
A outra rainha
A rainha domada
Três irmãs, três rainhas

Série *Guerra dos Primos*
A rainha branca
A rainha vermelha
A senhora das águas
A filha do Fazedor de Reis
A princesa branca

Terra virgem

Philippa Gregory

Três irmãs, três rainhas

Tradução de
Márcio El-Jaick

1ª edição

EDITORA RECORD
RIO DE JANEIRO • SÃO PAULO
2019

CIP-BRASIL. CATALOGAÇÃO NA PUBLICAÇÃO
SINDICATO NACIONAL DOS EDITORES DE LIVROS, RJ

G833t

Gregory, Philippa, 1954-
Três irmãs, três rainhas / Philippa Gregory; tradução de Márcio El-Jaick. – 1ª ed. – Rio de Janeiro: Record, 2019.

Tradução de: Three Sisters, Three Queens
ISBN 978-85-01-10974-3

1. Romance inglês. I. El-Jaick, Márcio. II. Título.

19-57207

CDD: 823
CDU: 82-31(410.1)

Vanessa Mafra Xavier Salgado – Bibliotecária – CRB-7/6644

TÍTULO ORIGINAL:
THREE SISTERS, THREE QUEENS

Copyright © 2016 by Levon Publishing Ltd.
Copyright da tradução © 2019 by Editora Record

Publicado mediante acordo com a editora original, Touchstone, uma divisão da Simon & Schuster, Inc.

Texto revisado segundo o novo Acordo Ortográfico da Língua Portuguesa.

Todos os direitos reservados. Proibida a reprodução, no todo ou em parte, através de quaisquer meios. Os direitos morais da autora foram assegurados.

Direitos exclusivos de publicação em língua portuguesa somente para o Brasil adquiridos pela
EDITORA RECORD LTDA.
Rua Argentina, 171 – Rio de Janeiro, RJ – 20921-380 – Tel.: (21) 2585-2000, que se reserva a propriedade literária desta tradução.

Impresso no Brasil

ISBN 978-85-01-10974-3

Seja um leitor preferencial Record.
Cadastre-se no site www.record.com.br
e receba informações sobre nossos
lançamentos e nossas promoções.

EDITORA AFILIADA

Atendimento e venda direta ao leitor:
sac@record.com.br

Para Anthony

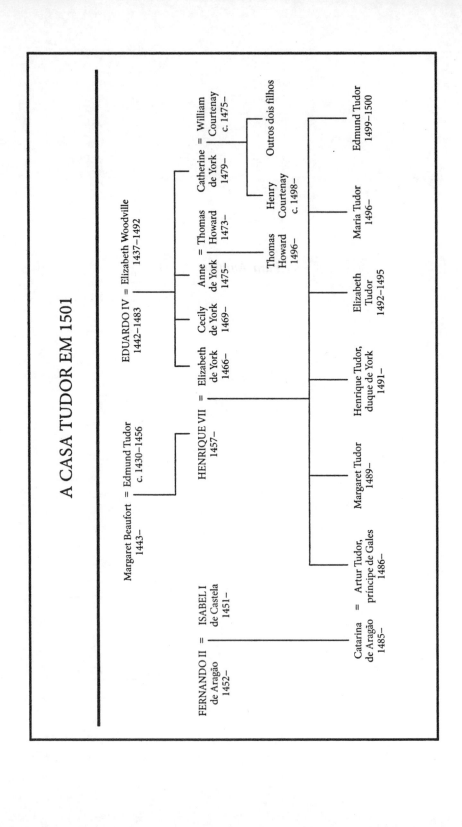

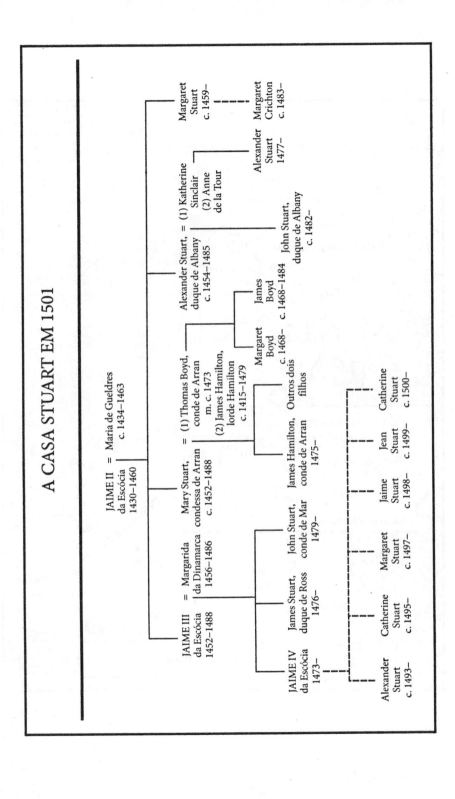

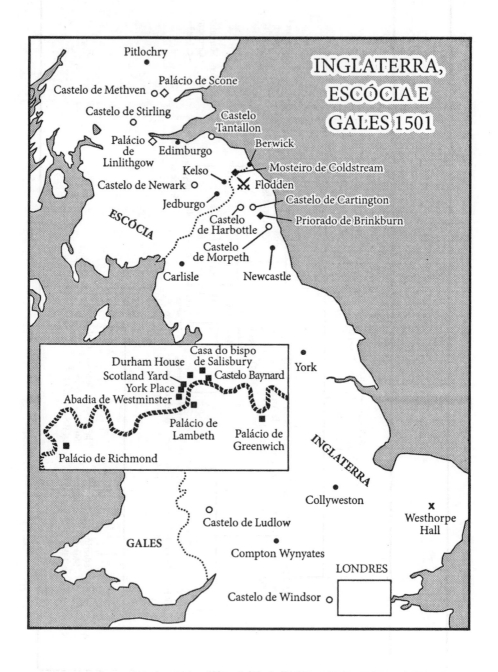

Castelo Baynard, Londres, Inglaterra, Novembro de 1501

Preciso me vestir de branco e verde, como uma princesa Tudor. Na verdade, me considero a única princesa Tudor, porque minha irmã, Maria, é nova demais para fazer qualquer coisa além de ser conduzida por sua ama na hora da refeição. Eu me certifico com as babás de que elas compreenderam o que deve ser feito: minha irmã será apenas apresentada a nossa nova cunhada e então deve ir embora. Não é necessário que fique sentada à mesa, se empanzinando de ameixas cristalizadas. Alimentos pesados a deixam enjoada e, se ela se cansar do evento, vai começar a chorar. Maria tem apenas 5 anos, nova demais para ocasiões formais. Eu, no entanto, já tenho 12. Preciso cumprir meu papel no casamento; ele não estaria completo sem mim. Minha própria avó, a mãe do rei, disse isso.

Depois ela também disse algo que não consegui ouvir direito, mas sei que os lordes escoceses estarão me observando, para ver se estou forte e madura o bastante para me casar. Tenho certeza de que estou. Todos dizem que sou uma menina bonita, resistente como um pônei galês, saudável como uma ordenhadora, loura como meu irmão caçula, Henrique, com grandes olhos azuis.

— Você é a próxima — diz minha avó com um sorriso. — Dizem que um casamento impulsiona outro.

— E não vou precisar ir para tão longe que nem a princesa Catarina — respondo. — Vou poder visitar vocês sempre.

— Vai, sim. — A promessa de minha avó torna isso uma certeza. — Você vai se casar com nosso vizinho e vai torná-lo nosso amigo e aliado do reino.

A princesa Catarina precisou vir da Espanha, que fica a muitíssimos quilômetros daqui, e, como estamos em guerra com a França, teve de vir pelo mar. A embarcação enfrentou tempestades terríveis e quase afundou. Quando eu for para a Escócia me casar com o rei, haverá uma grande procissão de mais de seiscentos quilômetros, de Westminster a Edimburgo. Não vou precisar viajar pelo mar, não vou chegar enjoada ou molhada e visitarei minha família em Londres sempre que desejar. Mas a princesa Catarina jamais poderá voltar para casa. Dizem que ela estava chorando quando conheceu meu irmão. Uma atitude ridícula. Faz com que pareça tão infantil quanto Maria.

— Vou dançar no casamento? — pergunto a minha avó.

— Você e o Henrique dançarão juntos — determina ela. — Depois que a princesa espanhola e suas damas apresentarem uma dança espanhola, você poderá mostrar do que uma princesa inglesa é capaz. — Ela abre um sorriso malicioso. — Veremos quem é melhor.

"Eu", torço em silêncio. Em voz alta, pergunto:

— Devemos dançar a *basse danse*?

Trata-se de uma dança adulta de movimentos lentos na qual sou muito boa — na verdade, mais andamos do que dançamos.

— Não, a galharda.

Não discuto. Ninguém discute com minha avó. Ela decide o que acontece em todas as casas reais, em todos os palácios e castelos. Minha mãe, a rainha, apenas concorda.

— Vamos precisar ensaiar — afirmo.

Posso convencer Henrique a ensaiar prometendo a ele que todos estarão nos observando. Meu irmão adora ser o centro das atenções; está sempre apostando corridas, participando de competições de arco e flecha e fazendo manobras com seu pônei. Embora só tenha 10 anos, é da minha altura, então formaremos um bom par, se ele não fizer papel de idiota. Quero mostrar à princesa espanhola que sou tão boa quanto a filha de Castela e Aragão. Minha mãe e meu pai são Plantageneta e Tudor. São sobrenomes imponentes para qualquer um. Catarina não deve pensar que somos gratos por sua vinda. Eu, por exemplo, não quero outra princesa na corte.

Milady mãe faz questão de que Catarina nos visite no Castelo Baynard antes do casamento, e a princesa chega acompanhada de sua própria corte, que veio toda da Espanha — à nossa custa, como meu pai bem observa. Eles entram pelas portas duplas como um exército invasor, a roupa, a língua, os chapéus diferentes dos nossos; e, no meio de todos, vestida de maneira tão bela, está a menina que chamam de "infanta". Isso também me parece ridículo, porque ela tem 15 anos e é uma princesa, e acho que a estão chamando de "criança". Eu olho para Henrique, para fazer uma careta e dizer "bebezona", que é como provocamos Maria, mas ele não retribui meu olhar. Está olhando para Catarina, os olhos arregalados, como se estivesse vendo um cavalo novo ou uma armadura italiana, algo que desejasse muito. Observo sua fisionomia e me dou conta de que está tentando se apaixonar por ela, como um cavaleiro pela donzela num conto de fadas. Henrique adora histórias e canções sobre damas impossíveis presas em torres distantes, ou amarradas em pedras, ou perdidas em florestas, e de algum modo Catarina o impressionou quando ele a conheceu, antes de sua chegada a Londres. Talvez tenha sido a liteira com véus floreados, talvez tenha sido sua erudição, já que ela fala três línguas. Fico tão irritada. Queria que ele estivesse perto de mim para poder beliscá-lo. É por isso que ninguém mais novo do que eu deveria participar desses eventos da realeza.

Ela não é exatamente bonita. É três anos mais velha do que eu, mas temos a mesma altura. Seu cabelo é castanho-claro acobreado, um pouco mais escuro do que o meu. É claro que isso é irritante: quem quer ser comparada à cunhada? Mas mal consigo ver seu cabelo, porque ela usa um capelo alto e um véu grosso. Também tem os olhos azuis como os meus, mas as sobrancelhas e os cílios são muito claros. É evidente que não tem permissão de colori-los como eu. Tem a pele pálida, o que imagino ser algo admirável. É pequenina; a cintura fina está tão apertada sob o corpete que ela mal consegue respirar, e nos pés minúsculos usa os sapatos mais ridículos que já vi, a ponta enfeitada de ouro e cadarços também de ouro. Acho que minha avó não me deixaria usar cadarços de ouro. Seria uma demonstração de vaidade e ostentação, algo muito mundano. Tenho certeza de que os espanhóis são mundanos. Tenho certeza de que ela é.

Não deixo transparecer o que penso ao examiná-la. Acho que ela tem sorte de vir para cá, sorte de ter sido escolhida por meu pai para se casar com meu irmão mais velho, Artur, sorte de ter uma cunhada como eu, uma sogra como minha mãe e — acima de tudo — uma avó como Lady Margaret Beaufort, que não deixará Catarina agir como alguém acima de seu posto, designado por Deus.

Catarina faz uma mesura, beija minha mãe e depois minha avó. É como deve ser, mas ela logo vai aprender que é melhor agradar a minha avó antes de qualquer outra pessoa. Então milady mãe faz um sinal para mim, dou um passo adiante, e a princesa espanhola e eu fazemos uma mesura ao mesmo tempo, nos abaixando até a mesma altura. Em seguida, é a vez dela de se aproximar, e nos cumprimentamos com um beijo em cada bochecha. Seu rosto está quente, e vejo que ela está ruborizada, os olhos cheios de lágrimas, como se sentisse saudade de suas verdadeiras irmãs. Dirijo-lhe um olhar ríspido, exatamente como os do meu pai quando lhe pedem dinheiro. Não vou me deixar encantar por ela, por seus olhos azuis e seus belos modos. Ela que não pense que vai chegar à corte inglesa nos fazendo parecer gordos e idiotas.

Mas ela não se intimida. Retribui meu olhar. Nascida e criada numa corte competitiva, com três irmãs, sabe o que é rivalidade. Pior: Catarina olha para mim como se não achasse meu olhar nem um pouco intimidante, como se o achasse até um pouco cômico. É quando me dou conta de que essa jovem não é como minhas damas de companhia, que precisam ser agradáveis comigo independentemente do que eu faça, ou como Maria, que precisa fazer o que mando. Essa moça é uma igual; vai me avaliar, talvez até me criticar. Em francês, digo:

— Bem-vinda à Inglaterra.

E, num inglês forçado, ela responde:

— É um prazer conhecer minha irmã.

Milady mãe está disposta a ser gentil com a nora, sua primeira. Elas conversam em latim, e não consigo acompanhar o que dizem, por isso me sento ao lado de minha mãe e olho para os sapatos de Catarina, com os cadarços de ouro. Milady mãe pede música, e Henrique e eu começamos a entoar uma canção tradicional inglesa. Somos afinados, e a corte nos acompanha no coro, até todos começarem a rir e se perder. Catarina não ri. É como se nunca se permitisse ser tola ou festiva como Henrique e eu. É muito formal, evidentemente, por ser espanhola. Mas noto o jeito como se senta — ereta, as mãos entrelaçadas no colo, como se posasse para um retrato — e penso: na verdade, a pose é bem majestosa. Acho que vou aprender a me sentar assim.

Trazem minha irmã, Maria, para cumprimentá-la, e Catarina faz um verdadeiro papel de boba ao se ajoelhar para ficar na altura dela e ouvir seus sussurros infantis. É claro que Maria não entende nada nem de latim nem de espanhol, mas abraça Catarina, dá um beijo em seu rosto e a chama de "irmãfinha".

— *Eu* sou sua irmã — corrijo-a, puxando sua mão com força. — Essa moça é sua cunhada. Você consegue dizer "cunhada"?

É claro que ela não consegue. Ela ceceia, e todos riem e dizem que é um encanto.

— Mamãe, a Maria não deveria estar na cama? — pergunto.

As pessoas notam que já é tarde, e saímos todos carregando tochas oscilantes para ver Catarina partir, como se ela fosse uma rainha coroada e não apenas a filha mais nova do rei e da rainha de Castela, Leão e Aragão, uma menina de muita sorte por entrar em nossa família: os Tudor.

Ela dá um beijo de despedida em todos. Quando chega minha vez, cola o rosto no meu e, com aquele sotaque idiota e um ar de superioridade, diz:

— Boa noite, irmã.

Então nota minha fisionomia irritada e solta uma risada. Ela passa a mão em meu rosto, como se meu mau humor não a perturbasse. É uma princesa, tão majestosa quanto minha mãe. É a menina que será rainha da Inglaterra. E por isso não me sinto ofendida com seu toque; é mais como uma espécie de carinho. Percebo que gosto e não gosto dela, tudo ao mesmo tempo.

— Espero que você seja gentil com Catarina — diz minha mãe quando estamos saindo de sua capela particular, depois da missa, na manhã seguinte.

— Só se ela não chegar aqui achando que vai mandar em todo mundo — respondo. — Só se não chegar agindo como se estivesse nos fazendo um favor. A senhora viu o cadarço dos sapatos dela?

Minha mãe abre um sorriso.

— Não, Margaret. Não vi o cadarço dos sapatos dela, nem pedi sua opinião em relação a ela. Só falei do que espero: que você seja gentil.

— Claro — assinto, olhando meu missal, a capa adornada com pedras preciosas. — Espero ser educada com todo mundo.

— Ela está longe de casa e se acostumou com uma família grande — argumenta minha mãe. — Vai precisar de uma amiga, e você talvez goste da companhia de uma menina mais velha. Cresci com muitas irmãs e, a cada ano que passa, dou mais valor a elas. Talvez você também perceba que suas amizades mais verdadeiras serão com mulheres, e as irmãs são as guardiãs de nossas lembranças e esperanças do futuro.

— Ela e o Artur vão ficar aqui? — pergunto. — Vão morar conosco?

Minha mãe põe a mão em meu ombro.

— Eu gostaria que ficassem, mas seu pai acha que eles devem ir morar no principado do Artur, em Ludlow.

— O que minha avó acha?

Minha mãe dá de ombros. Isso significa que está decidido.

— Ela diz que o príncipe de Gales deve governar Gales.

— A senhora ainda tem a mim. — Boto a mão sobre a dela. — Ainda estou aqui.

— Conto com você — diz ela de um jeito tranquilizador.

Tenho apenas um instante a sós com meu irmão Artur antes do casamento. Ele atravessa comigo a longa galeria. Ouvimos os músicos tocando mais uma música lá embaixo e o burburinho das pessoas bebendo, rindo e conversando.

— Você não precisa se curvar demais para ela — sugiro. — O pai e a mãe dela são recém-chegados ao trono assim como o papai. Ela não tem nenhum motivo para ser tão orgulhosa. Eles não são melhores do que nós. Não são uma linhagem antiga.

Artur enrubesce.

— Você acha que ela é orgulhosa?

— Sem motivo algum.

Ouvi minha avó dizer exatamente isso à minha mãe, por isso sei que é verdade. Mas Artur discorda.

— Os pais dela uniram os reinos da Espanha, retomaram o território de Granada dos mouros. São os maiores conquistadores do mundo. A mãe é uma rainha bélica. Eles são muito ricos, donos de metade do novo mundo. É motivo para orgulho, você não acha?

— Tudo bem, tem isso — admito, relutante. — Mas nós somos Tudor.

— Somos — reconhece ele, com uma risada. — Mas isso não impressiona todo mundo.

— Claro que impressiona — respondo. — Ainda mais agora que...

Nenhum dos dois diz mais nada; ambos sabemos que há muitos sucessores ao trono inglês, dezenas de membros da família Plantageneta, parentes da rainha, ainda morando na corte, ou obrigados ao exílio. Meu pai dizimou os primos de minha mãe em batalhas e sentenciou à morte mais de um pretendente à Coroa. Dois anos atrás, executou nosso primo Eduardo.

— Você acha que ela é orgulhosa? — pergunta Artur novamente. — Ela foi indelicada com você?

Estendo as mãos no gesto de rendição que minha mãe faz quando fica sabendo que a vontade de minha avó prevaleceu sobre a sua.

— Ah, ela não se dá o trabalho de falar comigo, não tem nenhum interesse numa simples irmã. Está ocupada demais sendo encantadora, sobretudo com o papai. De qualquer modo, mal fala inglês.

— Não seria só timidez? Eu entendo, porque também sou tímido.

— Por que ela seria tímida? Vai se casar, vai ser rainha da Inglaterra, vai ser sua esposa. Por que não estaria maravilhada?

Artur solta outra risada e me abraça.

— Você acha que não existe nada melhor no mundo do que ser rainha da Inglaterra?

— Acho — respondo. — Ela deveria saber disso e ficar agradecida.

— Mas você vai ser rainha da Escócia — lembra ele. — Também é uma posição importante. Esse vai ser o seu futuro.

— Eu sei disso e com certeza nunca vou me sentir apreensiva, solitária e nostálgica.

— O rei Jaime vai ser um homem de sorte por ter uma noiva tão satisfeita.

Isso é o mais perto que chego de lhe avisar que Catarina de Aragão, com seu narigão espanhol, nos despreza. Mas apelido-a Catarina de Arrogância, e Maria me escuta falando, porque ela está em todos os lugares, sempre bisbilhotando os mais velhos e sábios. E agora acho graça quando a ouço dizer o apelido e quando vejo minha mãe franzir ligeiramente o cenho e a corrigir baixinho.

O casamento, organizado por minha avó, é claro, para mostrar ao mundo que somos ricos e imponentes, transcorre de maneira esplêndida. Meu pai gastou uma fortuna numa semana de justas, celebrações e banquetes; há chafarizes que jorram vinho e carne assada à vontade no mercado de Smithfield, e as pessoas rasgam o tapete do casamento para guardar um pedacinho da glória dos Tudor sobre a mesa de casa. É a primeira vez que vejo um casamento real, e examino a noiva do alto do belo véu de renda branca que lhe cobre a cabeça, e que chamam de "mantilha", ao salto dos sapatos bordados.

Ela está bonita, não posso negar, mas não há motivo para todos se portarem como se ela fosse um milagre da natureza. Seu cabelo comprido é dourado acobreado e cai sobre os ombros, quase até a cintura. Ela é delicada como porcelana, o que faz eu me sentir estranha, como se meus pés e minhas mãos fossem grandes demais. Seria pecado desdenhar dela por isso, mas reconheço a mim mesma que vai ser melhor para todos quando ela engravidar de um herdeiro Tudor, passar meses em confinamento e voltar gorda.

Assim que o banquete termina, as portas duplas do grande salão se abrem e surge um grande carro alegórico, puxado por dançarinos vestidos com o verde Tudor, representando um imenso castelo, belamente decorado. Dentro, há oito damas, e a principal dançarina está vestida como princesa espanhola. Em cada torre, um menino do coro da capela canta em seu louvor. Outro carro alegórico vem atrás, decorado como um barco com velas de seda cor de pêssego, manejado por oito cavaleiros. Ele ancora próximo ao castelo, mas as damas se recusam a dançar, e por isso os cavaleiros atacam o castelo num combate de mentira até elas lhes jogarem flores de papel e descerem. O castelo e o navio se afastam, e todos dançam juntos. Catarina de Arrogância bate palmas e faz uma mesura agradecendo a meu pai a elaborada cortesia. Fico tão furiosa por não ter participado disso que não consigo sorrir. Surpreendo-a olhando para mim e tenho certeza de que está me provocando pela honra que meu pai lhe faz. Ela é o centro de tudo, e isso me deixa enjoada.

Então é a vez de Artur. Ele dança com uma dama de milady mãe, depois Henrique e eu nos dirigimos ao meio do salão para nossa galharda. É uma dança rápida e alegre, embalada por uma melodia tão sedutora quanto uma giga aldeã. Os músicos tocam em ritmo acelerado, e Henrique e eu formamos um par excelente, muito bem treinado. Não erramos nenhum passo, ninguém poderia dançar melhor. Mas, num determinado momento — quando estou girando, os braços estendidos, os pés e os tornozelos aparecendo debaixo do vestido enquanto dou pulinhos, seguindo os passos da dança, e todos os olhos estão focados em mim —, Henrique decide se afastar para tirar o paletó pesado e volta para meu lado com sua camisa de linho esvoaçante. Meu pai e minha mãe batem palmas, e meu irmão está tão ruborizado e bonito, com um ar travesso, que todos acompanham o aplauso. Continuo sorrindo, mas estou furiosa e, quando nos damos as mãos, belisco a palma dele com o máximo de força possível.

Evidentemente, não fico nem um pouco surpresa por Henrique querer roubar a cena; de certa forma, já esperava que fizesse alguma coisa para chamar atenção. Ele passou o dia inteiro injuriado por ter de representar o papel de segundo filho homem. Acompanhou Catarina na nave da abadia, mas teve de entregá-la no altar e ser esquecido. Agora, depois da dança contida do noivo, é sua chance de brilhar. Se pudesse pisar no pé dele, eu pisaria, mas olho para Artur, e ele abre um sorriso largo para mim. Ambos estamos pensando a mesma coisa: Henrique é sempre perdoado, e todo mundo, à exceção de meu pai e minha mãe, vê o que vemos: um menino mimado para além do suportável.

A dança chega ao fim, e Henrique e eu nos curvamos juntos, as mãos dadas, formando uma bela imagem, como sempre. Olho para os lordes escoceses, que me observam com atenção. Eles, pelo menos, não têm nenhum interesse em Henrique. Um deles, James Hamilton, é inclusive parente do rei da Escócia. Deve estar satisfeito de ver que serei uma rainha festiva. O primo dele, o rei Jaime, gosta de dançar e se divertir, e serei um par à altura. Vejo os lordes trocarem algumas palavras rápidas e tenho certeza de que concordarão que o próximo casamento, meu casamento, deverá acontecer em breve. E, nele, não permitirei que Henrique dance para roubar a cena; Catarina terá de usar o cabelo oculto sob o capelo, e serei eu que me levantarei para receber o barco com velas de seda cor de pêssego e todos os dançarinos.

Nem Henrique nem eu temos permissão de ficar até o fim da festa, para o cortejo da princesa à cama e as orações no leito nupcial. Acho um erro e uma tremenda falta de respeito nos tratarem como crianças. Minha avó nos manda ir para o quarto e, embora eu olhe para minha mãe, esperando que diga que Henrique deve ir, mas que eu posso permanecer, ela não retribui meu olhar, indiferente. A palavra de minha avó é sempre lei; ela é o juiz que decreta o enforcamento, minha mãe apenas muito raramente concede o perdão real. Portanto, fazemos mesura ao rei, à minha mãe e à minha avó, ao querido Artur e a Catarina de Arrogância, e nos retiramos, o mais lentamente que nossa ousadia permite, do salão iluminado, onde as velas brancas ardem como se não custassem mais do que sebo, e os músicos tocam como se fossem seguir tocando a noite toda.

— Meu casamento vai ser exatamente assim — comenta Henrique enquanto subimos a escada.

— Ainda faltam muitos anos — contesto apenas para irritá-lo. — Mas eu vou me casar em breve.

Quando chego ao quarto, me ajoelho no genuflexório e, embora pretendesse orar pela longevidade e felicidade de Artur e lembrar a Deus Sua dívida especial com os Tudor, percebo que só consigo rezar para que os emissários escoceses sugiram ao rei que ele me peça logo em casamento, pois quero uma cerimônia tão grandiosa quanto essa, um guarda-roupa tão lindo quanto o de Catarina de Arrogância e muitos sapatos. Terei centenas e centenas de pares de sapatos e todos terão a ponta bordada e cadarço de ouro.

Palácio de Richmond, Inglaterra, Janeiro de 1502

Minhas preces são atendidas, pois Deus sempre ouve as preces dos Tudor, e o rei da Escócia pede a seus emissários que negociem com os conselheiros de meu pai. Eles acertam o valor do dote, dos meus servos, da minha pensão, das terras que serão minhas na Escócia, e, durante todo o festejo de Natal, cartas circulam entre Scotland Yard e o palácio de Richmond, até minha avó me chamar para dizer:

— Princesa Margaret, fico muito feliz em dizer que é a vontade de Deus que você se case.

Faço a mesura obrigatória e, quando me ergo novamente, me porto tão pudica e surpresa quanto consigo. Mas não estou tão atônita assim, pois fiquei sabendo pela manhã que minha avó e minha mãe queriam me ver antes do jantar e que eu deveria usar meu melhor vestido, como exige uma grande ocasião. Na verdade, é tudo bastante ridículo.

— É mesmo? — pergunto, com doçura.

— É — responde minha mãe. Ela entrou na sala na frente de minha avó, mas de algum modo acabou atrás de Lady Margaret durante o anúncio. — Você vai se casar com o rei Jaime da Escócia.

— É o que meu pai deseja? — pergunto, como minha preceptora me ensinou.

— É, sim — confirma minha avó. — Meu filho, o rei, fez um acordo. Haverá paz entre nós e a Escócia; seu casamento a selará. Mas pedi que você permanecesse conosco, aqui na Inglaterra, até se tornar adulta.

— O quê? — Fico apavorada com a ideia de que minha avó estrague tudo, como sempre. — Mas quando eu vou? Preciso ir agora!

— Quando você tiver 14 anos — decreta e, quando minha mãe faz menção de dizer alguma coisa, ela ergue a mão e prossegue: — Um casamento precoce é muito perigoso para uma jovem. Ninguém sabe melhor do que eu. E o rei escocês não é... Não podemos confiar que ele não... Achamos que o rei da Escócia talvez...

Por incrível que pareça, ela não encontra as palavras certas. Isso nunca aconteceu em toda a história da Inglaterra, que traça desde Artur, o rei dos bretões, até minha avó, numa linhagem ininterrupta. Nunca antes minha avó deixou de terminar uma frase; ninguém jamais a interrompeu.

— Mas quando vou me casar? E onde? — pergunto, imaginando a Catedral de São Paulo com tapete vermelho e milhares de pessoas se amontoando para me ver com uma coroa na cabeça e um manto de ouro nos ombros, sapatos de ouro e muitas joias, além de justas em minha homenagem e uma encenação, o barco com velas de seda cor de pêssego e todos me admirando.

— Este mês! — diz minha mãe, triunfante. — O rei vai mandar um representante, e vocês ficarão noivos por procuração.

— Por procuração? O rei não vem? Não vai ser na Catedral de São Paulo?

É como se mal valesse o esforço. Passar dois anos aqui? Para mim, é uma eternidade. E não vai ser na Catedral de São Paulo, como Catarina de Arrogância? Por que ela teria um casamento melhor do que o meu? Sem rei? Só um lorde velho?

— Vai ser na capela daqui — responde minha mãe, como se a graça do casamento não fossem os milhares de pessoas, os chafarizes jorrando vinho e toda a atenção.

— Mas vai ter outra grande cerimônia em Edimburgo, quando você chegar — garante minha avó. — Quando tiver 14 anos. — Ela se vira para minha mãe e comenta: — E eles vão arcar com a despesa.

— Mas não quero esperar, não preciso esperar!

Ela sorri, mas sacode a cabeça.

— Já decidimos.

O que minha avó quer dizer é que ela já decidiu e que não adianta ninguém ter uma opinião diferente.

— Mas você vai ser chamada de rainha da Escócia. — Minha mãe sabe exatamente como me consolar. — Vai ser chamada de rainha da Escócia este ano, assim que noivar, e vai ter precedência sobre todas as outras damas da corte, à exceção de mim.

Observo a fisionomia estupefata de minha avó. Ela terá de andar atrás de mim; não vai gostar disso. Como eu esperava, seus lábios se movem em silêncio. Ela deve estar rezando para que eu não fique presunçosa demais, que não sofra o pecado do orgulho. Deve estar imaginando maneiras de me manter em estado de graça, como uma miserável pecadora e neta jurada em obediência a ela. Deve estar imaginando o que pode fazer para que eu seja uma humilde serva da família, e não uma princesa arrogante — princesa, não! Rainha! — e vaidosa. Mas estou determinada a ser uma rainha muito vaidosa e terei as roupas mais lindas e sapatos como os de Catarina de Arrogância.

— Ah, não ligo para nada disso. Só me importo em estar casada aos olhos de Deus e servir aos interesses da família — digo habilmente.

E minha avó sorri, satisfeita comigo pela primeira vez nesta tarde.

Sei de outra pessoa que vai dar importância ao fato de eu seguir à frente de todo mundo, igual à minha mãe. Sei quem vai dar tanta importância ao fato a ponto de ficar doente. Meu irmão Henrique, vaidoso como um pavão, presunçoso como um charlatão, vai ficar para morrer quando eu lhe contar. Encontro-o no estábulo, voltando da aula de equitação com alvo. Ele tem permissão de investir contra a quintana acolchoada com uma lança também acolchoada. Todos querem que Henrique seja hábil e destemido, mas ninguém ousa lhe ensinar direito. Ele está sempre implorando para que alguém lhe faça frente, mas ninguém quer que ele se arrisque. É um príncipe Tudor, um de apenas dois. Nós, os Tudor, não temos sorte com filhos homens, mas a família de minha mãe tem vários. Meu pai era filho único, teve apenas três filhos homens e perdeu um deles. Nem ele nem minha avó toleram que Henrique corra perigo. E o pior é que minha mãe não sabe dizer "não" a ele. Portanto é um segundo filho mimado. Ninguém o trataria assim se ele fosse se tornar rei um dia. Estão transformando-o num tirano. Mas não importa, porque ele vai entrar para a Igreja e provavelmente vai ser papa. Tenho certeza de que vai ser um papa muito ridículo.

— O que você quer? — pergunta ele, irritado, conduzindo o cavalo à baia.

Algo deve ter dado errado na aula. Ele costuma ser alegre e sorridente e, em geral, cavalga bem. É bom nos esportes e também na sala de aula. É um príncipe em todos os sentidos, o que tornará minha notícia particularmente aviltante para ele.

— Você caiu?

— Claro que não. Essa maldita égua perdeu a ferradura. Quase não cavalguei. Foi uma perda de tempo. O cavalariço deveria ser mandado embora. O que você está fazendo aqui?

— Ah, só vim contar que vou ficar noiva.

— Finalmente chegaram a um acordo? — Ele joga as rédeas para o cavalariço e bate as mãos para aquecê-las. — Demorou uma eternidade. Sinto dizer que eles não parecem muito empolgados em receber você. Quando você vai?

— Não vou — respondo.

Ele deve estar ansioso para ser o único jovem Tudor nos grandes momentos da corte. Com Artur em Ludlow, e Maria ainda na ala infantil do palácio, decerto esperaria que todas as atenções se voltassem para ele.

— Só vou daqui a alguns anos — digo. — Se estava esperando por isso, vai ficar decepcionado.

— Então você não vai se casar — afirma ele. — As coisas vão desandar. Ele não se casaria com você para deixá-la na Inglaterra. Ele quer uma esposa nos castelos congelantes da Escócia, não em Londres, comprando roupa. Quer que você entre em confinamento e tenha um sucessor. O que mais poderia querer? Acha que ele escolheria você por sua beleza? Por sua graça e altura?

Henrique solta uma risada e ignora quando fico vermelha de irritação com a alfinetada sobre minha aparência.

— Vou me casar agora. Espere e verá. Vou me casar agora e ir para a Escócia quando fizer 14 anos, mas logo serei chamada de rainha da Escócia, mesmo enquanto morar aqui na corte. Terei aposentos maiores, minhas próprias damas de companhia e precedência sobre todos, à exceção de minha mãe e de meu pai.

Aguardo enquanto ele assimila tudo que estou dizendo, as glórias que se abrem para mim, e quanto será ofuscado.

— Vou andar na sua frente — enfatizo. — Sendo mais alta ou não. Você me achando bonita ou não. Vou andar na sua frente. E você vai ter de se curvar para mim, como a uma rainha.

O rosto dele fica vermelho, como se tivesse levado um tapa. Sua boca se abre, mostrando os dentes brancos, e ele me fuzila com os olhos azuis.

— Jamais vou me curvar para você.

— Vai, sim.

— Você não vai ter precedência sobre mim. Eu sou um príncipe. Sou o duque de York!

— Um duque — digo, como se ouvisse o título pela primeira vez. — É. Muito bom. Um duque real, muito imponente. Mas eu vou ser rainha.

Fico pasma de ver que ele chega a tremer de raiva. Seus olhos se enchem de lágrimas.

— Não vai, não! Não vai! Você nem se casou ainda!

— Mas vou me casar. Vou me casar por procuração e terei todas as joias e o título.

— Não vai ter as joias! — uiva ele, como um lobo ferido. — Nem o título.

— Rainha da Escócia! — provoco-o. — Rainha da Escócia! E você não é nem príncipe de Gales.

Henrique solta um grito de fúria e se afasta, entrando no palácio. Ouço-o berrar ao subir a escada. Deve estar indo aos aposentos de minha mãe; ouço suas botas ecoando pela galeria. Deve estar correndo para se atirar no colo dela, aos prantos, implorando que eu não tenha precedência sobre ele, que ela não me deixe ser rainha quando ele não passa de um segundo filho e um duque, implorando que ela me mantenha abaixo dele, que me mantenha em minha condição inferior de menina, que não me permita ascender à posição de rainha.

Não corro atrás dele, nem sequer o sigo. Deixo-o ir. Não há nada que minha mãe possa fazer, mesmo se quisesse; minha avó já decidiu tudo. Ficarei noiva e passarei dois anos extraordinários morando na corte, sendo uma rainha quando antes era apenas uma princesa, com precedência sobre todos, à exceção de meus pais, usando vestidos de ouro e coberta de joias. E realmente acho que o golpe na vaidade de Henrique vai matá-lo. Olho para baixo como minha avó faz quando está agradecendo a Deus por ter conseguido o que desejava, e sorrio com a mesma satisfação silenciosa que ela sente. Acho que meu irmão vai ficar doente de tanto chorar.

Palácio de Greenwich, Inglaterra, Primavera de 1502

Escrevo a meu irmão, o príncipe de Gales, para lhe contar sobre meu casamento por procuração e perguntar quando ele volta para casa. Conto que o dia foi um grande evento de Estado, com a assinatura do tratado, a missa de casamento e depois a troca de votos na grande câmara de minha mãe, diante de centenas de pessoas embevecidas. Usei branco, conto a ele, com mangas de pano de ouro e sapatos de couro branco com cadarço de ouro. O primo de meu marido, James Hamilton, foi gentil comigo; passou o dia inteiro a meu lado. Depois jantei à mesma mesa de minha mãe e comemos do mesmo prato, porque nós duas somos rainhas agora.

Lembro a ele, em tom de lamento, que devo me mudar para a Escócia no verão anterior a meu aniversário de 14 anos e que gostaria de vê-lo antes de partir. Ele com certeza também gostaria de me ver antes que eu me torne de fato rainha da Escócia, certo? De ver meus vestidos novos? Estou fazendo uma lista dos pertences que levarei. E vou precisar de cem carroças para transportar tudo. Além do mais, penso mas não escrevo, agora que tenho uma posição superior à esposa dele, ela poderá andar atrás de mim para ver o que acha do fato de eu ser rainha quando ela ainda não passa de uma simples princesa. Se vier à corte, ela terá de se curvar a mim e me seguir quando formos jantar. Não haverá mais mesuras milimetricamente iguais; ela terá de se curvar bastante, como qualquer princesa se curva à rainha. Estou ansiosa para vê-la se submetendo a isso. Realmente gostaria que ele a trouxesse só para ver seu orgulho ferido.

Conto a Artur que Henrique não consegue se recuperar do golpe de eu andar na frente dele em toda ocasião de Estado, que sou servida de joelhos, que sou uma rainha tão importante quanto mamãe. Digo que todos sentimos saudade dele na corte, embora o Natal tenha sido agradável. Conto que meu pai está gastando uma pequena fortuna nas roupas que levarei para a Escócia, embora anote cada centavo gasto. Preciso ter tudo novo, cortinas vermelhas para o dossel da cama, feitas de tafetá, tudo bordado com fios de ouro. Ainda assim, acreditamos que estará tudo pronto no verão, e partirei assim que o rei da Escócia confirmar o casamento, transferindo as terras para o meu nome. Mas Artur precisa vir se despedir. Precisa vir me ver partir. Senão quando voltarei a vê-lo? Sinto saudade, escrevo.

Envio a carta para Ludlow junto com a correspondência de minha mãe e de minha avó. O mensageiro levará vários dias para chegar à corte de Artur. As estradas que conduzem a oeste estão em péssimas condições, e meu pai diz que não há dinheiro para investir nelas. O mensageiro terá de levar sua própria troca de cavalos, caso não haja nenhum disponível para aluguel no caminho. Terá de passar as noites em monastérios e abadias do trajeto, ou, se nevar ou escurecer rápido demais, pedir hospedagem em alguma propriedade feudal. Todos são obrigados a ajudar o mensageiro do rei, mas, se a estrada estiver soterrada de lama, ou se uma ponte tiver sido destruída, não há muito o que as pessoas possam fazer além de sugerir que ele tome um caminho mais longo para tentar chegar da melhor maneira possível.

Por isso, não espero uma resposta imediata e não dou muita importância à demora até que, numa manhã de abril, voltando para meu quarto com uma vela na mão, depois de comparecer à missa com minha avó, vejo um mensageiro do rei saltar da barcaça e correr pelo embarcadouro, dirigindo-se à porta privativa da ala real do palácio. O homem está exausto e se apoia na coluna entalhada ao dizer algo para o guarda, que deixa cair a alabarda e entra às pressas.

Imagino que ele esteja indo aos aposentos de meu pai, por isso me afasto da janela e cruzo a galeria para ver o que é tão urgente que tenha feito o mensageiro chegar ao raiar do dia e o guarda abandonar sua arma e correr.

Mas, mesmo antes de chegar à porta, vejo o guarda e dois ou três conselheiros de meu pai descendo às pressas a escada privada do pátio. Intrigada, observo-os conversando, então um deles se afasta, sobe correndo a escada e vai à capela buscar o confessor de meu pai. O padre surge imediatamente. Enfim me aproximo.

— O que houve? — pergunto.

O frei Pedro está pálido, como se todo o sangue do rosto tivesse se esvaído.

— Me perdoe, Vossa Graça — diz ele, com uma breve mesura. — Estou a serviço de seu pai e não posso me interromper.

E, com isso, afasta-se! Afasta-se de mim! Como se eu não fosse rainha da Escócia e não fosse subir ao trono no verão! Espero alguns instantes, perguntando-me se seria impróprio demais correr atrás dele e insistir que aguarde ser dispensado, mas então ouço-o voltando, subindo a escada tão devagar que não entendo por que estava correndo tanto. Agora não há pressa. Ele arrasta os pés, como se não quisesse de jeito nenhum chegar aos aposentos de meu pai. Os conselheiros sobem a escada em seu encalço, a fisionomia franzida como se tivessem sido envenenados. O frei me vê esperando, mas é como se não me visse, porque não se curva, nem sequer nota minha presença. Passa por mim como se estivesse vendo um fantasma e não conseguisse enxergar meros mortais, nem mesmo membros da realeza.

É quando tenho certeza. Acho que já sabia. Acho que soube assim que vi o mensageiro escorado na coluna, como se preferisse estar morto a trazer essa notícia para nós. Aproximo-me novamente do padre e pergunto:

— É o Artur, não é?

O nome de meu adorado irmão faz com que ele finalmente me note, mas o frei apenas diz:

— Vá ficar com sua mãe.

Como se pudesse me dar ordens.

Ele se vira e entra nos aposentos de meu pai, sem bater, sem ser anunciado, uma das mãos na porta, a outra segurando o crucifixo que pende do cinto, como se o crucifixo pudesse lhe dar força.

Obedeço-lhe, não porque tenha de fazer o que o confessor de meu pai diz, pois agora sou rainha e só preciso obedecer a meus pais e a meu marido, mas porque estou com medo de que eles procurem minha mãe para lhe dizer algo terrível. Cogito até trancar a porta do quarto para que eles não entrem. Se não soubermos, talvez não tenha acontecido. Se ninguém nos contar que há algo terrivelmente errado com Artur, talvez ele ainda esteja bem em Ludlow, caçando, aproveitando o bom tempo da primavera, indo a Gales para mostrar ao povo seu príncipe, aprendendo a governar o principado. Talvez esteja feliz com Catarina de Arrogância. Eu ficaria feliz mesmo sendo ela o motivo da felicidade dele. Talvez ela esteja grávida, e a notícia seja boa. Eu gostaria até de receber uma boa notícia dela. Fico pensando em todas as notícias maravilhosas que o mensageiro pode ter trazido com tanta pressa. Fico pensando que Artur é tão querido, tão amado por todos, tão adorado por mim, que nada de mal pode ter acontecido. A notícia não pode ser ruim.

Minha mãe ainda está na cama, o fogo da lareira quase se apagando. A camareira traz vestidos para ela escolher, os pesados capelos já estão sobre a mesa. Ela olha para mim quando entro no quarto. Acho que eu deveria dizer alguma coisa, mas não sei o quê.

— Você se levantou cedo, Margaret — observa ela.

— Fui à missa com a vovó.

— Ela vai tomar o café da manhã conosco?

— Vai.

E penso: minha avó vai saber o que fazer quando o confessor surgir com o rosto da cor de um pergaminho, o sofrimento estampado em suas expressões.

— Está tudo bem, rainhazinha? — pergunta ela, com ternura.

Não consigo responder. Sento-me à janela e olho para o jardim, os ouvidos atentos aos passos que logo ecoam no corredor. Por fim, depois do que me parece ser um tempo infindável, ouço a porta da sala de audiências de minha mãe se abrir, mais passos, a porta da câmara privada se abrir também e então, irrefreavelmente, a porta do quarto se abre, e o confessor de meu pai surge nos aposentos de minha mãe, a cabeça baixa como um lacaio puxando o arado. Levanto-me de súbito e estendo os braços como se pudesse impedi-lo de falar.

— Não! Não! — grito.

Mas, em voz baixa, ele diz:

— O rei pede que Vossa Majestade vá aos aposentos dele imediatamente.

Apavorada, minha mãe se vira para mim.

— O que houve? Você sabe, não sabe?

Apavorada, respondo:

— É o Artur. Ele morreu.

Dizem que ele morreu da doença do suor, e isso só piora as coisas para nós, os Tudor. A doença veio das prisões da França, com o exército condenado de meu pai. Por onde ele marchou, de Gales a Londres, passando por Bosworth, as pessoas morriam num átimo. A Inglaterra nunca havia conhecido uma doença assim. Meu pai venceu a batalha contra Ricardo III com suas tropas enfermas, mas precisou adiar a coroação por causa do horror que elas trouxeram consigo. Diziam que era a maldição dos Tudor e que o reino que havia começado com suor terminaria em lágrimas. E agora aqui estamos, longe do fim de nosso reinado, mas afundados em suor e lágrimas, e a maldição do exército caiu sobre meu irmão inocente.

Meu pai e minha mãe sofrem muito com a perda do primogênito. Não perdem apenas o filho — ele não tinha nem 16 anos —, perdem o sucessor, o menino que educaram para ser o próximo rei, o Tudor que subiria ao trono aclamado, um Tudor que o povo queria, e não um que foi imposto a eles. Meu pai teve de lutar pelo trono e defendê-lo. Ainda precisa defendê-lo, mesmo agora, da família real mais antiga, que o tomaria se pudesse, os primos Plantageneta que estão na Europa, em guerra declarada, ou aqueles que permanecem ambiguamente na corte. Artur seria o primeiro Tudor que toda a Inglaterra desejava no trono, filho tanto da antiga família real quanto da nova. Diziam que ele era a rosa rubiginosa, a rosa de Tudor, a flor que é a união de duas rosas, a vermelha de Lancaster e a branca de York.

É o fim de minha infância. Artur era meu irmão, meu querido, meu amigo. Eu o venerava, reconhecia-o como meu príncipe, achava que o veria subir ao trono. Imaginava-o governando a Inglaterra; eu, como rainha da Escócia, o Tratado da Paz Perpétua garantindo troca de correspondência e visitas regulares, e nós nos amando como irmãos e monarcas vizinhos. E, agora que ele está morto, ressinto-me terrivelmente de todos os dias que não passamos juntos, dos meses que ele ficou longe com Catarina nas terras galesas, e não o vi nem escrevi o bastante. Penso na nossa infância, quando tínhamos aulas com tutores diferentes, quando nos mantinham separados — eu aprendendo bordado, e ele, grego —, e nos poucos dias que tive com ele, meu irmão. Não sei como vou suportar a vida sem ele. Éramos quatro filhos Tudor, agora somos apenas três, e o primogênito e mais brilhante de todos se foi.

Estou atravessando a galeria, depois de ter saído dos aposentos de minha mãe, quando vejo Henrique, o rosto inchado, os olhos vermelhos de choro, vindo na direção contrária. Quando ele me vê, sua boca se curva para baixo como se estivesse prestes a se lamuriar, e toda minha raiva e meu sofrimento se voltam contra ele, esse menino inútil, essa peste, que se atreve a chorar como se fosse a única pessoa no mundo que perdeu um irmão.

— Cale a boca — digo. — Que motivo você tem para chorar?

— Meu irmão! — balbucia ele. — Nosso irmão, Margaret.

— Você não merecia nem engraxar as botas dele. — Fico engasgada de tanto ressentimento. — Você não merecia nem cuidar do cavalo dele. Nunca vai haver alguém como ele. Nunca vai haver outro príncipe como ele.

Surpreendentemente, isso faz com que o choro cesse. Ele fica lívido, quase rígido. Levanta a cabeça, endireita os ombros, infla o peito magro de menino e planta os punhos no quadril.

— Vai haver outro príncipe como ele — afirma. — Melhor do que ele. Eu. Eu sou o novo príncipe de Gales e serei rei da Inglaterra no lugar dele, e você trate de se acostumar com a ideia.

Castelo de Windsor, Inglaterra, Verão de 1502

De fato, nós aprendemos a nos acostumar. Essa é a diferença entre ser um membro da realeza e uma pessoa comum, sem importância. Podemos sofrer, rezar e sentir o coração se despedaçando por dentro, mas por fora continuamos tendo de manter a corte um centro de beleza, moda e arte. Meu pai continua tendo de aprovar leis, reunir-se com o conselho privado e nos proteger dos rebeldes e da constante ameaça dos franceses, e continuamos precisando ter um príncipe de Gales, embora o verdadeiro príncipe, o adorado príncipe Artur, jamais vá se sentar ao lado do trono novamente. Henrique é o príncipe de Gales agora e, como ele previu, acostumo-me com a ideia.

Entretanto, ele não irá para Ludlow. Isso me deixa mais furiosa do que qualquer outra coisa, mas, como somos da realeza, não posso dizer nada. O amado Artur teve de se mudar para Ludlow, a fim de governar seu principado, a fim de aprender o ofício de rei, a fim de se preparar para a importância da posição que ocuparia. Mas, agora que ele morreu, minha família não quer perder Henrique de vista. Minha mãe quer que o último filho homem vivo fique em casa. Meu pai teme perder o único sucessor. E minha avó sugere a meu pai que eles dois ensinem a Henrique tudo de que meu irmão precisa saber para se tornar rei e que o melhor é mantê-lo na corte. O precioso Henrique não precisa morar longe, nem se casar com uma princesa desconhecida. Nenhuma beldade de véu será trazida à corte para olhar para nós com ar de superioridade. Henrique ficará sob os cuidados da avó, sob as asas dela, como se quisessem que ele continuasse a ser um menino mimado para sempre.

Catarina de Arrogância — agora sem nenhuma arrogância, magra, com o rosto pálido — volta de Ludlow numa liteira fechada. Minha mãe a trata com uma complacência absurda, embora a princesa não tenha feito nada por nossa família além de nos roubar Artur em seus últimos meses de vida. Minha mãe chora com a nora, lhe dá a mão, caminha com ela, e as duas rezam juntas. Convida-a a nos visitar, de modo que vemos seus tecidos de seda e de veludo pretos, sua mantilha preta inacreditavelmente elaborada, sua silenciosa presença espanhola idiota, subindo e descendo as galerias o tempo todo, e minha mãe nos pede para não dizer nada que possa aborrecê-la.

Mas, sério, o que poderia aborrecê-la? Ela finge não entender nem inglês nem francês quando falo, e não vou tentar conversar em latim. Mesmo se quisesse desabafar meu sofrimento e minha inveja, eu não saberia encontrar palavras que ela compreendesse. Quando falo em francês, ela fica totalmente confusa, e, quando me sento a seu lado no jantar, viro as costas para mostrar que não tenho nada a lhe dizer. Ela foi para Ludlow com o príncipe mais bonito, gentil e carinhoso que o mundo já conheceu e não conseguiu mantê-lo vivo. Agora ele está morto, e ela está acampada na Inglaterra — e eu que preciso ter o cuidado de não aborrecê-la? Será que minha mãe não percebe que talvez ela me aborreça?

Catarina está morando na Durham House, na Strand, e gerando muitos gastos. Imagino que será mandada de volta à Espanha, mas meu pai não quer pagar a pensão de viúva dela enquanto não receber o dote completo do noivado. Só o casamento custou uma fortuna; o castelo com dançarinos, as velas de seda cor de pêssego do barco! O tesouro da Inglaterra está sempre vazio. Vivemos com pompa, como cabe a toda família real, mas meu pai gasta muito dinheiro com espiões e mensageiros para vigiar as cortes da Europa, com medo de que nossos primos Plantageneta exilados tramem voltar para usurpar o trono. Defender o reino subornando amigos e espiando os inimigos custa caro. Meu pai e minha avó inventam impostos o tempo todo para arrecadar o dinheiro necessário. Acho que meu pai não terá como devolver Catarina ao reino da Arrogância, por isso a mantém aqui, dizendo que ela será consolada pela família do marido falecido, enquanto discute com o avarento pai dela um acordo que acabe por despachá-la para a Espanha rendendo algum lucro.

Ela deveria estar de luto, vivendo isolada, mas está sempre aqui. Uma tarde, quando chego ao quarto de minha irmã, deparo-me com um grande alvoroço: Catarina está no meio da balbúrdia, brincando de justa com Maria. Elas empilharam almofadas, imitando as baias que separam um cavalo do outro, e correm, cada uma de um lado da barreira, batendo-se com almofadas ao passarem uma pela outra. Maria, que finge soluçar de maneira nada convincente sempre que o nome de Artur é mencionado nas orações da capela, encontra-se agora às gargalhadas, a touca no chão, o cabelo cacheado solto, o vestido preso na cintura, para poder correr como se fosse uma ordenhadora seguindo vacas. Catarina, não mais a silenciosa viúva enlutada, segura a saia preta numa das mãos para patear o chão com seu sofisticado sapato de couro preto, galopando em seu lado da barreira e golpeando minha irmã com uma almofada. As camareiras, em vez de exigir decoro, fazem apostas, rindo, aplaudindo.

Entro de súbito e, como se fosse minha avó, pergunto asperamente:

— O que é isso?

É tudo que digo, mas tenho certeza de que Catarina compreende. O riso desaparece de seus olhos, e ela se vira para mim, os ombros ligeiramente encolhidos como se dissesse que não é nada sério, que está apenas brincando com minha irmã.

— Nada. Não é nada — responde ela, em inglês, com o forte sotaque espanhol.

Vejo que ela entende inglês perfeitamente, como sempre imaginei.

— Não é momento para brincadeiras bobas — declaro, em alto e bom som.

Novamente, ela encolhe os ombros daquele jeito estranho. Com uma pontada de aflição, penso que talvez Artur achasse esse gesto encantador.

— Estamos de luto. — Corro os olhos pelo quarto, demorando-me em cada rosto voltado para baixo, assim como minha avó faz ao repreender a corte. — Não devemos brincar como patetas no parque.

Duvido que ela entenda "patetas no parque", mas ninguém poderia deixar de entender meu tom de desprezo. Ela enrubesce ao empertigar o corpo. Não é alta, mas agora parece estar acima de mim. Os olhos azul-escuros se cravam nos meus, e retribuo o olhar, desafiando-a a discutir comigo.

— Eu estava brincando com sua irmã — explica Catarina em voz baixa. — Ela precisa ter momentos de alegria. Artur não gostaria que...

Não suporto que ela diga o nome dele, essa menina que veio da Espanha e o levou para longe da corte, que o viu morrer. Como ousa dizer "Artur" tão casualmente para mim, que não consigo falar o nome dele de tanto pesar que sinto?

— O príncipe iria querer que a irmã se comportasse como uma princesa da Inglaterra — afirmo, mais do que nunca parecida com minha avó. Maria solta um gemido e corre até uma camareira para chorar no colo dela. Ignoro-a completamente. — A corte está de luto, não deve haver brincadeiras barulhentas, danças nem perseguições pagãs. — Meço Catarina de alto a baixo com desdém. — Estou surpresa com você, princesa viúva. Lamento ter de dizer a minha avó que você se esqueceu de sua posição.

Acho que a humilhei na frente de todos e me dirijo à porta, vitoriosa. Mas, quando estou saindo do quarto, ela diz com tranquilidade:

— Não, é você que está errada, irmã. O príncipe Artur me pediu para brincar com a princesa Maria, para caminhar e conversar com você. Sabia que estava morrendo e me pediu para reconfortar a família.

Dou meia-volta, corro até ela e puxo seu braço, afastando-a das outras pessoas, de modo que ninguém possa nos ouvir.

— Ele sabia? Mandou algum recado para mim?

Nesse momento, tenho certeza de que sim. Artur me amava, eu o amava, éramos tudo um para o outro. Ele teria dito palavras de despedida para mim.

— O que ele pediu que me dissesse? O que ele falou?

Ela desvia os olhos, e penso: tem alguma coisa errada, algo que ela não está me contando. Não confio nela. Puxo-a para perto de mim como se a estivesse abraçando.

— Sinto muito, Margaret. Sinto muito mesmo — responde ela, afastando-se. — Ele só disse que esperava que ninguém sofresse por ele e que eu consolasse suas irmãs.

— E você? — pergunto. — Ele ordenou que você não sofresse por ele?

Ela abaixa os olhos. Agora sei que há um segredo.

— Conversamos a sós antes de ele morrer. — É tudo que ela diz.

— Sobre o quê?

Ela me encara de súbito, os olhos azul-escuros cheios de emoção.

— Dei a ele minha palavra — desabafa. — Ele me pediu que eu prometesse uma coisa, e prometi.

— Prometeu o quê?

Os cílios claros ocultam seus olhos novamente quando ela volta a olhar para baixo, guardando o segredo, guardando de mim as últimas palavras de meu irmão.

— *Non possum dicere* — responde.

— O quê? — Sacudo o braço dela como se ela fosse Maria e eu pudesse estapeá-la. — Fale inglês, idiota!

Novamente, ela me fuzila com os olhos.

— Não posso dizer. Mas garanto que minhas atitudes estão sendo guiadas pelos últimos desejos dele. Sempre serei guiada pelos desejos dele. Foi o que jurei.

Sou contida pela determinação dela. Não posso convencê-la e não posso intimidá-la.

— De qualquer modo, você não deveria estar correndo pelo quarto, fazendo barulho — resmungo. — Minha avó não gostaria, e minha mãe está descansando. Você provavelmente já a incomodou.

— Ela está grávida? — pergunta, em voz baixa.

Isso não é da conta dela. E, na verdade, minha mãe não precisaria engravidar de novo se Artur não tivesse morrido. É praticamente culpa de Catarina que minha mãe esteja agora exausta, tendo de encarar outro confinamento.

— Está — respondo, com um ar arrogante. — Como você deveria estar. Mandamos uma liteira para trazer você de Ludlow porque achamos que estaria grávida e não poderia cavalgar. Estávamos sendo atenciosos com você, mas parece que não havia necessidade da cortesia.

— Ai de nós, nunca aconteceu — murmura ela, com tristeza, e fico tão furiosa que saio do quarto batendo a porta, antes de ter tempo de refletir sobre o que ela quer dizer com isso.

"Ai de nós, nunca aconteceu."

O que nunca aconteceu?

Abadia de Westminster, Londres, Inglaterra, Fevereiro de 1503

Acho que esse deve ser o dia mais triste de minha vida. Imaginei que nada seria pior do que a morte de Artur, mas agora, apenas um ano depois, perdi minha mãe no parto, tentando dar a meu pai e ao reino um filho que substituísse o que perdemos. Como se alguma criança pudesse substituir Artur! Era um insulto à memória dele até mesmo pensar isso; foi loucura minha mãe tentar. Ela queria consolar meu pai, cumprir sua obrigação de boa rainha e gerar dois sucessores, mas se viu diante de uma gravidez difícil e no fim teve uma menina, portanto, de qualquer modo, o esforço foi inútil. Sou tomada de tristeza, fico furiosa com ela, com meu pai, com o próprio Deus, pela maneira como uma morte terrível se transformou em três: primeiro Artur, depois minha mãe, e então o bebê. E ainda temos Catarina de Arrogância. Por que perdemos esses três e continuamos com ela?

O enterro é um triunfo da capacidade de minha avó de fazer um grande espetáculo. Ela sempre disse que a família real precisa reluzir diante do povo como santos num retábulo, e a morte de minha mãe é uma chance de lembrar ao reino que ela era uma princesa Plantageneta que se casou com um rei Tudor. Ela fez o que o reino deveria fazer: submeter-se aos Tudor e aprender a amá-los. O caixão de minha mãe é envolto em preto, com um pano de ouro formando uma cruz. Criam uma bonita efígie dela para deixar sobre o caixão, e minha irmã, Maria, acha que é de fato a mãe, dormindo, que ela acordará em breve e tudo será como sempre foi. Isso não me comove, embora faça a princesa Catarina abaixar a cabeça e segurar a mão de Maria. Acho que é apenas parte de toda a irritante estupidez de minha família e a maneira como, à exceção de minha avó, somos sempre ridículos. Agora meu pai desapareceu e se recusa a governar, recusa-se a comer, recusa-se a nos ver, até a mim. É tudo tão terrível que mal consigo falar, de tanta raiva e angústia.

Como rainha da Escócia, eu deveria assumir os aposentos de minha mãe e a administração da corte. Deveria ter os melhores aposentos e as damas dela para me servir. Mas tudo ocorre de maneira indevida; os criados dela são afastados sem que eu seja consultada, e as damas voltam a viver com suas famílias em Londres, em aposentos na corte ou no interior. Embora eu seja agora a Lady Tudor mais importante, e única rainha na Inglaterra, continuo em meus antigos aposentos. Não tenho nem sequer novas roupas para o luto e preciso usar os mesmos vestidos de quando Artur morreu. Fico esperando ver minha mãe, ou ouvir sua voz. Um dia, vou aos aposentos dela para vê-la e então me lembro de que estão fechados e vazios. É estranho que uma pessoa tão tranquila e discreta, que sempre se contentou em ficar de lado e se manter calada, deixe um silêncio tão doloroso quando parte. Mas assim é.

Minha avó me diz que a morte de minha mãe é uma maneira de Deus me mostrar que em toda alegria há tristeza, que os títulos e a ostentação são prazeres passageiros. Não duvido de que Deus fale diretamente com minha avó, porque ela é sempre muito segura de tudo e seu confessor, o bispo Fisher, é o homem mais virtuoso que conheço. Mas Deus não consegue me ensinar a desprezar a ostentação. Pelo contrário: a morte de minha mãe, em um espaço tão curto de tempo após a perda de meu irmão, faz com que, mais do que nunca, eu anseie pela segurança da riqueza e de minha própria coroa. É como se todas as pessoas que mais amei tivessem partido desse mundo, e eu não pudesse confiar em ninguém. As únicas coisas dignas de confiança são o trono e o dinheiro. A única coisa que me restou é meu novo título. As únicas coisas em que acredito são minha caixa de joias, o guarda-roupa nupcial e a enorme fortuna que receberei com o casamento.

Partirei da Inglaterra no verão. Os planos não mudam, ainda bem, porque não há nada que me prenda aqui. O rei Jaime da Escócia cumpre sua palavra em relação ao tratado nupcial, e receberei uma fortuna em aluguéis: seis mil libras por ano, das terras que ele me concedeu, bem como mil libras escocesas por ano, de minha pensão. Ele pagará o salário de meus vinte e quatro servos ingleses e as despesas de minha corte. Se tiver a infelicidade de morrer — e isso é possível, porque ele é velho —, serei uma viúva rica; terei o Castelo de Newark, a floresta de Ettrick e muito, muito mais. Isso é algo com que posso contar: a fortuna e minha coroa. Tudo o mais, até mesmo o amor de minha mãe, pode desaparecer da noite para o dia. Agora sei disso.

Mas fico surpresa ao perceber que não quero partir sem antes estreitar os laços com Henrique, por isso vou procurá-lo. Ele está nos aposentos de minha avó, lendo para ela um saltério em latim. Da antessala, ouço sua voz clara de menino e a bela pronúncia das palavras, e ele não interrompe a leitura quando o sentinela abre a porta, embora levante a cabeça para me ver. Os dois estão emoldurados pelo arco de pedra da janela, como se posassem para um quadro sobre a juventude e o envelhecimento. Estão ambos belamente vestidos com veludo preto, e um raio de sol ilumina a cabeça dourada de Henrique como um halo. Minha avó usa um capelo branco austero, como uma touca de freira. Ambos deveriam parar e se curvar para mim, mas minha avó apenas inclina a cabeça e indica a Henrique que prossiga, como se as palavras dele fossem mais importantes do que minha precedência. Olho para eles com cansaço e ressentimento. Os dois são altos, esguios e bonitos; eu sou atarracada, estou ofegante, com calor. Eles têm a aparência magnânima; eu estou vestida de maneira exagerada.

Faço uma mesura silenciosa para minha avó e me sento à janela numa poltrona que me deixa ligeiramente mais alta do que ela, enquanto Henrique termina a leitura. Demora uma eternidade para ela dizer:

— Esplêndido, Vossa Alteza, meu querido menino. Obrigada.

Ele faz uma reverência, fecha o livro e o entrega a ela.

— Sou eu que devo agradecer à senhora por botar essas palavras de tanta sabedoria, tão lindamente ilustradas, em minhas mãos.

Então os dois se entreolham com mútua admiração, e ela vai para sua capela privada rezar, as damas acompanhando-a para se ajoelharem no fundo. Henrique e eu ficamos sozinhos.

— Henrique, desculpe pelo que eu disse quando o Artur morreu — peço, de súbito.

Com elegância, ele ergue a cabeça. Adora um pedido de desculpa.

— Eu estava muito triste — acrescento. — Não sabia o que estava falando.
— E depois tudo ficou pior.

O momento de orgulho se esvai. Quase sinto o cheiro de sua tristeza, a tristeza de um menino, nem homem ainda, que perdeu a mãe, a única pessoa que o amou de verdade.

Sem jeito, levanto-me para abraçá-lo. Ele está tão alto e forte que é quase como abraçar Artur.

— Meu irmão — digo, experimentando as palavras. Nunca antes senti ternura por Henrique. — Meu irmão — repito.

— Minha irmã — responde ele.

Ficamos abraçados em silêncio por alguns instantes, e penso: é reconfortante. Este é meu irmão, forte como um potro e solitário como eu. Talvez eu possa confiar nele. E ele possa confiar em mim.

— Serei rei da Inglaterra um dia — diz ele, o rosto encostado em meu ombro.

— Ainda faltam muitos anos — eu o consolo. — O papai vai voltar à corte, e será como antes.

— E vou me casar com Catarina — anuncia ele, com timidez, antes de me soltar. — Ela não chegou a se casar de fato com o Artur. Vai se casar comigo.

Fico tão aturdida que apenas abro a boca, sem dizer nada, arquejando de surpresa. Henrique nota minha fisionomia desconcertada e solta um riso constrangido.

— Agora não, claro. Vamos esperar eu fazer 14 anos. Mas vamos noivar agora.

— De novo, não! — deixo escapar, ao pensar nos cadarços de ouro e na cerimônia extravagante.

— Está tudo acertado.

— Mas ela é viúva do Artur!

— Não exatamente — diz ele, sem jeito.

— Como assim?

Então, num átimo, compreendo. Lembro-me de Catarina balbuciando "Ai de nós, nunca aconteceu" e de ficar pensando o que ela queria dizer com isso, por que diria algo assim.

— Ai deles — murmuro, observando-o. — Nunca aconteceu.

— Não — responde Henrique, aliviado. Eu poderia apostar que ele reconheceu as palavras. — Não, nunca aconteceu.

— Isso foi ideia dela? — pergunto, furiosa. — É assim que ela vai conseguir ficar aqui para sempre? É assim que vai conseguir ser princesa de Gales e depois virar rainha da Inglaterra, embora o marido tenha morrido? Porque se dedicou a isso? Ela nunca amou o Artur, foi sempre o trono.

— Foi ideia do papai — responde Henrique candidamente. — Foi combinado antes de a mamãe... antes de a mamãe falecer.

— Não, deve ter sido ideia dela. — Tenho certeza disso. — Ela prometeu uma coisa ao Artur antes de ele morrer. Acho que foi isso.

Henrique sorri como um anjo reluzente.

— Então tenho a bênção de meu irmão. — Ele ergue a cabeça, como quando estava lendo o salmo em latim, e repete de cor: — "Quando dois irmãos moram juntos e um deles morre sem deixar filhos, a esposa do morto não sairá para casar-se com um estranho à família. O irmão do marido se casará com ela e cumprirá com ela o dever de cunhado."

— Isso é da Bíblia? — pergunto, sentindo-me ignorante, mas achando extraordinário que Deus propusesse esse arranjo oportuno para a cara viúva. Assim ficamos com seu dote e não lhe pagamos a devida pensão. Misteriosos são os caminhos do Senhor! Que decreto agradável para ela e conveniente para meu pai!

— O Deuteronômio — responde meu irmão, o estudioso. — É a vontade de Deus que eu me case com Catarina.

Quando Henrique sai para a aula de equitação, permaneço sentada nos aposentos de minha avó até ela voltar da capela, acompanhada por suas damas, e vejo que, atrás dela, a princesa Catarina segura a mão de Maria. Aparentemente, Catarina sempre reza com minha irmã na capela privada. Assimilo de imediato seu capelo, o vestido, os sapatos e noto que nenhuma peça é nova. A saia parece nova, mas na verdade foi virada pelo avesso, os sapatos estão gastos. Catarina de Arrogância está precisando conter despesas; os pais dela só mandarão dinheiro quando o noivado for confirmado, e meu pai não quer pagar a pensão, uma vez que ela não será mais viúva. Não consigo deixar de ficar satisfeita ao ver que sua ambição está lhe custando caro.

Minha avó me vê e me chama à capela quando todas saem, e ficamos a sós na penumbra do cômodo, que sempre tem cheiro de incenso e livros.

— Você já conversou em particular com a princesa viúva de Gales? — pergunta ela.

— Poucas vezes — respondo.

Não sei que resposta minha avó deseja. Mas, pelas rugas em torno da boca, vejo que está profundamente irritada com alguém. Só espero que não seja comigo.

— Ela disse alguma coisa sobre nosso querido filho Artur?

Noto que agora minha avó se refere a Artur como "nosso querido filho", como se minha mãe jamais tivesse existido.

— Uma vez ela disse que ele pediu a ela que nos consolasse por sua morte.

— Não é isso — diz ela. — Não é isso. Ela falou alguma coisa sobre o casamento, antes de ele adoecer?

"Ai de nós, nunca aconteceu", penso. Em voz alta, digo:

— Não, mal fala comigo.

Minha avó franze o rosto, aborrecida. Aconteceu alguma coisa que a desagradou. Alguém vai lamentar por isso. Ela põe a mão ossuda sobre a minha, um anel de rubi de um vermelho intenso brilhando em seu dedo, o aro beliscando minha pele.

— Pergunte a ela — ordena. — Peça conselhos. Você é uma moça prestes a se casar. Peça conselhos de mãe. Sobre o que acontece no leito nupcial. Se ela teve medo ou se sentiu dor na noite de núpcias.

Fico um tanto chocada. Sou uma noiva real. Não devo saber de nada. Não devo perguntar.

Ela pigarreia, com impaciência.

— Pergunte isso — exige. — E depois me conte exatamente o que ela disse.

— Mas por quê? — indago, confusa. — Por que devo perguntar isso? O casamento aconteceu há mais de um ano.

Quando olha para mim, vejo que a expressão em seu rosto transborda ódio. Nunca a vi assim.

— Ela está dizendo que eles nunca fizeram sexo — sussurra ela. — Aos 16 anos, depois de quase seis meses de casada, ela vem dizer que os dois nunca fizeram sexo? Ela se deitou no leito nupcial diante de toda a corte, acordou sorridente na manhã seguinte, sem nenhum protesto, e agora vem dizer que é virgem, intocada?

— Mas por que ela diria isso?

— A mãe dela! — exclama minha avó, como se as palavras fossem um insulto. — A inteligente e perversa Isabel de Castela deve ter dito à filha que afirmasse que o casamento com o Artur não foi consumado, para ela poder se casar sem dispensa, para ser uma noiva virgem.

Minha avó está tão furiosa que mal consegue ficar parada. Levanta-se do genuflexório e anda pela pequena capela de um lado para o outro, a saia preta roçando os tapetes de junco no chão, fazendo subir o perfume de flores e lavanda em nuvens de poeira.

— Noiva virgem? Noiva traiçoeira, isso sim! Sei o que eles estão pensando, sei o que estão tramando. Mas prefiro vê-la morta a vê-la tomar o trono de meu filho.

Fico assustada. Sento-me no escabelo como uma patinha gorda no ninho ao ver surgir no céu uma ave de rapina. Minha avó se detém de súbito e põe as mãos em meus ombros como uma peregrina, o corpo curvado. Suas mãos me seguram como presas. Hesitante, ergo os olhos.

— A senhora não quer que ela se case com o Henrique? Eu também não quero. — Abro um sorriso adulatório. — Não gosto dela. Não quero que ela se case com meu irmão.

— Com seu pai — corrige-me minha avó, e é como se ela se estilhaçasse em milhares de pedaços de ciúme e aflição. — Tenho certeza de que ela quer seduzir e se casar com seu pai! Está interessada em meu filho! Meu filho, meu precioso filho! Mas jamais vai se casar com ele. Jamais permitirei.

Durham House, Londres, Inglaterra, Março de 1503

Relutante e insegura, obedeço a minha avó e vou visitar minha cunhada, Catarina. Ela está em sua câmara privada, sentada junto à lareira. Usa xale e vestido pretos, de luto, como todos nós, mas, ao me ver, levanta-se com um sorriso luminoso.

— Que bom ver você! Trouxe a Maria?
— Não — respondo, irritada. — Por que a traria?
Ela ri de meu mau humor.
— Não, não, fico feliz que você tenha vindo sozinha, assim podemos conversar à vontade. — Ela se vira para o servo que me trouxe ao cômodo. — Coloque mais um pedaço de lenha, por favor — pede, como se a lenha devesse ser usada com parcimônia, e se vira para mim. — Aceita uma bebida?
Aceito o copo de cerveja fraca e acabo rindo quando a vejo tomar um gole e logo deixar a bebida de lado.
— Você ainda não gosta?
Ela sacode a cabeça, rindo.
— Acho que nunca vou gostar.
— O que se bebe na Espanha?
— Ah, água — responde ela. — Suco, refresco, vinhos leves e gelo.
— Gelo? Água?

Ela encolhe os ombros naquele gesto ínfimo, como se quisesse esquecer os luxos do Palácio de Alhambra.

— Várias bebidas. Mas isso já não importa.

— Imagino que você queira voltar para casa — digo, puxando assunto, obediente a minha avó.

— Você voltaria? — pergunta ela, como se estivesse interessada em minha opinião. — Você voltaria para casa e abandonaria o reino de seu marido, se ficasse viúva?

Nunca pensei no assunto.

— Imagino que sim.

— Eu não quero. A Inglaterra é meu lar agora. E sou a princesa viúva de Gales.

— Mas nunca vai ser rainha — objeto.

— Vou, se me casar com seu irmão — argumenta ela.

— Você não vai se casar com meu pai?

— Não. Que ideia!

Ficamos ambas em silêncio.

— Minha avó achou que fosse sua intenção — comento, sem jeito.

Ela olha de esguelha para mim, como se estivesse prestes a soltar uma risada.

— Ela mandou você vir aqui para me impedir?

Não consigo deixar de abrir um sorriso.

— Não exatamente, mas, você sabe...

— Para me espionar — completa ela, com simpatia.

— Ela não suporta a ideia de meu pai se casar de novo. Na verdade, nem eu.

Catarina me abraça. Seu cabelo tem cheiro de rosas.

— Claro. Não é minha intenção, e minha mãe jamais permitiria.

— Mas eles não querem que você vá para casa?

Ela desvia o olhar para a lareira, e consigo analisar seu lindo perfil. Acho que ela poderia se casar com quem quisesse.

— Eles devem resolver o pagamento do dote para que Henrique e eu fiquemos noivos — responde ela.

— Mas e se não fizerem isso? E se minha avó quiser casar o Henrique com outra princesa?

Ela olha dentro de meus olhos, o rosto bonito aberto a meu escrutínio.

— Margaret, rezo para que isso nunca aconteça com você. Amar e perder o marido é um sofrimento horrível. O único consolo que tenho é que farei o que meus pais exigem, o que o Artur queria e o que Deus determinou como meu destino. Vou ser rainha da Inglaterra. Sou chamada de princesa de Gales desde que era criança, aprendi o título quando aprendi meu nome. Não vou mudar meu nome agora.

Fico aturdida com a certeza dela.

— Também espero que nunca aconteça comigo. Mas se acontecesse... eu não ficaria na Escócia. Voltaria para a Inglaterra.

— Você não pode fazer o que quer quando é princesa — observa ela. — Precisa obedecer a Deus, ao rei e à rainha, a sua mãe e a seu pai. Você não é livre, Margaret. Não é como a filha de um lavrador. Está realizando o trabalho de Deus, vai ser mãe de um rei, está abaixo dos anjos, tem um destino.

Olho ao redor, pela sala quase sem mobília, e, pela primeira vez, noto que estão faltando duas tapeçarias da parede e que há lacunas na coleção de travessas de prata no aparador.

— Você tem dinheiro suficiente? — pergunto, acanhada. — Suficiente para manter a casa?

Ela sacode a cabeça sem vergonha alguma.

— Não — responde. — Meu pai não manda dinheiro para mim, diz que sou responsabilidade do rei, e seu pai não quer pagar minha pensão de viúva enquanto o dinheiro do dote não for entregue. Estou entre duas forças, que estão me triturando.

— O que você vai fazer?

Ela sorri para mim como se não tivesse medo.

— Vou suportar. Sobreviver aos dois. Porque sei que meu destino é ser rainha da Inglaterra.

— Eu gostaria de ser como você — digo, com sinceridade. — Não tenho certeza de nada.

— Mas vai ter. Quando for testada, vai ter certeza também. Nós somos princesas, nascemos para ser rainhas, somos irmãs.

Vou para casa no meu belo palafrém, com a capa de pele abotoada até o nariz, e decido que direi a minha avó que Catarina de Arrogância está orgulhosa e bonita como sempre, mas não pretende se casar com meu pai. Não direi que, em sua obstinada determinação, a princesa me lembrou minha própria avó. Se chegar a haver uma disputa, ela será acirrada. Mas, na verdade, eu apostaria em Catarina.

Também não direi a minha avó que, pela primeira vez, sinto carinho por Catarina. Não posso deixar de pensar que ela será uma rainha maravilhosa.

Casa do bispo de Salisbury, Londres, Inglaterra, Junho de 1503

Não sei o que minha avó diz a meu pai, mas ele sai do luto, há troca de correspondência com a Espanha e não se fala mais na possibilidade de ele cortejar Catarina. Aliás, ele se dedica com tanto entusiasmo ao contrato de casamento, que lhe poupará muito dinheiro, quanto a mãe de Catarina na distante Espanha. Juntos, os dois exigem que o papa mande uma dispensa, para que os cunhados possam se casar, e Catarina de Arrogância se veste de branco virginal e joga o cabelo acobreado sobre os ombros para mais uma grande ocasião matrimonial.

Pelo menos dessa vez não é na abadia, e não gastamos uma fortuna na cerimônia. Não é um casamento, é um noivado, uma promessa de que Henrique se casará aos 14 anos. Ela entra na capela tão sorridente e majestosa quanto estava apenas dezenove meses atrás e segura a mão de Henrique como se estivesse feliz de se prometer a um menino cinco anos mais novo. É como se Artur, o casamento e o leito nupcial deles jamais tivessem existido. Agora ela é noiva de Henrique e será chamada novamente de princesa de Gales. Parece que sua tranquila negativa, "Ai de nós, nunca aconteceu", será a última coisa que todos dirão sobre o assunto.

Minha avó também está presente. Não aprova o casamento, mas não se opõe. Para mim, é só mais um acontecimento insignificante. Uma mãe pode morrer, um irmão pode morrer, e uma mulher pode negar o marido e manter seu título. A única pessoa que faz algum sentido para mim é a própria Catarina. Ela sabe o que está destinada a ser. Eu gostaria de ter essa certeza. Quando ela me acompanha para fora da capela, tento manter a cabeça erguida como ela, como se já usasse uma coroa.

Palácio de Richmond, Inglaterra, Junho de 1503

Vou ao quarto de minha irmã, Maria, para me despedir, e quem encontro ali senão Catarina, ensinando-a a tocar alaúde como se não tivéssemos um professor de música, como se Catarina não tivesse nada melhor para fazer. Nem tento esconder minha irritação.

— Vim me despedir de minha irmã — explico, insinuando que Catarina deve nos deixar a sós.

— E aqui estão suas duas irmãs!

— Preciso me despedir da Maria.

Ignoro Catarina e conduzo minha irmã à poltrona próxima à janela, acomodando-a a meu lado. Catarina se mantém diante de nós. Ótimo, penso, agora você vai poder ver que também tenho consciência de meu destino.

— Eu vou para a Escócia, para meu marido. Serei uma grande rainha — digo a Maria. — Vou ter uma fortuna, a fortuna de uma rainha. Irei lhe escrever cartas, e você precisa responder. Mas tem que escrever direito, não rabiscos tolos. E lhe contarei como está sendo a vida de rainha na minha corte.

Ela tem 7 anos, já não é mais um bebê, mas franze o rosto, estende os braços para mim e cai aos prantos em meu colo.

— Não chore — peço. — Não chore, Maria. Vou visitar você sempre. Talvez você possa me visitar.

Ela apenas soluça mais, e vejo o olhar preocupado de Catarina.

— Achei que ela ficaria feliz por mim — balbucio. — Achei que deveria explicar a ela, sabe, que uma princesa não é como a filha de um lavrador.

— É difícil para ela perder a irmã — responde Catarina, solidária. — E ela acabou de perder a mãe e o irmão.

— Eu também!

Ela sorri, pondo a mão em meu ombro.

— É difícil para todas nós.

— Não foi muito difícil para você.

Vejo uma sombra cruzar seu rosto.

— Ainda é — responde Catarina secamente. Ela se ajoelha ao lado de nós duas e abraça o corpo trêmulo de minha irmã. — Princesinha Maria — murmura, com carinho. — Uma irmã está deixando você, mas outra acabou de chegar. Eu estou aqui. Vamos escrever umas para as outras, vamos ser amigas para sempre. E um dia você vai viajar para um reino lindo, para se casar, e vamos sempre nos lembrar de nossas irmãs reais.

Maria ergue o rosto molhado de lágrimas e enlaça o pescoço de Catarina, de modo a abraçar nós duas. É quase como se tivéssemos sido fundidas com o amor fraternal. Não consigo me desvencilhar e percebo que não quero. Abraço Catarina e Maria, e aproximamos nossa cabeça dourada uma das outras como se firmássemos um juramento.

— Amigas para sempre — decreta Maria, solene.

— Somos as irmãs Tudor — observa Catarina, embora evidentemente ela não seja.

— Duas princesas e uma rainha — digo.

Catarina sorri para mim, o rosto próximo ao meu, os olhos brilhando.

— Tenho certeza de que um dia todas seremos rainhas.

Em trânsito, de Richmond a Collyweston, Inglaterra, Junho de 1503

Os preparativos para nossa viagem são inacreditavelmente suntuosos, algo que fica entre um espetáculo teatral e uma caçada. Na dianteira, livres da poeira e estabelecendo o ritmo, vamos meu pai, o rei, e eu, a rainha da Escócia. Ele cavalga atrás de seu estandarte real, e eu, atrás do meu. Troco minhas roupas de cavalgada sempre que paramos, às vezes três vezes por dia. Uso o verde Tudor, carmim, um amarelo tão escuro que parece laranja e azul-claro. Meu pai costuma usar preto — sempre cores escuras —, mas o chapéu, as luvas e o colete são cravejados de pedras preciosas, e os ombros, repletos de correntes de ouro. Nossos cavalos são os melhores. Eu tenho um palafrém — cavalo destinado às mulheres, treinado em meio a multidões, com fogos de artifício, para garantir que nada o deixe sobressaltado —, e meu cavalariço traz um animal extra. Cavalgo com uma perna de cada lado do palafrém, numa sela acolchoada, para podermos avançar muitos quilômetros por dia, ou posso viajar com o mestre das cavalariças na sela traseira, enfeitada com o emblema da Escócia, o cardo. Se estou cansada, tenho uma liteira carregada por mulas, onde posso fechar as cortinas e dormir com o balanço da viagem.

Atrás de nós, vêm os cortesãos, como se tivessem saído para um dia de lazer, as mangas compridas das damas esvoaçando enquanto galopamos, as capas dos lordes tremulando como estandartes. Os lordes dos aposentos de meu pai e minhas damas interagem sem cerimônia, e sempre há risos e flerte. Atrás deles, vem a guarda montada, embora a Inglaterra esteja supostamente em paz. Meu pai é sempre desconfiado; ele teme que pessoas tolas e maldosas ainda guardem lealdade à antiga família real. Atrás da guarda montada, vem a carruagem com os falcões e gaviões, as cortinas de couro bem presas para proteger da poeira, as aves nos devidos poleiros de viagem, com a cabeça coroada com capuz de couro, protegida do barulho e da confusão para não ficarem assustadas.

À sua volta, vêm os grandes cães treinados para perseguir lobos e veados, com os caçadores e os matilheiros mantendo-os sob controle. Volta e meia, um cachorro fareja alguma coisa e faz barulho, incitando os outros, que estão sempre desesperados para caçar, mas só podemos parar quando não temos uma festa ou uma recepção formal à nossa espera. Às vezes, caçamos antes do café da manhã; outras vezes, no frio da noite, quando os cães saem correndo e a corte esporeia os cavalos, atravessando fossos e avançando por florestas desconhecidas, com animação. Quando matamos um animal, damos a carne, na parada seguinte, ao anfitrião daquela noite.

À nossa frente, vai o comboio de bagagens, que parte meio dia antes de montarmos. Meia dúzia de carroças transportam minhas roupas; uma delas, especialmente protegida, leva minhas joias. Meu camareiro e seus servos vão ao lado dos carroceiros, ou cavalgam junto a eles, para que nada se perca. As carroças são envoltas com tecidos impermeáveis, pintados nas cores Tudor e fechados com meu selo real. Cada uma das minhas damas tem sua própria carroça, com seu próprio brasão, e, quando o comboio parte, parece a árvore de brasões ambulante de um torneio, como se os Cavaleiros da Távola Redonda tivessem decidido invadir o norte, todos de uma só vez.

Meu pai não é uma companhia muito divertida nesta grande travessia. Está insatisfeito com a condição das estradas e o custo da viagem. Sente saudade de minha mãe, eu acho, o que não se manifesta como sofrimento, mas numa eterna reclamação: "Se Vossa Majestade estivesse aqui, faria isso", ou "Nunca precisei pedir isso, é trabalho da rainha". Minha mãe era tão amada, e a família dela estava tão acostumada a governar, ocupando o trono havia tantas gerações, que ela sempre conduzia meu pai nessas grandes ocasiões públicas, e todos se sentiam mais à vontade quando ela estava à frente de uma procissão. Começo a achar que teria sido bom se tivessem obrigado Catarina de Arrogância a se casar com meu pai; servir-lhe a teria deixado bem mais submissa do que o casamento com Henrique jamais a deixará. Ela vai dominar Henrique, eu sei, mas meu pai a teria posto para trabalhar.

 Ele fica feliz quando chegamos à casa de minha avó em Collyweston, porque ali tudo é comandado por ela à perfeição e ali ele pode descansar sem fazer nada. Acho que deve estar doente. Parece cansado, e minha avó o paparica com toda sorte de poções e bebidas fortificantes. Ali nos separaremos: ele vai voltar para Londres, e eu vou seguir viagem para o norte, até a Escócia. Só o verei novamente quando visitar a Inglaterra.

 Fico me perguntando se meu pai está angustiado por me deixar e esconde essa preocupação atrás do mau humor, mas, na verdade, acho que não vai sentir minha falta mais do que sentirei falta dele. Nunca fomos próximos, ele nunca ligou para mim. Sou sua filha, mas lembro as pessoas altas e louras da família de minha mãe. Não sou uma princesinha com rosto de boneca como Maria. Herdei o mau humor dele, mas minha avó me ensinou a escondê-lo, e tenho sua coragem. Meu pai passou a vida exilado e depois voltou para a Inglaterra, contra todas as expectativas. Acho que também posso ser corajosa. Tenho o otimismo de minha mãe; meu pai espera o pior de todos e deseja desmascará-los. Quem nos visse lado a lado — ele tão magro e moreno, e eu com o rosto arredondado, os ombros largos — jamais acharia que somos pai e filha. Não é de admirar que não sintamos nenhuma ligação de parentesco.

 Ajoelho-me para sua bênção enquanto meus cortesãos me esperam sob o sol e minha avó me inspeciona em busca de defeitos. Quando me levanto, ele beija meu rosto.

 — Você sabe o que precisa fazer — afirma secamente. — Certifique-se de que seu marido mantenha a paz. A Inglaterra nunca estará segura se a Escócia for nossa inimiga, sempre causando comoção nas terras do norte. Chama-se Tratado da Paz Perpétua por um motivo. Você estará lá para garantir que ele seja perpétuo.

 — Farei tudo que estiver a meu alcance.

 — Nunca se esqueça de que você é uma princesa inglesa — prossegue ele. — Se, Deus me livre, alguma desgraça acontecer com Henrique, você será mãe do próximo rei da Inglaterra.

— Isso é a coisa mais importante do mundo — acrescenta minha avó. Ela e o filho se entreolham, com carinho. — Sirva a Deus — aconselha-me ela. — E lembre-se da sua e de minha santa padroeira, a abençoada Margaret.

Abaixo a cabeça ao ouvir o nome da mulher que quase foi devorada por um dragão, mas se salvou quando seu crucifixo arranhou o estômago do animal e ele a vomitou.

— Que a vida dela seja um exemplo para você — deseja minha avó.

Levo a mão ao crucifixo pendurado no pescoço para mostrar que, se for engolida por um dragão no caminho até Edimburgo, estarei preparada.

— Deus a abençoe — murmura ela.

Seu rosto está firme; não há nenhuma chance de ela chorar em nossa despedida. Posso ser sua neta preferida, mas nem eu nem Maria chegamos perto da adoração que ela sente pelo filho e pelo neto. Minha avó está fundando uma dinastia. Só precisa de varões.

Ela me dá um beijo e me abraça por um instante.

— Tente dar à luz um filho homem — murmura. — A única coisa que importa é ter seu filho no trono.

É uma despedida fria para uma menina sem mãe, mas, antes que eu possa responder, meu mestre das cavalariças se adianta e me põe sobre o palafrém, as trombetas ecoam para avisar a todos que estamos prontos para partir. A corte do rei acena, os empregados de minha avó dão vivas, e parto à frente de minha corte, com meu estandarte tremulando, pela grande estrada que leva a Edimburgo.

Em trânsito, de York a Edimburgo, Julho de 1503

Sigo para a fronteira da Inglaterra com a Escócia sem muito pesar pelo que deixo para trás. Grande parte de minha infância já acabou. No ano passado, perdi meu irmão adorado, depois minha mãe e, com ela, uma irmãzinha recém-nascida. Mas percebo que, nessa nova etapa da minha vida, não sinto muita saudade deles. Por mais estranho que pareça, é de Catarina que sinto falta ao avançar para o norte. Quero contar a ela sobre as magníficas saudações que recebo em cada cidade, quero perguntar sobre a estranheza de uma viagem longa e da necessidade do guarda-roupa. Imito o jeito bonito como ela mantém a cabeça ereta, treinando até mesmo sua maneira de encolher os ombros. Tento dizer "ridículo" com sotaque espanhol. Ela será rainha da Inglaterra, e eu serei rainha da Escócia; as pessoas vão nos comparar, e quero aprender a ser tão elegante quanto ela.

    Tenho oportunidades diárias de ensaiar sua postura, pois estou começando a descobrir que uma das maiores vantagens de ser membro da realeza é conseguir pensar sobre coisas interessantes enquanto as pessoas rezam por nós ou falam conosco, ou até mesmo cantam hinos sobre nós. Seria indelicado bocejar quando alguém está agradecendo a Deus nossa chegada, por isso aprendi o truque de divagar sem dormir. Sento-me como Catarina, com as costas eretas e a cabeça erguida para alongar o pescoço. Com frequência levanto o vestido uma fração de centímetro para ver meus sapatos. Encomendei calçados de ponta bordada com desenhos elaborados, de modo que essas respeitosas meditações fiquem ainda mais interessantes.

Observo muito a ponta de meus sapatos em cada longa e tediosa parada, enquanto os nobres discursam para mim em meu caminho para o norte. Meu pai ordenou que minha viagem fosse uma procissão esplêndida, e meu papel é estar bonita numa série de vestidos maravilhosos e abaixar os olhos com modéstia quando as pessoas agradecem a Deus a chegada dos Tudor e, especialmente, a minha passagem por sua cidadezinha suja e empesteada. É quando fico olhando para a ponta de meus sapatos e penso que em breve estarei em meu reino, a Escócia. Que serei rainha. E então decidirei aonde ir e quanto tempo devem durar os discursos.

Fico abismada com o interior do território. É quase como se o céu se abrisse sobre nós, como a tampa de um baú. De súbito, o horizonte fica mais distante, afastando-se ao subirmos ou descermos os montes verdes, permitindo que víssemos mais montes verdes pela frente, como se toda a Inglaterra se encapelasse sob nossos pés. Sobre nós, desfralda-se o grande céu do norte. O ar é úmido e limpo, como se estivéssemos submersos. É como se fôssemos criaturas minúsculas, uma espicha de camarões avançando num mundo gigantesco, e os passarinhos que sobrevoam nosso caminho, e as ocasionais águias que surgem ainda mais alto, nos vissem como pontinhos na encosta de imensas montanhas.

Eu não fazia ideia de que era tão longe, não fazia ideia de que o norte da Inglaterra fosse tão desabitado. Não há demarcações, não há fossos, não há plantações, não há nada. É apenas uma terra vazia, desolada.

Evidentemente, há quem ganhe a vida nessa paisagem intocada. De vez em quando, vemos à distância uma torre de pedra improvisada e ouvimos os toques de um sino avisando que os guardas nos avistaram. São os homens bárbaros do norte que cruzam essas terras, roubando a colheita e os cavalos uns dos outros, acuando o gado uns dos outros, vivendo à custa de seus arrendatários e roubando os demais. Não nos aproximamos de seus fortes e somos numerosos demais, estamos bem armados demais, para que eles nos ataquem, mas o chefe de minha escolta, Thomas Howard, conde de Surrey, range os dentes amarelados só de pensar neles. Já lutou pelo reino inteiro e queimou muitos fortes para punir essa gente por sua rebeldia, por sua pobreza, por seu ódio a tudo que vem do sul, onde há dinheiro e tranquilidade.

É esse homem que me impede de fazer as coisas da maneira que desejo, pois tudo é comandado por ele e sua esposa, Agnes, uma mulher igualmente desagradável. Por algum motivo, meu pai gosta de Thomas Howard e confia nele, tendo-o designado para me levar a Edimburgo, certificando-se de que me comportarei devidamente, como rainha da Escócia. Era de imaginar que, a essa altura, confiariam em mim sem um Howard em meu encalço para me dar conselhos. Ele também está aqui como espião, pois já lutou contra os escoceses mais de uma vez, e se reúne com os lordes do norte em cada cidade onde paramos, para saber o estado de espírito dos lordes da fronteira escoçesa, se eles poderiam ser subornados para ficar do nosso lado. Promete armas e dinheiro a nossos lordes para manter a defesa da Inglaterra contra a Escócia, embora minha simples presença aqui signifique a chegada da paz perpétua.

Howard parece não entender a mudança que ocorreu no mundo com meu casamento com o rei da Escócia. Trata-me com respeito, tirando o chapéu, fazendo reverências de joelho, aceitando pratos de minha mesa, mas há algo em seus modos de que não gosto. É como se ele não compreendesse a natureza divina da realeza. É como se, tendo visto meu pai rastejando na lama da batalha de Bosworth para tomar a coroa, achasse que ele poderia perdê-la novamente.

Howard lutou contra nós na ocasião, mas convenceu meu pai de que foi uma louvável lealdade, não traição. Diz que foi leal à coroa da época, assim como é leal à coroa de agora. Se a coroa da Inglaterra estivesse na cabeça de um babuíno africano, seria leal a ele. É a coroa, e a riqueza que vem dela, que inspira a lealdade de Howard. Não acredito que ele goste de meu pai ou de mim nem um pouco. Se não fosse um general tão habilidoso, acho que eu não teria de suportar sua companhia. Se estivesse viva, minha mãe teria designado alguém de sua família. Se meu irmão estivesse vivo, minha avó não estaria presa à corte para proteger o único sucessor que nos restou. Mas tudo deu errado desde que Catarina surgiu na corte e levou embora Artur, e esses Howard são apenas mais um exemplo de como meus interesses não têm a prioridade que deveriam.

Minha aversão por eles cresce a cada parada; o casal fica me observando ouvir os cumprimentos e me indica quando devo responder, embora eu saiba muito bem que preciso ficar encantada com York, que preciso me maravilhar com Berwick, nossa cidade mais ao norte, um castelinho lindo numa curva do rio próximo ao mar. Não preciso que me mandem admirar as fortificações. Vejo como Berwick me saúda, sei que estou segura dentro dessa muralha. Mas Thomas Howard praticamente dita o discurso de agradecimento que faço ao capitão do castelo. Orgulha-se de seu conhecimento da tradição. De algum modo, descende de Eduardo I e por isso acha que pode me aconselhar a me sentar ereta na sela e não ficar correndo os olhos pelo salão à procura da comida quando os discursos seguem interminavelmente antes do jantar.

Quando alcançamos a fronteira escocesa, que fica a apenas duas horas de Berwick, estou farta dos Howard e decido que a primeira coisa que farei quando estabelecer minha corte será mandá-los para casa com um bilhete para meu pai, dizendo que eles não têm a destreza que exijo de meus cortesãos. Eles podem ser ótimos para ele, mas não o são para mim. Podem servir na corte de Catarina, para ela ver a alegria que é ter a companhia de Thomas Howard. Para ela ver se gosta de saber que ele é tão leal à coroa que não importa quem a esteja usando. Para a ambiciosa presença dele lembrar a Catarina que ela própria também se casou com um príncipe de Gales, mas agora está determinada a ser esposa de outro. A coroa é o que mais interessa aos Howard, assim como a Catarina.

Mas nada disso importa quando finalmente cruzamos a fronteira e chegamos à Escócia, e a senhora do Palácio de Dalkeith, condessa de Morton, sussurra para mim:

— O rei está vindo!

Foi uma viagem tão longa que quase me esqueci de que, no fim, encontraria o trono da Escócia, a coroa de cardo, mas também um homem, um homem de verdade, não apenas alguém que manda presentes e lindos elogios por intermédio de emissários, mas um homem de carne e osso, que está vindo me ver.

O combinado é que ele me encontraria quando eu chegasse a Edimburgo, mas existe uma tradição idiota de que o noivo — como um príncipe de conto de fadas —, sem conseguir conter a ansiedade, deveria partir como o cavaleiro perfeito de um romance para encontrar a noiva. Isso me faz pensar novamente em Artur, que cavalgou debaixo de chuva até Dogmersfield para encontrar uma Catarina relutante, e quero ao mesmo tempo rir e chorar ao me lembrar da má recepção que teve e de seu constrangimento. Mas isso pelo menos revela que o rei dos escoceses sabe como as coisas devem ser e está demonstrando um lisonjeador interesse por mim.

Ficamos todas nervosas, e até minha principal dama de companhia, Agnes Howard, parece eufórica ao entrar em meus aposentos. Uso um vestido verde de mangas douradas e minhas melhores pérolas, e todas nos sentamos como se estivéssemos posando para um pintor, ouvindo música e fingindo não estarmos esperando por ninguém. Thomas Howard surge no cômodo e olha ao redor como se dispusesse sentinelas pelo lugar. Inclina-se sobre meu ombro e sussurra em meu ouvido que devo parecer surpresa com a chegada do rei. Não devo demonstrar que estou à sua espera. Respondo que sei disso, e todos aguardamos. Horas se passam até ouvirmos tumulto no portão, gritos de louvor, a porta do palácio bater e passos rápidos de botas de montaria barulhentas na escada. Por fim, os guardas abrem a porta e ele entra. Meu marido.

Quase solto um grito ao vê-lo. Ele tem uma barba enorme, ridícula, vermelha como uma raposa, praticamente do tamanho do animal. Levanto-me, sobressaltada. Agnes Howard me fuzila com os olhos. Se estivesse mais perto, acho que teria me beliscado para me lembrar de meus modos. Mas não importa, porque o rei já está segurando minha mão e fazendo uma reverência, pedindo desculpas por me assustar. Ele pensa que meus olhos arregalados e minha boca entreaberta se devem à surpresa de sua chegada e ri de si mesmo por ser um trovador do amor. Então cumprimenta todas as minhas damas com um sorriso confiante, beija a mão de Agnes Howard e saúda Thomas Howard como se os dois fossem grandes amigos e ele tivesse se esquecido de que Thomas já invadiu a Escócia duas vezes.

Está vestido de maneira muito elegante, como um príncipe europeu, de veludo vermelho e pano de ouro, e observa que nós dois escolhemos veludo. O casaco tem o corte de um casaco próprio para montaria, mas o material é sofisticado e, em vez de carregar nas costas arco e flecha, como se estivesse caçando, ele traz uma lira. Um pouco hesitante, comento que ele é de fato um trovador se carrega a lira para onde vai, e ele diz que adora música, poesia e dança e que espera que eu também goste.

Respondo que gosto, e ele me pede para dançar. Agnes Howard se posta a meu lado, e os músicos tocam uma pavana, que sei dançar com muita elegância. O jantar é servido, sentamo-nos lado a lado e agora, enquanto ele conversa com Thomas Howard, posso observá-lo melhor.

É um homem bonito. Com seus 30 anos, já é muito velho, evidentemente, mas não tem a rigidez e a solenidade de um velho. Seu rosto é agradável: sobrancelhas arqueadas, olhos cálidos e inteligentes. Toda a rapidez de seus pensamentos e a intensidade de suas emoções parecem reluzir nos olhos castanhos; tem uma boca marcante, e, por algum motivo, ela me faz pensar em beijar. Mas a barba... Não tem como ignorar a barba. Duvido de que exista uma maneira de ignorá-la. Pelo menos ele está de banho tomado, cabelo penteado, cheiroso; não há nenhum camundongo morando na barba. Mas eu preferiria que estivesse de barba feita e não consigo imaginar como mencionar isso. Já é terrível o bastante ter de me casar com um homem que tem idade para ser meu pai, com um reino menor do que minha casa, sem ele precisar trazer uma raposa para a cama.

Ele vai embora ao anoitecer, e comento com Agnes Howard que talvez ela pudesse mencionar ao marido que prefiro o rei barbeado. Como sempre, ela comunica a Thomas Howard de pronto, e é como se minhas preferências fossem um absurdo. Por isso, antes de dormir levo um sermão de ambos, que dizem que tenho muita sorte de me tornar rainha e que nenhum marido aceitaria conselhos de uma moça sobre sua aparência, muito menos um rei.

— O homem é feito à imagem de Deus. A mulher foi feita depois de Deus executar sua melhor criação, e a ela não cabe criticar — explica Thomas Howard, como se fosse o papa.

— Ah, amém — respondo, mal-humorada.

Nos quatro dias que antecedem o casamento, meu marido vem me visitar todas as tardes, mas conversa sobretudo com Thomas Howard. O velho homem lutou contra os escoceses por toda a extensão da fronteira, mas, em vez de serem inimigos mortais, como era de esperar, os dois são inseparáveis, dividindo histórias de campanhas e batalhas. Meu noivo, que deveria estar me cortejando, relembra guerras passadas com meu acompanhante, e Thomas Howard, que deveria se dedicar a meu conforto, esquece que estou aqui e fica contando ao rei sobre seus muitos anos de campanha. Não há momento de maior felicidade para eles do que quando estão desenhando um mapa das regiões onde lutaram, ou quando Jaime, o rei, está descrevendo as armas que vem desenvolvendo para os castelos. Ambos se comportam — como soldados juntos sempre se comportam — como se as mulheres fossem totalmente irrelevantes, como se a única coisa que interessasse fosse invadir o território alheio e matar o adversário. Mesmo quando estou sentada com minhas damas, e o rei chega com Thomas, ele passa apenas alguns instantes sendo gentil comigo e logo pergunta a Thomas se ele já viu as novas armas, os canhões mais leves, se conhece o famoso canhão escocês, o maior da Europa, dado ao avô de Jaime pelo duque da Borgonha. É muito irritante. Tenho certeza de que Catarina não toleraria.

O dia de nossa chegada a Edimburgo é meu último dia como princesa Tudor, antes de eu ser coroada em meu novo reino. O rei me leva na garupa de seu cavalo, como se eu fosse uma simples dama e ele fosse meu mestre das cavalariças, ou como se tivesse me capturado e me trouxesse para casa. Estou sentada atrás dele quando entramos em Edimburgo; colada a suas costas, abraçando sua cintura, como uma camponesa chegando da feira. Todos adoram. As pessoas gostam da imagem de romance que transmitimos, o cavaleiro e a dama resgatada. Gostam da princesa inglesa sendo trazida para a capital como um troféu. Os escoceses são um povo informal e afetuoso. Não entendo uma palavra do que dizem, mas os rostos radiantes, os beijos lançados e os aplausos mostram o prazer que sentem ao ver o belo rei de aspecto rebelde, com o cabelo e a barba ruiva comprida, e a princesa de cabelo dourado, sentada atrás dele.

A cidade tem belos portões de entrada e, atrás deles, as casas são uma espécie de choupana, algumas de bom tamanho, com paredes de estuque e telhado de junco, outras, de pedra, recém-construídas. Há um castelo no alto de um penhasco, numa ponta da cidade, com uma única estrada estreita até o cume. Mas também há um palácio recém-construído no vale, no outro extremo, e, do outro lado dos muros fortificados da cidade, montanhas e florestas. Uma larga estrada de pedras, de um quilômetro e meio, interliga o castelo ao palácio, e as melhores casas de dois andares, dos mercadores, ficam nessa rua. Atrás das casas, há jardins bonitos e vielas escuras que conduzem a construções escondidas e grandes hortas, pomares, cercados e mais casas com alamedas secretas descendo a encosta.

Em toda esquina, acontece uma encenação com anjos, deusas e santos rezando para que eu tenha amor e fertilidade. É uma cidadezinha bonita, com o castelo fincado no alto como uma montanha, as torres arranhando o céu, as bandeiras tremulando entre as nuvens. Também é uma cidade desordenada, e choupanas se transformam em casas, madeira dá lugar às pedras, telhas substituem o junco. Mas toda janela, esteja aberta ao ar frio ou fechada, exibe um estandarte, ou cores, e entre as varandas encontram-se correntes de flores. Toda portinhola apertada se acha abarrotada com a família reunida para acenar para mim e, nas casas de pedra, as crianças se debruçam nas varandas para aplaudir. O barulho das pessoas gritando nas ruazinhas conforme passamos é ensurdecedor. Atrás e à nossa frente, deve haver pelo menos mil cavalos com lordes escoceses e ingleses misturados, para mostrar a nova união que trago à Escócia, e todos seguimos pelas estreitas ruas de pedras, até descer o morro do Palácio de Holyroodhouse.

Palácio de Holyroodhouse, Edimburgo, Escócia, Agosto de 1503

No dia seguinte, minhas damas me acordam às seis da manhã. O dia está frio, e o céu, azul. Assisto à missa na capela privada e tomo o café em minha sala de audiências, apenas com as damas. Ninguém come muito, estamos todas nervosas, e quase fico enjoada com o gosto de pão e da cerveja fraca. Volto para o quarto, onde dispuseram uma enorme banheira de água quente, e encontro o vestido de casamento sobre a cama. Minhas damas me banham e me vestem como se eu fosse um fantoche de madeira, depois penteiam meu cabelo, que cai sobre os ombros, macio e ondulado. É o que tenho de mais bonito, o basto cabelo louro, e todas paramos para admirá-lo e prender mais laços. Então, de repente, percebemos a hora e precisamos nos apressar. Fico me lembrando de várias coisas que quero, várias coisas que deveria fazer. Já estou com os sapatos do casamento — com ponta bordada e cadarço de ouro, sofisticados como os de Catarina de Arrogância —, Agnes Howard está pronta para me acompanhar, e as damas se enfileiram atrás dela. Então chega a hora de ir.

Desço a escada de pedra e caminho sob o sol até a porta da abadia, que se abre para mim revelando o interior abarrotado de lordes e damas, o cheiro de incenso e a música do coro. Lembro-me de atravessar a nave em direção a Jaime, do brilho dourado das relíquias no altar, lembro-me do calor de milhares de velas e do teto abobadado. Lembro-me da magnífica janela sobre o altar, altíssimo, brilhando com as cores do vitral e depois... não me lembro de mais nada.

Acho que é tão majestoso quanto o casamento de Artur. Não é a Catedral de São Paulo, claro, mas uso um vestido tão bonito quanto o de Catarina. O homem a meu lado reluz de tantas pedras preciosas e é de fato rei, ao passo que Catarina se casou apenas com um príncipe. E eu sou coroada. Ela jamais foi coroada, evidentemente, não passava de uma mera princesa e agora é menos do que isso. Mas eu tenho uma dupla cerimônia: caso e depois sou coroada rainha. É tão magnífico e dura tanto tempo que fico atordoada. Viajei muito, centenas e centenas de quilômetros, desde Richmond, e fui vista por muita gente. Espero por esse dia há anos. Meu pai o planejou durante a maior parte da minha vida, é a grande vitória de minha avó. Eu deveria estar extasiada, mas é emoção demais para assimilar. Tenho só 13 anos. Sinto-me como se fosse minha irmã, Maria, quando lhe dão permissão para ficar acordada até mais tarde numa festa. Estou fascinada com minha glória e atravesso tudo — a missa do casamento, a coroação e os juramentos, o banquete, a apresentação teatral, o último serviço na capela e a procissão até a cama — como se estivesse sonhando. O rei mantém o braço em minha cintura durante todo o tempo; se não fosse por ele, acho que cairia. O dia dura uma eternidade, e então ele sai para se confessar e rezar em seus aposentos, enquanto minhas damas me levam para a cama.

Sob a supervisão de Agnes Howard, elas desatam as mangas, guardando-as em sacos de alfazema, abrem meu vestido e me ajudam a tirar o peitilho. Devo usar meu melhor penhoar de linho, com acabamento em renda francesa e, debaixo dele, uma camisola de seda. Elas me conduzem até a cama, onde me deito, encostada nos travesseiros, ajeitam o penhoar em torno dos pés e puxam as mangas, como se eu fosse uma efígie de cera, feito minha mãe no caixão. Agnes Howard espalha meu cabelo sobre os ombros, beliscando meu rosto para me deixar corada.

— Como estou? — pergunto. — Me traga um espelho.

— Você está bonita — responde ela, com um leve sorriso. — Uma bela noiva.

— Como a Catarina?

— Como a Catarina — confirma ela.

— Como minha mãe?

Estudo meu rosto infantil no espelho.

Ela me avalia com olhos críticos.

— Não — responde. — Não exatamente. Porque ela foi a mais bonita de todas as rainhas da Inglaterra.

— Então mais bonita do que minha irmã? — pergunto, tentando encontrar alguma medida que me dê segurança para enfrentar meu marido esta noite.

Novamente, o olhar julgador.

— Não — repete, com relutância. — Mas você não deveria nunca se comparar a ela. Maria tem uma beleza fora do comum.

Solto uma exclamação aborrecida e lhe devolvo o espelho.

— Fique tranquila — recomenda ela. — Você é a mais bonita das rainhas escocesas. Tenha isso em mente. E seu marido está nitidamente deleitado.

— Será que ele consegue me enxergar com aquela barba? — pergunto, irritada. — Será que enxerga alguma coisa?

— Seu marido enxerga você. Não há nada que ele deixe escapar.

Os lordes da corte o acompanham à porta do quarto, cantando músicas obscenas e fazendo piadas, mas ele não permite que passem da entrada. Deseja boa-noite às damas, indicando que todas devem ir embora e forçando-as a abandonarem a esperança de assistir ao ato sexual. Percebo que não faz isso por timidez, porque não é tímido, mas por generosidade comigo. Não há necessidade. Não sou criança. Sou uma princesa. Nasci e fui criada para isso. Passei a vida toda sob o olhar da corte. Sei que todo mundo sempre sabe tudo sobre mim e está sempre me comparando a outras princesas. Jamais sou julgada por mim mesma, sempre fui comparada aos outros três filhos Tudor, agora sou uma das três irmãs reais. Nunca é justo.

Jaime se despe como um homem comum; tira o roupão e para diante de mim apenas com a roupa de dormir, então começa a puxar a camisola pela cabeça. Ouço um tinido, como de um colar pesado, quando seu corpo nu se revela para mim centímetro a centímetro conforme a camisola é retirada. Pernas fortes, cobertas de pelos escuros e grossos, um monte de pelos escuros na pelve, o membro voltado para cima, como de um garanhão, um fio de pelos no abdome liso e...

— O que é isso? — pergunto ao ver o cinto de anéis de metal. O cinto que soltara o tinido.

— É minha virilidade — responde Jaime, sem entender o que estou perguntando. — Não vou machucar você. Vou ser cuidadoso.

— Isso, não. — Cresci na corte, mas passei a vida toda perto de animais de fazenda. — Disso sei tudo que há para saber. O que é isso na sua cintura?

Ele toca a peça com delicadeza.

— Ah, isso.

Vejo agora que os anéis de metal deixaram sua pele em carne viva. É cheio de pontas afiadas, que o arranham sempre que ele se mexe. A cintura está toda machucada. Ele deve usar o cinto há anos. Está em constante desconforto há anos, a cada movimento do corpo.

— É um cilício — explica ele. — Você já deve ter visto um. Você, que já viu tanta coisa do mundo, que vê o pênis do marido na noite de núpcias e já sabe tudo que há para saber.

Solto uma risada.

— Não foi o que eu quis dizer. Mas para que serve o cilício?

— Para me lembrar do meu pecado — responde ele. — Quando eu era jovem, mais ou menos da sua idade, fiz uma coisa muito estúpida, muito errada. Fiz uma coisa que vai me mandar para o inferno. Uso o cilício para me lembrar de que sou estúpido e pecador.

— Se o senhor tinha minha idade, ninguém pode culpá-lo. O senhor pode apenas se confessar. Confesse e receberá uma penitência.

— Não posso ser perdoado só porque era jovem. E não pense isso você também. Não podemos ser perdoados porque somos jovens ou, no seu caso, porque você é mulher e sua mente é mais inconstante do que a do homem. Você é rainha. Precisa se ater aos mais altos padrões. Precisa ser sábia, precisa ser devota, sua palavra deve ser um compromisso, você precisa atender a Deus, não a um padre que possa absolvê-la. Ninguém pode nos absolver de nossa estupidez e de nosso pecado se somos membros da realeza. Você precisa tomar cuidado para nunca cometer nenhuma estupidez, nenhum pecado.

Encaro-o, aturdida, parado à minha frente no quarto nupcial, o membro ereto, pronto, as argolas de metal cortando a cintura, sério como um juiz.

— O senhor precisa usar isso agora? — pergunto. — Nesse momento?

Ele solta uma risada.

— Não — responde, abaixando a cabeça para tirar o cinto.

Então sobe na cama e deita-se a meu lado.

— Deve ser melhor ficar sem ele — observo, querendo convencê-lo a abandoná-lo.

— Não há motivo para você se arranhar pelos meus pecados — diz com brandura. — Vou tirar quando estiver com você. Não há nenhum motivo para você se machucar.

Não dói porque ele é cuidadoso, rápido e não coloca seu peso sobre mim — não é como um garanhão desajeitado no campo, mas hábil e preciso. É muito agradável ter o corpo todo afagado, como um gato no colo de alguém; as mãos dele me alisam por toda parte, atrás das orelhas, no cabelo, nas costas e entre as pernas, como se não houvesse nenhum lugar onde não conseguisse transformar minha pele em seda. Foi um dia longo, estou meio tonta e sonolenta e não sinto nenhuma dor. Inicialmente, parece uma intrusão um tanto inusitada, depois uma espécie de agitação quente e, quando começa a ficar intenso demais, termina e não sinto nada além do calor de ter sido tocada.

— É isso? — pergunto, surpresa, quando ele solta um suspiro e se deita no travesseiro.

— É isso. Ou, pelo menos, é isso por hoje.

— Achei que doesse e que haveria sangue.

— Tem um pouco de sangue. O suficiente para ostentar nos lençóis pela manhã. O suficiente para Lady Agnes relatar a sua avó, mas não deveria doer. Deve ser prazeroso, mesmo para a mulher. Alguns médicos acham que é preciso ter prazer para engravidar, mas eu mesmo duvido.

Ele se levanta e pega o cinto com anéis de metal.

— O senhor precisa botar isso?

— Preciso.

Ele fecha o cinto, fazendo uma careta quando o metal arranha mais uma vez a pele ferida.

— O que o senhor fez que foi tão terrível assim? — pergunto, como se ele fosse me contar uma história de ninar.

— Conduzi lordes rebeldes contra meu pai, o rei. — Ele fica muito sério; não se trata de uma história agradável. — Eu tinha 15 anos. Achei que ele pretendia me assassinar e botar meu irmão em meu lugar. Dei ouvido aos lordes e conduzi o exército deles numa rebelião traiçoeira. Achei que o capturaríamos e que ele governaria com conselheiros melhores. Mas, quando me viu, ele estancou; não atacaria o próprio filho. Era mais leal como pai do que eu como filho, e por isso os rebeldes e eu ganhamos a batalha. Ele fugiu, os rebeldes o pegaram e o mataram.

— O quê?

Imediatamente o horror da história me deixa muito desperta.

— Foi isso.

— O senhor se rebelou contra seu pai e o matou? — Isso é pecado contra a ordem, contra Deus e contra o pai dele. — O senhor matou seu próprio pai?

Na parede, a sombra dele balança quando a vela da minha mesa de cabeceira oscila.

— Deus me perdoe, mas matei, sim — responde ele, num murmúrio. — E por isso há uma maldição sobre mim como rebelde, usurpador, como homem que matou o próprio rei, filho que matou o próprio pai. Sou regicida e patricida. E uso o cilício para nunca me esquecer de desconfiar dos motivos de meus aliados e, quando entro em guerra, sempre penso em quem pode ser morto ao acaso. Meu pecado é imenso. Nunca vou conseguir expiá-lo.

As cordas da cama rangem quando ele se deita a meu lado, esse homem que matou um rei, esse assassino.

— O senhor não pode fazer uma peregrinação? — pergunto suavemente. — Não pode participar de uma cruzada? Será que o Santo Padre não o eximiria do pecado?

— Espero conseguir fazer isso — responde em um murmúrio. — O reino nunca teve paz suficiente para eu sair com segurança, mas gostaria de participar de uma cruzada. Espero ir a Jerusalém um dia. Isso lavaria minha alma.

— Eu não sabia — admito, em voz baixa. — Não sabia de nada disso.

Ele puxa a coberta até a barriga e espalha-se na cama, um pé para cada lado, os braços cruzados sobre o peito largo, como se a cama fosse toda sua e eu devesse me limitar a um canto ou me ajustar a seu corpo.

— Seu pai também conduziu uma rebelião contra um rei coroado — observa ele, como se essa não fosse a coisa mais terrível que alguém pudesse fazer. — Ele casou com sua mãe contra a vontade dela e matou parentes dela, jovens de sangue real. Para tomar e manter o trono, às vezes é preciso fazer coisas horríveis.

Solto uma exclamação de protesto.

— Ele não fez isso! Não fez nada disso, ou, pelo menos, não desse jeito!

— Pecado é pecado — decreta o assassino, antes de adormecer.

O dia seguinte é o melhor de minha vida. Faz parte da tradição escocesa que o rei dê à noiva suas terras na manhã seguinte ao casamento, e me dirijo à câmara privada de Jaime, onde nos sentamos em lados opostos de uma grande mesa para ele assinar as escrituras de uma imensa floresta e de um castelo após o outro, até eu me dar conta de que sou de fato rica como deve ser uma rainha. Fico feliz, e a corte fica feliz por mim. Eles também receberam presentes. James Hamilton, que negociou o tratado do casamento, será conde de Arran, título criado para ele em compensação por seu trabalho e como reconhecimento de sua amizade com o rei. Todas as minhas damas ganham presentes, todos os lordes escoceses recebem dinheiro, e alguns títulos também.

Então o rei se vira para mim e sorri.

— Fiquei sabendo que você não gosta de minha barba, Vossa Majestade. Isso também está em suas mãos. Veja só, sou um gentil Sansão. Serei tosado por amor.

Ele me surpreende.

— Jura? — suspiro. — Quem disse isso? Nunca falei nada.

— Você prefere que eu a mantenha?

Ele passa a mão nos pelos, que descem do queixo até a barriga.

— Não! Não!

Sacudo a cabeça, e ele ri novamente.

Faz sinal para um de seus acompanhantes, que abre a porta da sala de audiências. Todas as pessoas que estão lá fora olham para ver o que seus superiores estão fazendo, enquanto um servo entra com uma travessa e uma jarra, um pano e uma grande tesoura dourada.

Minhas damas riem, batendo palmas, mas fico sem jeito e prefiro quando a porta se fecha, e os peticionários e visitantes não podem nos ver.

— Não sei qual é a intenção do senhor. Não pode chamar um barbeiro?
— Faça você — provoca ele. — Se não quer minha barba, corte. Ou está com medo?
— Não estou com medo.
— Acho que está, sim. — Seu sorriso reluz em meio à raposa. — Mas Lady Agnes vai ajudá-la.
Olho para ela, em dúvida se isso é permitido, mas ela também sorri.
— Posso? — pergunto, hesitante.
— Se Sansão quer ser tosado, como recusar? — indaga Agnes Howard.
— Mas não queremos tirar sua força, Vossa Majestade. Jamais lhe faríamos mal.
— Vocês vão me deixar bonito como um cortesão inglês — brinca ele.
— Se Sua Majestade, a jovem rainha da Escócia, não quer a bela barba de um escocês na cama, não precisa ter. Ela precisa ter a mim, rebelde como sou, não precisa da barba também.
Ele se senta num banco, põe o pano em torno do pescoço e me entrega a tesoura. Empunho o instrumento e dou uma tesourada nervosa. Uma mecha de pelos ruivos cai no colo dele. Aturdida, paro, mas o rei solta uma risada.
— Bravo, bravo, rainha Margaret! Corte!
Dou outra tesourada e mais uma, até tudo ter caído. A barba continua espessa, mas a cascata de pelos que lhe pendia sobre o peito está agora no chão.
— Lady Agnes, imagino que a senhora saiba barbear um homem — diz ele. — Mostre à rainha como se faz, sem cortar minha pobre garganta.
— Não é melhor chamar um barbeiro? — pergunta ela, exatamente como perguntei.
Ele solta uma gargalhada.
— Ah, prefiro ser barbeado por alguém da nobreza!
E Lady Agnes pede para buscarem água quente, navalha e um bom sabão e se põe a barbeá-lo, enquanto fico observando. Jaime ri de minha fisionomia apavorada.
No fim, ela cobre-lhe o rosto com um pano quente. Ele tateia a face lisa, expondo-a então para mim.
— O que acha? — pergunta. — Está de seu agrado, Vossa Majestade?
A parte inferior do rosto está branca, bem mais clara do que o restante, por ter ficado oculta do sol e do vento pela barba, ao passo que as bochechas e

a testa são profundamente bronzeadas, e ele tem rugas brancas em torno dos olhos. Está estranho, mas o maxilar é forte, o queixo tem uma leve covinha, a boca é sensual, e os lábios, cheios, bem-feitos.

— Está — respondo, pois não poderia dizer outra coisa.

Ele me dá um beijo cálido na boca, e Agnes Howard bate palmas como se o crédito fosse todo dela.

— Espere só até eles me verem — diz Jaime. — Agora meus leais lordes vão ter certeza de que me casei, de fato, com uma princesa inglesa, porque estou como um verdadeiro inglês, todo elegante.

Ficamos no Palácio de Holyroodhouse até o outono, e constantes justas e comemorações são realizadas. O cavaleiro francês Antoine d'Arcy, o Sieur de la Bastie, é o grande favorito e jura que seria meu cavaleiro se já não estivesse prometido a Ana da Bretanha. Finjo ficar ofendida, mas então ele me diz que, em homenagem a ela, usa armadura e adornos brancos e que nenhuma outra cor lhe cai tão bem. Ele não conseguiria mudar para o verde. Isso me faz rir, e concordo quando ele diz que deve ser "o cavaleiro branco" para o resto da vida, mas que eu e ele saberemos que seu coração me pertence. Isso é absurdo, sobretudo vindo de um jovem belíssimo, mas faz parte do trabalho de ser uma linda rainha.

Em trânsito,
Escócia, Outono de 1503

Quando o tempo esfria e as folhas começam a se encrespar e mudar de cor, meu marido me leva para ver algumas das minhas terras como rainha. Lembro-me da cuidadosa supervisão que minha avó dispensava a suas terras e de sua discreta avareza ao aumentar as propriedades e corro os olhos ao redor enquanto cavalgamos para fora da cidade, por estradas que serpenteiam o terreno pantanoso às margens de um grande rio, o Forth, torcendo para que minhas terras estejam sendo bem administradas.

As árvores crescem até a beira da água e debruçam suas folhas sobre nós como se estivéssemos em um cortejo e as pessoas nos jogassem flores. As florestas são todas cor de bronze e ouro, vermelhas e marrons, e os aclives mais altos das montanhas reluzem com o vermelho das tramazeiras. As poucas cidades do caminho são cercadas por uma miscelânea de pequenas plantações, todas as sebes são cheias de pilritos e, nos arbustos mais fechados, há o brilho de abrunhos negros como azeviche. No céu, gansos voam para o sul numa imensa procissão, um atrás do outro, e com frequência ouvimos o rumor de asas grandes, bandos de cisnes fugindo do frio do norte. Pela manhã e ao entardecer, vemos cervos desaparecendo nas florestas, deslocando-se com tamanho silêncio que os cães não os percebem e, à noite, às vezes ouvimos lobos.

A viagem é uma delícia. Jaime adora música, e toco para ele, acompanhada pelos músicos da corte. Ele é apaixonado por poesia e literatura, e a corte leva seu próprio *makar*, um poeta que viaja por toda parte conosco, como se fosse um cozinheiro, como se precisássemos de poesia da mesma maneira que precisamos de comida quando paramos à noite. Para minha surpresa, Jaime tem essa necessidade de poesia. Anseia por poesia como se toma vinho antes do jantar, gosta de conversar sobre livros e filosofia. Espera que eu aprenda sua língua, porque, se não aprender, jamais poderei apreciar a beleza dos poemas à noite. Diz que eles não podem ser traduzidos, que precisamos ouvi-los como foram criados. Diz que falam do povo e da terra e que não podem ser traduzidos para o inglês.

— Os ingleses não pensam como nós — afirma. — Não amam a terra e as pessoas como os escoceses.

Quando protesto, ele diz que, mais para o norte, as pessoas só falam uma língua chamada erse e que, na verdade, eu deveria aprendê-la também. As pessoas das ilhas dos distantes e frios mares do norte falam uma língua que parece dinamarquês, e foi preciso obrigá-las a reconhecer o domínio dele, porque elas achavam que viviam num reino próprio.

— E o que existe depois delas? — pergunto.

— Muito, muito longe daqui, uma terra branca — responde ele. — Onde não há noite e dia, mas estações inteiras de escuridão e depois meses de luz, e o chão é só gelo.

Jaime tem profundo interesse no funcionamento das coisas e, aonde quer que vamos, desaparece nas torres de sino para conferir o mecanismo dos relógios, ou nos moinhos de água para ver uma nova maneira de moer o trigo. Numa cidadezinha, há um cata-vento para puxar água dos poços, e ele passa metade do dia com os holandeses que o construíram, indo e voltando das comportas, subindo e descendo a escada até as pás para entender completamente como funciona. Tenho algum interesse também, mas na maior parte do tempo não consigo compreender meu marido. Ele é fascinado pelo funcionamento do corpo humano, mesmo do corpo sujo das pessoas mais pobres, e passa horas com os médicos conversando sobre o ar que respiramos, quer saber se o que aspiramos é o mesmo que expiramos, para onde vai o ar e o que ele faz, ou por que o sangue jorra do pescoço mas apenas verte suavemente do braço. Não sente vergonha nem nojo de nada. Quando digo que não quero saber por que as veias de meu pulso são azuis, embora o sangue que sai delas seja vermelho, ele argumenta:

— Mas, Margaret, isso é a vida, é a obra de Deus. É preciso querer entender tudo.

Quando chegamos a Stirling, galgando as estradinhas sinuosas da cidade, que fica na encosta de uma montanha, ele me informa que mantém no castelo um alquimista, que dispõe de uma torre para estudar a natureza do ser. Ele tem uma forja e um destilador, e não devo me incomodar com o barulho de marteladas nem com o cheiro estranho de fumaça.

— Mas o que ele faz lá? — pergunto, desconcertada. — O que o senhor espera descobrir?

— Se tivermos sorte, o quinto elemento — responde ele. — Temos o fogo, a água, a terra e o ar, e existe outra coisa, a própria essência da vida. Para haver vida, é necessária a presença de tudo isso, e sabemos que essas coisas estão dentro de nós, mas deve haver outro elemento, que não vemos mas sentimos, que nos anima. Se descobrisse isso, eu poderia fazer a pedra filosofal e teria poder sobre a própria vida.

— Existem alquimistas no mundo inteiro procurando o segredo da vida eterna e a pedra que transformaria metais inferiores em ouro. E o senhor espera encontrá-la antes de todos?

— Estamos cada dia mais perto. E nosso alquimista também está estudando como os pássaros voam, para podermos voar também.

Os canhões do castelo nos saúdam com um estrondo quando veem nosso estandarte subir a estrada que serpenteia a encosta íngreme, então a ponte levadiça desce e o portão de ferro se abre. Não há brechas no grande muro de pedra, salvo pelo portão à nossa frente. Vejo o muro avançar indefinidamente à direita e à esquerda, beirando o penhasco até desaparecer à distância, tornando-se praticamente parte do próprio penhasco.

— Meu melhor castelo — anuncia Jaime, com satisfação. — Só um tolo diria que não se pode tomar uma fortaleza, mas este aqui, Margaret, este é o selo que une as Terras Altas e as Terras Baixas, é o castelo que eu compararia aos melhores da Cristandade. É tão alto que das torres vemos quilômetros de distância em todas as direções, e nenhum inimigo chegaria ao pé do muro sem ser avistado, muito menos o escalaria. O muro é feito de pedra bruta, não tem como perfurá-lo. Eu conseguiria manter este castelo com vinte homens, contra um exército de milhares. Diga isso a seu pai, quando escrever. Ele não possui nada tão seguro, nem tão bonito assim.

— Mas ele não precisa, porque agora temos a paz perpétua, graças a Deus — respondo, sem nem pensar. Então, com uma entonação totalmente diferente, pergunto: — E quem são essas crianças?

Ao cruzarmos o portão principal, fundo como um túnel, vejo um grande pátio, construído no declive da montanha. Os servos se enfileiram ajoelhados, e, de súbito, evocadas pelo estrondo do canhão, meia dúzia de crianças de todas as idades, belamente vestidas como pequenos lordes e damas, surgem correndo pela escada do castelo, avançando pelo pátio como se estivessem maravilhadas em nos ver, fazendo reverência como grandes fiéis. Dirigem-se a Jaime quando ele salta do cavalo para abraçá-las, murmurando seus nomes e abençoando-as em erse, de modo que não entendo uma palavra do que diz.

Meu mestre das cavalariças me ajuda a descer da sela e me põe no chão. Apoio-me em seu braço ao me virar para meu marido.

— Quem são essas crianças? — repito.

Ele está ajoelhado no chão de pedras para beijar a criança menor e, ao se levantar, pega com a ama um bebê. Seus olhos transbordam amor. Nunca o vi assim. As outras crianças se espalham ao redor dele, puxando seu casaco de montaria, e o menino mais velho se põe soberbamente ao lado do rei como se fosse tão importante que deveria ser apresentado a mim, como se esperasse que eu estivesse feliz em conhecê-lo.

— Quem são essas crianças?

Jaime abre um sorriso radiante a essa bela surpresa.

— São meus filhos — anuncia, o gesto largo abarcando as seis cabecinhas e o bebê em seus braços. — Meus pequenos. — Ele se vira para as crianças. — Meus lordes e minhas damas, essa é a nova rainha da Escócia, minha esposa. É a rainha Margaret, que veio da Inglaterra para me dar a honra de ser minha esposa e sua mãe.

Todos se curvam para mim com elegância. Inclino a cabeça, mas estou totalmente desorientada, sem saber o que fazer. Freneticamente, fico imaginando se ele já foi casado e ninguém me contou. Não é possível que tenha uma esposa secreta, mãe de todas essas crianças, escondida aqui, em meu castelo. O que devo fazer? Se estivesse diante dessa circunstância terrível, o que Catarina faria?

— Eles têm mãe? — pergunto.

— Várias — responde Jaime, com alegria.

O menino mais velho faz uma reverência para mim, mas o ignoro. Não sorrio para os rostinhos que me fitam, e, com delicadeza, Jaime devolve o bebê à ama. Uma das damas de Stirling, vendo minha fisionomia fria, segura a mão da criança menor e conduz todas à porta aberta da torre.

— Mães. — O rei não revela nenhuma sombra de constrangimento. — Uma, que Deus a tenha, Margaret Drummond, morreu. Minha querida amiga Marion não voltará à corte. Janet mora em outra cidade, Isabel também. Elas não vão incomodá-la, você não precisa se preocupar. Elas não serão suas amigas nem damas de companhia.

Não vão me incomodar? Quatro amantes? Quatro amantes e apenas uma delas felizmente morta? Como se eu não fosse ficar imaginando como elas são, comparando-me a elas, pelo resto da vida! Como se não fosse ficar olhando o rosto bonito das filhas, imaginando se puxaram à mãe! Como se, toda vez que Jaime sair da corte, eu não fosse ficar imaginando que está visitando uma dessas mulheres férteis, ou que está sofrendo pela que misericordiosamente morreu!

— Os meninos serão meios-irmãos de nosso próprio filho, quando ele nascer — observa o rei, cheio de júbilo. — Não são uns anjinhos? Achei que ficaria feliz de conhecê-los.

— Não — é tudo que consigo dizer. — Não fiquei.

Castelo de Stirling, Escócia, Outono de 1503

Escrevo à minha avó para lhe contar que meu marido é um grande pecador. Passo horas ajoelhada na capela pensando no que posso dizer para que fique tão ultrajada quanto eu. Tomo cuidado com o que digo sobre a certeza da perdição da alma dele, porque não quero mencionar sua rebelião e a morte de seu pai. Rebelião é um assunto delicado para os Tudor, porque tomamos o trono dos Plantageneta, que eram reis ordenados, e todos os ingleses haviam jurado lealdade a eles. Tenho certeza de que minha avó tramou a rebelião contra o rei Ricardo depois de fazer um juramento de lealdade indissolúvel a ele. Afinal, era grande amiga da esposa dele e segurou-lhe a cauda do vestido em sua coroação.

Por isso não menciono a rebelião de meu marido contra o pai, mas friso para minha avó que ele é um grande pecador, que fiquei surpresa e desgostosa ao encontrar esses filhos bastardos. Não sei o que pensar do menino mais velho, Alexander, que fica ao lado do pai no jantar, onde todos se sentam em ordem decrescente, de Alexander, que tem 10 anos, até o bebê, que fica no colo da ama, batendo na mesa com uma colher de prata, com cabo de cardo! O emblema real! Jaime se comporta como se eu devesse estar feliz por estarem todos sentados à mesa real, como se essas crianças bonitas fossem crédito nosso.

É pecado, escrevo. E também um insulto a mim, a rainha. Se meu pai sabia de alguma coisa sobre esses filhos antes do casamento, deveria ter exigido que não ficassem em meu castelo. Eles deveriam morar longe de minhas terras. Obviamente, não posso ser obrigada a mantê-los em casa. Na verdade, eles não deveriam nem ter nascido. Mas não sei o que fazer para expulsá-los.

Pelo menos posso mantê-los longe de meus aposentos. A ala infantil fica numa torre, o alquimista — como se já não bastasse ter de abrigá-lo — fica em outra. Tenho os aposentos de uma rainha: sala de audiências, câmara privada e quarto de dormir, o mais lindo que já vi. Deixo claro a minhas damas e ao camareiro do rei que apenas minhas damas devem entrar em meus aposentos. Não deve haver nenhuma criança de qualquer idade, independentemente de quem sejam os pais, correndo pelos cômodos.

Preciso saber mais e preciso descobrir o que posso fazer. Enquanto espero conselhos de minha avó, consulto minha dama de companhia, Katherine Huntly. Ela é do clã Gordon e é parente de meu marido. Sabe falar erse como ele — como todos eles — e conhece essas pessoas, decerto conhece as mães das crianças. Imagino que metade seja parente dela. Não é uma nobreza, é uma tribo. E as crianças são pequenos bárbaros bastardos.

Estamos sentadas costurando, fazendo uma toalha de altar que mostra a santa Margarida enfrentando o dragão, e espero até os músicos começarem a tocar. Acho que também eu estou sendo obrigada a enfrentar o dragão do pecado, e Katherine pode me ensinar a derrotá-lo.

— Lady Katherine, sente-se comigo — peço.

Ela se acomoda a meu lado e se põe a trabalhar no canto do bordado.

— Pode deixar isso — digo.

E, sempre simpática, ela deixa de lado o pano, tira a linha da agulha e guarda tudo numa caixinha de prata.

— Gostaria de falar com você sobre o rei — começo.

Ela volta o rosto tranquilo para mim.

— Sobre os filhos dele.

Ela se mantém em silêncio.

— Esses vários filhos.

Ela assente.

— Eles precisam sair daqui! — exclamo, de súbito.

Ela me encara.

— Isso é assunto para Vossa Majestade e o rei.

— É, mas não sei nada sobre eles. Não conheço o costume. Não posso exigir nada.

— Não, não pode exigir. Mas acho que poderia pedir.

— Quem são essas crianças?

Ela parece refletir por um instante.

— Tem certeza de que quer saber?

Nervosa, assinto. E ela me fita com solidariedade.

— Como queira, Vossa Majestade. O rei é um homem que tem mais de 30 anos, não se esqueça. Ele é o rei da Escócia desde jovem. Subiu ao trono com violência e é um homem de muita paixão e poder, um homem vigoroso, de muito apetite. É evidente que teria filhos. O inusitado é mantê-los juntos em seu melhor castelo e amá-los muito. A maioria dos homens tem filhos fora do casamento e deixa que eles sejam criados pelas mães, às vezes negligenciando-os. O rei talvez devesse ser reverenciado por assumi-los.

— Não deve, não — respondo. — Meu pai teve apenas filhos legítimos. Nunca teve nenhuma amante.

Ela abaixa a cabeça, olhando para as mãos, como se soubesse que não é verdade. Sempre detestei isso em Katherine Huntly; ela sempre parece estar guardando segredo.

— Seu pai foi muito abençoado com a esposa, sua mãe — responde. — Talvez o rei Jaime nunca mais tenha amantes, agora que tem Vossa Majestade.

Fico tomada de fúria com a ideia de uma mulher ocupando meu lugar, uma mulher tendo a preferência de Jaime. Não gosto nem sequer da ideia de me compararem a alguma menina. Parte de meu alívio em deixar a Inglaterra era que ninguém mais poderia me comparar à bela Catarina, ninguém mais poderia me comparar a minha irmã. Detesto ser comparada. E agora descubro que meu marido tem várias amantes.

— Quem era essa Marion Boyd, mãe do Alexander, o menino mais velho, que é tão petulante? — pergunto.

Com a sobrancelha erguida, é como se me indagasse em silêncio se desejo mesmo saber disso tudo.

— Quem é ela? Está morta?

— Não. É parente do conde de Angus. Uma família muito importante, o clã Douglas.

— Ela foi amante de meu marido por muito tempo?

Katherine considera a pergunta.

— Acho que sim. Alexander Stuart tem pouco mais de 10 anos, não é?

— Como eu saberia? — pergunto, rispidamente. — Não olho para ele.

— Entendo.

— Continue — peço, irritada. — Ele é o único bastardo do rei com ela?

— Não, ela teve três filhos do rei, um menino morreu. Mas a filha, Catherine, mora aqui com o irmão.

— A menininha loura? De uns 6 anos?

— Não, essa é Margaret, filha de Margaret Drummond.

— Margaret! — exclamo. — Ele deu à bastarda meu nome?

Lady Huntly assente, mantendo-se calada. Minhas damas olham para ela como se sentissem dó por estar encurralada junto à janela comigo. Sou famosa por meu mau humor, e elas nunca querem me transmitir más notícias.

— O rei deu a todos o sobrenome dele — conta ela, num murmúrio. — São todos Stuart.

— Por que as crianças não têm o sobrenome dos maridos traídos? — Agora estou furiosa. — Por que o rei não exige que os maridos fiquem com suas esposas e seus filhos? Que mantenham essas mulheres em casa?

Ela não responde.

— Mas ele batizou um menino de Jaime. Qual é o Jaime?

— É o filho de Janet Kennedy — responde ela, em voz baixa.

— Janet Kennedy? — Reconheço o nome. — E onde ela está? Aqui?

— Ah, não — diz Katherine de pronto, como se fosse algo inimaginável. — Ela mora no Castelo Darnaway, longe daqui. Vossa Majestade jamais a encontrará.

Posso ter esse alívio, pelo menos.

— O rei não se encontra mais com ela?

Katherine pega a ponta da toalha como se desejasse estar bordando.

— Não sei, Vossa Majestade.

— Então ele se encontra com ela?

— Não sei dizer.

— E os outros? — pergunto, continuando o interrogatório.
— Os outros?
— Todos os outros filhos. Por Santa Margarida, deve haver meia dúzia!

Ela conta as crianças nos dedos.

— Tem o Alexander e a Catherine, filhos de Marion Boyd; a Margaret, filha de Margaret Drummond; o Jaime, filho de Janet Kennedy; e as três menores, que ainda são muito pequenas e por isso geralmente ficam com a mãe, Isabel Stuart, longe da corte: Jean, Catherine e Janet.

— Quantos são ao todo?

Vejo-a calculando.

— São sete aqui. Pode ter mais, claro, de que não saibamos.

Fito-a, inexpressiva.

— Não quero nenhuma dessas crianças debaixo de meu teto — digo. — Entendeu? Você precisa dizer a ele.

— Eu? — Ela balança a cabeça, perfeitamente tranquila. — Não posso dizer ao rei da Escócia que os filhos dele não são bem-vindos no Castelo de Stirling, Vossa Majestade.

— Bem, meu camareiro-mor terá de dizer. Ou meu confessor, ou alguma outra pessoa. Não vou tolerar isso.

Lady Huntly não se altera com meu tom de voz.

— É Vossa Majestade quem terá de dizer — objeta, com respeito. — É seu marido. Mas se eu fosse a senhora...

— Você não poderia ser eu. Sou uma princesa Tudor, a princesa Tudor mais velha. Não há ninguém como eu.

— Se eu tivesse a bênção de ocupar sua posição — corrige-se ela, com desenvoltura.

— Você era esposa de um impostor — respondo, com malícia. — Evidentemente, não alcançou minha posição.

Ela abaixa a cabeça.

— Só estou dizendo que, se fosse esposa de um grande rei, pediria como um favor, não exigiria como um direito. Ele é generoso com Vossa Majestade e adora os filhos. É um homem de muito amor e afeto. Vossa Majestade poderia pedir como favor. Mas...

— Mas o quê?

— Ele vai ficar triste. O rei adora os filhos.

Um Tudor não pede favores. Como princesa Tudor, espero o que me é devido. Catarina de Arrogância não dividiu o Castelo de Ludlow com ninguém além de nossa prima Plantageneta Margaret Pole e o marido dela, guardião de Artur. Ninguém teria exigido dela algo assim. Quando se casar — decerto com um príncipe espanhol —, minha irmã caçula, a princesa Maria, irá para seu novo reino com honra. Não encontrará bastardos, meios-irmãos e meretrizes. Não serei tratada com menos respeito do que essas princesas, que me são inferiores por nascimento ou idade.

Espero até o dia seguinte, quando assistimos à missa, e, antes de sair da capela, seguro o braço de meu marido.

— Meu senhor marido, acho que não é certo seus filhos bastardos morarem em meu castelo. Este castelo é meu por direito, minha propriedade, e não quero que eles fiquem aqui.

Ele toma minha mão, olhando em meus olhos como se estivéssemos trocando juras matrimoniais diante do altar.

— Margaret, essas crianças são crias da minha carne e do meu coração. Esperava que você pudesse ser amável com elas e que lhes desse a companhia de um irmão caçula.

— Meu filho será legítimo, filho de membros da realeza — argumento, rispidamente. — Não vai dividir a ala infantil com bastardos. Será criado com companhias nobres.

— Margaret — insiste ele, a voz ainda mais suave —, os pequenos não tiram nada do que é seu. As mães deles não são suas rivais. Você é a rainha, minha única esposa. Seu filho, quando nascer, será príncipe da Escócia e sucessor da Inglaterra. Eles podem morar aqui sem incomodá-la. Só passaremos algumas poucas vezes no ano por aqui; você mal vai vê-los. Não significará nada para você, mas eu vou saber que eles estão no lugar mais seguro do reino.

Não sorrio, embora ele afague minha mão. Não me derreto, embora o toque dele seja quente. Vi meu pai aterrorizado por filhos, primos e bastardos de meu avô. Os Plantageneta têm esse nome em homenagem a uma erva que cresce irrefreavelmente e, por causa deles, nós, Tudor, estamos enredados com filhos de sangue e meios-irmãos, meninos que reivindicam parentesco e meninos que são fantasmas, meninos sem parentesco nenhum. Não terei meu castelo habitado por meninos de lugar nenhum. Meu pai cortou o pescoço do primo da esposa para não haver dúvidas sobre quem era o filho e sucessor do trono inglês. Os pais de Catarina exigiram que o jovem estivesse morto antes de ela ir da Espanha para a Inglaterra. Não terei menos do que ela. Não permitirei que meu filho tenha rivais à sucessão antes mesmo de nascer. Não terei adversários.

— Não — digo simplesmente, embora sinta as têmporas latejarem e tenha medo de me opor a ele.

Jaime abaixa a cabeça por um instante, e penso que ganhei, mas então vejo que ele apenas se mantém em silêncio, não em submissão, mas para se controlar e refrear a raiva. Quando volta a me fitar, os olhos estão frios.

— Tudo bem — concorda. — Mas você está sendo mesquinha. Mesquinha, cruel e, sobretudo, estúpida.

— Como o senhor ousa?

Afasto a mão e me viro com fúria, mas ele apenas inclina a cabeça de leve para mim, faz um gesto de respeito para o altar e se retira quando estou prestes a insultá-lo com a cólera dos Tudor. Sai como se não tivesse nenhum interesse em meu ataque e me deixa trêmula de raiva, sem ninguém para ouvir o que tenho a dizer.

Escrevo novamente a minha avó. Como ele ousa me chamar de estúpida? Como ele — com um castelo cheio de bastardos e o assassinato do próprio pai pesando na consciência — ousa me chamar de estúpida? Quem é mais estúpido? A princesa Tudor, que defende seus direitos de rainha, ou o homem que se encontra com alquimistas durante o dia e com meretrizes durante a noite?

Castelo de Edimburgo, Escócia, Inverno de 1503

Os mensageiros que carregam a resposta de minha avó à primeira carta e a minha segunda carta indignada se cruzam no caminho, mas não se veem no árduo trajeto. Quando a dela chega, estamos de volta a Edimburgo para meu décimo quarto aniversário e as comemorações de Natal. O selo da carta está rompido. Não está danificado, foi deliberadamente cortado, e por isso sei que meu marido leu a resposta dela e decerto havia lido minhas reclamações.

Minha avó escreve:

Palácio de Richmond, Natal de 1503
Para Margaret, rainha da Escócia,

Saudações, minha filha Margaret,

Fiquei triste em saber que você está incomodada com a presença dos bastardos de seu marido no castelo e lhe peço que reze a Deus para que ele se emende. Ele é seu marido, posto por Deus acima de você, e não há nada que as leis de nossos reinos nem você possam fazer além de, mostrando-se paciente para dar o exemplo e pedindo a ajuda de Nossa Senhora, ajudá-lo a seguir uma melhor conduta futura. Lembre-se de que seus votos de matrimônio prometem obediência a ele, mas não lhe foi prometido o mesmo.

As crianças devem ser criadas como os lordes e damas que são, e você descobrirá que é vantajoso ter uma família real sob seu comando. Nunca se esqueça de que você está num reino instável, com lordes de grande e pecaminosa independência de espírito. Qualquer pessoa que possa ser sua amiga, leal a você e aos seus, deve ser mantida por perto. Essas crianças podem ser incentivadas, convencidas e subornadas para que sejam amigas de seu príncipe, quando ele nascer. Nada é mais importante do que a segurança e o futuro dele. Você é testemunha de como protejo meus parentes por essa mesma razão: para que meu filho tenha amigos por todo o reino, que possam ser chamados em épocas de necessidade. Até me casei com um grande lorde para dar a meu filho um aliado poderoso. Tudo que você faz deve servir ao propósito de garantir que seu filho chegue ao trono e permaneça ali. Os filhos bastardos devem ser criados para ajudá-la nisso.

Você deve estar querendo saber notícias de nossa corte. Meu filho, o rei, não está bem, o que me deixa triste e preocupada. Faço o que posso pela saúde dele e carrego nos ombros muitos fardos do governo. Catarina de Aragão não incomoda a corte e quase não a vemos. Está tentando viver sozinha, em sua própria casa, e, pelo que ouvi dizer, com extrema dificuldade. Não lhe devemos nada e não lhe damos quase nada. Não a liberaremos para voltar à Espanha enquanto não nos pagarem a quantia total do dote, e eles não querem recebê-la enquanto não pagarmos a pensão de viúva. A princesa Maria está cada dia mais bonita, e planejamos um grande casamento para ela, seguindo a vontade de Deus e o estabelecimento de Sua paz.

Sigo contando com o apoio de Deus, que se manifesta nas muitas bênçãos que recebo e em minha devoção às preces. Por favor, seja uma esposa obediente e amável. Você deveria estar fazendo seu próprio filho, não se preocupando com esses bastardos. E torne-se amiga deles agora, para usá-los no futuro.

Margaret R

Ela assina "Margaret R", o que pode querer dizer Margaret Richmond — seu título — ou Margaret Regina. Nunca contou a ninguém. Inventou a assinatura sem consultar terceiros, em silêncio, como faz tudo o mais. Isso não se deve à modéstia, mas a uma tendência de agir sorrateiramente. Ela estabelece amizades e alianças com discrição, não por gostar das pessoas, mas pensando no dia em que poderá precisar delas. Casou-se com dois homens pelo que eles poderiam fazer por seu filho. Oprimia minha mãe quase sem dizer nada e abafou a história sobre o que fez durante o reinado de Ricardo. Eu gostaria de ser sábia como ela, gostaria de ser ardilosa assim. Mas sou uma princesa Tudor e nasci soberba. Com certeza, não deveria desejar ser diferente.

Seja como for, o importante é que vai ser como eu quero. Os dois meninos que levam o sobrenome Stuart serão encaminhados para estudar na Itália, uma honra que acho que eles jamais esperariam. As outras crianças serão abrigadas em algum outro lugar da Escócia, não sei onde e não perguntarei.

Lamento que Catarina esteja sem dinheiro, lamento pensar nela passando dificuldade para manter uma casa grande em Londres sem ajuda de minha avó ou de meu pai, mas não posso deixar de ficar satisfeita com o fato de ela não ter ocupado meu lugar na corte, de não ser a filha preferida, comparecendo a todas as celebrações, sentada ao lado do noivo, meu irmão Henrique, dançando com ele. Gosto muito mais de Catarina quando sei que ela não está usurpando meu lugar.

O mais desconcertante para mim nessa carta é a notícia de que minha irmã, Maria, vai ter um grande casamento na Europa. Sou imediatamente acometida pelo temor de que a entreguem a um homem velho ou a um jovem e cruel tirano. Ela é uma pequena beldade, cativante como um bichinho, delicada como a estátua de um anjo. Não podem vendê-la a quem der o lance mais alto, nem jogá-la numa corte severa. Ela é ingênua e vulnerável, não tem mãe, e fico apreensiva, querendo proteger minha irmã caçula. Quero que ela se case com um homem gentil e carinhoso. Gentil, carinhoso e, a bem da verdade, desimportante. Pois não suporto a ideia de vê-la casada com um grande rei. Não quero que se eleve acima de sua posição. Seria errado. Eu sou a irmã mais velha e devo ser mais importante do que ela. Com certeza, isso deve estar claro para todos. Com certeza, minha avó, com sua sabedoria estratégica e seu amor pela fortuna e pelos títulos, vai se lembrar de que eu, que tenho o mesmo nome dela, não posso ser suplantada por minha irmã caçula.

Castelo de Edimburgo, Escócia, Primavera de 1504

Em janeiro, no fim das comemorações natalinas, chega a notícia de que o irmão mais novo de Jaime, o duque de Ross, morreu. Esse deveria ser um momento triste para meu marido, embora nada comparado à perda de Artur para mim, mas ele esconde tão bem o sofrimento que acho que não sente nada.

— Ele era um incômodo para mim, apesar de ser meu irmão — explica ele, quando avançamos pelo corredor, passando pelos retratos soturnos de outros Jaime, enquanto os cortesãos conversam entre si e nos observam discretamente.

— Irmãos são assim — concordo, pensando em Henrique. — Irmãs também.

— Eu achava que meu pai gostava mais dele do que de mim, e parte de minha briga com meu pai era por medo de ele botar meu irmão no meu lugar, de decretá-lo sucessor e colocá-lo no trono.

— Isso é pecado. O filho primogênito deve ser honrado antes dos demais. Deus escolheu a ordem da família, e isso não deve nunca ser alterado.

— Agora você falou como uma verdadeira irmã mais velha — diz ele, com um sorriso.

— Mas é a verdade — me defendo. — Era muito errado quando deixavam Maria andar na minha frente e foi ainda mais errado quando Catarina de Aragão tentou ter precedência sobre mim ao tornar-se uma princesa Tudor pelo matrimônio, ao passo que eu era princesa Tudor nata. Deus deu a cada pessoa uma posição, e devemos nos ater a ela.

— Bem, a morte de meu irmão me deixou outra dificuldade. Lamento se você não gostar, mas vou precisar nomear meu sucessor — informa ele, sem preâmbulos, direto como sempre.

— Por quê?

— Minha querida, sei que você ainda não tem 15 anos, mas pense como uma rainha! Evidentemente, meu irmão era meu sucessor e, agora que ele está morto, não tenho nenhum.

— Você vai nomear um sucessor? — murmuro.

Fico ofegante de esperança.

— Preciso.

— Vai me nomear? — indago.

A risada que ele não consegue conter faz todos se virarem para nós.

— Ah! Deus a abençoe! Não! — responde. — Não pode ser você, minha amada. Você fugiria para a fronteira de anágua em menos de um mês! Em menos de um dia! Só estamos seguros no trono porque vou constantemente, *constantemente*, de uma ponta à outra do território, dobrando os lordes que prefeririam fazer tudo a sua própria maneira, pedindo a amizade de outros, pacificando os que são furiosos por natureza, tranquilizando os que estão aflitos. Estou construindo navios! Forjando canhões! Só um homem que deseja a paz e tem um exército a suas costas pode manter este reino unido; só um homem sensato com um exército imbatível. Nenhuma mulher seria capaz. Estou transformando o reino num lugar de paz e prosperidade depois de anos de luta. Deus nos proteja de uma rainha governando. Isso arruinaria tudo.

Fico tão ofendida que mal consigo falar.

— Como queira, Vossa Majestade — respondo, com frieza e dignidade. — É uma pena que o senhor pense tão pouco de mim.

— Não é você, meu amor — argumenta ele, apertando minha mão, que apoia em seu cotovelo. — Mulher não pode governar. E você não aprendeu política, adora o título de rainha, mas não entende que se trata de um trabalho constante.

— O senhor fala como se fosse um ferreiro.

— E sou. Estou construindo um reino a partir de uma terra de clãs. Estou soldando as partes. Ainda hoje preciso lutar para manter a lealdade das ilhas, preciso vigiar as fronteiras, preciso até reclamar posse de terras discutíveis. Seu pai precisou fazer o mesmo quando tomou o trono e teve ainda mais trabalho, porque todos o conheciam apenas como o exilado conde de Richmond. Pelo menos, eu nasci e fui criado rei. Mas preciso enfrentar meus lordes da mesma maneira que seu pai. Preciso ensinar a eles lealdade, fidelidade, perseverança. — Ele volta os olhos para mim, sorrindo. — Preciso ensinar a você também.

— Quem o senhor vai nomear sucessor? — De repente, sinto um aperto no estômago ao imaginar que ele possa honrar meu irmão Henrique. Eu não suportaria que Henrique tivesse um título superior ao meu, e seria terrível se ele recebesse de meu próprio marido esse título. — Não é o Henrique, é?

— O Henrique? Não. Você não está me ouvindo? Os lordes escoceses jamais aceitariam um rei inglês. Precisamos ter nosso próprio rei. Quem me segue na sucessão é John Stuart, o duque de Albany, meu primo.

Pisco os olhos. Isso é pior do que se fosse Henrique.

— Não sei nem de quem o senhor está falando. Quem é ele?

— Você não o conheceu. Ele mora na França, foi criado aqui e não era muito estimado por meu pai. Mas, gostemos ou não, vai ser meu sucessor até você me dar um filho homem. Enquanto isso, tornarei legítimo meu filho Jaime. Queria muito que você aprendesse a amar meus bastardos. Se você criasse Jaime como se fosse seu, eu poderia nomeá-lo meu sucessor. Eu posso, ao menos, reconhecê-lo publicamente.

É uma humilhação maior do que se ele tivesse escolhido Henrique.

— Quem ainda não sabe dele? Todo mundo sabe tudo sobre eles! Não queira me impor um bastardo! Não desonre meu trono!

— Não é desonra nenhuma — argumenta ele. — Desde que nasceu, todos sabem que ele é meu filho, assim como os demais, que vieram antes e depois dele. Não é minha intenção ofendê-la, mas até termos um filho homem quero que um menino tenha meu nome e minha bênção. Vou legitimar o Jaime.

— Qual deles é o Jaime? — pergunto, com frieza. — Porque eram tantos que não sei quem é quem.

— Jaime é filho de Janet Kennedy. Você deve tê-lo notado, para exigir a ausência dele. Alexander e o meio-irmão, Jaime, vão estudar na Itália, e a irmã deles, Catherine, vai morar no Castelo de Edimburgo. Vou manter os pequenos por perto, minha querida. Até agora, você não me deu nenhum filho para botar no lugar deles.

Tiro a mão de seu braço.

— Não quero seus bastardos à minha mesa nem perto do trono — ressalvo, furiosa. — E não vou jantar hoje. Estou me sentindo mal. O senhor pode jantar sem mim.

Ele nem sequer pisca.

— Muito bem — diz. — Vou ao seu quarto depois do jantar. Vou passar a noite com você.

As palavras "Não vai, não" estão na ponta da língua, mas, pela maneira como ele contrai a boca, vejo que é melhor não desafiá-lo.

— Pois não — respondo, fazendo uma mesura. Quando ele se afasta, dizendo aos lordes que está com fome, murmuro a suas costas: — Camponês!

Mas não alto o bastante para ele ouvir.

Não ouso mostrar minha cólera a meu marido, mas não tenho nenhum controle diante de minhas damas; bato nos cães e chicoteio os cavalos. Todos precisam suportar sem reclamar. Jaime nomeia o filho Alexander à sé de St. Andrews, domínio do irmão falecido, recebendo suas vultosas gratificações. O menino de 10 anos é enviado à Itália para estudar com ninguém menos do que Erasmo. Erasmo! Que, conduzido por Thomas more, visitou meu irmão Henrique e ficou impressionado com os conhecimentos dele. Esse mesmo Erasmo! Para dois bastardos escoceses! O filósofo visitou a corte inglesa e foi até nossa residência em Eltham, onde trocou poemas com meu irmão Henrique. Nós éramos pupilos condizentes com esse grande homem. Mas Jaime é cego à hierarquia, cego ao mérito. Faz questão de que os bastardos estudem em Pádua, e nada o convence de que isso é demais para eles.

Sei que ele está errado. Por mais que me considere incapaz de governar, sei algumas coisas. Vi meu pai assombrado por meninos, meninos Plantageneta. Um deles até se dizia príncipe Plantageneta. Meu pai gastou uma fortuna em espiões para encontrá-lo, depois subornou todos os mentirosos de Flandres para dizerem que o conheciam como o filho de um barqueiro de Tournai. Vi a luta de meu pai para se livrar do garoto quando ele foi capturado. Eu o via na corte, metade príncipe, metade impostor. A única coisa a fazer com um adversário é matá-lo imediatamente. Agora Jaime está instruindo dois meninos para serem adversários de meu filho, dizendo inclusive que nomeará o mais velho seu sucessor. Sei que é loucura. Todo príncipe quer ser único. Toda princesa quer ser única.

Palácio de Holyroodhouse, Edimburgo, Escócia, Primavera de 1506

O rei me enche de presentes pela comemoração de meu aniversário de 16 anos, pelo Natal e Ano-novo e pelo simples prazer de me dar ouro e joias. As comemorações natalinas foram mais prazerosas do que nunca. O alquimista de Jaime, John Damien, veio de Stirling para supervisionar as festas, e tivemos baile de máscaras, fogos de artifício, apresentações teatrais e surpresas todos os dias. O velho mago mudou a cor do vinho, tornando-o negro como a tinta que usamos para escrever, e produziu chamas verdes. Todo dia, tínhamos um novo poema, uma nova música, a corte estava feliz, e o rei foi generoso com os amigos e carinhoso comigo.

O único senão é que já estamos casados há quase três anos, e ainda não há sinal de gravidez. Isso não é culpa do rei; não há nenhum "Ai de nós, nunca aconteceu" em meu casamento. Ele se deita comigo sem exceção todas as noites que não são proibidas pela Igreja, sobretudo nos dias que antecedem a menstruação, até ela vir, deixando-me novamente decepcionada. Acho que ele fica atento a meu ciclo menstrual, empenhando-se quando é mais provável termos êxito; talvez ele e o alquimista calculem isso pela lua ou façam gráficos. Não sei, não pergunto. Como saberia o que ele lê nos livros gregos, com suas imagens horríveis de corpos esfolados, alambiques e cobras?

Na correspondência que chega da Inglaterra, recebo um bilhete de minha irmã, Maria, vangloriando-se de quanto se divertiu na primavera. A rainha Isabel de Castela havia morrido, e os sucessores de Castela e Leão, Filipe e a esposa, Joana, estavam voltando para casa de barco quando o vento os levou ao litoral de Dorset. Meu pai e a corte os convidaram a ficar em Windsor e depois em Richmond, e Catarina foi arrancada da obscuridade para receber a irmã, Joana. Maria a acompanhou em danças, cantorias e cavalgadas com os visitantes, em torneios de arco e flecha — dos quais as duas saíram vencedoras — e caças — onde mataram de tudo exceto unicórnios. Houve apresentações teatrais, bailes... A lista é interminável, e Maria conta em minúcias cada festa e até as roupas que usou. Fico abismada de saber que minha avó permite que ela se apresente assim, mas na carta Maria diz que estão considerando casá--la com Carlos de Castela, o filho de Filipe e Joana, então compreendo que a exibiram, como se fosse servida numa bandeja, para seduzir o comprador. Evidentemente, Catarina fez parte desse grupo de vendedores que levou a mercadoria fresca à feira. Fico surpresa de saber que ela se humilhou a ponto de acatar as ordens de meu pai, quando ele não fez nada por ela. Achei que teria mais orgulho. Eu teria mais orgulho. E é claro que toda essa atenção a Maria é ridícula.

Todos foram muito gentis comigo e disseram que preciso aprender espanhol!, escreve Maria, a letra bem desenhada no início da página e depois apertando--se nos cantos. *Imagine se eu me casar com Carlos e for imperatriz romano--germânica! Imagine como seria maravilhoso! E então nós três seríamos rainhas.*

É um plano tão tolo que me faz rir, restituindo o carinho que sinto por minha irmã. Carlos de Castela é uma criança de 6 anos. Maria ficaria noiva e teria de permanecer na Inglaterra por oito anos, pelo menos, a não ser que a levem para morar com eles em Castela, como ama do marido. Evidentemente, ele terá um grande título, mas não há nenhuma certeza de que viverá para recebê-lo, e ela teria de aguardar uma eternidade para ser chamada de rainha.

Catarina e eu passamos muito tempo juntas, porque ela veio morar na corte, escreve Maria, como sempre sem entender que isso é uma grande humilhação para Catarina, que não conseguiu manter sua casa e agora precisa morar à custa de meu pai, como uma parasita.

O papai suspendeu a mesada e demitiu a aia dela por conselhos ruins. Estou tão feliz! Adoro tê-la na corte, embora ela não tenha dinheiro e nem sempre jante conosco, por falta de vestidos adequados. Anda terrivelmente maltrapilha, porque seu pai não manda dinheiro, mas a vovó diz que não posso dar nada a ela, e Catarina jura que não se importa.

Fico me perguntando por que meu pai e minha avó estão deixando Catarina numa situação tão difícil. Talvez ainda a estejam castigando por causa do dote. Por isso mando lembranças a ela e parabenizo Maria por seu futuro brilhante, rindo enquanto escrevo. Digo que estou feliz por ela, que é muito bom ser rainha de um belo reino. Digo que estou feliz com meu marido, o rei, um homem admirável, um homem adulto, um homem de verdade, e que também desejo a ela toda a felicidade do mundo, quando seu noivo for adulto, daqui a dez anos. Coitada da Maria! Que tolinha! Está tão deslumbrada com o título dele que não se deu conta de que só vai se casar daqui a muito tempo, e ninguém sabe quando Catarina se casará com Henrique. Sim, minhas duas irmãs, minhas rivais, podem estar comprometidas com grandes nomes da Europa, mas Catarina não tem dinheiro para comprar vestido para dançar com o futuro marido, e o noivo de Maria não consegue nem sentar sozinho em seu pequeno pônei. Mal consigo assinar meu nome de tanto rir do orgulho descabido das duas, minhas tolas irmãs.

Então, no verão, minha alegria fica completa. Escrevo uma carta à Inglaterra para anunciar a minha avó, a todos eles, cheia de orgulho, que estou finalmente grávida.

Palácio de Holyroodhouse, Edimburgo, Escócia, Março de 1507

Agora não há dúvida de quem é a mais importante das três princesas: minha cunhada, Catarina de Aragão, minha irmã, Maria, ou eu. Evidentemente, sou eu. Catarina não conseguiu engravidar de Artur e depois disse a todo mundo "Ai de nós, nunca aconteceu". Agora seu casamento jamais é mencionado, e ela se tornou uma mulher insignificante, uma parasita que ninguém quer. As pessoas podem louvar a beleza e os dons de Maria, mas o noivado com Carlos de Castela ainda é apenas um plano, e ele não passa de uma criança. Com a morte de seu pai, Filipe, ele é agora sucessor do Sacro Império Romano-Germânico. Mas, ainda assim, é um menininho, e ela não vai poder se casar nem presentear os Habsburgo com um filho nos próximos oito anos. Mas eu fiquei grávida e dei à luz um menino. Quase me custou a vida. Fiquei terrivelmente mal, todos acharam que eu morreria. Mas meu marido fez uma peregrinação a pé por vários quilômetros, pelo menos uma centena, até a St. Ninian, em Whithorn, e, no exato momento em que se ajoelhou no altar, eu me recuperei. É um milagre; um filho e sucessor para a Escócia, e uma mensagem de Deus mostrando que ele abençoa minha posição como rainha e nosso casamento.

Nosso filho também é sucessor da Inglaterra. Se acontecesse alguma coisa com Henrique (que Deus nos livre), meu filho ocuparia o trono da Inglaterra, por meu intermédio. Catarina e Maria nem sonham com algo assim, mas eu posso vir a ser mãe do rei, importante como minha avó, que governa a corte inglesa por intermédio do filho e que assim o faz desde que ele subiu ao trono, enquanto estava casado e agora que é viúvo.

Temos uma grande justa para comemorar o nascimento, e o vencedor indiscutível é um cavaleiro misterioso chamado "o homem bárbaro". Mais uma vez, o cavaleiro branco, o Sieur de la Bastie, o belo francês que lutou em meu casamento, delicia a plateia e as damas com sua armadura branca e o lenço também branco tremulando na lança. Ele e Jaime fazem uma aposta sobre o melhor tratamento para a pata de um ginete, Jaime perde e dá ao cavaleiro um barril de vinho para lavar os cascos de seu cavalo. A maior justa do torneio é quando o cavaleiro branco luta contra o homem bárbaro. Há uma série de lanças partidas, e todos gritamos de entusiasmo quando o homem bárbaro arranca o capacete, abandonando o disfarce... e é meu marido, que enfrentou e derrotou todos os adversários! Ele está encantado consigo mesmo, comigo e com nosso filho, que se chama Jaime, príncipe da Escócia e das Ilhas, e duque de Rothesay. Portanto, o Alexander de Marion Boyd que volte à obscuridade e brinque de ser arcebispo, e o Jaime bastardo que se contente em ser conde.

Tudo deveria estar perfeito, porque nosso casamento é flagrantemente abençoado por Deus, não fosse a desconfiança de meu marido, que diz duvidar das boas intenções de meu pai. Alguns escoceses invadem terras de fazendeiros ingleses, furtando ovelhas e vacas, às vezes roubando viajantes, e meu pai reclama, como lhe é de direito, que se trata de uma ruptura do Tratado da Paz Perpétua. Jaime contra-argumenta, evocando o tratamento dispensado por meu pai aos cargueiros escoceses, e ambos trocam cartas e mais cartas sobre a instável justiça e a constante guerra das fronteiras.

Meu pai esperava que meu casamento trouxesse paz eterna entre a Inglaterra e a Escócia, mas não sei como promovê-la. Jaime não é um menino, para ficar admirado com um rei mais velho e experiente, como aconteceu com Henrique, que, segundo Maria, ficou admirado com Filipe de Castela quando este estava vivo e visitou a corte. Jaime é um homem adulto, que não se submeterá à autoridade de meu pai. Jamais pediria meus conselhos e, quando os ofereço, não me escuta, mesmo eu sendo uma princesa da Inglaterra. Digo com muita dignidade que, como princesa da Inglaterra, rainha da Escócia e mãe do futuro rei da Escócia, tenho opiniões sobre esse e muitos outros assuntos e espero que elas sejam consideradas.

Ele faz uma mesura e responde:

— Deus salve a rainha!

Palácio de Holyroodhouse, Edimburgo, Escócia, Natal de 1507

Quando chega o Natal, estou grávida novamente, e é apenas essa vitória que me deixa serena, serena como uma imagem de Nossa Senhora, quando fico sabendo que Maria, minha irmã, está oficialmente noiva de Carlos de Castela. Ela terá um dote de duzentas e cinquenta mil coroas, e o avô dele, o imperador, mandou para ela um rubi tão grande que algum idiota escreveu um poema sobre a pedra. Ela ficou noiva por procuração e fez um discurso num francês perfeito, recebendo o título de princesa de Castela.

Escreve para mim para se vangloriar de seu triunfo, numa carta tão mal escrita, tão cheia de erros, que demoro quase uma hora para entender.

Vou me casar quando o príncipe completar 14 anos, daqui a sete anos, e não me importo nem um pouco com a espera, embora seja uma eternidade, porque vou ficar em casa, aprendendo espanhol. É uma língua dificílima, mas Catarina disse que vai me ensinar. Acho que eu deveria pagar pelas aulas, porque ela vive com extrema modéstia na corte, os pais não a sustentam, e nós não queremos pagar a pensão de viúva enquanto não recebermos o dote. Não permitem que eu a veja com frequência nem lhe dê nada.

Meu casamento será imponente, mas, até lá, ficarei em casa. Terei meu título agora; já o tenho! Sou princesa de Castela, e estão bordando minha coroa em todos os meus pertences. Tenho precedência sobre minha avó e, evidentemente, sobre Catarina em todas as ocasiões; você consegue imaginar o que vovó acha disso! Ela me passou um sermão sobre a leviandade do orgulho e me disse para olhar para Catarina, que é princesa viúva e, no entanto, se vê subjugada dia após dia. Quando você vier nos visitar, verá meu rubi. É a maior pedra que já vi na vida, daria para matar um gato com ela.

Com amor, Maria

É quase como se não valesse a pena decifrar essa carta mal escrita, que é um misto de triunfo sobre a cunhada e vanglória da própria riqueza, mas não me deixo perturbar. Meu consolo é que sou rainha e continuarei em posição de maior importância do que ela por muitos anos, mas é difícil me lembrar de ser serena como uma imagem de Nossa Senhora quando ela me manda o poema sobre o rubi e um desenho de meu pai e meu irmão testemunhando seu triunfo, de pé em um estrado, sob um pano de ouro. O embaixador inglês disse a Jaime que todos comeram em pratos de ouro. Pratos de ouro para Maria! A ideia é um tanto ridícula.

Castelo de Stirling, Escócia, Primavera de 1508

Acho que este nunca foi um castelo de sorte para mim. Tive minha primeira briga com meu marido aqui e, embora tenha expulsado os bastardos dele, sempre penso nas crianças e no alquimista, que permanece na torre. É como se sentisse falta das crianças sempre que passo pelo rastrilho e atravesso o pátio.

E é neste lugar que o pior acontece. O pior que pode acontecer. Meu filho, Jaime, príncipe da Escócia e das Ilhas, duque de Rothesay, morre dormindo no berço real. Ninguém sabe por quê. Ninguém sabe se ele poderia ter sido salvo. Já não sou mãe do próximo rei da Inglaterra. Meu ventre traz uma criança, mas o berço está vazio, e acho que nunca vou parar de chorar.

Meu marido vem me ver, e lembro-me da correria nos aposentos de meu pai e nos de minha mãe quando Artur morreu, por isso olho para ele imaginando que vá me consolar.

— Estou tão triste — lamurio-me. — Queria estar morta.

— Saiam — pede ele a minhas damas, que desaparecem como se fossem fumaça. — Tenho de pedir a você para ser forte, porque preciso saber uma coisa.

Ele está com a testa franzida, como fica quando ouve alguém explicar um mecanismo, como se eu fosse um enigma a ser decifrado, não uma esposa a ser consolada com presentes.

— O quê? — pergunto, arfante.

— Você acha possível que seja amaldiçoada?

Sento-me na cama e olho para ele, muda.

— Seu pai teve três filhos homens, dos quais dois estão mortos. Seu irmão nunca teve filhos, embora tenha morrido aos 15 anos. Você demorou três anos para engravidar, e agora nosso filho morreu. É uma pergunta razoável.

Solto um gemido alto e me jogo sobre o travesseiro, ao mesmo tempo enfurecida e desolada. É típico dele, como seu interesse pelo que faz os dentes de um mendigo apodrecerem. Não sei por que Artur morreu da doença do suor que poupou Catarina. Como saberia? Nem mesmo penso em Edmundo, meu irmão caçula, que morreu antes de desmamar. Não sei por que Artur não teve filhos com Catarina, não gosto de pensar no que ela quis dizer com "Ai de nós, nunca aconteceu" e não vou discutir isso agora, quando estou arrasada e as pessoas deveriam estar me consolando, me distraindo, não vindo a meu quarto para fazer perguntas terríveis com a voz gélida.

— Porque o próprio príncipe Ricardo me disse que os Tudor eram amaldiçoados — continua ele.

Cubro os ouvidos para não escutar essas blasfêmias. É inacreditável para mim que um marido tão generoso, tão amável, venha me ver nesse momento, no ápice de minha dor, para dizer coisas que são como os feitiços ruins de seu alquimista, que transformarão vida em morte, ouro em lixo, luz em sombra.

— Margaret, preciso que você me responda — insiste ele, sem levantar a voz, como se soubesse que escuto tudo apesar de minhas mãos fechadas e do travesseiro.

— Imagino que o senhor esteja falando de Perkin Warbeck — murmuro, levantando o rosto.

— Todos sabemos que esse não era o nome dele — objeta Jaime, como se fosse um fato. — Todos sabemos que é o nome que seu pai inventou para ele. Mas ele era o príncipe Ricardo, seu tio. Foi um dos dois príncipes que Ricardo III prendeu na Torre de Londres, que seu pai diz felizmente nunca mais terem sido vistos. Eu sei. Ricardo veio aqui antes de invadirmos a Inglaterra. Era um amigo querido. Moramos juntos como reis irmãos. Concedi a ele minha prima em casamento, sua dama de companhia Katherine Huntly. Lutei ao lado dele. E ele disse que havia uma maldição sobre quem tentou matá-lo e o irmão, Eduardo.

— O senhor não sabe se ele era príncipe — balbucio. — Ninguém sabe. Minha avó não deixa ninguém dizer isso. É traição dizer isso. E Katherine Huntly nunca fala do marido.

— Sei, sim. Ele próprio me contou.

— Bem, o senhor não deveria me contar! — vocifero.

— É verdade. Só que preciso saber. Ricardo disse que havia uma maldição sobre a pessoa que matou o irmão dele, o jovem rei. A bruxa lançou essa maldição: a mãe de sua mãe, a rainha branca, Elizabeth Woodville. Ela jurou que quem tivesse matado o jovem rei perderia o filho e o filho do filho, até a linhagem se extinguir, com uma menina estéril.

Ponho a mão sobre a barriga, orgulhosa. Não sou uma menina estéril.

— Estou grávida — afirmo.

— Acabamos de perder nosso filho — objeta ele, a voz baixa. — Por isso sou obrigado a perguntar. Você acha que perdemos nosso filho porque existe uma maldição sobre os Tudor?

— Não — respondo, colérica. — Acho que perdemos nosso filho porque seu reino fétido é sujo e frio, e metade das crianças nascidas vai morrer por não conseguirem respirar em cômodos enfumaçados pelas lareiras nem podem sair por causa do ar gelado. É seu reino imundo, são suas parteiras idiotas, são suas amas doentes, de leite ralo. Não é maldição minha.

Ele assente, como se estivesse recebendo informações interessantes.

— Mas meus outros filhos estão vivos — observa. — Neste reino imundo, com parteiras idiotas e amas doentes, de leite ralo.

— Nem todos. E, de qualquer forma, estou grávida. Não sou uma menina estéril.

Ele assente de novo, como se essa fosse uma observação válida, que ele poderia anotar no caderno para discutir com o alquimista.

— É verdade. Desejo-lhe boa saúde. Procure não sofrer muito pelo filho que perdemos. Vai prejudicar este que está em sua barriga. E nosso menino está no paraíso. Devemos nos lembrar de que ele é inocente. Foi batizado. Mesmo sendo metade seu, da família de um usurpador que matou crianças, e metade meu, que sou regicida e patricida... Somos pais pecadores, mas ele foi batizado contra o pecado, de modo que precisamos rezar para que esteja agora no paraíso.

— Eu gostaria de estar no paraíso com ele!

— Com os pecados de sua família, como poderia?
E se retira. Assim. Sem nem sequer uma mesura.

Querida Catarina,

Perdi meu filho, e meu marido é terrivelmente cruel comigo. Disse coisas tenebrosas. Meu único consolo é que estou grávida e espero ter outro menino. Maria me disse que você está vivendo com dificuldade e que não há nenhum plano para seu casamento com meu irmão. Lamento muito. Agora que fui tão humilhada, entendo melhor. Entendo como você deve estar infeliz e penso em você o tempo todo. Quem imaginaria que alguma coisa pudesse dar errado para nós, que somos as protegidas de Deus? Você acha que existe algum motivo? Não poderia haver uma maldição, não é? Rezarei por você.

Margaret, a rainha

Palácio de Holyroodhouse, Edimburgo, Escócia, Primavera de 1508

Jaime vai comigo do Castelo de Stirling a Holyroodhouse, embora as montanhas estejam cobertas de neve, e a estrada junto ao rio, dura de gelo. Tenho um cavalo novo, firme, que me leva em segurança. Não dizemos mais nada sobre o filho que perdemos, esperando pelo que virá no verão.

Assim que chegamos a Edimburgo, Jaime vai para o porto de Leith, onde está construindo navios e testando canhões. Ele planeja criar outro grande porto, longe dos bancos de areia. Digo que não sei por que ele deseja tantos navios; meu pai também governa um território cercado de mares e não tem uma frota a seu comando. Jaime sorri, segura meu queixo como se eu fosse uma serva ignorante e diz que talvez tenha a fantasia de governar os mares, e pergunta se eu gostaria de ser rainha de todos os oceanos.

Portanto ele não está na corte quando chega um emissário de meu pai, um clérigo astuto chamado Thomas Wolsey, que deseja se encontrar com Jaime para conversar sobre a manutenção da paz. Fico particularmente constrangida de dizer que o rei não se encontra na corte porque está testando os novos e enormes canhões e supervisionando a construção de navios de guerra.

Mas Wolsey faz questão de ser recebido, porque a Escócia rompeu a aliança, e ele tem uma comissão que deseja avaliar se Jaime pretende manter a paz. É tudo culpa dos bastardos, mais uma vez causando problemas para mim. James Hamilton, o recém-empossado conde de Arran, que foi elevado à nobreza no dia de meu casamento, levou os dois até Erasmo, na Itália, voltou pela Inglaterra sem salvo-conduto e acabou sendo preso. Mais uma vez, vemos as consequências desastrosas da ridícula atenção que meu marido dispensa aos bastardos. Agora isso nos trouxe problemas de verdade.

Posso não entender tudo, embora as pessoas estejam sempre tentando me explicar os infindáveis termos e cláusulas do tratado, mas até eu compreendo o que Thomas Wolsey diz enquanto esperamos Jaime voltar de Leith. Wolsey diz que a França está tentando convencer meu marido a renovar a tradicional aliança deles, e meu pai está tentando convencê-lo a manter o Tratado da Paz Perpétua. Como nosso casamento foi parte do tratado, meu marido deveria respeitá-lo, assim como respeita nosso matrimônio. Ele se casou com uma princesa da Inglaterra, para ficarmos em paz para sempre; é isso que significa "perpétuo". Não pode fazer aliança com a França, não necessita de armas, de navios de guerra e do maior canhão do mundo.

Thomas Wolsey precisa explicar esses fatos a meu marido, por isso exijo que o busquem imediatamente. Wolsey fala, fala e fala na esperança de que convencerei meu marido a dispensar os franceses e confirmar a aliança com a Inglaterra. Mas meu marido é esquivo e, quando finalmente volta à corte e consigo falar a sós com ele, faz um carinho em meu rosto e pergunta:

— Qual é meu lema? Qual vai ser o lema de nosso filho?

— "Em minha defesa" — respondo, em desalento.

— Exatamente. Vivo minha vida, estabeleço minhas alianças, faço tudo, diariamente, em defesa de meu reino. E nem mesmo você, princesa ímpar, vai me convencer a deixar meu reino em perigo, insultando os franceses.

— Os franceses não têm nenhuma serventia para nós — argumento. — A única aliança de que precisamos é com a Inglaterra.

— Tenho certeza de que você está certa, esposa amada. E, se a Inglaterra se tornar uma vizinha mais prestativa do que é no momento, nossa aliança prosseguirá por muito tempo.

— Espero que o senhor não se esqueça de que sou uma princesa inglesa antes de ser rainha escocesa.

Ele bate com suavidade em minha nádega, como se eu fosse uma de suas meretrizes.

— Jamais me esqueço de sua importância — afirma, sorrindo. — Jamais ousaria.

— Então o que o senhor vai dizer a Thomas Wolsey?

— Vou me encontrar com ele, vou passar horas conversando com ele — promete. — E, no fim, vou dizer o que pretendo fazer, o que sempre pretendi: manter a paz com a Inglaterra e manter a amizade com a França. Por que eu teria relações de amizade com uma e não com a outra, quando uma é tão terrível quanto a outra, quando tudo o que elas querem é me engolir, e o único motivo de se importarem comigo é ameaçar uma à outra?

Wolsey trouxe para mim uma carta de Catarina e, enquanto ele e Jaime se trancam para conversar, leio-a sozinha em meus aposentos. Ela é solidária e fala com delicadeza das muitas mulheres que perdem filhos, sobretudo o primeiro filho, pedindo-me para descansar e manter a esperança de que Deus me dará um sucessor. *Não há nenhum motivo para você não ser fértil e feliz*, escreve, enfaticamente. *Não sei de nada contra os Tudor.* Recebo suas palavras com a intenção pretendida, carinho de irmã, e, de qualquer modo, não quero pensar em maldições e mortes no parto.

Ela conclui, como se sua situação não tivesse muita importância:

Quanto a mim, as coisas não estão nada bem. Meu pai só quer mandar o resto do dote quando eu me casar com o príncipe, e seu pai só quer pagar minha pensão de viúva quando receber o dote. Sou um joguete entre dois grandes reis e não tenho dinheiro nem muita companhia, porque, embora more na corte, não tenho proteção de ninguém, por isso sou ignorada. Vejo seu irmão tão raramente que fico imaginando se ele sequer se lembra de que estamos noivos. Receio que tenham falado mal de mim para ele. Vejo sua irmã, Maria, apenas quando seu pai deseja impressionar o embaixador espanhol. Ela está se tornando uma verdadeira beldade e é tão doce que não sei nem dizer! É minha única amiga na corte. Comecei a lhe ensinar espanhol, mas ela não tem permissão de me ver com frequência. Estou presa em Londres, na miséria, sem ser nem viúva nem noiva.

Será que você poderia falar de mim para sua avó, que poderia pelo menos garantir que meus servos sejam pagos? Ela poderia me emprestar vestidos do guarda-roupa real. Sem vestidos, não posso jantar e acabo indo para a cama com fome, se os empregados da cozinha se esquecem de mandar algo para meu quarto. Será que você poderia me ajudar? Não sei o que fazer, e os homens que deveriam me aconselhar estão decididos a me usar para fins próprios.

Palácio de Holyroodhouse, Edimburgo, Escócia, Julho de 1508

Recolho-me aos cômodos sombrios e abafados de meu confinamento para as semanas de solidão e silêncio. Juro a mim mesma que não pensarei no que meu marido disse sobre uma possível maldição, que não considerarei suas acusações; elas são ridículas, ele é ridículo. Todos sabem que foi o déspota Ricardo III que matou os príncipes na Torre, para tomar o trono do sobrinho. Todos sabem que meu pai salvou a Inglaterra desse monstro. Nós, os Tudor, somos abençoados por isso. Não há maldição nenhuma.

A batalha de Bosworth mostra que Deus protege os Tudor. Minha mãe se casou com Henrique Tudor embora ela própria fosse Plantageneta, a rosa vermelha englobou a branca e resultou na rosa Tudor; ela concebeu Artur, me concebeu. Isso é prova, prova cabal, de uma linhagem que é abençoada por Deus, livre de pecado, isenta de maldição. Deveria ser o suficiente para qualquer pessoa; com certeza é o suficiente para mim, que fui criada por minha avó para ter horror a qualquer tipo de superstição e heresia. Sei, como ela sabe, que os Tudor são os preferidos de Deus e a família real da Inglaterra. Foi Deus que me designou a meu posto, pois sou a preferida Dele e dela.

Para mim, basta pensar também em Catarina, que já não é arrogante, mas uma princesa que implora para fazer parte de nossa família e que me assegura não haver nenhuma maldição sobre nós. Penso nela, reduzida à pobreza e à solidão dos pequenos cômodos destinados aos parasitas da corte, enquanto estou nos melhores aposentos do melhor palácio da capital de meu reino, e sinto extremo carinho por ela. Escrevo uma resposta solidária.

Minha irmã querida,

Evidentemente, escreverei para minha avó e também para meu pai, farei o que estiver a meu alcance por você. Quem poderia imaginar que você chegaria à Inglaterra com tanta pompa — eu me lembro de que fiquei abismada com seus cadarços de ouro! — e agora foi tão rebaixada? Do fundo do coração, sinto dó de você e rezarei para que volte em segurança para a Espanha, se as coisas não se ajeitarem na Inglaterra.

Sua irmã Margaret, a rainha

Tenho a píxide em meus aposentos, pronta para o parto, assim como o confessor e os bons padres da Abadia de Holyrood, que rezam por mim a toda hora. Não tenho medo, apesar do que meu marido disse. Com desdém, penso que ele é um homem que usa cilício, que matou o próprio pai, o rei; é claro que enxerga maldição por toda parte. Na verdade, ele deveria ir para Jerusalém assim que possível. De que outra forma recuperará a proteção de Deus, senão com uma cruzada? Seus pecados não são erros comuns dos quais nos livramos com algumas ave-marias estipuladas por um padre distraído. Ele não é como eu, que nasci para a grandeza com a bênção de Deus.

Não tenho medo, e o parto é tranquilo. O bebê é uma grande decepção, porque se trata de uma princesa, mas acho que vou chamá-la de Margaret e pedir a minha avó que seja madrinha e venha ao batizado. O bebê vai para o peito da ama, mas não mama direito, e vejo a mulher trocar olhares apreensivos com uma das parteiras. Elas não dizem nada para mim, apenas me lavam e põem turfa e ervas em minhas partes íntimas, e adormeço. Quando acordo, minha filha está morta.

Dessa vez, meu marido é carinhoso. Ele vem à câmara de confinamento, embora nenhum homem deva entrar aqui; até o padre rezou comigo do outro lado de um biombo. Mas Jaime surge em silêncio, afasta as mulheres, que o repreendem, e segura minha mão inerte na cama, embora eu ainda não tenha sido purificada pela Igreja. Não estou chorando. É estranho que ele não comente sobre meu silêncio. Não sinto vontade de chorar. Sinto vontade de dormir. Gostaria de dormir e nunca mais acordar.

— Meu amor — murmura ele.

— Desculpe — peço, embora mal consiga falar. Mas devo a ele um pedido de desculpa. Deve haver algo errado comigo, com dois filhos morrendo um depois do outro. E agora, Catarina e Maria ficarão sabendo de minha perda, e tenho certeza de que Catarina vai achar que há mesmo algo errado comigo, algo errado com os Tudor e o "Ai de nós, nunca aconteceu". Maria é nova e estúpida demais para saber que perder um filho é a pior coisa que pode acontecer com uma rainha, mas Catarina não vai tardar a me comparar com sua mãe fértil e com a romã de seu símbolo, e insistir para se casar logo com Henrique.

— É só azar — afirma Jaime, como se nunca tivesse ouvido falar de maldição nenhuma, como se jamais a tivesse mencionado para mim. — O importante é saber que podemos ter filhos, que você pode dar à luz. Esse é o grande desafio, acredite, meu amor. O próximo vai viver, tenho certeza.

— Um menino — sussurro.

— Vou rezar — promete ele. — Vou fazer uma peregrinação. E você vai descansar e ficar bem, e, quando estivermos velhos, cercados de netos e bisnetos, rezaremos pelas almas desses pequenos. Vamos nos lembrar deles apenas em nossas preces, esqueceremos o sofrimento. Vai ficar tudo bem, Margaret.

— O senhor mencionou uma maldição... — começo.

Ele abana a mão.

— Eu estava com raiva, mágoa e medo. Foi errado de minha parte. Você é jovem demais e foi criada para se imaginar acima de qualquer imperfeição. A vida vai lhe ensinar que não é assim. Não preciso destruir seu orgulho.

Eu seria um péssimo marido se quisesse apressar em você a sabedoria do desespero.

— Não sou tola — respondo, com dignidade.

Ele abaixa a cabeça.

— Que bom! Porque eu certamente sou.

Penso em escrever a minha irmã, Maria, já que ela agora é noiva do sucessor do maior rei cristão, para avisar que não seja orgulhosa demais, porque pode ser que ela se case com um grande homem, mas não possa lhe dar um sucessor. Todas as cartas da Inglaterra discorrem sobre sua beleza, mas isso não significa que ela seja fértil ou capaz de gerar um filho saudável. Ela deveria saber que meu sofrimento pode ser também seu sofrimento; não há por que achar que não vai sofrer nenhum castigo. Acho que direi a ela que talvez os Tudor não sejam tão abençoados por Deus. Acho que direi que talvez ela não tenha um grande destino, como todos preveem, que ela não deve imaginar que será poupada só porque sempre foi a queridinha de todos, a criança mais bonita.

Mas então algo me detém. É estranho ter pena e papel à minha frente e perceber que não quero adverti-la. Não desejo lançar essa dúvida sobre ela. Evidentemente, irrita-me a ideia de Maria dançando pelo Palácio de Richmond, dominando Greenwich, sendo o epítome da moda, da beleza e da extravagância de uma corte rica, mas não quero ser eu a lhe dizer que nossa família talvez não seja abençoada como imaginávamos. Que talvez nem sempre tenhamos sorte. Que talvez haja uma sombra pairando sobre nosso sobrenome; talvez tenhamos de pagar pela morte de Eduardo de Warwick, pelo enforcamento do menino que chamávamos de Perkin Warbeck, quem quer que ele fosse. Sem dúvida, fomos nós que mais nos beneficiamos com o desaparecimento dos dois príncipes Plantageneta. Podemos não ter feito nada, mas fomos os que mais ganharam.

Por isso penso duas vezes e escrevo a minha avó, para falar de minha decepção e tristeza, e para perguntar — pois talvez ela saiba — se há algum motivo por que Deus não me abençoaria com um filho homem. Por que uma princesa Tudor não conseguiria ter e manter um filho? Não menciono nenhuma maldição sobre os Tudor, nem falo sobre Catarina, vivendo na miséria — afinal, por que ela me ouviria? —, mas pergunto se ela sabe de algum motivo para nossa linhagem não ser forte. Fico imaginando o que ela responderá. Fico imaginando se dirá a verdade.

Castelo de Stirling, Escócia, Páscoa de 1509

Venho a Stirling para a Páscoa; no frio inclemente, os cavalos avançam com dificuldade pela neve, as carroças de carga ficam atoladas, chegando com dias de atraso e deixando as paredes sem tapeçarias. Não há cortinas em torno de minha cama, preciso dormir com lençóis duros, e não há timbres bordados nos travesseiros.

Meu marido ri dizendo que fui mimada pelo clima ameno da Inglaterra, mas ainda não acredito que possa estar tão frio e escuro nessa época do ano. Anseio pela relva verde e pelo canto dos pássaros no começo da manhã. Digo que permanecerei na cama até clarear e, se clarear apenas ao meio-dia, que assim seja.

Ele concorda que eu fique na cama, prometendo ele próprio trazer lenha para minha lareira, para esquentar ali a caneca de cerveja do meu café da manhã. É divertido e carinhoso comigo, e estou grávida novamente, o que me enche de esperança e confiança. Dessa vez terei sorte, penso. Já sofri o bastante.

Uma tarde, quando ele entra em meus aposentos com um papel na mão, imagino que tenha vindo ler novamente para mim e torço para que não seja poesia em erse. Já entendo a língua, mas os poemas são muito longos. Ele não se senta na poltrona de praxe, junto à lareira, mas na beira da cama, o rosto sério, procurando Eleanor Verney, minha dama de companhia mais velha, gesticulando levemente para indicar que ela permaneça no quarto. Imediatamente sei que é alguma má notícia da Inglaterra.

— É minha avó? — pergunto.

— Não — responde ele. — Você vai precisar ser forte, meu amor. É seu pai. Que Deus acolha sua alma, ele se foi.

— Meu pai morreu?

Ele assente.

— Então Henrique é rei? — murmuro, sem conseguir acreditar.

— Será o rei Henrique VIII.

— Não é possível.

Ele abre um sorriso torto.

— Achei que ficaria triste.

— Ah, estou, estou. — Mas não sinto nada. — É um choque, embora eu soubesse que ele não estava bem. Minha avó sempre dizia que ele não estava bem.

— Vai ser uma grande diferença para o reino — observa ele. — Seu irmão é desconhecido, inexperiente. Seu pai não deu nenhum poder a ele. Não lhe ensinou a arte de governar.

— Era para ser o Artur.

— Já faz muitos anos que essa não é mais a realidade do reino.

Sinto as lágrimas assomarem.

— Sou órfã — murmuro, em desalento.

Ele me abraça.

— Você tem uma família aqui. E, se Henrique mantiver a paz como deveria, talvez você possa visitá-lo quando ele subir ao trono.

— Eu gostaria — admito.

— Se ele mantiver a paz. O que você acha que ele vai fazer? Pelo Tratado da Paz Perpétua, é obrigado a respeitar nossas fronteiras e nossa independência. Seu pai e eu brigamos a respeito de alguns invasores e piratas, e ele tentou proibir minha amizade com a França. Você acha que o Henrique se deixaria convencer de que a paz é o melhor para todos? Acha que ele vai ser um vizinho mais fácil do que seu pai? Você tem alguma influência sobre ele?

— Ah, tenho certeza de que posso convencê-lo. Tenho certeza de que posso explicar. Eu poderia ir a Londres, conversar com ele.

— Depois de cuidar da gravidez e dar à luz um menino saudável. Você poderia, então, ser uma embaixadora. Mas sem viagens enquanto vocês dois não estiverem bem e fortes.

— Ah, sim, mas...

Penso em como será maravilhoso voltar à Inglaterra com meu irmão caçula agora rei da Inglaterra, com Milady, a Mãe do Rei, agora diminuída à posição de Milady, a Avó do Rei, e Maria uma simples princesa, ao passo que eu serei rainha com um príncipe no berço, uma rainha que trouxe paz a dois reinos. Terei um interminável comboio de bagagem. Eles verão as joias que Jaime me deu, admirarão meus vestidos.

— E você tem uma herança — informa meu marido.

— Tenho?

— Tem. Não sei exatamente o que será, mas ele morreu muito rico. Vai ser uma quantia substanciosa.

— Vai ser tudo meu? — pergunto. — Não vai para o senhor?

Ele abaixa a cabeça novamente.

— É tudo seu, minha avarenta. Vai tudo para você.

Sinto as lágrimas se acumularem em meus olhos mais uma vez.

— Será um consolo. Para minha perda. Para minha grande perda.

— Ah, e você não vai acreditar! — exclama meu marido, enxugando minhas lágrimas com o dorso da mão. — A primeira ação de seu irmão é castigar os conselheiros de seu pai que estavam cobrando impostos excessivos do povo.

— Ah, é?

Não tenho nenhum interesse na cobrança de impostos.

— E a segunda é anunciar o casamento com a princesa viúva. Finalmente, ele vai se casar com Catarina de Aragão. Ela está espreitando há sete anos, mas agora os dois vão se casar em poucos dias. Provavelmente já se casaram; as estradas estão tão ruins que já faz alguns dias que a carta foi enviada.

Sinto algo próximo de pavor.

— Não. Não pode ser. Não pode ser ela. O senhor não deve ter entendido direito. Deixe-me ver a carta.

Ele me entrega o papel. Trata-se de um anúncio formal, do mensageiro, comunicando apenas sobre a morte de meu pai e a proclamação de Henrique. Leio o título dele como se ainda não acreditasse. E então há o anúncio de que Henrique se casará com a princesa viúva. Está escrito numa letra rebuscada. Há selos no fim da página; não há dúvida.

— Ela vai ser rainha da Inglaterra — murmuro. Imediatamente se esvai minha solidariedade por seus anos de solidão à margem da corte, ignorada por todos, tentando subsistir. Esqueço a piedade por minha irmã viúva. Penso que ela fez uma aposta monstruosa, que deu certo. Apostou sua saúde e segurança e saiu vitoriosa. Apostou que resistiria mais do que meu pai. Venceu-o sobrevivendo a ele; praticamente desejou sua morte. — Essa menina falsa venceu.

Jaime solta uma gargalhada, achando graça do asco em minha voz.

— Pensei que você gostasse dela.

— E gosto! — respondo, mas sinto a inveja tomar conta de meu corpo. — Gostava. Gosto mais quando ela está pobre e infeliz do que quando está triunfando sobre mim.

— Mas por quê? Ela esperou muito tempo pela recompensa. Fez por merecer. Dizem que, no fim, estava quase passando fome.

— O senhor não entende. Ela fracassou com Artur, e achei que meu pai a castigaria jamais permitindo que se casasse com o Henrique nem voltasse para a Espanha. A Catarina é mais velha do que o Henrique. É um casamento inadequado.

— São só cinco anos de diferença.

— Ela é viúva do irmão dele!

— Eles têm uma dispensa do papa.

— Ela não é... — Cerro as mãos. Não sei como explicar. — O senhor não a conhece. Ela é ambiciosa. É o trono que ela quer, não é o Henrique. Minha avó não... Eu não... Ela é orgulhosa. Não é apta. Jamais poderia ocupar o lugar de minha mãe.

Com carinho, ele segura minha mão.

— Henrique vai ter de ocupar o lugar de seu pai, e ela vai ter de ocupar o lugar de sua mãe. Não no seu coração, é claro. Mas no trono. A Inglaterra precisa de um rei e de uma rainha, e serão Henrique e Catarina de Aragão. Deus os abençoe e os proteja.

— Amém — respondo, amuada.

Mas não estou sendo sincera. Não consigo.

Castelo de Stirling, Escócia, Verão de 1509

Enquanto a neve se recusa a desaparecer do alto das montanhas escocesas e o vento frio arranca as flores das árvores, penso no verão de Henrique e Catarina na Inglaterra, o primeiro verão milagroso de Henrique, vangloriando-se dos títulos que os dois ganharam por obra do mau acaso: rei e rainha, beneficiários da morte de pessoas melhores do que eles. Penso em Catarina dizendo que era seu destino, esperando o momento propício. Penso nela dizendo que sobreviveria a meu pai e sobrevivendo de fato. Penso que ali não há amor verdadeiro, apenas ambição e vaidade. Henrique roubou a esposa do irmão, e Catarina conquistou o sucessor da Inglaterra. Acho que são ambos desprezíveis e que não há tristeza genuína quando o irmão mais jovem ocupa o lugar do primogênito e a viúva abandona o luto.

Então surge outro mensageiro com uma notícia urgente da Inglaterra. Minha avó morreu. Dizem que comeu demais no banquete da coroação, aliviando seu sofrimento com cisne assado, mas acho que talvez não tivesse mais motivo para viver, depois de ver o neto subir ao trono e saber que seu grande trabalho pelos Tudor — tanto público quanto secreto — estava completo, sabendo que manteremos o trono para sempre. Tento sentir a perda da avó que tão severamente me regeu, mas minha mente fica voltando ao pensamento de que, com a morte de minha avó, Catarina será a soberana da corte. Não haverá ninguém acima dela. Nem mesmo minha mãe podia entrar nos aposentos da rainha; eles cabiam à Milady, a Mãe do Rei. Mas Catarina estará em melhor condição do que minha mãe: será rainha sem uma sogra para ofuscá-la, livre para fazer o que quiser. Com certeza, Henrique não saberá controlá-la. Ela vai se portar como se fosse uma rainha independente, como sua bruta mãe, Isabel de Castela. Deve estar triunfante, saltando da pobreza à posição de rainha ao capricho de Henrique. Deve estar achando que venceu tudo, que é protegida de Deus. A mãe se dizia "A Conquistadora". Catarina foi criada para pisar em todos.

Escrevo a Maria:

Tenho certeza de que a coroação e o casamento devem ter sido esplêndidos e espero que tenha aproveitado, mas você precisa ser uma boa irmã para Catarina e lembrá-la de ser grata a Henrique por elevá-la a essa grande posição, quando ela se encontrava tão rebaixada. Nosso irmão foi muito generoso em reconhecer o noivado, mesmo sem precisar. Você deve adverti-la sobre o orgulho e a ganância em sua nova posição. É claro que estou feliz com sua extraordinária ascensão ao poder, mas não seríamos boas irmãs se não a alertássemos contra o pecado da ambição e de uma possível rivalidade conosco, que nascemos Tudor.

Palácio de Holyroodhouse, Edimburgo, Escócia, Outono de 1509

Jaime tem representantes na nova corte de Henrique, e eles nos informam que, assim como eu temia, o jovem casal gasta uma fortuna em roupas, comemorações, justas e música. Há dança todas as noites, e parece que Henrique escreve canções para seus coristas, além de poemas. Minha gravidez não está sendo fácil, e posso atestar que meus enjoos se agravam com os relatos sobre Catarina dançando com vestidos de ouro, as cortinas de seu camarote nas justas bordadas em ouro com pequenas letras C e H, o timbre da romã esculpido em cada ornamento de pedra, sua barcaça com cortinas de seda, seus cavalos fabulosos, seu belo guarda-roupa, sua compra gananciosa de joias.

Fico tão ávida por relatos sobre a corte mais extravagante da Europa que as pessoas acham que adoro ficar sabendo da felicidade de meu irmão. Abro um sorriso frouxo e respondo que é verdade. Tudo isso já é suficientemente terrível, mas as notícias da riqueza e da liberdade de minha irmã, Maria, são ainda piores para mim. Ela não terá ninguém que a supervisione — pois Catarina jamais lhe daria ordens —, e Henrique só vai enchê-la de joias e belos vestidos, para exibi-la. Todos dizem que é a princesa mais bonita da Europa. Henrique vai usá-la como um fantoche para mostrar as joias da Coroa, pedirá que pintem o retrato dela para mandar a toda a Cristandade, alardeando sua beleza. Imagino que já tenha gente apostando que ela romperá o noivado com Carlos de Castela para se casar com outro pretendente, se houver alguém mais importante. Acho que eu não suportaria ver mais um retrato de mais um noivado. Não suportaria receber mais uma carta de Maria vangloriando-se de seus presentes de noivado. Aquele rubi! E não a obrigarão a devolvê-lo, tenho certeza.

A própria Catarina escreve para mim. É sua primeira carta adornada com o selo real no fim da página. Acho-o indizivelmente irritante.

> *Sempre fomos irmãs, e agora sou também sua irmã na posição de rainha. Seu irmão e eu sentimos muito a morte de seu querido pai e sua boa avó e somos muito felizes juntos. Adoraríamos que você nos visitasse no verão, quando as estradas estiverem boas.*
>
> *Você deve estar querendo saber notícias de sua irmã caçula. Ela mora na corte conosco, e acho que está cada dia mais bonita. Fico muito feliz que esteja prometida a minha família e, assim, quando nos deixar, irá para meu antigo lar, e sei que eles vão se deliciar com sua pele clara, seu cabelo dourado e a beleza de sua doçura. Ela usa meus vestidos e minhas joias, e, às vezes, dançamos juntas à noite, e as pessoas falam admiradas sobre a imagem que compomos; chamam-nos de Graça e Beleza, uma bobagem. Ela vai escrever para você. Estou tentando obrigá-la a estudar, mas você sabe como ela é levada.*
>
> *Espero que em breve vocês sejam tias reais de um pequeno príncipe. Sim, estou grávida! Ficarei muito feliz de dar a seu irmão um filho e sucessor. Como somos abençoados! Rezo por você diariamente e sei que você pensa em mim, em nossa irmã, Maria, e em meu querido marido, seu irmão, o rei. Sei que você deve sentir, assim como todos nós, que os anos sombrios ficaram para trás, e nós três devemos rezar para que as bênçãos continuem. Deus a abençoe, irmã.*
>
> *Catarina*

Cerro os dentes. Escrevo uma resposta. Digo que estou muito feliz por ela. Explico que sinto enjoo pela manhã, e há quem acredite que isso prova que é menino. Conto que me dão caldo de carne. Não tenho medo do parto, pois não será meu primeiro e também sou muito nova, tenho apenas 19 anos. É muito mais seguro ter filhos quando a mulher é jovem, dizem. E como Catarina está se sentindo? Como está aos 23 anos? Grávida pela primeira vez aos 23 anos?

Ela não responde, e no começo morro de rir com a ideia de ter escarnecido dos longos anos que ela aguardou como viúva, anos em que deveria estar casada com Henrique, concebendo; mas, à medida que seu silêncio perdura, fico ultrajada, achando que ela se considera importante demais para ser obrigada a responder de pronto. Além disso, ela prometeu que Maria escreveria para mim, e é absurdo deixar uma criança ser negligente e preguiçosa. Ela deveria se lembrar de que sou sua cunhada e rainha por direito. Deveria se lembrar de que minha amizade é algo precioso, de que a paz perpétua se deve a mim, de que somos vizinhas reais e meu marido é um grande rei. Com certeza, ela deveria responder de imediato quando me dou o trabalho de escrever.

Em outubro, sem ter recebido nada de nenhuma de minhas supostas irmãs, escrevo para contar que dei à luz um menino. Sei que escrevo como se fosse uma vitória. Não consigo moderar o tom. Mas é *de fato* uma vitória. Dei a meu marido um menino, e, independentemente do que Catarina consiga em seu futuro confinamento, já dei à luz e dei à luz antes dela, e é bom que todos saibam disso em Londres. Dei a meu marido um filho e sucessor, e esse menino é filho e sucessor da Inglaterra também, até Catarina cumprir sua obrigação, como cumpri a minha. Até lá, sou eu que tenho o sucessor às coroas da Escócia e da Inglaterra no berço de ouro, sou eu que tenho o primeiro Tudor da terceira geração real. Não somos uma dinastia sem netos para suceder a meu pai, não somos nada sem filhos homens, e sou eu — e não Maria ou Catarina — que tenho hoje em casa um príncipe Tudor.

Palácio de Holyroodhouse, Edimburgo, Escócia, Natal de 1509

Comemoramos o Natal à maneira mais imponente que a Escócia permite, com espetáculos teatrais e bailes, apresentações de dança e banquetes. John Damien, o alquimista, constrói uma máquina que voa pelo salão como um pássaro cativo, fazendo as pessoas soltarem gritos de medo. Jaime me dá um colar de ouro e joias para meu cabelo, dizendo que sou a rainha mais linda que a Escócia já teve. Estou bem, eu sei. Meus vestidos estão apertados, foi preciso alargá-los, mas Jaime diz que estou saudável e feliz, como uma esposa deve ser, e que não faz nenhuma objeção aos meus braços cheios.

Palácio de Holyroodhouse, Edimburgo, Escócia, Primavera de 1510

Jaime e eu estamos tão felizes que nem mesmo o retorno dos dois bastardos de Pádua nos traz problema. Alexander, que foi nomeado arcebispo de St. Andrews, e o meio-irmão Jaime, conde de Moray, vêm nos visitar, e recebo-os com cortesia. Mostro a ambos o filho legítimo de seu pai, dizendo que seu nome é Artur, príncipe da Escócia e das Ilhas e duque de Rothesay. Os dois se ajoelham diante do berço e juram lealdade. Alexander, piscando os olhos míopes por trás dos óculos redondos, comenta, hesitante:

— Ele é muito pequeno para um título tão grande.

E isso me faz rir.

Nem mesmo protesto quando meu marido nomeia Alexander lorde chanceler.

— Preciso de alguém de extrema confiança — explica ele.

— Ele não passa de um menino — argumento.

— Nós crescemos rápido na Escócia.

— Bem, contanto que ele saiba que seus estudos foram para proveito do meio-irmão — advirto.

— Tenho certeza de que Desidério Erasmo não se esqueceu disso nem por um instante — retruca Jaime, com um sorriso sarcástico.

Para minha surpresa, Catarina finalmente responde a minha carta, escrevendo de próprio punho, com o selo da romã. É uma carta particular para dizer que está triste e envergonhada; perdeu o filho que carregava e, embora fosse uma menina, sente que foi incapaz de conceber a única coisa que falta a Henrique, a única coisa de que eles precisam para completar sua felicidade.

Sinto meu justificado ultraje se esvair. Penso em minha filhinha que morreu e no meu primeiro filho, antes dela. Penso que foi crueldade minha escarnecer de Catarina por ser mãe pela primeira vez aos 23 anos. Foi uma troça insensível. Fico cheia de remorso, constrangida por ter deixado minha rivalidade resvalar para a malícia. Levo a carta à capela e rezo pela alma do bebê morto. Rezo pela tristeza de Catarina, rezo pela decepção de meu irmão e pelo trono da Inglaterra. Rezo para que eles concebam um filho e sucessor Tudor, pela jovem que é minha irmã há oito anos, que às vezes amei, às vezes invejei, mas que há tanto tempo mora em meu coração e faz parte de minhas preces.

Então abaixo mais a cabeça e sussurro para Santa Margarida, que foi engolida por um dragão e deve conhecer, como eu conheço, a alegria secreta de ser salva da pior coisa que pode acontecer. Margarida saiu da barriga do dragão ilesa, eu saí da gravidez e do parto com um filho e sucessor, o único filho e sucessor Tudor. Jamais desejaria o mal para Catarina, nem para Henrique ou Maria — na verdade, lamento mesmo a perda de minha cunhada —, mas meu filho, Artur, é sucessor da Escócia e da Inglaterra e assim será até que ela tenha um menino. O filho dela, quando nascer, substituirá o meu. Quem pode me culpar pela pequena alegria de saber que tenho um filho e ela não tem?

Um de nossos representantes na Inglaterra escreve para dizer que, embora tenha perdido uma menina, Catarina estava — Deus seja louvado — grávida de gêmeos e ainda carrega um bebê.

— Que inusitado! — comenta meu marido ao ler a carta em voz alta, junto à lareira do meu quarto, depois de pedir a todas as minhas damas que se retirassem. — Ela tem sorte.

Sinto uma incompreensível irritação com a ideia de Catarina estar grávida de um menino quando me ajoelhei rezando para que ela encontrasse consolo em sua perda. Que ridículo de sua parte escrever uma carta tão trágica quando ainda estava grávida! Que estardalhaço ela fez por nada!

— Como assim inusitado? — pergunto, rispidamente, exacerbada com o fato de meu marido se interessar tanto pelo trabalho dos médicos, lendo os livros medonhos deles, vendo desenhos nojentos de corações doentes e vísceras inchadas.

— É surpreendente que ela não tenha perdido ambos quando perdeu uma criança — diz ele, relendo a carta. — Deus a abençoe, espero que seja o caso, mas não é comum perder um gêmeo e manter o outro. Como será que ela sabe? É uma pena não poder ser examinada por um médico. Talvez a menstruação só não tenha voltado, mas ela não esteja grávida.

Cubro os ouvidos.

— O senhor não pode falar sobre a menstruação da rainha da Inglaterra! — protesto.

Ele ri de mim, afastando minhas mãos.

— Sei que você acha isso, mas ela é uma mulher como outra qualquer.

— Eu jamais aceitaria um médico, mesmo que estivesse morrendo no parto! — afirmo. — Como um homem poderia se aproximar da rainha numa hora dessas? Foi minha própria avó quem determinou em seus escritos que a rainha deve ir para o confinamento e ser atendida apenas por mulheres, no escuro, num cômodo trancado. Não pode nem ver o padre que vem benzê-la, e ele precisa passar a hóstia por um biombo.

— Mas e se a mulher em confinamento precisar dos conhecimentos de um médico? — argumenta meu marido. — E se alguma coisa der errado? Sua avó mesmo quase não morreu no parto? Não teria sido melhor se ela tivesse um médico para aconselhá-la?

— Como um homem poderia saber dessas coisas?

— Ah, Margaret, não seja tola! Não é mistério nenhum. A vaca fica prenha, a porca fica prenha. Você acha que o parto da rainha é diferente de qualquer outro animal?

Fico indignada.

— Não vou ouvir isso. É heresia. Ou traição. Ou as duas coisas.

Ele afasta minhas mãos de meu rosto horrorizado, beijando as palmas.

— Você não precisa ouvir nada — diz. — Não sou como os profetas da praça. Posso saber de algo sem proclamá-lo.

— De qualquer modo, ela deve ser a mulher mais sortuda do mundo — observo, com rancor. — Ter a solidariedade de todos por perder a filha e continuar carregando um filho gêmeo.

— Talvez seja — admite ele. — Espero que sim.

Ele se afasta e tira a camisa. O cilício em sua cintura solta um tinido.

— Ai, tire essa coisa medonha — resmungo.

Ele me encara.

— Como queira — responde. — Qualquer coisa para agradar à segunda mulher mais sortuda do mundo, se ela não se importar de estar, como é o caso, sempre em segundo lugar, uma rainha de segunda categoria, num reino de segunda categoria, esperando o filho recém-nascido ocupar o segundo lugar.

— Não foi isso que eu quis dizer — defendo-me.

Ele me envolve em seus braços, sem nem mesmo se dar o trabalho de responder.

Palácio de Linlithgow, Escócia, Verão de 1510

Em maio, quando estamos em nosso palácio às margens do lago, recebo uma breve carta de Catarina, escrita à mão, dizendo que, no fim das contas, não havia outro bebê. Ela escreve com uma letra minúscula, como se preferisse não estar escrevendo.

Implorei a meu pai que não me culpe. Não fiz nada que fosse imprudente ou errado. Disseram que eu havia perdido o bebê, mas mantinha um gêmeo, e só fiquei sabendo que não tinha nada ali quando minha barriga diminuiu e a menstruação voltou. Como eu poderia saber? Ninguém me disse nada. Como eu poderia saber?

Ela diz que o marido tem sido muito amável, mas que ela não consegue parar de chorar. Deixo a carta de lado, sem conseguir responder, irritada com ambos. Fico enfurecida com a ideia de Henrique sendo amável com a esposa — meu irmão, que nunca pensou em nada além de si mesmo! — e com a ideia de Catarina de Arrogância se humilhando ao se desculpar por uma coisa que não poderia evitar. Fico ultrajada com a ideia de ela não conseguir parar de chorar. Como eu estaria se não tivesse conseguido parar de chorar quando perdi um filho? Jamais teria concebido outro. Por que Catarina deveria se deleitar com o sofrimento, proclamando-o ao mundo? Não deveria ela demonstrar bravura digna de rainha, como eu?

Preciso admitir também que talvez meu marido estivesse certo ao sugerir que ela visse um médico. Como podem ter dito que estava grávida quando havia acabado de sofrer um aborto? Como as parteiras podem ter sido tão estúpidas? Como ela pode ter sido tão tola de acreditar?

Imagino que seja, como sempre, apenas a tentativa geral de agradar a Henrique. As pessoas não suportam ter de lhe dar más notícias, porque ele não tolera nada que contrarie sua vontade. Assim como minha avó, ele forma uma ideia de como as coisas devem ser e não ouve quando lhe dizem que o mundo não é assim. Sempre foi terrivelmente mimado. Imagino que, quando lhe disseram que Catarina havia perdido a filha, ele tenha olhado para as pessoas como se essa decepção fosse simplesmente impossível, então todos sentiram que deveriam lhe garantir que ela ainda estava grávida, decerto de um menino. Agora essa mentira se revelou, e Catarina se sente pior do que nunca. Mas de quem é a culpa?

Vou à ala infantil para ver meu próprio filho, o sucessor da Escócia e da Inglaterra, forte e saudável, nos braços da ama.

— Ele está bem? — pergunto.

As mulheres sorriem e dizem que está ótimo, comendo bem, crescendo a olhos vistos.

Volto a meus aposentos e escrevo para Catarina:

Graças a Deus, meu filho está forte e saudável. Somos de fato abençoados por tê-lo. Lamento muito por seu equívoco. Rezo por você, em sua dor e constrangimento.

— Não escreva isso — pede meu marido, espiando por sobre meu ombro, lendo minha carta particular.

Espalho areia sobre a tinta e agito o papel no ar, para secar e para que ele não leia minhas palavras de solidariedade.

— É só uma carta de irmã para irmã — justifico-me.

— Não mande. Ela já tem problemas suficientes, sem você acrescentar sua solidariedade ao fardo.

— Solidariedade não é fardo.

— É um dos piores.

— Que problemas pode ter uma mulher como ela? — pergunto. — Ela tem tudo com que sonhou, menos um filho, que com certeza virá.

Ele desvia os olhos como se escondesse um segredo.

— Ai, me diga! O que o senhor soube?

Ele puxa um banco e se senta, sorrindo para mim.

— Você sabe que não deve se regozijar com a desgraça alheia — apregoa.

Não consigo esconder o sorriso.

— Você sabe que eu não seria cruel assim. É um infortúnio da Catarina?

— Reescreva a carta.

— Vou reescrever. Se o senhor me disser o que soube.

— Apesar de toda aquela criação impecável, seu santíssimo irmão Henrique não passa de um pecador como eu — diz ele. — Apesar de você me repreender pelos meus filhos e expulsá-los do castelo, seu irmão Henrique não é melhor marido do que eu, não é melhor do que ninguém. Enquanto a esposa estava em confinamento, foi surpreendido na cama com uma dama de companhia dela.

— Ah! Não! Qual? Quem? — exalto-me. — Os dois estavam de fato na cama?

— Anne Hastings — responde ele. — Por isso agora há uma grande briga entre o irmão dela, o duque de Buckingham, a família Stafford e o rei.

Suspiro como se ele acabasse de me dar um presente maravilhoso.

— Que horror! — exclamo, encantada. — Que tristeza! Estou perplexa.

— E os Stafford são muito importantes. Têm sangue real, de Eduardo III. Não querem cair em vergonha, não querem Henrique se divertindo com uma moça da família. É tolice dele fazer inimigos entre seus lordes.

— Imagino que o senhor jamais faça isso.

— Nunca — responde ele, com orgulho. — Se faço um inimigo, eu o mato ou prendo. Não o enfureço e deixo-o voltar a suas terras, para me causar problemas. Sei o que preciso fazer para manter este reino unido. Seu irmão acabou de subir ao trono e é imprudente.

— Anne Hastings — murmuro. — Dama de companhia da própria Catarina. Ela deve estar furiosa. Deve estar espumando de raiva. Deve estar doente de decepção. Depois daquele casamento lindo! Depois daquele casamento por amor! Todos aqueles poemas ridículos!

Ele ergue o dedo, como se me advertisse.

— Nunca mais me repreenda por ter amantes. Você sempre diz que seu pai jamais olhou para outra mulher e que seu irmão se casou por amor. Agora está vendo. É perfeitamente normal um homem ter amantes, sobretudo quando a mulher está confinada. É perfeitamente normal um rei escolher uma moça da corte. Nunca mais me censure.

— Não é normal nem moral — retruco. — Vai contra as leis de Deus e do homem. — Não consigo manter a entonação de minha avó. — Ah, Jaime, me conte mais! Catarina vai ter de manter Lady Anne como dama de companhia? Vai ter de fingir que não sabe de nada? Henrique vai manter Lady Anne como amante? Ele não vai declará-la concubina, como um rei francês, vai? Mantê-la à frente da corte e expulsar Catarina?

— Não sei — responde ele, afagando meu queixo. — Que menininha indecente você é, querendo saber todos esses detalhes! Devo pedir a meu representante que nos conte imediatamente?

— Ah, sim! — respondo. — Quero saber tudo!

Castelo de Edimburgo, Escócia, Verão de 1510

Mas a notícia seguinte que recebemos da Inglaterra não é um escândalo divertido, mas uma notícia boa, a melhor possível. Catarina está grávida novamente. Faço o sinal da cruz quando me contam isso, pois fico preocupada com meu filho, Artur. Catarina e eu alternamos tanto momentos de sorte — meu noivado coincidiu com a viuvez dela, a morte de meu pai resultou no casamento e na coroação dela — que temo que o nascimento de um sucessor ao trono Tudor na Inglaterra acarrete a morte do atual sucessor na Escócia.

Jaime não ri de meus temores; chama os melhores médicos ao Castelo de Edimburgo e se dirige à ala infantil, onde todos se põem à volta da ama, que tira a camisa de linho do meu filho e jura que ele está cada vez mais quente.

Ele tem apenas nove meses de vida, é minúsculo. Não parece ter corpo suficiente para enfrentar a febre que deixa sua pele em brasa e faz os olhinhos afundarem no rosto. Os médicos molham os lençóis dele com água gelada, fecham as cortinas contra o sol, mas não conseguem reduzir a febre. E, embora apliquem ventosas, tirem sangue de seus tornozelos rosados e forcem o vômito, provocando choro de dor, nada é capaz de fazê-lo melhorar. Quando estou ajoelhada no chão, ao lado da ama, observando-a passar uma toalha fria no corpinho suado, ele fecha os olhos e para de chorar. Vira a cabeça para o lado, como se quisesse apenas dormir, e fica imóvel. Numa voz tomada de horror, a ama diz:

— Ele se foi.

Querida irmã, estou tão triste com a morte dele! Não consigo escrever mais. Reze pela alma dele e reze por mim, sua irmã, nesse momento de dor. Já incorri no pecado do orgulho e da inveja, mas com certeza esse golpe terrível vai me ensinar a ser humilde. Sinto muito se já fiz mal a você. Espero que me perdoe por qualquer coisa que eu tenha dito ou feito contra você. Perdoe os pensamentos cruéis que nem sequer verbalizei. Dê um beijo em Maria, sinto muita saudade de vocês duas. Estou arrasada. Nunca sofri assim.

Margaret.

Palácio de Holyroodhouse, Edimburgo, Escócia, Primavera de 1511

Catarina se recolhe ao confinamento em janeiro, e recebemos a notícia do parto bem-sucedido num pergaminho ilustrado com rosas Tudor e romãs espanholas e decorado com fios de ouro. Devem ter levado semanas para redigi-la, e os monges deviam estar pintando as margens à mão há meses. Decerto estavam muito seguros da bênção de Deus para fazer esse trabalho, com tanta segurança, com o resultado incerto do parto. Recebo a carta quando estou deitada na cama, à tarde. Não consigo parar de chorar. Passo a ponta do dedo nas palavras, a alegria deles me parece muito distante. Não sei como ousam.

Mas sua arrogância fica impune, pois Deus sorri para os Tudor. Catarina tem um menino. Batizam-no de Henrique, evidentemente. Com amargor, penso que é como se meu irmão Artur jamais tivesse existido, como se Henrique tivesse se esquecido de que deveria dar o nome de Artur ao primogênito Tudor, cabendo o próprio nome ao segundo filho. Mas é claro que Henrique se considera o primogênito e, com orgulho, dá seu nome ao menino. Portanto não há nenhum Artur Tudor. Nem meu irmão, nem meu filho.

Catarina não escreve diretamente para mim sobre seu triunfo. Deixa que a notícia me chegue como se eu devesse me contentar em ser tratada como qualquer outro monarca europeu, como se a sorte dela não fizesse eu me sentir pior pela morte de meu filho. Ela nem sequer respondeu à carta em que eu falava de minha dor. Recebo apenas o pergaminho da vanglória, laqueado de ouro.

Nosso representante nos manda notícias de um magnífico torneio e um banquete realizados para comemorar o nascimento do filho e sucessor ao trono de Henrique. Os chafarizes de Londres vertem vinho, para que todos bebam à saúde do novo bebê, e mandam assar carne em Smithfield, para que todos participem da alegria real. Na justa — há uma justa enorme, é claro, que dura vários dias —, Henrique, pela primeira vez, se permite enfrentar todos os competidores. Arrisca-se como se finalmente fosse homem. Com um filho e sucessor no berço, pode aceitar desafios. Vence de maneira convincente, derrotando todos, como se ele, Catarina e o filho fossem intocáveis.

— Sorria — pede meu marido, quando vamos jantar. — É feio invejar alguém pelo nascimento de um filho.

— Estou de luto pela minha perda — respondo, severamente. — O senhor me pede para esquecer meu sofrimento, mas eu não estava nem pensando neles.

— Você está morrendo de inveja. É diferente. E não quero ter uma esposa rancorosa, invejosa. Vamos ter outro filho, não duvide disso. Tenha esperança da próxima gravidez e sorria. Ou nem venha jantar.

Olho para ele com frieza, mas sorrio como exige, e, quando ergue a taça para brindar à rainha da Inglaterra e seu belo filho, ergo também a taça e bebo como se pudesse ficar feliz por ela, como se o gosto do melhor vinho não fosse amargo em minha boca.

Mas o triunfo de Catarina é cruelmente breve. Em março, recebemos a notícia de Londres de que o pequeno Henrique, o festejado e enaltecido bebê, morreu. Não tinha nem dois meses de vida.

Meu marido vem me ver quando estou ajoelhada na capela de Holyroodhouse, orando pela pequena alma do bebê. Ajoelha-se a meu lado e fica alguns instantes rezando em silêncio. Quando se mexe, ouço o tinido do cilício por baixo da camisa.

— Agora você já acha que seu irmão não pode ter um filho saudável? — pergunta ele, num tom de voz casual, como se estivesse ligeiramente curioso, como se perguntasse se meu cavalo está bem.

Endireito-me sobre a almofada bordada.

— Não sei de nada — respondo, decidida.

Ele me puxa para que eu me sente na escada do altar, como se a casa de Deus fosse nossa e pudéssemos nos sentar aqui para conversar, como se estivéssemos em meu quarto. Jaime é sempre terrivelmente informal, e eu me levantaria para sair, mas ele segura minhas mãos com força.

— Você sabe, sim — afirma. — Sei que escreveu para sua avó, perguntando se havia algo a temer.

— Ela não disse nada — respondo, firme. — E minha mãe nunca falou comigo de maldição alguma.

— Isso não prova que não exista — argumenta ele. — Ninguém lhe contaria a verdade, pois seria muito afetada por isso.

— Por que eu seria afetada? — pergunto, embora não queira ouvir a resposta.

— Se a maldição diz que os Tudor não podem ter filho homem e a linhagem terminará com uma menina estéril, é você que não poderia engravidar — diz ele, com gentileza, como se me contasse sobre a morte de alguém da família. Percebo que, na verdade, é isso mesmo que está fazendo; está me contando sobre várias mortes, passadas e futuras. — Nem você, nem Catarina de Aragão, nem sua irmã, a princesa Maria, teriam filhos homens saudáveis. Todas seriam atingidas pela maldição. Nenhuma de vocês conseguiria dar à luz um príncipe, ou vê-lo crescer, e a coroa dos Tudor acabaria na cabeça de uma menina, que também morreria sem filhos.

Agora seguro as mãos dele com tanta força quanto ele segura as minhas.

— Que coisa horrível de se dizer! — murmuro.

Sua expressão é muito séria.

— Eu sei. Precisamos expiar nossos pecados — observa. — Eu, por matar meu pai; você, por causa de seu pai, pelo assassinato de seus primos. Preciso sair numa cruzada. Não consigo pensar em outro modo de nos salvarmos.

Enterro o rosto nas mãos.

— Não entendo!

Ele afasta minhas mãos, e me vejo obrigada a fitá-lo, sua boca contraída de aflição, os olhos cheios de lágrimas.

— Entende, sim — diz ele. — Sei que entende.

Palácio de Linlithgow, Escócia, Primavera de 1512

O rei não pode participar de uma cruzada sem um filho que lhe suceda. Até os conselheiros religiosos sabem disso, mas, quando engravido novamente e mais uma vez se aproxima a hora do parto, Jaime realiza constantes peregrinações a santuários sagrados da Escócia, semeando justiça e ao mesmo tempo rezando por misericórdia. Fez o possível para se preparar para uma cruzada tão logo tenhamos um filho, de modo que a Escócia, um território pequeno, dispõe agora de uma das maiores frotas da Europa. Meu marido tem ideias próprias sobre como os navios podem ser usados na guerra; ninguém nunca empreendeu uma batalha naval como ele imagina. Projeta um navio bonito, poderoso, o Grande Michael, e supervisiona ele próprio a construção, apenas de camisa, trabalhando com os artesãos, ferreiros e marceneiros, carpinteiros navais e fabricantes de velas. A todo custo, tenta convencer o papa a fazer uma aliança com o rei da França, Luís XII, para que todos os príncipes da Europa se unam num ataque maciço contra os infiéis que tomaram lugares sagrados e profanaram a terra natal de Cristo.

Mas o papa tem outros planos e faz uma aliança com a Espanha e com a República de Veneza. Meu irmão — sob influência da esposa — participa do que decidem chamar de Santa Liga, que romperá a união dos reis cristãos. Catarina convence Henrique a servir ao sogro espanhol, o rei de Aragão, arrastando-o para uma guerra contra a França, justamente quando Jaime esperava que a Europa se juntasse numa cruzada.

A esperança de meu marido se esvai, e a Europa fica novamente dividida, apenas para que meu irmão siga seu sonho de reconquistar a Aquitânia, como se ele fosse o heroico Henrique V e não o rei de uma família bastante diferente, numa época totalmente distinta. Culpo Henrique por sua vaidade e tolice de jovem ávido pela guerra, mas sei que ele está sob influência de Catarina. É terrivelmente perverso que ela conduza Henrique — e a Inglaterra — para uma guerra que não temos chance de ganhar, que afundará toda a Cristandade numa luta interna, quando deveríamos estar combatendo os infiéis.

Como meu marido organizará sua cruzada se os reis cristãos estão lutando entre si? Mas Catarina só pensa em agradar o pai e dar a ele um exército inglês para uso próprio. Meu irmão é totalmente dominado pela astúcia da esposa. Vejo novamente o menino que era o queridinho de minha mãe, escravo de minha avó. Mais uma vez, ele encontrou uma mulher que lhe diga o que pensar. Ela deveria sentir vergonha — foi salva da pobreza pelo rei da Inglaterra, mas o incentiva a correr perigo. Só pensa na própria importância. A mãe foi uma rainha que governou por conta própria, Catarina quer fazer o mesmo. Espera ser uma companheira real, uma rainha que equivaleria ao rei. Quer mandar Henrique para a guerra, numa busca infrutífera, e ser regente no lugar dele. Eu a conheço. Sei que sua ambição secreta é ser como a mãe: a mulher mais importante da Cristandade. Foi por isso que se casou com Artur, para dominar a Inglaterra por intermédio dele. Foi por isso que se casou com Henrique e agora está fazendo o que bem entende.

Cogito escrever a Catarina para dizer que acho errado ela aconselhar Henrique a entrar em guerra numa aliança com o sogro dele. Mas, antes de eu começar a carta, um mensageiro chega da Inglaterra com um embrulho para mim. Ao abri-lo, vejo, cuidadosamente embalada em seda e pergaminho, uma relíquia sagrada, o cinto da Virgem Maria, e uma breve carta de Catarina.

Querida irmã,

Sabendo que a hora de seu parto está chegando, envio-lhe a coisa mais preciosa que possuo, que me ajudou tanto no parto quanto em minha perda. É o cinto sagrado de Nossa Senhora, que ela usou quando deu à luz Nosso Senhor.

Receba-o com a santidade dela e meu profundo carinho e desejo de que tudo dê certo para você e seu novo filho. Rezo para que seja um menino forte. Deus a abençoe,

Catarina

Minha justificada irritação com a intromissão de Catarina no governo da Inglaterra se dissipa quando seguro a relíquia sagrada. Conheço sua devoção; isso vale mais para ela do que toda a prata da Espanha. Não poderia me dar nada mais precioso e, se isso me ajudar a ter um filho saudável, ela me deu meu maior desejo.

Querida irmã,

Agradeço profundamente o empréstimo desse cinto precioso. Você não poderia me dar um presente melhor. À medida que a hora do parto se aproxima, sinto medo, parece que temos tanto azar com nossos filhos! Meu marido tem a consciência dolorosamente pesada e teme que seus pecados caiam sobre mim e nossos filhos.
É por isso que o cinto vai me confortar no confinamento e na hora do parto, trazendo, espero, um sucessor a meus braços e ao trono. Deus nos perdoe a todos por nossos pecados e tenha misericórdia de nós. Deus a abençoe por me dar isso, você é uma verdadeira irmã. Peça a Maria para rezar por mim também, como sei que você reza.

Margaret

Temendo o ataque dos aliados, Luís de França promete a meu marido que ele terá o que quiser se mantiver a Velha Aliança entre a França e a Escócia. Estou me preparando para me recolher ao confinamento quando Jaime vem me procurar no pequeno cômodo no alto da torre, com vista para o lago.

— Imaginei que encontraria você aqui — diz. — Fico surpreso que consiga subir essa escada íngreme com essa enorme barriga.

— Vim respirar um pouco de ar fresco e tomar um pouco de sol antes de me recolher ao confinamento.

Ele se senta a meu lado. Mal há espaço para nós dois no banco de pedra junto à parede circular do cômodo, mas as janelas abertas revelam os campos que contornam o castelo, e andorinhas voam à nossa volta. É possível avistar quilômetros de distância em todas as direções, e o céu se curva sobre a torre como se ela fosse o ponto mais alto do mundo.

— Vou trabalhar pela paz enquanto você nos traz alegria — declara Jaime, segurando minha mão, levando-a até seu peito, pousando-a em seu coração. — E, quando você voltar aqui, traremos nosso filho para mostrar a ele seu reino.

Levantamo-nos e saímos do cômodo apertado, apoiando-nos no parapeito para contemplar o lago, a superfície ondulada pelo vento, azul sob o azul do céu.

— Se eu me aliar à França, seu irmão não poderá atacar o território francês. Temerá que eu invada as terras do norte enquanto ele estiver ausente.

— O senhor não pode fazer isso! Nosso casamento selou o Tratado da Paz Perpétua!

— Não vou invadir as terras, mas seu irmão é jovem e tolo e precisa temer um perigo próximo para deixar de buscar perigos distantes.

— É ela — murmuro, em desalento. — Catarina quer que Henrique se alie ao pai dela, e o pai dela é o homem menos digno de confiança da Cristandade. Meu pai mesmo jamais gostou dele.

Jaime solta uma risada breve.

— Nisso você tem razão — concorda. — Mas faça seu trabalho sabendo que estou protegendo este reino e até a Inglaterra para o menino que você talvez nos dê. Quem sabe? Ele pode ser o sucessor de ambos os reinos.

Minha boca treme um pouco quando tento lhe perguntar se ele abandonou os pensamentos de que haveria uma possível maldição.

— O senhor não acha...?

Ele imediatamente entende o que quero saber e, num gesto rápido, me puxa e beija minha cabeça.

— Acalme-se — pede. — Todas as igrejas da Escócia são minhas e cada uma delas está rezando por você, pelo nosso filho, por nós. Vá com o coração leve, Margaret, e faça seu trabalho. Vamos, vou ajudá-la a descer.

Ele vai à minha frente pela escada circular de pedra, mantendo minha mão em seu ombro para que eu não tropece. Quando chegamos à minha sala de audiências, todos os servos aguardam para se despedir e me desejar sorte. Os dois bastardos, Jaime e Alexander, ajoelham-se para me estimar boa saúde. À entrada de meu quarto, já na penumbra, minha camareira me entrega uma caneca de cerveja, e meu marido me dá um beijo na boca.

— Boa sorte, meu amor — deseja-me. — Fique tranquila. Estarei aqui fora, esperando por notícias.

Tento sorrir, mas entro no quarto escuro de cabeça baixa, os ombros curvados. Estou com medo. Estou com medo de que minha família seja amaldiçoada por causa do que fizemos para subir ao trono da Inglaterra e de que essa maldição cairá sobre mim e o bebê que preciso trazer ao mundo.

Dou à luz um menino. Talvez seja a bênção do cinto da Virgem, que prendemos em minha barriga, talvez sejam as orações das três rainhas irmãs. Mas eu, Margaret, rainha da Escócia e princesa da Inglaterra, dou à luz um menino forte e saudável. Assim que fica sabendo, Jaime atravessa a sala de audiências apinhada em direção à capela e, ajoelhado em agradecimento por nossa sorte, encosta a testa no chão de pedra e reza para que ela continue. Então se levanta e vem a meu quarto, mantendo-se do outro lado do biombo.

— Saia daqui — peço. — O senhor sabe que não pode.

— Quero ver nosso filho. Quero ver você.

Ergo-me da imensa cama real, pois o pequeno leito que usei para o parto já se foi, e agora descanso sob o dossel de pano de ouro e durmo em travesseiros sob a cabeceira esculpida com o cardo e a rosa. Peço à ama para levar o bebê até o biombo e me ponho ao lado dela, com meu belo penhoar bordado, abrindo a renda sobre a roupinha do bebê para o pai admirar. Jaime debruça o rosto moreno sobre o filho pequenino. Nem sequer nota a renda de Mechlin, embora ela tenha custado uma fortuna. O bebê está dormindo, os cílios escuros sobre as bochechas clarinhas. É minúsculo. Eu havia me esquecido de como os recém-nascidos são pequenos. Ele caberia numa das mãos do pai. É como uma perolazinha num mar de sofisticada seda.

— Ele está bem — diz Jaime, como se fosse uma ordem.

— Está.

— Vamos chamá-lo de Jaime.

Curvo a cabeça.

— E você, não está sentindo dor?

Eu teria morrido depois do primeiro parto se Jaime não tivesse pedido ao santo. Dessa vez também foi um parto difícil, mas o cinto sagrado de Nossa Senhora me ajudou no suplício. Jamais me esquecerei de que Catarina o dividiu comigo, que pensou em mim e confiou a mim seu maior tesouro para me ajudar nessa alegria.

— Estou com um pouco de dor, mas o cinto aliviou o pior.

Ele faz o sinal da cruz.

— Vou passar a noite toda rezando, mas você precisa beber um pouco de cerveja e dormir.

Assinto.

— E, quando ele for batizado, teremos dias de justa e banquete para comemorar o nascimento.

— Uma justa tão boa quanto...?

Ele sabe que estou pensando no torneio que fizeram em Westminster quando o filho de Henrique nasceu.

— Melhor — garante. — E pediremos que mandem sua herança da Inglaterra, para você usar as joias. Por isso, durma bem e melhore logo, minha querida.

Volto para a cama. Seguro a ponta do dossel para sentir os fios de ouro e adormeço imaginando as joias de minha herança.

Palácio de Holyroodhouse, Edimburgo, Escócia, Outono de 1512

Encontro-me doente demais para uma grande comemoração pelo nascimento de nosso filho e sucessor. De qualquer modo, Jaime está desesperadamente tentando manter a paz entre os reis da Cristandade, que se esqueceram de sua obrigação com Deus. É impossível para ele convocar os monarcas da Europa a uma cruzada se eles insistem em brigar entre si. O mais infame, evidentemente, é o pai de Catarina de Aragão, Fernando.

Escrevo para Catarina, como irmã e como rainha, pedindo a ela que convença Henrique a manter a paz. Não é fácil para mim escrever uma carta longa à mão, pois estou grávida novamente e, dessa vez, ando muito cansada. O bebê pesa, e sinto dores nas costas e pontadas terríveis na barriga. Mas Jaime faz questão de que eu fale com Catarina, dizendo que precisamos persuadir meu irmão e a esposa dele a não destruírem a paz da Cristandade, que Henrique deveria ir à Terra Santa com Jaime, e não invadir a França com Fernando.

— Diga a ela que tenho medo do pecado — insiste ele. — Diga tudo. Diga que está grávida de novo e que preciso sair numa cruzada para cumprir minha promessa, para proteger você.

Ninguém liga para a paz como meu marido. Ninguém mais tem a sua vontade de sair numa cruzada. O triste é que ele não pode nem dizer por que deseja tanto participar da cruzada. Não pode contar aos outros reis a história de seu pecado, nem dividir seus temores sobre a maldição dos Tudor.

Quando perco o bebê, uma menininha que nasce prematura, em novembro, pequena demais para viver, compartilho a urgência de Jaime. Ele tem razão, eu sei. Tenho certeza de que existem pecados a serem expiados, e nenhuma de nós — nem eu, nem Catarina, nem mesmo minha irmã caçula, Maria — poderá se sentir segura com o futuro de nossos filhos enquanto Jerusalém não estiver novamente em mãos cristãs, enquanto a família Tudor não se livrar da maldição e Jaime não receber perdão por seus pecados.

Castelo de Stirling, Escócia, Primavera de 1513

Meu irmão, porém, está decidido a invadir a França. Ele não irá cancelar seus planos nem mesmo pela ameaça de uma guerra com meu marido na fronteira do norte. Fico ultrajada com a sugestão de que a paz perpétua criada em honra ao meu casamento possa ser rompida. Mas Henrique apenas envia um emissário para pedir a Jaime que não invada a Inglaterra enquanto ele estiver invadindo a França.

Não havia necessidade de enviar um homem para conversar conosco. Jaime nunca agiria contra as normas da cavalaria, nunca seria o primeiro a pegar em armas, mas está aliado aos franceses, e eles prometeram lhe pagar o custo de qualquer invasão punitiva e também financiar uma cruzada quando tiverem terminado de lutar com Henrique. Meu irmão é um tolo de entrar em uma guerra contra os franceses; é óbvio que a primeira coisa que farão é subornar os reinos vizinhos da Inglaterra para se insurgirem contra ele. Por que Henrique não consegue vislumbrar que o futuro dessas ilhas é viver em paz umas com as outras? Meu filho é sucessor dele! Ele vai arriscar entrar em guerra com o pai de seu sucessor? Vai lutar contra o reino da própria irmã e do marido dela?

Jaime passa a Quaresma inteira no monastério. Ao contrário de meu irmão, que tanto ostenta seus estudos teológicos, e Catarina, sempre cheia de crucifixos, meu marido é um homem genuinamente religioso. Por isso, depois de fazer uma longa viagem vindo de Londres, o Dr. Nicholas West, um diplomata astuto, aclamado como grande mediador, se depara com a ausência de meu marido e precisa negociar comigo.

Durante todo o jantar, que é parco porque estamos no último dia da Quaresma, ele comenta que Henrique está maravilhosamente alto e bonito. Quase comete o deslize de dizer que puxou à família de minha mãe, os notoriamente belos Plantageneta, mas se interrompe a tempo, referindo-se à graça dos Tudor, o que é ridículo, porque tanto meu pai quanto minha avó eram morenos e magros, de poucos sorrisos e irremediavelmente desprovidos de charme. Segundo ele, Catarina também está lindíssima, agora que desabrochou. Fico imaginando se está grávida de novo, mas não posso perguntar ao Dr. West. Em silêncio, imagino se ela conseguirá ter uma gestação completa. O diplomata me diz que todos louvam sua beleza e saúde, sua indiscutível fertilidade. Assinto. Eles sempre fazem isso; não significa nada.

O Dr. West comenta que Henrique está cada vez mais interessado em governar, como se essa não fosse sua principal obrigação. Reviro os olhos, sem mencionar que meu marido vive por nosso reino. Também é compositor e poeta, além de um grande príncipe, mas não é indolente como meu irmão. Então o Dr. West se põe a enaltecer os navios que Henrique está construindo. É quando o interrompo, discorrendo sobre os navios que meu marido projetou, explicando que o *Grande Michael* é o maior do mundo.

Temo discutirmos por ele achar que estou me vangloriando da grandeza da Escócia. Como é Quaresma, e não há música nem dança, digo que somos uma corte muito devota, que vamos para a capela depois do jantar, e nos despedimos sem muita alegria.

A situação não melhora no banquete da Páscoa, embora seja bom poder comer carne novamente. E, no segundo dia de Aleluia, quase nos estapeamos quando o Dr. West diz que Henrique espera que eu honre meu direito como princesa inglesa certificando-me de que Jaime mantenha a paz.

— Vossa Majestade deve lealdade a ele — observa, cheio de pompa. — Deve amor de irmã a ele e a sua irmã rainha.

— E o que a Inglaterra me deve? O senhor trouxe minhas joias? Minha herança?

Ele se mostra ligeiramente constrangido.

— Isso é assunto de Estado — diz. — Não cabe numa conversa entre mim e uma dama real.

— É assunto pessoal — corrijo-o. — Meu pai me deixou uma herança, e minha avó me deixou joias de igual valor às que deixou para Catarina e Maria. Elas receberam as joias? Pois não recebi nada da Inglaterra, embora tenha lembrado a meu irmão, e meu marido tenha escrito ao embaixador dele. Essas heranças são minhas por direito. Não podem me ser negadas.

O Dr. West se endireita na cadeira, como se tivesse alfinetes nos bolsos.

— Vossa Majestade as receberá — garante-me. — Não duvide disso.

— Não tenho dúvida nenhuma. Porque são minhas, deixadas por meu amado pai e minha avó. Meu próprio irmão não se rebaixaria negando-se a entregá-las, ignorando os desejos do próprio pai, da própria avó! Se deu a Catarina e a Maria a herança delas, então devo receber a minha.

— Não, ele não vai fazer isso — gagueja o Dr. West, vermelho de vergonha, correndo os olhos ao redor como se alguém pudesse socorrê-lo. Pode procurar à vontade; esta é uma corte escocesa, e os ingleses não são, nem nunca foram, muito estimados aqui. As pessoas abrem exceção para mim, porque Jaime mostra a todos que me ama e dei a eles um príncipe escocês.

— Então por que o senhor não trouxe?

— Vossa Majestade receberá toda a herança quando o rei tiver certeza de que seu marido manterá a paz.

— Mas ele mantém a paz! — exclamo. — Durante esse tempo todo ele trabalhou em prol da paz, enquanto os outros estavam se preparando para a guerra.

— Ele também está se preparando — objeta o Dr. West. — Os canhões, aqueles canhões imensos...

Imediatamente, entendo que, além de emissário, ele é também espião, e me arrependo de ter me vangloriado do *Grande Michael*.

— Só receberei minhas joias com uma garantia de paz por parte de meu marido?

— Exatamente — responde ele, finalmente se recompondo. — Sua Majestade, seu irmão, ordenou que eu dissesse que, se seu marido entrar em guerra contra a Inglaterra, ele não apenas manterá suas joias como também tomará de seu marido as melhores cidades da Escócia.

Levanto-me, a mão fechada em torno da taça, prestes a jogar vinho no rosto estarrecido do Dr. West, quando a porta atrás da grande mesa se abre. Jaime surge, empertigado e sorridente como sempre, de volta do monastério, com o banho tomado, já inteiramente informado sobre essa conversa. Imagino que estivesse o tempo todo ouvindo do outro lado da porta.

O diplomata se ajoelha enquanto Jaime me cumprimenta com um beijo afetuoso, entregando-me um pequeno broche de ouro. Dispenso bastante atenção à peça. O Dr. West está vendo que já tenho muitas joias, que não preciso de nada de Henrique, mas jamais consentirei que Catarina fique com as joias de minha avó. Ela decerto recebeu meu legado além do dela. Quero sussurrar no ouvido de Jaime que o emissário é também espião e inimigo, mas ele me afasta com delicadeza. Já sabe disso. Sabe de tudo.

O Dr. West não consegue arrancar uma palavra dele nem nessa noite nem nos dias restantes da semana de Páscoa. Jaime voltou da vigília para se divertir. Trazem-lhe as melhores carnes e os melhores vinhos, e ele pede que eu e minhas damas dancemos. Passo pelo diplomata com um gesto de desdém, como se dissesse: Está vendo? Isso é um rei! Não é um tolo que rouba as joias alheias e entra em guerra contra uma potência como a França, a pedido do sogro. Isso é um rei, eu sou a esposa que ele escolheu, e Henrique pode ficar com aquelas joias idiotas. Meu marido vai me dar outras, não preciso delas, e a Escócia não precisa da amizade da Inglaterra; não ameacem tomar nossas cidades porque podemos igualmente tomar as suas. E faremos isso, se assim decidirmos. Os franceses pagarão por nosso exército e nossa marinha. Henrique deveria ter pensado duas vezes antes de nos ameaçar. E Catarina não deveria deduzir que, por sermos irmãs, ela pode pisar em mim. Ela se diz minha irmã amada, mas isso não lhe dá direito sobre minha herança. Não pode usar as joias de minha mãe.

Palácio de Holyroodhouse, Edimburgo, Escócia, Verão de 1513

Henrique só pensa em invadir a França. Jaime pede a ele que reconsidere, lembra a ele que lordes tanto franceses quanto ingleses morrerão no campo de batalha e que eles — e os reis — deveriam abrir mão de suas vidas apenas pela glória de Deus, para reconquistar a Terra Santa. Meu marido escreve com paciência, como um homem mais velho e experiente a um rapaz insensato, mas não recebe resposta. Henrique — o estúpido e orgulhoso Henrique — está decidido a entrar em guerra, exatamente como quando era pequeno e precisava alvejar a quintana ou escrever o melhor poema, aprender uma dança nova. Henrique encontrou uma plateia, assim como o grande palco da Europa, e está disposto a tudo para ser visto por todos. Tem a admiração leniente da esposa e fará qualquer coisa para agradar a ela e ao terrível sogro.

Então ele nos ameaça por intermédio da Igreja. Por ordens de meu irmão, o Dr. West avisa a Jaime que, se romper o Tratado da Paz Perpétua, meu marido será excomungado pelo papa e irá para o inferno. Absurdo! A um homem que só quer participar de uma cruzada, que passa os quarenta dias da Quaresma se flagelando e usa um cilício o tempo todo. Um homem tão consciente de seu pecado e tão temente a Deus que faz peregrinações quatro vezes por ano e nunca me deixa ficar em confinamento sem passar as noites rezando. É uma ameaça perversa, lançada contra os piores receios de Jaime, e imediatamente entendo sua origem. Foi Catarina que contou a Henrique que Jaime teme por minha segurança. Foi Catarina que lhe contou que meu marido é guiado pela culpa e sobre os horrores que ele me segredou e confiei a ela. Catarina usou minhas confidências, minhas confidências de irmã, contra meu marido, contra nós. É uma traição tão grande que mal consigo concebê-la.

Corro aos aposentos de Jaime, furiosa com o fato de Catarina ter quebrado minha confiança, e encontro meu marido feliz e sorridente à mesa de trabalho, com minúsculos parafusos de bronze e argolas, usando óculos engraçados, criando um instrumento que, segundo ele, é usado para informar ao marinheiro em que direção fica o norte.

— Veja isso, Margaret — pede. — Desmontei e agora estou remontando. Você já viu uma bússola pequena assim? Não é linda? Veneziana, claro. Acho que podemos reproduzir uma dessas para nossos navios.

— Estão dizendo que vão excomungar o senhor!

Ele sorri e agita a mão, como se não se importasse.

— Podem me ameaçar — diz. — Podem até comprar o papa. Mas Deus e eu sabemos que eu estaria na metade do caminho para Jerusalém agora se seu irmão não estivesse inflado de orgulho como uma bexiga de porco. Não vou me incomodar com um menino que entra em guerra a pedido da esposa. Não vou me deixar intimidar pela maldição de um papa que foi comprado por ele.

— É tudo culpa dela — afirmo. — Enquanto procuro a paz, ela deseja a guerra.

Jaime me fita por cima dos óculos, mas não está me ouvindo.

— É claro, você está certa.

Catarina,

Perdoe minha franqueza, falo como as pessoas do norte, sem meias palavras nem circunlóquios. Se você continuar aconselhando Henrique a apoiar seu pai na guerra contra a França, estará agindo contra os interesses da Inglaterra. Há muito tempo, a França é amiga da Escócia, e nós os apoiaremos se for preciso. Por favor, não deixe seu pai causar essa desavença entre Jaime e Henrique, meu marido e o seu, a Inglaterra e a Escócia, entre mim e meu irmão. Não é digno de irmã e vai contra a índole inglesa.

Além disso, não recebi as joias que minha avó deixou para mim, nem a herança deixada por meu pai. São objetos de grande importância para mim pelo amor que tenho por quem me deu; o valor material não significa nada. Maria recebeu a parte dela? Você recebeu a sua? Será possível que meu irmão esteja se recusando a entregar minha herança? Não acredito que ele faria algo assim, nem que você permitiria. Em especial, há um broche de granada que pertencia a minha avó, que sei que era intenção dela deixar para mim. Maria não terá interesse nele, agora que tem o maior rubi do mundo. Exijo que me mandem. Faço questão.

Por favor, seja uma irmã de verdade para mim, e uma rainha de verdade para a Inglaterra, impedindo a guerra e me devolvendo minha herança. Rezo para que você entenda que é o certo. Acho que a vontade de Deus está clara.

Margaret

Ela nem sequer responde. Continua incentivando a guerra contra a França, e não sei nem mesmo se Maria recebeu suas joias. Apenas quando nosso emissário nos informa que o exército deixou de fato a Inglaterra, a caminho da França, entendo por que Catarina se comportou tão terrivelmente. Só agora vejo qual é sua recompensa.

Henrique parte deixando Catarina no comando da Inglaterra. A Inglaterra inteira! Entregue a uma mulher que outrora não tinha dinheiro para comprar maçãs frescas em Kent. Ele a nomeia regente. Não consigo acreditar, embora já imaginasse que ela desejava isso, que ela seria assim. Fico tão furiosa que não faço nenhuma objeção quando Jaime me diz que se sente obrigado a agir por causa da aliança com a França. Ele invadirá as terras do norte da Inglaterra.

— Provavelmente enfrentarei seu velho amigo Thomas Howard — avisa, quando vem a meus aposentos para me acompanhar ao jantar.

Pelo cheiro em seu cabelo, sei que ele estava no moinho de pólvora.

— Ele não é meu amigo — respondo. — Era com o senhor que ele conversava o tempo todo. É orgulhoso demais, fiquei aliviada quando foi embora.

— Bem, coube a ele a defesa da Inglaterra. Seu irmão levou os melhores homens e todo o exército para a França, deixando apenas o velho Howard, o filho dele e a rainha para proteger a Inglaterra. Vou encontrá-lo no campo de batalha mais uma vez.

— Ele vai ter poucos soldados? O Henrique levou quase todos?

Jaime segura minha mão e se aproxima, de modo que ninguém além de mim ouça.

— Ele tem homens suficientes, mas, se os clãs me ajudarem, terei mais. E eles vão me ajudar, porque fui um rei de verdade para eles, um líder honrado, que sempre soube conduzi-los.

Adiante, no grande salão, ouço o murmurinho de vozes e o rangido das cadeiras, à medida que as pessoas se acomodam. Ouço música, o canto vagaroso do coro.

— Não os decepcionarei — sussurra Jaime. — Sou rei da Escócia por direito, e os ingleses são conduzidos por um homem recém-chegado ao trono, inexperiente. Há anos sirvo a eles e eles me servem, ao passo que o rei inglês é apenas um menino. — Ele olha para mim e diz aquilo que sabe que mais desejo ouvir: — E tenho a meu lado uma rainha, uma mulher jovem, mas uma grande rainha, ao passo que ele tem apenas uma princesa espanhola, viúva do irmão, joguete do pai. Como poderíamos perder?

— E Thomas Howard está velho — observo. — Os anos de batalhas dele ficaram para trás.

Jaime franze o cenho.

— Ele já não é protegido de seu irmão, o rei — diz ponderadamente. — E o filho se afogou no mar e perdeu navios de Henrique. Seu irmão responsabilizou os Howard pelo fracasso, ficou contra eles. Howard é o único conde que não foi para a França junto ao grande exército de Henrique. Acho que vai lutar como um rato encurralado quando se deparar comigo. Ele sabe que é sua última chance de recuperar a estima do rei. Vai estar desesperado. Admito que preferiria não enfrentar um homem que não tem nada a perder.

— Talvez seja melhor não lutar — sugiro, apreensiva. — Talvez seja melhor não invadirmos a Inglaterra.

— É nossa grande chance — afirma meu marido. — Faz décadas que não temos uma chance assim. — Ele abre um sorriso, sabendo como me persuadir. — Sua cunhada, sua grande rival, é regente da Inglaterra. Você não quer que eu marche contra o exército dela? Não quer vê-la derrotada?

Palácio de Linlithgow, Escócia, Verão de 1513

Visitamos Linlithgow para ver Jaime, nosso filho. A viagem é agradável no calor do verão. Cruzamos o reino até alcançarmos as margens largas do rio Forth e as grandes plantações, que se estendem por muitos quilômetros. Como é verão, as ordenhadoras saem toda manhã e toda noite, chamando as vacas que pastam no mato luxuriante, e no jantar temos pudim de leite, doce de nata, coberturas cremosas e o saboroso queijo da região.

Aproximamo-nos do castelo pela ladeira íngreme do lago e, quando cruzamos o largo portão, vejo meu filho Jaime nos braços da ama, no belo pátio interno. Graças a Deus ele está cada vez maior e mais forte, tendo deixado para trás o perigoso primeiro ano de vida, agora acalentado pela ama irlandesa, sorrindo e agitando as mãozinhas para o pai, gritando de prazer ao ser perseguido, correndo com seus pezinhos roliços.

Temos dias tranquilos neste confortável palácio. Levo meu filho ao lago todos os dias e, às vezes, fazemos um passeio de barco e deixo-o molhar os pés na água. O lago tem muitos peixes: trutas e até salmões. O pai dele vai para o fundo com uma vara de pesca prometendo que terei salmão para o jantar. Os servos o acompanham, e juntos eles trazem uma fiada de peixes, as escamas feito prata, pesados demais para um único homem carregar.

Todas as noites, chamo Jaime para beber vinho comigo no alto da torre, na ala da rainha, onde as escadas sobem e sobem até um pequeno cômodo, protegido contra a chuva, com vista para toda a região de Lothian. Quando o sol se põe, vejo o céu a meu redor como se eu fosse uma águia no ninho, as nuvens como renda disposta sobre seda. Quando chove, ou quando as nuvens descem as montanhas, vejo enormes arco-íris, arqueando-se como se indicassem o caminho do paraíso.

— Eu sabia que você gostaria daqui — comenta Jaime, com satisfação.
— Quando projetei a torre, imaginei você assim, no alto de seu palácio, olhando a paisagem. Não é bonito como o de Greenwich?

— Ah, é muito diferente. Greenwich é um palácio erguido junto ao rio, construído para a paz. Aqui o senhor tem um palácio, mas é cravado na montanha, com fosso e ponte levadiça. Greenwich tem um cais de mármore à moda veneziana, onde todos podem ancorar, e as portas permanecem abertas durante todo o verão. Aqui é mais um castelo do que um palácio.

Vejo a decepção em sua fisionomia.

— Mas não tem nem comparação — asseguro-lhe. — Aqui temos os aposentos mais bonitos, o salão mais bonito. Todo mundo fica maravilhado. E aqui posso cavalgar ao redor do lago, velejar... Olhe o cais que o senhor criou para o veleiro real! E, se eu quiser caçar, tem um parque cheio de animais. É um palácio lindo, talvez o mais encantador da Escócia. E esse cômodo, no alto da torre que o senhor construiu para mim, é o mais bonito que já vi.

— Fico feliz que goste.

— Gosto muito. Como poderia não gostar?

— Que bom! Porque aqui preciso deixá-la. Preciso ir para Edimburgo amanhã — anuncia Jaime, como se fosse à cidade apenas buscar alguma coisa. — Depois vou me encontrar com meus lordes e invadir a Inglaterra.

Sinto um aperto no estômago.

— O quê? Mas já? O senhor pretende ir à guerra?

— Eu preciso.

— Mas a paz...

— Deve ser rompida.

— O tratado...

— Está anulado. Henrique o anulou quando prendeu meus homens no mar e quando deixou os lordes do norte invadirem nossas terras. Se minha frota o tivesse surpreendido durante sua viagem para a França, já estaríamos em guerra. Agora vão esperá-lo no litoral francês, surpreendendo-o na volta. Enquanto isso, atacaremos a Inglaterra com todas as nossas forças.

Cubro os olhos. Sou uma princesa inglesa. Vim à Escócia para impedir isso.

— Meu senhor marido, não há nenhuma maneira de ficarmos em paz?

— Não. Seu irmão quer brigar. É jovem e tolo, por isso vou liderar a campanha, paga pelos franceses, para recuperar nossas terras e nos estabelecer como um reino forte.

— Temo pelo senhor.

— Obrigado. Imagino que tema por si mesma.

— Também — admito. — E por nosso filho.

— Já me precavi. — Ele fala como se fosse apenas uma questão administrativa, não um preparativo para sua morte. — O tutor dele vai ser William Elphinstone, o bispo de Aberdeen.

— O senhor nem gosta dele!

— É o melhor que temos. Não preciso que ele sempre concorde comigo. Na verdade, não estarei aqui para discordar.

— Não diga isso! E não me deixe aqui. Não quero ficar esperando aqui pelo senhor. — Indico a pequena torre e o cômodo como um farol no topo dela. — Não quero ficar aqui olhando para o lago à sua espera.

Ele abaixa a cabeça, como se isso fosse uma reprimenda.

— Rezo para que, quando olhar para o lago, você veja meu retorno, o estandarte tremulando vitorioso. E se isso não acontecer, meu amor, você vai precisar viver sem mim.

— Como vou viver sem o senhor?

— Já indiquei o tutor do meu filho, nomeei o conselho de lordes.

— E eu?

Ouço minha voz; é a lamúria de um Tudor, sempre querendo saber quem vem primeiro.

— Nomeei você regente da Escócia.

Fico aturdida.

— A mesma posição dela.

Ele abre um sorriso amargo.

— É, a mesma posição dela. Sabia que essa seria a primeira coisa que você pensaria. Que tenho você em tão alta conta quanto Henrique tem Catarina. Mas isso não é só para você se sentir igual a sua cunhada, Margaret. É porque acho que você pode governar este reino, criar nosso filho, manter a Escócia em segurança. Acho que consegue. Você vai ter de ser mais inteligente do que seu irmão. Mas acho que você *é* mais inteligente do que seu irmão. Vai ter de se tornar uma mulher como sua avó; devotada apenas ao filho, decidida a vê-lo rei. Acho que consegue fazer isso. Não deixe nada distraí-la, vaidade, luxúria ou ganância. Siga meu conselho e você será uma boa mulher, na verdade uma grande mulher.

A aprovação dele é como um sopro de ar fresco vindo do lago.

— Mas talvez não seja necessário — respondo, intimidada.

— Espero que não.

Passamos um instante em silêncio, contemplando a água clara do lago, as pessoas velejando, nadando na margem. Algumas meninas arregaçaram a saia e caminham pelo raso, soltando gritos quando se molham. Estão todos despreocupados, como se nada de mau pudesse acontecer.

— Não sei se eu conseguiria — digo, em desalento. — Se o senhor não voltar da guerra, não sei se serei capaz.

Ele afaga meu queixo e ergue minha cabeça, e nós nos entreolhamos. Sempre detestei que fizesse isso, me obrigando a fitar seu rosto, como se eu fosse uma ordenhadora na fazenda, e ele, meu mestre todo-poderoso.

— Ninguém sabe do que é capaz — afirma. — Quando mataram meu pai a meu comando e me tornei rei, eu tinha certeza de que não conseguiria. Mas consegui. Aprendi. Estudei. Se você se tornar a mulher que nasceu para ser, verá meus filhos nos tronos da Escócia e da Inglaterra. Se for tola, perderá tudo. Acho que seu irmão é tolo e perderá tudo que preza ao correr atrás do que não tem. Você pode cultivar a sabedoria de manter o que tem. Ele sempre vai preferir satisfazer ao próprio capricho a ser um rei de verdade. Você precisa ser uma rainha, não seja tola como ele.

Palácio de Linlithgow, Escócia, Agosto de 1513

Tenho sonhos terríveis: Jaime afundando entre ondas e soltando bolhas de pérolas pela boca ao se afogar; eu andando pela praia chamando por ele, pisando em pérolas; eu sentada de frente para o espelho, vendo-o colocar em meu pescoço um lindo colar de diamantes, que se transformam em pérolas derretidas quando ele o fecha. Acordo aos prantos e digo a ele:

— O senhor vai morrer, sei que vai morrer, e nunca mais vou usar diamantes. Usarei as pérolas do luto, só pérolas, e ficarei sozinha com meu filho sem saber como conduzi-lo em segurança ao trono.

— Calma — pede ele, com ternura. — Nada pode impedir o futuro.

Ele se despede de mim com um gesto formal, como se fôssemos o rei e a rainha de um romance. Faz uma mesura, e toco seu obstinado rosto vermelho, dando-lhe minha bênção. Ele se levanta e beija minha mão. Entrego-lhe um lenço de seda bordado com minhas iniciais, que ele guarda no casaco, como se fosse apenas participar de uma justa. Está usando seu casaco vermelho mais bonito, bordado com seu nome na gola e cardos na frente, tudo com fios de ouro. Eu mesma fiz o bordado, está lindo. Ele se afasta de mim e monta no cavalo como um menino, como se quisesse me mostrar que é jovem e vigoroso como meu irmão. Levanta a mão, e seu guarda pessoal se aproxima, então todos partem. Os cascos parecem um trovão, centenas de cavalos enormes avançando como uma única criatura gigantesca. Ergue-se uma nuvem de poeira. Peço à ama que leve nosso filho para dentro, mas permaneço olhando até os homens desaparecerem.

E então precisamos esperar. Pego-me torcendo por uma mudança de planos de última hora. Sou o símbolo da paz perpétua; não consigo entender que a paz foi rompida. Trazem-me notícias quase diariamente. Jaime toma o Castelo de Norham, o Castelo de Etal e outros. Não são vitórias pequenas; trata-se de grandes fortalezas, gravadas no coração dos homens da fronteira. Cada vez mais, estamos deslocando a fronteira para o sul, na direção de Newcastle. Tomamos castelos ingleses, conquistamos condados ingleses. A região que chamam de "terras discutíveis" deixará de ser discutível. Será escocesa. A expedição cresce; não se trata de um simples ataque, é uma invasão vitoriosa.

Sempre que o mensageiro se aproxima do castelo pelo lago, com o estandarte do rei tremulando à frente, um guarda bradando a suas costas, ficamos mais confiantes. Assim como previmos, Thomas Howard leva todos os homens que consegue reunir, mas ele não tem provisões suficientes e está temeroso. Não tem reservas, não tem apoio local. Os lordes da própria fronteira inglesa roubam seu comboio, levando os cavalos. Seus aliados se mostram indecisos, hesitando em mandar servos para lutar na fronteira quando já pagaram impostos para a guerra na França. Henrique levou a nata da nobreza para a França, a fim de guerrear pelo sogro, a fim de servir à esposa. Deixou a Inglaterra lamentavelmente desprotegida. É um idiota. Podemos vencer essa guerra contra um rei ausente e defensores indiferentes.

Então Jaime envia um recado breve para anunciar que vai começar a batalha aberta. Ele ocupará o Monte de Branxton. Frustrou os planos de Howard, que, se tivesse juízo, se recolheria a Newcastle. Os soldados de Howard estão com fome, sede, roubam seus próprios mantimentos, e os habitantes da fronteira — bárbaros, ingleses e escoceses — atacam os que ficam para trás, matando-os e levando seus pertences. O exército de Jaime, bem alimentado e bem armado, estabelece-se no terreno mais alto de Flodden Edge. Os ingleses terão de enfrentar de baixo a artilharia escocesa.

Aguardo notícias. A batalha deve ter começado. Thomas Howard não ousaria retornar a Londres para enfrentar Catarina sem o relato de uma batalha. Se ele voltar derrotado, a família Howard estará arruinada. Ele tem tudo a perder. Estão na balança sua reputação e a amizade do rei. Sei com que obstinação ele guerreará. Jaime, por sua vez, não precisa continuar, poderia se recolher. Ele e o exército poderiam retornar, vangloriando-se de mais uma invasão triunfante sobre a Inglaterra, depois de apavorar os condados do norte e mostrar a Henrique que ele não pode nos desprezar.

Tenho certeza de que é isso que Jaime fará — é como os escoceses sempre atormentaram os ingleses —, mas então surge uma mensagem dizendo que a batalha começou. Doze horas depois, alguém de Edimburgo chega com a notícia de que vencemos o dia e os escoceses avançam para o sul. Talvez cheguem a Londres! O que os deteria agora que derrotaram o exército inglês? Então vem outro relato, de um desertor, contando que houve uma batalha terrível, e que, quando ele fugiu, estávamos perdendo.

Chove muito, uma muralha de água que nos mantém no castelo como se o céu tivesse decidido que não deveríamos receber nenhuma notícia. Toda manhã, acordo com o barulho das gotas de chuva na janela, a água vertendo das gárgulas de pedra ao chão do pátio. Penso em meu marido exposto ao vento e à tempestade. Penso em seus arqueiros com as armas molhadas, os canhoneiros com a pólvora úmida. Declaro que ninguém deve acreditar em nada, que ninguém deve nem mesmo falar, enquanto não tivermos notícias do próprio Jaime. Preciso ser uma rainha de verdade, a rainha da Escócia, com o coração valente e orgulhoso, como ele pediu que eu fosse. Mas então me informam que chegou um mensageiro do conselho de lordes em Edimburgo com notícias objetivas, e que ele está me aguardando em minha sala de audiências.

Percebo que meu coração bate acelerado e sinto uma espécie de vertigem, como se estivesse grávida de novo. Levo a mão ao pescoço para sentir a pulsação. Todos que têm algum motivo ou alguma desculpa para estar em meus aposentos se amontoam na grande sala de audiências. Saio devagar da capela, onde estava rezando pelo retorno de Jaime, derrotado ou vitorioso: percebo que não me importa, desde que ele volte. Os guardas abrem a porta, e o burburinho especulativo de pronto se dissipa quando avanço por entre a multidão de rostos desconhecidos e subo a escada do meu trono. Dou meia-volta e olho ao redor tranquilamente. Tenho um pensamento inoportuno:

Que Deus me ajude, só tenho 23 anos. Outra pessoa deveria estar aqui para ouvir isso, alguém que soubesse o que fazer. Catarina saberia como se portar, saberia ouvir, responder. Sinto-me como se fosse minha irmã caçula, Maria: jovem demais para participar de coisas importantes.

O mensageiro se acha à minha frente, uniformizado, o documento do conselho dos lordes na mão.

— Que notícia o senhor traz? — pergunto, tentando manter a voz equilibrada. — Uma boa notícia, espero.

O homem está sujo por causa da viagem desde Edimburgo, enlameado, molhado por causa dos rios, ensopado da cabeça às botas imundas. Devem tê-lo avisado para não deixar que nada o atrasasse e para transmitir a notícia apenas a mim. Ele se ajoelha, e, por sua fisionomia amargurada, imediatamente compreendo que não adianta dizer "Uma boa notícia, espero" com minha estúpida voz infantil. Não é uma boa notícia, e sei disso.

— Diga — peço.

— Derrotados — balbucia ele, a voz embargada, como se estivesse pronto para chorar em meu lugar.

— E o rei?

— Morto.

Meus joelhos fraquejam, mas o trinchador de minha corte me ampara, como se eu precisasse ouvir a notícia de pé, embora meu marido esteja estirado na lama.

— Tem certeza? — pergunto, pensando em meu filho, um ano e meio de vida e agora um menino sem pai, pensando no bebê que eu talvez esteja carregando. — O conselho privado confirmou? Não há dúvida?

— Eu estava presente — responde ele. — Testemunhei.

— Diga o que testemunhou.

— Vai ser um milagre se alguém sobreviveu — diz ele, com tristeza. — Nós atacamos, mas eles tinham podões contra nossas lanças e cortavam cabeças como se aparassem arbustos. Nossos canhoneiros não tinham domínio de alcance, de modo que, embora os ingleses tenham sido bombardeados, o canhão disparava por cima deles, e eles saíam ilesos. Achamos que estariam destruídos, mas estavam incólumes. O rei conduziu uma poderosa investida a cavalo e a pé, e todos os homens o acompanharam. Ninguém lhe faltou, não posso falar mal de nenhum clã; todos compareceram. Mas o local nos traiu:

parecia terra firme quando vimos do alto da montanha, mas era um pântano verde, traiçoeiro. Nós ficamos atolados, afundamos, não conseguíamos ficar de pé, e eles apenas nos deixaram avançar. Mantiveram-se a postos enquanto seguíamos, cada vez mais devagar, então deceparam cabeças, abriram barrigas e derrubaram cavalos.

Minhas damas se juntam a meu redor murmurando perguntas apavoradas, sussurrando nomes. Decerto perderam filhos e maridos, pais e irmãos.

— Quantos perdemos? — pergunto.
— Mortos — insiste ele. — Estão mortos. Uns dez mil.

Dez mil homens! Sinto os joelhos fraquejarem novamente.

— Dez mil? — repito. — Não é possível. O exército tinha trinta mil homens. Não podem ter matado um terço do exército escocês.

— Podem. Porque mataram os que se entregaram — lamuria-se ele. — Mataram os moribundos. Mataram os feridos, caídos no chão. Perseguiram os que haviam abandonado a arma e já voltavam para casa. Estavam decididos a não levar prisioneiros e não levaram. Foi brutal, cruel e demorado. Nunca vi nada parecido. Era como se estivéssemos num lugar bárbaro, como a Espanha. Era como se estivéssemos numa cruzada contra pagãos. Foi assassinato de conquistador hispânico. Havia homens gritando por suas vidas, chorando, enquanto os podões lhes ceifavam o rosto, a tarde inteira, a noite inteira. Havia homens feridos que só silenciavam quando lhes cortavam a garganta.

— E o rei? — murmuro.

Jaime não pode ter morrido com uma ferramenta de jardinagem. Não com seu amor pela cavalaria e pelos rituais honrados da justa. Não pode ter morrido atolado com sua bela armadura, com o machado de um camponês inglês no rosto.

— Lutou até chegar ao próprio Thomas Howard. Foi quase um combate particular, como havia reivindicado. Mas um podão esmagou sua cabeça quando ele alcançou o estandarte inglês, e uma flecha abriu seu corpo.

Abaixo a cabeça. Não consigo acreditar, não sei o que fazer ou dizer. Embora o tenha avisado, embora tenha sonhado com as pérolas da viuvez, jamais pensei de fato que ele não voltaria para casa. Ele sempre volta para casa. Costuma visitar as amantes e os filhos, sair em peregrinações ou viagens para participar de julgamentos, para ver canhões recém-forjados ou o lançamento de um navio, mas sempre volta para casa. Jurou para mim que jamais me deixaria. Sabe que sou jovem demais para ficar sozinha.

— Onde está o corpo? — pergunto.

Teremos de fazer um grande enterro. Terei de organizá-lo. Meu filho, Jaime, terá de ser declarado rei. Terá de ser levado à Abadia de Scone para uma grande coroação. Não sei como fazer isso sem meu marido, que sempre fez tudo por mim, tudo por este reino.

— Onde está o corpo? Ele precisa ficar à mostra na capela. Precisam levá-lo a Edimburgo.

Ele terá uma grande cerimônia fúnebre na capela de Holyroodhouse, onde nos casamos, onde ele me coroou rainha, e o reino inteiro — todo mundo, até os bastardos e as mães deles — virá prestar homenagem ao maior rei da Escócia desde Malcolm, desde Roberto de Bruce. Os chefes dos clãs virão com seus tartãs, os lordes comparecerão, seus estandartes tremulando sobre o caixão, e todos prantearemos o grande rei e para sempre nos lembraremos dele. Havemos de enterrá-lo num caixão de pinheiro escocês, sob veludo preto, com uma cruz de fios de ouro, havemos de içar a bandeira de um cruzado, pois ele teria sido um cruzado, os sinos hão de tocar por cada um de seus 40 anos. Os canhões que ele encomendou hão de soar como se também estivessem inconsoláveis. Honraremos nosso rei, jamais nos esqueceremos dele.

O mensageiro se ajoelha, como se o peso de suas palavras fosse demais para ele. Ergue os olhos, e seu rosto branco mostra aflição por baixo da poeira.

— Levaram o corpo — diz. — Os ingleses. Eles tiraram o precioso corpo dele da lama, partido e ensanguentado. E o levaram para Londres, para ela.

— O quê?

— A rainha inglesa, Catarina, disse que queria o corpo dele como um troféu. Por isso o pegaram na lama, arrancaram o peitoral e o casaco, o belo casaco, tiraram as luvas, as botas e as esporas. De modo que ele ficou descalço, como um indigente. Tiraram a espada, arrancaram a coroa. Despiram-no como se ele fosse espólio de guerra. Jogaram todos os pertences numa caixa, puseram o corpo numa carroça e o levaram para Berwick.

Desabo afinal, e alguém me acomoda em um banco.

— Meu marido?

— Foi levado do campo de batalha como uma carcaça. A rainha inglesa queria o corpo dele como um troféu e agora o tem.

Jamais a perdoarei por isso. Jamais me esquecerei disso. Na França, Henrique ganha uma batalha num lugar chamado Thérouanne, e, em resposta a sua vitória, Catarina lhe escreve para dizer que ganhou uma batalha igualmente prodigiosa. Vangloria-se dizendo que queria mandar para ele a cabeça de meu marido, mas que os conselheiros ingleses a impediram. Queria botar Jaime na salmoura e enviá-lo como um presente. Mas Thomas Howard já havia selado e despachado o corpo para Londres. Sem o cadáver, Catarina envia para Henrique o estandarte real e o casaco de Jaime. O casaco vermelho, com os fios de ouro que eu mesma bordei. Agora o casaco está sujo de sangue, sujo da lama do campo de batalha, com cheiro de fumaça. O cérebro dele se espalhou sobre a gola onde costurei cardos dourados. Mas ela manda o casaco para Henrique, triunfante, como se algo assim pudesse ser um presente, como se algo assim pudesse estar em qualquer outro lugar senão reverentemente enterrado na capela do próprio rei.

Ela é bárbara, pior do que bárbara. Trata-se do corpo de seu cunhado, o corpo sagrado de um rei. Ela é a viúva que viu o próprio marido ser levado para o enterro numa procissão solene, viajando à noite com tochas acesas, uma mulher que vestiu preto e me pediu para ser generosa com ela em seu sofrimento. Mas, quando fico viúva, pede para botarem o corpo de meu marido numa carroça, como a carcaça de um açougueiro de Smithfield. Que selvagens são esses? Apenas um monstro não devolveria o corpo do rei a seu povo, para um enterro de honra. Apenas um animal se alimentaria dele, como ela deseja. Jamais a perdoarei por isso. Jamais me esquecerei. Ela não é minha irmã. É uma harpia: um monstro que rasga carne humana.

Também jamais mencionarei isso. Nunca esquecerei. Mas eles jamais saberão que os odeio por isso e que nunca a perdoarei. Farei as pazes com essa ladra, com essa larápia de túmulo. Terei de alegar amor de irmã a essa loba que se alimenta dos mortos. Terei de enviar representantes, escrever cartas e talvez até me encontrar com o homem que outrora foi meu irmão e o abutre que é sua esposa. Se pretendo ser rainha e levar meu filho ao trono, precisarei da ajuda deles. Pedirei apoio sem jamais deixá-los ver o ódio em meus olhos. Terei de ser o que meu marido exigiu que eu fosse: uma grande mulher, não uma menina tola. Mas ela é um demônio, uma mulher que mancha a honra de sua posição, que sujou de sangue o trono de minha mãe. É uma mulher que quer ser igual ao rei, uma mulher que se sentou junto ao leito de morte de meu irmão e ordenou o assassinato de meu marido. É Lilith. E eu a odeio.

Precisamos levar meu filho, Jaime, ao Castelo de Stirling, a fortaleza que o pai dele me jurou ser a mais segura do reino. Ele terá de ser coroado lá. Não ouso levá-lo à Abadia de Scone, mais ao norte; o perigo é grande demais. Thomas Howard, que antes já não era muito amigo e agora é inimigo mortal, quase certamente dará prosseguimento a sua vitória invadindo meu pobre reino. Com todos os nossos canhões nos navios, ou atolados na lama de Flodden, como defenderemos a capital? O que impedirá que o exército vitorioso de Howard marche até meu palácio, em Linlithgow? Ou avance para o norte, até Stirling? Thomas Howard — que conhece as tradições da Escócia tanto quanto eu — decerto está vindo o mais rápido que pode para capturar meu pequeno rei da Escócia antes que ele seja coroado.

Partimos antes da alvorada seguinte, enquanto a lua está baixa e apenas uma linha cinza tinge o céu a leste, como o pesponto do alfaiate na roupa de luto. À nossa frente, vão o estandarte real e os guardas, ombro a ombro, em torno dele. No meio, vai o *makar* de meu marido, o poeta Davy Lyndsay, num cavalo robusto, com Jaime, que ainda não tem 2 anos, acomodado na parte dianteira da sela. Um porta-estandarte cavalga ao lado deles, com o brasão do príncipe tremulando sobre sua cabeça. Ninguém pode nos atacar e deixar o príncipe caído no chão com uma lança espetada no coração e então fingir que não sabia quem era. Jaime cavalga empertigado, seguro, aos cuidados de Davy. Eles já cavalgaram juntos dezenas de vezes, mas nunca em um ritmo tão acelerado, fugindo de um inimigo. Davy vê meu rosto pálido e abre um sorriso de canto de boca.

Sigo atrás deles, agora certa de que estou grávida, minha barriga retesada pela criança que Jaime deixou em mim, os olhos cravados no filho que preciso proteger. Não penso em nada, apenas mantenho os olhos em meu filho e na estrada que se estende adiante. Se parasse para pensar, estacaria o cavalo e me inclinaria sobre seu pescoço para chorar de medo, como uma menininha. Não ouso pensar. Só me cabe seguir em frente e torcer para chegarmos a Stirling antes que os ingleses venham atrás de nós.

Assim que deixamos Linlithgow, os campos abertos ficam mais selvagens, o céu parece mais alto. As montanhas arredondadas de Lothian, seus vales profundos e a cordilheira, ficam ainda mais imponentes quando avançamos para o norte, em direção a Stirlingshire. À medida que o sol se ergue no céu, entramos na floresta cerrada dos vales. Há apenas um leve vestígio da estrada na floresta, às margens do terreno pantanoso, contornando uma árvore há muito tempo caída e desaparecendo de todo no local onde um rio rompeu seus limites, varrendo a trilha. Precisamos seguir com o sol nascente a nossas costas, mas mal enxergamos na penumbra da floresta cerrada. Cavalgamos às cegas, esperando avançar em sentido oeste. Jaime conhecia bem o caminho. Realizava esse percurso com frequência, viajando entre Linlithgow e Stirling e ainda mais para o norte, para manter a paz e participar de julgamentos. Mas Jaime nunca mais cavalgará por essas terras. Não penso nisso. Olho para o filho dele e vejo que o pequenino adormeceu na sela, nos braços atentos de Davy. Não quero pensar que o pai de meu filho jamais cavalgará assim com ele, que jamais cavalgará novamente.

Ninguém plantou essa floresta, ninguém cuida dela. Ninguém derruba as árvores, seja para obter lenha ou carvão, seja para obter madeira para casas e navios. Não há casas e navios em nenhum lugar próximo, não há chalés para queimar carvão, não há lenhadores ganhando a vida aqui. Não há nem mesmo caçadores, pois são poucos os animais, nem salteadores, porque são poucos os viajantes. A floresta é deserta, senão por um ou outro cervo esquivo e por animais que não vemos: raposas, javalis e lobos. Os guardas cavalgam próximos, formando um muro em torno de Davy Lyndsay e meu precioso filho, segurando o estandarte real baixo como uma lança, para não prender nas árvores.

Aqui não é como a Inglaterra, nem mesmo como os grandes parques reais ingleses, onde ninguém pode cortar árvores ou caçar. É uma floresta cerrada como as que existiam antes da criação do homem, e somos como fantasmas avançando em silêncio por ela. Não pertencemos a esse lugar. Essas árvores antecedem à época de Cristo. Não é uma floresta cristã; é a terra dos duendes, do povo antigo de que Jaime costumava me falar.

Estremeço na penumbra gelada, embora o sol vá alto no céu. Não sentimos o calor, nem sequer vemos a luz do meio-dia. As árvores e até mesmo o ar parecem pesar sobre nós.

É um alívio quando o terreno começa a subir e vemos um pouco de claridade à frente, onde a floresta fica menos cerrada e há arbustos e plantas na beira da estrada, crescendo em direção à luz. Avançamos por clareiras de bétulas-brancas e aos poucos, quase folha por folha, deixamos a escuridão. Agora vemos o céu e subimos cada vez mais alto, irrompendo na encosta de uma montanha que continua subindo. Os cavalos resfolegam, e nos curvamos quando eles abaixam a cabeça para começar a escalada, seguindo o fraco vestígio da estrada que margeia o despenhadeiro, levando-nos para o topo arredondado da montanha. Mas tudo que vemos são mais montanhas, estendendo-se à frente como se fossem ondas de um mar sem fim, até precisarmos novamente descer o vale, agora em sentido norte, sempre olhando para trás, atentos a qualquer reflexo do sol em metal ou a um distante rumor do exército de Howard.

Cavalgamos o dia todo, parando apenas antes do meio-dia para comer. Quando o sol começa a se esconder atrás das montanhas e as sombras se estendem pela estrada, quase ocultando-a a ponto de temermos nos perder, Jaime reclama que está cansado, e Davy pega um pedaço de pão no bolso e lhe entrega uma garrafa de leite. Jaime come, bem seguro na sela, depois se recosta no guardião e adormece.

Continuamos seguindo para o norte, agora com o sol à nossa esquerda, e, num murmúrio, pergunto a Davy:

— Ainda falta muito? Vai escurecer daqui a algumas horas.

— Se Deus quiser, chegaremos antes do anoitecer — responde ele. — E, se eles estiverem nos seguindo, não ousarão avançar no escuro. Vão acampar à noite. Ficarão com medo de emboscadas, não conhecem essas terras. Não vão conseguir se localizar no escuro.

Assinto. Todos os ossos de meu corpo doem, e temo pelo bebê que trago no ventre.

— Vossa Majestade terá um belo jantar e uma boa noite de sono numa cama macia — promete Davy. — Atrás de muros fortes.

Assinto novamente, mas penso: E se ele estiver enganado e a noite chegar enquanto ainda viajarmos? Teremos de acampar e dormir na encosta fria? E se tivermos errado o caminho e passado da cidade? E se estivermos cavalgando cada vez mais ao norte? E se Stirling ficou para trás e só descobrirmos isso ao amanhecer? Então deduzo: É melhor não pensar assim, ou desabarei e não conseguirei prosseguir. Preciso pensar, agora e sempre, apenas uma coisa de cada vez, a próxima coisa a fazer. Preciso encarar as tarefas seguintes como pérolas enfiadas num colar, com um nó entre cada uma, sem me preocupar com o fato de serem o símbolo do luto, como eu bem sabia quando sonhei que meu marido, meu adorado e encantador marido, prendia um colar de diamantes em meu pescoço e eu os via derreter, transformando-se nas pérolas da viuvez.

Por fim, vemos luzes no alto de uma montanha.

— É Stirling, Vossa Majestade — anuncia o porta-estandarte, e os cavalos levantam as orelhas e avançam mais rápido, como se soubessem da existência de um estábulo com feno e água à sua espera.

Penso: Deus queira que não haja nenhuma armadilha. Deus queira que Thomas Howard não tenha contornado o caminho por onde seguimos e não estejamos agora avançando na direção dele, esperando refúgio, mas nos deparando com uma batalha. Não há como saber, à medida que seguimos para a pequena cidade, o que se esconde nos arbustos escuros da beira da estrada. O toque de recolher já foi tocado, e o portão da cidade está fechado. Meus trombeteiros tocam a saudação real, e precisamos aguardar os homens chegarem ao portão, os guardas acionarem as alavancas, até o grande portão se abrir afinal e podermos entrar.

Os homens do burgo se aproximam de mim, tirando o gorro, alguns vestindo às pressas o casaco e limpando a boca, o jantar interrompido.

— Vossa Majestade — dizem, ajoelhando-se diante de mim, como se eu fosse uma vitoriosa rainha escocesa com um marido vitorioso em guerra.

Consternada, faço um gesto que lhes diz tudo: a derrota, a morte de Jaime, o fim.

— Este é seu rei — anuncio, mostrando-lhes o menininho adormecido nos braços do guardião no enorme cavalo. — Rei Jaime V.

Eles imediatamente compreendem que o pai dele está morto. Ajoelham-se no chão frio de pedras. Abaixam a cabeça. Vejo um homem cobrir os olhos para não mostrar que chora, outro enterra o rosto no gorro.

Somos as primeiras pessoas de autoridade em Stirling desde a batalha. Ninguém soube de nada além de rumores, nenhum soldado voltou para casa ainda. Os desertores que fugiram antes da batalha certamente manterão sua covardia em segredo, e poucos chegaram ao norte. As pessoas começam a sair de casa, batendo a porta, ou abrem as janelas, na esperança de que se trate de uma viagem vitoriosa e que vim lhes informar que o rei está a caminho de Londres, o exército cada dia mais pródigo. Mas então veem minha cabeça baixa, notam que não aceno nem sorrio e param de festejar, entregando-se ao silêncio. Alguém grita com urgência:

— E o rei?

Todos me encaram, mas não digo nada. Não consigo parar o cavalo e fazer um grande discurso no qual declararia que derrota não significa desespero, que a morte não é o fim de tudo, que a Escócia tem um grande futuro. Não seria verdade. Estamos em desespero, é o fim de tudo, e não sei como fabricar um futuro para a Escócia.

Ergo a voz.

— O rei está morto. Deus salve o rei.

Aos poucos, a compreensão se espalha pela multidão silenciosa. Os homens tiram o chapéu, as mulheres cobrem os olhos.

— Deus salve o rei — murmuram para mim, como se não conseguissem proferir direito as palavras. — Deus salve o rei.

Eles perderam um dos maiores reis guerreiros que a Escócia já teve. Perderam um músico, um médico, um engenheiro, um educador, um canhoneiro, um poeta, um carpinteiro naval, um cristão devoto, preocupado com sua alma e com as almas alheias. Perderam um grande príncipe, um homem excepcional. Seu casaco e estandarte foram enviados à França, seu corpo segue para o sul, um troféu levado numa carroça. No lugar dele, tudo que posso oferecer é um rei criança, um rei criança indefeso, com o maior inimigo da Escócia a nossa porta. As pessoas mandam beijos para mim como se dissessem: Deus a proteja. E olho para elas em desalento, pensando: Não sei o que fazer.

Castelo de Stirling, Escócia, Setembro de 1513

Estabeleço-me nos belos aposentos do Castelo de Stirling e convoco as famílias dos grandes lordes para virem coroar Jaime. Muitas não respondem — mais da metade está morta. Em todo o reino, há apenas quinze lordes vivos. Perdemos meia geração de homens. Mas elas enviam os filhos, que eram jovens demais para lutar, e os velhos pais, que se encontram de luto por seus sucessores. Eles vêm de todos os cantos do reino para jurar lealdade ao novo rei.

Jaime ainda não tem 2 anos de idade, é apenas um bebê, mas o destino foi cruel com meu filho. Ele se senta no colo da preceptora, que abre a camisa de linho dele, por baixo do tecido de ouro, e os bispos passam o óleo sagrado em seu peitinho. Ele solta uma exclamação de surpresa e volta os olhos para mim.

— Mamãe?

Inclino a cabeça, pedindo que ele permaneça sentado, sem chorar. Levam sua mãozinha minúscula ao punho do cetro, e os dedinhos se fecham sobre ele, como se estivessem destinados ao poder, então erguem a coroa acima de sua cabeça. Jaime ergue os olhos interrogativos quando as trombetas ecoam, os lábios tremem com o barulho, e ele desvia os olhos.

— Deus salve o rei! — bradam os bispos, mas a congregação de lordes não grita a triunfante resposta.

Alguma coisa está errada, eles deveriam gritar em resposta. Fico horrorizada com o silêncio atrás de mim. O que significa? Será que não o aceitam?

Estarão se recusando a jurar lealdade? Terão decidido em segredo se entregar aos ingleses, mantendo-se em silêncio no juramento ao novo rei? Temerosa, volto os olhos para ver a capela abarrotada, os lordes divididos por clãs, as famílias em silêncio absoluto. Os rostos estão pálidos quando se voltam para os bispos que gritaram o juramento de lealdade. Então, uma a uma, as pessoas entreabrem os lábios para dizer "Deus salve o rei!", mas a voz deles se perde. Não é um grito de lealdade, mas um murmúrio de dor: os lordes estão mudos de sofrimento. No fundo da igreja, alguém soluça. Os homens, esses homens endurecidos pela guerra, abaixam a cabeça para enxugar as lágrimas.

— Deus salve o rei — dizem, um depois do outro, forçando a voz para se fazer ouvir. — Deus o abençoe.

Alguém acrescenta:

— Que Deus o tenha.

E compreendo que a congregação está pensando não em meu filho e no fardo terrível que hoje impomos a ele, mas em Jaime, o rei morto, meu marido, e em seu corpo, roubado de nós.

Escrevo a meu irmão, Henrique, que comemora alegremente suas vitórias na França. Molho a ponta da pena e lhe imploro que chame Thomas Howard de volta a Londres e que exija que ele suspenda a invasão da Escócia. Digo que meu filho é jovem e frágil e que a Escócia está em desespero. Peço que ele se lembre de que sou sua irmã, de que nosso pai desejaria que ele me protegesse nessa situação difícil, sem piorar as coisas para mim. Digo que sou o símbolo da paz entre a Inglaterra e a Escócia e gostaria que estivéssemos em paz agora.

Cerro os dentes e pego uma segunda folha para escrever a Catarina, regente da Inglaterra e única responsável por minha ruína. Gostaria de poder escrever a verdade: que a odeio, que a culpo pela morte de meu irmão Artur, que acredito que ela tentou seduzir meu pai, que sei que ela seduziu meu irmão para jogá-lo contra mim. Eu a culpo pela guerra entre a Inglaterra e a França, pela guerra entre a Inglaterra e a Escócia e, sobretudo, pela morte de meu marido. Ela é o inimigo da minha paz e do meu reino.

Querida, querida irmã...

O sentinela abre a porta de minha câmara privada, e uma de minhas damas entra, debruçando-se sobre a cadeira para sussurrar em meu ouvido:

— Chegou um homem para visitá-la, servo do falecido rei. Veio de Berwick.

A voz embarga quando ela precisa dizer "falecido rei". Ninguém consegue proferir o nome dele.

Deixo a carta de lado.

— Mande-o entrar.

Alguém deu ao homem uma capa de lã para aquecê-lo, mas o casaco mostra que ele era da guarda de Jaime. Ele se ajoelha para mim, o gorro na mão suja. Vejo que a outra mão está imobilizada, uma atadura manchada no ombro. Alguém quase lhe arrancou o braço. Ele tem sorte de estar vivo.

Aguardo.

— Vossa Majestade, preciso lhe dizer uma coisa.

Volto os olhos para a carta de Catarina:

Querida, querida irmã...

É tudo culpa dela.

— O corpo que mandaram para a Inglaterra não é do rei — afirma o homem sem rodeios, imediatamente recebendo toda a minha atenção.

— O quê?

— Eu era um oficial do rei. Segui os ingleses até Berwick. Achei que deveria lavar o corpo, prepará-lo para o caixão. — Ele engole em seco, como se tentasse conter as lágrimas. — Ele era meu senhor. Era minha última obrigação.

— E?

— Deixaram-me ver o corpo, mas não me deixaram lavá-lo. Queriam que ele estivesse sujo, ensanguentado. E não havia caixão. Passaram chumbo no corpo, para levá-lo a Londres. — Ele se detém. — Por causa do calor — explica. — O cadáver no calor... As moscas... Eles precisaram...

— Entendi. Continue.

— Eu vi o corpo enquanto preparavam o chumbo. Não era ele.

Cansada, fito o homem. Acho que não está mentindo, mas ao mesmo tempo isso não pode ser verdade.

— Por que você acha que não era ele?

— Não parecia ele.

— Não acertaram a cabeça dele com um podão? — pergunto, rispidamente.
— Não cortaram o rosto dele?
— Cortaram. Mas não é isso. O cilício não estava lá.
— O quê?
— O corpo no qual passaram chumbo para mandar à Inglaterra não tinha nenhum cilício.

Isso é incompreensível. Jaime nunca tiraria o cilício antes da batalha. E decerto ninguém seria tão cruel a ponto de cortar o cilício para guardá-lo como um troféu. Teria ele escapado da batalha? Teria alguém roubado de Catarina o corpo dele? Meus pensamentos se atropelam, mas nada me ajuda. Volto os olhos para a carta de súplica que escrevo para a cunhada que detesto.

— Que diferença faz para mim? — pergunto, em desalento. — Se ele tivesse voltado para casa, já estaria aqui. Se não estivesse morto, ainda estaria lutando. Não faz diferença nenhuma.

Reunimos um conselho dos lordes que sobreviveram, que me reconhecem como regente, segundo a vontade do rei. Devo governar com a orientação deles. Meu filho permanecerá comigo. Terei um conselho de lordes para me assistir. O chefe deles será o conde de Angus, a quem chamam de "Bell the Cat", nome inspirado em uma fábula, por causa de uma antiga vitória. Ele está agora diante de mim com o rosto tomado de tristeza. Dois filhos seus foram com meu marido para Flodden e também não retornaram. Sei que não posso confiar nele. Ele tomou o partido da Inglaterra e da Escócia, alternadamente, numa longa vida de disputas na fronteira, e Jaime já o prendeu por causa de uma mulher, mãe de um dos bastardos. Mas ele me fita com os olhos castanhos penetrantes e afirma:

— Vossa Majestade pode confiar em mim.

Pelos olhares que os lordes trocam, vejo que eles mal conseguem acreditar que estão sob o comando de uma mulher inglesa. Eu mesma mal consigo acreditar. Mas tudo é inesperado, tudo está errado. Não há um só homem à mesa que não tenha perdido um filho, um irmão, um pai ou amigo. Todos perdemos nosso rei e ainda não sabemos o que se pode preservar.

Decidimos reforçar Stirling. Este será o novo centro do governo, o foco de nossa defesa. Decidimos construir um novo muro no Castelo de Edimburgo, mas sabemos que, se Howard vier com seu exército em peso, o castelo ruirá. Digo a eles que escrevi a meu irmão e a minha cunhada para pedir paz, e eles recebem a notícia com silenciosa hostilidade.

— Precisamos nos reconciliar com eles — argumento. — Por mais que não queiramos.

Digo a eles que meu irmão Henrique, rei da Inglaterra, exigiu que eu mandasse meu filho para Londres para ser criado como rei da Escócia longe de casa. Henrique diz que não posso deixar os lordes da Escócia se apoderarem de meu filho e levá-lo para as Ilhas, onde ele estará "em perigo e de difícil acesso". Os homens riem disso, embora não haja muita alegria entre nós. Sem discussão, decidimos que Jaime V, o novo rei da Escócia, permanecerá no reino com a mãe. Catarina roubou o corpo do pai. Não ficará também com o filho.

As leis do reino estão em suspenso. Há um excesso de filhos sem pais, que não recebem a herança. Há um excesso de viúvas, sem ninguém para defendê-las. A fronteira está sempre em estado de guerra, porque o guardião das marchas, lorde Thomas Dacre, sob ordem de Catarina, diariamente queima plantações, destrói casas e mantém as terras discutíveis em estado de constante perigo. Nenhum homem confia no vizinho. Eles se armam uns contra os outros. Sem meu marido para manter o reino unido, ele se divide em senhorias e propriedades tribais, que guerreiam entre si.

Aprovamos leis, estipulamos ordens. Os soldados que voltaram de Flodden devem ser auxiliados, mas não podem nem roubar nem estuprar. Os órfãos devem ser sustentados. Mas não há lordes suficientes para executar a lei, e os bons homens que partiram com eles estão mortos.

É uma reunião difícil. Mas tenho uma boa notícia para eles.

— Preciso informá-los, prezados lordes, de que estou grávida — digo, mantendo os olhos sobre a mesa.

Evidentemente, isso deveria ser anunciado pelo arauto, da rainha ao marido, mas nada é como deveria.

Há um murmúrio constrangido de solidariedade e felicitação entre os lordes, mas o velho Bell the Cat não responde como lorde, mas como pai. Põe a mão sobre a minha, embora não devesse tocar um membro da realeza, e me fita com os olhos cheios de preocupação.

— Deus a abençoe, minha pequena — murmura. — Deus a abençoe por Jaime ter nos deixado algo para nos lembrarmos dele. A criança deve nascer na primavera?

Fico aturdida com seu atrevimento. As três damas sentadas atrás de mim se levantam, aproximando-se como se quisessem me proteger da grosseria. Alguém ergue a cabeça, alguém diz uma palavra enfurecida, mas então vejo que há lágrimas nos olhos do conde e entendo que ele está pensando em mim não como rainha, ou como uma intocável princesa inglesa, mas como uma mulher de sua própria gente, como uma das muitas viúvas escocesas que têm filhos no berço e bebês no ventre sem um marido para ajudá-las.

Castelo de Stirling, Escócia, Natal de 1513

Temos um Natal sossegado. Não disponho de dinheiro para gastar com banquetes e danças, e ninguém sente vontade de comemorar. A corte está de luto, ainda chocada com a perda de tantos homens. Não há um belo rei pedindo música ou vinho, e não há dinheiro para pagar por essas coisas.

O velho conde de Angus se recolhe em seu castelo, numa montanha de Tantallon, e morre em Whithorn ao som de gaivotas grasnando. O título vai para o neto, um jovem de minha corte que serve como meu trinchador, e perdi outro homem experiente. O conselho se divide entre aqueles que gostariam de se reconciliar com a nossa perigosa vizinha e aqueles que jamais perdoarão a Inglaterra por nossas perdas e desejam aceitar dinheiro francês para guerrear contra ela.

Mas recebemos um visitante, que faz a penosa viagem ao norte, vindo de Londres, avançando pela lama e pelo gelo, enfrentando a neve, demorando-se a levantar nas manhãs sem sol, precisando buscar abrigo nas tardes escuras. O frei Boaventura Langley traz condolências por parte de minha cunhada, como se todos os meus problemas não fossem causados por ela. Por incrível que pareça, Catarina, sabendo que estou viúva, sabendo que estou grávida, sabendo que estou sozinha num reino perigoso, com um filho pequeno a meus cuidados, sabendo que estou sem dinheiro e com o coração partido, acha que o melhor que pode fazer para me ajudar é mandar um confessor.

Com gentileza, ele segura minhas mãos. Com gentileza, faz o sinal da cruz em minha cabeça baixa. Estende para mim o crucifixo, que beijo ao me levantar, e pergunta:

— Vossa Majestade tem certeza de que o rei da Escócia está morto? Há rumores pavorosos na Inglaterra e no estrangeiro de que ele estaria vivo. A rainha precisa saber; prometeu ao marido descobrir a verdade.

Sinto o gosto de bile na boca. Cubro o rosto ao engoli-la como se engolisse a mágoa.

— Ela mandou o senhor até aqui para me perguntar isso? No encalço do exército que o matou?

— Ela jurou ao rei da Inglaterra que ele estava morto. Tem um corpo. Precisa saber se é o corpo certo.

Que mulher demoníaca!

— Ele está morto — digo, com amargor. — Pode tranquilizá-la. Pode apaziguar o coração generoso dela. Ela não se vangloriou para o marido à toa. Não roubou o cadáver errado. Matou meu marido e metade da nobreza da Escócia. Ele está morto, sim. Ela pode ficar em paz. Agradeça-lhe a generosa questão.

Castelo de Stirling, Escócia, Primavera de 1514

Nos meses frios do novo ano, à medida que minha barriga cresce, fico cada vez mais cansada dos lordes do conselho, cada vez mais cansada de suas suspeitas de mim. Estou confinada a meus aposentos pela escuridão e pelas tempestades de neve e logo devo entrar em confinamento para o parto. Escrevo a minhas irmãs — pois quem mais tenho no mundo? — chorando um pouco de autocomiseração, caso essa seja a última vez que recebam notícias minhas.

Queridas irmãs, Catarina e Maria,

Escrevo a vocês antes de entrar em confinamento, sabendo que a vida é incerta e os filhos nascem para o sofrimento. Se eu não sobreviver, peço a vocês que tomem conta de meu filho e do novo bebê, caso ele viva. Não há ninguém aqui em quem eu confie mais do que em vocês, que, eu sei, amam a mim e aos meus, independentemente do que tenha se passado entre nossos reinos.

Maria, como minha irmã caçula, assegure que meu filho seja criado como rei da Escócia e que seja protegido dos inimigos. Catarina, duas vezes minha irmã, assegure que meu filho herde o trono que o pai dele deixou e o que mais lhe seja devido.

Se eu viver, espero servi-las como irmã querida e uma aliada de confiança. E, se viver, espero receber as joias de minha avó e o restante de minha herança. Deus as abençoe.

Sua irmã,
Margaret

Sem um pai para rezar pela segurança de meu filho, sem um rei para sair em peregrinação ou prometer uma cruzada, é um longo e doloroso parto, e não recebo sinal algum da ajuda de Deus. Mas no fim tenho um menino, outro menino para a casa Stuart, e decido chamá-lo de Alexander. Na última vez, Jaime fez questão de vir me ver, quebrando todas as regras do quarto de confinamento. Na última vez, ele me levou para sua cama imediatamente após a missa de ação de graças pelo parto, ignorando os dias de abstinência e as ordens da Igreja, desesperado para me dar outro filho antes de sair para a guerra. Dessa vez, porém, nenhum marido vem ao biombo do quarto de confinamento, nenhum pai impaciente faz questão de ver o filho. Dessa vez, deito-me sozinha à noite, o bebê no cômodo ao lado, ouvindo o rangido baixo da cadeira de balanço da ama. Dessa vez, deito-me sobre travesseiros frios sabendo que não haverá batidas à porta, que não haverá uma vela oscilante à chegada do rei. Dessa vez, estou só, estou muito só. Não suporto estar tão só.

Escrevo a meu irmão, que voltou triunfante da França sabendo que a esposa é capaz de matar um rei e roubar seu corpo, mas não de dar à luz uma criança saudável. Aparentemente ela perdeu um filho enquanto Henrique estava na guerra. Lamento por ela, mas não fico surpresa. Não sei como uma mulher capaz de exigir o casaco sujo de sangue de um parente como símbolo de vitória seria mulher bastante para gerar um filho. Como Catarina poderia estar em estado de graça? Como Deus poderia perdoá-la por sua barbárie? Com certeza, Ele deve amar a viúva mais do que a assassina. Não é de admirar que tenha me dado um filho forte e Catarina agora conceba um bebê morto. O que mais ela mereceria? Espero que nunca tenha filhos. Espero que não consiga dar a Henrique um menino vivo, depois de ter se deleitado em lhe dar um rei morto.

Minha irmã, Maria, me escreve uma carta de felicitações. Mas gasta apenas algumas linhas da carta cheia de erros e rasuras comentando sobre o parto de meu filho, porque está cheia de notícias próprias. Charles Brandon — grande amigo e companheiro de Henrique — foi nomeado mestre das cavalariças; acompanhara o rei à França e jamais saiu do lado dele durante os perigos da batalha. Mostrou-se tão sedutor com a arquiduquesa Margaret, em Flandres, que todos dizem que vai se casar com ela. Dizem que se trata de uma desgraça para uma dama tão nobre, mas Maria discorda.

Você acha? Você não acha que seria maravilhoso casar por amor? Se você fosse a arquiduquesa Margaret, resistiria? Porque ele é o homem mais bonito da Inglaterra, o mais corajoso e o melhor justador.
    Fiquei muito feliz de saber que você teve outro filho, sua carta me fez chorar tanto que Charles Brandon disse que minhas lágrimas eram como safiras num córrego, de cuja água um cavaleiro indômito desejaria beber.

Respondo brevemente:

É claro que a arquiduquesa, assim como toda dama da nobreza, deve se casar em benefício da família e da segurança do reino, seguindo a escolha do pai ou do guardião. E, de qualquer modo, acredito que Charles Brandon já esteja noivo.

Então pego uma folha e escrevo a Catarina. Demoro algum tempo na carta; é uma obra-prima de rancor. Digo que estou triste, profundamente triste, por ela ter perdido mais um filho. Que gostaria que ela também tivesse a alegria de um menino recém-nascido, de um segundo menino. Digo que meu filho se chamará Alexander e terá o tradicional título do segundo filho da Escócia: duque de Ross. Afirmo (caso sua mente assassina tenha deixado escapar) que é tudo que me resta de meu marido.

Foi um parto demorado, mas ele é um menino forte. O irmão dele, nosso rei, também está bem. Fico muito feliz de ter dois filhos, meus dois sucessores. Espero que você, como rainha da Inglaterra e conselheira do rei, se empenhe na reconciliação de nossos reinos e interceda por mim — irmã do rei — e por meus dois filhos — sobrinhos e sucessores dele.

Não fico surpresa que ela não tenha o desplante de responder, mas Henrique me manda uma mensagem, por intermédio do guardião das marchas, lorde Thomas Dacre, o homem que jogou o corpo do rei escocês numa carroça como espólio de guerra, o homem que destruiu a paz do reino, assolando os castelos da fronteira. Meu irmão me avisa que os franceses enviarão John Stuart, o duque de Albany, primo francês de meu marido, aparentemente para me ajudar, mas na verdade para governar a Escócia em meu lugar. Henrique exige que eu vete a entrada do duque de Albany e não lhe permita chegar ao poder.

— Como? — pergunto a John Drummond, o presidente do supremo tribunal, um grande lorde escocês, que trouxe esta carta de Edimburgo e está sentado a meu lado no jantar. — Como exatamente ele acha que farei isso?

O jovem conde de Angus trincha um faisão para nós com grande habilidade, servindo uma fatia de carne para mim, sua rainha, e para o avô. John Drummond abre um sorriso.

— Essa não é uma pergunta à qual ele precise responder. Ele só precisa dar a ordem. É o prazer de ser rei.

— Não é o prazer de ser rainha — objeto. — Não consigo receber meus aluguéis, os locatários se recusam a pagar. De qualquer modo, metade dos administradores e dos servos morreu. Não posso enviar um guarda para receber meu dinheiro, porque não posso pagar ao guarda. E, sem dinheiro e uma boa administração, não posso governar o reino.

— Vossa Majestade terá de vender o navio do rei — sugere Drummond.

Suspiro com a lembrança do *Grande Michael* partindo para a França.

— Já vendi.

— E, se a Coroa não tem dinheiro, Vossa Majestade precisa proteger o tesouro — aconselha ele, num murmúrio. — Para si mesma. É preciso proteger o que cabe ao pequeno rei.

Enrubesço. Isso é furto, furto real, mas ainda assim furto.

— Já protegi — respondo. — A chave fica comigo, ninguém pode tirar um grão de ouro sem meu consentimento.

O sorriso dele é um reconhecimento de que fiz o certo, embora seja ilegal.

— E os lordes que concordaram em governar com Vossa Majestade têm chaves?

— Só há uma chave, não seis.

Novamente vejo o sorriso de aprovação.

— Muito bem. Podemos explicar tudo quando o conselho descobrir.

— Eles não vão gostar. Não gostam de ser governados por uma mulher. Ele se detém.

— Não seria bom Vossa Majestade se casar novamente?

— Lorde Drummond, não faz nem um ano que estou viúva. Acabei de sair do confinamento. Meu marido me nomeou regente e pediu que eu governasse a Escócia sozinha.

— Mas ele não sabia as dificuldades que Vossa Majestade enfrentaria no conselho. Acho que ninguém poderia imaginar. Deus sabe que é outro reino sem ele.

— Tem o imperador — comento, pensando nos grandes homens da Europa que buscam esposas. — Não que eu possa me casar pelo próximo ano. E o rei da França acaba de perder a mulher.

— Então Vossa Majestade esteve pensando? Como sou tolo! Claro que esteve.

— Não tenho ninguém com quem conversar no confinamento e passo as longas noites escuras sozinha. É claro que considero meu futuro. Sei que esperam que eu me case novamente.

— Esperam, sim. E seu irmão vai querer aconselhá-la. Vai querer que Vossa Majestade se case em proveito da Inglaterra. Não vai querer que o pequeno rei da Escócia tenha um padrasto que seja inimigo dele. Proibiria que Vossa Majestade se casasse com o rei da França, por exemplo.

— Se minha irmã, Maria, se casasse com Carlos de Castela, e eu me casasse com Luís de França, eu seria uma rainha mais ilustre — observo. — E, como rainha da França, eu seria equivalente a Catarina.

— Suplantar suas irmãs não é importante. O que interessa é que a Escócia tenha um aliado poderoso, não quem tem a maior coroa.

— Eu sei, eu sei — respondo, ligeiramente irritada. — Mas, se o senhor tivesse visto Catarina de Aragão quando ela se casou com meu irmão Artur, entenderia por que não quero nunca ficar em desvantagem em relação a ela... — Interrompo-me de súbito, lembrando-me do casaco ensanguentado. — Agora, mais do que nunca.

— Sim, eu entendo. Mas pense bem. Casando-se com um desses reis distantes, Vossa Majestade teria de morar na Borgonha ou na França, e o conselho manteria seus filhos na Escócia. Por outro lado, casando-se com um nobre escocês, Vossa Majestade continuaria sendo rainha da Escócia, continuaria sendo regente, manteria o título e sua fortuna, viveria com seus filhos e ainda teria alguém para mantê-la aquecida à noite, para mantê-la em segurança nos castelos. — Ele se detém, estudando minha fisionomia meditativa. — E seria a mestre dele — acrescenta. — Seria esposa, mas também seria sua rainha.

Corro os olhos pelo salão de jantar, observando minha corte, que é uma mistura do selvagem e do erudito. Os escoceses que cortam a carne com suas adagas e comem com a ponta da faca, os rapazes que foram criados na França e usam os novos garfos, o guardanapo pendurado no ombro para limpar a ponta dos dedos. Aqueles que comem numa travessa comunitária, discutindo em erse, e os lordes das ilhas e montanhas distantes, que raramente vêm à corte e se sentam com os seus, ignorando uns aos outros, falando suas próprias línguas incompreensíveis.

— É, mas não tem ninguém — lamento, para mim mesma. — Não tem ninguém em quem eu possa confiar.

John Drummond tem razão em pensar no futuro. Quase tão logo saio do confinamento, chegam as propostas de casamento. Deus me perdoe, mas acho difícil esconder meu prazer com a ideia de que as cortes da Europa estão comentando sobre meu futuro, enxergando-me mais uma vez como algo desejável. Mais uma vez sou um troféu a ser conquistado, não uma esposa guardada como propriedade de um rei, objeto de interesse apenas quando estou grávida. Sou uma princesa e preciso escolher um marido: quem será? Catarina pode usar a coroa da Inglaterra (embora não tenha nenhum filho no berço, e eu tenha dois), Maria pode ter ganho dezenas de joias e estar noiva de Carlos de Castela, mas eu sou livre para escolher entre Maximiliano, o imperador romano-germânico, e Luís, o rei da França. Trata-se dos homens mais ricos e importantes da Cristandade. Sinto minha ambição crescer. Com cortesia, recebo emissários de ambas as cortes. É evidente que os dois grandes líderes gostariam de se casar comigo, que os dois me dariam fortuna e me fariam monarca de terras imensas e belíssimas cortes. Um deles me faria imperatriz.

Essa não é uma decisão pessoal, é uma decisão sobre uma dinastia. Meu irmão terá de negociar as condições e me aconselhar. Terei de considerar com cautela o que é melhor para a Escócia, para a Inglaterra e para meu futuro. Os conselheiros escoceses também terão o direito de opinar, uma vez que sou regente e minha escolha afetará o reino, estabelecendo alianças, fazendo novos inimigos. Se eu escolher bem, a Escócia poderá enriquecer por intermédio de meu novo marido, protegida por ele. Se eu escolher mal, darei ao povo um tirano, a meu filho, um mau guardião, e a mim mesma, uma vida inteira de infelicidade. Não existe decisão mais importante. Divórcio é impensável, impossível. O homem que eu escolher ficará comigo até a morte.

De repente, passo a ser muito estimada por meu irmão. Ele agora se lembra de que tem irmã, de que sou uma peça importante na luta contínua por poder na Europa. Meu trono é a porta de entrada para a Inglaterra; quem se casar comigo estará se casando com a perigosa vizinha da Inglaterra. Meu reino pode ser pobre, mas é muito bem fortificado e experiente. Minha fortuna não é pródiga, mas sou fértil, sou jovem e estou no auge da beleza. Henrique se mostra muito simpático e caloroso, satisfeito por me aconselhar, mandando cartas por lorde Dacre, recomendando-o como um bom vizinho e conselheiro de confiança, urgindo para que eu considere o que é melhor para meus filhos e para mim. Henrique acha que o melhor seria uma aliança com o imperador. Claro, é casado com uma parente do imperador e está desesperado para guerrear com a França novamente.

Eu mesma decidirei, digo, contemplando a carta de Henrique, escrita com a caligrafia perfeita de um de seus secretários. Evidentemente, ele ditou a mensagem enquanto se ocupava de alguma outra coisa. Mas, no fim, rabiscou votos de felicidade e assinou o próprio nome. Catarina escreveu um bilhete carinhoso na margem.

Eu ficaria muito feliz de chamá-la de prima além de irmã e sei que meu tio Maximiliano a manteria protegida e confortável. Espero mesmo que não cogite a França, minha querida. Ouvi dizer que o rei Luís está muito velho e doente, além de ter péssimos hábitos, e jamais a veria. Seria terrível se outro marido seu guerreasse com a Inglaterra, quando pensamos no que aconteceu da última vez.

Leio e releio esse estranho misto de afeto, ameaça e malícia, em que ela me sugere que eu não me case com o rei da França e ainda ousa me ameaçar com a morte de mais um marido.

Maria anexa uma folha com notícias sobre seus estudos de espanhol, sua música e seus vestidos. Com amargor, noto que eles são mais atenciosos agora que tenho essas perspectivas. Tornando-me imperatriz, serei mais importante do que meu irmão e jamais lhe escreverei uma carta de próprio punho. Como imperatriz, eu superaria Catarina, superaria Maria, cujo marido infantil — neto do imperador — só lhe sucederá quando o imperador morrer.

Isso me faz hesitar; será um prazer subir ao trono ao lado de um homem mais importante do que os maridos de minhas irmãs, mas, quando ele morrer, serei novamente viúva. Ele tem 55 anos hoje: quanto mais poderá viver? Não quero ficar viúva de novo e, pior do que isso, eu seria imperatriz viúva e Maria, minha irmã caçula, ocuparia meu lugar, herdando a coroa, enquanto eu me veria obrigada a abrir passagem para ela. Sei que não toleraria isso.

Quero um marido importante, mas quero um amigo e amante, um companheiro. Detesto dormir sozinha, detesto jantar diante da corte inteira sem um marido a meu lado. Meu único consolo nos grandes jantares, quando me sento sozinha diante da corte, é meu trinchador, Archibald Douglas, o único homem com permissão para ficar à minha mesa. Os pernis são colocados a meu lado, e, enquanto corta minha porção e as fatias do restante dos lordes, ele sorri para mim e conversa comigo, de modo que não me sinto tão só.

Realmente não posso me casar com Luís de França, penso. Ele é quase tão velho quanto Maximiliano, está decrépito e é uma pessoa vil. Divorciou-se da primeira esposa alegando que ela não tinha o corpo apto para o amor, então obrigou a segunda esposa a se casar com ele, também sem conseguir gerar nada além de meninos mortos e duas meninas. O casamento com ele me deixaria no comando de uma grande potência, sem dúvida uma aliada da Escócia, mas em constante guerra com a Inglaterra. Nunca mais quero estar em um reino enfrentando o exército inglês. E também acho que não teríamos um filho saudável. Ele morreria e me deixaria viúva de novo, de modo que eu perderia a coroa tão logo a ganhasse. Além do mais, o homem é um monstro.

É uma escolha entre dois males. O único rei jovem e bonito da Europa é meu irmão, e Catarina me mostrou que é preciso fisgar o marido quando ele é novo. O que quer que eu decida, será um risco. Ordeno que a corte passe o verão em Perth e prometo a mim mesma que, quando estiver entre as montanhas verdes, longe das cartas malevolentes de Catarina, decidirei o que fazer.

Castelo de Methven, Perth, Escócia, Junho de 1514

— Ah, não se case com nenhum dos dois — diz Archibald Douglas, sorrindo.

Ele veio ao piquenique para cortar a carne de cervo fria, mas também está servindo as bebidas, passando para mim o vinho. Deleito-me com o fato de que somos praticamente uma família: este jovem atencioso, meus filhos e suas amas. Jaime corre pelo gramado, agitando os bracinhos, a ama perseguindo-o até ele cair no chão rindo tanto que não consegue se levantar. Davy Lyndsay grita "Corra, garoto! Corra!" enquanto o bebê, Alexander, dorme na caminha, à sombra das árvores, com uma ama a seu lado, outra cochilando numa almofada.

— Não, preciso me casar — respondo. — Está muito agradável agora, com as crianças aqui e a corte se divertindo, e parece que não há nada com o que se preocupar e que vai ser verão para sempre. Mas o senhor sabe como será quando o outono chegar e, depois dele, o inverno: os lordes tramarão uns contra os outros, os franceses tentarão guerrear com a Inglaterra por nosso intermédio, meu irmão fará exigências que não posso cumprir, o maldito lorde Dacre invadirá a fronteira, as pessoas passarão fome e se rebelarão. — Noto que minha voz treme. — Eu não suportaria. Não suportaria outro inverno sozinha.

A solidariedade de Archibald brilha em seus olhos.

— Eu daria minha vida por Vossa Majestade. Todos daríamos — afirma ele. — Todos os lordes da fronteira são amigos meus. Basta Vossa Majestade pedir que abateremos os invasores, convocaremos o conselho e exigiremos que eles trabalhem em conjunto. Vossa Majestade sabe que venho de uma grande família, uma das maiores. Tenho influência. Meu avô John Drummond é chefe do clã dos Drummond, meu falecido avô era Bell the Cat, meu pai morreu em Flodden, de modo que agora sou chefe da casa Douglas. Essas são as famílias mais poderosas da Escócia. Basta pedir que a protegeremos.

— Sei disso. E, quando é verão e todos os lordes estão na corte e felizes por estarem aqui, ou protegidos em suas próprias terras, e a caça é boa e há dança todas as noites, penso que estou segura e permanecerei segura para sempre. Mas tenho de me preparar. Tenho de encontrar alguém para enfrentar as adversidades a meu lado.

Ele me entrega uma fruta e uma taça de vinho. É tão elegante que quando faz qualquer gesto parece estar dançando. Jamais deixa o que quer que seja cair ou derramar, está sempre vestido de maneira muito bela. Entre os lordes escoceses que fazem o que bem entendem, que, depois de muito cavalgar, de muito lutar, nem sempre se dão o trabalho de tomar banho, ele está sempre perfeitamente barbeado, com as mãos limpas, trazendo o cheiro de roupa lavada e um perfume almiscarado que é apenas seu. Deus sabe como Archibald é bonito — metade das damas de minha corte é apaixonada por ele —, mas ele enverga sua bela aparência como um casaco usado desde sempre; não sabe que é bonito. Está noivo de uma moça que mora perto de sua casa, um desses noivados entre famílias escocesas que vêm do berço, imagino. Mas ele não se porta como um homem noivo. John Drummond gosta de ostentar o belo neto, com suas pernas esguias, o corpo atlético, os ombros largos e o rosto celta, de traços inusitadamente delicados, o cabelo da cor das folhas de outono, os olhos castanhos, o sorriso fascinante.

— Janet Stuart de Traquair é uma moça de sorte — comento, referindo-me à jovem com quem ele se casará.

Ele abaixa a cabeça, enrubescendo. Mas logo ergue os olhos, fitando os meus.

— Sou eu que tenho sorte — responde. — Estou prometido a uma das moças mais bonitas da Escócia, mas sirvo à rainha mais bela.

— Ah, não há comparação entre nós. Sou mãe de dois filhos, uma velha viúva de 24 anos.

— Velha, não! — objeta ele. — Tenho sua idade. Sou viúvo como Vossa Majestade. E sou conde de Angus, chefe de uma grande família, líder de uma grande casa. Sei como é ter todos contando conosco.

— Janet Stuart é jovem, não é, uma donzela?

— Tem quase 13 anos.

— Ah, uma criança! — exclamo, com desdém. — Eu não sabia. Todos falavam da beleza dela. Achei que já fosse uma jovem mulher. Fico surpresa que o senhor não quisesse uma mulher de sua idade.

— Ela é minha querida. Estamos prometidos desde que ela estava no berço. Eu a vi crescer, sem jamais notar defeito nela. Vou me casar quando ela tiver idade. Mas Vossa Majestade é minha rainha, hoje e sempre.

Inclino-me levemente em sua direção.

— Então você não vai me abandonar, Archibald, quando se casar com sua jovem noiva?

— Me chame de Ard — murmura ele. — As pessoas próximas de mim me chamam de Ard.

Ele me ama. Sei que me ama. Sei que seu coração bate acelerado como o meu, que ele sente a mesma alegria que eu. Quero um homem que me ame, preciso de um homem que me ame, e o jovem conde de Angus — Ard, como o chamo em segredo — evidentemente me ama. E jamais me abandonará, estará sempre a meu serviço, a meu lado no jantar, cavalgando comigo quando a corte sair para passear, brincando com meu filho, admirando meu bebê. Evidentemente, terei de me casar com um grande homem, o rei da França ou o imperador, pelo bem do reino e por minha própria fortuna, mas sempre manterei Ard a meu lado. Ele será meu cavaleiro andante. Serei como a dama das fábulas, das músicas dos trovadores: adorada e eternamente inalcançável. E acho que ele não se casará com Janet Stuart de Traquair. Acho que me permitirei proibir o casamento, mesmo que a menina passe um mês chorando no travesseiro. Sou rainha. Posso fazer isso sem oferecer nenhuma explicação.

Recebo uma carta de minha irmã, Maria, que completa 18 anos este ano e continua em casa, solteira. Ela manda notícias da corte, da viagem de verão. Estão todos bem, a doença do suor não chegou à corte, e eles seguem informalmente para o sul da Inglaterra, às vezes de barcaça, pelo rio, com músicos acompanhando-os, de modo que o povo se amontoa nas margens para aplaudir, acenar e jogar flores; às vezes a cavalo, com os estandartes reais à frente, e, em toda cidade, uma delegação cumprimenta Henrique por sua força militar, suas vitórias contra a França e a Escócia, e lhe entrega bolsas de ouro.

> *Tenho um guarda-roupa cheio de vestidos novos pagos pelos espanhóis, que dizem que nada é bom o suficiente para a noiva de Castela. Eles encomendaram outro retrato meu, e o pintor jura que sou a princesa mais bonita da Cristandade!*

Ela diz que se casará com o pequeno Carlos no próximo ano e que já planejam uma série de banquetes e justas para comemorar sua partida para a Espanha. Charles Brandon participará da justa e certamente vencerá. Henrique o tornou duque, honra que ninguém poderia imaginar. Há quem pense que ele foi alçado a uma posição privilegiada para poder pedir a arquiduquesa Margaret em casamento, mas Maria sabe que não é o caso. Ela me conta tudo, as palavras subindo pela página, a carta cada vez mais cheia de erros, à medida que cresce sua animação, com comentários acrescentados na margem.

> *Ele não ama a arquiduquesa Margaret, embora ela o adore. Ele disse que não gosta dela, não tem olhos para ela. Disse que perdeu o coração para outra mulher.*

Maria acredita que ele recebeu a honra do ducado — maior honraria do reino, excetuando apenas a condição real — porque Henrique o estima muito.

> *Agora ele é reconhecido como um dos grandes homens da Inglaterra, honrado como deveria. É o melhor amigo de Henrique, que o ama como a um irmão.*

Isso me faz hesitar. Henrique teve um irmão, um irmão mais notável do que Charles Brandon jamais poderia ser. Terá ele se esquecido de Artur? Terá Maria se esquecido de quem era o verdadeiro irmão de Henrique? Como ela pode usar a palavra "irmão" para mim sem saber o que ela significa? Terão eles se esquecido de Artur e também de mim?

> *Sem dúvida, ele é o homem mais bonito da corte, todos o admiram. Vou lhe contar um segredo, Margaret, mas você não pode falar nada para ninguém. Ele pediu para levar meu lenço na justa do meu casamento! Vai ser a melhor justa da Cristandade, e ele certamente ganhará. Ele disse que vai usá-lo junto ao coração e que morreria feliz assim!*

No fim da carta, ela se lembra de que sou uma viúva com dois filhos, enfrentando dificuldades num reino complicado, e que toda essa conversa de vestidos e casos de amor pode não ser muito agradável para mim, por isso adota um tom mais pessoal. Estudou para ser encantadora, sabe muito bem ser afetuosa:

> *Lamento tanto que você não esteja conosco! Adoraria que estivesse aqui. Quero lhe mostrar minhas joias e meus vestidos. Gostaria que pudesse vir. Não vai ser o mesmo sem você. A Catarina também acha.*

Brandon não é o único canalha alçado à nobreza nessa pródiga distribuição de títulos. Thomas Howard, o vencedor de Flodden, finalmente recupera o título que perdeu em Bosworth — ele será duque de Norfolk e seu filho será nomeado conde de Surrey, uma recompensa pelo podão que acertou a cabeça coroada de meu marido, pela flecha que acertou seu corpo ungido. Ou terá Howard recebido o título por causa do casaco sujo de sangue que mandou para a França? Ou quem sabe pelo chumbo que passaram no cadáver, que continua sem ter sido enterrado em algum lugar de Londres?

Aparentemente, meu irmão acha que deve recompensar um assassino antes de enterrar sua vítima, e Thomas Howard usa as folhas de morango do ducado enquanto meu marido permanece insepulto, praticamente esquecido, aguardando o instante em que o papa dirá que seu pobre corpo, excomungado a pedido de Henrique, pode ser perdoado e sua alma pode ascender ao paraíso.

Maria não descreve as honrarias de Norfolk, mas sei que seu timbre ducal será o leão: o leão da Escócia, o leão de Jaime, com uma flecha na cabeça para representar o podão cortando o rosto de meu marido, a flecha em seu corpo. Muito nobre, uma escolha muito bonita. Espero que meu irmão não se arrependa do dia em que honrou o assassino de um rei.

Seguro no colo a carta tola e fútil de Maria, relendo seu falso lamento por eu não poder comparecer ao casamento. E penso: Talvez eu pudesse comparecer! Eu poderia levar uma pequena parte da corte, uma parte da guarda, vestida com uniformes novos. Poderia fazer disso uma visita de Estado: a rainha viajando com esplendor, visitando cidades, as pessoas viriam e recitariam poemas para mim. Ard poderia cavalgar a meu lado, fazendo-me rir, vendo como o povo da Inglaterra me ama, sua primeira princesa Tudor, e a melhor. Eu gostaria que ele me visse na Inglaterra, que visse a recepção que me dariam, que visse que sou uma mulher importante no reino, uma princesa por direito. E, durante a viagem, ele me ajudaria a descer do cavalo, abraçando-me, todos os dias. Ninguém notaria esse momento. Ele se manteria a meu lado enquanto janto todas as noites, e dançaríamos juntos. Eu teria vestidos novos, pintariam meu retrato, e talvez eu pedisse para pintarem-no a meu lado, como um protegido de minha corte. Maria é tão mimada, tão estúpida, que não me convida ao casamento, simplesmente deduzindo que não posso ir. Mas talvez eu vá, e surpreenda todos.

É uma fantasia, tão ilusória quanto as promessas de amor que Ard sussurra para mim. Não tenho dinheiro para fazer uma grande viagem a Londres, não tenho vestidos para brilhar mais do que minha irmã, não tenho joias melhores do que a rainha da Inglaterra, não tenho nem sequer as joias reais que meu pai deixou para mim. E ninguém me convidou à cerimônia.

Maria diz que Catarina está viajando numa liteira, e de pronto viro a página para ler novamente. Sim, ela diz isso com muita clareza. Sei que só pode haver um motivo para Catarina viajar numa liteira e não no lombo de um cavalo, tentando manter o ritmo de Henrique: ela deve estar grávida, rezando fervorosamente para que, dessa vez, conceba o filho.

Guardo a carta na caixinha de joias vazia e olho para fora da janela, a cadeia de montanhas a se perder de vista no horizonte. É tão diferente dos campos do vale do Tâmisa! Aqui não há uma sucessão de belas casas e ricas abadias, cercadas de macieiras carregadas de frutas. Não há parques murados nem gramados macios para jogar bola. Há apenas o céu abobadado sobre as altas montanhas e os despenhadeiros, a escuridão da floresta antiga com águias grasnando sobre ela.

Fui feliz neste verão com meus filhos, deleitando-me com a respeitosa adoração de Ard e com a paz que toma conta do reino. Mas minha alegria se esvai de súbito com essa notícia. Imagino Catarina viajando numa liteira com cortina de seda, rainha da Inglaterra, esperando mais um bebê, e penso: Ela estará sempre à minha frente. Estará sempre em paz, quando estou preocupada. Tem um marido que a protege, que é vitorioso ao guerrear. Tem uma liteira na qual viajar e um reino onde está segura. Agora está grávida e, se der à luz um menino, terá um sucessor ao trono da Inglaterra, e meu príncipe só herdará a Escócia, um reino difícil de manter.

Penso: Sempre serei preterida em relação a ela. Não suporto a ideia de que ela seja rainha da Inglaterra com um príncipe de Gales no berço, enquanto enfrento a vida praticamente esquecida, num reino pobre e distante. Mas, neste momento, rebelo-me, pensando: Pois bem, recusarei seus conselhos hipócritas, suas sugestões de irmã. Vou me casar com Luís de França e terei um aliado para meu reino que é forte o bastante e rico o bastante para derrotar a Inglaterra, caso haja outra guerra. Serei rainha da França e da Escócia, com dois meninos fortes morando na Escócia e talvez outros por vir, e isso é melhor do que ser rainha da Inglaterra, agarrada às laterais de uma liteira, torcendo para não abortar seu futuro.

Escrevo em particular ao embaixador escocês na França. Digo-lhe que tomei minha decisão, que ele pode comunicá-la ao velho rei que já chamei de monstro, informar a ele que estou pronta para me casar. Luís de França fará o pedido formal em público, e lhe darei minha mão. Hei de me casar com ele, por mais asqueroso que seja, e me tornarei rainha da França, inimiga da Inglaterra e superior a Catarina.

Castelo de Methven, Perth, Escócia, Julho de 1514

Uma coisa terrível aconteceu comigo, algo que não consigo compreender. Não entendo a falsidade de minha irmã, de minha própria irmã! Não acredito na má-fé de meu irmão. É como se eu não os conhecesse, como se eles tivessem me traído num acordo perverso. É vergonhoso, era para os dois ficarem publicamente estigmatizados como mentirosos. Eles são mais do que desprezíveis. Querem me destruir. Primeiro me deixaram viúva, agora me arruínam.

Maria revogou o contrato de casamento com Carlos de Castela. Revogou! Como se jamais tivesse acontecido! Como se pudesse dar sua palavra, aceitar joias, dizer os votos e ficar debaixo do baldaquino de ouro — pois não me esqueci do baldaquino de ouro, não me esqueci da xilogravura que fizeram e correu o reino, que correu o mundo —, para agora dizer que não aconteceu. Que não fez nenhuma promessa. Maria não vai se casar com Carlos de Castela.

Como as pessoas podem confiar na palavra de uma princesa, se Maria passa anos noiva — não foram dias, mas anos, recebendo presentes todos os meses — e de uma hora para outra retira a promessa, desdiz o noivado e rejeita o monarca? E as dezenas de vestidos? E o maior rubi do mundo? O neto do imperador de repente não é bom o bastante para ela? Aonde minha irmã deseja chegar? Então isso não é o pecado da vaidade? Não é exatamente o pecado sobre o qual minha avó a advertiu quando ela era pequena? Alguém deveria dizer a Maria que ela não pode prometer e depois quebrar a promessa; a palavra de uma princesa deve ser sólida como o ouro.

Estou petrificada. Estou furiosa. Minhas damas vêm me perguntar se estou doente, porque fiquei lívida e depois vermelha. Afasto-as. Não posso confidenciar a elas o problema. Ninguém pode saber a desgraça que caiu sobre mim, pois é a pior coisa possível. A pior coisa do mundo. Por incrível que pareça, ela vai se casar com Luís de França.

No instante que decidi aceitar o pedido dele, por motivos políticos, por motivos dignos da posição de rainha, Maria se adiantou e agora vai se casar com ele. No meu lugar! E como ele pode pedi-la em casamento quando já estava me pedindo? Não é uma infâmia de sua parte? Todos dizem que ele é o protótipo da infâmia e do perjúrio, mas ninguém me avisou que ele poderia me trocar por minha irmã caçula. E Henrique, que sabia que Luís havia me pedido em casamento, que sabia que eu estava considerando a possibilidade? Então Henrique não deveria dizer "Como o senhor ousa pedir em casamento uma grande rainha e ao mesmo tempo cortejar a irmã mais nova dela?" É traição de Luís, mas também de Henrique e de Maria!

Por que Maria consideraria se casar com ele? Então ele não tem idade para ser avô dela? Bisavô? Então ele não tem sífilis e é um perigo para qualquer esposa? Não levou uma esposa ao convento e outra à sepultura? Por que Maria aceitaria? Por que Henrique desejaria isso? Por que Catarina consentiria? Isso é maquinação de Henrique. De Henrique e Catarina. Deus sabe que devem ser eles que estão por trás de tudo, como se Maria não passasse de uma marionete. Não consigo entender como Henrique pode fazer isso com a irmã. Luís é inimigo dele! Inimigo contra quem ele marchou no ano passado mesmo! Inimigo eterno de sua esposa espanhola e de toda a família dela!

Existem arranjos aqui que são tortuosos demais para eu entender. Mas uma coisa está clara: o pai de Catarina mudou de ideia em relação à França, e logo a filha lhe obedece e casa a cunhada com um monstro, humilhando-me no percurso, deixando-me sem marido, indefesa na Escócia, consequência que ninguém nem sequer considerou.

Se fosse apenas isso, já seria terrível, mas tem mais. E é pior. Nosso embaixador na França diz que Henrique está negociando com os franceses, exigindo que eles aceitem que as cidades francesas conquistadas são propriedade dele e que lhe paguem um preço exorbitante por elas. Casando-se com Maria, Luís terá de pagar um milhão e meio de coroas. É uma fortuna, um preço inimaginável por uma princesa. Isso mostra ao mundo como Henrique estima a bela irmã caçula e o que Luís está disposto a pagar por ela. Mas, se preferir se casar comigo, Luís terá um desconto. Casando-se comigo, ele só precisa pagar à Inglaterra cem mil coroas.

Vejo claramente o que ele pensa de mim, o que todos pensam de mim. Entendo o valor que me atribuem. Henrique disse a todos o valor que me atribuem. Sou publicamente aviltada. Vejo que a mão de Maria vale um milhão e meio de coroas e a entrega das cidades francesas, ao passo que eu posso ser vendida com abatimento. Henrique disse ao mundo que acha que ela vale quinze vezes meu preço. E Luís confirmou que está disposto a pagar quase qualquer coisa para se casar com ela. Nunca fui tão cruelmente insultada em minha vida.

Fico andando de um lado para outro da sala de audiências em Methven, passando pela janela aberta sem olhar para a paisagem ensolarada de verão, meu vestido roçando nos móveis como o rabo de um gato enfurecido. Uma de minhas damas se aproxima, mas me desvencilho. Ninguém pode saber de minha raiva, de minha mágoa, do meu orgulho ferido. Tenho de ser dissimulada e discreta enquanto internamente estou explodindo de ódio e dor.

É intolerável. De pensar que falei para Luís que eu seria sua esposa, de pensar que eu havia decidido me sacrificar para ser rainha da França e agora vai ser Maria! Detenho-me, horrorizada com outro pensamento: como teria sido humilhante se eu tivesse contado ao conselho que havia aceitado o pedido de Luís, se os lordes soubessem que eu havia concordado, e depois todos vissem que ele escolheu Maria! Não suporto a ideia de que saibam que essa era minha intenção. Não suporto nem sequer a ideia de que desconfiem disso. Devo me casar imediatamente para todos saberem que eu não pensava em Luís. Devo me casar imediatamente com o imperador. Preciso garantir que ninguém jamais diga que o nojento e perigoso rei da França poderia se casar comigo, mas preferiu não se casar. Que aquele velho pavoroso me pediu em casamento, mas pediu também Maria e chegou à conclusão de que preferia minha irmã! Minha irmã caçula! Uma menina tola, sem nada além de um rosto bonito! Que vale mais de dez vezes o que valho, segundo os cálculos de meu irmão. O que isso revela sobre Henrique e sobre sua estima por mim?

Enquanto ando de um lado para outro, com as damas encostadas na parede, mantendo-se fora do meu caminho, John Drummond e seu neto, meu trinchador, Archibald, surgem na sala de audiências sem se fazer anunciar. Evidentemente, uma de minhas damas, apavorada com minha cólera, saiu para chamar John Drummond. Ele olha para mim e faz um sinal para as damas, que se retiram da sala como se apenas esses dois homens tivessem força suficiente para ouvir minhas imprecações murmuradas.

— O que houve, Vossa Majestade? — pergunta John Drummond, com delicadeza. — Imagino que seja alguma notícia ruim da Inglaterra.

— Eles tiveram o desplante... — Minha voz se perde. — É uma vergonha... — Engulo um gemido. — E eu...

Dou meia-volta e me deparo com um breve gesto do homem mais velho ao mais jovem, como um pastor faria ao cão de guarda, um simples movimento da mão exigindo que o cão contorne o rebanho, conduzindo-o ao cercado. Ard se adianta, o belo rosto transbordando solidariedade.

— O que fizeram com Vossa Majestade? — pergunta, cheio de intensidade na voz. — Quem a aborreceu assim?

— Meu irmão!

Por um instante, a fúria se mistura à autocomiseração, e de súbito me vejo em seus braços, seus braços fortes, chorando no belo veludo de seu casaco, enquanto ele me embala, segurando-me como se eu fosse uma criança ferida, alisando meu cabelo, sussurrando palavras de conforto.

— Ard, Ard, eles me humilharam, me aviltaram como sempre. Me fizeram de tola, fizeram com que eu me sentisse tola, como sempre. E eu só queria estar protegida, ser rainha da Escócia e ter ajuda...

— Minha querida, meu amor, minha rainha — diz ele, e é como uma doce música das ilhas. Ele me acalenta em seus braços, balançando-me de um lado para o outro como se dançássemos. — Meu amor, minha adorada.

— Sou mesmo? — pergunto. — Ah, é terrível que eles tenham feito isso, de comum acordo, comigo!

Atrás de mim, a porta se fecha quando John Drummond se retira silenciosamente do cômodo. Mal ouço a chave girando quando ele nos tranca, a salvo de interrupções. Ard me embala, beija meus cílios molhados, minhas pálpebras fechadas, minha boca trêmula, beija meu pescoço, meus seios, me acomoda na poltrona junto à janela. Sua boca quente se cola à minha, sinto o gosto doce de sua língua, e estremeço sob seu toque. Então, quase surpresa comigo mesma, reclino-me na poltrona e suspendo o belo vestido, murmurando seu nome, enquanto ele me toma, enquanto me possui, e ouço meus soluços de fúria se transformarem em gemidos repetidos, em seguida num grito de alegria, e já não me importo com meu irmão egoísta nem com minha irmã leviana, com Luís de França nem com ninguém.

Igreja Paroquial de Kinnoull, Perth, Escócia, Agosto de 1514

Precisamos nos casar de imediato. É evidente. Precisamos nos casar de imediato, porque a urgência do desejo tomou conta de mim e, pela primeira vez na vida, eu poderia cantar, dançar e sorrir por força dele. Nunca houve um verão em que eu me sentisse mulher, em que sentisse o sangue nas veias e o calor de minha pele. Estou apaixonada por mim, pelo meu jovem corpo macio, pelo volume de meus seios, pelo calor molhado de minhas partes íntimas. É meu momento. Nunca fui amada por um homem que me deseja pelo que sou, não como o emblema de um tratado entre dois reinos. Esse é o homem que escolhi, um homem fascinante, interessante, charmoso, agradável, que me dá tanto prazer que não consigo me separar dele, seja durante a noite ou durante o dia.

Assim que acordo, ardendo de desejo, quero vê-lo. A corte já aprendeu que agora vamos para a capela bem cedo e que ele precisa estar ao lado da poltrona real, de modo que eu possa vê-lo, mesmo que não possamos falar. Enquanto o padre celebra a missa, fecho os olhos como se rezasse, mas na verdade estou imaginando como ele me beijará, como me tocará no instante em que estivermos a sós. Fico tão quente de avidez que é como se estivesse febril. No café da manhã, ele precisa ficar a meu lado para trinchar o presunto e o rosbife, e agora como fatia após fatia pelo prazer de tê-lo debruçando-

-se sobre mim, para servir a carne em meu prato. Às vezes, seu braço roça meu ombro, e ergo a cabeça, vendo seus olhos cravados em minha boca, como se ele também ansiasse por um beijo. Quando cavalgamos, seu cavalo precisa andar ao lado do meu, e só quero conversar com ele. Qualquer pessoa que se aproxime é uma interrupção, e não vejo a hora de ela se afastar. Cavalgamos ombro a ombro, tão próximos que nossos joelhos se tocam, e ele pode segurar minha mão enluvada sobre as rédeas. Danço apenas com ele, e não suporto vê-lo dançar com mais ninguém. Quando a disposição da dança faz com que ele se vire para outra mulher, tomando sua mão, sinto imediata antipatia por ela, fico pasma com sua desfaçatez. Não tenho nenhum interesse nos assuntos de Estado, nem mesmo busco as cartas de lorde Dacre, discorrendo sobre o que seria melhor para a Inglaterra. Não tenho nenhum interesse em Catarina e sua gravidez, nem em Maria e seu noivado. Sobretudo, não quero ouvir falar de Maria e seu traiçoeiro noivado com Luís de França. Eles estão longe e não se importam comigo. Por que eu me preocuparia com eles? Esqueço-me do conselho, do reino, sou negligente até mesmo com meus filhos nessa urgência constante que sinto de estar com ele, apenas com ele.

Isso é amor, e estou deslumbrada. Nunca soube que era assim, nunca esperei sentir isso. Releio meus romances para ver se é do que os trovadores falam e peço aos músicos que cantem canções de amor e saudade. Fico me perguntando se foi o que Henrique sentiu por Catarina; seria possível que ele se sentisse assim? Teria sido esse desejo indulgente que o deixou cego a tudo que me desagrada nela? Fico me perguntando se minha irmãzinha tola, Maria, sente essa febre urgente por Charles Brandon. Será que Maria, jovem como é, boba como é, anseia por Charles Brandon como anseio por Ard? Se for o caso, realmente sinto dó dela, não por eu ter o melhor homem (embora eu tenha), mas porque ela está destinada à renúncia e à solidão, ao passo que eu, em abençoada liberdade, posso me casar com o homem que amo. Não conseguiria renunciar a ele. Se sente o que sinto, Maria não conseguirá renunciar a Charles Brandon, e o casamento com o rei da França despedaçará seu coração. Graças a Deus, não preciso passar por isso.

Pelo contrário: o primo de Archibald, o decano de Dunblane, nos encontra ao amanhecer para abrir a porta de sua capela. Atravesso a pequena nave com meu vestido verde, o cabelo solto, vertendo sobre os ombros, como se fosse uma noiva virgem. Por que não? É exatamente o que Catarina fez em seu segundo casamento. Um menino do coro canta um salmo, a voz dolorosamente doce, enquanto o sol entra pelas janelas em arco, derramando-se a nossos pés como se dissesse que o caminho que temos pela frente é quente e dourado. Solto uma risada quando descubro que Ard não trouxe a aliança e tiro um anel da mão direita, que ele põe em meu dedo anular esquerdo. Nem sequer penso em Carlos de Castela e no rubi. O decano celebra a missa, partilhamos a hóstia, o vinho, a santidade do momento, saímos em silêncio da capela, e sou tomada por uma enorme gratidão por ele ser livre e eu ser livre, por sermos jovens e belos, por sermos saudáveis e por Deus ter nos abençoado com nosso desejo mútuo, que é agora um desejo sagrado. Acho que seremos felizes, muito felizes para sempre, e jamais voltarei a sentir inveja de ninguém, porque me casei com um homem que poderia ter qualquer mulher no mundo, mas se apaixonou por mim. Ele me escolheu pelo que sou, me ama pelo que sou, não pelo meu nome, meu título ou meu patrimônio. Acho que é a primeira pessoa no mundo que me ama pelo que sou, desde que perdi meu irmão Artur.

— Deus a abençoe — diz o tio de Archibald, Gavin Douglas, decano da St. Giles, em Edimburgo, um dos maiores *makars* da corte de meu primeiro marido. — Eu escreveria um poema, mas acho que não conseguiria captar a alegria de seu rosto. Só gostaria que Vossa Majestade pudesse ter tido uma grande cerimônia de casamento, abençoada por um bispo.

Estendo a mão, que ele beija reverentemente.

— O senhor me abençoe, tio — respondo, impulsiva, abaixando a cabeça, e ele faz o sinal da cruz sobre mim. — Pronto! — exclamo, triunfante. — Agora *fui* de fato abençoada por um bispo, pois vou torná-lo arcebispo de St. Andrews.

Ele faz uma mesura, escondendo seu prazer.

— Fico honrado. Hei de servir à Vossa Majestade, a seu marido e a Deus.

Archibald e eu voltamos ao castelo e vamos de pronto para meus aposentos, intrépidos como um casal de jovens amantes que agora não têm nada a esconder. Ainda estou no primeiro ano de luto, Ard infringiu o noivado com Janet Stuart, mas nada disso importa. Nada pode nos atrapalhar. Estamos casados, tenho uma aliança no dedo e talvez carregue um filho dele no ventre. Passamos de mãos dadas por minhas damas e fechamos a porta do quarto diante de suas fisionomias perplexas. Está feito. Casei-me com o homem que amo, e Catarina de Aragão, que precisou esperar anos até que Henrique se dignasse a esposá-la, e minha irmã, Maria, que estará presa a um libertino podre, podem me invejar daqui para a frente. Tudo mudou. Elas vão me invejar.

Palácio de Holyroodhouse, Edimburgo, Escócia, Agosto de 1514

O conselho de lordes ousa me dizer que perdi o direito à regência. Ousa dizer a Archibald que o processarão, por ter se casado comigo sem o consentimento deles. Ousa dizer até mesmo que Gavin Douglas não será bispo e que não posso torná-lo arcebispo de St. Andrews, uma vez que já existe outro bispo no cargo. Como se os cargos da Igreja não coubessem a mim! Como se eu não tivesse solicitado a Henrique que apoie o título de Douglas! Sou regente e posso desposar e honrar quem eu quiser! O conselho me convoca — a regente! regente! — para uma reunião, e Archibald e eu seguimos para Edimburgo tomados de ódio, certos de que ninguém deve jamais questionar a mim ou meus direitos.

Aguardamos o conselho na sala do trono. Posto-me deliberadamente diante do trono com meu belo marido à direita, e John Drummond, o avô dele, à esquerda. Os lordes que vejam o poder que agora tenho para me apoiar: o clã Douglas de um lado, o clã Drummond do outro. Mas eles se rebelam. Enviam o arauto Sir William Comyn, o honorável Lyon King of Arms, para me informar que não me aceitam como regente e que levarão meus filhos. Sir William é anunciado, com o respeito exigido a todos os arautos, e quando ele entra, com o estandarte à frente, sinto medo. Estou numa situação muito mais delicada do que imaginei ser possível. Sabia que o conselho não gostaria de meu casamento, mas não pensei que eles se voltariam contra mim. Não pensei que tomariam meu título, meus filhos, tudo. Achei que essa fosse minha vitória. Agora, de súbito, é minha ruína.

O arauto olha em meus olhos.

— Milady rainha viúva, mãe de Sua Majestade nosso rei...

Pronto! Está dito. Ele deveria me chamar de rainha regente, mas nega meu posto. Enfurecido, o avô de Archibald se adianta e desfere um murro na boca do homem antes que ele possa dizer outra palavra de traição.

É uma atitude absurda. O corpo do arauto é sagrado. Ele é o intermediário intocável entre duas partes adversárias. O próprio cavalheirismo o defende. Sir William cambaleia, quase caindo, mas um lorde o ampara enquanto Archibald grita:

— Não! Não! O arauto, não!

O arauto se mostra terrivelmente abalado. Os homens o ajudam, e ele confronta lorde Drummond:

— Que ultraje! — murmura. — O senhor é uma vergonha.

Archibald intercede para auxiliar o avô, como se fosse derrubar Sir William novamente.

— Exijo respeito.

— Archibald, não! — intervenho, segurando seu braço.

— Angus! — brada o lorde Drummond, como um grito de guerra, abrindo a porta.

E nós três nos retiramos, deixando os lordes, o arauto e o lorde chanceler totalmente estupefatos. Quando entramos em meus aposentos, atiro-me nos braços de Ard e nos agarramos, chorando e rindo ao mesmo tempo de tudo que acabara de se passar, do absurdo que o avô dele acabara de fazer.

— O rosto dele!

Archibald ainda ri, mas aos poucos me acalmo e nada me parece mais tão engraçado. Dou meia-volta e vejo a fúria de John Drummond, que retesa a mão com a qual bateu no arauto. Ard continua rindo.

— Meu senhor — digo.

Drummond olha para mim.

— Vou ser preso por isso — lamenta. — Me deixei levar pela raiva.

— Quando o senhor bateu nele! — exclama Archibald.

— Pare com isso — pede o avô, irritado. — Foi um erro. Não tem graça.

Ard tenta ficar sério, mas solta uma gargalhada irreprimível. Já não estou rindo. Estou com medo. Os lordes usarão isso como uma séria acusação contra nós, e terei de escrever a Henrique com algum tipo de relato que suavize o ocorrido e nos faça parecer menos tolos, brigando em nosso primeiro conselho, enquanto meus lordes se voltam contra mim e negam minha autoridade.

Meu jovem marido e eu comparecemos à reunião do conselho como duas crianças chamadas diante de guardiões enfurecidos, e depois uma reunião do parlamento é realizada. Todos se mostram indignados, os lordes estão irritados e divididos, o parlamento está ultrajado com minha postura. Já estavam furiosos com Ard por pretender se casar comigo, revoltados comigo por aceitar me casar com ele, mas agora se acham de súbito soterrados de reclamações sobre o passado do clã Douglas.

Antigas lendas de que nunca ouvi falar são evocadas contra meu jovem marido, como se crimes centenários fossem culpa sua. Mostro-me o mais calma e atenciosa possível, encontrando muitos lordes individualmente, tentando explicar a eles que Archibald será uma força para a união do reino, que ele me ajudará a ser uma boa rainha para todos os clãs. Não favoreceremos o clã Douglas. O trono não foi capturado pelo clã Drummond. Mas eles argumentam que a família Douglas já fez outras tentativas de chegar ao trono, que meu próprio marido, o falecido rei, impôs a si mesmo a missão de sempre mantê-los sob controle. Dizem coisas sobre a família e sobre John Drummond em que não consigo acreditar. Dizem que ele vendeu a própria filha a meu falecido marido. Contam que o outro avô de Archibald, Bell the Cat, lutou contra Jaime por causa de Janet Kennedy, e Jaime o jogou na prisão por tempo indeterminado, libertando-o somente porque precisava que os filhos dele liderassem seus homens em Flodden.

— Não digam isso — interrompo-os. Não suporto pensar na honra do jovem Archibald manchada por essas luxúrias antigas. Ard e eu somos recém-casados, acabamos de conhecer a felicidade. Não temos nenhuma ligação com as amantes de meu marido, com as inimizades e brigas dos lordes escoceses.

Somos jovens e imaculados. Essa é uma história antiga e suja. — O conde de Angus é devotado a mim. Nada que o avô ou o pai dele tenham feito importa agora.

Eles discordam. Dizem que ele é o chefe dos Douglas Vermelhos, uma família ainda pior do que os Douglas Negros, um perigo ao trono desde a época de Jaime II.

— Isso é história antiga — argumento. — Que importância pode ter agora?

Mas eles estão decididos a jamais esquecer velhas feridas. Ninguém vem do nada na Escócia. Todos são herdeiros de injustiças, todos tramam vingança. Quando digo que Ard se sentará a meu lado e dividirá comigo a regência, eles me garantem que isso jamais acontecerá. Apesar de tudo que digo, apesar de lembrá-los do juramento de lealdade que eles fizeram a mim, a meu filho, eles não ouvem; anunciam que chamarão o duque de Albany para ocupar meu lugar e governar o reino.

Trata-se do duque francês, sucessor do trono escocês, justamente o homem que meu irmão Henrique disse que eu deveria manter longe da Escócia.

— Ele não pode vir — declaro.

— Nós proibimos — intervém Ard.

Lorde Hume afirma que perdi a regência ao perder minha viuvez. O conde de Arran diz que, como membro da família Hamilton, deveria ter uma posição mais elevada no governo do que um membro da família Douglas. Ard murmura em meu ouvido:

— Não estamos seguros aqui, precisamos voltar para Stirling.

E não consigo controlar meu deleite com a ideia de fugir de toda essa fúria e infelicidade. Nessa mesma noite, pegamos os cavalos e uma pequena parte da guarda e deixamos a capital como se fôssemos um casal de vagabundos, e não a regente e seu consorte — ou corregente, como juro que Ard será quando voltarmos.

Castelo de Stirling, Escócia, Outono de 1514

Minha irmã, Maria, escreve sua última carta da Inglaterra, sua última carta como princesa inglesa. Diz que, quando escrever novamente, será como rainha francesa. Cerro os dentes e lembro a mim mesma que pelo menos escolhi meu marido e não poderia estar mais feliz. É verdade, eu não poderia estar mais feliz. Casei-me por amor e não dou a mínima importância à desaprovação do conselho.

À medida que leio a carta, minha inveja natural — dezoito carroças seladas com a flor de lis real francesa, símbolo mais elegante do que o cardo escocês — se esvai, e passo a sentir pena de minha irmã. Em alguns trechos, a carta está borrada a ponto de eu não conseguir entender, e acho que ela estava chorando enquanto escrevia, que suas lágrimas mancharam as palavras. Ela me diz que está apaixonada, perdidamente apaixonada, por um cavalheiro, um nobre, o homem mais lindo da corte, decerto do mundo. Maria fez um acordo com Henrique, acordo que ela jura que ele honrará. Os dois combinaram que, quando o rei da França morrer, ela será livre para se casar com o homem que desejar. Por timidez, não diz de quem se trata, mas a julgar por sua adoração infantil por Charles Brandon, imagino que seja o recém-empossado duque.

Você vai me apoiar? Ah, Margaret, você vai ser uma boa irmã para mim? Vai lembrar a Henrique a promessa solene dele? Há de chegar o dia em que serei viúva, porque o velho rei não pode viver muito mais, tenho certeza. Você vai me ajudar a seguir seu exemplo e me casar primeiro em benefício da família e depois por amor?

Com a letra trêmula de emoção, ela diz que não suporta a ideia de ir para a França e se casar com o velho rei francês sem ter certeza de que terá de aguentar isso apenas por um período breve, de que um dia será feliz.

Não posso fazer isso sem esperança no futuro. Ouvi dizer que seu marido, o conde de Angus, é jovem e bonito. Fiquei tão feliz por você, Margaret! Você vai ser uma verdadeira irmã para mim e me ajudar a ser feliz como você, com o homem que amo?

Penso: Como ela é ridícula! Não tem comparação! Ard é o grande amor da minha vida, da família mais nobre da Escócia. Foi criado para liderar uma das maiores casas do reino, seus parentes são membros do conselho de lordes, o avô era juiz, o pai morreu nobremente em Flodden, ele tem sangue real. Charles Brandon é um aventureiro que se casou por dinheiro e depois noivou em benefício próprio. Sequestrou uma mulher, que morreu no parto. Casou-se com uma velha dama por causa da fortuna dela e a abandonou. Subiu na vida por causa de seu charme, de suas habilidades esportivas e por ser um dos intocáveis camaradas de Henrique. Archibald é um nobre, Brandon é um cavalariço.

Mas respondo sua carta com afeto, escrevo sorrindo para minha ingênua irmã caçula. Digo que estou mandando um livro de horas como presente de casamento e que ela deveria rezar e pensar na vontade de Deus; Ele levará seu marido na hora certa. Se esse dia chegar, será um prazer lembrar a nosso irmão que ela deseja escolher o próximo marido, e acho, mas não escrevo, que ela é tola em desejar se arruinar, diminuir-se por amor. Digo que ela deve fazer o melhor que puder como rainha da França e como esposa de Luís. Penso nele como um velho libertino, mas também não menciono isso. Digo que espero que ela lhe dê um filho, embora meus lábios se contraiam no mesmo momento em que escrevo. Como um homem velho e doente daqueles terá um filho? Digo que espero que ela encontre a felicidade no novo reino, com seu marido, e é verdade; trata-se de minha querida irmã caçula, bonita e desmiolada como uma boneca. Do alto de minha experiência e felicidade, prometo rezar por ela. Tenho medo do que ele fará com ela, tenho medo por ela. Rezarei, como ela rezará, para que o velho monstro morra rápido e a deixe livre.

Encontrar um mensageiro para levar minha carta e despachá-lo pela porta falsa do castelo, à noite, é como despachar um espião durante um cerco. Os lordes do conselho vieram em peso e se hospedaram nas casas da cidade, no pé da montanha. Mantemos o portão fechado, e ninguém entra nem sai sem autorização expressa de Ard. É o clã dele que ocupa os postos de vigia e me protege. Adoro a impetuosa lealdade eterna dos homens dele, que serviram a seu avô, a seu pai, e agora basta chamá-los que eles lhe obedecem. Isso é estranho e emocionante para mim, porque sou de uma família nova no trono. Não temos pessoas juradas a nosso serviço ao longo dos séculos.

— Ser lorde escocês é isso — explica Archibald. — Eu nasci e me criei aqui, e meus homens também. Não tenho escolha senão liderá-los. Eles não têm escolha senão me seguir. Somos parentes, estamos jurados uns aos outros, somos do mesmo clã.

— Que maravilha! — exclamo. — É o maior amor que pode haver.

Evidentemente, as pessoas dizem que isso prova que não sou rainha da Escócia, não sou rainha de todos os lordes, criando meu filho para ser rei de todos os homens. Dizem que isso mostra que tomei o partido dos Douglas, mas o que mais posso fazer? O parlamento cumpriu suas ameaças, negou minha regência e pediu ao duque de Albany que viesse da França. Tudo bem que o rei francês me escreveu com extrema cortesia prometendo que só enviará Albany à Escócia se eu pedir, mas os lordes escoceses fazem questão de que ele me substitua.

O lorde chanceler, James Beaton, vem me ver, trazendo o selo que marca todas as leis. Digo que ele deveria deixá-lo comigo. Ele responde que não pode. As leis devem ser feitas quando o rei comanda o parlamento, não quando uma mulher, a mera mãe de um rei, age por capricho. Fico furiosa que ele fale assim comigo. Volto os olhos para Archibald e noto que ele está pálido.

— Como o senhor ousa me insultar? — pergunto. — Sou a rainha regente. Não se esqueça de quem faz as leis dessa terra.

— Não se esqueça de quem tem o selo — argumenta ele. — Sou o lorde chanceler.

Como um tolo orgulhoso, ele ergue o selo para mim. Trata-se de um objeto grande, prateado, do tamanho de um prato, gravado em côncavo, com ranhuras para serem enchidas com cera quente. Ele mantém o selo à minha frente como se fosse um espelho, e vejo minha fisionomia enfurecida, distorcida pela gravura.

— Isso pode ser facilmente remediado — diz Archibald, e, como uma criança, arranca o selo das mãos do lorde chanceler e sai correndo pela sala.

— Archibald! — murmuro, horrorizada.

— Angus! Não! — grita o avô dele.

Mas, antes que possamos fazer qualquer coisa, ele se retira do cômodo com o grande selo da Escócia, como se levasse às pressas um prato de carne trinchada a uma mesa. O lorde chanceler me encara, boquiaberto, ofegante.

Não consigo dizer nada. É uma atitude tão engraçada, tão travessa, tão enérgica e, no entanto, tão infantil! Troco um olhar aflito com o avô de Archibald, seguro minha saia e me retiro antes que possam me dizer qualquer coisa. Quando entro na câmara privada, encontro Ard dançando, agitando o selo, um sorriso radiante de vitória no rosto. Não consigo repreendê-lo.

— Teremos de devolver — digo.

— Nunca! — grita ele, como o pirata de uma peça.

— Devolveremos, sim. E ficaremos numa situação bastante complicada.

— O que eles podem fazer? O que ousariam fazer conosco?

— Já suspenderam todos os meus aluguéis, não tenho dinheiro. Podem exigir que Albany venha da França, podem insistir que meu filho fique sob o cuidado deles. — A lista é grande. — E isso é apenas o começo.

— Não podem fazer nada. Você é rainha da Escócia, eu sou seu marido. Você é mãe do rei. Eles deveriam se ajoelhar para você. Não passam de rebeldes e traidores, e agora que temos o grande selo podemos aprovar as leis que quisermos.

Quero muito que Archibald esteja certo, e o avô dele e seus parentes, tanto os Drummond quanto os Douglas, concordam com ele. Dizem que podemos enfrentar os lordes que não aceitarem. Quando adotamos essa postura de coragem, outros lordes vêm para nosso lado. Lorde Dacre declara que os homens que se opõem a mim e que gostariam de trazer o sucessor francês, Albany, são meus inimigos, pura e simplesmente, e que preciso usar a força do clã Douglas para impor minha vontade. A Inglaterra me apoiará, se eu entrar em guerra contra eles. Archibald diz que precisamos designar os cargos do nosso governo, por isso nomeio o tio dele, o bispo Gavin Douglas, lorde chanceler e convoco o parlamento — um parlamento adversário — para uma reunião sob nosso comando em Perth.

Acho que essa pode ser uma grande jogada, uma jogada poderosa, corajosa. Pois os próprios lordes que juraram que me subjugariam são obrigados a me mandar uma mensagem do duque de Albany, que estragou o plano traiçoeiro deles com a nobre imparcialidade de sua resposta. Ele concorda em vir para a Escócia apenas como conselheiro; não será meu inimigo, não usurpará o poder de meu filho. Não virá a pedido deles, apenas a meu pedido.

Mas o que farei com os lordes? Eles se rebelam contra mim, e não tenho dinheiro para um exército, não tenho homens. Não adianta Ard dizer que nos prepararemos para um cerco e que jamais tomarão Stirling. Isso não é vida, ficarmos presos no castelo enquanto o parlamento se comunica com a França, exigindo seu regente preferido. Escrevo a Henrique dizendo que, por mais atarefado que ele esteja com Maria e seus lindos vestidos, seu noivado excepcional e sua viagem maravilhosa à França, ele precisa me enviar um exército, pois estou sitiada por minha própria gente. Explico que estou em Stirling para me proteger, que não posso sair. Sou prisioneira em meu próprio castelo, e a única pessoa que pode me salvar é ele.

Henrique responde por intermédio de lorde Dacre, o guardião das marchas, que agora preciso considerar amigo e verdadeiro aliado. Evidentemente, meu irmão não me ajudará como deveria. Diz que não pode mandar um exército à Escócia porque acaba de saber que eu e meu marido, o corregente, atacamos o arauto Sir William Comyn e roubamos o selo do lorde chanceler. Henrique diz que não estou segura na Escócia e que preciso fugir dos rebeldes com meus filhos. Diz que devo procurar lorde Dacre, que me levará a Londres. Promete que meus filhos serão criados como príncipes ingleses e Jaime será nomeado seu sucessor. Mas preciso sair de Stirling e cruzar a fronteira da Inglaterra antes que Albany chegue para me prender. Henrique diz que fez o melhor que podia com seu novo cunhado, o rei francês, para garantir que Albany não venha, mas, se os lordes escoceses tiverem se virado contra mim e o convidado, o que mais ele pode fazer?

Levo a carta a Archibald.

— Ele não vai mandar o exército — adianto. — Disse que precisamos fugir para a Inglaterra. Ard, o que vamos fazer?

Ele está apavorado, meu jovem e intrépido marido está com medo pela primeira vez na vida. Sou tomada de carinho por ele. Ele tinha certeza de que meu irmão nos ajudaria com um exército.

— Não sei — responde. — Não sei.

Castelo de Stirling, Escócia, Inverno de 1514

Maria é coroada rainha da França em novembro, e fico sabendo que seu marido lhe dá uma joia imensa todas as manhãs. O manto da coroação era brocado de ouro, e ela desfilou numa carruagem aberta por Paris, sob arcos de flores-de-lis, em homenagem à França, e rosas, em homenagem aos Tudor da Inglaterra. O rei tem gota e mal consegue ficar de pé, mas todos louvam a compostura e a beleza da noiva. Ele manda para Henrique um arreio de presente, agradecendo-lhe a bela montaria. São suas palavras exatas. Fico nauseada quando nosso embaixador me conta. Ser uma princesa casada pelo reino é isso. Nem todas podemos ter a felicidade que conheci com Archibald.

Ele me dá tanta alegria! Mesmo estando encurralados por nossa própria estratégia, trancados em nosso próprio castelo, não parece derrota quando Ard está comigo. Anseio pelas noites que ele vem a meu quarto, e ele vem todas as noites, em dias de festa e dias de abstinência, e ri comigo dizendo que terá de confessar sua luxúria, sua paixão, seu amor e até sua idolatria por mim. São as palavras que ele diz ao beijar minhas pálpebras, o bico duro de meus seios, meu umbigo, até mesmo meu sexo. Ele me ama sem hesitação, como se eu fosse seu reino e ele tomasse o que é seu. E eu, aberta como uma meretriz, ansiando por seu toque, deixo-o dizer e fazer o que ele quer, desde que sua boca esteja colada à minha. Fiquei despudorada, estou extasiada. Não sabia que o prazer era assim, que um homem podia inspirar tanta lascívia a ponto de eu praticamente perder a consciência de mim mesma, de que sou rainha, de que sou mãe. Sinto apenas vontade. Passo o dia inteiro úmida de desejo. Mal consigo esperar pela noite, pela porta do quarto sendo silenciosamente fechada por ele. Mal consigo esperar pelo sorriso dele, me indicando que virá mais tarde. Não suporto o amanhecer, quando temos de nos levantar para ir à capela, fingindo que não estamos totalmente absortos, obcecados um pelo outro.

Durante o dia, preciso ser rainha, preciso estar atenta como um capitão e planejar como um lorde chanceler. As notícias são péssimas. Embora eu tenha dado ao tio de Archibald, Gavin Douglas, o arcebispado de St. Andrews, o conselho se opõe, e, embora Henrique tenha apoiado minha decisão, o papa nega a nomeação. Os lordes escoceses enviaram seu exército ao castelo de St. Andrews, e Gavin Douglas se encontra cercado, exatamente como estamos em Stirling. Foi um presente terrível que lhe dei no dia de meu casamento.

Então chega a correspondência de Natal. Em uma longa carta, Maria me conta sobre suas joias extraordinárias e o glamour da corte francesa. O rei gastou uma fortuna na cerimônia de casamento, que foi um sucesso. Charles Brandon usou as cores de minha irmã na justa matrimonial, e correm boatos de que o filho do marido, Francisco, caiu de amores por ela, tanto quanto o velho rei Luís. Ela diz que é verdade. Quase posso vê-la dando um sorriso tolo.

É constrangedor. Ele está tão apaixonado que diz que morrerá de amor por mim. Meu marido, o rei, diz que devo frustrar suas investidas, que está enciumado.

Ela escreve um longo inventário de tudo que Luís lhe deu, as pessoas dizem que ela é linda como uma pintura, as roupas requintadas lhe caem muito bem e o rei faz questão de que ela receba todas as honrarias. A coroação, a opulência de Paris, suas damas, seus prazeres... Ela discorre sem parar, e viro duas ou três páginas mal lendo as palavras:

Você ficaria abismada se visse como sou reverenciada. Os franceses são tão bobos; dizem que sou bonita como uma santa. E o rei prometeu que vai mandar pintarem uma dezena de retratos meus, mas que nada captaria minha beleza. Disse que nenhum reino da Cristandade tem uma rainha a minha altura, que nenhuma rainha é mais amada, que todas as outras sentem inveja de mim.

Não, não sinto inveja, penso. Não me inclua entre as mulheres que gostariam de ter sua beleza, suas joias, seus vestidos. Ganharei meu reino por mérito próprio, como governante, não por ser a mulher mais bela. Sou rainha reinante, não uma bonequinha bonita.

Então volto os olhos para o breve bilhete que recebi de Catarina.

> *Lamento ter de dizer que perdi outro filho. Ele veio cedo demais e, embora achássemos que o havíamos salvado, ele se foi. Era um menino. É meu quarto bebê morto. Deus tenha misericórdia de mim e me livre de outro dia como este. Reze por mim, Margaret, eu lhe peço, e pela alminha dele. Não sei se aguentaria outra perda. Não sei como suportar esta, depois de todas as outras.*

Sento-me junto à lareira com as cartas no colo, minha eterna consciência do triunfo e da queda dessas duas mulheres por ora suspensa, minha inveja de súbito interrompida. Acho que não sei avaliar qual de nós está em melhor posição: eu, casada por amor mas sitiada por minha própria gente; Maria, vendida como uma escrava bonita, como qualquer meretriz das saunas de Southwark; ou Catarina, curvada ao azar mais terrível, o coração partido todos os anos, com mais uma morte.

O quarto bebê morto? Seria isso possível sem uma maldição? Lançaria Deus quatro tragédias sobre uma rainha que Ele amasse? Será que Deus se recusa a deixar outro Tudor chegar ao trono da Inglaterra? Estará nos dizendo isso? Ou será Catarina a amaldiçoada? Por fazer questão da morte de meu primo Warwick e do menino que chamávamos de Perkin, por matar meu marido, um monarca ordenado?

Ard entra no quarto, e sei que meu rosto se ilumina quando o vejo.

— Por que você está no escuro? — pergunta, sorrindo. — Acho que ainda temos dinheiro para as velas!

E ele corre graciosamente pelo quarto, acendendo as requintadas velas, uma após a outra, como se ainda fosse meu trinchador, devotado a meu serviço, e eu ainda fosse a rainha mais bela.

Castelo de Stirling, Escócia, Janeiro de 1515

Não tivemos um Natal tranquilo como recém-casados, porque estávamos cercados por um exército liderado pelo conde de Arran, James Hamilton, quem me escolheu para ser a esposa de seu rei, dançou em meu casamento por procuração e recebeu o título quando fui coroada. Agora somos inimigos, e ele precisa fazer cerco contra mim em pleno inverno, permanentemente minado por Albany, que se recusa a vir da França, a menos que sua antiga casa, seu título e suas terras lhe sejam garantidos.

— Será que eles não veem que ele vai roubá-los? — pergunto a Archibald.

Ele sacode a cabeça. Está brincando com Jaime, formando uma fileira de brinquedos para que meu filho derrube o primeiro, derrubando todos. Eles fazem isso repetidamente, enquanto leio à mesa as absurdas imposições do conselho, querendo gritar por causa da incômoda conversa dos dois, o barulho dos brinquedos caindo.

Ouvimos passos, algumas palavras trocadas. Levanto-me, sempre temerosa. Achei que a família Douglas me protegeria, mas os inimigos deles apenas se somaram aos meus. Surge um mensageiro, com um feixe de cartas.

— Você pode ler? — peço a Archibald.

— Se você quiser — responde ele, relutante. — Mas não é melhor que você leia? São do seu irmão. Prefere que eu vá brincar com o Jaime na ala das crianças?

— Pelo amor de Deus, abra as cartas — exaspera-se John Drummond, no canto da sala. Ele estava calado havia tanto tempo que achei que estivesse dormindo, embalado pela repetitiva brincadeira de Jaime e Archibald. — Abra e leia as notícias. Deus sabe que, pior do que está, não pode ficar.

Não são modos de um lorde falar com um corregente, mas procuro assentir com animação, sentando-me no chão, ao lado de Jaime.

— Vou brincar com você, enquanto seu pai lê as cartas.

— Não — resmunga meu filho, e corro os olhos pela sala à procura de Davy Lyndsay, para que ele o leve.

Não consigo brincar como Jaime deseja, e ele começa a se lamuriar, pedindo que Ard volte para brincar.

— Veja o que eu trouxe! — intervém Davy, mostrando a ele uns pinos entalhados à mão e uma bolinha.

— Ah, vá brincar com isso — digo, sem paciência.

— Meu Deus! — exclama Archibald, lendo as cartas. — Luís de França morreu.

— Veneno? — pergunta John Drummond.

— Dizem que foi exaustão — responde Archibald, lendo atentamente, um tremor de riso na voz. — Por causa da jovem e bela esposa. O rei da Inglaterra diz que Francisco subirá ao trono e não é amigo da Inglaterra. Diz que não podemos deixar Albany vir à Escócia, que ele entregaria o norte da Inglaterra para os franceses.

Ele lê devagar, a testa franzida.

— Seu irmão diz que fará o possível para atrasar Albany. Mas você precisa alterar a decisão do conselho e proibi-lo de vir.

— Como? — pergunto. — Gastei todo o ouro do tesouro com esse cerco. Não tenho dinheiro, não tenho exército e não tenho poder. Todo dia seus homens fogem, não temos como resistir.

— Escreva a seu irmão, Vossa Majestade — recomenda Drummond. — Diga que fará o que ele pede, mas, se ele não deseja um francês governando a Escócia, precisa nos mandar dinheiro. Manteremos o reino independente, ou como feudo da Inglaterra, não importa, mas ele precisa nos mandar dinheiro. Veja bem! Isso é a melhor coisa que poderia acontecer. Agora ele precisa de nós. Deixe claro que ele tem de nos pagar para mantermos a Escócia para ele. Podemos estipular nosso preço.

— Mas e Maria? — pergunto, sentando-me à mesa, pegando a pena para escrever minha carta de súplica. — O que ele diz sobre a Maria?

— Não diz nada. — Archibald corre os olhos pela carta cuidadosamente escrita pelo secretário. — Ah, diz que está mandando à França o duque de Suffolk, Charles Brandon, para levá-la para casa, caso ela não esteja grávida do rei francês.

— Ele está mandando o Brandon?

Mal consigo acreditar na insensatez de meu irmão. É como se ele estivesse entregando a irmã caçula a este ninguém, botando-os juntos no primeiro mês de viuvez dela. Com quem ele achou que Maria queria se casar quando inventou esse acordo de que seria livre para escolher o segundo marido? Ele só pode ter perdido o bom senso!

Castelo de Stirling, Escócia, Abril de 1515

Passam-se semanas e mais semanas até eu ficar sabendo que Henrique foi enganado por nossa bela irmã e que ela tomou o caminho da desonra. A carta dela chega por um comerciante, que a recebera de um de seus clientes em Paris, sabendo que ele traria mercadorias à Escócia. Está suja da viagem, mas o selo permanece intacto.

Ela escreve:

A coisa mais terrível e mais maravilhosa. Sei que você me apoiará, porque prometeu. Preciso pedir como irmã. E peço. Imploro seu apoio como minha irmã. Peço a Henrique também como meu irmão, mas ele está furioso. Catarina nem sequer escreve para mim. Você explicaria a ela que eu não poderia fazer outra coisa? Que é minha vez de amar. Tente persuadi-la. Ela vai ouvir você e depois poderá convencer Henrique.

Eu o amo tanto, Margaret, que não saberia dizer não. Para ser sincera, foi ele que não soube dizer não, porque chorei, implorei, e ele foi tão carinhoso, me animando e jurando que se casaria comigo, independentemente do que acontecesse.

Por isso nos casamos. Ah, eu e Charles Brandon nos casamos, ninguém pode fazer nada em relação a isso, e eu nunca estive tão feliz, acho que o amo desde sempre. É claro que estão todos furiosos conosco, mas o que poderíamos fazer?

Eu não poderia sair de casa novamente para me casar com um desconhecido. Henrique me prometeu que o segundo casamento seria minha escolha, então por que eu não exigiria que ele cumpra a promessa? Catarina escolheu o segundo casamento, você escolheu. Por que não eu também? Mas todos estão enfurecidos.

O conselho privado diz que Charles terá de ser acusado de traição! Mas sei que seremos perdoados se você e Catarina intervierem. Escreva a Henrique pedindo a ele que me perdoe. Só quero ser feliz. Você e Catarina são felizes. Por que eu não deveria ser?

É tudo tão infantil e egoísta que não sei o que responder. Então reflito um pouco. Tenho meus próprios problemas e já não sei se uma rainha tem o direito de se casar por amor. Acho perigoso tornar príncipe um homem comum, mesmo por amor. Acho que seria bom deixar Brandon passar alguns meses na Torre por sua presunção. Por fim, escrevo a Catarina:

Querida irmã,

Fiquei sabendo que Maria está com medo de perder a estima de nosso irmão por causa do casamento. Creio que ele disse a Maria que ela poderia escolher o segundo marido, e agora está feito. Ela é jovem, e não havia ninguém na França para aconselhá-la. Espero que você peça a Henrique que seja generoso com nossa irmã, embora Deus saiba que ela não tem problemas graves como os meus. Quando conversar com Henrique, suplico que lembre a ele que não posso proteger este reino e enfrentar os franceses sem a ajuda dele. Quando ele mandará homens e dinheiro?

Palácio de Holyroodhouse, Edimburgo, Escócia, Verão de 1515

Por fim, libertada do cerco, mas apenas para receber meus inimigos como rainha, visto-me com os mantos de Estado, uma princesa Tudor e rainha regente da Escócia da cabeça aos pés. Archibald, a meu lado, está sério e nobre, até mesmo régio, bonito, alto, o cabelo acobreado penteado, os olhos penetrantes. Tivemos nosso casamento oficial diante dos lordes e, parados lado a lado, tão perto que nossos dedos roçam, inspiramos coragem um ao outro. Aguardamos a chegada do duque de Albany, que vem da França para ocupar seu lugar, apesar de minhas objeções, como governante da Escócia.

Meu irmão jurou que só renovaria o tratado de paz com a França se os franceses mantivessem Albany no próprio reino, mas ele acabou assinando o documento, e Albany ficou livre para vir. A paz instaurada com o casamento de Maria é renovada, apesar do novo matrimônio dela. A paz que instaurei é esquecida.

É um insulto que Albany tenha sido convidado contra minha vontade, mas foi o preço do meu amor. O parlamento nega o brilhantismo de meu marido, nega a grandeza de sua família. Archibald se vê no meio de uma tempestade de inveja — sei que os lordes não têm nada contra ele além de inveja.

Atrás de nós, estão os grandes representantes da família dele, o clã Douglas e os Drummond. Ao lado de meu marido, estão seu avô lorde John e seu tio

Gavin Douglas, que nomeei para o arcebispado de St. Andrews e Dunkeld. Estou, como sempre desejei estar, cercada por uma família que me ama e me preza. Eles não me comparam a nenhuma outra mulher. Meu lugar entre eles é único. Sou sua parente e rainha, tão ilustre entre eles quanto era minha avó para sua grande família de primos. Todo o dinheiro, todo patrocínio, vem de mim, todo o poder é meu. Eles não me comparam a nenhuma outra mulher porque não podem; simplesmente não há ninguém como eu. Sou o coração deles, a cabeça. Essa é minha gente.

Mas hoje sou diminuída. Todo patrocínio, todo o poder, era meu, mas aqui vem o duque de Albany para ocupar meu lugar à cabeceira da mesa do conselho de lordes, para aproximar o reino da França. Ele nem estaria aqui se a frota de meu irmão o tivesse alcançado. A intenção de Henrique era capturar ou talvez até mesmo afundar o navio do duque. No grande Mar do Norte, eles o avistaram, mas o perderam, e agora ele está aqui, recém-chegado do desembarque em Dumbarton com um séquito de mil — mil! — homens. Como se já fosse rei.

Entra na sala com um floreio, e minha decisão de desgostar dele se esvai. O duque está belamente vestido com sedas e veludos, mas não como rei, porque as vestes não são rematadas com arminho. As mãos reluzem com pedras preciosas, e há um grande diamante no chapéu, mas ele não é uma joia ambulante como meu irmão. Calcula à perfeição sua mesura para mim, respeitosa com a rainha regente e princesa Tudor, mas vinda de um parente, não de um servo. Faço uma reverência com a cabeça para ele, e, quando a ergo novamente, beijamo-nos para reconhecer a ligação familiar. Ele tem um cheiro delicioso de água de flor de laranjeira e roupa limpa. Está tão imaculado quanto uma princesa no dia de seu casamento, e fico imediatamente tomada de admiração e inveja. Trata-se de um francês da mais alta nobreza, um verdadeiro aristocrata. Faz o restante dos lordes parecerem mendigos das Terras Baixas.

Atrás dele, fazendo uma reverência com um sorriso cálido em seu belo rosto, está o Sieur de la Bastie, o cavaleiro branco que participou das justas quando me casei e quando tive meu filho. Ele beija minha mão. É como se eu fosse uma menina de novo, e ele prometesse lutar por mim. Se de la Bastie está com Albany, sinto que posso confiar nos dois nobres. Apresento-o a Archibald e vejo, com um pouco de nervosismo, Albany olhar rapidamente para mim com o canto dos olhos, como se quisesse confirmar que de fato escolhi esse rapaz esguio como meu segundo marido, eu, que fui casada com um rei tão magnífico.

Afastamo-nos de todos para trocar algumas palavras. Faço um gesto para Archibald nos acompanhar, mas Albany segura meu braço, puxando-me para perto, de modo que Ard fica para trás, sem conseguir nos ouvir e, portanto, sem poder participar.

— Vossa Majestade, seus conselheiros me disseram que a situação aqui ficou complicada — comenta, sorrindo. — Espero poder ajudá-la a endireitar as coisas.

— Preciso proteger a sucessão de meus filhos. Jurei ao pai deles, seu primo, que o filho dele herdaria o trono e daria prosseguimento a seu trabalho, fazendo do reino um lugar de riqueza e instrução.

— Vossa Majestade é estudiosa como seu marido? — pergunta Albany, com súbito interesse.

— Não — admito. — Mas dei continuidade ao trabalho de meu marido, incentivando escolas e universidades. Somos o primeiro reino da Europa a dar educação aos filhos dos senhores. Temos orgulho do nosso ensino na Escócia.

— É uma conquista extraordinária — elogia ele. — E fico honrado de poder ajudá-la com isso. Estamos de acordo que a Escócia precisa continuar seguindo um caminho próprio? Que ela não deve se curvar à influência inglesa?

— Sou uma princesa inglesa, mas sou rainha da Escócia. A Escócia precisa ser livre.

— Então o tio de seu marido, Gavin Douglas, deve renunciar a St. Andrews — observa ele, num murmúrio. — E também a Dunkeld. Todos sabemos que ele só recebeu a posição porque o sobrinho se casou com Vossa Majestade.

Fico indignada.

— Não concordo!

— E o avô de seu marido precisará responder por ter agredido o arauto Sir William Comyn — prossegue ele, a voz baixa, paciente. — Vossa Majestade não pode conceder aos novos parentes nenhum favor especial. Isso destrói sua reputação como rainha justa.

— Ele mal encostou nele! — protesto. — Talvez a manga do casaco tenha tocado seu rosto.

Ele olha para mim, pesaroso, os olhos azuis parecendo sorrir. Sabe do charme que possui, de seus belos modos.

— Seria melhor Vossa Majestade repensar isso — recomenda. — Não posso mantê-la em sua posição, restituir seus aluguéis e exigir que o governo lhe pague o que deve e a honre como deve, se Vossa Majestade não obrigar seus novos parentes a se comportarem como precisam.

— Necessito de meus aluguéis. Estou praticamente sem dinheiro.

— Vossa Majestade os receberá. Mas seus parentes precisam obedecer à lei.

— Sou a rainha regente!

Ele assente. Agora noto que possui também certo ar de superioridade, como se tivesse previsto essa conversa e se preparado para ela.

— É, sim — responde. — Mas, sinto dizer, seu jovem marido não é nem da realeza nem digno da corte, e a família dele é constituída por notórios canalhas.

Fico tão furiosa, tão ultrajada e, para dizer a verdade, tão temerosa, que chamo o bispo Gavin Douglas, lorde John Drummond e Archibald a minha câmara privada e peço a minhas damas que se retirem, para podermos conversar.

— Acho que não deveríamos ter insistido que o senhor se tornasse bispo — reconheço, dirigindo-me a Gavin. — E não deveríamos ter lhe concedido Dunkeld.

— Eu era a melhor escolha — argumenta ele, nem um pouco arrependido.

— Talvez fosse, mas o parlamento não admite que os Douglas e os Drummond estejam recebendo tudo.

— São medidas razoáveis — afirma lorde Drummond, a mão no ombro de meu marido. — Somos governantes natos.

— E nem sequer recebemos tudo — acrescenta Gavin, como se desejasse mais.

Archibald assente.

— Você é a rainha regente; está em suas mãos o direito de realizar as designações da Igreja. Ninguém pode comandá-la. E é evidente que você favoreceria minha família. A quem mais favoreceria? Quem mais a apoiou?

— O senhor não deveria ter atacado o arauto. — Encontro coragem para confrontar John Drummond, embora me sinta intimidada por seu olhar afiado. — Sinto muito, mas o duque disse que o senhor terá de responder por isso. Eu não soube o que dizer.

— Vossa Majestade estava lá. Sabe que não foi nada.

— Sei que o senhor o atacou.

— Vossa Majestade deveria ter negado — afirma ele.

— E neguei! Mas o arauto evidentemente prestou queixa, e é a palavra dele contra a sua.

— É a palavra dele contra a *sua* — salienta ele. — Vossa Majestade continuará negando. Ninguém pode contestar a palavra de uma rainha.

— Mas eles contestam! — lamurio-me, agora de fato com medo. — Só receberei meus aluguéis se Albany achar que estou sendo uma boa rainha. E ele vai levar meus filhos! Para criá-los. — Ponho a mão na barriga. — O senhor sabe que estou grávida. Não posso entrar em confinamento deixando essa bagunça. Quem vai cuidar... — Detenho-me. Quase perguntei "Quem vai cuidar do Archibald?" — Quem vai cuidar dos meus filhos? — corrijo-me.

— Nós cuidaremos — responde lorde Drummond. — Os parentes deles, os Douglas e os Drummond, e o padrasto deles, Archibald. E o idiota do Albany cometeu seu primeiro deslize. Insultou lorde Hume no primeiro encontro deles, por isso perdeu seu maior aliado. Hume veio para nosso lado e trará os Bothwell. Em breve, os lordes do nosso lado serão mais numerosos do que aqueles que chamaram Albany, e poderemos expulsá-lo do reino, de volta para a França.

É uma boa notícia, mas a aprovação dos lordes só me dará dinheiro e poder quando eles votarem por mim no parlamento. Até lá, Albany possui um séquito de mil homens e a garantia de que dez mil outros virão da França, e tenho apenas os Douglas, mas não disponho de dinheiro para lhes pagar. Não disponho nem sequer de dinheiro para o castelo; não posso nem mesmo alimentar meus servos.

— Não seria melhor você ir para a Inglaterra? — propõe Archibald. — Aceitar o convite de seu irmão, como lorde Dacre sugeriu? Perdemos o primeiro embate aqui. Não seria melhor você ir para a Inglaterra e tentar conseguir dinheiro e um exército?

Viro-me para ele, em desalento.

— Ir para a Inglaterra? E abandoná-lo? Você agora quer se livrar de mim?

— Meu amor, claro que não! — Ele beija minha mão. — Mas pense em seus filhos. Não seria melhor levá-los ao rei Henrique? Ele convidou você; vá para a Inglaterra. Você voltaria quando fosse seguro.

— Ir para a Inglaterra como uma pedinte? Andar atrás da Catarina como uma mendiga?

Ele não compreende a importância da precedência.

— Está tudo dando errado aqui — lamenta, como um menininho. — O reino está se dividindo, clã contra clã, como já foi um dia. Você não manteve os lordes unidos como seu marido mantinha. O que pode fazer além de voltar para a Inglaterra? Mesmo que você não seja nada mais do que uma rainha viúva, uma mulher que um dia foi rainha? Contanto que você esteja segura. Contanto que as crianças estejam seguras. Qual a importância de andar atrás da rainha da Inglaterra, contanto que você esteja protegida?

— Não vou deixá-la se rebaixar! — intervém o avô dele, fazendo meu coração saltar de orgulho. — Por que ela deveria? Quando tem tudo a seu favor aqui? E para onde você iria? Cansou de lutar? Você aconselha a rainha a fugir, e para onde você iria? Voltaria para Janet Stuart?

Jamais imaginei ouvir o nome dela novamente. Olho do meu conselheiro, com uma expressão colérica no rosto, para meu marido, agora lívido.

— O quê? Como assim? O que Janet Stuart tem a ver com isso?

Archibald sacode a cabeça.

— Nada. Eu só estava pensando em sua segurança. Não há necessidade disso. — Ele lança ao avô um olhar furioso. — Em que isso vai nos ajudar? — pergunta, num murmúrio. — Toda essa briga entre nós. O senhor não está do meu lado?

— Voltaremos para Stirling — decido. Não aguento mais. — E você vai comigo, Archibald. Defenderemos o castelo de novo. Protegeremos as crianças, e terei meu filho lá. — Olho para ele. — Nosso filho — lembro-lhe. — Seu e meu, o primeiro filho que teremos juntos. Chega dessa conversa de ir para a Inglaterra. Chega dessa conversa de nos separarmos. Somos casados perante Deus, uma vez reservadamente e outra na frente da congregação, e nunca vamos nos separar.

Ele se ajoelha a meus pés e beija minha mão outra vez.

— Minha rainha — diz.

Reclino-me sobre sua cabeça baixa e beijo sua nuca. O cabelo encaracolado e macio está quente. Ele tem cheiro de banho tomado, como uma criança. É meu e jamais o deixarei.

— E chega dessa conversa de Janet Stuart de Traquair — sussurro. — Nunca mais quero ouvir esse nome.

Alguém bate com força à porta, sobressaltando-nos antes de ela ser aberta. Alguns homens de Albany entram no cômodo, o capitão da guarda usando a espada à moda francesa, trazendo mandados de prisão, as fitas em seus lugares nos selos.

— O que os senhores estão fazendo aqui? — pergunto.

Fico orgulhosa com o fato de minha voz não tremer. Pareço ultrajada porque estou ultrajada.

— Tenho mandados de prisão para lorde John Drummond, por agredir o arauto Sir William Comyn, e para Gavin Douglas, equivocadamente nomeado bispo, tendo fraudulentamente ocupado o bispado de Dunkeld.

— Os senhores não podem fazer isso — afirmo. — Eu os proíbo. Eu, a rainha, os proíbo.

— O regente ordenou — esclarece o capitão. Os guardas entram no cômodo e os levam, deixando-me a sós com Archibald, sem ninguém para nos defender. Ard ergue a mão como se fosse protestar, mas o capitão o encara com o olhar firme. — É a lei — declara. — Esses homens infringiram a lei. Serão julgados e sentenciados. São ordens do duque regente.

No dia seguinte, exijo ver o duque de Albany. Peço para selarem meu cavalo e, sentada no assento traseiro para meu conforto, subo a Via Regis, do Palácio de Holyroodhouse ao castelo, no alto da montanha. Todos me saúdam quando passo, pois ainda sou amada na capital, e o povo se lembra de quando cheguei, sentada atrás de meu marido, o rei.

Sorrio e aceno, torcendo para que o suposto duque regente esteja ouvindo os aplausos de minha chegada ao alto do morro, onde atravesso a ponte levadiça, entrando no castelo. Ele aprenderá que não pode agir contra mim e os meus.

Sou imediatamente recebida e vou da câmara principal para a câmara privada, onde está o próprio Albany, desenvolto e perfumado como sempre. Ele faz uma mesura para mim, como deveria, sou graciosa com ele, e chegamos à conclusão de que devemos ambos nos sentar. Os servos trazem cadeiras, a minha um pouco mais alta, e sento-me sem suspirar de cansaço embora minhas costas doam. Também não me recosto nem seguro a barriga redonda. Sento-me com as mãos no colo, ereta como Catarina de Arrogância, e digo:

— As acusações contra Gavin Douglas são falsas, e ele deve ser imediatamente liberado.

— As acusações? — repete Albany, como se tivesse se esquecido de que prendeu o tio de meu marido.

— Sei que ele está sendo acusado de conspirar com a Inglaterra contra os interesses da Escócia — declaro, intrépida. — E estou aqui para lhe dizer que ele não fez isso, que jamais faria isso. Eu lhe dou minha palavra.

Ele enrubesce, e penso, vitoriosa, que consegui ludibriá-lo, que ele terá de libertar Gavin, que Archibald ficará maravilhado. Ard entrou em pânico depois da prisão do tio, duvidando de meu bom senso, aflito para voltar a Stirling, temeroso de termos cometido erros irremediáveis, apavorado pelo avô. Agora verá que sou de fato a grande rainha pela qual se apaixonou, que ainda posso governar.

Mas o rubor de Albany não é por si mesmo; é constrangimento por mim. Ele sacode a cabeça, desviando o olhar, levanta-se e pega alguns papéis em uma mesa no canto da sala.

— Isso são cartas — diz, relutante. — Cartas de Gavin Douglas a seu irmão, o rei, entregues por lorde Dacre, que é um grande inimigo a nossa paz. Elas mostram que o tio de seu marido pediu aos ingleses apoio para a designação aos bispados de St. Andrews e Dunkeld, e que eles deram. Mostram que ele pagou pela indicação da Igreja. É corrupto, e seu irmão o favoreceu, atendendo a um pedido seu.

— Eu... — Não sei o que dizer, apenas sinto o calor queimando meu rosto, enquanto ele me confronta com os crimes de Gavin Douglas. — Mas isso não é contra os interesses da Escócia — balbucio.

— É tramar com uma potência estrangeira — responde ele. — É traição. Também tenho cartas trocadas entre seu irmão, o rei da Inglaterra, e Vossa Majestade — prossegue ele, a voz baixa. — Vossa Majestade o intimou a fazer falsas propostas de paz ao parlamento escocês, enquanto em segredo lhe pedia para invadir o reino. Pediu que ele, um inimigo da Escócia, invadisse seu próprio reino. Mandou cartas em sigilo, usou um código. As cartas mostram que Vossa Majestade traiu seu reino com os ingleses.

Não consigo olhar nos recriminadores olhos castanhos dele.

— Pedi ajuda a meu irmão. Não há nada errado nisso.

— Vossa Majestade o aconselhou a enganar seus próprios lordes.

— Minha gente está se rebelando contra mim. Não posso confiar nos lordes...

— Sinto muito, mas sei que Vossa Majestade estava tramando contra a Escócia. Sei que pretende fugir para a Inglaterra, que lorde Dacre está pronto para levá-la a seu irmão.

Fico tão envergonhada que sinto lágrimas se formarem em meus olhos e deixo-as verter. Ponho a mão na testa quente, enquanto com a outra aliso a barriga.

— Estou sozinha! — murmuro. — Uma viúva da realeza! Preciso proteger os filhos do rei, preciso ter ajuda de minha família. Preciso poder escrever a meu irmão. Poder escrever a minhas irmãs, a minhas queridas irmãs.

Ergo os olhos úmidos para ver se ele se deixou comover.

Ele faz menção de segurar minha mão, mas se contém.

— Perdoe Gavin Douglas — imploro. — E lorde Drummond. Tudo que eles fizeram foi para me proteger. O senhor não sabe como são os lordes! Eles vão se virar contra o senhor também.

Ele reage com elegância: pede para eu não chorar e, do bolso interno do casaco de seda, tira um lenço, também de seda, bordado por sua esposa, uma herdeira francesa, com o timbre e as iniciais dela. Quem usa lenço na Escócia? Eles não sabem nem o que é isso.

Levo-o aos olhos. Tem um perfume levíssimo. Volto a fitá-lo.

— Meu senhor? — sussurro.

Acho que o convenci.

Ele faz uma nova mesura, mas fala com frieza.

— Ah, Vossa Majestade, não posso ajudá-la nisso.

E sai da sala.

Sai da sala! Sem ser dispensado! Sem mais uma palavra! E fico sozinha com minhas lágrimas, tendo de me levantar e voltar ao Palácio de Holyroodhouse para dizer a Archibald que o avô e o tio dele continuarão presos, que Albany sabe o que tramávamos e que estamos perdidos. Não posso obrigar o duque a nada. Ele é incorruptível. Sou deixada apenas com a informação de que eles sabem de nossos planos antes mesmo de nós. E com um lenço de seda.

Mas então, exatamente como eu previa, os lordes se viram contra o duque de Albany. Por mais perverso que seja, num acesso de irritação com a etiqueta francesa, o parlamento exige que lorde Drummond seja libertado no outono. Ele pode ter errado em agredir o arauto, mas é um lorde escocês e, se existe alguém que pode errar em Edimburgo com a bênção de todos, esse alguém é um lorde escocês. Eles só obedecem às regras que lhes aprazem e não estão dispostos a aprender bons modos com um francês recém-chegado ao reino.

Escrevo a meu irmão explicando que surgiu nossa chance. Os lordes tiveram seu momento de encanto por Albany, mas agora querem retornar ao verdadeiro rei. Se Henrique me ajudar, posso subornar uns, contratar outros e convencer o restante. Mas ele precisa saber que estou cercada de inimigos. Se me obrigarem a escrever para ele contra minha vontade, assinarei a carta como minha avó, Margaret R; se eu estiver escrevendo por conta própria, assinarei Margaret. Ele precisa prestar atenção nisso, precisa cooperar comigo, precisa enviar soldados imediatamente. Temos tudo a nosso favor nesse momento, nós, os Tudor. Estamos prestes a ganhar.

Castelo de Stirling, Escócia, Verão de 1515

O duque regente, Albany, pode ter sido vencido pelo parlamento, mas os lordes concordam com ele que meu filho, o rei, não está seguro sob meus cuidados. Ele levará meu filho, ambos os meus filhos. Ele não levará Jaime sem meu bebê Alexander. Ambos serão levados por ele, e não tenho como me opor.

Albany pode ser um grande cortesão, mas sou uma grande rainha. Permito que o parlamento venha à ponte levadiça do Castelo de Stirling e fico junto ao portão segurando a mão de meu menininho. Parecemos ao mesmo tempo patéticos e indômitos. Pedi a Jaime que mantivesse a cabeça erguida e não dissesse nada, que não arrastasse os pés nem olhasse para os lados. Foi bom ter-lhe ensinado os modos de um monarca, pois fora do castelo está toda a cidade, que veio como se comparecesse a uma feira, querendo ver o que acontecerá quando o duque francês surgir com os designados guardiões reais para separar o pequeno príncipe de sua mãe.

Para as pessoas, é como se fosse uma peça, e certifico-me de parecermos a heroína e seu filho nesse espetáculo. Atrás de mim, minha centena de servos e guardas mantém-se alerta, em silêncio absoluto, o rosto grave. Meu belo marido aguarda com a mão na espada, como se fosse desafiar quem ousasse investir contra ele.

O pequeno Jaime está perfeito. Eu o vesti de verde e branco, para lembrar a todos que se trata de um príncipe Tudor, mas nas costas ele traz a lira do pai. É um belo toque. Estou usando branco, o branco da viuvez, cauda de pano de ouro e um capelo pesado, dourado como uma coroa. Minha barriga está grande, como se lembrasse a todos que dei ao rei Jaime filhos e súditos. A meu lado, a ama segura Alexander, com sua roupinha branca, envolto num xale de renda também branca. Eis a rainha viúva, dizemos, apenas com nossa chegada. Eis o rei da Escócia, eis seu irmão, o duque de Ross. Estamos vestidos de branco como os anjos. Quem ousará nos separar? Quem nos obrigará a descer à Terra?

O povo grita, embevecido, ao nos ver. Somos os Stuart reais, somos amados. Não se ouve nada além dos gritos de euforia. O povo enlouquece com a chegada do pequeno rei e sua mãe, vestida como uma mártir, pálida como uma viúva, a barriga trazendo outro escocês.

Quando os representantes do parlamento se adiantam, brado:

— Parem e declarem o motivo de sua vinda!

Vejo a careta do conselheiro que vem à frente. Isso não vai ser bom para sua imagem, dado o estado de ânimo da multidão, e é nítido que ele está pensando que gostaria de estar em outro lugar, duvidando de que conseguirá realizar a missão. Com a voz tão baixa, a ponto de a multidão gritar "Fale alto!" e "O que ele disse?" e "Só vilão cochicha!", ele responde que vieram buscar o rei. O rei precisa viver aos cuidados de seus novos guardiões, designados pelo duque de Albany e pelo conselho.

Faço um breve gesto com a mão, e o portão se fecha diante de nós, a delegação barrada, minha gente protegida dentro do castelo. Jaime dá um pulo com o estrondo do metal, e belisco sua mãozinha para lembrá-lo de não chorar. O povo aplaude, e ergo a voz afirmando que sou guardiã de meu filho, que sou sua mãe, que considerarei as recomendações do parlamento, mas meu filho é meu filho, sempre será meu filho e sempre devo estar com ele.

Os gritos do povo são uma confirmação. Deixo a bajulação tomar conta de mim e olho vitoriosa para a delegação parlamentar, através do resistente rastrilho. Ganhei essa partida, eles perderam. Abro um sorriso, dou meia-volta e conduzo meu filho e os servos para dentro. Archibald me acompanha.

Tento me agarrar a esse momento de triunfo. Tento me lembrar dos gritos da multidão e do fato de que o povo da Escócia me ama. Tento me lembrar do toque carinhoso da mãozinha de Jaime na minha, sabendo que tenho um filho, sabendo que meu filho é rei. Que alegria maior do que essa uma mulher pode ter? Consegui o que minha avó levou a vida inteira para conseguir e tenho apenas 25 anos. Tenho uma família real e um marido que arrisca tudo para ficar comigo.

Agarro-me ao amor que os escoceses nutriam por meu marido, que nutrem por meu filho e, certamente, por mim. Estou me agarrando a meu amor por Ard — não posso pensar no que isso me custou — quando recebo da Inglaterra uma carta com a garatuja de Maria na frente e seu selo na aba. Ela está usando o selo real da França. Para sempre vai se dizer rainha da França, tenho certeza.

Querida, queridíssima irmã,

Estou tão feliz que esse deve ser o melhor dia da minha vida! Casei-me com meu adorado Charles pela segunda vez, na Inglaterra, e Henrique e Catarina compareceram à cerimônia para celebrar minha felicidade. Temos uma dívida terrível, jamais teremos dinheiro, precisaremos viver de orações, como os franciscanos, mas pelo menos consegui o que queria. Até as rainhas podem se casar por amor. Catarina se casou, você se casou, eu me casei. Por que eu não escolheria a felicidade quando vocês escolheram? E, a todos que dizem que sou tola, que perguntem a si mesmos: Quem se casou com o maior rei da Cristandade e depois se casou por amor? Eu!

Tem mais. A carta é interminável. Ela acredita que Henrique não ficará chateado por muito tempo. Ele os multou, deixando-os paupérrimos, os dois jamais quitarão a dívida, mas Henrique ama o amigo Charles e a adora... E assim por diante, interminavelmente, com setinhas pela página e exclamações tolas sobre sua felicidade acrescentadas à margem.

No fim, ela diz que a dívida certamente será perdoada, porque Henrique está radiante com a gravidez de Catarina. Eles têm certeza de que dessa vez o bebê vingará, e todos os médicos garantem que tudo corre muito bem.

Mantendo a carta no colo, olho para fora da janela. Lembro a mim mesma que tenho dois filhos e estou novamente grávida. Não me casei com um ninguém que estou tentando impor a minha família, alçando-o à nobreza. Meu filho com Ard não será príncipe, mas nascerá conde por direito. O que era a família de Charles Brandon uma geração atrás? Como Maria suportará a realidade quando a paixão se esvaecer e ela vir um homem cuja reputação cabe inteiramente a ela? Então ela acha que a alegria do primeiro ano dura para sempre?

Tenho um marido jovem, um marido bonito, de uma família importante, e ele me ama, apenas a mim, ao passo que Catarina precisa fingir que não vê as infidelidades de Henrique. Sou uma rainha tão boa quanto ela, melhor do que ela, muito melhor; tenho um filho que é rei. Ela concebe apenas bebês mortos ou bebês que morrem depois do parto. Deve estar arrasada. Deveria estar arrasada. Quando penso no que fez comigo, acho que deveria permanecer arrasada para sempre.

Mas não é nenhum consolo pensar nela curvada sobre a barriga, rezando para que, dessa vez, Deus lhe dê uma criança viva, torcendo para que Henrique não seja infiel durante os meses de confinamento. Embora eu sinta amargura e inveja, noto que não sinto prazer em imaginá-la triste. Porque, apesar de minha lista de bênçãos — meu belo marido, meus dois filhos, o bebê que trago no ventre —, também estou um tanto triste.

Ficamos à espera da reação do duque de Albany e do conselho de lordes. Archibald cavalga com Jaime todos os dias, ensinando-o a sentar no pônei e levantar a mão para as saudações. Conversa com ele sobre as batalhas. Não gosto que eles se afastem demais, pois tenho medo de que o conselho fique impaciente e decida raptar o pequeno rei. Estou ansiosa, nervosa com a gravidez. Acho que estou me permitindo ter medo de fantasmas. Mas então, outras vezes, acho que tenho muito a temer.

Tenho os sonhos vívidos da gravidez. Começo a pensar em Albany com horror, como se ele fosse o próprio diabo, e não um político meticuloso e educado. Penso que levará Jaime à força. Penso que levará Ard. Penso nele destituindo lorde John Drummond de suas posses, apenas por ser um bom conselheiro para mim, um avô carinhoso. Embora tenham prometido libertá-lo, arruinaram-no, confiscando suas propriedades e seus castelos. Ard perdeu a herança e agora não temos dinheiro nenhum. O bispo Gavin Douglas continua preso, sem esperança de ser libertado, e minhas cartas secretas para Henrique foram lidas por todos. Todos sabem que eu estava tramando para trazer a Inglaterra contra meu próprio reino, que meu marido e a família dele estavam se beneficiando de minha traição. George Douglas, o irmão caçula de Ard, fugiu para a Inglaterra, deixando a família inteira com a marca da perfídia. É como se eu tivesse perdido todos os amigos, é como se Ard tivesse perdido a família por minha causa. E, ainda assim, meu irmão não manda nem dinheiro nem ajuda; ainda assim, Catarina não o aconselha a me recompensar. Por outro lado, quem, senão ela, me deixou nessa situação de risco?

Sei que o duque de Albany não vai esperar para sempre, e no fim de julho ele pede para buscarem Jaime, meu filho. O conselho não abre mão de que eu entregue o pequeno rei aos novos guardiões.

Novamente, comunico-me com a delegação através do rastrilho, mas dessa vez não há espectadores aplaudindo. Digo que Stirling é minha casa, meu próprio marido, o rei, me deu o castelo. Digo que meu filho deve ficar sob meus cuidados, que meu marido fez de mim sua protetora. Digo que não o darei. Não entregarei a chave do castelo.

Eles recorrem a Archibald, que se mantém atrás de mim, em silêncio, pedem que ele me aconselhe. Confiante, viro-me para ele com um sorriso no rosto, mas Archibald me surpreende. No pátio do Castelo de Stirling, onde antes ele se considerava um homem de sorte quando eu o deixava me ajudar a montar no cavalo, diz que seu conselho como marido sempre foi de que eu obedecesse ao governante, o duque de Albany, designado regente pelo parlamento. Diz que essa é a vontade dos lordes da Escócia e todos deveríamos obedecer aos poderes terrenos. Fico muda, meus olhos cravados no rosto pálido de meu marido, que me trai completamente, polidamente, em público. Não digo nada até entrarmos no castelo, até fechar a porta de minha câmara privada e estarmos sozinhos. Então ele põe as mãos às costas e abaixa a cabeça, escondendo o rosto como uma criança, esperando a repreensão que sabe que está por vir.

— Como você pôde? Por que fez isso?

Ele parece cansado. Está pálido, como um menino que foi obrigado a aceitar um fardo acima de sua capacidade.

— Para eles não me acusarem de traição, como acusaram meu avô — responde.

— Como pôde me trair? Você deve tudo a mim. Fiz tudo por você. Você equivale ao que Charles Brandon é para minha irmã. Ambas honramos maridos que estão terrivelmente abaixo de nós, homens que não seriam nada sem nós.

Ele sacode a cabeça, o que só me deixa mais irritada.

— Jamais perdoarei isso — afirmo. — Perdi o trono por amor a você. Se não tivesse me casado com você, ainda seria rainha regente. Tudo isso é culpa sua, e, no entanto, quando recorrem a você, você responde com obediência! Só que você não é livre para responder a eles, sua obrigação é comigo! Você é meu marido, e eu sou a rainha regente. Você não deveria nem falar quando se dirigem a você!

— Respondi o que devia para poder manter minhas terras, minhas posses — explica ele. Não há raiva em sua voz. Ao contrário de mim, ele fala devagar, com tranquilidade. — Para manter meus castelos, meus inquilinos. Vou partir agora, recrutar tropas para defender você. Não temos ninguém aqui em Stirling. Não temos dinheiro para pagar um exército. Mas, se eu for para casa, juntar os inquilinos, chamar os amigos e conseguir dinheiro emprestado, posso voltar e tirá-la daqui.

— Você quer me defender?

Minha fúria se transforma em assombro. Fico imediatamente arrependida.

— Claro. Claro.

Seguro as mãos dele, lágrimas escorrendo pelo rosto, tão agoniada quanto antes estava enfurecida.

— Jura? Você não está só me abandonando? Não está só salvando a própria pele, me abandonando aqui?

— Claro que não. — Ele beija minhas mãos, beija meu rosto molhado de lágrimas. — O que você acha que eu sou? Claro que vou recrutar um exército para salvá-la. Sou seu marido, sei o que preciso fazer.

— Achei que você tinha me traído. Diante de todos! Achei que tinha ficado do lado deles.

— Eu sabia que você acharia isso. Mas você precisava acreditar, e eles precisavam acreditar, para eu poder lhe servir.

— Ah, Archibald, fique comigo!
— Não, preciso juntar meus homens para salvá-la. Preciso ir para casa.
— E você não vai vê-la?

As palavras escapam antes que eu consiga contê-las.

Imediatamente, o vigor se esvai de seu rosto, e ele parece velho e cansado como o avô.

— Terei de vê-la, se pretendo recrutar tropas nas terras dela. Ela é uma moça leal, nunca deixou de ser generosa comigo. Mesmo agora, faria qualquer coisa por mim. Terei de me encontrar com a família dela, para defender sua causa. Mas não vou abandonar você. Não me esqueço de que sou casado com você. Conheço minhas obrigações, muito embora não sejam o que eu imaginava.

— Vamos ser felizes de novo — prometo, como se ele fosse uma criança, feito Jaime, desesperada para restaurar seu amor. — Suas obrigações voltarão a ser apenas alegria. Sairemos dessa situação, Henrique enviará um exército. Teremos nosso filho, e você vai ser feliz. Vou lhe dar um menino, sei que vou. Vou lhe dar o próximo conde de Angus. Sei que isso o deixará contente. E tomaremos o poder.

Ele abre um sorriso apático.

— Tenho certeza de que sim. Agora vou partir, a toda a velocidade, para voltar logo para você.

— Você vai voltar? Não vai fugir para a Inglaterra como seu irmão George?

Ele sacode a cabeça.

— Dei a você a palavra de um Douglas.

Espero no castelo sozinha. O séquito de Albany e os lordes que o apoiam ocuparam a cidade de Stirling, e o castelo está cercado. Preciso proteger meus filhos, enfrentando o parlamento, os lordes e o governante. Escrevo a Henrique. Digo que estou sozinha, cercada por meu próprio parlamento. Eles fazem questão de levar meus filhos, sobrinhos dele, seus sucessores. Se não me ajudar, não sei o que acontecerá. Não recebo resposta. Em uma carta secreta, lorde Dacre me informa de que Henrique e o novo rei francês, Francisco, combinaram de não se intrometer nos assuntos da Escócia. Sei o que isso significa: Henrique abandonou minha causa, meu irmão me traiu.

Fico nauseada com a ideia de Henrique concordar em me abandonar ao acaso, mas então compreendo que o tratado compromete os dois lados. Albany também não terá proteção ao tentar governar a Escócia, não terá nenhuma ajuda da França. Ele e eu estamos igualmente isolados, igualmente sozinhos. Ele está acampado na cidade de Stirling, eu estou presa no castelo. Ele não tem nenhum rei apoiando sua tentativa de governar, eu não tenho nenhum irmão me ajudando a ser a rainha regente, não tenho nenhuma irmã intervindo por mim. Devemos nos enfrentar como dois galos de briga, até que um rasgue o pescoço do outro.

Espero Archibald voltar, mas ele não volta. Brinco com os meninos, descanso à tarde, quebro a cabeça pensando em quem poderia me salvar, uma vez que Henrique me traiu e Archibald não volta, mas sei que não há ninguém.

No fim da semana, já não posso mais protelar e concordo em entregar os meninos a lordes de minha escolha. Nomeio meu marido, o conde de Angus, e nosso amigo lorde Hume. Albany nem sequer finge considerar minhas propostas. Apenas exige que eu entregue meus filhos. Respondo mantendo a ponte levadiça erguida e os canhões carregados. Sei que estamos avançando para uma batalha, sei que isso só pode acabar de uma maneira. Não vencerei. Mando um bilhete para meu marido, por intermédio de um servo dele.

Se você não vier, perderei meus filhos. Me salve!

Mando o mesmo bilhete para Henrique.

Nenhum dos dois responde.

Temos pouco pão, temos pouca farinha para fazer pão. O poço é fundo, sempre há água, portanto nunca passaremos sede. Mas temos pouca carne e queijo. Há galinhas no castelo, vacas pastando nos campos, mas temos pouco feno. Ordeno que os cavalos sejam levados para fora do portão, onde os soldados de Albany os apanham, gritando agradecimentos irônicos pelo presente, mas ainda assim temos feno suficiente para apenas algumas semanas. Quando tivermos que matar os animais por causa da carne, não teremos mais leite nem ovos. Meus filhos precisam se alimentar. São crianças, não podem passar fome em um cerco. Não sei o que fazer.

Estou sentada de camisola e penhoar, a mão sobre a barriga inchada, o bebê se mexendo, quando a porta da câmara privada se abre. Uma dama solta uma exclamação e aponta, a outra mão sobre a boca.

— Vossa Majestade!

Levanto-me, os joelhos tremendo. Imagino que seja o próprio duque de Albany entrando por uma porta secreta, tendo tomado o castelo, mas é Archibald.

— Você veio! Você veio!

Ele entra na sala e me abraça, enchendo meu rosto de beijos.

— Eu prometi. Não prometi?

— Prometeu. Minha nossa! Graças a Deus, você voltou! Eu estava com tanto medo. Quantos homens você trouxe?

— Não o suficiente — responde o irmão dele, surgindo em seu encalço. — Apenas sessenta.

— Ah, George! Você voltou. Achei que ficaria na Inglaterra para sempre.

Ele inclina a cabeça sobre minha mão.

— Só fui obter informações e conseguir ajuda — esclarece. — Servir a meu irmão e a Vossa Majestade.

Ele abre um sorriso.

Fico extasiada com a ideia de lealdade dos Douglas. Eles defendem a família até a morte, e agora sou parte deles.

— Tem seiscentos traidores lá fora — observa Archibald. — Não consegui encontrar homens que lutassem por nós. Só tenho meus inquilinos e alguns de lorde Hume. Nunca achei que Albany teria tanta força.

— Minha causa é justa! Sou a rainha regente.

— Eu sei. — George passa a mão no rosto. — Mas os homens do povo não querem se voltar contra o governante, e não consegui nenhuma ajuda na Inglaterra.

— O que podemos fazer?

— Fugir — sugere Archibald. — Fugir imediatamente, levando os meninos, para a Inglaterra. Lorde Dacre disse que estaremos seguros no instante que cruzarmos a fronteira, e poderemos ir todos para Londres.

— Não é seguro — respondo.

— É mais seguro do que aqui — argumenta George.

Archibald assente.

— Não dá para viver no castelo cercado.

— Meu irmão vai mandar ajuda se souber que estamos desesperados.

— Eu tentei — diz George. — Conversei com Dacre e com outros lordes do norte. Eles não querem guerra. Sua irmã, a princesa Maria, trouxe da França um tratado de paz, e seu irmão não o quebrará.

— E devo ser grata a ela? Então eles não pensam em nós?

— Você não deve ser grata a ninguém — corrige-me Archibald. — Não tem nenhum motivo para agradecer a Henrique. Ela voltou da França vitoriosa, casada com o homem que ama, foi acolhida pela corte e perdoada. Mas você, que fez exatamente o que ela fez, está presa aqui comigo, e eles se esqueceram de nós. Você precisa escrever a ele! Diga que ele não pode nos trair.

— Agora, não — intervém George. — A hora de escrever passou. Alexander Hume está no portão com os cavalos. Venha, Vossa Majestade, e traga seus filhos.

— Não tenho coragem. — Solto um gemido. — E se nos pegarem? Vão saber que estou fugindo, vão me prender, e não chegarei à Inglaterra. Levarão meus filhos para sempre, e você... — Solto um soluço. — Ard, vão decapitá-lo por traição.

— Vamos — insiste ele. — Eu assumo o risco.

— Não — declaro, subitamente decidida. — Não vou deixá-lo em perigo de vida. Não suportaria isso. Não posso perdê-lo. Vá você e se esconda em algum lugar. Eu vou para a fronteira assim que puder. Me encontre quando for seguro.

— Vou ficar com a rainha, para protegê-la — anuncia George corajosamente ao irmão. — Recrute homens, Archibald, e leve uma mensagem a Dacre. Diga a ele que ela vai para a Inglaterra. Peça a ele que nos encontre.

— Isso — concordo. — Mas não se deixe capturar, Archibald. Eles não ousariam fazer nada comigo nem com meu filho Jaime, mas com certeza decapitariam você. Agora vá. Vá, meu amor.

Despeço-me dele com um beijo apaixonado. George se retira para o quarto dos guardas. Quando a porta é fechada e trancada noto que a rápida pulsação em meus ouvidos desacelera. Encosto-me à porta. Meus pés doem, meu marido se foi, meu filho pesa em meu ventre e estou novamente sozinha.

Criei o hábito de caminhar junto ao muro do castelo à noitinha. Às vezes, Jaime me acompanha, o lorde Chamberlain, Davy Lyndsay, a seu lado. Acho que o exercício faz bem para mim e para o bebê que tanto pesa em minha barriga. Caminho no perímetro do castelo, de uma torre à outra, contemplando a estrada enquanto escurece. O trajeto de minha liberdade é uma estrada verde que desce a montanha, atravessa a cidade, passa pelas plantações e desaparece na escuridão da floresta. Algo chama minha atenção: uma leve nuvem de poeira e reflexo de metal.

Deus seja louvado! Estou salva; é o exército de Henrique. É o vitorioso exército de Henrique. Ele próprio veio, tomou Edimburgo e seguiu viagem em direção ao norte para enfrentar Albany e me libertar, e agora os lordes escoceses verão que, opondo-se a uma princesa da Inglaterra, a vingança surge a galope. Eu poderia soltar um grito de alegria ao divisar o reflexo de metal entre as árvores, o exército inglês vindo em socorro da princesa inglesa, talvez com meu próprio irmão na dianteira, como um verdadeiro cavaleiro.

Semicerro os olhos à procura dos estandartes. Acho que vejo a rosa Tudor, minha rosa. Acho que vejo o rastrilho de Beaufort, bandeira de minha avó. Acho que vejo a cruz vermelha sobre o fundo branco de São Jorge.

— Olhe! — digo para Davy, com riso na voz. — O senhor está vendo? O que é aquilo na estrada de Edimburgo?

Davy Lyndsay sobe a escada de sentinela para ver o local para onde estou apontando. Quando desce, em silêncio, seu rosto está lívido. Atrás dele, George Douglas se encontra no abrigo de uma das torres.

— Olhe, George! — grito para ele, indicando o local onde a nuvem de poeira oculta homens, cavalos e as carroças que vêm em seu encalço.

Esfrego os olhos com as mãos, desejando estar enganada, desejando que o sol poente esteja me confundindo, mas agora vejo perfeitamente bem. Não são os queridos estandartes de minha terra natal que sobem a estrada de Edimburgo, avançando para o muro do castelo. Não é um exército que veio em nosso socorro. Agora ouço o estrondo das rodas das carroças pesadas, o mugido dos bois que sustentam o peso. É a artilharia de meu marido, Jaime, que ele mesmo criou. Era seu grande orgulho. Na frente do comboio, vem o maior canhão de todos, o maior canhão da Europa, o canhão que ele dizia que seria o fim da cavalaria e o começo de um novo tipo de guerra, chamado Monns. Jaime dizia que nenhum castelo suportaria sua força. O duque de Albany trouxe o canhão de meu marido para usá-lo contra mim, com sete mil homens de apoio. Este é o fim de minha resistência e o fim de minha esperança; teremos de nos render antes que ele derrube o muro do castelo e transforme Stirling em pó. Viro-me para George Douglas.

— Vou precisar me render — aviso. — Diga a Archibald.

Aturdido, ele assente.

— Estou indo.

Castelo de Edimburgo, Escócia, Agosto de 1515

Sou prisioneira de minha própria gente. Meu filho, o rei, o verdadeiro rei da Escócia, e seu irmão, o segundo na linha de sucessão, são mantidos no Castelo de Stirling, reverenciados como visitantes, mas em realidade prisioneiros do falso duque, que tem a chave. Eu, a rainha regente, sou mantida no Castelo de Edimburgo, como se fosse uma criminosa, como se fosse uma prisioneira aguardando julgamento, aguardando a execução.

Só Deus sabe o que será de nós. George Douglas desapareceu antes mesmo de os canhões se aproximarem do castelo. Grande proteção ele me deu enquanto o irmão procurava um lugar seguro; assim que avistou o Monns, sumiu. Os outros servos também se escafederam. Não sei onde Archibald está, não sei por que Henrique não exige do rei francês que Albany devolva meu castelo. Desci a escada com Jaime para render o castelo no portão principal, e, sendo o pequeno rei que ele é, meu filho não vacilou. Tem apenas 3 anos, mas é um verdadeiro príncipe. Sem hesitação, entregou a chave do Castelo de Stirling ao fantoche francês.

Um homem de verdade, um cavalheiro de verdade, jamais separaria a mãe dos filhos, arrancando-a de casa. Mas Albany me deixou a cargo de lordes de sua confiança, mandando-me para o Castelo de Edimburgo. Meus filhos voltaram para o quarto, em Stirling. Davy Lyndsay os acompanhou, com uma breve mesura para mim, como a dizer que, aonde quer que Jaime vá, seu fiel guardião também irá. Albany avançou com seu exército, procurando meu marido inocente e a família dele. Disse que verá a lei dominar toda a Escócia. Disse que se tornou governante pelo conselho de lordes e governará com justiça. Não será ele o homem a fazer isso. Houve um homem capaz disso, mas ele se foi, e Catarina de Aragão guarda seu corpo, praticamente esquecido, coberto de chumbo, em algum lugar de Londres.

Recebo uma carta urgente de Dacre e um bilhete escrito às pressas por Archibald, instando-me a fugir na primeira oportunidade. Agora vemos até onde Albany irá, as medidas terríveis que será capaz de tomar. Sei que não estou segura sob sua custódia e estou quase dando à luz. Não posso entrar em confinamento quando me encontro prisioneira. Se morrer no parto, deixarei dois órfãos aos cuidados de meu inimigo.

Mando um recado para Albany dizendo que quero dar à luz no Palácio de Linlithgow, e ele me obriga a assinar uma carta a Henrique dizendo que estou entrando em confinamento e que estou satisfeita por deixar meus filhos nas mãos do primo. Mentiras. Estou desesperada de preocupação e assino "Margaret R", como minha avó costumava assinar, sinal de que estou sendo coagida, mas não sei se Henrique vai se lembrar do código. Não sei nem mesmo se espiões interceptarão a carta, fazendo chegar a ele uma mensagem diferente. Não sei se lorde Dacre lhe contará do perigo terrível que enfrentamos. Não sei onde meu marido está hoje.

Nessa noite, febril com o peso do bebê em meu ventre, viro-me inquieta de um lado para o outro, sentindo o bebê se mexer, como se estivesse me partindo como uma noz. Penso que nenhum lugar é seguro. Nenhum lugar é seguro para mim, se meu irmão não me protege como deveria. Nenhum lugar é seguro, se minhas irmãs não intercedem por mim. E não sei nem mesmo se elas rezam por mim, como toda irmã deveria. Não mandaram o cinto da Virgem Maria, não mandaram votos de felicidade. Não sei nem sequer se pensam em mim.

Assim que me visto para a viagem, desabo na poltrona e me viro para minha dama de companhia, lamuriando-me:

— Estou passando mal, estou doente. Diga ao duque que preciso ver meu marido.

Ela hesita.

— É questão de vida ou morte — insisto. — Diga ao duque que acho que meu bebê está adiantado.

Isso a assusta. Ela desce a escada às pressas, como um camundongo com uma vassoura em seu encalço, procurando os muitos servos franceses do duque para explicar que a rainha regente está causando problemas... de novo. Quando desço a escada, estendo as mãos para que as damas me conduzam ao estábulo, onde minha liteira me aguarda. Na curva da escada, sinto uma vertigem e preciso parar. Não consigo ficar de pé, preciso me apoiar no peitoril da janela. Ao chegarmos ao estábulo, abarrotado com as carroças que transportarão meus pertences e minha comitiva, Albany já chegou e faz agora uma reverência para mim.

— Sinto muito, meu senhor — digo, a voz fraca. — Não posso recebê-lo como deveria. Farei uma viagem longa e depois preciso me deitar.

— Por favor... — Ele está com tanta vergonha que quase parece dançar. — Há algo que eu possa fazer? Posso buscar alguma coisa? Chamar um médico?

Cambaleio um pouco.

— Estou com medo... — murmuro. — Estou com medo de que meu bebê nasça prematuro. É um momento perigoso. Fui obrigada a viajar no momento mais perigoso. Minha vida...

Ele fica lívido com a ideia de que sua tirania poderia me fazer perder o bebê, quiçá provocar minha morte. Recebeu instruções do rei francês para governar a Escócia, mas não para dificultar ainda mais a situação entre a Escócia e a Inglaterra. Se eu morrer por sua causa, minhas irmãs reclamarão, e Henrique será obrigado a agir, percebendo afinal que foi terrivelmente negligente. Se eu morrer, o mundo responsabilizará Albany, e as pessoas que não me estimaram em vida sofrerão com minha morte.

Dobro o corpo.

— Ai, que dor! — suspiro.

Minhas damas se adiantam, ajudando-me a subir na liteira, dispondo um tijolo quente sob meus pés, uma garrafa de louça com água quente contra minha barriga.

— Meu marido — murmuro. — Preciso ver Archibald mais uma vez. Não posso entrar em confinamento sem a bênção dele.

Albany se vira novamente para mim. Vem perseguindo Archibald com a acusação de traição, decidido a vê-lo no cadafalso.

— O senhor precisa perdoá-lo — sussurro, ofegante. — Preciso vê-lo. Preciso me despedir dele. E se eu não voltar do confinamento? E se nunca mais o vir?

Albany não deseja ser lembrado como o governante que levou a rainha à morte enquanto procurava o jovem marido dela na fronteira, subindo e descendo montanhas numa terra onde forasteiro algum alcançaria um escocês.

— Foi traição! — argumenta ele, em desalento. — Ele é acusado de traição. Deveria ter se juntado aos outros lordes.

— Como poderia ir contra a própria esposa? Era injusto exigir isso dele! — respondo num estalo, por um instante esquecendo-me de meu papel, então me encolho e ponho a mão nas costas. — Ai, tem alguma coisa errada. Onde estão as parteiras?

— Vou perdoá-lo, vou pedir que ele a encontre em Linlithgow — promete Albany. Como qualquer homem, está desesperado para se ver livre da mulher que sofre de dores misteriosas. — Vou mandar um recado dizendo que ele está livre para vê-la. Cuide-se, milady. Cuide-se, Vossa Majestade. Essa viagem é uma boa ideia? Não seria melhor ficar aqui?

— Faço questão — respondo. — Preciso ter meu filho em Linlithgow, com meu marido a meu lado.

— Assim será — garante ele.

Assinto e nem mesmo lhe agradeço, porque a vertigem me assoma, fazendo-me recostar nos braços de minhas damas. Elas me deitam sobre os travesseiros de penas de ganso, agitando-se em torno da liteira, e peço que me deixem a sós e abaixem a cortina. Quando a liteira se acha protegida pela grossa cortina de pano de ouro, quando elas montam seus cavalos para me acompanhar, e Albany já não está por perto, sento-me, abraçando a mim mesma, e preciso cobrir a boca para abafar a risada.

Palácio de Linlithgow, Escócia, Setembro de 1515

Estou sentada numa poltrona junto à lareira, com um penhoar prata largo. Meu cabelo está penteado, derramando-se sobre os ombros como um véu dourado. Quando o capitão da tropa de Albany surge com meu marido, ergo os olhos e faço um breve gesto indicando que não consigo me levantar, e Archibald, sorridente e bronzeado, depois de semanas cavalgando pelo reino, atira-se a meus pés, deitando a cabeça em meu colo.

— Vossa Majestade! — exclama. — Minha esposa, minha amada.

— Vou deixá-los a sós — anuncia o capitão, ávido para se retirar da sala perfumada. — O senhor está em liberdade condicional. Informarei ao duque de Albany que o senhor chegou em segurança e manterá a palavra de permanecer nos limites do palácio.

Meu marido vira a cabeça e sorri para nosso inimigo.

— Agradeça a ele — pede. — Estou muito grato. Aconteça o que acontecer no futuro, ele agiu com o decoro de um verdadeiro lorde da cavalaria.

O capitão infla um pouco o peito, faz uma reverência e se retira.

Em silêncio, Archibald desliza pela sala e tranca a porta, virando-se para mim.

— Você está pronta?

Os olhos castanhos dele brilham de entusiasmo.

— Estou — respondo.

Tiro o penhoar esvoaçante; por baixo, uso meu vestido de montaria. Archibald se ajoelha para me ajudar a calçar as botas. Minha dama me entrega uma capa escura e ponho o gorro.

— Está tudo aqui?

— Tom, meu cavalariço, está com minhas joias e com o dinheiro de que precisarei — respondo. — O comboio das bagagens virá depois.

Ele assente.

— Você conhece o caminho?

Conduzo-o à pequena capela. Atrás do altar, há uma passagem secreta, usada apenas pelos padres visitantes. Ela se abre sem ranger. Pego uma vela do altar e conduzo-o pela escada circular. A porta na base da escada se acha destrancada. Archibald a empurra e ali fora, à nossa espera, encontram-se George Douglas, alguns servos e soldados.

— Vossa Majestade consegue cavalgar? — pergunta George, olhando para minha barriga inchada.

— Preciso — respondo. — Aviso se for necessário parar.

Há um assento traseiro no cavalo de Archibald, e um soldado me acomoda atrás dele. Minha camareira e minha dama montam seus cavalos, e os cavalariços trazem alguns animais extras.

— Não ande rápido demais — peço a Archibald.

— Precisamos fugir — lembra ele. — Precisamos nos encontrar com Alexander Hume e a guarda dele, chegar a meu castelo antes que descubram que você desapareceu.

Abraço-o, acomodando a barriga em suas costas. O pai de meu bebê nos salvará. Nos salvou de um cárcere injusto. Estamos livres.

Castelo Tantallon, Estuário do Rio Forth, Escócia, Setembro de 1515

Cavalgamos a noite toda por uma terra que sinto, mas não vejo, o céu infinito acima e campos a nossa volta. Ouço corujas, e em algum momento uma coruja-das-torres alça voo de uma sebe diante de nós, com sua cara branca, assustando o cavalo, e agarro Ard em pânico. Durante a maior parte do trajeto, ouço o mar, cujo barulho fica cada vez mais alto, então ouço o guincho agudo das gaivotas.

Está amanhecendo quando chegamos ao Castelo Tantallon, a fortaleza de Ard, casa de sua família, e arquejo quando há uma brecha entre as árvores e a vejo pela primeira vez. É uma construção imensa, impressionante, belamente projetada, com imponentes torres de telhado cônico. A fachada é de pedra, aqui e ali corroída pelo tempo, e a cor roxa do calcário local faz o castelo reluzir ao nascer do sol.

O castelo fica de frente para o Mar do Norte, sobre o qual o sol lança longos raios brilhantes. O barulho do mar ecoa alto como o casco de nossos cavalos, e o cheiro de maresia me faz erguer a cabeça para aspirar o ar salgado. As gaivotas grasnam, voando à luz da alvorada, e, depois do castelo, vejo Bass Rock: uma grande cúpula de pedra, como uma montanha branca sob o sol da manhã, com uma nuvem de aves em seu penhasco e um pequeno forte. O castelo e a ilha ficam próximos, igualmente impenetráveis. Em torno do castelo, voam muitas andorinhas, e agora ouço seu gorjeio.

— Não podemos ficar muito tempo aqui — observa Archibald. — O castelo é pequeno demais, não tem conforto para você e não suportaria um cerco.

— Suportaria por uma eternidade!

Ele sacode a cabeça.

— Se Albany trouxer os canhões, não. Sabemos que ele tem o Monns. Se decidirmos ficar, não poderemos sair de novo, e bastaria ele esperar. Esse é um bom castelo para batalhas curtas, para defesa e ataque. Mas não podemos esperar por seu irmão. Você tem certeza de que ele virá?

— Ele não se esqueceria de mim — respondo, hesitante. — Minhas irmãs dirão a ele...

— Ele mandaria lorde Dacre?

— Juro, meu irmão me ama. Catarina vai intervir, a rainha viúva da França vai falar com ele. Ele não se esqueceria de uma princesa Tudor. Vai agir agora que escapei. Vai vir me buscar.

— Espero que sim — diz Archibald. — Porque, se não vier, não sei o que vamos fazer. Nem para onde vamos.

— Para onde vamos?! — pergunto, perplexa. — Preciso descansar, Archibald. Preciso ficar num lugar seguro para dar à luz.

A animação da fuga se esvaiu, e estou apreensiva por causa de meus filhos, largados aos cuidados de Albany em Stirling. Alguém dirá a meu filho que a mãe dele fugiu, abandonando-o com o irmão.

— Você pode descansar aqui — responde ele, relutante. — Diremos a lorde Dacre que você fugiu, como ele decretou. Estamos perto da fronteira. Ele tem o dever de vir buscá-la.

Avançamos por uma trilha estreita e cruzamos uma vala imensa, larga o bastante para devorar um regimento de cavalaria inteiro. Eles cairiam e jamais conseguiriam reerguer-se. Há um campo aberto e depois o fosso do castelo, atravessado por uma ponte de madeira, que conduz ao portão.

Os guardas reconhecem meu marido, e sinto orgulho quando a ponte levadiça desce e o rastrilho sobe sem que ninguém diga nada. Ard vai à frente, como o lorde que é.

Do outro lado do muro, está um caos, é como uma cidade miserável. Os fazendeiros, camponeses e servos que moram fora do castelo ficaram sabendo, como essa gente sempre fica sabendo, que Archibald se insurgiu contra o governante, a serviço da esposa, a rainha regente. As pessoas podem não entender o que isso significa, mas sabem que o perigo está a caminho. Todos que moram num raio de trinta quilômetros se amontoaram dentro do castelo, trazendo também os animais. Agora entendo o que Archibald quis dizer: um castelo tão imponente não suportará um cerco prolongado. Em poucos dias, não haverá mais comida.

— Essas pessoas não deveriam estar aqui — digo, em voz baixa. — Você precisa mandá-las embora.

— Essa é minha gente — afirma ele. — É evidente que eles devem me procurar quando estamos em perigo. Meu perigo é o perigo deles. Eles querem me servir.

Ard salta do cavalo e se vira para me ajudar. Estou com cãibra por passar tanto tempo sentada. Estou cansada e faminta.

— Mesmo os melhores aposentos não são muito confortáveis — adverte ele. — Mas suas damas vão acompanhá-la.

Não consigo entender por que ele me traria a um lugar que não é nem seguro nem confortável, mas subo para meus aposentos sem reclamar. Ele tem razão. O castelo é úmido e frio. O fogo aceso em meu quarto não para de soltar fumaça, que sobe pelo cômodo, saindo pelas janelas, e, quando vou dar uma olhada no mar, estremeço com a névoa gelada que entra pela fresta. Embora esteja feliz com o fato de que não atacarão minha torre, não consigo deixar de sentir saudade do luxo que abandonei em Linlithgow.

— Vou me deitar. Tragam a panela de aquecer os lençóis — peço.

Mas então há uma longa discussão sobre onde estaria a panela, se um tijolo serviria, se os lençóis, que são duros e grosseiros, estariam de fato úmidos. Sinto tanto cansaço que me deito na cama e me enrolo no manto de viagem, enquanto as mulheres decidem de que maneira deixar o quarto confortável e o que podem me servir para comer.

Toda minha mobília e minha roupa de cama e banho ficaram em Linlithgow. Só chegarão daqui a alguns dias. Não tenho nada além de mais uma muda de roupa. Sei que não podíamos viajar com minhas carroças, com todo o meu tesouro, mas isso não basta. Não posso ser negligenciada. Cochilo um pouco, mas acordo com Ard junto à cama.

— O que foi agora?

Ele morde o lábio, apreensivo.

— Uma mensagem de Albany. Ele sabe que você está aqui. Teremos de ir para o castelo dos Hume, Blackadder. É um lugar devidamente guarnecido e fortificado, e eles prometeram defendê-la. Não têm nada a perder, já foram declarados traidores. E são bem pagos.

— Pagos? — pergunto. — Não por mim!

— Por Dacre — responde ele. — Ele paga a todos os lordes da fronteira.

— Mas com que propósito?

Foi Dacre quem me aconselhou a essa situação de perigo. Confiei tudo a ele.

— Ele paga aos lordes para manter a fronteira em tumulto constante — explica Archibald. — Para ele poder invadir e alegar estar mantendo a paz. Para poder ele próprio gerar confusão e roubar gado. Para ter alguns lordes em dívida com a Inglaterra, para seu irmão poder dizer nas cortes da Europa que os escoceses são intratáveis. Para todos parecermos indisciplinados.

— Ele é o principal conselheiro de meu irmão! — protesto. — Serve a meus interesses. É leal a mim, tenho certeza. Ele me aconselha, se preocupa com minha segurança.

— Isso não o impede de ser inimigo dos escoceses — argumenta Archibald. — Enfim, ele pagou aos Hume o suficiente para mantê-los do seu lado. Podemos ir para lá.

— E meus pertences? Meus vestidos, minhas joias? Vai tudo para lá?

— Pode ficar tudo aqui em segurança, até você mandar buscar.

— Não podemos ficar aqui também, negociar com Albany? — sugiro, em desespero.

— Ele vai querer minha cabeça — responde Ard. — Infringi a liberdade condicional por você, lembra?

Encolho os ombros.

— Vamos, então.

Partimos ao raiar do dia, e subo exausta no cavalo, atrás dele. O toque de seu casaco em meu rosto me conforta como um abraço. O cheiro dele, seu perfil quando olha para trás e sorri para mim perguntando se estou bem, tudo isso faz com que eu me sinta amada e protegida.

Afasto os pensamentos de desconfiança. Não me permitirei pensar que estamos recorrendo a William Hume porque Ard não sabe mais o que fazer. E, ainda pior, se Dacre paga aos lordes da fronteira para se rebelarem, ele não teria pagado também a meu marido? Ele não teria pagado aos Douglas antes de eu me casar com Ard? Será que me casei com um espião de Dacre?

Não há estrada. Há um caminho largo o suficiente para um único homem cavalgar de aldeia a aldeia, e em algumas partes do trajeto avançamos em meio às plantações. Só sabemos a direção porque mantemos o mar à nossa esquerda. O céu se ergue sobre nós, e quando levanto os olhos vejo os campos se perdendo no horizonte, até as distantes montanhas. Archibald conhece bem a terra próxima a seu castelo, e depois disso contratamos um rapaz de cada aldeia por onde passamos para nos guiar à aldeia seguinte.

Estou morta de cansaço e adormeço às costas de meu marido, agarrada a ele e gemendo um pouco com a dor agourenta que comecei a sentir no quadril, como se algo triturasse meu osso.

Quando acordo, vejo alguém vindo a cavalo em nossa direção, o animal sujo de lama, o homem coberto de suor.

— Quem é? — pergunto, temerosa.

— É gente nossa — tranquiliza-me Archibald, descendo do cavalo para conversar com o homem.

Seu rosto jovem está soturno quando ele retorna.

— Não podemos ficar no Castelo Blackadder — anuncia. — Albany recrutou uma tropa e está vindo de Edimburgo para surpreendê-la. Teremos de ir para a fronteira. — Ele se detém. — Dacre tinha razão; deveríamos ter ido direto para a Inglaterra. Albany jurou recapturar você, está trazendo um exército.

— Um exército? — pergunto, a voz trêmula. — Está trazendo um exército para me prender?

— Quarenta mil homens — responde Archibald. — Não há nada que possamos fazer contra uma força tão grande. Blackadder não resistiria, só estaremos seguros cruzando a fronteira.

— Quarenta mil homens? — repito, num murmúrio. — Quarenta mil homens? Por que Albany traria tantos soldados? Por que viria ele próprio? Se ele concordasse com minhas exigências, eu voltaria para casa tranquilamente!

— Essa não é mais uma possibilidade — adverte Archibald. — Os quarenta mil homens deixam isso claro. É guerra. Não é uma tentativa de acordo entre você e ele, não é uma discussão particular; vocês dividiram a nação. O exército do governante cercará o castelo do lorde Chamberlain se você estiver lá. — Ele encosta o rosto no pescoço do cavalo, como se fosse chorar. — É exatamente o que seu marido tentou impedir. É exatamente o que ele não queria; a Escócia dividida, uma guerra de irmão contra irmão. E eu ajudei a desencadear isso. Expus você ao perigo, expus seus filhos ao perigo e preparei o caminho para um novo embate.

— Não é nossa culpa — afirmo, intrépida. Estalo os dedos para que o cavalariço me ajude a descer do cavalo, ignorando a dor lancinante que vai do quadril à ponta dos pés, agarrando-me ao estribo para meus joelhos não cederem. — Se eles tivessem aceitado minha autoridade...

— É nossa culpa, sim — insiste ele. — Se você tivesse sido mais receptiva quando Albany chegou, se tivesse sido mais justa com os lordes escoceses, se tivéssemos esperado para nos casar, se tivéssemos pedido a autorização deles...

— Por que eu pediria autorização? — pergunto, furiosa. — Minha irmã, Maria, se casou com quem bem entendia e meu irmão a perdoou quase imediatamente. Por que Maria se casaria com o homem que ama, e você, meu próprio marido, me diz que eu deveria ter esperado, que deveria ser uma princesa inferior a ela? Que deveria ser uma viúva solitária, enquanto ela se casa pela segunda vez no instante que sai do confinamento de viúva? Como você pode me dizer que Maria tem o direito de ser feliz e eu não tenho?

— Só você se importa com Maria! — grita ele, diante de todos. As pessoas se viram para nós. Minhas damas, lívidas, sabem que uma princesa Tudor, uma rainha regente, não deve ser insultada. Mas Archibald está enfurecido. — Ninguém liga para Maria, ninguém quer saber se você ganha as coisas que ela tem, ninguém liga para Catarina. A questão não é a rivalidade entre três mulheres tolas! É a Escócia, meu Deus, é a vontade de seu finado marido, a sabedoria dele. E não me deixei nortear por ele, mas por você e por inimigos da Escócia. E fomos todos aconselhados pelo homem que levou o corpo de seu marido do campo de batalha como um troféu. Sim! Foi o Dacre que fez isso! Não adianta fingir que você não sabia! E agora ele me pede para levá-la à Inglaterra como se você fosse outro cadáver da realeza! E sei que você nunca mais vai voltar à Escócia, se eu fizer isso. Você nunca mais vai voltar à Escócia. Nunca mais traremos o corpo do rei ao reino. Seu filho nunca subirá ao trono. Ele me aconselha a destruir a família real e meu reino, e é o único conselheiro que temos!

— E quanto ele está pagando a você? — cuspo. — O que você está recebendo? O que Alexander Hume está recebendo? O que seu irmão George está recebendo? O que os Douglas estão recebendo de lorde Dacre? Quanto ele pagou a você para conspirar contra meu marido, o rei?

Faz-se um silêncio abominável.

O rosto dele fica branco.

— Você ofende minha honra — responde ele, a voz subitamente baixa, e sinto medo. Nunca brigamos assim. Nunca o vi se enfurecer e demonstrar tanta frieza de repente dessa maneira. Brigamos como amantes, palavras desenfreadas esquecidas com beijos desenfreados. Mas isso é novo e terrível.

— Vou levá-la em segurança e deixá-la na Inglaterra. Se você acha que sou traidor, já não posso lhe servir.

— Archibald!

Ele não pode escolher me deixar. Sou a rainha regente; ele precisa esperar ser dispensado. Mas faz uma mesura e indica ao cavalariço que me ajude a subir no cavalo.

— Monte — diz. — Vamos para Berwick.

Com o rosto colado às costas de Archibald, choro em silêncio. Sinto minha barriga enorme subir e descer com os soluços e penso que essa criança está tendo a pior preparação possível para o mundo. Com certeza, jamais sobreviverá. Então penso que também não sobreviverei, no fundo espero não sobreviver. Que Archibald se digladie com sua consciência, que meu irmão viva feliz com a esposa e minha irmã, que todos esqueçam que um dia vivi e tentei fazer o certo por meus dois reinos, por meus dois filhos, enquanto todos esbanjavam fortuna e jogavam fora vantagens políticas para satisfazer a seus próprios desejos. Choramingo de inveja e autocomiseração quando começa a chover, e então adormeço, a cabeça apoiada nas costas de meu marido, o gorro protegendo meu rosto, os ombros cada vez mais molhados.

Acordo quando paramos para comer e dar água aos cavalos. O céu é de um azul-escuro enfumaçado, bonito. Nuvens como gaze cinzenta dispostas sobre cetim azul marcam o horizonte. Archibald me ajuda a descer do cavalo e sentar no chão, onde alguém estendeu uma manta. Minha dama me traz vinho, pão e um pouco de carne, a camareira se ajoelha diante de mim para segurar a taça. Não ouso dizer a ninguém que estou me sentindo tão mal.

O interior é selvagem, um descampado, ninguém mora aqui, ninguém cultiva a terra, ninguém nem sequer caça aqui. São terras de fronteira, onde é difícil viver, perigoso demais para qualquer construção que não seja uma torre fortificada. Estou plenamente consciente do céu imenso sobre nossa pequena procissão, que se arrasta como um bando de formiguinhas na planície interminável. Pelo menos, ninguém nos encontrará, penso. Há tão poucas estradas que ninguém adivinharia onde estamos.

Como um pouco de pão, bebo um pouco de vinho e água. Minhas damas insistem que eu coma mais, mas a dor que sinto na barriga é tão intensa que acho que vomitarei se comer outro pedaço.

Archibald se aproxima no momento que insistem para que eu beba um pouco de cerveja fraca.

— Precisamos seguir viagem — informa.

— Minha perna está doendo — digo. — Acho que não consigo voltar a me sentar na sela.

— Lamento, mas não temos escolha. Precisamos chegar à Inglaterra. Albany já deve saber que estamos indo para Berwick. Ainda faltam uns dez quilômetros, estamos na metade do caminho. Precisamos cruzar a fronteira. Lorde Dacre disse que não pode haver combate entre nós e Albany. Determinações do rei Henrique. O combate deflagraria uma guerra entre a Escócia e a Inglaterra. E a França enviaria um exército para apoiar a Escócia. Ele disse que não podemos ser a causa da quebra de paz.

— Não me importo — respondo. — Que Albany venha! Vamos opor resistência e fazer guerra. É o que Henrique merece, por não nos socorrer antes.

— Você sabe onde estamos? — pergunta Archibald, com sarcasmo na voz de garoto, como se estivesse importunando outra criança na sala de aula.
— Você sabe onde estamos quando fala em fazer guerra?

Sacudo a cabeça.

Minha dama de companhia se debruça sobre mim para sussurrar em meu ouvido.

— Estamos no trajeto que seu marido, o rei, percorreu quando marchou para Flodden, Vossa Majestade. Meu marido morreu no caminho, está enterrado perto daqui.

Archibald vê minha fisionomia perplexa e solta uma risada.

— Não vai ter guerra nenhuma — afirma. — Estaríamos todos mortos antes que o exército de Henrique saísse de Londres. Os canhões mais uma vez lavrariam esses campos, antes que seu irmão chegasse a convocar o parlamento. Você se esquece do grande general que seu marido foi; ele dizia que os canhões dele seriam o fim de certo tipo de guerra, o fim de toda a cavalaria, e estava certo. Temos de viver no mundo que ele previu. Agora levante-se. Precisamos ir.

Solto um grito e me agarro a Archibald quando me erguem ao assento traseiro do cavalo. A dor é tão lancinante que acho que meu quadril deve estar quebrado. É como se me cravassem uma espada toda vez que me mexo, e sou sacudida a cada passo do cavalo quando retomamos a viagem.

— Vamos para o Castelo de Berwick. — Archibald alisa minhas mãos, procurando me tranquilizar. Está sendo carinhoso de novo, agora que avançamos novamente. Magoada, penso que ele só consegue ser afetuoso quando estamos na estrada. Quando paramos, sente tanto medo que precisa ocultá-lo na raiva. — Chegaremos à Inglaterra daqui a duas horas.

— Não posso cavalgar por duas horas — lamurio-me. — Não posso.

Ele tira do bolso interno do casaco um cantil de chifre de boi.

— Tome um gole — diz. — Só um gole. É *uisge beatha*. Uísque.

O cheiro é como de uma poção do antigo alquimista de Jaime.

— Eca! — exclamo.

Ele solta um grunhido de irritação.

— Vai aliviar a dor — promete. — E seu ânimo — acrescenta, a meia voz.

Bebo um gole, que arde em minha garganta, mas então a ardência se espalha pelo estômago, pelo corpo.

— Está ajudando — respondo.

— Coragem! — pede Archibald. — Estaremos em segurança ainda hoje à noite. Na Inglaterra.

Castelo de Berwick, Inglaterra, Setembro de 1515

A cidade está fechada. O toque de recolher vai do crepúsculo à alvorada. Alexander Hume se dirige à entrada da muralha e bate no portão. Puxa a corda do sino que há ao lado, e vejo luzes se acendendo na guarita. O portão se entreabre, revelando um homem moreno.

— Quem está aí?

— A rainha regente da Escócia e o conde de Angus, seu marido, solicitam abrigo — brada Alexander.

Endireito-me na sela, esperando que o imenso portão se abra de todo. Essa é uma cidade fortificada, uma cidade inglesa. Cheguei em casa, cheguei a minha terra natal. Lembro-me de Berwick, a praça, o castelo com ponte levadiça e rastrilho. Lembro-me da recepção que tive quando descansei aqui, a caminho da Escócia. Estou imaginando o jantar e a cama, o alívio da dor.

— Quem?

— A rainha regente da Escócia e o conde de Angus, seu marido, solicitam abrigo. Chame o governante para recebê-los.

Ouço uma movimentação atrás do portão, que no entanto permanece fechado. Archibald olha para mim.

— Não podíamos avisar antes — justifica-se.

Evidentemente, deveríamos ter avisado que estávamos a caminho, mas ele não se lembrou de fazer isso, e agora temos essa recepção fria, essa demora para abrirem o portão, e preciso esperar uma eternidade para ficar confortável.

Uma luz se acende, alguém surge do outro lado, então o portão se abre afinal, mas não o suficiente para nossa entrada. Um homem surge com dois guardas, uma capa jogada sobre a roupa de dormir. Volta os olhos para mim e faz uma mesura.

— Vossa Majestade, me perdoe.

— Qualquer coisa! Se o senhor me deixar entrar e me der uma cama para passar a noite — respondo, tentando esconder a fúria em minha voz. — Estou muito cansada, estou grávida, e viemos da Escócia. Eu esperava melhor recepção em minha própria terra.

Ele faz uma nova mesura e volta os olhos para Archibald.

— Os senhores têm documentos de salvo-conduto?

É claro que não temos. Não temos comida nem minhas joias, minhas roupas nem meus sapatos. Não temos meus cavalos, meus falcões nem minha mobília. Não temos meus livros, meus músicos nem meu secretário. Não temos o alaúde do finado rei Jaime. Não temos salvo-conduto porque procuramos alguém que nos salve.

— Esta é a rainha regente! — exclama Archibald. — Não precisa de salvo--conduto para entrar no castelo do irmão! O senhor deveria se ajoelhar para recebê-la. Ela está grávida, esperando um filho meu. É mãe do rei da Escócia. Abra o portão ou juro por Deus que vou...

Ele se interrompe. Não diz o que fará. Evidentemente, isso apenas lembra a todos que não há nada que ele possa fazer. Somos um grupo de doze pessoas, três mulheres, uma grávida de oito meses. O que faremos se o governante não autorizar nossa entrada?

— Sir Anthony — intervém George Douglas, com ponderação —, por cavalheirismo, por lealdade, o senhor precisa receber a irmã do rei no meio da noite quando ela foge de traidores escoceses.

— Não posso — responde ele, em desalento. Ele faz outra mesura para mim. — Recebi instruções expressas do rei para não receber ninguém da Escócia sem salvo-conduto emitido por ele próprio. Sem salvo-conduto assinado e selado, o portão do castelo deve se manter fechado.

— À irmã do rei? — murmuro.

Ele inclina a cabeça, em silêncio. Foi isso que ser irmã daquelas duas mulheres me rendeu, penso: Nada.

— O que devemos fazer? — Archibald vai da fúria ao desamparo absoluto. — Precisamos levá-la a um lugar seguro. Falta menos de um mês para ela dar à luz. Precisamos levá-la a um lugar seguro!

— E o Mosteiro de Coldstream? — sugere sir Anthony, ávido para se livrar de nós. — A abadessa os receberá, e de lá os senhores poderão pedir ajuda de Londres.

— Ela precisa ficar aqui! — irrita-se Archibald novamente. — Eu exijo!

— A que distância fica Coldstream? — pergunto.

— São apenas quatro horas de viagem — responde o governador. — Três — corrige-se ao ver minha fisionomia.

George joga as rédeas a um servo e se aproxima de Archibald e de mim.

— Ele não vai nos deixar entrar, não pode — sussurra. — Vamos desperdiçar tempo e perder nossa dignidade se continuarmos implorando. Coldstream é nossa melhor opção. Agora estamos na Inglaterra, estamos seguros a princípio. Albany provavelmente não cruzará a fronteira. Vamos exigir que esse idiota nos alimente, pedir abrigo para a noite em alguma abadia ou casa do caminho e seguir viagem para Coldstream pela manhã.

— Estou tão cansada! — lamurio-me. — Não sei se consigo.

— Vamos parar assim que pudermos — garante George.

— Estou dizendo, acho que não consigo — digo, a voz embargada.

— Você precisa — responde Archibald. — Não deveria ter saído de Linlithgow se não estava preparada para fugir.

Mosteiro de Coldstream, Inglaterra, Setembro de 1515

Dessa vez, meu marido age com antecedência enviando um servo para avisar ao mosteiro que estamos a caminho, e, quando nos aproximamos, o portão se abre e vejo as freiras surgindo para me receber.

A própria abadessa se acha diante de meu cavalo quando Archibald me ajuda a descer do animal. Ela solta uma exclamação ao ver minha agonia, ao ver minha barriga imensa, e chama três freiras para me ajudarem a entrar. Minhas pernas não me sustentam, há algo terrivelmente errado com meu quadril. Elas pedem uma cadeira e me levam para dentro do mosteiro.

A casa de hóspedes é ampla e confortável. A cama é grande, com lençóis macios e dossel. Minhas damas tiram meu vestido imundo e me deito com a roupa íntima ainda suja.

— Me deixem — peço. — Preciso dormir.

Acordam-me apenas à tarde, com um prato de mingau e o aviso de que o jantar será servido quando eu desejar. Posso jantar com a abadessa no salão do mosteiro ou em meus aposentos, como eu preferir.

— Onde está Archibald? — pergunto. — Onde ele vai jantar?

Ard está hospedado no alojamento dos peregrinos, a certa distância do mosteiro, com o irmão e os servos, mas pode me visitar na casa de hóspedes, se eu assim desejar.

— Ele precisa vir agora mesmo — decreto. — E jantarei no salão. Certifique-se de que eu tenha uma cadeira adequada.

— Não há baldaquino — adverte minha dama de companhia. — E Alice esfregou o vestido, mas ele não está exatamente limpo. A abadessa lhe emprestou algumas roupas.

Isso faz eu me calar. Não sou eu se não estiver sentada debaixo do baldaquino, com um belo vestido, jantando como uma rainha. Durante minha vida inteira, sentei-me à mesa mais alta, ao lado do trono. O que serei agora, se estou tão pobre quanto Catarina já foi?

— Comerei aqui — digo emburrada. — E você vai ter de conseguir roupas novas para mim.

Não discuto como, em plena fronteira, ela conseguirá roupas novas, e ela conhece bem a realeza para saber que não deve perguntar como acho que isso aconteceria. Retira-se para providenciar meu jantar e mandar chamarem Archibald. E penso, por um instante, que fiz essa viagem doze anos antes e que houve um discurso quando cheguei a Berwick, discurso no qual agradeceram a Deus que eu, a princesa Tudor primogênita, tivesse honrado a cidadezinha com minha presença.

Archibald surge com a aparência bem-disposta de garoto. O café da manhã e o banho lhe restauraram a saúde e a energia. Ele não está curvado pela gravidez, não está torturado de dor. Um homem jovem pode suportar muitas coisas e se levantar cheio de vida e alegria, mas uma mulher jovem — e ainda sou uma mulher jovem — padece.

— Meu amor — murmura ele, ajoelhando-se a meu lado.

Ele pegou emprestada uma muda de roupa, e o cabelo molhado de banho está lustroso feito lã de carneiro. Archibald exala vitalidade.

— Não tenho onde jantar — reclamo. — Não tenho roupa.

— Você não pode pegar um vestido emprestado com a abadessa? Ela é uma mulher muito instruída, muito culta. Imagino que tenha belas roupas.

— Não posso me vestir como uma freira — lamento. — Não posso usar a roupa de outra mulher, por mais que ela tenha impressionado você. Preciso me vestir como uma rainha.

— É — responde ele, vagamente. — Talvez você pudesse escrever a Albany exigindo que ele mande suas roupas. Talvez suas carroças já estejam em Tantallon e possam ser encaminhadas para cá.

— Podemos escrever a Albany? Ele pode saber que estamos aqui?

— Você está segura agora, na Inglaterra. Pode começar a negociar, imagino. Na verdade, precisamos dizer a ele o que queremos.

— Posso?

Sinto uma súbita ponta de esperança. Achei que estávamos fugindo como criminosos, de um exército de quarenta mil escoceses decididos a capturar Archibald para acusá-lo de traição, decididos a me prender, de modo que eu morreria em cativeiro. Mas agora estamos seguros, agora estou em minha terra, na Inglaterra, e tudo mudou.

— Eu salvei você — declara Archibald. — Salvei. É inacreditável. É como um romance, um conto de fadas. Que viagem! Meu Deus, não acabava nunca! E agora estamos aqui. E vencemos.

— Peça pena e papel à abadessa — murmuro. — Vou escrever agora mesmo.

Informo ao duque, numa carta terrivelmente fria, que estou segura na Inglaterra. Não digo onde, pois ainda sinto medo de pensar em seu exército. Digo que voltarei com algumas condições. Não me restrinjo: quero minhas terras e meus aluguéis de volta, a restituição completa de minha fortuna, minhas joias e sobretudo minhas roupas. Quero perdão para Archibald e para todos que me defenderam, estejam ou não sob alguma acusação criminal. Quero livre acesso a meus filhos e o direito de designar seus tutores e serviçais. Quero, na verdade, tudo que eu tinha e Albany tirou de mim, mas não faço objeção que ele mantenha o título de governante, desde que trabalhe a meu lado (quer dizer, abaixo de mim), em prol da Escócia, como o parlamento evidentemente desejava.

Descanso. Me alimento direito. Durmo à noite sem sonhos perturbadores. A dor do quadril desaparece, e sinto o bebê se mexendo, por isso sei que ele está bem e forte. Converso muito com a abadessa, Isabella Hoppringle, que é de fato uma mulher muito instruída, muito ponderada e astuta. Ela me aconselha a aguardar notícias de lorde Dacre sobre o que fazer. Diz que não devo confiar em Albany, que lorde Dacre me salvará. Indiferente, respondo que tenho controle absoluto de minha vida, vencendo a guerra de palavras com o duque. Mostro a ela a correspondência que trocamos, em que ele me oferece uma coisa, e exijo outra. Acho que estou jogando bem a partida. A rainha tem muito valor nesse jogo, e disponho das melhores cartas.

Estou vencendo. Ao chegar à segurança da Inglaterra, recuperei meu poder, sou uma pessoa influente. O duque de Albany designa o embaixador francês para intermediar a negociação, e ele virá a Coldstream trazendo saudações do duque e do parlamento. Trará propostas submetidas ao parlamento pelo duque, ávido para que eu volte a ocupar meu lugar. A última coisa que Albany deseja é arrastar a França para uma guerra com a Inglaterra por causa da Escócia. Na verdade, ele recebeu ordens de seu rei para não deixar a situação piorar. Deveria ter levado paz e ordem à Escócia, e agora todos o responsabilizam pela anarquia instaurada e pelo perigo da guerra. Tirar uma rainha de seu castelo é ameaçar todo monarca da Cristandade. Ninguém o apoia. Por isso terei meus filhos a meu lado, ficarei onde eu quiser, terei minha fortuna de volta, meu marido será perdoado. O embaixador chegará ao meio-dia, e seu nome no acordo será o elo entre os dois lados. Não estou vencendo. Já venci.

Caminho pelo jardim com Isabella, a abadessa, e confidencio a ela a alegria que será voltar a Edimburgo para ver meus filhos de novo, confidencio que nunca imaginei que sentiria saudade de ocupar o posto de rainha regente dos escoceses, mas que agora sinto. Comento que minha irmã, sem ter dado um sucessor ao trono, fez a bobagem de abandonar a França, que se casou com um homem do povo, que voltou à Inglaterra e agora será como se jamais tivesse partido. Os franceses a esquecerão em menos de uma semana. Ela terá de devolver as joias. É claro que tem os prazeres da corte inglesa e o prestígio de ser irmã do rei — prazeres triviais para uma menina tola —, mas a mulher designada por Deus para cumprir sua obrigação com o reino do marido deveria permanecer lá, servindo ao reino e servindo a Deus, como eu. Digo que ser mãe de um rei é a maior ocupação que uma mulher pode ter. Tornei-me tão importante quanto minha avó, que deu à luz um rei e o viu subir ao trono. Ela contava com a mão de Deus sobre todas as suas ações, e também eu conto. Estou mais perto de Deus do que uma abadessa. Tenho uma vocação e um dever. Sou essa grande mulher. Servirei à Escócia e a Deus.

É muito agradável passear pelo jardim de ervas com a abadessa, nossos vestidos roçando as alfazemas do fim de verão, que liberam no ar seu cheiro pronunciado. Enquanto caminhamos, ela pega um ramo de hortelã para cheirá-lo, e eu passo a mão num arbusto de alecrim. Há mudas de arruda, flores de camomila e amor-perfeito, as perfumadas folhas de erva-cidreira.

— Fico admirada que Vossa Majestade ainda confie nele — comenta ela.
— Em quem?
— Em Albany. No Sieur d'Albany. — Ela pronuncia o nome em francês, o sotaque do embuste. — Ele enganou e traiu Vossa Majestade sempre que fez acordos, desde que chegou à Escócia. Só pode estar querendo ludibriá-la. Levou os canhões a Stirling. Envergonhou-a na frente de seu filho. Recebeu a chave do castelo das mãos de seu menininho. Separou a mãe dos dois filhos. Vossa Majestade se colocaria sob o poder dele novamente?

— Ele é um duque — respondo. — Um homem de muita educação. E agora reconhece que sou a rainha. Tenho a palavra dele, por escrito.

Ela faz uma careta, encolhe os ombros.

— Ele é francês — observa com desdém. — Ou é como se fosse. Casado com uma francesa por dinheiro. Jurado ao rei francês. Falso como um francês, desonesto como um escocês. Temo que ele e seu parlamento a destruam.

Fico horrorizada.

— A senhora não pode pensar isso!
— Desde que chegou à Escócia, ele provocou sua ruína! — exclama ela. — Por que Vossa Majestade está aqui, senão por necessidade de se exilar? Foi sua escolha deixar Stirling? Foi sua escolha deixar Edimburgo? Então Vossa Majestade não fugiu de Linlithgow temendo por sua vida? Não viajou para Tantallon apenas com a roupa que vestia?

Por um instante, penso que ela está muito bem informada para a abadessa de um mosteiro da fronteira, mas talvez tenha conversado com George.

— Se eu fosse Vossa Majestade, só voltaria a Edimburgo na frente de um exército — observa. — Seguiria o conselho de lorde Dacre e iria para a casa dele em Morpeth, para juntar tropas.

Solto uma risada, hesitante.

— A senhora me faz parecer Catarina e a belicosa mãe dela.
— Tenho certeza de que Vossa Majestade seria tão corajosa quanto ela. Posso jurar que estaria à altura dela.

— Ah, sim, com certeza. Catarina não é mais corajosa do que eu. Conheço minha cunhada, sei disso.

— E tenho certeza de que seu marido é tão corajoso quanto Fernando de Aragão.

— Archibald é dez vezes mais corajoso do que ele.

— Então por que Vossa Majestade não reconquistaria a Escócia como Isabel e Fernando fizeram na Espanha? Assim não teria de negociar, não teria de se curvar ao duque. Apenas o despacharia para a França. — Ela se detém. — Ou o decapitaria, como achasse mais conveniente. Como rainha governante, Vossa Majestade poderia fazer o que bem entendesse.

Ouvimos batidas no portão. Assustada, ergo os olhos.

— Será que o embaixador francês chegou adiantado? A senhora precisa levá-lo ao salão da casa de hóspedes, fazê-lo esperar enquanto me visto. Tenho de assinar o acordo com ele.

Uma freira se aproxima, faz uma mesura para mim e sussurra no ouvido da abadessa, que solta uma risada, segurando minha mão.

— Vossa Majestade tem sorte — diz. — Homens e mulheres importantes sempre têm sorte, e Vossa Majestade tem a sorte de uma rainha guardada aos cuidados especiais de Deus. Foi lorde Dacre que chegou, um dia antes do francês mentiroso, trazendo um salvo-conduto para lhe permitir ir a qualquer lugar da Inglaterra. Ele poderia levá-la a Londres nesse exato momento.

Solto um suspiro, minha mão se fechando num ramo de arruda, o cheiro acentuado tomando conta do ar.

— A Londres?

— Lorde Dacre chegou! — exclama ela, maravilhada como se fosse sua vitória. — E Vossa Majestade está livre!

Mal consigo acreditar que ele veio, com uma tropa montada, com um salvo-conduto, pronto para me levar imediatamente ao sul. Beijo Isabella como se ela fosse minha irmã e subo no cavalo. Sinto uma pontada ao me acomodar na sela, atrás de meu marido, mas vejo meu futuro se desenrolar à minha frente. Isabella tem razão; convencerei Henrique a cumprir sua obrigação, voltarei para a Escócia à frente de um exército e entrarei em Edimburgo vitoriosa.

Criarei meus filhos para que eles sejam os homens que o pai desejava, sucessores ao trono da Escócia e mesmo da Inglaterra.

Já estou na sela quando me lembro:

— Ah, mas, lorde Dacre, o duque de Albany está enviando o embaixador francês com algumas propostas. Não seria melhor eu esperar por ele, dar uma resposta? E se ele me oferecer a regência? E se me der tudo que eu exigir?

— Ele pode encontrá-la em Morpeth, meu castelo. Pode se encontrar conosco em Morpeth — responde o velho guardião das fronteiras. — É melhor ele discutir as condições que tem a oferecer quando Vossa Majestade estiver atrás de muros fortes, num castelo inglês que jamais será cercado, do que quando tem apenas um vestido e se encontra num mosteiro da fronteira, cercada pelos mortos de Flodden.

— Mas e se ele estiver vindo com uma proposta de rendição? — insisto.

— Vossa Majestade gostaria que ele a visse assim? — pergunta o velho lorde. — Tão suja de viagem? Maltrapilha? E, perdoe-me, mas sua barriga está enorme. Vossa Majestade não deveria estar em confinamento? Deseja mesmo se encontrar com o embaixador francês nessas condições? Não acha que ele diria a todo mundo que Vossa Majestade estava perto da hora de dar à luz e cavalgava pela fronteira como uma indigente?

Fico mortificada. Se eu tivesse minhas roupas de Edimburgo ou minha mobília de Linlithgow, poderia me encontrar com ele e desafiá-lo a olhar para minha barriga inchada. Mas lorde Dacre tem razão; não posso ter nenhuma autoconfiança com essa aparência. Quando estiver de banho tomado, bem-vestida, poderemos nos encontrar. Ele precisa me ver quando eu estiver sentada sob um baldaquino, num grande castelo. Agora, estou tão esfarrapada quanto Catarina de Arrogância quando minha avó a reduzia a nada.

— Que Deus a abençoe! — grita Isabella. — E que a acompanhe na volta para casa.

Partimos como lordes ingleses, não como chegamos, feito criminosos escoceses. O estandarte de lorde Dacre vai à nossa frente, em seguida está o estandarte real da Inglaterra, e na dianteira de todos estão os meus estandartes como rainha regente da Escócia. Ele preparou tudo. Acho que está preparado há meses. Sabia que eu viria à Inglaterra antes mesmo de eu saber.

— Ainda acho que deveríamos ter esperado, por educação, o embaixador francês — comento com lorde Dacre, que viaja em seu próprio cavalo, podendo diminuir a velocidade para conversar comigo, sentada atrás de meu marido.

Dacre mal nota Archibald; é como se eu estivesse sentada atrás de meu cavalariço. Ard, por sua vez, mostra-se emburrado como um menininho.

— Ah, por que não ir para Londres, ter um confinamento confortável e depois passar o Natal lá? — pergunta Dacre.

— Porque acho que o embaixador tinha autorização para me oferecer tudo que eu quisesse — respondo. — As cartas do duque deixaram muito claro que ele havia conversado com o parlamento, obrigando os lordes a aceitarem todas as minhas exigências.

Dacre sacode a cabeça.

— Ele é falso — decreta. — E é fraco. Está mentindo. O embaixador não estava vindo para propor um acordo; estava vindo para ganhar tempo, para mantê-la aqui, na fronteira, num lugar que não pode ser defendido, enquanto o duque punha o exército na estrada. Eles a fariam esperar aqui, negociando com o embaixador francês, enquanto marchavam pela fronteira para prendê--la, para capturar seu marido. Vossa Majestade seria encarcerada, talvez num convento, talvez numa torre de Glamis, longe o bastante para que ficasse inatingível. E o senhor, minha nossa, teria sido enforcado como um criminoso comum no portão do Mosteiro de Coldstream.

Sinto o corpo de Archibald enrijecer.

— Que bom que viemos então — diz ele. — Eu a salvei de Linlithgow, levei-a a Berwick e Coldstream, agora impedi que fosse capturada aqui.

— Impediu mesmo, salvou mesmo — confirma Dacre, como se elogiasse uma criança. — A Inglaterra inteira vai saber o que o senhor fez.

— Correndo perigo — acrescenta Archibald. — Correndo muito perigo e sem pagamento.

— O senhor será recompensado — responde Dacre.

Archibald inclina a cabeça.

— Todos são. Quanto a abadessa recebeu?

Lorde Dacre solta uma risada, mas não responde.

— E aqui temos de nos separar — anuncia com firmeza. — Não tenho salvo-conduto para o senhor. Não posso levá-lo adiante, não posso recebê-lo no Castelo de Morpeth. Foi tudo feito tão às pressas que não tenho documentos para o senhor, para seu nobre irmão e lorde Hume. Só posso levar Sua Majestade.

— Mas Archibald precisa vir comigo! — exclamo, sem entender o que lorde Dacre está dizendo. Uma hora, a Inglaterra inteira tem uma dívida com Archibald; no instante seguinte, ele não pode ficar no reino. — Ele é meu marido. Meu salvo-conduto deve se estender a ele.

Dacre grita para a tropa, que se detém quando ele para com seu cavalo em uma encruzilhada.

— Temos de levá-la ao castelo o mais depressa possível — diz. — Vossa Majestade precisa entrar em confinamento em menos de uma semana. Mas ao senhor peço paciência. Mandarei trazerem de Londres salvo-conduto para o senhor e para seu irmão, então ambos poderão nos encontrar em Morpeth. Vai ser rápido.

— Eu preferiria acompanhá-los agora — suspira Archibald.

Ele olha para a estrada que conduz à Escócia, e acho que imagina um exército de quarenta mil homens depois da primeira curva.

— O senhor deveria — garante Dacre. — Mas o senhor não gostaria de atrasar a chegada de Sua Majestade a um lugar seguro, quando pode facilmente encontrar abrigo e se manter escondido com sua astúcia até eu mandar buscá-lo para acompanhá-la a Londres, não é? Sei que o rei não vê a hora de receber o novo cunhado. O senhor será um herói saindo da Escócia por habilidade própria, não sentado numa sela dupla com a esposa.

— Claro — responde Archibald. — Mas achei que eu iria com vocês a Morpeth.

— Não tenho salvo-conduto — repete lorde Dacre, em desalento. — O senhor pode descer do cavalo? Tenho animais descansados para o senhor e seu irmão, além de um saco de ouro no alforje em que não quero nenhum cavalariço botando as mãos.

Archibald para o cavalo, salta ao chão e segura minha mão. Estou sentada de lado no animal, agora sem ninguém para conduzi-lo, meu rosto uma máscara de sofrimento.

— É seu desejo? — pergunta ele, com urgência na voz. — Devo deixá-la aqui, aos cuidados de lorde Dacre, e encontrá-la no Castelo de Morpeth quando tiver meu salvo-conduto?

Viro-me para lorde Dacre.
— Ele não pode vir conosco? — pergunto.
— Ah, infelizmente não pode.

Portanto Archibald me deixa. Preciso me contentar com o fato de que ele estará em segurança. Todos sabem onde encontrá-lo quando está comigo. Não suporto a ideia de colocá-lo em risco. Mas ele, George e Alexander Hume partem rapidamente, em animais descansados, e vejo-os cavalgando em alta velocidade, debruçados sobre o pescoço dos cavalos, ultrapassando uns aos outros como se fossem meninos despreocupados. Por um instante, penso que ele agora está livre, um rapaz com tudo nas mãos, livre de mim. Ele cavalga como um jovem nascido para ficar sobre a sela. É um lorde da fronteira. Foi criado para o perigo, para o acaso, para as invasões noturnas. Desaparece num átimo, e penso que vou enlouquecer.

Viro o rosto fechado para lorde Dacre, que supostamente seria meu salvador, mas só me trouxe sofrimento.

— Estou com dores de parto — digo. — Vou ter meu filho. O senhor precisa encontrar um lugar para eu dar à luz.

Mesmo aqui não há estrada fácil para um abrigo confortável. Viajamos o dia inteiro, e me agarro a um desconhecido na sela, mas nada alivia os solavancos da cavalgada. O terreno fica cada vez mais montanhoso, os vales são verdes e frios, à sombra da floresta cerrada, e corro os olhos à volta temendo que os lordes escoceses estejam nos esperando numa emboscada. A estrada serpenteia por entre as árvores e desemboca num descampado; até onde os olhos alcançam, há apenas mato e pequenos arbustos. É difícil divisar o caminho, quase não o vemos entre o matagal. Ele faz curvas e sobe cada vez mais, até alcançarmos o alto, mas então não há nada além de outras montanhas, o caminho descendo ao vale do rio novamente. O rio é largo, serpenteando a planície aluvial. Se houvesse homens e mulheres para cultivar essas terras, elas seriam férteis, mas não vejo ninguém. Qualquer pessoa que more nessa região aprendeu a se esconder quando alguém passa. Ou talvez se recolha nas ocasionais torres de pedra que vigiam os campos. Ninguém cumprimentaria ninguém na estrada. Não há viajantes, não há estrada. Penso que fiz muito pouco por meu reino, uma vez que a paz não chegou aqui. O sol está quente, mas sinto frio em meu ventre.

No caminho, peço a lorde Dacre que cavalgue a meu lado.
— Falta muito? — pergunto entre dentes cerrados.
— Não.
— Uma hora?
— Talvez um pouco mais.
Respiro fundo. Pode muito bem faltar mais de meio dia. Nessa longa viagem, aprendi que lorde Dacre não sente nenhuma obrigação de ser exato.
— Estou falando sério, não posso mais.
— Sei que Vossa Majestade está cansada...
— Não, o senhor não sabe. Estou dizendo. Não posso mais.
— Minha casa estará a seu comando, é confortável e...
— Será que preciso escrever uma carta codificada? Eu vou dar à luz. Não posso esperar. Preciso de um teto. A hora chegou.
Evidentemente, ele me lembra que meu filho só virá no mês que vem, mas argumento que mulher sabe essas coisas, que a mulher com dois filhos fortes e algumas perdas sabe perfeitamente bem, e paramos os cavalos para discutir, até o vento frio do leste trazer chuva.
— Será que vou ter de dar à luz numa vala?
Só então ele desiste da ideia de Morpeth e anuncia que iremos a seu pequeno Castelo de Harbottle.
— Fica perto? — pergunto.
— Bem perto — responde ele, e por isso sei que terei horas de dor pela frente.
Deito a cabeça nas costas largas do cavalariço, sentindo que descemos vales e subimos montanhas, de vez em quando olhando para os lados, contemplando as árvores, o horizonte. Vejo um falcão sobrevoando um bosque. Vejo uma raposa se esconder no matagal à margem do caminho, e seu dorso

avermelhado me faz pensar em Ard, me faz imaginar onde ele estará agora. Passamos por um povoado que não é mais do que uma série de choupanas com crianças brincando na terra, crianças que correm para dentro das choupanas ao nos avistar.

— Chegamos — informa lorde Dacre.

O caminho para o castelo é íngreme, e, à medida que nos aproximamos, a ponte levadiça se abaixa e o rastrilho sobe. O cavalo abaixa a cabeça e continua a subir. O castelo fica em um pequeno desfiladeiro acima do povoado e, à nossa volta, há outras montanhas. Passamos por um portão de pedra, cruzamos a muralha e então o cavalariço salta do animal. Permito que lorde Dacre me ajude a descer, apoiando-me nele quando as pernas me faltam, e ele me conduz para dentro.

Castelo de Harbottle, Inglaterra, Outubro de 1515

Descanso, durmo. Acordo e como. A comida não é boa, mas pelo menos tenho uma cama com estrado de cordas, não apenas um amontoado de palha. Não há bons lençóis, no entanto, nem dossel para deter as correntes de ar, e tenho apenas um único travesseiro pequeno. Trata-se do quarto do comandante do castelo, e devo dizer que as acomodações não o deixarão amolecer. O colchão parece feito de pedra — nenhuma ave tem penas assim —, além de haver pulgas ou piolhos, algum inseto que pica; tenho vergões vermelhos pelo corpo todo. Mas pelo menos não estou no cavalo. Depois de alguns dias, a dor abranda, e acho que talvez meu bebê não nasça prematuro, mas, se isso acontecer, ao menos será debaixo de um teto, como um bom cristão, não no mato, como um animal.

Não me preocupo com Archibald, vivendo a esmo nas terras discutíveis entre a Escócia e a Inglaterra, sem autorização de ficar num reino, foragido no outro. Não penso nem sequer em meu filho Jaime, aos cuidados de Davy Lyndsay no Castelo de Stirling, sem dúvida perguntando por mim, aprendendo que o caminho do trono é solitário e árduo. Não penso em seu irmão caçula, Alexander, meu bebezinho, meu amor. Não penso em Catarina, mais uma vez grávida, torcendo para dar um menino à Inglaterra. Não penso em Maria, também grávida, segundo lorde Dacre, embora que importância tenha isso? Na melhor das possibilidades, tudo que ela pode ter é o filho de Charles Brandon, herdeiro das dívidas do pai e da loucura da mãe. Sou a única rainha com um filho vivo e deveria estar exultante, mas me sinto tão cansada que penso afinal que somos irmãs de verdade, irmãs no sofrimento, irmãs na decepção.

Minha dor não resulta em nada, caio numa passividade inerte, como uma vaca com um bezerro entalado no ventre. Não há nada que eu possa fazer para dar à luz, não há nada que eu possa fazer para manter o bebê bem. Temo que a cavalgada dos últimos dias o tenha desprendido. Temo que ele morrerá dentro de mim, que será necessário me cortar e certamente morrerei também. Penso que essa é minha Flodden, minha batalha contra o inimigo, e que certamente perderei. Preciso ser desesperadamente corajosa, entender que foi meu dever que me trouxe a esse lugar e que, de qualquer modo, não há como fugir.

Quando tento me levantar — pois preciso urinar o tempo todo, embora aqui não haja um lugar reservado, apenas um balde debaixo da cama —, dou-me conta de que fiquei paralisada. Não são os espasmos do parto, é alguma doença dos ossos. Preciso de um médico, não de uma parteira. Digo a lorde Dacre que preciso me encontrar com o embaixador francês agora, que não tenho escolha; preciso me reconciliar com o duque de Albany, porque eu possivelmente vou morrer. Ele precisa mandar médicos de Edimburgo.

— Chame o embaixador francês — peço. — Dê a ele um salvo-conduto.

— Não sei onde ele está. Talvez ainda esteja em Berwick.

— Ele estava em Berwick?

Ele percebe que deixou a informação escapar.

— Ele veio a Berwick?

— Se Vossa Majestade bem se lembra, tivemos de fugir. E se os homens dele prendessem seu marido? Vossa Majestade não gostaria de pôr em risco a liberdade do conde.

Evidentemente, a segurança de Ard vem em primeiro lugar, mas, se eu tivesse me encontrado com o embaixador francês, se tivéssemos chegado a um acordo, eu não teria sido obrigada a fugir para esse forte miserável, padecendo de dores horríveis sem médicos, sem parteiras e sem ervanários de minha confiança.

— Chame-o! — exijo. — Se chegarmos a um acordo, ele poderá mandar médicos de Edimburgo.

— Ainda não, Vossa Majestade — responde ele, com tato. — Não queremos prejudicar os grandes esforços de seu marido.

— Por quê? O que ele está fazendo? — pergunto. — Achei que estivesse escondido até poder ficar conosco.

Lorde Dacre abre um sorriso, os olhos brilhando.

— Vossa Majestade verá que um jovem lorde corajoso como ele é capaz de mais do que isso!

— Ele está salvando meus filhos — murmuro, sem hesitar, e o lorde pisca o olho para mim.

— Pois é, que Deus o acompanhe. Não será maravilhoso quando Vossa Majestade estiver com seu marido e seus filhos em segurança atrás das muralhas do Castelo de Morpeth?

— Ele vai trazê-los à Inglaterra?

— Não há outro lugar para eles. Todos ficarão juntos novamente.

Não respondo. Ele tem razão. Todo passo que dei, toda escolha que fiz, parece ter me levado a lugares onde não quero estar, a mais escolhas que não quero fazer.

— Vou pensar — digo. Recordo de minha avó, que nunca dizia a ninguém o que estava pensando ou como procederia. — Vou decidir quando der à luz.

— Mandei chamarem médicos de Berwick — informa ele. — Se ao menos pudéssemos chegar a Morpeth, eu poderia acomodá-la com mais conforto. Minha esposa e as damas dela estão lá. Elas cuidariam de Vossa Majestade, e a senhora teria aposentos de seu gosto.

— Eu sei. Mas é impossível. Não consigo nem andar, não conseguiria cavalgar.

Uma dor súbita, como a estocada de uma espada em minha barriga, me faz dobrar o corpo e soltar um gemido.

Dacre se levanta.

— Chegou a hora?

Assinto.

— Chegou a hora. Acho que sim.

O parto demora dias. Dois dias e três longas noites de dor, líquidos e sono; às vezes desperto para mais dor, cambaleio pelo quarto e gemo de volta à cama, até me entregarem uma trouxinha, anunciando:

— É uma menina. É uma menina, Vossa Majestade.

Estou tão exausta que nem me importo com o fato de não ser menino. Estou tão feliz que tenha acabado e que a criança esteja viva depois de tanto esforço que ergo o rosto molhado de lágrimas para olhar para ela e vejo um bebezinho perfeito, lindo como um botão de rosa, delicado como um docinho, um anjo feito de marzipã. Não consigo falar direito por causa da dor e da exaustão. Penso: Se eu morrer por causa do parto, pelo menos a vi, e Archibald terá uma filha minha.

— Como Vossa Majestade vai chamá-la? — pergunta alguém.

— Margaret — respondo. — Margaret Douglas. Uma pequena dama escocesa, mesmo que a mãe morra.

Realmente acho que morrerei. A dor continua, embora minha filha tenha nascido. O sangramento continua, e nada que as parteiras façam consegue estancá-lo. Elas estão com medo. São mulheres pobres, ignorantes, que ganham algum dinheiro auxiliando o parto das vizinhas, geralmente pagas com ovos. Nunca estiveram num castelo, nunca envolveram um bebê com bom linho. Fazem tudo que podem, mas ninguém consegue me ajudar, e sou tragada pela febre, sem saber onde estou, chamando por Jaime, meu marido Jaime, pedindo que ele não vá para a guerra e não me dê as pérolas do luto. Sonho que ele está próximo, que Catarina levou o cadáver errado. Sonho que ele está vivendo como um animal selvagem nessas terras selvagens, que virá no momento de minha morte.

Tenho longos dias de dor, embriagada de cerveja e *uisge beatha*. Ganho e perco consciência. Vejo a luz do dia, então a chama bruxuleante das velas, depois a luz fria da alvorada. Ouço um choro fraco, como se vindo de muito longe dali, então o ruído de alguém andando de um lado para outro, acalmando um bebê gemendo.

Uma menina não tem muita serventia para mim. Archibald não sairá de seu esconderijo para ver uma menina. Os Douglas não precisam de uma menina, precisam do próximo chefe do clã. Mas estou feliz que ela esteja viva. Temia que cavalgar quando me achava tão perto da hora de dar à luz a tivesse matado. E estou feliz que ela esteja viva, embora eu ainda não consiga me sentar nem ficar de pé sem dor e minhas pernas pareçam paralisadas.

Ergo a cabeça.

— Escreva a meu irmão — peço. — Diga a ele que tenho mais uma criança saudável e espero que ele seja o padrinho. Diga que ela precisa de um tio que a proteja.

Recosto-me e adormeço, enquanto a alimentam. Ainda não conseguiram encontrar uma ama de leite e não podemos nem sequer procurar nas aldeias mais distantes, porque as estradas são perigosas, cheias de bandoleiros e homens armados. Para alimentá-la, molham o pão no leite, apertando-o na boquinha tão frágil.

— Ah, vou amamentá-la — decido, irritada.

Estremeço com uma nova dor ao acomodá-la junto ao seio.

Ela se alimenta um pouco, e as mulheres a levam, dizendo que posso descansar afinal. Deito-me no travesseiro fino molhado de suor, porque não há outra roupa de cama. Elas aplicam algumas ervas para conter meu sangramento e finalmente se sentam em silêncio. Ouço uma delas embalando o berço com o pé e todos os outros ruídos desaparecem quando as outras saem para comer ou dormir.

A chama das velas tremula, o fogo da lareira se esvai. Não consigo acreditar que eu, uma princesa Tudor, estou presa aqui, nesse lugar que não passa de uma torre de fronteira, vendo as sombras dançarem no teto com reboco de barro, ouvindo ratos andando pelo chão. Fecho os olhos. Não consigo entender por que nasci com tanto luxo e agora me vejo tão rebaixada. Uma corrente de ar faz a chama das velas se apagar. Não há vidro nas janelas para nos proteger do frio. Ouço os ruídos da noite: o crocito persistente de uma coruja, os latidos agudos de um cachorro e, em algum lugar, o uivo de um lobo.

Castelo de Harbottle, Inglaterra, Novembro de 1515

Um mês depois, minha filha está cada vez mais forte. Encontramos uma ama de leite, e minha dor parou. Lorde Dacre surge à porta do quarto do comandante do castelo e pergunta se posso recebê-lo. Nada é como deveria ser. Sou benzida na cama, minha filha é batizada numa capela minúscula. Thomas Wolsey é declarado seu padrinho, embora não tenha havido tempo para seu consentimento. É como se fôssemos invasores, acampados na fronteira selvagem. Peço que ele entre. Não adianta seguir os preceitos de minha avó quando somos quase foragidos.

Ele assimila meu rosto pálido, a pobreza da mobília.

— Eu estava imaginando se Vossa Majestade já não estaria suficientemente bem para viajarmos ao Castelo de Morpeth, onde minha esposa poderia se ocupar de seus cuidados.

Sacudo a cabeça.

— Acho que não consigo. Tem alguma coisa errada com meus ossos. Eu me recuperei do parto, mas estou estranhamente fraca. Não consigo andar. Não consigo nem ficar sentada. Os médicos de Berwick nunca viram nada parecido.

— Poderíamos viajar em etapas.

— Não consigo — repito.

Uma de minhas damas se aproxima, fazendo uma mesura ao lorde inglês.

— Sua Majestade não consegue se levantar — explica. — Está sentindo muita dor.

Ele me encara.

— Está tão ruim assim?

— Está.

Ele hesita.

— Seu irmão mandou muitas coisas para seu conforto no Castelo de Morpeth — observa. — E a rainha Catarina mandou belos vestidos.

Sinto o desejo se apoderar de mim como uma espécie de fome.

— Catarina mandou vestidos?

— E metros e mais metros de tecidos magníficos.

— Preciso vê-los. O senhor pode trazê-los?

— Eu seria roubado no caminho. Mas posso levá-la. Se Vossa Majestade encontrar força.

A ideia de Morpeth, das muitas coisas que Henrique e Catarina mandaram, roupa de cama limpa, vinho decente e vestidos, vestidos novos, me dá força.

— Pedi que alguns médicos fossem a Morpeth para examiná-la — continua ele. — Seu irmão quer vê-la com saúde. Depois Vossa Majestade poderia ir para Londres, no Ano-novo.

— Londres — repito esperançosamente.

— Sim. E metade da Europa está furiosa com a maneira como Vossa Majestade foi tratada. As pessoas querem entrar em guerra contra a França, guerra contra o duque. Vossa Majestade é uma heroína para elas. Se conseguisse se levantar, poderia reivindicar seu trono.

— Como eu conseguiria chegar a Morpeth?

— Meus homens podem carregar sua cama.

Minha dama de companhia intervém:

— A rainha não pode ser carregada na cama por soldados comuns.

Lorde Dacre se vira para mim, o rosto castigado pelo sol.

— O que Vossa Majestade acha? É isso, ou comemorar o Natal aqui, onde podemos ser atacados a qualquer momento.

— Vou para Morpeth — decido. — Quantos vestidos ela mandou?

Minhas damas me prendem à cama, por medo de algum acidente, e agarro a corda quando os homens me conduzem pelos três degraus que ficam entre o quarto e o salão. Escondo o rosto no travesseiro para abafar os gemidos. A cada solavanco, é como se enfiassem um atiçador de brasas em meu quadril. Nunca senti tanta dor; tenho certeza de que minha coluna está quebrada.

No salão, os homens cruzam tábuas debaixo da cama, como se carregassem um caixão. São seis soldados de cada lado, e eles andam com cuidado. Saímos do salão, atravessamos a ponte levadiça e descemos a longa ladeira do castelo. À nossa frente, vão os guardas, com Dacre cavalgando entre eles, minha filha nos braços de minha dama, no assento traseiro da sela.

Os pobres que moram nas choupanas junto ao muro do castelo, na esperança de ter alguma proteção contra o frio e contra invasores, olham embevecidos para mim, como se eu fosse o ícone de uma procissão em um dia festivo nos limites da paróquia. Eu ficaria constrangida se não estivesse completamente absorvida pela dor. Recosto-me no travesseiro, vejo as nuvens se adensando no céu, junto toda a coragem Tudor que me resta e rezo para que essa terrível viagem sacolejante não seja minha última, para que eu não sucumba antes de chegarmos a nosso fim.

Castelo de Cartington, Inglaterra, Novembro de 1515

Depois de horas de viagem, chegamos a outro forte miserável, no alto de uma montanha com vista para um descampado, com choupanas improvisadas contra o muro e um castelo de pedra no interior. Os homens deixam minha cama no salão. Estão exaustos e não conseguiriam levá-la ao quarto, subindo a escada estreita, e eu não suportaria ir além.

Passamos cinco dias aqui. Estou inebriada de dor; sempre que me mexo, é como se os ossos se esmigalhassem, e solto um grito de agonia. Quando me erguem para eu usar o penico, precisam antes me dar um gole de bebida alcoólica. Alimento-me deitada, as damas me servindo a sopa na boca.

Na manhã do quinto dia, sei que precisamos seguir viagem.

— Falta pouco — promete lorde Dacre.

— Quanto?

Eu gostaria de não parecer temerosa, mas não consigo.

— Três horas — responde ele. — E os soldados vão carregá-la melhor agora que aprenderam a ajustar o ritmo.

Cerro os dentes para não reclamar, mas sei que serei sacudida a cada passo dos dez quilômetros. Deixamos o castelo sem lamento, mas eles se atrapalham um pouco, escorregando nos buracos da estrada, e não consigo abafar o choro.

— Falta pouco — afirma lorde Dacre.

Priorado de Brinkburn, Inglaterra, Novembro de 1515

O priorado é um lugar pobre e pequeno, com meia dúzia de monges que supostamente seriam agostinianos, mas praticam a religião sem muita convicção. Há um muro de pedra em torno das construções e um sino grande para avisar sobre qualquer perigo, mas raramente acontecem assaltos, porque as pessoas da região sabem que não há muito a ser roubado e, além do mais, é conveniente para todos que os monges estejam aqui, alimentando os miseráveis, hospedando os viajantes, cuidando dos doentes.

Eles se mostram aturdidos com minha chegada, e o prior sugere que minha cama fique na sala da pequena casa de hóspedes. A cama mal passa pela porta e, quando entra afinal, ocupa todo o espaço do cômodo, que parece uma cela. Mas o chão foi varrido, está limpo, e, quando me trazem comida, é caldo de carneiro, o que me deixa satisfeita. Servem um vinho tinto ralo, e o próprio prior vem abençoar o alimento e rezar por minha recuperação. Por sua fisionomia ansiosa, compreendo que pareço terrivelmente doente, e, quando ele diz que os monges rezarão por minha saúde e pela vida de minha filha, murmuro:

— Por favor.

Passo dois dias descansando, então os homens de Dacre erguem as tábuas mais uma vez, e, com a cama sacolejando, partimos novamente. Essa é a etapa mais longa da viagem: levará o dia inteiro, da alvorada ao crepúsculo, para chegarmos a Morpeth. Ao meio-dia, Dacre decreta que paremos, e os soldados se põem a nossa volta, com as alabardas voltadas para fora, enquanto eu e minhas damas comemos um pouco de pão e bebemos um pouco de cerveja. Depois, os homens se alimentam, atentos aos dois lados da estrada, sempre prontos para um ataque, temerosos de algum grupo de bandoleiros. A fisionomia de lorde Dacre é uma eterna máscara de rancor.

Penso em Archibald me dizendo que lorde Dacre paga aos bandoleiros para assolarem a fronteira, deixando-a perigosa, ingovernável para qualquer rei escocês. Imagino o que estará sentindo agora, hesitante num deserto de sua própria autoria, sabendo que os homens a quem pagou para ser criminosos podem se virar contra ele.

O sol está se pondo quando vejo a imponente edificação de entrada do Castelo de Morpeth, e lorde Dacre se vira para dizer:

— Chegamos. Vossa Majestade estará segura aqui.

Choro de alívio quando cruzamos a imensa entrada. É uma vitória chegar até aqui; estou finalmente em segurança. Mas não confidencio a ninguém, enquanto correm para me receber, que, na verdade, queria que esse fosse o Castelo de Windsor, não Morpeth, e que, do outro lado do portão, minhas duas irmãs estivessem vindo me saudar.

Castelo de Morpeth, Inglaterra, Natal de 1515

Há presentes esperando por mim em Morpeth, como Thomas Dacre prometeu. Lady Dacre os dispôs no grande salão, de modo que eu possa contemplar tudo que Henrique e Catarina me deram, de modo que todos possam ver como meu irmão me estima. Há vestidos de pano de ouro, vestidos de brocado, mangas de arminho e grandes rolos de veludo vermelho e roxo, para eu mandar confeccionar como for de minha preferência. Há capelos de ouro batido, condizentes com minha posição de rainha. Há mantos e sapatos de cetim com salto de ouro. Há uma enorme quantidade de linho bordado e capas forradas com pele. Há capotas de veludo com broques de ouro. Há luvas de couro perfumadas e meias desenhadas. Por fim, há as joias de minha herança, as granadas de minha avó, seu crucifixo de pérolas, o cordão de ouro de minha mãe, com pingente de diamante. Há tudo que uma rainha deveria ter, que Catarina escolheu e mandou para mim, para mostrar a gratidão de meu irmão por minha coragem ao servir à Inglaterra.

Há cartas à minha espera, junto aos presentes. Mas elas não me trazem nenhuma alegria. Catarina está exultante. É como se ridicularizasse minhas perdas com sua alegria. A gravidez vai bem. A barriga está tão alta que ela tem certeza de que é menino.

Ficamos todos tão aflitos quando soubemos que você teve de fugir de seu reino!

Cerro os dentes ao ler isso, porque, se Henrique tivesse me ajudado, se Catarina tivesse pedido a ele para me salvar, eu teria mantido o trono.

E tão perplexos por você ter abandonado seus filhos!

O que ela acha que eu poderia fazer? Então não se lembra de que meus filhos perderam o pai e por ordem sua?

Está evidente para mim o motivo de ela não ter feito questão de que eu recebesse ajuda. Por que ela salvaria meu filho e sucessor quando espera ter um filho e sucessor próprio? Sua preocupação comigo decerto é mentira. Para Catarina, é conveniente que eu esteja em perigo, que meus filhos estejam aprisionados. Sei disso. Suas palavras afetuosas não me convencem.

E, minha querida, você deve estar tão sozinha, sentindo tanto medo sem seu marido!

Isso vindo da mulher que decretou minha viuvez! Eu poderia rir, se não estivesse tão furiosa.

Espero que você goste dos presentes. Desejamos que tenha um feliz Natal depois do ano difícil que enfrentou e que venha nos encontrar assim que puder.

Não deixo transparecer minha mágoa. Catarina, do alto de sua esplêndida gravidez, oferece solidariedade. Sim, ela agora está no auge da alegria, e eu estou no limite do horror. Não consigo nem ficar de pé sem muletas. Mas vou me recuperar e, independentemente do que ela está sentindo agora, não há nenhuma garantia em relação ao parto, ela não pode ter certeza de que conceberá um menino saudável. Não deveria cantar vitória. Ainda posso retomar meu reino e tenho dois filhos homens sendo criados, ao passo que ela tem apenas um berço vazio. Ela pode mandar meus vestidos, pode mandar peles, pode mandar — finalmente! — minha herança, mas isso tudo não passa daquilo que me cabe. Ainda sou rainha e regente e sou milady mãe do rei.

Maria também me escreve. Está convencida de que o bebê que traz no ventre é um menino. Mas quem se importa com o filho que será sucessor do duque de Suffolk? Maria é inferior a mim, os filhos dela vêm depois dos meus, e tenho dois belos meninos saudáveis. Ela jamais verá seu filho subir ao trono da Inglaterra.

A carta de Maria é cheia de novidades da corte, os acontecimentos do outono. Henrique construiu e equipou um grande navio, a maior galé da Europa, que todos chamam de *Princesa Maria*, numa homenagem ridícula a minha irmã caçula. Maria diz que todos se divertiram muito, que Henrique a levou a bordo, que estava usando um uniforme de marinheiro feito de tecido de ouro, que se ocupou do timão enquanto ela marcava o ritmo para os remadores, batendo no tambor, que a galé andava mais rápido do que o vento, mais rápido do que um veleiro jamais conseguiria. Há páginas e mais páginas desse tipo de vanglória e algumas outras páginas sobre como ela é abençoada por ter um marido fiel, o que considero sarcasmo, depois de eu ter sido obrigada a me separar de Ard, e sobre como eles estão felizes preparando sua casa de campo juntos — imagino que esteja ciente de que não pude permanecer em Tantallon. Entrego o feixe de cartas ao camareiro, que está botando lenha na lareira.

— Queime isso — peço.

O rapaz pega os papéis como se eles estivessem em chamas.

— São segredos? — pergunta, admirado.

— O pecado da soberba — respondo, irritada como minha avó se mostraria.

Fico no quarto grande, o melhor cômodo da casa. Lorde Dacre e sua esposa, Elizabeth, rapidamente desocuparam-no para mim, e agora há tapeçarias reais de Londres nas paredes e um baldaquino sobre a poltrona junto à lareira. Esculpido em pedra, o brasão dos Greystoke, que lorde Dacre recebeu pela herança da esposa, alardeia a importância deles. Mas os dois precisam dormir num quarto inferior enquanto estou aqui.

Eles fazem um grande banquete natalino em minha honra. Nunca uma rainha passou o Natal na residência, e o mordomo, os servos e o mestre das cavalariças se excedem nos preparativos das festividades. Dacre designou um ator cômico para ser mestre de cerimônia, e todos os dias há concertos de música, dança, peças ou alguma outra atividade, caça, corrida, desafios. Os desolados campos à volta foram despojados de comida e provisões para o castelo se banquetear. Até a floresta é abatida, para haver ramos em todas as portas, lenha em todas as lareiras e o cheiro doce de sempre-verde pairando no ar. O castelo reluz na escuridão profunda do norte da Inglaterra, ardendo como uma tocha na noite. Viajantes que se acham a quilômetros de distância conseguem ver as janelas iluminadas; há velas em todo castiçal, todas as lareiras estão acesas.

Metade da nobreza da Escócia e todo o norte da Inglaterra vêm me homenagear e comemorar a estação, tão promissora para eles. Todos estão seguros de que a Inglaterra deve entrar em guerra contra a Escócia do duque de Albany. Todos esperam conquistar terras escocesas, roubar bens escoceses. A agitação que Thomas Dacre vem cozinhando em fogo brando há dois reinados está fervendo, e ele declara a todos os visitantes que o rei da Inglaterra não tolerará tamanho insulto a sua irmã, que certamente invadiremos o reino e que meu sofrimento torna sua causa justa. Embora jamais chegue a dizer isso, ele próprio terá enorme felicidade em ir para a guerra de novo.

Não consigo receber ninguém, embora os Dacre me concedam sua grande sala de audiências, e lorde Dacre diga que ele mesmo carregaria minha cadeira. Diz que a acolchoaria, que armaria o baldaquino sobre ela, que seria meu trono. Mas não consigo nem ser erguida da cama; minha perna está tão inchada que parece ter o tamanho de meu torso. Vejo apenas as pessoas que admito em meu quarto, mas não saio da cama para recebê-las. Estou aleijada, fraca como os mendigos que precisam ser puxados em carrinhos pelas praças.

Assim, Lady Bothwell e Lady Musgrove vêm a meu quarto para me visitar, e Lady Dacre surge à porta várias vezes por dia, para saber se preciso de algo. Recebo lorde Hume, que foi leal a minha causa, embora isso tenha lhe custado as terras e a segurança, e discutimos como voltarei à Escócia, como recuperarei meus filhos. Ele se mostra um pouco ressabiado, como se houvesse alguma coisa errada, quando falo deles.

— Meus filhos precisam morar comigo — afirmo. — Não pretendo deixá-los aos cuidados de meu irmão ou da esposa dele. Eles ficarão comigo.

— Claro, claro — responde ele, com a súbita avidez apaziguadora do homem casado que sabe que a mulher não deve ser contrariada quando está com dor. — Conversaremos sobre isso quando Vossa Majestade estiver melhor. E, além do mais, tenho uma notícia que será um grande remédio.

Ouço passos pesados no corredor que leva a meu quarto.

— Não posso receber visitas — protesto.

— Vossa Majestade gostará de receber essa visita.

Ele abre a porta do quarto, o sentinela se afasta... e Archibald, meu marido, entra no cômodo.

Sobressaltada, sento-me na cama, soltando um gemido de dor, no mesmo instante em que ele atravessa o quarto.

— Meu amor, meu amor — sussurra Ard, a boca colada em meu cabelo.

Ele beija meu rosto, me abraçando apertado, depois me afasta para ver as lágrimas que escorrem por meu rosto.

— Archibald, ah, Archibald! Achei que nunca mais o veria! E nossa filhinha! Você precisa vê-la.

Lady Bothwell já pediu que alguém fosse buscá-la, e agora a ama surge com a pequena Margaret nos braços. Ard a segura, fitando seu rosto adormecido, balançando a cabeça, maravilhado.

— Ela é tão pequenina! — admira-se. — É tão perfeita!

— Achei que a perderíamos, achei que eu fosse morrer.

Com cuidado, ele devolve o bebê à ama e se vira para mim.

— Deve ter sido horrível. Tantas vezes desejei estar com você!

— Eu sabia que você não podia. Não podia correr o risco de permanecer na Inglaterra sem salvo-conduto. — Imediatamente, um pensamento me ocorre. — Ard, meu amor, você está em segurança agora?

— Seu irmão, o rei, mandou salvo-conduto para mim, para lorde Hume e para meu irmão. Iremos todos a Londres, assim que você estiver bem para viajar.

— Logo estarei bem — prometo. — A dor tem sido um suplício. Nem mesmo o melhor médico que lorde Dacre trouxe de Newcastle sabe qual é o problema com minha perna. Mas ficar deitada está atenuando a dor, e tenho certeza de que o inchaço está diminuindo. Se você for comigo, juro que logo estarei bem para viajar.

Eles jantam carne de cisne e garça, veado e javali. Os melhores pratos são trazidos a meu quarto, e Ard se senta comigo, para me alimentar com sua própria colher. Ele me faz companhia durante os doze dias do Natal, durante todos os dias gelados, e juntos ouvimos os festejos do salão. Ele se senta num banco simples a meu lado, porque não suporto quando o colchão de penas afunda com o peso das pessoas. Fico deitada com um único travesseiro baixo, belamente bordado, de modo que as pernas e a coluna se mantenham alinhadas.

— Não sou esposa digna de você — murmuro, em desalento.

Não posso abraçá-lo, não posso me deitar com ele, não posso nem sequer ficar de pé a seu lado. Em poucos meses, tornei-me uma velha, e ele está mais forte e bonito do que quando era o jovem designado para ser meu trinchador. Foi endurecido pelo inverno que passou em fuga, comandando homens, correndo riscos, desafiando o regente da Escócia. Está mais atlético do que nunca, ágil, alerta a qualquer perigo. E eu estou cansada, com dor, gorda por causa da gravidez, sem conseguir nem mesmo sair da cama sem gritar.

— Foi por ser minha esposa que você ficou nessa situação — responde ele.

— Se tivesse permanecido viúva, ainda estaria no Castelo de Stirling.

Ele fala isso para me consolar, de maneira quase mecânica, mas de súbito o peso de suas palavras faz com que se cale e olhe para mim. Archibald engole em seco, como se jamais tivesse provado o desespero delas.

— Fui sua ruína.

Com tristeza, retribuo o olhar.

— E eu fui a sua.

É verdade. Ele perdeu o Castelo Tantallon, a bela casa da família, que era tão imponente, aparentemente tão inatingível na encosta. Perdeu suas terras. E todas as pessoas que pertenciam a seu clã havia muitas gerações perderam o líder, o chefe da casa. Ele é um foragido, não possui nada além daquilo que traz consigo, é um homem sem terra, um homem sem subordinados; na Escócia, isso equivale a ser um mendigo. Ele é associado à causa inglesa; na Escócia, isso equivale a ser um traidor. E ele é um traidor.

— Não me arrependo de nada — afirma.

Está mentindo. Deve se arrepender. Está arrependido, sim. Eu também.

— Se Henrique mandar seu exército...

Ele assente. Claro. Claro, é o que sempre falamos um para o outro. Se Henrique mandasse seu exército, o mundo mudaria de uma hora para outra. Precisamos nos tornar fomentadores da guerra como Thomas Dacre, desejando um ataque inclemente à Escócia. Precisamos clamar por vingança, precisamos exigir uma frota. Se meu irmão agir como um irmão de verdade para mim, se Catarina o aconselhar como uma irmã deveria, serei rainha regente outra vez. Tudo depende de Henrique. Tudo depende de minha cunhada, a esposa dele.

— Preciso lhe contar uma coisa — murmura Ard, escolhendo as palavras com cuidado. — Ninguém contou antes porque temiam por sua saúde.

Sinto um frio no estômago, como se eu estivesse caindo. Sou tomada de pânico.

— O que foi? Diga! É Maria, minha irmã? Ela morreu no parto? Deus me livre! Não foi ela, foi?

Ele balança a cabeça.

— Catarina perdeu o bebê — digo com convicção.

— Não, é seu filho.

Eu sabia. Soube no instante em que vi a gravidade de sua fisionomia.

— Ele morreu?

Ele assente.

Cubro o rosto com as mãos como se não quisesse ver sua manifestação de solidariedade. Por baixo dos dedos, as lágrimas escorrem dos olhos para os ouvidos. Não consigo levantar a cabeça para enxugar o rosto. Não consigo gritar com essa nova dor, depois de ter gritado tanto com a dor das articulações.

— Que Deus o receba — sussurro. — Que Deus o abençoe e o acolha.

Mesmo depois do susto, penso, naturalmente, que pelo menos eu tinha dois príncipes. Se um morreu, permanece o outro. Ainda tenho um filho e sucessor. Ainda tenho um sucessor para a Escócia, um sucessor para a Inglaterra. Ainda sou a única das três rainhas a ter um filho. Mesmo se um morreu, mesmo se perdi meu menino, meu sucessor, ainda tenho meu tesouro especial. Ainda tenho meu bebezinho querido.

— Você não quer saber qual deles morreu? — pergunta Archibald, sem jeito.

Eu havia deduzido que era o rei. Isso seria o pior. Se o rei coroado está morto, o que, além de um bebê solitário, temos para impedir uma usurpação?

— Não foi o Jaime?

— Não. Foi o Alexander.

— Ah, meu Deus, não!

Agora grito. Alexander é meu amorzinho, meu menininho lindo, meu menininho adorado. Foi o filho que Jaime deixou comigo. Nem mesmo a pequena Margaret ocupou seu lugar em meu coração.

— Não pode ser o Alexander! Ele é tão forte!

Archibald assente, o rosto pálido.

— Sinto muito.

— Como ele morreu?

Ard encolhe os ombros. É um rapaz. Não sabe como os bebês morrem.

— Ficou doente, ficou fraco. Meu amor, sinto muito.

— Eu deveria estar lá!

— Eu sei. Deveria. Mas ele foi bem cuidado. Não sofreu.

— Meu filho! Alexander! Meu menininho. É o terceiro filho que perco. O terceiro!

— Vou deixá-la aos cuidados de suas damas — anuncia Archibald, formalmente.

Ele não sabe o que dizer, não sabe o que fazer. O que ele mais faz é me consolar. Nada nunca deu certo para nós. Agora ele está preso a uma mulher aleijada, gritando pela morte do filho. Ele então se levanta, faz uma mesura para mim, e se retira.

— Meu filho, meu filhinho!

Juro que o duque de Albany pagará por isso. Independentemente de como Alexander morreu, a culpa é do duque. Eu jamais deveria ter sido obrigada a sair do Castelo de Stirling, ficando longe das crianças. Jamais deveria ter sido obrigada a me separar dele. Minha irmã, Maria, uma viúva da realeza, exatamente como eu, casou-se em segredo e teve permissão para sair do reino com todas as honrarias. Por que eu devo estar exilada, meu marido, perseguido, e meu filho, morto? Como sempre, não tenho o que me é devido como princesa Tudor mais velha. Lorde Thomas Dacre concorda comigo, e juntos escrevemos oito páginas de acusações contra o duque para mandar a Londres. Dacre acrescenta todas as ocasiões em que os escoceses invadiram as terras do norte da Inglaterra, tudo que roubaram, todas as casas que incendiaram, todos os viajantes que assaltaram. Destruiremos o duque. Convenceremos Henrique a invadir a Escócia. Se isso gerar guerra com a França, trata-se de um preço pequeno diante da vingança que uma rainha deve exigir pela morte do filho.

O falso duque me escreve, solidarizando-se com minha perda, parabenizando-me pelo nascimento de minha filha, dizendo que espera chegarmos a um acordo. Enviará um representante para conversar com Henrique. Espera que nos reconciliemos.

— Nunca — murmuro com frieza para Dacre. — Vou dizer a Albany o que ele precisa fazer para eu começar a considerar um tratado de paz. Ele deve libertar Gavin Douglas, deve perdoar lorde Drummond, deve retirar as acusações contra meu marido, deve mandar minhas joias e devolver as terras e fortuna de meu marido.

— Ele não pode fazer isso tudo — adverte Dacre, preocupado.

— Ele precisa. Eu mesma escreverei a ele.

O velho lorde da fronteira se mostra apreensivo.

— É melhor não negociar agora que ele mandou um representante para conversar com seu irmão. É melhor deixar os dois chegarem a um acordo.

— De jeito nenhum — decido com firmeza. — Sou a rainha regente, não uma pessoa qualquer. Farei minhas exigências, que ele cumprirá.

Também escrevo a minha irmã Catarina, a rainha da Inglaterra, que parece ter mantido o filho no ventre durante todo esse tempo. Digo que, com a aproximação da hora do parto, estou sempre rezando por ela e peço que me escreva imediatamente, assim que nascer o bebê, o priminho de Margaret. Penso em minhas duas irmãs, ambas cada vez mais perto de dar à luz, cercadas de luxo, aconselhadas por médicos, com berços de ouro preparados para receber as crianças, e me dou conta de que essa é a injustiça que mais me magoa. Elas não fazem ideia da dor que senti. Não sentirão nada parecido. Não fazem ideia dos perigos que enfrentei. As duas estão juntas. Eu sou como uma criança magicamente trocada no berço, eternamente excluída.

Albany escreve para mim prometendo paz, prometendo uma reconciliação, mas ao mesmo tempo seus emissários escrevem a meu irmão. Talvez esteja tentando chegar a um acordo comigo por intermédio de Henrique, mas eu preferiria que ele tratasse de tudo diretamente comigo. Não posso permitir que Henrique concorde com a possibilidade de Albany ficar com meu filho, o rei. Não sei como explicar a Henrique a importância de minhas joias. Todos acham que estou pensando em trivialidades, coisas de mulher. Mas sei que

Albany me trata com desprezo, que trata meus aliados com desprezo. Parece que só eu entendo que os homens que lutaram por mim precisam ser libertados. Gavin Douglas continua preso. Precisa ser solto e receber o bispado que prometi. Essas coisas não podem ser ignoradas. São um bem meu, assim como minhas joias. Qualquer pessoa que as roube é ladra.

Às vezes, acho que eu deveria voltar secretamente ao Castelo de Stirling e provocar um novo cerco, só para ficar com meu filho. Às vezes, acho que deveria ir a Edimburgo para negociar com o duque pessoalmente. Mas então Dacre surge em meu quarto com cartas de Londres, quando me acho sentada diante da lareira.

— Deixe-me vê-las! — digo, extasiada.

— Há uma da rainha — avisa ele, indicando o timbre real de Catarina.

Abro um sorriso e quebro o selo com avidez. Não deixo transparecer que estou morta de medo, certa de que ela finalmente deu à luz um menino saudável, depois de todas as outras tentativas. Se ela teve um menino, meu filho perdeu a sucessão ao trono inglês, e já não há motivo para Henrique salvá-lo. Cubro os olhos como se protegesse o rosto do calor do fogo. Essa seria a maior desgraça desse ano de desgraças.

Então vejo que Catarina não cumpriu sua obrigação. Deus não a abençoou. Graças a Deus, ela falhou mais uma vez, e seu coração deve estar partido. No fim da página, quase oculta pela assinatura, está a notícia que me faz sorrir.

— Ela teve uma menina — anuncio.

— Que Deus a perdoe. Que lástima! — exclama Dacre, muito sentido, como todo inglês deveria ficar. — Que Deus a proteja. Que decepção!

Penso: Dei à luz quatro meninos e ainda me resta um. Tudo o que Catarina tem é uma menina.

— Ela vai se chamar Maria. Princesa Maria.

— Em homenagem à tia, a rainha viúva? — pergunta Dacre, animado.

— Duvido. Impossível, depois que ela voltou para casa desonrada, casada sem permissão. Deve ser em homenagem a Nossa Senhora, porque Catarina deve querer a proteção da Virgem para a criança, depois de todas as perdas anteriores. Precisamos rezar para que a criança viva, nenhuma outra sobreviveu.

— Ouvi dizer que elas são muito próximas, a princesa Maria e a rainha.

— Não exatamente. Ela agora é duquesa de Suffolk.

— E aqui tem uma carta do comissário de seu irmão — anuncia Dacre.
— E ele também escreveu para mim.

— O senhor pode ler a sua aqui — sugiro, e quebramos os selos para ler juntos.

É a carta pela qual ambos vínhamos esperando. O comissário de Henrique escreve para dizer que encomendou uma liteira especial para me levar a Londres, com a guarda de honra, cavalos extras, carroças para meus pertences e soldados para me manter em segurança nas perigosas terras do norte. O próprio Henrique escreveu algumas palavras ao lado do texto meticuloso, recomendando que eu vá imediatamente.

— E Archibald? — pergunto, sorrindo para meu marido, que surge no quarto.

Ele se põe atrás de minha cadeira, e sinto o suave toque de sua mão em meu ombro. Empertigo-me com orgulho, ignorando a pontada no osso do quadril. Sei que formamos um belo jovem casal. Vejo que Dacre nota a força de Archibald, minha determinação.

Dacre sorri.

— Fico feliz em informá-la que seu irmão, o rei, mandou um salvo-conduto para seu marido. Os dois devem ir juntos para Londres, onde viverão como rainha regente e consorte. Ele receberá todas as honras devidas, e Vossa Majestade terá precedência sobre todos, à exceção da rainha. Terá precedência sobre sua irmã, a rainha viúva Maria, e o marido dela.

— Você vai ver o que tentei descrever para você — prometo a Ard. — Vai me ver em minha terra, nos castelos que foram minhas casas de infância. Vou apresentá-lo a meu irmão, o rei. Seguiremos ele e Catarina ao salão de jantar, e todos os demais, *todos os demais*, virão atrás de nós. Você vai ser o homem mais importante da Inglaterra, depois do rei, e eu serei a mulher mais importante, depois de Catarina.

Ele vem para o meu lado e se ajoelha. Ergue a bela face para mim, fitando-me, e não consigo deixar de levar a mão a seu rosto recém-barbeado. Meu Deus, que homem lindo! Sou tomada de desejo por ele. Foram tantos dias que precisei ficar estirada como um cadáver na cama, enquanto ele se sentava a meu lado, sem ousar me tocar por causa da dor que eu sentia! Quero ser sua esposa novamente, quero ser sua amante. Quero ser sua rainha, caminhar com orgulho a seu lado.

— Minha amada esposa, Vossa Majestade, não posso ir — diz ele.
Dacre e eu nos entreolhamos, surpresos.
— O quê?
— Não posso ir a Londres.
— Mas você precisa — protesto.
— Se eu for com você, como foragido, todas as terras de meus parentes serão tomadas, todos os meus castelos serão demolidos. Tudo que meu pai deixou para mim, tudo que meu avô possui, seria destruído. Meu clã ficaria sem líder, minha gente morreria de fome. Seria como se eu abandonasse meu direito nato, e todos saberiam que troquei tudo pelo conforto de ser seu marido em Londres, quando deveria estar lutando em meu reino. Achariam que fugi para um lugar seguro, abandonando-os à desgraça.
— O senhor não pode ficar na Escócia para lutar — intervém Dacre.
— O próprio rei está querendo uma reconciliação. O senhor não pode gerar tumulto agora.
— O senhor agora é um pombinho inofensivo? — pergunta Archibald, com ironia. — Nunca imaginei ouvi-lo dizer que um escocês não deveria lutar contra outros escoceses. — Ele se vira para mim, como se Dacre fosse desprezível demais para merecer resposta. — Meu amor, minha rainha, não posso abandonar as pessoas que arriscaram tudo por sua causa. Lorde Hume também vai perder as terras. Albany já ameaçou prender a esposa e a mãe dele. Não podemos fugir, deixando nossas famílias para trás.
— Mas eu sou sua mulher! Essa é sua família!
— Fugir seria uma infâmia.
— Sua obrigação é comigo!
— Minha obrigação está na Escócia — responde ele. — Seu irmão a protegerá na Inglaterra. Mas ninguém protegerá meu povo, se eu o abandonar.
— Pense bem — sugere Dacre. — Não se precipite. O senhor talvez passe muito tempo escondido nas montanhas. O rei pode conseguir uma reconciliação com a França que não o inclua. Se o senhor não estiver em Londres, pode ser esquecido. — Ele volta os olhos para mim. — Lamento, mas é como são os homens importantes. Se seu marido não estiver presente, talvez seja esquecido.
Sinto o sarcasmo em seu tom, dirigido a meu marido e a mim. Dacre é, antes de tudo, um homem de meu irmão, e meu servo em segundo lugar. Sei muito bem que não vão se lembrar de Archibald; mal se lembram de mim.

Quem, melhor do que eu, sabe que mesmo uma princesa, ao cruzar a fronteira da Escócia, desaparece da memória alheia? Quem, melhor do que eu, sabe que só lutam por nós quando tudo se tornou um desastre tão grande que já não é possível ignorar? Não sou Maria, que pode ir e vir sem perder a atenção do irmão, que pode ser desobediente, desleal, pois será recebida com festejo. Não sou Catarina, que pode fracassar em conceber um filho homem, ano após ano, e ainda assim ser a esposa escolhida por ele e rainha da corte. Sou Margaret, rainha da Escócia, e sou lembrada apenas quando a gravidade de meu perigo os ameaça.

— Ele irá comigo para Londres! — exclamo, irritada. — Eles vão nos ver juntos. Vão se lembrar de nós.

Dacre se vira para meu marido com um sorriso, aguardando a resposta dele. Lembro-me de que, há anos, esse homem joga os escoceses uns contra os outros, joga os ingleses uns contra os outros, joga escoceses contra ingleses, ingleses contra escoceses. Agora está jogando uma esposa contra o marido. Dacre é um homem da fronteira em todos os sentidos. Deduz conhecer por completo rapazes como Archibald, que ele paga para agir segundo sua vontade. Sempre o imaginou comprado, facilmente dobrável, facilmente traído.

— Não posso — afirma Ard. — Lembrado ou esquecido, não posso ir.

Partimos sem ele. Tenho apenas 26 anos, mas parece que passei a vida abandonando as pessoas que amo, perdendo as pessoas que me protegem. Deixamos meu filho Alexander na terra fria da Escócia, pois Albany enterrou meu menininho em dezembro, antes mesmo de eu saber que ele estava morto. Deixamos meu filho que resta, o rei, uma criança de 4 anos, aos cuidados de seus tutores. Rezo para que Davy Lyndsay esteja a seu lado, pois quem mais está lá para lhe dar conforto? Levamos Margaret conosco, sua ama de leite, as outras amas, seu séquito interminável. Viajamos com a menor quantidade de carga possível, e mesmo assim há um longo comboio de carroças com meus pertences, os pertences de Dacre, soldados para protegê-los, os lordes que nos acompanham, satisfeitos com a chance de ir para Londres, depois de anos na fronteira. Levamos metade de Northumberland, mas partimos sem meu marido.

Ele beija minha mão, meus olhos úmidos, minha boca, novamente minhas mãos. Jura que me ama mais agora do que quando era meu belo trinchador, meu cavaleiro, meu amigo. Diz que não pode abandonar os amigos e aliados, seus homens, os inquilinos humildes que nada sabem de reis, regência, rainhas regentes, mas o acompanharão aonde quer que ele vá. Não pode abandonar seu castelo, aquele grande forte com vista para o mar e para as gaivotas. Diz que ficaremos juntos de novo, um dia. Seremos felizes de novo, um dia.

— Vou voltar — prometo. — Espere, pois vou voltar. Vou pedir a Henrique que se reconcilie com os franceses e com os lordes escoceses, e eles permitirão que eu volte para casa. Serei rainha regente, como antes, e você será meu consorte.

Seu olhar afetuoso é límpido e verdadeiro, como quando ele era meu trinchador.

— Volte para mim, e eu defenderei meus castelos, minhas terras, meu poder. Volte para a Escócia, onde a receberei como rainha. Volte logo.

Em trânsito para o Sul, Inglaterra, Primavera de 1516

É uma viagem longa, mas há indícios do retorno de meu poder. Quanto mais avançamos — por lentas e dolorosas etapas —, mais imponente fica nossa procissão. Quando entro em York, a cidade se lembra de minha chegada como princesa, muitos anos antes. A cada dia, temos mais seguidores. Designo novas pessoas para meu serviço, sou cercada por peticionários. Dacre diz que não pode hospedar nem alimentar tantas pessoas na estrada, e encolho os ombros dizendo que sempre fui muito amada na Inglaterra; ele deveria ter me ouvido quando falei que o povo se amontoava para ficar a meu lado.

Recebo cartas de Londres: de Catarina, dizendo que a filha está forte e saudável; de Maria, que deu à luz um menino. É difícil ficar feliz por ela. Não se trata de um menino que enobrecerá a mãe, minha irmã caçula. Não se trata de um menino que terá um grande lugar no mundo. Os pais estão falidos desde que foram obrigados a pagar ao tesouro real uma multa exorbitante por causa do casamento. O próprio título do menino foi apenas uma recompensa porque o pai é um amigo divertido. Brandon não tem talento, não tem berço nem mérito. Batizaram o garoto com o nome de Henrique, numa tentativa de ganhar a proteção de meu irmão. Imagino que pedirão a Thomas Wolsey, essa estrela ascendente, para ser padrinho, assim como ele é de minha filha. Precisarão fazer alguma coisa para virar a sorte. Por isso não posso comemorar o nascimento desse menino, que não será nada além de um fardo para a família.

Mas fico contente por Maria estar fora de perigo. Sempre achei que ela seria fértil. Na família de minha mãe, somos todos excelentes reprodutores. Os Plantageneta florescem como a planta que lhe dá o nome. Eu tinha certeza de que ela não seria fraca como Catarina. Fico feliz por ela estar bem, por poder me receber quando chegarmos a Londres. A ideia de vê-la de novo, mesmo de ver Catarina, fica cada vez mais estimulante ao nos aproximarmos da capital. Foram treze anos em outro reino. Nunca achei que voltaria para casa. Nunca achei que dormiria novamente debaixo de um teto inglês, com o estandarte dos Tudor tremulando no alto. Houve momentos em que imaginei que não veria nenhum deles outra vez.

E não me esqueço, nem mesmo na alegria de minha volta, que minha desgraça sobreveio porque Henrique quebrou meu tratado e insistiu em fazer guerra com a Escócia, porque Catarina comandou os Howard a liderarem um exército brutal, ordenando que ninguém fosse poupado. Pois, embora o novo estandarte dos Howard ostente a insígnia da derrota de meu marido, não foram eles que decidiram não levar prisioneiros. Foi Catarina: cruel e sanguinária como a mãe, que passou sua espada cristã na Espanha. Por mais que ela me mande cartas afetuosas agora, prometendo que nos abraçaremos muito quando nos encontrarmos, não me esqueço de que ela ordenou que o corpo nu de meu marido fosse enviado como um troféu de guerra a meu irmão. A mulher que consegue pensar numa coisa dessas não é uma mulher que eu possa chamar de irmã. Não sei nem onde o corpo de Jaime está enterrado na Inglaterra. Não sei nem onde o casaco sujo de sangue dele está guardado. Em algum armário esquecido, imagino. Há rancor entre mim e Catarina. Ela foi generosa desde minha queda terrível, e eu me beneficiei de sua consciência pesada. Mas ela foi o motivo de minha queda, e não a perdoo nem me esqueço.

No dia que estamos prestes a deixar York, ouço batidas à porta de minha câmara privada, que se abre sem meu consentimento. Ergo os olhos para ver quem adentra os aposentos da rainha viúva da Escócia sem se fazer anunciar e, diante de meus olhos, com o barrete na mão, sorrindo e dolorosamente bonito, vejo meu marido, Archibald.

Levanto-me, pois já consigo me levantar sem dor, e ele cruza a sala num átimo para se ajoelhar a meus pés.

— Saiam — peço a minhas damas, que se retiram, fechando a porta.

Ele se põe de pé e me abraça apertado. Beija minhas pálpebras molhadas, minha boca, meu pescoço. Suas mãos estão quentes sobre meu peitilho. Ele abaixa a cabeça, beija a curva de meus seios, e sinto-o desfazer os laços.

— Venha — é tudo que digo, levando-o para o quarto. Deixo-o me despir como se eu fosse uma camponesa num celeiro, afastando meu vestido sofisticado, as anáguas rendadas, para entrar em mim com tanto desejo quanto quando nos casamos e achávamos que governaríamos a Escócia juntos.

É maravilhoso. Ficamos deitados, semivestidos, o sol entrando pela janela, os sinos da igreja de York repicando para anunciar a missa vespertina.

— Meu amor — murmuro, a voz cheia de sono.

— Minha rainha — sussurra ele.

Seguro seu rosto sorridente e bronzeado e beijo sua boca.

— Você veio — digo. — Achei que tinha perdido você para sempre.

— Eu não podia deixar você ir embora assim — afirma ele. — Não podia deixar você ir embora sem saber que meu amor está com você, que permaneço fiel como sempre, que amo você mais do que nunca.

— Estou tão feliz.

Deito a cabeça em seu ombro e, através do tecido fino da camisa, sinto o batimento de seu coração.

— Você está sendo bem-cuidada? — pergunta ele. — Estou vendo que tem vestidos bonitos e damas e criados a seu dispor.

— Estou sendo bem-cuidada como a princesa Tudor que nasci para ser, como a rainha escocesa que sou. Dacre é um servo muito leal.

— Como bem deve ser — observa Ard, irritado. — Ele deu a você dinheiro de seu irmão?

— Estou rica de novo — confirmo. — E todos garantem que Albany vai devolver minhas joias, meus pertences. Você não precisa se preocupar comigo, meu amor. Estão cuidando bem de mim.

— Graças a Deus. E para quando planejam sua volta à Escócia?

— Ninguém sabe ainda. Eles terão de acertar com Albany. Mas Henrique disse que não vai falar com ninguém enquanto não conversarmos. E Dacre e eu fizemos uma lista das injustiças que sofri. Albany terá de responder por tudo, os lordes escoceses que o apoiaram terão de responder por tudo. Você e eu seremos vingados.

Ouvimos batidas à porta, e alguém pergunta:

— Vossa Majestade jantará no salão principal?

Volto o rosto sorridente para Ard.

— Todo mundo vai saber que passamos a tarde na cama — cochicho.

— Somos marido e mulher. Temos o direito. Posso muito bem dizer a eles que dormirei na sua cama hoje, se eles quiserem saber.

Solto uma risada.

— Na minha cama, todas as noites, até chegarmos a Londres.

O rosto dele se fecha.

— Ah, meu amor. Não falemos disso.

— Disso o quê? — pergunto, alarmada. Grito para a dama: — Vou, sim! Venha me vestir daqui a pouco.

— Não posso ir para Londres — lamenta Ard. — Nada mudou para mim na Escócia, embora agora você esteja rica e bem-cuidada. Ainda sou um fora da lei. Ainda estou me escondendo nas montanhas.

— Mas você vai ficar comigo agora. Também será rico, bem-cuidado.

— Não posso — protesta ele. — Meus homens ainda precisam de mim. Tenho de liderá-los, protegê-los de seus inimigos.

— Você só veio para se despedir?

— Não consegui ficar longe de você — murmura ele. — Me perdoe. Foi um erro?

— Não, não, prefiro ver você por um instante a não ver. Mas tem certeza de que não pode vir?

— Meu castelo, minhas terras e meus inquilinos ficariam em perigo se eu não voltasse. Você me perdoa?

— Claro, claro! Eu perdoaria qualquer coisa, mas não suporto que você me deixe.

Ele se levanta da cama e veste a calça de montaria, gasta de tanto cavalgar.

— Mas você já vai embora?

— Vou ficar para o jantar, se puder. Tive poucas boas refeições nas últimas semanas. E vou dormir na sua cama hoje. Não tive nenhum travesseiro macio nem carinho. E partirei ao amanhecer. É minha obrigação.

— Ao amanhecer? — repito, sentindo os lábios tremerem.
— Eu preciso.

Amo-o por seu orgulho e por sua ideia de honra. Levanto-me ao amanhecer com ele e vejo-o vestir a calça gasta.
— Tome! — digo. — Pelo menos, leve essas camisas.
Entrego a ele meia dúzia de camisas de linho, belamente costuradas à mão, rematadas em renda.
— Onde você arranjou isso? — pergunta ele, vestindo uma.
— Peguei de lorde Dacre — admito. — Ele não gostou, mas pode encomendar outras depois, e você não deveria ter nada além do melhor.
Ele solta uma risada e calça as botas.
— Você tem se alimentado direito? — pergunto. — Onde dorme?
— Fico com outros foragidos, nos castelos e fortes deles por toda a fronteira. Às vezes durmo a céu aberto, mas em geral conheço alguém leal a sua causa, que se dispõe a correr o risco de me abrigar. Às vezes, até chego perto de Tantallon, onde todos arriscariam a vida para me conceder uma cama para passar a noite.
Sei que Janet Stuart abriria as portas de Traquair para ele. Mas não menciono seu nome.
— Você precisa de dinheiro? — pergunto ansiosa.
— Dinheiro ajudaria — responde, impassível. — Preciso comprar armas, roupas e comida para quem viaja comigo. E gosto de pagar por minha hospedagem, principalmente quando as pessoas são pobres.
Dirijo-me à cômoda.
— Tome. Meu irmão mandou esse dinheiro para eu distribuir no caminho. Posso pedir mais a Dacre. Leve tudo.
Ele avalia o peso da bolsa.
— É ouro?
— É — assinto. — E leve isso também.
Pego no baú uma corrente comprida de argolas de ouro.
— Você pode parti-la e vender à medida que for necessário — sugiro. — Leve-a pendurada no pescoço, para protegê-la.

— Isso deve valer uma fortuna — protesta ele.

— Você vale uma fortuna para mim — garanto-lhe. — Leve. E isso aqui também.

Encontro um punhado de pesadas moedas de ouro no fundo do baú.

— Isso já é demais — argumenta ele, mas aceita o ouro que lhe entrego. — Meu amor, você é muito boa para mim.

— Eu faria muito mais, se pudesse. Quando eu voltar à Escócia, metade do reino será seu. Ard, tenha cuidado. E seja fiel a mim.

Ele se ajoelha em mesura e inclina a cabeça para receber minha bênção, levanta-se e me toma nos braços. Fecho os olhos, sentindo seu cheiro, adorando-o. Eu arrancaria os anéis dos dedos por ele, entregaria as joias que prendem meu cabelo, prometeria o mundo.

— Volte para mim — murmuro.

— Claro — responde ele.

Compton Wynyates, Inglaterra, Maio de 1516

Aguardo na casa do bom amigo e servo de meu irmão sir William Compton, usando meu melhor vestido de veludo roxo e forro de pano de ouro. Meu irmão, o rei, virá para me acompanhar à cidade. Daremos um grande espetáculo ao povo — nós, os Tudor, sabemos que precisamos dar grandes espetáculos —, e minha autoridade com os escoceses aumentará quando eles ficarem sabendo que o próprio rei cavalgou a meu lado para me levar de volta para casa. Faz treze anos desde a última vez que o vi, um menininho fútil, e durante esse tempo perdemos nosso pai e nossa avó, ele se tornou rei, eu me tornei rainha, ambos tivemos e perdemos filhos. Todos dizem que ele se tornou um homem extraordinariamente bonito, e sinto um misto de animação e nervosismo ao esperar junto à janela da bela sala de audiências de sir William, ouvindo o estrondo das alabardas dos guardas lá fora, os passos pelo corredor. Então finalmente a porta se abre, e Henrique entra na sala.

Ele mudou muito. Deixei um menino e agora vejo um homem. Ele é muito alto, mais alto do que Archibald, bem mais alto do que eu, e a primeira coisa que noto é a barba espessa, acobreada, belamente aparada. A barba o deixa com a aparência definitiva de adulto, distante da lembrança que tenho de meu irmãozinho de pés ligeiros e pele clara.

— Henrique — murmuro, hesitante. Então me lembro de que ele é o rei da Inglaterra e faço uma mesura. — Vossa Majestade.

— Margaret — diz ele, com carinho. — Minha irmã.

E me beija nas bochechas.

Seus olhos penetrantes são de um azul claro, os traços harmônicos, fortes. Ele sorri, revelando os dentes brancos, perfeitos. É um homem assombrosamente bonito. Não é de admirar que as cortes da Europa digam que é o príncipe mais lindo da Cristandade. Por um instante de rancor, penso que Catarina de Aragão teve sorte de fisgá-lo quando o fisgou: no momento exato em que ele subia ao trono. Qualquer mulher gostaria de se casar com meu irmão agora. Não é de admirar que Catarina esteja o tempo todo vigiando suas damas de companhia.

— Eu reconheceria você em qualquer lugar — afirma ele.

Enrubesço de prazer. Sei que estou bem. A dor nas pernas passou, consigo andar sem mancar. Perdi todo o peso que ganhei antes do nascimento de Margaret e estou belamente vestida, graças a Catarina.

— Em qualquer lugar! — continua ele. — Você está tão bonita quanto nossa mãe.

Faço outra mesura.

— Fico feliz que você ache — respondo.

Ele me oferece o braço, e caminhamos um pouco pela sala, bem próximos para que ninguém nos ouça.

— Acho, sim, Margaret. Sinto orgulho de ser um homem com duas belas irmãs.

Maria, já? Ele mal me cumprimentou, e já temos de falar em Maria.

— Mas e a pequena com o nome dela? — pergunto. — Como está sua filha? Está forte e saudável?

— Está, sim. — Ele abre um sorriso radiante. — É claro que queríamos um menino primeiro, mas não há dúvida de que ela terá um irmãozinho em breve. E por você ser a irmã mais velha de um rei, pode dizer a ela como proceder.

Eu não era. Eu era a irmã mais nova de Artur, que deveria ser o rei. Mas sorrio e pergunto:

— E Sua Majestade, a rainha? Também está bem?

— Regressou à corte — responde ele. — E você assistirá com ela à grande justa que planejamos para este mês. O maior evento que já planejamos, para comemorar sua chegada, o nascimento de minha filha e do filho de Maria.

Maria, de novo.

— Preciso lhe mostrar Margaret, sua sobrinha!

Faço um sinal para a ama, que se adianta com minha filha, fazendo uma reverência para Henrique vê-la. Ela é uma coisinha roliça, de cabelo e olhos castanhos, que agita as mãozinhas e sorri para o tio como se soubesse que a estima dele lhe trará fortuna.

— Tão linda quanto a mãe — elogia Henrique, batendo com o dedo na mãozinha dela. — E tão tranquila quanto você, imagino.

— Ela é ótima — assinto. — E já passou por momentos muito difíceis.

— Meu Deus, o que você sofreu!

Encosto a cabeça no ombro dele.

— Sofri — concordo. — Mas sei que você vai endireitar tudo.

— Juro que vou — promete ele. — E você há de voltar à Escócia como rainha regente. Ninguém nunca mais vai maltratá-la. Só a ideia de que isso aconteceu! — Ele parece inflar sob o belo casaco de veludo verde, e os ombros enormes ficam ainda mais largos. — E onde está seu marido? Achei que estaria aqui com você.

Ele sabe, evidentemente. Dacre lhe contou tudo, assim que aconteceu.

— Ele precisou permanecer na Escócia, para proteger sua gente — respondo. — Estava arrasado, queria ficar comigo, queríamos ficar juntos. Sobretudo, ele queria conhecê-lo. Mas chegou à conclusão de que os lordes que me apoiaram e as pessoas que sofreram para me proteger ficariam à mercê da vingança de Albany, se ele não estivesse lá para defendê-los. É um homem de muita honra.

Noto que estou falando demais, rápido demais, tentando fazer Henrique entender o perigo e as dificuldades da Escócia. Protegido atrás do muro de castelos seguros, numa terra sossegada, ele não sabe o que é tentar governar um reino onde tudo se faz por acordo e mesmo a vontade do rei precisa ser aceita pelo povo.

— Archibald permaneceu na Escócia. Para cumprir sua obrigação. Achou que deveria.

Meu irmão me encara e, de repente, há certa cautela por trás de seu sorriso.

— Agiu como um escocês — é tudo que diz, e acho que há em sua voz desprezo pelo homem que abandonou a esposa ao perigo. — Agiu como um escocês.

Castelo Baynard, Londres, Inglaterra, Maio de 1516

Catarina mandou um palafrém branco para minha chegada a Londres. Mandou capelos de ouro no estilo empena, que são os de sua preferência. Mandou vestidos e material para fazer mais vestidos. Acho que foi ela que ordenou que imponentes móveis de madeira fossem dispostos em todos os cômodos do castelo, que se espalhassem tapetes de junco, ramos de ulmária e lavanda por toda parte. Certamente designou os empregados, para que tudo funcionasse como um grande palácio, e seu mordomo abasteceu a despensa. O rei paga aos servos de minha casa: meu trinchador, sir Thomas Bolena, meu capelão, todos os guardas, as damas que me servem. Catarina me emprestou joias, além da herança que finalmente mandou para Morpeth, e tenho peles do guarda-roupa real e luvas forradas com arminho.

Então, por fim, ela própria vem. Uma de suas damas, esposa de sir Thomas Parr, surge pela manhã para me dizer que a rainha me dará a honra de me visitar à tarde, se eu assim desejar. Respondo que seria um prazer, mas minha anuência não passa de uma formalidade, como Maud Parr e eu bem sabemos. Catarina poderia vir, fosse ou não conveniente. É a rainha da Inglaterra; faz o que lhe apraz. Cerro os dentes ao pensar que ela pode ir e vir quando deseja e que preciso lhe agradecer a atenção.

Ouço os guardas de honra dela, os aplausos que acompanham sua chegada ao portão. Os ingleses adoram a princesa espanhola que esperou e esperou pelo dia em que finalmente seria rainha. Não consigo vê-la da janela, embora cole o rosto no vidro. Preciso me sentar no trono, na sala de audiências, para aguardar sua chegada.

A porta se abre. Levanto-me e logo me adianto para cumprimentá-la, pois, por mais que eu me lembre de Catarina pálida, triste e pobre em nossa adolescência, ela agora é a rainha da Inglaterra e eu sou a exilada rainha da Escócia. Sou eu que estou esperando que minha sorte mude, não ela. Faço uma mesura, ela faz uma mesura, estende as mãos, e nos abraçamos. Fico surpresa com seu carinho. Ela alisa meu rosto, diz que estou bonita, que meu cabelo está lindo. Que o vestido me caiu muito bem.

Eu, por minha vez, ao avaliá-la, poderia soltar uma gargalhada. Ela ficou gorda depois de cinco gestações, a pele perdeu a cor e o viço. O belo cabelo dourado está oculto debaixo de um capelo que nada lhe favorece. Ela usa muitos colares, que chegam à cintura larga, um crucifixo no pescoço. As mãos gorduchas têm anéis em todos os dedos. Vitoriosa, noto que ela parece ter vivido cada um de seus 30 anos, que está cansada, decepcionada, ao passo que eu continuo uma jovem cheia de esperanças.

Imediatamente, ela sugere:

— Não conversemos aqui, no meio de todos. Podemos ir à sua câmara privada?

E mais uma vez ouço aquele conhecido e irritante sotaque espanhol, que ela manteve, ostentando-o, achando que ele a torna especial, depois de catorze anos falando inglês.

— Claro — respondo.

E, muito embora eu more aqui, preciso abrir passagem e segui-la à câmara privada, que fica entre a sala de audiências e meu quarto.

Informalmente, ela se acomoda junto à janela e pede que eu a acompanhe. Eu me sento a seu lado, na mesma altura, como se fôssemos iguais. Nossas damas ficam em bancos mais distantes onde não podem ouvir, embora estejam todas morrendo de vontade de saber o que acontecerá, quando têm conhecimento de que tantas coisas se passaram entre nós, quase todas ruins.

— Você está tão bem! — exclama ela. — Tão bonita! Depois de tudo que você passou.

— Você também — minto.

Quando a vi pela última vez, ela era uma jovem viúva que torcia para que meu pai a deixasse se casar com Henrique; estava vestida de luto, delicada como uma boneca. Agora realizou seu sonho e descobriu que esse sonho não é perfeito. Os dois se casaram por amor — paixonite infantil, da parte dele —, mas tiveram seis gestações e apenas uma criança saudável, e é uma menina. Henrique adota uma amante sempre que Catarina engravida, e ela engravida quase todos os anos. Eles não são o casal áureo de sua imaginação. Acho que ela esperava que seriam como o pai e a mãe, igualmente orgulhosos, igualmente belos, igualmente poderosos, apaixonados para sempre.

Não foi assim. Henrique ficou mais alto e mais bonito, mais rico e magnânimo do que ela poderia esperar, sobrepujando-a, sobrepujando a todos. Ela está cansada, sente dores misteriosas. Teme que Deus não aprove seu casamento e passa metade do dia ajoelhada, perguntando a Ele qual é Sua vontade. Não tem a segurança radiante da mãe, a líder das cruzadas. Agora deseja minha amizade, mas mesmo aqui tem culpa, tem sangue nas mãos; seu exército matou meu marido, e não me esqueço.

— Espero que fique conosco por muito tempo — diz. — Seria uma grande alegria ter as duas irmãs do rei na corte.

— As duas? Maria visita a corte com frequência? — pergunto. — Achei que ela não tivesse dinheiro para ficar aqui.

Catarina enrubesce.

— Ela nos visita bastante — responde. — Como minha convidada. Ficamos muito amigas. Sei que ela está morrendo de saudade de você.

— Não sei quanto tempo vou poder ficar, preciso ir para casa assim que os lordes escoceses aceitarem a minha autoridade — observo. — É meu dever. Não posso fugir do reino de meu marido.

— Eu sei, você tem uma posição muito importante — assente ela —, num reino que imagino que não seja fácil de governar. Fiquei muito triste com a morte de seu marido, o rei.

Por um instante, não consigo falar. Não consigo nem olhar para ela. Não consigo imaginar como ela ousa mencionar a morte dele, como se fosse um acontecimento distante, fora do controle de qualquer pessoa.

— Os reveses da guerra — decreta.

— Uma guerra inusitadamente cruel — observo. — Nunca ouvi falar de tropas inglesas recebendo ordens de não levar prisioneiros.

Ela tem a decência de se mostrar constrangida.

— Essas guerras de fronteira são sempre cruéis — justifica-se. — Como quando vizinhos brigam. Lorde Dacre me disse...

— Foi ele que encontrou o corpo de meu marido.

— Uma tristeza — murmura ela. — Sinto muito. — Ela vira o rosto para o lado e, oculta pelo capelo imenso, enxuga os olhos. — Desculpe. Perdi meu pai há pouco tempo e...

— Me disseram que, depois de Flodden, você ficou exultante — interrompo-a, de súbito encontrando coragem para falar.

Ela abaixa a cabeça, mas não foge à verdade.

— Fiquei, sim. Claro que fiquei feliz de defender o reino enquanto o rei estava ausente, lutando em outra guerra. Era minha obrigação de rainha. Disseram que o rei escocês pretendia invadir Londres. Você não imagina como tivemos medo dessa possibilidade. Claro que fiquei feliz de vencermos. Mas fiquei muito triste por você.

— Você mandou o casaco dele para o Henrique. O casaco sujo de sangue dele.

Há um longo silêncio. Então Catarina se levanta com uma dignidade que nunca vi nela.

— Mandei — assente, num murmúrio.

Todas as damas se levantam; não podem ficar sentadas quando a rainha da Inglaterra está de pé. Mas ninguém sabe o que fazer. Sem jeito, levanto-me também. Será que elas já se vão? Estará a rainha ofendida? Terei eu ousado brigar com a rainha da Inglaterra quando me encontro hospedada numa casa que ela me emprestou, o primeiro teto decente que tenho sobre minha cabeça há meses?

— Mandei — repete ela, num fio de voz. — Para que o rei da Inglaterra, lutando por seu reino, soubesse que a fronteira do norte estava protegida. Para que soubesse que cumpri meu dever para com ele, meu marido, embora custasse a você seu marido. Para que soubesse que os soldados ingleses haviam triunfado. Porque fiquei feliz de termos triunfado. Sinto muito por isso, minha irmã querida, mas é o mundo onde vivemos. Minha primeira obrigação é sempre para com meu marido. Deus nos uniu, ninguém pode nos separar. Nem mesmo o amor que sinto por você e pelos seus pode intervir entre mim e meu marido, o rei.

Ela mostra tanta dignidade que me sinto tola e grosseira a seu lado. Nunca achei que veria Catarina ser uma rainha assim. Lembro-me de desprezá-la quando ela era uma parasita na corte; não sabia que tinha esse orgulho moral. Agora vejo que é uma verdadeira rainha, que é rainha há sete anos, enquanto eu perdia o trono e me casava com um lorde, que nem sequer mora comigo.

— Entendo — digo com a voz fraca. — Entendo.

Ela hesita, como se visse a si mesma pela primeira vez, de pé, com sua dignidade, pronta para sair da sala.

— Posso me sentar novamente? — pergunta, com um sorriso.

É educado da parte dela, uma vez que não precisa perguntar.

— Por favor.

Sentamo-nos juntas.

— Nós o enterramos com honra — confidencia ela. — Na Igreja dos Frades. Você pode visitar a sepultura.

— Eu não sabia. — Engulo um soluço. Estou mais constrangida do que qualquer outra coisa. — Nem sabia disso.

— Claro. E celebramos missas para ele. Sinto muito. Deve ter sido uma época terrível para você. E depois houve outras desgraças.

— Dizem que não era o corpo dele — sussurro. — Dizem que ele foi visto depois da batalha. Que o corpo trazido à Inglaterra não tinha o cilício.

— As pessoas sempre inventam histórias — responde ela, equilibrada. — Nós o enterramos como rei, com honra, Vossa Majestade.

Não posso atormentá-la, não posso pressioná-la.

— Pode me chamar de Margaret. Como sempre fez.

— E você pode me chamar de Catarina. Espero que possamos ser amigas, além de irmãs. Espero que você me perdoe.

— Agradeço a você os vestidos, tudo — digo, sem jeito. — Fiquei feliz de receber minha herança.

Ela põe a mão sobre a minha.

— Tudo isso é o mínimo que lhe cabe — responde gentilmente. — Você precisa recuperar seu trono, e a riqueza da Escócia. Meu marido, o rei, jurou que você terá o que é seu novamente, que ele se encarregará disso, e vou interceder por você.

— Fico agradecida — murmuro, embora me custe dizer-lhe isso.

Sua mão é quente, os anéis são pesados em seus dedos pequenos.

— Não fomos boas irmãs — observa ela. — Eu tinha um medo imenso de não me casar com seu irmão, sentia saudade de casa e estava terrivelmente pobre. Você não imagina o que passei naqueles anos de espera. Não fui feliz após a morte de sua mãe. Quando ela morreu, foi como se eu perdesse minha única amiga na família.

— Minha avó... — começo.

Ela encolhe os ombros. Os rubis reluzem no pescoço.

— Milady, a Mãe do Rei, não gostava de mim — afirma. — Teria me mandado para casa, se pudesse. Disse... — Sua voz se perde. — Ah! Disse várias coisas. Tentou impedir meu casamento com o príncipe. Aconselhou-o contra mim. Mas, quando subiu ao trono, ele me desposou, apesar de tudo.

— Ela sempre teve muitas ambições para ele.

E minha avó estava certa, penso. Ele não precisava ter se casado com uma viúva que não consegue dar à luz um menino.

— Por isso entendo o que é estar longe de casa e achar que ninguém nos ama, que estamos em perigo e ninguém nos ajudará. Lamentei muito, muito, muito, quando você ficou viúva e perdeu a guarda de seu filho. Jurei ali que faria qualquer coisa para ajudá-la, que seria uma boa irmã para você. Somos ambas Tudor. Devemos nos ajudar.

— Sempre achei que você me desprezava — admito. — Você sempre me pareceu tão imponente.

Sua risada faz as damas dela erguerem a cabeça e sorrirem.

— Eu comia peixe do dia anterior, que comprávamos por um preço barato no mercado — diz ela. — Penhorei minha prataria para pagar os servos. Fui uma princesa maltrapilha.

Seguro sua mão.

— Também fui uma princesa maltrapilha.

— Eu sei — responde ela. — Foi por isso que instiguei Henrique a mandar um exército que a leve de volta ao trono.

— Ele vai ouvi-la? — pergunto, pensando em Jaime, que apenas passaria a mão em meu queixo e faria o que já havia planejado, ignorando o que eu tivesse sugerido. — Ele segue seus conselhos?

Ela fica subitamente séria.

— Seguia. Mas Thomas Wolsey ganhou muito poder. Você sabia que ele aconselha o rei sobre tudo? É o lorde chanceler, é muito hábil, um homem muito hábil. Mas só pensa em como fazer o que o rei deseja. Não considera o desígnio de Deus, assim como os caprichos do rei. Na verdade, é muito difícil qualquer pessoa aconselhar o rei a ir contra seus caprichos.

— Ele é o rei — argumento.

Não a compreendo mesmo. Por que alguém o aconselharia a ir contra seus desejos?

— Mas não é infalível — adverte ela, com uma ponta de sorriso.

— Thomas Wolsey é a favor de meu retorno à Escócia? Deve querer o melhor para minha filha, como padrinho dela.

Ela hesita.

— Acho que ele tem planos maiores para você do que apenas seu retorno — responde. — Sabe que os escoceses precisam aceitar você, que seu filho deve ficar sob seus cuidados, mas acho que espera...

— Espera o quê?

Ela inclina a cabeça por um instante, como se rezasse, como se precisasse pensar no que dirá.

— Acho que ele espera que seu atual casamento seja anulado e você se case com o imperador.

Fico tão chocada que não digo nada. Apenas a encaro, boquiaberta.

— O quê? — murmuro, afinal. — O quê?

Ela assente.

— Imaginei que você não soubesse. Thomas Wolsey tem grandes pretensões na Europa. E ficaria muito satisfeito de ter um aliado, obrigado à Inglaterra por laços matrimoniais, contra a França. Sobretudo agora que está tentando tirar os franceses da Escócia.

— Mas eu já sou casada! Em que ele está pensando?

— O lorde chanceler acha que seu casamento poderia ser anulado — afirma ela. — E Henrique comentou que seu marido não a acompanhou, embora tivesse salvo-conduto. Imaginou que vocês poderiam estar brigados. Que você gostaria da separação.

— Archibald tem obrigações na Escócia! Eu mesma disse ao rei. Ele tem obrigações morais...

— Você seria imperatriz — observa ela.

Isso me cala novamente. Como esposa do imperador romano-germânico, eu seria rainha de um vasto território, metade da Europa. Superaria Catarina. Na verdade, eu me casaria com seu parente. Maria, esposa de um ninguém como Charles Brandon, não seria nada a meu lado, teria de me servir ajoelhada. Eu jamais as veria novamente e seria mais rica do que meu irmão Henrique. Esse é o destino que me escapou quando considerei a possibilidade de me casar com o imperador ou com o rei da França, e então descobri que o rei da França havia me dispensado para desposar minha irmã caçula. Quando me casei com Archibald, perdi a chance de ser uma das maiores soberanas da Europa. Agora, mais uma vez, a oportunidade se apresenta.

— Como isso poderia ser feito?

Catarina já não sorri. Afasta a mão como se o toque de uma esposa infiel pudesse contaminá-la.

— Imagino que, se você estivesse de acordo, o lorde chanceler daria um jeito — responde, com frieza. — Cumpri meu dever perguntando se você consideraria a possibilidade. O rei diz que a Escócia estava excomungada quando você se casou com o conde de Angus. O lorde chanceler afirma que nenhum casamento realizado durante essa época pode ser considerado válido. Além disso, seu marido estava noivo de outra mulher, não estava? O lorde chanceler argumentará que os dois estavam casados, não apenas noivos. Que seu marido estava casado com Janet Stuart, um matrimônio que teria ocorrido antes do seu, quando a Escócia estava em comunhão com Roma. O casamento com ela antecederia o seu, o seu não seria válido.

— Ele não estava casado. Não tem contato nenhum com ela! — exclamo. — Não gosta dela. Archibald se casou comigo. Estava livre para se casar comigo. É fiel a mim.

Catarina me fita, e vejo que não foi apenas a perda dos quatro bebês que gerou essa tristeza em seu olhar. Ela também se decepcionou com Henrique.

— Não importa se o marido é ou não fiel — declara. — Não importa se ele ama você ou outra mulher. O que importa é que vocês juraram permanecer juntos diante de Deus. O padre foi uma testemunha de seus votos, mas vocês fizeram os votos a Deus. Nenhum casamento pode ser anulado porque homens importantes desejam que a mulher esteja livre. Nenhum casamento pode ser anulado porque o marido foi tolo e fraco a ponto de se apaixonar por outra mulher. O verdadeiro casamento, realizado perante Deus, não pode se desfazer jamais.

Ela volta os olhos para suas damas de companhia, que conversam, matando tempo, até poderem retornar ao Palácio de Greenwich para jantar com os cavalheiros. Uma ou outra terá chamado a atenção do rei, uma ou outra já terá se deitado na cama dele, uma ou outra tem essa esperança.

— Eu sei — respondo. — Sei que nada é mais importante do que os votos matrimoniais. Archibald e eu fizemos os votos. Ele é meu marido e assim será até a morte.

Ela inclina a cabeça.

— É o que acredito ser verdade — murmura. — Se Henrique pedir minha opinião, direi que você se casou perante Deus e que nem o lorde chanceler, nem o imperador romano-germânico, nem o próprio rei da Inglaterra podem mudar isso.

Palácio de Greenwich, Inglaterra, Maio de 1516

A justa para comemorar minha chegada à Inglaterra acontecerá em Greenwich, e sigo rio abaixo na barcaça da rainha para o mais bonito dos nossos palácios em Londres. Gostaria muito que Archibald estivesse comigo para ouvir a saudação da população de Greenwich à passagem da barcaça, para ouvir a música que os instrumentistas tocam e o estrondo dos canhões que me dão as boas-vindas.

A nova bebê Tudor, princesa Maria, vai no colo da ama, em nossa barcaça. Catarina a mantém sempre por perto, observando-a o tempo todo. Minha pequena Margaret, apenas poucos meses mais velha, é muito mais esperta, mais alerta. Com as bochechas rosadas, olha ao redor e sorri quando me vê ou vê a ama. Mas, pela maneira como Catarina e Henrique veneram a filha, é como se nenhuma outra criança jamais tivesse nascido.

Juro a mim mesma que Margaret será considerada a menina mais bonita. Farei questão de que ela esteja sempre impecavelmente vestida. Farei questão de que se case bem. Pode não ser princesa, o pai pode não ter lhe dado uma coroa, mas ela é da realeza da cabeça aos pés, e é metade Tudor. Quem sabe o que o futuro reserva a esses dois bebês? Juro a mim mesma que minha filha não sofrerá nunca por causa de comparações. Ninguém a enviará a um reino estrangeiro para depois se recusar a ampará-la. Ninguém elogiará mais Maria do que a ela. Ninguém a negligenciará, elogiando a prima diante de seus belos olhos.

Não posso dizer que estou sendo negligenciada agora. Estou belamente paramentada com os vestidos de pano de ouro do guarda-roupa real e, embora precise andar atrás da rainha da Inglaterra, todos os demais devem andar atrás de mim. Sou saudada como rainha regente da Escócia, e Thomas Wolsey paga minhas contas com o tesouro real sem hesitação ou questionamentos. Ao descer da barcaça no encalço de Catarina, sorrindo para os servos que se enfileiram nos dois lados do tapete que conduz à porta aberta do palácio, não tenho do que reclamar. Gostaria que Archibald estivesse aqui para me ver, no lugar de maior honra, gostaria que todos pudessem ver meu belo marido, que ele participasse da justa, mas eu mesma estou onde deveria estar. É tudo que sempre quis.

— Vamos ao guarda-roupa — decreta Catarina. Ela sorri para mim. — Tomara que Maria já esteja lá, escolhendo um vestido.

Finalmente a verei. Maria, minha querida irmã caçula, veio de sua casa no campo para minha justa. Charles Brandon fará o que sabe fazer melhor (talvez seu único talento, além de se vender e esbanjar dinheiro): ele e Henrique enfrentarão todos os participantes.

— Ela já está aqui?

Estou impaciente para vê-la e também quero chegar lá antes que ela escolha o melhor vestido. Espero que Catarina tenha pedido ao responsável pelo guarda-roupa que as três rainhas disponham de vestidos de qualidade equivalente. Estragaria tudo se o vestido de Maria tivesse corte francês ou bordados mais elaborados, se fosse mais elegante. Ela está acostumada ao melhor, mas não pode brilhar mais do que a rainha. Seria um desserviço a todas as damas da realeza se Maria excedesse sua posição. Ela pode ser rainha viúva da França, mas está casada com um homem do povo, não com um nobre como Archibald. Não quero que ela se destaque. Não quero que o povo grite seu nome, que jogue flores, incentivando-a a se mostrar diante de todos, como ela fazia quando éramos crianças.

Os guardas reais prestam continência e abrem as portas duplas do cômodo escuro, onde os vestidos reais estão pendurados em grandes sacos de linho, com ramos de alfazema para evitar traça, com tojo nos lambris para afugentar os ratos. Na penumbra do cômodo, vejo um rosto pequenino debaixo de um elegante capelo francês e, por um instante, tenho a ilusão de que minha irmã continua sendo a menina que abandonei treze anos atrás, meu bebezinho, minha irmãzinha, minha bonequinha.

Imediatamente, esqueço tudo sobre ela ficar com o melhor vestido, sobre ela se vestir melhor do que deveria, sobre precedência.

— Ah, Maria! — exclamo.

Estendo os braços, e ela corre para mim.

— Ah, Margaret! Ah, minha irmã! Ah, Margaret! Fiquei tão triste por causa do Alexander!

Surpreendo-me ao ouvir o nome dele. Ninguém fala de meu filho desde que deixei Morpeth. Ninguém nem sequer o menciona. Todos ofereceram condolências pela morte do rei, mas ninguém falou de meu filho. É como se Alexander nunca tivesse existido. E imediatamente me vejo chorando por ele, meu menininho querido. E Maria — que já não é uma menina, mas uma mulher que conheceu a solidão e o sofrimento como eu — me abraça, desafivela meu capelo, deita minha cabeça em seu ombro e me embala, sussurrando como uma mãe ao tranquilizar o filho machucado.

— Calma — pede. — Ah, Margaret. Calma. Que Deus o abençoe, que Deus o tenha no paraíso.

Catarina se aproxima.

— É o filho dela — esclarece Maria. — Ela está chorando pelo Alexander.

— Que Deus o abençoe, que Deus o tenha entre os seus — diz Catarina.

Sinto-a enlaçar meu ombro, e ela, Maria e eu nos abraçamos apertado, os rostos juntos, e lembro-me de que também Catarina perdeu um menino, mais de um. As perdas de Catarina também nunca são mencionadas. Também ela enterrou caixõezinhos, dos quais exigiram que se esquecesse. Nada no mundo é pior do que a morte de um filho, e partilhamos isso também, numa irmandade de perdas.

Permanecemos juntas, abraçadas em silêncio, no cômodo de pouca iluminação, por muito tempo, então a tempestade do sofrimento passa, ergo a cabeça e digo:

— Devo estar um horror.

Sei que meu cabelo está desarrumado, o nariz deve estar vermelho, meu rosto e pescoço devem estar corados e manchados, os olhos inchados. Catarina parece ter envelhecido dez anos. Duas lágrimas oscilam como pérolas nos cílios espessos de Maria, os lábios rosados tremem, e seu rosto está corado como o alvorecer.

— Eu também — responde ela, sorrindo.

A arena de justa de Greenwich está entre as melhores da Europa. O camarote da rainha fica de frente para o do rei, e minhas irmãs e eu nos sentamos no centro, com nossas damas, as cortinas ondulando sob a brisa quente. Henrique e seus amigos nunca ficam no camarote, evidentemente: são desafiantes, não são espectadores. Há bandeiras compridas tremulando por toda a arena. O chão é de areia, branca como a neve. A arquibancada está cheia de pessoas vestidas com suas melhores roupas. Apenas a nobreza e seus protegidos são convidados; não existe a possibilidade de comprar ingresso, trata-se de uma diversão para a nata do reino. Os mercadores de Londres e as pessoas do campo que vêm para o grande espetáculo ficam atrás do pequeno muro da arena, brigando por espaço. Os mais jovens, os mais intrépidos, sobem nas laterais para ver melhor e são empurrados quando aparecem entre os nobres. Todos riem quando eles caem.

Os mais miseráveis não podem nem sequer chegar ao palácio, enfileirando-se na margem do rio, onde contemplam a chegada e a partida das barcaças das famílias nobres, que trazem os convidados. Ficam ao longo da estrada que conduz das docas ao portão do Palácio de Greenwich, por onde chegam os cavalos, admirando as selas magníficas, os belos uniformes, os imensos animais montados por escudeiros ou conduzidos por cavalariços.

O cheiro do torneio é facilmente reconhecível. Há a fumaça da lenha de onde o bacon, que será comido quando a justa terminar, está sendo frito em pequenas fogueiras, e a fumaça negra e forte da ferradura dos cavalos e da afiação das lanças. Por toda parte, há o cheiro de cavalo, um misto de suor, excremento e animação, como uma caça ou uma corrida, e por cima de tudo paira o perfume das guirlandas penduradas nos camarotes. Todas as flores de macieira foram arrancadas dos pomares para nosso deleite: os botões cor-de-rosa e brancos abarrotam o camarote da rainha. Em todo canto, encontram-se buquês de rosas, que jogaremos ao cavaleiro mais corajoso. Em meio a todas as outras flores, há lindas madressilvas amarelas, com seu cheiro acentuado, doce como mel. A rainha, eu e todas as damas nos banhamos com água de rosas, e nossos vestidos foram salpicados com água de alfazema. As abelhas zumbem no camarote real, aturdidas com o perfume, como se estivessem num pomar.

Tenho uma lembrança súbita, inusitada como um raio de verão, de meu marido Jaime, o rei, com sua força e beleza, cavalgando como o homem bárbaro de verde, e do Sieur de la Bastie, todo vestido de branco, quando eu era a rainha da justa que comemorava o nascimento de meu primeiro filho, quando achava que seria feliz e vitoriosa para sempre.

— O que foi? — pergunta Maria gentilmente.

Afasto o pensamento, a tristeza.

— Nada. Nada.

Todos aguardam a entrada do rei. A areia foi aplainada, como se o mar a tivesse limpado. Há escudeiros, com seus uniformes reluzentes, em todo vão de porta. Ouve-se o burburinho de alegria e entusiasmo, que fica cada vez mais alto, até que soam as trombetas, faz-se silêncio para a grande porta se abrir, e Henrique entra na arena.

Vejo-o como os outros o veem, não como meu irmão mais novo, mas como um grande rei, um homem imponente. Ele está num grande cavalo de guerra, um animal preto, enorme, os ombros largos, as ancas poderosas. Henrique pediu que ele tivesse ferraduras de prata, e as peças reluzem sob os cascos negros. A sela, as rédeas e o peitoral são de um azul-escuro belíssimo, o melhor couro tingido, e o pelo negro do cavalo reluz como se tivesse sido polido. O animal traz um manto de tecido de ouro, com sininhos dourados que repicam a cada movimento. Henrique usa veludo azul-escuro, com madressilvas bordadas em fios de ouro, de modo que parece cintilar ao contornar a arena, uma das mãos segurando firme a rédea azul do cavalo magnífico, a outra segurando a lança comprida, próxima à bota de couro azul-escuro.

Como uma suave brisa de verão, a multidão suspira maravilhada com essa aparição: o cavaleiro de um livro de histórias, o deus de uma tapeçaria. Henrique é tão alto, tão bonito, seu cavalo é tão grande, as cores do veludo tão fortes e iridescentes, que ele mais parece o retrato de um rei, um grande rei, do que um homem de carne e osso. Mas então ele para o imenso cavalo em frente ao camarote da rainha, tira o chapéu cheio de safiras, e seu sorriso para Catarina diz a todos que se trata afinal de um homem, o homem mais bonito da Inglaterra, o marido mais afetuoso do mundo.

Todos aplaudem. Mesmo as pessoas que se encontram fora da arena, à margem do rio, na estrada que conduz ao portão do palácio, ouvem os aplausos e aplaudem também. Henrique parece resplandecer como um ator no palco então se vira para chamar seus companheiros.

Há quatro desafiantes, vestidos de acordo com o rei, entre eles Charles Brandon, o rosto bonito virando-se para lá e para cá a fim de agradecer os aplausos. Atrás deles, vêm dezoito cavaleiros, também de veludo azul, montados. Em seu encalço, os criados, a pé, usando seda de um azul tão intenso que chega a brilhar. Depois deles, os cavalariços, os trombeteiros, os seleiros, servos de maneira geral, pessoas que levam e trazem água, que realizam funções variadas, dezenas e mais dezenas de pessoas vestidas com linho adamascado azul.

Todos param diante do camarote real, e Catarina, com seu vestido azul que de repente parece triste e antiquado ao lado do reluzente uniforme do marido, levanta-se para receber o cumprimento dos desafiantes.

— Que comece o torneio! — grita o arauto.

As trombetas soam novamente, os cavalos se afastam, Henrique se dirige lentamente à ponta da arena, onde o escudeiro aguarda com seu capacete e suas manoplas incrustadas de ouro.

Quando ele está pronto, vestido com a bela armadura, o capacete na cabeça, o visor abaixado, o adversário aguardando na outra ponta da arena, Catarina se levanta, segurando o lenço branco na mão nua. Sua luva está dentro do peitoral de Henrique, sobre o coração. Ele é meticuloso nesses sinais cavalheirescos de devoção. Ela ergue o lenço e o deixa cair.

No instante que o lenço cai, Henrique esporeia o cavalo, e o animal sai correndo pela arena. O adversário parte ao mesmo tempo, e as lanças se aproximam cada vez mais. O alcance de Henrique é maior; ele se mantém baixo na sela, mas inclinado para a frente. Há um tinido terrível quando a lança atinge o peitoral do adversário, e Henrique a recolhe de imediato, para não perder o equilíbrio e cair. Instantes depois, a lança do oponente, que perdeu o equilíbrio e gira por causa do impacto, atinge-o no ombro. Mas Henrique já passa por ele, recuperando o equilíbrio, virando a lança comprida em sua direção, enquanto o adversário balança na sela, segurando o pescoço do cavalo, e então caindo no chão com o estrondo da armadura de metal. O cavalo pinoteia, os arreios oscilando, as rédeas penduradas. O cavaleiro fica parado, evidentemente sem fôlego, talvez em situação pior. Os cavalariços pegam o cavalo, os escudeiros se dirigem ao rapaz. Abrem o visor, a cabeça pende.

— Ele quebrou o pescoço? — pergunta minha irmã, assustada.

— Não — respondo, como sempre respondia quando ela era uma princesinha, temerosa por todo cavalo, por todo cavaleiro. — Provavelmente só está desorientado.

O médico surge às pressas, e também o barbeiro-cirurgião. Quatro escudeiros trazem a maca. Com cuidado, erguem o cavaleiro. Henrique, saltando do cavalo, com o capacete debaixo do braço, aproxima-se para ver o adversário. Sorrindo, diz algumas palavras ao cavaleiro caído. Vemos os dois tocarem as manoplas numa espécie de cumprimento.

— Está vendo? — digo a Maria. — Ele está bem.

A multidão aplaude quando o carregam para fora da arena, e Henrique corre os olhos à volta, recebendo os aplausos, o sorriso radiante, o cabelo ruivo suado. Leva a mão ao peito e faz uma mesura para Catarina. Ao sair, passa por Charles Brandon, já montado, que cumprimenta o rei inclinando a cabeça e para diante do camarote para saudar a rainha, depois a mim, então a esposa.

— Ele não está com sua luva? — pergunto a Maria, vendo que ela usa ambas. Ela faz uma careta.

— Ele se esqueceu — responde. — E eu não quis sair correndo atrás dele, para lembrá-lo.

— Ele não procura agradá-la?

— Não posso me dar ao luxo de jogar fora um par de luvas toda vez que ele participa de uma justa — murmura ela com certa irritação. — O rei paga pela armadura e pelos adornos dele, o guarda-roupa real me cede um vestido. Mas as luvas e os outros acessórios eu mesma preciso arranjar, e somos pobres como Jó, Margaret. Somos mesmo.

Não digo nada, mas aperto-lhe a mão. É assustador que uma princesa Tudor seja rebaixada a ponto de precisar se preocupar com o preço de um par de luvas. Henrique deveria ser generoso com Maria. Deveria ser generoso comigo. Nosso pai já teria saldado minhas dívidas, não teria multado Maria por se casar com o homem de sua preferência. Henrique deveria se lembrar de que somos todos Tudor, muito embora ele seja o único homem sobrevivente. Somos todos sucessores da Inglaterra.

Durante o dia inteiro, os homens lutam, a areia é revirada, fica suja. E os belos uniformes já estão rasgados quando o sol começa a se pôr e a equipe do rei é declarada campeã, sendo Henrique o maior campeão de todos.

Com a aproximação dele, Catarina se levanta no camarote para fazer nova mesura, e penso que ela se parece com minha mãe quando esta se sentia cansada mas fazia o esforço de atender à constante necessidade de elogios do filho. Ela sorri com a mesma calidez de minha mãe, entregando-lhe o prêmio: um cinto de ouro com safiras; entregando uma fortuna ao jovem que já possui tudo. Junta as mãos como se estivesse extasiada com a vitória dele, então, quando já fez tudo que ele poderia esperar, dá meia-volta, e a acompanhamos ao palácio para o longo jantar do torneio. Haverá discursos, haverá espetáculos, haverá dança até tarde da noite. Vejo-a olhar com o canto dos olhos para a filha, Maria, que foi trazida ao camarote para testemunhar a vitória do pai e para ser exibida à multidão embevecida, e sei que ela preferiria estar no quarto da filha, vendo-a se alimentar, recolher-se ela própria à cama.

Não sinto nenhuma piedade. Ela é a rainha da Inglaterra, a mulher mais rica do reino, a mulher mais importante do reino. Seu marido acaba de vencer todos os participantes da justa. Era de se imaginar que estivesse de fato extasiada. Deus sabe que eu estaria.

Vou me encontrar com os lordes escoceses que vieram à Inglaterra para convencer Henrique a manter a paz. Eles pedirão que eu continue exilada, pedirão que Henrique deixe o duque de Albany governar meu reino, lembrarão que meu marido é um foragido e sugerirão que assim permaneça, sendo caçado como um animal, até que o capturem e o matem. Devem estar morrendo de apreensão, pois sou novamente uma princesa Tudor, ocupando um lugar privilegiado no volúvel coração de meu irmão. Ele sequer deseja recebê-los.

— Eles conversarão com você antes de conversarem comigo — promete Henrique, durante o jantar, no Palácio de Greenwich.

Estou sentada à sua esquerda, Catarina à sua direita, minha irmã a meu lado, belíssima com um vestido amarelo-claro, o basto cabelo louro oculto por um capelo também amarelo-claro, cravejado de diamantes, sem dúvida a mais bonita de nós três. Mas ela está a dois assentos do trono, não imediatamente ao lado, como eu.

— Faça suas exigências — diz ele. — Eles lhe devem explicações.

— E você os encontrará depois? — pergunto.

Ele assente.

— Você pode me contar o que disseram. Conversaremos com Wolsey. Eles farão tudo que desejarmos, Margaret. Pode ter certeza.

— Quando virão?

Não estou nervosa. Sei que posso convencê-los. Sei que posso ser uma boa rainha regente. A Escócia é um mar de alianças antagônicas, mas a Inglaterra também, a França também. Todo trono gera rivalidades, Jaime me ensinou isso. E agora estou pronta para assimilar suas lições e ser a grande rainha da Escócia que ele disse que eu seria.

— Daqui a alguns dias. Mas quero que você se mude. Adivinhe para onde?

Por um instante, imagino que irei para um palácio real e espero que seja Richmond. Mas então entendo onde devo ficar.

— Para o Palácio da Escócia — respondo.

Henrique sorri de minha rapidez e toca minha taça com a sua.

— Isso mesmo — assente. — Quero que esses homens vejam você no palácio dos reis da Escócia em Londres. Como um lembrete de que ele é seu tanto quanto o Castelo de Edimburgo.

Palácio da Escócia, Londres, Inglaterra, Outono de 1516

Eles mandam o bispo de Galloway e o comendador de Dryburgh. O Monsieur du Plains também vem, representando os interesses franceses, para nos convencer a chegar a um acordo que mantenha o duque como regente. Também há meia dúzia de secretários e alguns lordes menores. Recebo-os na sala do trono. O palácio se encontra terrivelmente dilapidado; não é usado desde a visita dos lordes escoceses para meu casamento por procuração, e já se passaram treze anos. Mas os tapetes novos escondem as pedras gastas e as antigas tábuas do assoalho, e Catarina me emprestou tapeçarias para conter as correntes de ar das portas cuja madeira encolheu. O prédio em si é imponente, e os criados de Henrique trouxeram belos móveis de carvalho, inclusive um trono de prata incrustada. Como sempre, a aparência dos assuntos da realeza é mais importante do que a realidade. Ninguém que chegasse à sala do trono do Palácio da Escócia duvidaria de que sou uma grande rainha.

Quando eles surgem, estou sentada no trono, debaixo do baldaquino, tão rígida quanto a princesa espanhola, com seus modos solenes, anos atrás. Não me levanto quando se curvam para mim.

Falo com um misto de magnanimidade e diplomacia. Pensei muito sobre o acordo que desejo. Não posso ser impulsiva, não posso me deixar enfurecer por meu filho Jaime, por meu marido, pela dor terrível da perda de Alexander. Preciso conquistá-los. Preciso que eles queiram que eu volte.

Vejo-os se dobrarem a mim. Tenho o charme Tudor; todos temos, Maria, Henrique e eu. Sabemos que temos. E sou agradável ao ouvi-los, fingindo interesse por suas opiniões. Manipulo-os como minha avó manipulava os homens importantes da Inglaterra: perguntando suas ideias, consultando-os, simulando respeito, embora durante todo o tempo ela já tivesse seu plano. E, durante todo o tempo, eles permanecem de pé, enquanto estou sentada debaixo do baldaquino de ouro. O duque que eles chamam de regente pode governá-los, mas não se senta debaixo de um baldaquino de ouro, sua roupa não é rematada com a pele de arminho da realeza.

Falo com franqueza. Explico que é necessário que meus bens sejam devolvidos. Há vestidos e joias no castelo de Archibald, em Tantallon; meu guarda-roupa de verão, em Linlithgow; espero que tudo seja enviado para Londres. O duque me deve os aluguéis de todas as minhas terras na Escócia, terras que me foram dadas por meu próprio marido, o rei da Escócia. Albany não pode dizer que o reino está em paz e fingir que não consegue coletar os aluguéis. E sou eu que devo designar os tutores de meu filho. Preciso estar com Jaime. Preciso ter a liberdade de voltar à Escócia, ele precisa viver comigo. Meu marido, o avô dele, toda sua família deve ser perdoada, eles precisam ter a liberdade de viver comigo.

Com calma, com educação, os escoceses dizem que não posso voltar e esperar governar o reino. Respondo que é exatamente o que espero. Eles erraram ao botar Albany em meu lugar; obedeceram ao rei francês, não a mim, sua verdadeira rainha. Basta ver a maneira como a França está avançando irrefreavelmente pela Europa. Direciono um breve sorriso ao Monsieur du Plains, como se dissesse que entendo perfeitamente seus interesses, que ele não me engana. Quem duvida de que a França pretende dominar a Escócia por intermédio desse claro estratagema? Se continuar tomando o partido do espião francês Albany, de sua esposa francesa e de seus aliados, a Escócia conduzirá o reino a uma guerra com a Inglaterra. Meu irmão não tolerará o exército francês na soleira de sua porta. Ele faz questão de que eu retorne à Escócia, em segurança. Então eles querem mesmo outra guerra com a Inglaterra? Têm tantos filhos assim que pretendem perder outra geração, em outra Flodden? Quando ainda estamos de luto pela última?

Monsieur du Plains protesta, argumentando que os franceses não têm nenhuma intenção de enganar e dominar a Escócia, que o duque é escocês, sucessor ao trono depois de meu filho, que ele não é francês. Sorrio ao comendador e ao bispo. Meu sorriso diz: Nós, os três escoceses, sabemos que ele está mentindo. Ambos retribuem o sorriso. Nós, os três escoceses, sabemos.

Palácio de Lambeth, Londres, Inglaterra, Outono de 1516

Vou para o Palácio de Lambeth no palafrém branco que Catarina me deu, para me encontrar com Thomas Wolsey e meu irmão. Eles estão na câmara privada de Henrique, com apenas meia dúzia de companheiros e três ou quatro servos. Imediatamente noto que ninguém fica tão próximo do rei quanto seu novo amigo, Wolsey, filho de um açougueiro de Ipswich. O sujeito de fala mansa deve se beliscar todos os dias para se certificar de que não está sonhando. É extraordinário que um homem de origem tão humilde tenha a atenção do rei. Com certeza, ninguém nunca subiu tanto na vida. Mas essa é a Inglaterra que Henrique e Catarina estão fazendo: um lugar onde o talento tem mais importância do que o berço, e o que fazemos tem mais importância do que quem somos. Para alguém como eu, que sou completamente definida por meu nascimento, trata-se de uma ideia perturbadora. É errado. Nenhum rei do lado da família de minha mãe transformaria o filho de um açougueiro em lorde chanceler, e tenho certeza — como se ela estivesse falando comigo do além-túmulo — de que minha avó jamais permitiria.

Não deixo nada disso transparecer em minha fisionomia ao cumprimentar meu irmão com uma mesura cálida e estender a mão ao conselheiro dele, como se estivesse feliz com sua presença.

— Como foi? — pergunta Henrique.

Evidentemente, Thomas Wolsey já sabe do que se trata a pergunta e fará parte da conversa.

— Eles devolverão minhas joias — respondo, com orgulho. — Admitem ter errado ao confiscá-las. Dizem que estão todas em ordem, que todas serão enviadas. Os vestidos também.

Wolsey sorri para mim.

— Vossa Majestade é uma hábil diplomata.

Realmente acho que sou. Inclino a cabeça.

— E concordaram em pagar meus aluguéis. Acho que me devem uma fortuna, talvez chegue a catorze mil libras.

Henrique solta um assobio baixo.

— Eles disseram que pagariam?

— Prometeram.

— E o que disseram em relação ao duque de Albany? — pergunta Wolsey.

— Agora que definimos a questão dos vestidos.

Inclino a cabeça diante da ousadia do filho do açougueiro em comentar sobre minha conversa com os representantes escoceses.

— Eles fazem questão de que Albany continue governando, mas deixei claro que isso equivaleria a entregar a Escócia nas mãos dos franceses.

Henrique assente.

— Avisei que Vossa Majestade não toleraria — acrescento.

— Fez bem — responde ele. — Não tolerarei.

— E nos encontraremos de novo, quando eles trouxerem minhas joias.

— Conversarei com eles nesse meio-tempo — observa Wolsey. — Mas duvido de que farei mais avanço do que Vossa Majestade. Que grande rainha regente: dois de seus objetivos ganhos numa única reunião!

— Eles precisam devolver meu filho — suspiro.

— Seu filho está seguro — diz Wolsey gentilmente. — Mas tenho uma má notícia da Escócia, sobre Alexander Hume e o irmão dele, William.

Aguardo. Alexander Hume é um vira-casaca ridiculamente orgulhoso. Voltou-se contra Albany, ficando do meu lado, porque descobriu que o duque havia feito uma piada sobre sua baixa estatura. Possui todo aquele orgulho inflamado próprio do homem baixo. Mas, uma vez que tomou meu partido, foi um servo dedicado. Salvou-me de Linlithgow e nos acompanhou na fuga da Escócia. Fez companhia a Archibald, e não teríamos sido tão valentes sem sua coragem. Sei, porém, que não é de total confiança.

— Ele mudou de lado? — pergunto.

— Nunca mais vai mudar — responde Wolsey, com um humor vulgar. — Entregou-se a Albany, pedindo perdão, depois quebrou a palavra e foi executado por traição. Ele está morto, Vossa Majestade.

Arquejo, aturdida.

— Meu Deus! Ele foi executado depois de pedir perdão? Ninguém nunca mais vai confiar no Albany!

— Não. — Wolsey tem a petulância de me corrigir. — Ninguém nunca mais confiaria no Hume. Foi ele que quebrou a palavra. Recebeu o perdão, jurou lealdade e se rebelou novamente. Mereceu morrer. Ninguém poderia argumentar em sua defesa.

Eu argumentaria. Não acho que nenhuma promessa a Albany precise ser honrada. Mas não discordarei do conselheiro preferido de meu irmão, que, em minha opinião, não deveria nem estar falando sem ser solicitado.

Wolsey inclina a cabeça para Henrique, dando a deixa para o rei se manifestar.

— Isso significa que a rainha regente perdeu o apoio de uma família poderosa — diz Henrique, como se estivesse pensando em voz alta. — Se ao menos arranjássemos outro aliado... um grande aliado, que assustasse os franceses. Talvez o imperador?

Meu irmão segura minha mão, acomoda-a em seu braço. Conduz-me para longe de todos: Thomas Wolsey, os cortesãos, os servos. Há um longo corredor entre a câmara privada e a escada privada, e caminhamos lado a lado, ajustando nossos passos.

— O imperador gostaria de se casar com você — anuncia Henrique. — E, como esposa dele, você poderia estipular suas condições aos escoceses. Como esposa dele, e como minha irmã, você seria a mulher mais poderosa da Europa.

Sinto a centelha da ambição se acender com essa ideia.

— Já sou casada.

— Wolsey acha que o casamento pode ser anulado — diz Henrique.

— Aconteceu quando a Escócia estava num período de excomunhão. É inválido.

— Mas não é inválido perante Deus — respondo, num murmúrio. — Sei disso, Ele também sabe. Além do mais, isso tornaria minha filha Margaret bastarda. Não vou fazer isso, assim como Vossa Majestade não tornaria a pequena Maria bastarda. Você não conseguiria, eu sei. Nem eu.

Henrique faz uma careta.

— Você teria muito poder. E o marido que você defende não está ao seu lado, o maior aliado dele foi executado.

— Não posso. Casamento é casamento. Você sabe que não pode ser revogado. Você, que se casou por amor, assim como eu, sabe que é um sacramento.

— A menos que Deus mostre que Sua vontade é outra — adverte Henrique. — Ele fez isso com nossa irmã, quando o marido dela morreu poucas semanas depois.

Não digo em voz alta que Maria teve sorte de se safar tão rapidamente.

— Quando Ele mostra Sua vontade — concordo. — Mas Deus abençoou meu casamento com Archibald, e o seu com Catarina. Nos deu saúde e descendência. Eu me casei para a vida toda. E você também. É até que a morte nos separe.

— Eu também — concorda Henrique, rendendo-se a minha certeza. Ele ainda é o menino que minha avó criou. Sempre aceitará o conselho de uma mulher devota. Não consegue evitar pensar que a mulher que é determinada é uma mulher que está certa. É a consequência de ter uma avó moralista. Se abandonar essa crença, será livre para pensar qualquer coisa. — Mas você pode considerar, Margaret? Seu marido praticamente a abandonou, ninguém sabe onde ele está. Pode muito bem estar morto. Talvez seja a vontade de Deus que seu casamento já esteja terminado.

— Ele não me abandonou — afirmo. — Sei exatamente onde está agora. E me casei com ele na riqueza e na pobreza, não posso abandoná-lo agora que está foragido, lutando pelo que é seu, lutando pela minha causa.

— Se ele ainda está de fato foragido — sugere Henrique. — Se não se rendeu ao lado de Hume, chegou a um acordo com Albany e abandonou sua causa.

— Ele jamais faria isso. Sei onde deposito minha honra e meu amor.

Quando converso com Henrique, há alguma coisa que sempre me instiga a falar como se eu estivesse numa peça. Ele é sempre tão afetado. Sempre querendo causar uma impressão. Sempre atento à aparência. Sua pompa natural é coreografada.

Ele beija ambos os lados do meu rosto.

— Deus a abençoe por sua honra — murmura. — Eu gostaria que minhas duas irmãs fossem cautelosas assim com a própria reputação.

Essa repreenda é para você, Maria, penso, com um sorriso.

Palácio da Escócia, Londres, Inglaterra, Outono de 1516

Não ignoro, porém, as insinuações de Henrique. Escrevo para lorde Dacre pedindo notícias de Archibald e de todas as pessoas que me apoiam na Escócia. Digo que já sei tudo em relação a Hume; ele não precisa tentar fugir à verdade. Sei o pior. Mas, mesmo com essa segurança, ele não me responde, e deduzo que ou não sabe de nada ou sabe de algo e não quer me contar. Encontro-me novamente com os representantes escoceses e, por sua postura criteriosa, não consigo decifrar se meu marido está do meu lado ou se virou a casaca e está agora do lado deles. No fim, preciso pedir a Thomas Wolsey que me visite.

Mostro a ele sua afilhada, minha adorável Meg, que sorri para o padrinho, como deveria. Sirvo os doces de que ele gosta, com uma taça de vinho branco doce. Quando ele está satisfeito, bem alimentado, peço um empréstimo. Os escoceses enviaram as joias e os vestidos, mas não o dinheiro dos aluguéis. Thomas Wolsey é obsequioso. Por que não seria? Como lorde chanceler, tem controle do tesouro real e está acumulando uma fortuna. Os dedinhos gordos são cheios de anéis. Ele me empresta uma soma que será paga quando o dinheiro de meus aluguéis chegar. Dacre o receberá na fronteira, enviando a Wolsey sua parte.

Ele me parabeniza pelo acordo que fiz com os escoceses.

— Vossa Majestade poderá voltar para casa em segurança, governar como corregente — observa. — Eles prometeram pagar os aluguéis e consultá-la. É uma grande vitória. Estou impressionado.

Sorrio.

— Obrigada. Fico feliz de ter conseguido tanto. Mas queria também perguntar ao senhor sobre o conde de Angus.

Hesito em dizer o nome dele. Tampouco quero dizer "meu marido" a esse empregado gorducho de olhos tão ávidos, de inteligência tão afiada, que, no entanto, não conhece nada sobre a vida dura, o acaso da sorte, na fronteira.

Ele não responde nada, apenas inclina a cabeça.

— Eu queria perguntar se o senhor sabe onde ele está — digo. — Estou preocupada... depois do que o senhor me disse sobre Alexander Hume. Eles estavam viajando juntos, os Hume e meu marido.

Ele sabe alguma coisa. Posso jurar que sabe há semanas.

— Sim, acho que o conde, seu marido, se rendeu na mesma ocasião que os Hume, Alexander e William — responde, afinal. — Achamos que os três se renderam a Albany e receberam perdão. Seu marido desistiu.

Por um instante, não consigo raciocinar direito.

— Desistiu? Ele se entregou?

— Também só fiquei sabendo agora. É um choque — observa Wolsey, num sussurro, como se fosse um padre numa confissão.

É mentira. Deve ser mentira.

— Ele não pode ter desistido. — Fico impaciente. — Não me escreveu. Não faria algo assim sem me avisar. Não teria se entregado sem lutar pelo meu direito de ver meu filho. Não desistiria simplesmente.

— Acho que ele recuperou as terras — diz Wolsey calmamente. — Trocou sua causa pela causa dele. Está novamente com o Castelo Tantallon. Sei que era importante para ele e para o clã... é assim que se chama?... que ele o recuperasse. E também recuperasse sua própria fortuna, claro.

— E a minha fortuna? — pergunto, de súbito enfurecida com esse homem de pele macia que me dá notícias terríveis com um tom igualmente macio de quem confidencia segredos. — Ele é meu marido! Deveria estar lutando por mim! Não ficou comigo na Inglaterra para continuar lutando. Deveria estar lutando por mim nesse instante!

Wolsey abre os dedos carregados de anéis de diamante.

— Talvez ele não tenha ficado na Inglaterra para poder recuperar seus castelos, suas terras. E conseguiu. Para ele, é uma vitória.

Estou tão furiosa que mal consigo falar.

— Não é vitória para mim — respondo, a voz embargada.

Ele me olha com ternura.

— Não. Vossa Majestade foi mais uma vez ignorada.

Eu poderia chorar com o fato de ele denominar meu sofrimento tão acertadamente. É isso que sempre acontece comigo. Fui deixada de lado. Minhas necessidades foram negligenciadas; eu deveria estar em primeiro lugar. Meu próprio marido se alia a meu inimigo, em vez de lutar pela minha causa. Ele me traiu.

— Não acredito — murmuro, cheia de ódio. Afasto-me de Wolsey, de modo que ele não veja meu rosto contorcido de raiva. Estou dividida entre a fúria e o desespero. Não acredito que Archibald se entregaria sem me avisar. Não acredito que recuperaria suas terras, deixando-me sem nada.

— A esposa do imperador seria a mulher mais importante da Europa — lembra Wolsey. — Acima de todo mundo. Vossa Majestade poderia comandar todos na Escócia.

Mesmo em meu sofrimento, não me esqueço dos votos matrimoniais.

— Archibald pode ter negligenciado sua obrigação comigo, mas não vou negligenciar a minha — afirmo. — Nós nos casamos perante Deus, nada pode mudar isso.

— Se é o que Vossa Majestade pensa... — responde Thomas Wolsey.

Palácio de Lambeth, Inglaterra, Outono de 1516

Surpreendo a mim mesma não desmoronando. Descubro que desejo conversar com alguém que entenderá o que sinto, não com alguém cuja voz macia sussurrando conselhos só faz com que eu me sinta pior. Ordeno que preparem meu cavalo. Visto minha melhor capa de montaria e meu vestido rematado em marta e sigo para Greenwich. Não me dirijo à sala de audiências do rei, para ver meu irmão. Subo a escada da ala da rainha, e minha dama principal pergunta ao mordomo de Catarina se ela poderia me receber. Ele me pede para acompanhá-lo imediatamente, e me deparo com as damas dela sentadas em silêncio em sua sala de audiências, a porta da câmara privada fechada.

— Pode entrar — diz ele, em voz baixa. — A rainha está rezando.

Sozinha, entro em silêncio e vejo-a pela porta aberta da capela particular que ela mandou construir, contígua à câmara privada. Fico no vão da porta, observando o padre fazer o sinal da cruz na cabeça baixa da rainha e depois em si mesmo, e ela então se levanta do luxuoso genuflexório, diz algumas palavras para ele e se volta para mim com um sorriso, serena.

Ela se ilumina de verdade ao me ver.

— Eu estava rezando por você, e você está aqui! — exclama, estendendo a mão para mim. — Recebi as notícias da Escócia. Você deve estar contente pelo menos de saber que seu marido está vivo, restabelecido.

— Não posso estar contente — respondo, com sinceridade. — Sei que deveria. Sei que deveria estar feliz por ele. E estou de fato feliz por ele não estar morto. Estava apavorada com a possibilidade de ter havido um acidente, uma invasão, uma luta... Mas não posso estar contente com o fato de ele ter chegado a um acordo com Albany, deixando-me aqui. — Engulo as lágrimas. — Sei que deveria estar feliz pela segurança dele. Mas não consigo.

Ela me leva para junto da lareira, e sentamo-nos em cadeiras da mesma altura.

— É difícil — anui. — Você deve estar se sentindo abandonada.

— Muito! — admito a verdade dolorosa. — Deixei meu marido para trás porque ele queria lutar por mim, porque não queria ficar na Inglaterra na situação terrível em que estávamos. Sofri muito ao deixá-lo, mas ele foi carinhoso, me acompanhou a York, jurou lutar por mim até a morte, e agora descubro que fez um acordo com nosso inimigo e está no conforto de seu castelo! Catarina, deve ter sido ele que mandou meus vestidos!

Ela abaixa a cabeça, contrai os lábios.

— Eu sei. É difícil quando achamos que uma pessoa é boa, maravilhosa, e ela nos decepciona. Mas talvez seja melhor assim. Quando voltar à Escócia, você vai ter os castelos dele para morar, ele vai ter dinheiro para sustentá-la. Ele estará no conselho, intervindo por você. Você será a esposa de um grande lorde escocês, não de um foragido.

— Você se decepcionou? — pergunto, numa voz tão baixa que não sei se ela me ouviu.

Seus olhos azuis sinceros voltam-se para mim.

— Me decepcionei — assente. — Você deve ter ouvido falar de meus problemas. Acho que todo mundo sabe que Henrique teve uma amante já no primeiro ano de nosso casamento, quando eu estava em confinamento, com nosso primeiro filho. Desde então, houve outras, sempre tem outra. Agora mesmo tem uma.

— Uma de suas damas? — ouso perguntar.

Ela assente.

— Isso só piora tudo — observa. — É uma dupla traição. Eu achava que ela fosse minha amiga, tinha carinho por ela.

Mal consigo respirar. Quero desesperadamente saber quem é. Mas acho que não posso perguntar. Existe algo intimidante em Catarina, mesmo quando está sentada junto à lareira, ao lado da irmã.

— Mas não é sério — afirmo. — É uma diversão, para o homem jovem. Todo homem jovem faz isso. Henrique é cavalheiresco, gosta de brincar de amor galante.

— Talvez não seja sério para ele. Mas é sério para mim e evidentemente é sério para ela. Não digo nada, trato a moça como sempre tratei. Mas me incomoda. Nas noites em que ele não vem para minha cama, fico imaginando se está com ela. E claro... — Sua voz treme, apenas um pouco. — Que sinto medo.

— Medo? — Jamais imaginei que Catarina sentiria medo. Ela está sentada de maneira muito ereta, contemplando o rio ensolarado como se soubesse todos os segredos do mundo e não tivesse medo de nada. — Nunca penso em você como alguém que sentiria medo, penso em você como alguém invencível.

Ela solta uma risada.

— Você foi embora da Inglaterra antes de eu ser rebaixada. Mas deve ter ficado sabendo que sua avó me arrasou. Quis me humilhar e conseguiu.

— Mas você recuperou seu lugar. Casou-se com Henrique.

Ela encolhe os ombros.

— É, achei que o tivesse conquistado, que ficaria com ele para sempre. A moça... é Bessie Blount, sabe, a moça bonita, de pele clara, muito musical, muito charmosa.

— Ah — suspiro, lembrando-me do cabelo louro vertendo sobre o alaúde, a voz doce, límpida.

— Ela é jovem e, imagino, fértil. Se eles tiverem um filho... — Catarina se interrompe, e vejo que seus olhos estão úmidos. Ela afasta as lágrimas como se não significassem nada. — Se ela der um menino a ele antes de mim, acho que meu coração vai se despedaçar.

— Mas você vai ter um menino na próxima vez — garanto-lhe, sem nenhuma certeza.

Ela deu à luz quatro bebês mortos e apenas uma menina viva.

Ela me encara. Não é mulher a quem se digam mentiras otimistas.

— Se Deus quiser — murmura. — Mas segurei nos braços um menino, que chamei de Henrique, em homenagem ao pai, depois tive de enterrá-lo e rezar por sua alma imortal. Acho que não suportarei se Bessie tiver um filho de meu marido.

— Ah, mas ele não a deixaria chamá-lo de Henrique — objeto, como se isso tivesse alguma importância.

Catarina sorri e sacode a cabeça.

— Ora. Ainda não aconteceu. Talvez nunca aconteça.

— Ela precisa se casar — sugiro. — Você deveria arranjar o casamento, tirá-la da corte.

Catarina faz um gesto breve com a mão.

— Não sei se seria justo com ela, ou com o marido — responde. — Ela é muito jovem, eu não gostaria de obrigá-la a se casar com um homem que poderia ficar ressentido. Ele saberia que ela é a sobra do rei. Poderia ser cruel com ela.

Não consigo entender por que ela se importa com a felicidade de Bessie, e minha perplexidade deve transparecer em minha fisionomia, porque Catarina solta uma risada, alisando meu rosto.

— Ah, minha irmã — diz. — Fui criada por uma mulher cujo marido a fez sofrer muito. Fico sempre do lado da mulher. Mesmo que a mulher seja minha rival. E a pequena Bessie não chega a ser minha rival. É apenas uma amante. Não é a primeira e duvido de que será a última. Mas eu sou sempre a rainha. Ninguém pode tirar isso de mim. Ele sempre voltará para mim. Sou seu primeiro amor, amor de verdade. Sou sua esposa, a única esposa.

— E eu sou a esposa do Archibald — respondo, reconfortada por sua certeza. — Você tem razão em dizer que eu deveria estar feliz com o fato de que meu marido foi perdoado por Albany e que agora posso morar no castelo dele. É claro que estou contente por ele estar em segurança. Posso viver com ele, e talvez meu filho possa morar conosco.

— Você deve sentir muita saudade dele.

— Sinto — concordo. Mas estou pensando em Archibald, ao passo que ela está pensando em meu filho Jaime. — E ele estava vivendo em dificuldade, na fronteira — prossigo. — É difícil encontrar um lugar seguro para passar a noite, difícil encontrar o que comer. Não há moças bonitas compondo músicas.

Catarina não sorri.

— Espero que ele nunca abandone você, onde quer que esteja. É uma aflição terrível quando o homem tem nas mãos nosso coração, nossa felicidade, e se esquece de nós.

— É assim que você se sente? — pergunto, pensando em minha fúria com Jaime por suas infidelidades, pensando em todos os bastardos que vieram correndo para mim, quando eu sabia que suas mães moravam convenientemente perto e que ele as veria a caminho das peregrinações.

— Eu sinto como se fosse completamente inútil — responde ela, num murmúrio. — E não sei como lembrar a ele que sua honra e seu coração são meus, que foram jurados a mim. Não sei como adverti-lo de que, assim como eu, ele precisa cumprir sua obrigação perante Deus. Mesmo que nunca mais tenhamos outro filho, embora eu reze todos os dias para dar à luz um menino, sou sua companheira, sua parceira, na guerra e na paz. Sou sua esposa, sua rainha. Ele não pode me esquecer.

Por um instante, sinto vergonha por meu irmão tratá-la tão terrivelmente.

— Ele é um idiota — digo abruptamente.

Ela me interrompe com um gesto da mão cheia de anéis.

— Não posso permitir que o critiquem. Nem mesmo você. Ele é o rei. Prometi a ele meu amor e minha obediência para sempre.

Palácio de Richmond, Inglaterra, Verão de 1517

Partirei novamente da Inglaterra. Foi um longo e belo ano, mas eu sempre soube que voltaria à Escócia. Mais uma vez preciso me despedir de meus parentes e amigos, mais uma vez preciso fazer a longa viagem ao norte, esperando ter êxito no fim.

— Você precisa mesmo ir? — pergunta Maria, num lamento infantil. Estamos além do jardim privado, caminhando à margem do rio, e viramo-nos para nos sentar num banquinho, ao pé de uma árvore, o sol quente a nossas costas, observando as embarcações que trazem visitantes e mercadorias para entreter e alimentar a corte insaciável. Maria mantém as mãos sobre a barriga inchada. Está novamente grávida. — Eu esperava que você pudesse ficar.

Não ouso dizer que também estava começando a ter essa esperança. É difícil pensar que Catarina e Maria vivem aqui, que sou a única irmã que precisa partir para um futuro incerto, num reino que me foi tão impiedoso.

— Foi como ser criança de novo, com você aqui. Por que você não fica mais um tempo? Por que não mora conosco e não vai embora nunca mais?

— Preciso cumprir meu dever — respondo.

— Mas por que agora? — insiste ela. — No começo do verão, que é a melhor época do ano.

— É a melhor época do ano para eu fazer a viagem, e tenho meu salvo--conduto para a Escócia. — Não consigo ocultar na voz o rancor que sinto. — Meu filho, meu filho de 5 anos, mandou meu salvo-conduto.

Isso chama sua atenção. Ela se endireita no banco.

— Você precisa da permissão do pequeno Jaime para ir até ele?

— Claro. Ele é o rei, está sob seu selo. Evidentemente, não foi ele. Foi Albany quem decidiu que posso voltar para casa. E estipulou suas condições: apenas vinte e quatro acompanhantes, nenhum rebelde. E ainda há condições para eu ver meu filho. Não irei como tutora dele, como regente. Apenas como mãe.

— Os franceses são muito poderosos — comenta ela. — Mas também são generosos quando obedecemos a suas regras. Adoram a beleza e a cortesia. Se você concordasse em...

— É claro que você ficaria do lado deles, uma vez que pagam sua pensão — interrompo-a. — Todo mundo sabe que você não tem nada além do dinheiro que recebe deles. Mas os franceses não me pagam nada, não honram a dívida que têm comigo, por isso não espere que eu faça o que eles mandarem, como você e o Brandon.

Ela enrubesce.

— Claro que preciso do dinheiro — responde. — Somos miseráveis, somos miseráveis reais. E todo dia há uma nova peça, uma nova dança, uma nova comemoração, e o rei faz questão de que eu compareça. Se há uma justa, ele faz questão de que o Charles lute. Só os cavalos valem seu peso em ouro, a armadura custa dez vezes mais do que um vestido. — Ela põe a mão na barriga, para se confortar. — Enfim, talvez eu dê à luz outro menino, que fará fortuna para nós. Afinal, ele seria sucessor ao trono, depois do irmão e depois do seu filho Jaime.

— Só se Catarina não tiver nenhum filho homem.

— Que Deus a ajude. — Maria deseja que o próprio filho perca a sucessão com absoluta sinceridade. — Mas, Margaret, realmente acho que você deveria tentar se acertar com os franceses. Você não consegue um acordo melhor com Albany? Ele é um nobre tão educado! Gostei dele e da esposa. E, agora que ela está doente, ele deve querer voltar para casa. Talvez volte para a França, deixando a Escócia sob seu comando. Você poderia tentar confiar nele, conversar.

— Quanto você está recebendo por isso? — pergunto subitamente. — Diga aos seus aliados franceses que eu concordaria de bom grado com tudo se eles tirassem seus soldados do meu reino e pagassem o aluguel de minhas terras, assim como pagam a você. Você se vendeu barato, mas eu tenho de cuidar de um reino. Meu preço é mais alto.

Ela fica agitada.

— Não tenho aliados. Recebo dinheiro francês, como metade da corte. Você não precisa jogar isso na minha cara. E sei que você pediu dinheiro emprestado a Wolsey, exatamente como nós. Você não é melhor do que nós, não tem o direito de me repreender.

— Tenho, sim — respondo. — Sou sua irmã mais velha. É minha obrigação dizer quando você erra. Você é como uma traidora a serviço dos franceses. Diga a eles que paguem meus aluguéis, já que vocês são tão amigos.

— Não posso! — explode ela. — Não adiantaria nada se eu dissesse alguma coisa. Você é tão tola! Não são os franceses que estão com seus aluguéis, é seu marido. A culpa não é do Albany. Seu marido está coletando os aluguéis, em seu nome, sem passar o dinheiro para você.

— Isso é mentira! Uma mentira idiota e cruel. Archibald jamais faria isso. Não é como seu marido, que só se casou com você pela sua fortuna e pelo título. Archibald é um grande lorde, tem muitas terras. Não me enganaria. Você não sabe de nada. Caiu de amor por um aventureiro. Um homem do povo, um arrivista! É evidente que Brandon roubaria suas terras. Vive a suas custas, viveu às custas de todas as mulheres com quem já se casou. Meu Deus! Comparado ao Brandon, Wolsey parece um homem refinado.

Ela se levanta, os olhos azuis ardendo de fúria.

— Você acha que seu marido não engana você? Mesmo quando se reconcilia com Albany por conta própria? Mesmo quando mora com uma mulher que chama de esposa? Mesmo quando diz a todos que você nunca voltará à Escócia e que está muito feliz com isso? Você ousa comparar seu marido traidor a Charles, que nunca foi desleal a Henrique nem infiel a mim?

É como se ela tivesse me dado um soco no estômago, como se eu perdesse o fôlego. Dobro o corpo como se não conseguisse respirar.

— O quê? O quê? O que você está dizendo? — Ouço as palavras ecoando em meus ouvidos, mas não as entendo. — O que você disse? Esposa?

Imediatamente, ela se mostra arrependida. Ajoelha-se a meu lado para olhar em meus olhos, o rosto ainda molhado de lágrimas de raiva.

— Ah, Margaret! Ah, Margaret! Sinto muito! Me perdoe! Sou tão má! Ah, minha querida! Eu não devia ter dito isso. Combinamos de não dizer nada, mas eu... Foi quando você falou mal de Charles. Eu não deveria ter dito uma palavra sequer.

Ela alisa meu vestido, alisa meu ombro, ergue meu queixo para poder olhar para mim. Mantenho a cabeça baixa, o rosto oculto. Eu me sinto tão humilhada que não consigo falar.

— Sinto muito. Eu não devia ter dito nada. Ela me fez prometer.

— Quem? — pergunto. Cubro o rosto com as mãos, para ela não ver meus olhos vermelhos, minha lividez. — Quem pediu para você não dizer nada?

— Catarina — murmura ela.

— Foi ela que disse isso? Foi ela que contou a você tudo isso? Sobre meus aluguéis? Sobre o Archibald estar morando com outra mulher?

Ela assente.

— Mas nós juramos que não lhe contaríamos nada. Ela disse que isso partiria seu coração. Me fez prometer que eu não falaria nada. Disse que você não suportaria saber que ele é infiel. Que você mesma teria de conversar com ele. Que isso é assunto de vocês dois.

— Ah, que bobagem! — exclamo, furiosa com a ideia desse boato infundado. — Ela é tão pudica! Como se todos os homens não tivessem amantes! Como se o Ard fosse passar meses vivendo como um monge! Como se a esposa devesse se importar!

— Você não se importa? — pergunta minha irmã, perplexa.

— Nem um pouco! — minto. — Essa mulher não é ninguém. Não é ninguém para ele e por isso não é ninguém para mim. Catarina está fazendo esse estardalhaço porque está sofrendo com o caso de Henrique com Bessie Blount e quer que todo mundo ache que o Ard é tão terrível quanto ele. Que isso teria importância. Quem se importa!

— Então você sabia sobre essa mulher?

— É claro que sabia — respondo. — Metade da Escócia a conhece, sabe de seus hábitos promíscuos. Metade dos lordes provavelmente já se deitou com ela. Por que eu me importaria com uma meretriz?

— Porque ela diz ser esposa dele — responde ela, num murmúrio.

— Assim como todas as meretrizes.

Maria quer acreditar em mim. Sempre me admirou. Quer crer em minha palavra.

— Ele não se casou com você por amor? E foi um casamento direito? Ele nunca foi casado com ela?

— Como assim, nunca foi casado com ela? Você é tão tola. Não. Nunca. Eles foram prometidos quando ela era criança. Mas ele a deixou por mim, por amor a mim. E daí que agora se diverte quando estou longe? Assim que eu chegar à Escócia, ele a deixará.

— Mas, minha querida, dizem que ela está morando na sua casa, como esposa dele.

— Isso não significa nada.

— Mas e se eles tiverem um filho?

— Por que eu me importaria com outro bastardo? — pergunto, irritada com essa repetição do sentimentalismo de Catarina. — Jaime tinha dezenas de filhos, e nossa avó e nosso pai me casaram com ele, sabendo muito bem que todos moravam em meu castelo. Você acha que eu me importo se Janet Stuart tiver um filho quando meu marido, o rei, tinha seu próprio regimento de bastardos? Quando nomeou um deles seu sucessor antes de eu ter meu filho!

Ela se senta sobre os calcanhares, os cílios escuros de lágrimas, a testa franzida numa expressão intrigada.

— Jura? Você realmente não se importa?

— Nem um pouco — repito. — E, quando descobrir que seu marido se deitou com uma meretriz, você também não deve se importar. Não deveria fazer diferença alguma para você.

Ela leva a mão ao pescoço.

— Ah, eu me importaria — suspira. — E Catarina também se importa.

— Então vocês são duas idiotas — decreto. — Eu sou rainha, sou a rainha dele. Ele me reverencia, me ama como súdito e como homem, meu homem. A mim não importa se, de vez em quando, ele come o jantar num prato de madeira. Isso não diminui o valor dos meus pratos de ouro.

Ela me fita, assombrada, os olhos azuis arregalados.

— Nunca pensei nesses termos. Sempre achei que o marido e a esposa deveriam ser devotados um ao outro. Como o Brandon é devotado a mim.

— É melhor você descansar — digo, de súbito notando a palidez de sua pele perfeita. — Você não traz nenhum príncipe no ventre, mas ainda assim deve tomar cuidado. Não deveria estar chorando, não deveria ficar ajoelhada. Levante-se.

Estendo a mão para ajudá-la e a conduzo pelo jardim até o frescor da escada interna.

— Tem certeza de que ele vai voltar para você, quando você chegar à Escócia?

— Sou a esposa dele. Com quem mais ele ficaria?

Caminhamos por alguns instantes em silêncio.

— De qualquer maneira, como você sabe disso tudo?

Não consigo esconder a irritação com o fato de que ela e Catarina ficam sussurrando comiserações por minha causa. Não suporto a ideia de as duas ficarem comentando as notícias que chegam da Escócia, cheias de avidez.

— Thomas Wolsey contou a Catarina, que me contou. Thomas Wolsey sabe de tudo que se passa na Escócia. Tem espiões por toda parte.

— Espiões vigiando meu marido — observo.

— Ah, tenho certeza de que não. Não necessariamente. Só se ele for...

— Ela se interrompe antes de dizer que desconfiam de que ele seja desleal a meu reino e a mim. Hesita. — Posso dizer a Catarina que você não está preocupada com esse rumor? Ela vai ficar muito aliviada.

— Por quê? Você precisa dizer tudo a ela? Ela agora é sua confessora?

— Não, só que sempre contamos tudo uma à outra.

Bufo.

— Isso deve agradar muito a seus maridos. Você contou a ela que Henrique estava dormindo com a dama dela, Bessie?

Ela diminui o passo.

— Contei — murmura. — Conto a ela tudo que sei, mesmo quando parte meu coração.

— E ela conta a você sobre os casos do seu marido?

Ela se apoia na parede de pedra, como se os pés lhe faltassem.

— Ah! Não! Ele não tem nenhum caso.

Não posso alegar, mesmo em minha cólera, que ele tenha.

— Nenhum de que eu saiba — admito, irritada. — Mas ele vai encontrar alguém enquanto você estiver assim, enorme, sem conseguir se deitar com ele. Todo homem pega uma meretriz quando a esposa entra em confinamento.

Mais uma vez, seus olhos ficam marejados.

— Não diga isso! Tenho certeza de que ele não vai fazer isso. Ele dorme comigo, adora me abraçar. E eu gosto de dormir em seus braços. Realmente acho que ele não tem nenhuma amante. Realmente acredito que ele não teria.

— Ah, vá chorar com Catarina — digo, impaciente, quando chegamos ao topo da escada. — Vocês formam uma bela dupla chorando por nada. Mas parem de derramar veneno sobre mim e meu marido.

— Não estávamos fazendo intriga! — exclama ela. — Guardamos segredo por medo de aborrecer você. Eu prometi a ela que não lhe diria nada. Foi muito errado da minha parte lhe contar.

— Você é tão idiota! — ofendo-a, deslavadamente. — Ainda bem que é bonita, porque Deus sabe que é a mulher mais estúpida que conheço. Para Catarina, velha e feia daquele jeito, não há salvação.

Ela vira o rosto, como se procurasse se esquivar da grosseria, e sai correndo para os aposentos da rainha. Dirijo-me a meus próprios aposentos. Estou curada da vontade de permanecer aqui. Quero voltar para casa, para a Escócia. Estou farta dessa casa de mulheres. Estou farta dessas mulheres que se dizem minhas irmãs, mas fazem intriga pelas minhas costas. A rainha inglesa e a rainha francesa, odeio ambas.

Não sou a única que está cansada dos franceses e da maneira como eles compram seus protegidos na corte. Maria e o marido são pensionistas dos franceses, e metade da corte inglesa recebe subornos. Os mercadores e artesãos franceses tiraram o sustento de ingleses honestos em todos os ofícios, em todas as lojas da cidade. Advirto Henrique de que os franceses não precisarão de uma frota para invadir o reino, pois já são tão numerosos aqui que mal se ouve inglês nas ruas de Londres, cheias de monsieurs e milordes.

Henrique ri; nada perturba seu bom humor. Ele passa o dia inteiro caçando, enquanto o trabalho do reino é executado por Thomas Wolsey, que leva para ele os documentos que precisam ser assinados quando ele deveria estar na missa. Henrique rabisca sua assinatura, sem se dedicar nem a Deus nem a suas obrigações.

Mas a população de Londres pensa como eu, que há estrangeiros demais roubando o sustento dos bons ingleses. Todo dia, há meia dúzia de relatos sobre comerciantes estrangeiros trapaceando, sobre franceses seduzindo mulheres inocentes, sobre ingleses perdendo o emprego. Quando são intimados, os franceses subornam os magistrados e saem impunes. A população de Londres está cada vez mais encolerizada.

Os aprendizes se aproveitam da liberdade da Páscoa, quando a cerveja é pródiga e todos estão desobrigados da longa abstinência da Quaresma, para se embebedar e se munir contra os invasores. Um poderoso sermão sugerindo ataque aos franceses, em Spitalfields, agita os ânimos. Os mestres dão o dia de folga aos jovens, que já andam armados para a defesa da cidade. Os rapazes gostam de lutar e beber, e de repente descobrem que hoje podem fazer as duas coisas. Grupos cada vez maiores se juntam para percorrer as ruas, quebrando vitrines de comerciantes estrangeiros, gritando insultos à porta de lordes estrangeiros. Excremento de cavalo é atirado no muro e no portão fechado da residência do embaixador português; os servos do embaixador espanhol partem para a luta; os comerciantes franceses fecham as janelas e ficam no escuro, nos cômodos do fundo de casa. Mas sempre que há um letreiro com palavras em francês, ou algo que possa ser francês — pois os aprendizes não são os jovens mais instruídos do mundo —, há vaias nas janelas, calçamento arrancado, uma chuva de sujeira e pedras e afrontas.

Nem mesmo Thomas Wolsey — um homem da classe deles — escapa. Sua bela casa de Londres é cercada por um grupo que exige que ele explique por que distribuiu esmolas para os pobres. Não deve haver esmolas para estrangeiros, avisam os rapazes. Gritam que não gostam dele, não gostam de sua postura. Além do mais, se as pessoas recebessem um salário decente, não haveria necessidade de esmolas. São exigências atrás de exigências, pedidos de tempos melhores, de que a justiça seja restaurada. Ouvindo os brados por trás da porta fechada, com seus servos armados, prontos para entrar em ação, o lorde chanceler teme que mais cedo ou mais tarde alguém clame pela volta da rosa branca, dos Plantageneta, a família derrotada de minha mãe, e essas não são palavras permitidas. Ele pede ao rei que mande a guarda real, que permanece a uma distância segura da cidade, no Palácio de Richmond.

— Terei de me insurgir contra meu próprio povo — declara Henrique, de maneira afetada.

É tarde, uma noite escura de verão. Jantamos e bebemos demais. Catarina parece exausta, mas o marido de Maria, Charles Brandon, e Henrique estão cheios de energia, como se pudessem dançar até a alvorada. Maria, belíssima com um vestido bege e muitas pérolas, os braços dados aos dois homens, volta os olhos preocupados para o irmão.

— Vossa Majestade não pode! — exclama.

— As pessoas não podem fugir ao controle — afirma Henrique. Ele inclina a cabeça em minha direção. — Pergunte à rainha da Escócia, ela sabe. Sabe que é preciso manter o povo em seu lugar, com toda nossa habilidade. Mas, se desobedecem, precisamos destruí-las. Não é verdade?

Não posso negar, embora tanto Maria quanto Catarina esperem que eu acalme Henrique.

— Quando elas se rebelam, precisamos agir — respondo, simplesmente. — Olhe para sua própria irmã. Você não acha que eu estaria no meu trono agora, não fossem as pessoas se voltando contra mim em sua loucura?

— Mas isso aconteceu porque... — começa Maria, e vejo, embora ninguém mais veja, que o marido dela belisca sua mão, pedindo que ela se cale.

Charles Brandon é o melhor amigo de Henrique, seu companheiro de justa e bebida, de dança e jogo de cartas. E manteve seu lugar ao lado do rei, mês após mês, ano após ano, sem jamais discordar do amigo e mestre. Independentemente do que Henrique diga, Charles concorda. Ele é como um daqueles bonecos que Archibald deu para Jaime, que apenas balança a cabeça para a frente: sim, sim, sim. Brandon não pode ser nada além de agradável com o mestre. Seu pescoço só funciona num sentido: para a frente. Sim, sim, sim.

— Terei de me insurgir — repete Henrique. — Ele se vira para o capitão da guarda. — Chame o duque de Norfolk e o filho dele, o conde.

— Vossa Majestade... — começa Catarina.

Henrique a ouve desde os primeiros dias do casamento. Mas na época estava se deitando com ela, estava extasiado com ela, certo de que juntos os dois teriam um filho e sucessor. Agora, depois de todas as perdas, duvida de que ela tenha tanta sabedoria assim. Duvida de que ela fale a verdade de Deus. Duvida de que poderia aprender qualquer coisa com ela. Henrique se empertiga e olha ao redor para ver se Bessie Blount notou sua coragem. Ele interrompe Catarina.

— Partiremos ainda hoje.

Brandon sabe que não há pressa e nem mesmo se arma. A partida não acontece naquela noite, apenas na manhã seguinte. Brandon pede que preparem seu cavalo com os melhores arreios e segue ao lado de Henrique, mas eles cavalgam tranquilamente e, enquanto estão no caminho, os Howard, o pai e o filho, conduzem a guarda armada pelas ruas da cidade, dando conta dos desordeiros. Os aprendizes, alguns adultos, outros ainda crianças, agora já recuperando a sobriedade, cansados, desejando não ter se afastado tanto de casa, começam a voltar para seus distritos quando ouvem o estrondo de muitos cascos na rua e veem, dobrando a esquina, o duque de Norfolk comandando seus homens, o visor abaixado, um pequeno exército a suas costas, os rostos sérios, implacáveis, avançando em sua direção como se eles fossem escoceses em Flodden.

Os rapazes são atropelados pelos cavalos de guerra como crianças caindo debaixo de um arado. Norfolk se encarrega de ser o juiz e o júri. Dezenas de meninos são mortos no primeiro ataque, quarenta rapazes são enforcados e esquartejados pelo crime de não correrem rápido o bastante, e centenas — ninguém sabe quantos; duzentos, trezentos, quatrocentos — são jogados em todas as prisões da cidade, aguardando julgamento em massa e execução em massa, quando afinal Henrique, Brandon e meia dúzia de lordes chegam à cidade.

As damas da corte acompanham os lordes, e estipula-se que o julgamento de todos os jovens, independentemente de idade, intenção ou ato, seja em uma semana. Os rapazes são sobretudo meninos no primeiro ano de treinamento, arrancados de casa, no interior, recém-chegados à cidade. Ficaram animados com o sermão e se rebelaram contra os franceses. Estavam bêbados com a cerveja do feriado e da folga dos quatro longos anos de aprendizado. Seus mestres acharam graça, sugeriram que eles queimassem as residências dos adversários. Ninguém os advertiu de que ficassem em casa. Ninguém lhes avisou o que aconteceria; como poderiam saber? Quem lançaria um exército contra crianças, em sua própria capital? Trata-se de meninos que trabalham para aprender o ofício de produtores de malte, fabricantes de sela, açougueiros, ferreiros. Alguns têm os dedos manchados das prensas, outros estão queimados por causa da fabricação de cera. Alguns são constantemente espancados pelos mestres, a maioria passa fome. Não importa, nenhuma individualidade importa. Henrique é um rei importante demais para se preocupar com um rapazote, para se incomodar com um órfão. Serão todos julgados juntos, e

Thomas Wolsey, cujo pai foi outrora um aprendiz como esses meninos, abre o julgamento em Westminster com um longo discurso, repreendendo-os por atentarem contra a paz, anunciando que a pena é a morte.

Com amargor, penso que eles provavelmente já sabem disso, pois todos trazem uma corda em torno do pescoço, segurando a ponta nas mãos trêmulas. Eles sairão daqui para fazer fila diante dos cadafalsos que foram montados em esquinas de toda a cidade, cada qual levando sua corda.

— Precisamos fazer alguma coisa — cochicha Catarina. — Não podemos deixar que centenas de aprendizes sejam mortos. Precisamos intervir.

Maria está lívida.

— Será que poderíamos pedir clemência?

Com a barriga imensa, ela nunca esteve tão bonita. Parece um botão enorme com o rosto de pétalas brancas. Aproximamo-nos umas das outras, como anjos conspirando para transformar a tirania em misericórdia.

— Henrique sugeriu que pedíssemos perdão? — murmuro para Catarina.

Seu gesto rápido de negação me diz tudo.

— Não, não, deve parecer que foi nossa ideia. É prerrogativa da rainha. Ele deve querer justiça, nós devemos querer clemência.

— O que vamos fazer? — pergunta Maria.

— Peçam comigo — sugere Catarina.

— É claro que pediremos — declaro, interrompendo a anuência entusiasmada de Maria. — É apenas uma nova dança, uma nova peça. Devemos interpretá-la com graciosidade. Você sabe qual é sua deixa?

Maria fica intrigada.

— Você não quer salvá-los, Margaret? — pergunta. — Olhe só, os mais novos não passam de crianças. Pense em seu filho. Você não quer que eles recebam o perdão real a seu pedido?

— Peça, então — respondo. — Vamos vê-la implorar a seu irmão maravilhoso. — Viro-me para Catarina. — Vamos ver a rainha da Inglaterra implorar ao rei pelo bem do povo. É melhor do que uma peça, melhor do que qualquer encenação. Vamos fazer uma justa de lágrimas misericordiosas. Quem de nós será mais comovente? Quem de nós intervirá com mais graciosidade?

Maria se mostra confusa com minha entonação amarga.

— Sinto muita pena dos meninos.

— Eu também — confirmo. — Sinto muita pena de qualquer pessoa que precise enfrentar os Howard. Eles não são famosos por seu cavalheirismo.

O olhar que Catarina lança de esguelha para mim mostra que a insinuação a atingiu. Mas ela segura a mão de Maria.

— Vamos todas pedir clemência — anuncia.

Os rapazes mais novos estão mudos de terror; não entendem o que se diz. O lorde chanceler, com seu manto vermelho, é uma figura incompreensível para eles; o grande salão do Palácio de Westminster, cheio de emblemas de ouro e estandartes, é reluzente demais, requintado demais, para eles ousarem correr os olhos à volta. Muitos choram abertamente, dois se viram para trás, a fim de tentar ver as pessoas do povo que estão no fundo do salão, em silêncio. Um deles grita:

— Mamãe!

E alguém o esbofeteia.

— Você não quer vê-los livres? — sussurra Maria.

— Não gosto de teatro — respondo.

— Isso aqui é real! — argumenta Catarina.

— Não é, não.

Thomas Wolsey se aproxima de Henrique, que está sentado no trono, debaixo do baldaquino dourado, a coroa sobre o cabelo ruivo, o belo rosto sério. O lorde chanceler se ajoelha devagar numa almofada convenientemente disposta diante do rei. Vejo, atrás de Wolsey, uma ao lado da outra, três almofadas menores, bordadas com fios de ouro. Imagino que sejam para nós. Aguardo. Catarina sabe o que deve fazer. Planejou tudo com o marido. Talvez os dois tenham até consultado um professor de dança.

Ouve-se um suspiro em meio aos quatrocentos meninos, quando eles veem Wolsey juntar as mãos num gesto de súplica. Eles se dão conta de que aquele homem importante está rogando por suas vidas junto ao rei, que permanece sentado em silêncio. Algumas pessoas do povo murmuram:

— Por favor!

As mães choram.

— Aos Tudor! — grita alguém, como se pretendesse lembrar Henrique de antigas lealdades.

O rosto de Henrique permanece sério, como uma bela estátua. Ele sacode a cabeça.

— Não — declara.

O medo toma conta do salão. Deverão todos esses meninos morrer? Todos? Mesmo o pequenino que passa os nós dos dedos nos olhos, cujo rosto está molhado de lágrimas?

Catarina se vira para Margaret Pole, que se encontra a seu lado.

— Meu capelo — sussurra.

Margaret Pole, prima de minha mãe, que já viu isso, sabe o que deve ser feito. Maria imediatamente se põe a imitar Catarina, tirando também o capelo. Viro-me para minhas damas, que me ajudam a fazer o mesmo.

De uma hora para outra, estamos todas de cabeça nua. As madeixas grisalhas de Catarina se espalham sobre os ombros. Sacudo a cabeça, e meu cabelo, um tom mais claro do que o de Henrique, verte em minhas costas. Maria leva as mãos à cabeça e solta os cachos louros, que lhe caem até a cintura, como uma cascata dourada.

Catarina nos conduz adiante, enquanto o lorde chanceler permanece ajoelhado. Primeiro Catarina, depois eu, depois Maria nos ajoelhamos diante de Henrique, estendendo as mãos como mendigas de vestidos sofisticados.

— Rogo-lhe misericórdia — suplica a rainha.

— Rogo-lhe misericórdia — repito.

— Rogo-lhe misericórdia — ecoa Maria, a voz embargada pelas lágrimas.

De todas nós, ela provavelmente é a única que acredita nessa farsa. Realmente acha que Henrique perdoaria esses meninos pobres por causa de nossas súplicas.

Ouço um barulho, como um trovão silencioso, no momento em que todos os aprendizes se ajoelham, assim como as demais pessoas do povo atrás deles. Henrique corre os olhos pelo grande salão de Westminster, as cabeças baixas, ouve as súplicas murmuradas, levanta-se, estende os braços como Cristo abençoando o mundo e declara:

— Misericórdia.

Todos choram, inclusive eu. Os aprendizes tiram a corda do pescoço, e os guardas abrem passagem para deixá-los procurar seus pais. As pessoas gritam bênçãos ao rei, bolsas de ouro — destinadas a subornar o carrasco para que ele agilizasse o fim, puxando as pernas do rapaz enforcado, a fim de quebrar seu pescoço antes da evisceração — são jogadas aos pés de Henrique e recolhidas por seus pajens. O duque de Norfolk, executor de Henrique, sorri como se estivesse embevecido com o perdão. Todos se curvam diante do trono, tirando o chapéu e dizendo:

— Deus abençoe o rei Henrique! Deus abençoe a rainha Catarina!

Londres nunca amou tanto um rei, nem mesmo um rei Plantageneta. Henrique poupou os meninos. Eles viverão por causa desse grande rei. Ele é um Herodes às avessas: deu vida a uma geração. O povo começa a aplaudir, alguém se põe a cantar o *Te Deum*.

Catarina está maravilhada com o êxito de seu gesto. Margaret Pole, atrás dela, segura firme o capelo banhado em ouro; não confia na multidão. Num gesto altivo, Henrique estende a mão para Catarina, que se aproxima, sorrindo com os gritos de lealdade. Sem ser convidada, Maria a acompanha, certa de ser acolhida, e os três sorriem radiantes para a multidão, como uma tríade de anjos, mais bonitos, mais poderosos, mais ricos do que qualquer uma dessas pessoas jamais poderia sonhar. Henrique sorri para mim, deleitado com minha admiração à imagem que os três compõem.

— É assim que eu governo a Inglaterra — diz. — Reinar é isso.

Sorrio, assentindo, mas por dentro respondo: Não é, não.

Parto para a Escócia com essa imagem dos três — o rei da Inglaterra e minhas duas irmãs — reluzindo em minha mente, a única coisa reluzente em minha escuridão interior. Sinto-me exilada do Éden que é a Inglaterra dos Tudor, da corte de riqueza e glamour em que meu irmão representa o papel do rei, com sua esposa, que não consegue lhe dar um filho homem, um simulacro de rainha. Minha irmã, sem dinheiro, com um marido que não é ninguém, conduz as danças, a mulher mais bonita da corte. Penso: É tudo falso, não é a realidade. É uma encenação. Eles se vangloriam de si mesmos, da imagem que passam para pessoas tão miseráveis que não sabem dizer a diferença entre farsa e realidade. Minhas irmãs ostentam sua beleza e suas dádivas, convencendo-se de que são legitimamente abençoadas.

Para mim, entretanto, não é assim. Tudo que tenho precisa ser conquistado. As pessoas de meu reino não se ajoelharão para mim com corda no pescoço, meu marido não me abraçará orgulhoso diante de todos. Minhas irmãs não estão a meu lado. Tenho de partir para o norte. Maria não precisará subir na sela todas as manhãs, juntando coragem para enfrentar a chuva e ventos frios. Catarina não precisará aguardar pacientemente no lombo de um cavalo cansado enquanto o anfitrião da noite faz um longo discurso de boas-vindas. Henrique não precisará tramar incessantemente para dominar o reino, lutando por poder. Minha filha viaja nos braços da ama; não dorme num berço de ouro como as primas. Enquanto avanço penosamente pela longa estrada do norte, meu irmão e minhas duas irmãs saem em peregrinação para Walsingham, percorrendo o pequeno trajeto em clima ameno, para pedir a bênção de Nossa Senhora ao ventre vazio de Catarina, recusando o agouro da infertilidade. Sigo a estrada infinita imaginando o que Ard anda fazendo. Estou sozinha, viajando durante o dia, cansada como um cão abatido à noite.

Castelo de Berwick, Inglaterra, Verão de 1517

Meus guardas e, depois deles, os lordes e as damas de minha pequena unidade, cavalgam em direção à cidadezinha de Berwick, admirando o belo rochedo, o rio diante do castelo, o mar. Lembro-me de apertar a mão de Ard quando cheguei aqui e o capitão do castelo não nos deixou entrar. Agora abro um sorriso amargo quando o canhão ribomba uma saudação, a ponte levadiça se abaixa, o rastrilho se ergue, e o capitão do castelo surge às pressas, alguns oficiais a suas costas, a esposa a seu lado, o chapéu debaixo do braço, o rosto torcido num sorriso subserviente.

Não salto do cavalo. Deixo-o se aproximar do estribo e inclinar a cabeça até o joelho. Deixo-o ler seu discurso de boas-vindas. Não censuro a cidade de Berwick por me obrigar a seguir viagem na noite escura, para encontrar abrigo no Mosteiro de Coldstream, mas também não me esqueço. Então, à sombra do portão, vejo um vulto esguio se aproximar. Pisco os olhos. Não sei o que estou vendo. Esfrego os olhos com as costas das mãos. Não pode ser ele, mas é ele. É Archibald. Meu marido veio me receber.

— Meu amor — é tudo que digo.

Imediatamente, esqueço tudo que ouvi a seu respeito, tudo que temi. Ele se aproxima de meu cavalo, estende as mãos. Quando desço, me abraça apertado. Com minha cabeça em seu ombro, com a boca dele em meu pescoço, sinto seu corpo rijo e gracioso ao mesmo tempo conhecido e desconhecido. Faz mais de um ano que não nos encontramos. Afasto-me para ver seu rosto. A pele está morena como a de um cigano, por causa dos meses que ele passou na fronteira. Há uma dureza em seus traços que me lembra os dois lordes velhos, aqueles dois grandes homens, os avós dele. Casei-me com um menino, mas é um homem que veio me buscar. Na mesma hora, Henrique me parece fraco e indolente, sua corte, rica e exagerada. Minha irmã é uma bonequinha frágil casada com um lutador de justa, uma imitação de guerreiro. Um homem como meu marido precisa de uma mulher como eu, com coragem à altura, com ambição à altura.

— Sei que você está bem. Só ouvi louvores a você durante sua viagem — murmura ele. — E minha filha?

Chamo a ama. Margaret, ruiva como uma Tudor, sorri e agita as mãozinhas para o desconhecido, como lhe ensinaram.

— Uma princesa! — exclama o pai, com ternura na voz. — Minha filhinha.

Ele enlaça minha cintura.

— Venha. Há um banquete, planejaram uma festa. A Escócia quer sua rainha de volta. Não vejo a hora de atravessarmos a fronteira.

O capitão do castelo faz uma nova mesura, a esposa também, os oficiais tiram o chapéu e se ajoelham quando Archibald e eu passamos de mãos dadas. Vejo-o correr os olhos pelas centenas de pessoas que fazem reverência à nossa passagem, seu sorriso orgulhoso, e tenho certeza de que ele sempre me amará mais do que a qualquer outra mulher da Escócia, quando todos os homens se ajoelham ao me ver. Archibald nasceu para se casar com uma rainha. Sou essa rainha.

Ele para diante de um homem muito bonito, todo vestido de branco.

— Você se lembra do Sieur de la Bastie? — pergunta Archibald, sem muito entusiasmo. — Ele está governando a Escócia enquanto o duque de Albany está na França.

Sua entonação deixa claro que o duque de Albany nos é irrelevante, seja na França ou na Escócia, e que eu não deveria simpatizar com o belo nobre que se inclina sobre minha mão para beijá-la.

— Claro que me lembro do cavaleiro. Somos velhos amigos.

— Seja bem-vinda, Vossa Majestade. — Ele sacode a cabeça para afastar do rosto o cabelo castanho e sorri para mim. — Tenho certeza de que trabalharemos bem juntos.

Palácio de Holyroodhouse, Edimburgo, Escócia, Verão de 1517

Tenho todos os motivos do mundo para estar confiante ao voltar a meu reino e reaver meu poder. Ard fez um belo trabalho em minha ausência. Não apenas negociou o perdão com o duque de Albany, como também recuperou suas terras, sua fortuna, e retornou ao conselho, onde poderá designar os guardiões de meu filho. Preparou o conselho para minha volta e incentivou Albany a retornar à França, para ficar com a esposa doente.

— Fiz tudo para convencê-los de que manter você como regente e retomar uma aliança com a Inglaterra é nosso futuro — murmura em meu ouvido ao me ajudar a descer do cavalo, diante do palácio. — Acho que podemos governar a Escócia juntos, meu amor.

Como sempre, quando ele me ajuda a descer do cavalo, sinto o calor de seu hálito no pescoço.

— Preciso ver meu filho — observo, hesitante.

Verdade seja dita, nem sequer me lembro de que sou mãe, de que sou princesa. Esqueci-me de que sou rainha com ambições de âmbito nacional. Iria de bom grado para meu quarto, deitar-me com ele como uma menina ávida.

Ele sorri para mim como se soubesse perfeitamente disso.

— Vá — responde. — E, quando voltar, jantaremos e iremos para a cama. Tive de esperar por você durante um ano inteiro de abstinência. Posso esperar mais uma ou duas horas.

— Ard... — murmuro.

— Eu sei — diz ele. — Vá rápido. Quero você. Quero muito você.

Solto um suspiro e me dirijo às carroças, para verificar se os presentes que eu trouxe para meu filho já estão descarregados e para informar ao mestre das cavalariças que preciso de um animal descansado para ir ao castelo. O cavalo precisa ter minha sela inglesa com o pano de ouro adamascado que Henrique encomendou para minha viagem. O povo me observará subir a ladeira íngreme de pedra, e quero que vejam que voltei com poder, cercada de coisas sofisticadas e bonitas. O regente interino, Antoine, o Sieur de la Bastie, continua lindo e sorridente, o mesmo jovem que participou da justa de meu casamento. Ele diz que virá comigo, surgindo no pátio do estábulo vestido com o deslumbrante branco de sempre, e respondo que ele combina com meu cavalo. Sorrio.

— O senhor é belo como dizem — observo. — Vai me ofuscar.

— Sou a lua do seu sol — responde ele, com o belo sotaque francês. — E ficaria honrado de acompanhá-la a seu castelo, para Vossa Majestade visitar seu filho. Tive o prazer de encontrá-lo com alguma frequência e lhe falei sobre as justas, lembrando a ele o grande cavaleiro que era seu pai. Prometi que levaria a mãe assim que ela chegasse. Mas, sendo de sua preferência, permaneço aqui e Vossa Majestade vai sozinha. Como preferir.

— Ah, o senhor pode vir — respondo, como se me fosse indiferente.

Mas estou lisonjeada com o fato de ele querer me acompanhar. Trata-se de um homem belíssimo. Qualquer mulher ficaria feliz de tê-lo a seu lado. Como ele é regente na ausência de Albany, preciso me tornar sua amiga. Deus sabe que ainda não tenho amigos suficientes no conselho.

Os cavalos escorregam um pouco na ladeira de pedras e se inclinam para subir. Como eu imaginava, as pessoas gritam bênçãos das janelas de casa, saindo para acenar e sorrir. As mulheres do mercado acomodam os cestos no quadril e me desejam sorte em erse e no dialeto da fronteira. Entendo o que dizem, mas Antoine de la Bastie ri da língua incompreensível, tira o chapéu com a pluma branca e faz mesura para um lado e para outro.

— Espero que estejam me saudando — suspira. — Podem muito bem estar mandando eu ir para o inferno.

— Estão felizes por eu ter voltado — respondo. — E nenhuma mulher com menos de 90 anos proferiria uma palavra contra o senhor. Dizem que o senhor é o Monsieur da Beleza.

— Porque não sabem pronunciar meu título. — Ele ri. — Só há uma pessoa realmente bela aqui.

Sorrio.

— As mulheres o admiram, mas acho que sua regência não é muito bem recebida entre o povo.

— Ninguém gosta de pagar impostos, ninguém gosta de obedecer às leis. Se não tivessem um regente para comandá-los, os lordes escoceses matariam uns aos outros.

— Mas sou eu que deveria governar. Com a morte de meu marido... seu amigo... esse poder foi transferido a mim.

— Ah, sim — responde ele, o sotaque carregado. — Mas ele não sabia que Vossa Majestade se casaria com o primeiro rapaz bonito em quem deitasse os olhos! Quem poderia imaginar?

— Archibald é o conde de Angus, um lorde importante — objeto, furiosa. — Não é um simples rapaz. E o senhor deveria se lembrar de que está falando com uma princesa inglesa e com a rainha viúva da Escócia.

Ele aproxima a cabeça da minha, como se fosse cochichar.

— Não me esqueço de quem Vossa Majestade é. Estava em seu casamento. Jamais me esqueceria de seu primeiro marido, que foi um grande rei. Mas lhe digo, imparcialmente, que seu segundo marido não está à altura dele.

— Como o senhor ousa dizer isso? — protesto.

Ele encolhe os ombros. Alguém aplaude, e ele abre seu sorriso radiante e se vira para uma janela, de onde jogam uma flor.

— Vossa Majestade passou muito tempo fora. Seu belo trinchador agora serve a si mesmo.

— O que o senhor quer dizer com isso?

— Ora! — exclama ele. — Quem sou eu para falar do cônjuge de alguém? Vossa Majestade mesma deve perguntar a seu marido se ele está de fato comandando os lordes. Pergunte onde está o dinheiro de seus aluguéis. E pergunte onde ele estava morando enquanto Vossa Majestade estava exilada, se a vida dele estava muito difícil. Pergunte quem recebe os melhores cortes de carne agora.

— Ele estava na fronteira — afirmo. — Sei disso tudo. E a vida dele era muito dura. Ele ficou foragido até conseguir negociar uma reconciliação com o regente, o duque de Albany.

— Sem dúvida, um herói. Ele deveria ter seu próprio *makar*, como seu primeiro marido, para escrever poemas sobre suas muitas vitórias.

Ele acena para os sentinelas do muro do Castelo de Edimburgo, pedindo que abaixem a ponte levadiça e abram o portão.

Nada acontece. Paramos os cavalos e aguardamos. Meu mestre das cavalariças se adianta.

— É Sua Majestade, a rainha viúva da Escócia — grita.

Mantenho-me sentada com orgulho na sela, esperando a ponte se abaixar e o rastrilho se abrir, mas nada acontece. Estou sorrindo, pensando em rever meu filho pela primeira vez em dois anos, quando Antoine diz:

— Eles devem estar com alguma dificuldade.

De um portão lateral, surge o capitão do castelo, tirando o barrete, fazendo uma mesura primeiro para mim, depois para Antoine.

— Sinto muito — diz ele, nitidamente constrangido. — Não posso abrir o castelo para ninguém sem uma carta de autorização do conselho.

— Mas essa é Sua Majestade, a mãe do rei — exclama o Sieur de la Bastie. — E eu sou o regente interino.

— Eu sei — assente o capitão, vermelho até as orelhas. — Mas, sem a carta, não posso abrir o portão. Além do mais, há uma peste na cidade, e não podemos admitir ninguém sem uma carta de um médico garantindo que a pessoa está bem.

— *Capitaine!* — grita Antoine. — Sou eu! Trazendo a rainha viúva. E o senhor não vai abrir o portão?

— Ninguém pode entrar sem a carta. — O capitão se mostra aflito. Faz uma nova mesura para mim e outra para o Sieur de la Bastie. — Perdoe-me, Vossa Majestade, não há nada que eu possa fazer.

— Isso é um ultraje — murmuro. Estou quase chorando de raiva e decepção. — Vou mandar decapitarem esse homem.

— Não há nada que ele possa fazer — argumenta Antoine. — Vamos voltar para Holyroodhouse. Vou pedir que mandem essa carta assinada. É como governamos a Escócia agora. Tudo passa pelos serventuários. É a única maneira de manter a paz. As regras estão mais rígidas, e tudo só é permitido com autorização expressa. Se não tivéssemos regras, estaríamos numa guerra sem fim. Seria tão terrível quanto a fronteira, estaríamos todos arruinados. A culpa é minha. Eu deveria ter pedido a autorização. Não pensei nisso.

— Meu filho deve estar esperando para me ver! O rei da Escócia! Deverá ele ser desapontado?

— Vão informá-lo de que Vossa Majestade veio, de que voltará. Eu mesmo lhe direi quando encontrá-lo à noite, depois do jantar. E conseguirei a autorização para que Vossa Majestade venha amanhã.

— Archibald jamais deixaria esses homens fecharem a porta para mim.

Diplomaticamente, ele não diz nada.

Archibald me aguarda, apoiado no trono, em minha sala de audiências. Aproxima-se ao me ver e me abraça. Meu rosto está corado, há lágrimas em meus olhos, e ele imediatamente se põe a me tranquilizar, sussurrando palavras de amor em meu ouvido, afastando-me das pessoas que esperam para me ver: inquilinos que vieram de longe, os peticionários com seus litígios, os devedores com suas promessas, a interminável multidão com seus problemas.

— Sua Majestade receberá todos amanhã — anuncia, conduzindo-me à câmara privada, onde passamos por minhas damas, até o quarto.

Fecha a porta e desfaz o laço de minha capa.

— Ard, eu...

— Meu amor.

Com cuidado, ele desprende meu chapéu de montaria de veludo, deixando-o sobre a cômoda. Tira os grampos de prata de meu cabelo trançado, que me cai sobre os ombros. Como se não conseguisse se controlar, enterra o rosto nele, sentindo meu cheiro. Hesito, tomada de desejo.

— O castelo estava fechado...

— Eu sei.

As mãos hábeis abrem meu vestido, tiram o peitilho apertado, desfazem os laços da saia, largando-a no chão.

— Eu não pude...

— O Sieur de la Bastie é um idiota, um fraco. Adoro você.

Ele tira as mangas bordadas, levanta a bainha de minha delicada anágua, passando-a por minha cabeça. Fico quase nua diante dele, senão pela camisola. Dobro os braços, cobrindo os seios e a barriga. De repente, sinto-me terrivelmente acanhada. Não fico nua diante dele desde o nascimento de nossa filha e penso na gordura de minha barriga, nos meus seios arredondados.

Com delicadeza, ele pega minha mão, coloca-a em sua nuca, como se eu devesse abraçá-lo para um beijo. Pega a outra mão e a coloca na parte da frente de sua calça. Não está usando braguilha; a rigidez quente sob minha mão é apenas ele, seu desejo por mim.

— Ah, Ard — murmuro.

Tudo que aconteceu de manhã, a decepção de não poder ver meu filho, o castelo fechado, as insinuações do Sieur de la Bastie, tudo desaparece com o toque dele, me apertando, as mãos em minhas nádegas seminuas, a boca colada à minha.

Uma hora depois, quando estamos deitados na cama imensa, eu me lembro.

— Há rumores contra você — digo.

— Sempre há rumores contra homens importantes — responde ele.

Ele se senta na beira da cama abarrotada e veste a calça sobre as coxas esguias. Sento-me recostada nos travesseiros, um lençol puxado até o pescoço, e o observo. Mesmo agora, depois de uma hora fazendo amor, sinto o desejo crescer ao vê-lo. Ele sabe disso. Para diante de mim e me deixa admirá-lo enquanto fecha a parte dianteira da calça e veste a camisa de linho sobre o peito liso.

Avanço pela cama, na direção dele. Ajoelho-me para beijar a base de seu pescoço, onde sinto a pulsação acelerar com o toque de minha boca. Ele segura meus ombros, me empurra novamente para a cama. Não consigo resistir.

— Precisamos sair para jantar — advirto. — Devem estar todos esperando.

— Que esperem — responde ele, afastando o lençol.

Devagar, com lascívia, segura meu cabelo e beija meu pescoço, uma sucessão de beijos até o seio.

— Dizem que você recebeu meus aluguéis — observo, distraída com o prazer que me inunda novamente.

— Hã, uma parte — responde ele. — Os inquilinos não têm dinheiro. Não existe lei na fronteira. Como seria possível coletar os aluguéis?

— Mas você recebeu uma parte?

Ele interrompe as carícias.

— Recebi — murmura. — Claro. Nunca parei de trabalhar para você, mesmo quando você estava longe. Fiz de tudo para coletar o que lhe cabe.

— Obrigada — agradeço.

Ele desliza a coxa contra a minha. Seguro sua cintura, puxando-o em minha direção. Sua calça é um couro macio, o toque dela em minha pele nua me dá prazer.

— E você estava morando em minhas casas?

— Claro. De que outra forma poderia proteger suas terras, coletar os aluguéis?

Ele desfaz os laços da calça, e fico ávida por seu toque. Ajudo-o, tateando-o em busca de seu sexo.

— Devem ter falado de Janet Stuart — comenta ele, quando minhas mãos o encontram, e solto um suspiro.

— Não acreditei numa única palavra — juro.

— Não é nada — promete ele, próximo, penetrando-me com suavidade, e sinto que estou dissolvendo de desejo. — É só intriga. Acredite em mim. Acredite nisso. Acredite em nós.

A cada pedido, ele investe suavemente contra mim, e murmuro:

— Acredito. Acredito. Acredito.

Castelo de Craigmillar, Edimburgo, Escócia, Verão de 1517

Meu filho, o rei, é levado da cidade, infestada pela peste, para o Castelo de Craigmillar, a uma hora de Edimburgo, onde mora o Sieur de la Bastie. Ele diz que posso ir para lá e ficar o tempo que desejar, que preciso ver meu filho sem nenhum empecilho. Que seria prudente sair de Edimburgo durante essa época de doença. Respondo que Archibald também irá, e Antoine revira os belos olhos castanhos e solta uma risada.

— Vossa Majestade é uma mulher apaixonada — observa. — E não quer ouvir nenhuma advertência. Portanto venha, traga o conde. Sempre gosto de vê-lo, esteja ele casado com quem for.

Não dou atenção a nada, senão ao convite, e Ard e eu partimos com os presentes de Jaime na manhã seguinte.

O castelo é uma torre em estilo francês, com um belo pátio.

— Um castelinho de brinquedo — ironiza Archibald. — Para um cavaleiro de mentira.

— Nem todo castelo pode ser como Tantallon, tendo o Mar do Norte como fosso — provoco-o.

Passamos pelo arco de pedra, com sentinelas a postos em ambos os lados. Noto o portão novo, as reluzentes dobradiças novas. De la Bastie leva a sério o encargo de guardião de Jaime.

Ele nos recebe à porta do castelo e se aproxima para me ajudar a descer do cavalo. Ard salta como um menino para chegar a meu lado antes, mas não vejo nenhum deles — nem o belo francês, nem o deslumbrante escocês — pois no vão da porta está Davy Lyndsay, que não vejo há dois anos e, a seu lado, meu filhinho, Jaime, que agora tem 5 anos.

— Ah, Jaime! — exclamo. — Meu menino, meu filho!

No instante em que o vejo, a morte de seu irmão caçula, Alexander, me atinge novamente, e mal consigo conter o choro. Não quero perturbá-lo com minhas lágrimas, por isso mordo o lábio e avanço cautelosamente em sua direção, como se estivesse me aproximando de um passarinho, uma ave que pudesse fugir. Ele me fita com os olhos assustados.

— Mamãe? — pergunta, com a voz infantil.

Percebo que ele não tem certeza de quem sou. Disseram-lhe que eu viria, mas ele não se lembra de mim e, de qualquer forma, imagino que eu já não seja a mulher que se despediu dele, jurando que voltaria em breve. Na época, estávamos numa situação muito difícil, eu estava grávida e o abandonei certa de que a coroa e o sangue dele o manteriam em segurança, ao passo que o nome e o comportamento de Archibald o deixavam em perigo. Abandonei meu filho por amor a meu marido e, mesmo agora, continuo sem saber se fiz o certo.

Ajoelho-me para ficarmos da mesma altura.

— Sou sua mãe — sussurro. — Amo muito você. Pensei em você todos os dias. Rezei por você todas as noites. Senti muita saudade... — Mais uma vez, preciso engolir um soluço. — Senti muita saudade de ficar com você.

Ele tem apenas 5 anos, mas parece mais velho, circunspecto. Não parece duvidar de mim, mas evidentemente não quer declarações de amor nem lágrimas maternas. Parece frio, como se preferisse que eu não estivesse ajoelhada, os olhos cheios de lágrimas, os lábios trêmulos.

— A senhora é bem-vinda a Craigmillar — anuncia, como lhe ensinaram.

Davy Lyndsay faz uma reverência para mim.

— Ah, Davy Lyndsay! Você ficou com meu filho.

— Eu jamais o abandonaria — responde. Então se corrige: — Ora, o crédito não é meu; eu não tinha para onde ir. Quem quer um poeta nesses tempos miseráveis? Então ele e eu permanecemos aqui e ali, juntos. Sempre nos lembramos de Vossa Majestade em nossas orações e fizemos uma canção em sua homenagem, não fizemos? Vossa Majestade se lembra da música da rosa inglesa?

— Fizeram mesmo? — pergunto a Jaime.
Mas ele se mantém calado, e é o *makar* que responde.
— Fizemos. Cantaremos para Vossa Majestade hoje à noite. Ele é tão bom músico quanto era o pai.
Jaime sorri com o elogio, erguendo os olhos para o tutor.
— O senhor disse que não tenho ouvido.
— E aqui está seu padrasto, que também veio visitá-lo!
Sinto que há certo constrangimento. Davy Lyndsay faz uma mesura para Archibald, Jaime inclina a cabeça. Mas nenhum dos dois o saúda com muita familiaridade, ou calidez.
— Você o vê sempre? — pergunto a Ard.
— Não muito — responde ele. — Não se esqueça de que ele assinou o mandado de minha execução.
— Também assinou seu perdão — intervém Davy Lyndsay.
Meu filho inclina novamente a cabeça, sem fazer nenhum comentário. É uma criança e, no entanto, comporta-se com prudência, tem cuidado com o que diz. Sinto uma raiva crescente pelo fato de meu filho nunca ter sido livre, leve. Catarina de Aragão ordenou a morte de seu pai e destruiu sua infância. Ele se tornou rei quando ainda não passava de um bebê. Ela o tornou a sua imagem disciplinada. Não conseguiu dar à luz um filho próprio, por isso tirou o meu.
— Bem, agora nos veremos muito — declaro. — Eu estava na Inglaterra, Jaime, e consegui um armistício para a Escócia. Haverá paz entre nossos reinos, paz na fronteira, e nos veremos sempre que quisermos. Viveremos juntos, serei sua mãe novamente. Não vai ser maravilhoso?
— Vai — responde o menininho, com seu perfeito sotaque escocês. — O que desejar, milady mãe. O que os guardiães permitirem.

— Destruíram a personalidade dele — murmuro para Ard, enfurecida, andando de um lado para outro, em nosso quarto, na torre de Craigmillar. — Arrancaram meu coração.
— De jeito nenhum — responde ele. — Ele foi criado com zelo e carinho. Você deveria ficar satisfeita por ele pensar antes de falar, por se mostrar cauteloso.

— Ele deveria estar correndo por aí, soltando risada. Deveria estar andando de barco, brincando, cavalgando, roubando maçãs.

— Tudo ao mesmo tempo?

— Não estou achando graça!

— Não, você está irritada.

— Eles me expulsam do reino, me separam de meu filho, depois o trazem calado como um monge!

— Não, ele é alegre e gosta de conversar. Eu mesmo já vi. Mas, evidentemente, ficou tímido com você, depois de tanto tempo. Estava esperando sua volta, é natural que esteja um pouco confuso. Todos estamos. Você volta para casa mais bonita do que nunca!

— Não é isso.

Mas esmoreço. Ele segura minha mão.

— É, sim, meu amor. Acredite em mim, vai ficar tudo bem. Seja carinhosa com ele como sei que você deseja ser, e, daqui a poucos dias, ele será seu menininho de novo. Vai brincar com a irmã, e os dois serão tão barulhentos e levados quanto você gostaria.

Inclino-me para ele.

— Mas, Ard, quando eu o deixei, ele tinha um irmão. Tinha um irmão que sorria e balbuciava ao me ver.

Ele enlaça minha cintura e deita minha cabeça em seu ombro.

— Eu sei. Mas pelo menos ainda temos o Jaime. E podemos dar outro irmão a ele.

Aninho o rosto em seu pescoço quente.

— Você quer outro filho?

— Imediatamente — responde ele. — E esse nascerá em Tantallon, com todos os luxos imagináveis. Vou vesti-la com tecidos de ouro, quando você entrar em confinamento. E vou mantê-la em segurança, mês após mês. Mandarei entalharem uma cama laqueada em ouro, na qual você passará seis meses deitada.

Sorrio.

— Foi tão terrível com a Margaret!

— Eu sei. Fiquei morrendo de medo por você. Mas agora tudo vai ser melhor.

— Não há nada a explicar ou perdoar? — pergunto. — Ouvi tantos rumores...

— Quem sabe o que as pessoas dizem? — Ele encolhe os ombros e me puxa. — Você deveria ouvir as coisas que me disseram de você!

— Ah, o que disseram de mim?

— Que você se divorciaria de mim para se casar com o imperador, que seu irmão estava decidido a promover esse casamento. Que Thomas Wolsey havia escrito um tratado que faria da minha pobre Escócia uma vítima indefesa da Inglaterra e do império. Que alegariam que nosso casamento nunca aconteceu.

— Nunca nem considerei isso — minto, olhando em seus olhos.

— Eu sabia que você não consideraria — assente ele. — Confiava em você, dissessem o que dissessem. Sei que nos casamos para toda a vida, para ficarmos juntos na alegria e na tristeza, para sempre. Ouvi toda sorte de coisas sobre você, mas nunca dei atenção.

— Nem eu — respondo, sentindo arder minha paixão por ele. Gosto de ouvir a lealdade em minha voz. — Nunca dei atenção a uma palavra do que disseram sobre você.

Nos dias que se seguem, me empenho a passar bastante tempo com meu filho, compensando os meses perdidos. Sei que é impossível. Não o ensinei a tocar alaúde nem cantar as músicas que Davy Lyndsay lhe ensinou. Não o ajudei a montar no primeiro pônei nem trotei a seu lado, equilibrando-o na sela. Não o levei para brincar na neve no inverno passado, não construí para ele um castelo de gelo com torre. Ele me conta sobre isso, e penso: Sim, foi quando eu estava no Castelo de Morpeth, sem conseguir sair da cama por causa da dor no quadril, quando achei que eu morreria. Foi quando me disseram que meu filho caçula havia morrido.

Quanto mais próximos ficamos, mais ele me conta sobre suas aventuras quando eu estava longe, e mais eu me lembro de que foi Catarina quem deu a Thomas Howard ordens de não levar nenhum prisioneiro na Batalha de Flodden. Quanto mais ele me conta sobre sua vida atrás do muro do castelo, mais me ressinto do duque de Albany, por ter ocupado a regência, e de Catarina, por não fazer questão de que meu filho e eu fôssemos salvos juntos.

Apresento-o a sua meia-irmã, Margaret, e ele inventa caretas para fazê-la rir, pedindo que ela corra atrás dele. Quando ela cai, ele se assusta com seu choro alto, e, sorrindo, explico que ela tem o temperamento dos Tudor.

Thomas Dacre, que sempre sabe de tudo, escreve para mim dizendo que minha irmã, Maria, teve uma filhinha linda e está bem, já de volta à corte. Alguns dias depois, recebo uma carta da própria Maria, elogiando a filha, dizendo que dessa vez o confinamento foi tranquilo. Diz que sente saudade de mim, que reza muito para que eu encontre felicidade com meu marido em minha casa e para que ambos possamos ir novamente à Inglaterra, quando for seguro. Diz que ainda é minha irmãzinha caçula, mesmo sendo mãe de família. Pede que eu escreva dizendo se estou bem e se vi meu filho.

Ouvi dizer que seu marido está com você, espero que os dois estejam felizes, escreve ela, como se duvidasse de que isso fosse possível.

Respondo com bom humor. Digo que ouvi dizer que Albany, o regente, continua na França e não pretende voltar à Escócia, que espero que assim seja. Em sua ausência, o reino está em paz. Digo que Antoine d'Arcy, o Sieur de la Bastie, é um verdadeiro cavaleiro, bonito como uma gravura em um livro, e que somos felizes como seus convidados; ele é um nobre em todos os sentidos. Não digo uma palavra sobre as intrigas dela e de Catarina sobre o bom nome de Archibald. Ignoro suas preocupações com minha felicidade. Ela que aprenda, com meu silêncio, a se manter calada.

Sugiro a Antoine que dividamos o poder. Poderíamos ser ambos regentes, poderíamos trabalhar juntos. Ele nunca nega a possibilidade, sempre diz que é essencial que a Inglaterra mantenha a paz na fronteira. Aquelas terras agitadas dão origem a toda a inquietação da Escócia. Se eu conseguisse convencer meu irmão, o rei, a pedir a Thomas Dacre que honre a paz da fronteira, poderíamos planejar o futuro da Escócia juntos.

— Se Vossa Majestade confiar em mim... — provoca Antoine.

— Se o senhor confiar em mim... — respondo, fazendo-o rir.

Ele beija minha mão.

— Confio em Vossa Majestade e em seu filho — declara. — Confio na rainha viúva e no rei. Em ninguém mais. Não posso fazer promessas a seu marido nem a nenhum outro escocês. Não acredito em uma palavra do que dizem.

— O senhor não pode criticá-lo para mim — advirto-o.

Ele solta uma risada.

— Não digo dele nada que não digo dos outros. Todos só pensam em sua própria fortuna, em seu próprio poder e em sua própria ambição. São leais apenas a seus clãs. Não sabem nem sequer servir ao rei. Não pensam no reino.

Alguns acham que Deus não passa de um chefe tribal invisível, mais imprevisível e perigoso do que os demais. Não têm imaginação.

— Não sei do que o senhor está falando — respondo.

Ele solta outra risada.

— Porque Vossa Majestade também não tem imaginação. Mas não precisa. Agora me conte sobre o escândalo da corte inglesa. Ouvi dizer que seu irmão, o rei, está apaixonado.

Mostro-me indignada.

— Não vou falar da vida alheia com o senhor! — exclamo.

— E que a moça é muito, muito bonita.

— Não exatamente.

— Muito educada, musical e amável.

— Que importância tem isso?

— O rei, seu irmão, não consideraria se separar da esposa? Já que Deus não parece estar inclinado a lhes dar um filho? A esposa, a rainha, não consideraria se recolher a um convento? Para ele ter um sucessor com essa jovem bonita?

Sinto a súbita chama do deleite ao imaginar Catarina reduzida ao nada. Então, imediatamente, penso em como ela ficaria arrasada; ela, que não suporta nem mesmo a ideia de Henrique flertando com outra mulher.

— Isso jamais aconteceria — afirmo. — Meu irmão é um grande defensor da Igreja e de todas as instituições da Igreja. E minha cunhada jamais abandonaria suas obrigações. Morrerá rainha da Inglaterra.

— Ela foi uma grande inimiga da Escócia — lembra ele. — Talvez ficássemos em melhor situação se ele fosse aconselhado por outra mulher.

— Eu sei — assinto. — É uma fonte de grande tristeza para nós duas. Mas ela é minha irmã. Sou obrigada a ser leal a ela.

Chegamos à conclusão de que Ard e eu devemos passar mais algumas semanas no Castelo de Craigmillar e depois ir para minhas terras, ficar no Castelo de Newark. Antoine diz que, depois que a peste passar, todos voltaremos a Edimburgo, onde ele convocará o conselho, e poderei falar com os lordes. Se eu conseguir convencê-los de que deveria ser corregente, ele terá prazer em dividir o poder comigo. Eu teria livre acesso a meu filho, que a cada dia fica mais à vontade em minha companhia. Terei um lugar na câmara do conselho. Serei reconhecida como rainha viúva.

— E Archibald terá uma cadeira a meu lado — afirmo. — De igual altura.

O Sieur de la Bastie faz um gesto breve com as mãos.

— Ah, não peça isso — implora ele. — Vossa Majestade ama seu marido, eu sei. Mas ele tem muitos inimigos. Se Vossa Majestade forçar que eles o aceitem, eles serão seus inimigos também. Seja a mãe do rei e a rainha viúva na vida pública. Seja esposa dele em seus aposentos. Seja escrava dele lá, se quiser. Mas não o leve à câmara do conselho como um igual.

— Ele é meu marido! — protesto. — É claro que é meu mestre. Não vou mantê-lo escondido.

— Ele só recebeu perdão por causa da generosidade do duque de Albany. O primo e companheiro de crime dele foi decapitado por traição. Muitas pessoas acham que Hume fez apenas o que seu marido teria feito, se tivesse coragem. — Ele ergue a mão quando estou prestes a interrompê-lo. — Vossa Majestade, por favor, escute. A Escócia só vai sobreviver como reino para seu filho herdar se conseguirmos manter a paz. Seu marido, a família dele, todos os simpatizantes dele são inimigos dessa paz. Usam os castelos como base para ataque, permitem que os inquilinos roubem gado, estraçalham os mercados, roubam dos locatários, dos miseráveis. Recolhem, mas não enviam os impostos reais. E, sempre que estão em perigo, vão para o outro lado da fronteira, onde Thomas Dacre lhes pede que continuem infringindo a lei e lhes paga para fazerem pior. Vossa Majestade terá de encontrar uma maneira de restringir a ambição e a violência de seu marido a seu quarto, onde, imagino, goste disso. O restante do reino não o deseja por perto. O restante do reino sabe que ele diz uma coisa e faz outra.

— Como o senhor ousa... — começo.

Mas ouvimos batidas fortes à porta, que se abre, revelando o capitão do castelo, com o elmo debaixo do braço.

— Perdoem-me — pede ele, com uma reverência para mim, então virando-se para de la Bastie. — Há uma mensagem da Torre de Langton. Ela está cercada por George Hume, de Wedderburn, e seus aliados.

De la Bastie se levanta de pronto.

— Os Hume de novo? — pergunta, inclinando a cabeça para mim, como a me lembrar de que eles são aliados e parentes de Archibald. — Quantos?

O mensageiro se adianta.

— Não mais de quinhentos — responde. — Mas dizem que vão queimar a torre e quem estiver dentro.

Antoine olha para mim.

— Precisamos ter paz — murmura. — Vossa Majestade conhece George Hume?

— Parente do Alexander?

— Exatamente. Parente de um criminoso, dando continuidade a seu trabalho. Vou prendê-lo. Seu marido se aliaria a mim na luta contra os infratores?

Fico em silêncio. Sei que Ard jamais lutaria contra os primos, os Hume.

De la Bastie solta uma risada.

— Achei que não — observa. — Como ele pode ser defensor do rei quando não defende a paz do rei?

Ele faz uma mesura para mim e se dirige à porta, enquanto o capitão grita ordens exigindo que os guardas sejam convocados para partir.

— Quanto tempo o senhor passará fora? — pergunto, de súbito aflita.

Ele olha para o mensageiro, como a exigir uma resposta.

— A viagem demora meio dia — afirma o rapaz.

— Devo estar de volta amanhã — diz ele, casualmente.

Faz uma nova mesura para mim, com a mão sobre o peito, um sorriso no rosto, e se retira.

Ficamos à sua espera para o jantar, mas a comida é servida, e jantamos sem ele. Archibald comenta que talvez o famoso cavaleiro francês não tenha capturado George Hume tão facilmente quanto esperava. Diz que uma coisa é uma justa, um torneio, outra coisa é cavalgar pelo interior selvagem conduzindo homens que mal passam de saqueadores, o que exigiria uma coragem de que de la Bastie nunca antes precisou.

— Eles estão violando a paz — observo. — É evidente que ele precisa prendê-los.

— Estão se opondo à regência que manteve você exilada, que fez de você uma estranha para seu próprio filho. Regência à qual precisei pedir perdão, para me deixarem voltar a minha família.

— Precisamos ter paz agora.

— Não a qualquer preço — adverte meu marido. — Eu gostaria de estar com eles.

— De la Bastie imaginou que você poderia se aliar a ele!

Ard solta uma gargalhada.

— Não imaginou, não. Só disse isso para incomodar você. Ele sabe, assim como eu, que só haverá paz na Escócia quando ela for governada por você, a rainha viúva, pelo seu filho, o rei. Sabe que eu não lutaria por nenhuma regência comandada por ele ou outro francês. Sou a favor da rainha e da Inglaterra.

— O que é isso? — pergunto, levantando-me ao ouvir o barulho das correntes do rastrilho sendo erguido. — Será que ele finalmente voltou?

Juntos, vamos à porta do castelo, esperando ver de la Bastie e seus guardas chegando. Mas há apenas meia dúzia de homens com o estandarte dele. Os rapazes carregam o estandarte baixo, como se estivessem de luto, como se tivesse acontecido alguma desgraça.

— O que houve? — pergunto.

Ard se dirige ao capitão da guarda, troca algumas palavras rápidas com ele. Quando se volta para mim, o rosto se mostra radiante à luz da tocha.

— De la Bastie foi derrotado, George Hume escapou — informa-me.

— Venha conversar comigo — peço ao capitão da guarda. — E traga todos os seus homens. Eles não devem falar com mais ninguém. Precisam falar antes comigo.

Entro no castelo. Estou aguardando junto à grande lareira de pedra da sala de audiências do Sieur de la Bastie quando os guardas surgem.

O capitão fala por todos.

— Foi uma cilada — anuncia. — A torre não estava cercada. Era mentira, um estratagema para nos tirar do castelo.

Atrás dele, vejo Ard ouvindo com atenção. Não há nenhuma surpresa em sua fisionomia, nenhuma inquietação. É como se ele estivesse ouvindo o desenrolar de um plano bem executado, talvez até mesmo um plano de sua autoria.

— Por quê? — pergunto.

Mas sei.

— Encontramos George Hume e seus homens ao norte de Kelso, e o Sieur de la Bastie exigiu que ele fosse à cidade se explicar. Cavalgamos juntos, lado a lado, mas quando chegávamos a Langton eles nos surpreenderam. Hume sacou a espada, todos os homens fizeram o mesmo. De la Bastie pediu que voltássemos a Duns. Eles nos seguiram o percurso todo. Não foi uma batalha, foi uma armadilha, uma cilada. Achei que meu lorde se salvaria. Ele estava a caminho do castelo. Mas há uma parte mais densa da floresta, onde não dá para ver direito, com o penhasco de um lado, a ladeira íngreme do rio à esquerda. — Ele se vira para Archibald. — O senhor sabe.

Ele assente. Ele sabe.

— Os homens nos alcançaram ali, tirando-nos da estrada, obrigando-nos a descer a rampa. Há um lodaçal na curva do rio. Nós revidamos, mas eles tinham a vantagem de terra firme e do elemento-surpresa. Surgiram mais homens a pé, vindos de Duns. Nossos cavalos se atrapalharam, muitos caíram, fomos empurrados ladeira abaixo, e o cavalo do Sieur de la Bastie caiu nas águas do Whiteadder. O rio é fundo. A maioria dos cavalos caiu. Foi uma confusão de gritos e homens se afogando.

Ponho a mão na pedra quente do consolo da lareira, apoiando-me ali como se o chão fosse instável.

— E então? — ouço minha voz, um murmúrio. — E então?

— Meu senhor saltou do cavalo. A armadura pesava, mas ele mantinha o braço em torno do pescoço do animal, os dois nadando juntos. Achei que alcançaria a margem. John Hume gritou para ele, estava se segurando numa árvore, os pés secos sobre as raízes. Estendeu a mão para ele.

— Salvou-o? — pergunto, incrédula.

— Puxou-o, como se estivesse impedindo-o de se afogar, mas então cravou a espada em sua axila, por baixo da armadura. Nosso mestre caiu, e Patrick Hume sacou a espada e lhe arrancou a cabeça.

Os outros homens apenas assentem, estupefatos demais para falar.

— Vocês viram isso? — pergunta Archibald. — Onde estavam?

— Eu tinha caído num toco de árvore — responde um rapaz.

— Eu estava no meu cavalo, na estrada.

— Eu estava tentando sair do lodaçal.

— Eu caí do cavalo. Que Deus me perdoe, estava caído no chão.

— O que aconteceu depois? — pergunto, trêmula.

Eles abaixam a cabeça, mudam os pés de posição. Fugiram, mas não querem admitir.

— Muitos homens voltaram para casa? — pergunta Ard. — Os Hume não os perseguiram? Não é do feitio deles deixar nada pela metade.

Eles sacodem a cabeça.

— Fomos os únicos que escaparam, eu acho — responde o capitão. — Mas estava escurecendo, não dava para ver nada na floresta, já não era uma batalha, era uma briga desordenada. Talvez outros tenham fugido. Talvez outros tenham se afogado no rio.

— É diferente da justa — declara Archibald, com um breve sorriso para mim. — E ele era sempre tão bonito na justa...

Castelo de Newark,
Escócia, Setembro de 1517

Seguimos para o Castelo de Newark, conforme o planejado, deixando Craigmillar com o estandarte do Sieur de la Bastie a meia haste, em luto. É uma viagem difícil, sob uma chuva fria. Fico feliz que meu filho, Jaime, não tenha vindo conosco e que Margaret tenha ficado no berçário. Mas é estranho entrar em um castelo que me pertence e mal reconheço. Pego-me procurando sinais de que outra mulher teria morado aqui, mas meus cômodos estão vazios, limpos, a roupa de cama recém-trocada, os tapetes novos no chão. Não há nenhum vestígio de que alguém teria usado a casa. Penso que de la Bastie deve ter esquecido seu código de honra ao falar mal de Archibald para mim. E Ard tem razão: todas as pessoas importantes são objeto de calúnia.

Meu filho, Jaime, não pôde vir conosco porque os lordes do conselho exigem que ele volte à segurança do Castelo de Edimburgo. Desde a morte de Antoine, temem a própria sombra. Acham que vou levá-lo para a Inglaterra. Agora que o regente interino foi assassinado, temem que esse seja o começo de um levante contra a regência.

— Eles acham que seu tio Gavin Douglas vai sequestrar meu filho para mim — comento com Archibald. — Já não confiam em ninguém.

— Que absurdo! — exclama ele. — Houve alguma acusação?

— Não, é só intriga — respondo. Mas algo em sua fisionomia me faz hesitar. — Não passa de intriga, não é? Ninguém seria louco de tentar sequestrar o Jaime para tirá-lo do reino. Seu tio não cogitaria algo assim. Ard, você não permitiria isso, não é?

— O Jaime não ficaria mais seguro na Inglaterra? — pergunta Archibald.
— Conseguiram matar o regente interino, seu colega. Todos não ficaríamos mais seguros do outro lado da fronteira?

— Não! O Jaime precisa ficar aqui. Como subiria ao trono estando exilado?
— Se ele estivesse na Inglaterra, seu irmão não se sentiria obrigado a ajudá-lo? Ele deu dinheiro a você e a mandou de volta para governar.

— Não sei.

Não posso prometer nada por Henrique. Mal tive notícias dele desde que voltei para casa. Tenho medo de que seja de pronto esquecida agora que não estou com ele. Meu irmão é negligente. É um jovem negligente.

Não é só o conselho que está com medo, apavorado, com a morte do Sieur de la Bastie. Dizem que George Hume pegou um punhado do belo cabelo comprido do cavaleiro e prendeu a cabeça cortada na sela, como um troféu. Cavalgou com ela batendo no joelho até Duns e a pendurou na praça.

— Isso é selvageria — digo quando ouço os boatos.
— É oportunidade — corrige-me Archibald.

Ele segura minha mão, afastando-me da lareira, no meio do grande salão. É bem cedo, e o sol outonal ainda está claro. Se estivesse na Inglaterra, eu sairia para caçar. Está um dia perfeito, o ar frio, o chão seco, o céu azul. Aqui na Escócia, permaneço dentro de casa, olhando para fora, pela janela, imaginando se estou em segurança.

— Venha andar um pouco comigo — convida Ard, a voz cálida.

Deixo-o colocar minha mão em suas costas, enquanto ele enlaça minha cintura. Ele me conduz para longe dos servos, que preparam o salão do almoço. Passamos pela arcada da porta, descemos a escada para o jardim, cruzamos a ponte levadiça e contemplamos a floresta que desce a montanha, as copas das árvores acobreadas, apenas os pinheiros ainda verde-escuros.

— O reino está sem líder — observa Ard. — Albany está na França e não vai voltar, de la Bastie está morto. A única pessoa que pode assumir a regência é você.

— Não vou me beneficiar da morte dele — afirmo, enojada.

— Por que não? Ele se beneficiaria, se tivesse a oportunidade. Como está morto, você pode assumir a posição que lhe cabe.

— Os lordes não confiam em mim.

— Estão todos recebendo suborno dos franceses. Mas o regente francês está longe, o regente interino francês está morto. Agora é a chance da Inglaterra e de todos que amam a princesa inglesa.

— O próprio Henrique me disse que precisamos ter paz. Eu me casei para trazer paz à Escócia e voltei para tentar novamente.

— E agora podemos. Antes não podíamos, sob um poder estrangeiro. Mas agora podemos, sob seu poder, com o auxílio da Inglaterra.

Ard fala de maneira sedutora; seu braço enlaçando minha cintura é tão convincente quanto seu otimismo.

— Pense bem — sussurra ele. — Imagine ser regente de novo, levar seu filho ao trono. Nós seríamos uma família real, igual a Henrique e Catarina. Eles têm o trono, mas não têm um sucessor. Você seria rainha regente, eu seria seu consorte, seu filho seria o rei. Seríamos uma família real atuante, com um jovem rei. Imagine como seria.

Fico convencida. A ideia de governar como rainha novamente basta para me tentar. A ideia de ser uma rainha mais importante do que Catarina é irresistível.

— Como faríamos?

Ele abre um sorriso astuto.

— Metade já está feito, meu amor. De la Bastie está morto, e você me tem a seu lado.

A Escócia se estende a nossa frente como um banquete pronto a ser servido. Thomas Dacre escreve dizendo que devo aproveitar a chance de ser regente. Insinua que meu irmão se certificará de que o duque de Albany jamais volte. A Escócia precisa de alguém que a governe; esse alguém sou eu.

— Aceite — murmura Ard em meu ouvido, lendo a carta comigo. — É sua vitória.

Aceito. Penso: É minha hora, afinal. Ser rainha é isso. Foi isso que Catarina sentiu quando Henrique a nomeou regente. É isso que nasci para ser, o que eu sabia que deveria ser. Sou uma esposa amada, sou rainha regente, sou mãe do rei. Meu irmão e meu marido conquistaram essa posição para mim. Preciso aceitar. Meu filho ficará sob minha guarda. Os dias mais felizes de minha vida foram aqueles que passamos juntos, e ninguém pode duvidar do jeito como seu rosto se ilumina quando ele me vê.

Os lordes estão fartos dos governantes franceses. Prefeririam obedecer a uma mulher a obedecer a um nobre francês. Estão cansados da eterna luta por poder; querem uma rainha que tenha nascido com maior importância do que todos. Poderei fazer o que meu finado marido, o rei, pediu: cuidar de seu reino e de seu filho como uma mulher inteligente, não como uma tola. Poderei ser sua viúva de fato. Poderei honrar meus votos matrimoniais e tudo que ele me ensinou. Poderei honrar sua memória. Poderei até mesmo pensar nele como um sobrevivente da batalha, escondido, talvez andando pelo interior selvagem com uma cicatriz terrível na cabeça, satisfeito por estar como os mortos, sabendo que voltei a seu reino e recuperei o trono, sabendo que estou fazendo meu melhor, sabendo que, quando chegou o momento, não o decepcionei.

Por isso acho que minha primeira reunião com o conselho será decisiva; os lordes me receberão de braços abertos, serei graciosa com eles. Pretendo lembrá-los de que trago paz com a Inglaterra, de que eles podem servir a mim como rainha viúva e princesa inglesa.

Vou sozinha, pedindo a Ard que me espere em Holyroodhouse, que só apareça quando eu chamar. Assim que os lordes se sentam, anuncio que aceitarei a regência e que meu marido trabalhará a meu lado, como corregente. Há um alvoroço imediato, todos os homens esmurram a mesa, gritando objeções. Fico chocada com a explosão de fúria, a mesma antiga rivalidade, o mesmo ódio sobre o qual Archibald me advertira. Mais uma vez, a Escócia se divide sem nenhum motivo além do fato de os lordes não conseguirem trabalhar juntos. Mas então, acima do barulho generalizado, alguns se fazem ouvir. Fazem com que eu os ouça. Com que os compreenda. Aos poucos, ouço o que eles dizem. Aos poucos, com um calafrio crescente, entendo.

Eles perguntam — não me dizem — quais aluguéis de minhas terras escocesas recebi quando estava na Inglaterra. Ponho-me a reclamar: eles deveriam saber a resposta, era sua obrigação mandar o dinheiro. Não recebi nada! Quase nada! E eles retrucam: Nós pagamos. Escute! Os aluguéis foram devidamente pagos. Nós enviamos o dinheiro.

Faz-se silêncio. Eles olham para mim com desprezo, por minha lentidão, por minha estupidez.

— Pagos a quem? — pergunto, com imponência.

Mas sei.

Embora vejam que sei, eles respondem. Dizem que os aluguéis foram pagos a Archibald, meu marido, que foi ele que não repassou nada para mim. Foi ele que me deixou na Inglaterra obrigada a pegar dinheiro emprestado com o filho do açougueiro, obrigada a ter as contas de minha casa pagas por minha irmã rica, a usar seus vestidos descartados.

Eles perguntam onde acho que Archibald estava morando desde que recebeu o perdão. Respondo que não é da conta deles o local onde meu marido morava, desde que sua palavra não tenha sido quebrada. Até esse momento, acreditei que ele ficara em Tantallon. Eles sacodem a cabeça, abismados com minha arrogância, e dizem que não, ele mal esteve em seu castelo. Foi de uma em uma a todas as minhas propriedades, recolhendo os aluguéis, bebendo o vinho de minhas adegas, caçando meus animais, catando alimentos na despensa dos camponeses, servindo-se de meus cozinheiros, vivendo como um lorde.

— Ele tem todo o direito de morar em minhas casas; é meu marido! — exclamo. — Tudo que tenho é seu por direito.

Um dos lordes mais velhos bate a testa na mesa com um baque medonho, como se estivesse tão frustrado que preferisse perder a consciência.

Encaro-o. Não posso dizer nada. Sinto que fui tola, pior do que tola: uma mulher que escolheu a cegueira e a luxúria à razão.

— Exatamente — responde alguém. — Ele é seu marido, mora em suas casas, recebe seus aluguéis, não os repassa.

O velho lorde ergue a cabeça, um hematoma na testa, os olhos em meus olhos.

— E quem é a dama da casa? — pergunta. — De sua casa? Quem dorme em seus belos lençóis, janta à cabeceira da mesa, pede aos cozinheiros as melhores iguarias para comer em seus pratos de ouro? Quem usa suas joias? Quem pede a seus músicos que toquem? Quem monta seus cavalos?

— Não vou ficar aqui ouvindo injúrias — advirto. Minhas mãos estão geladas. Todos os anéis se acham frouxos, nos dedos brancos. — Não quero saber de intriga.

Penso: Vou mostrar a eles. Serei uma rainha como Catarina de Aragão, não direi nada quando meu marido se apaixonar por minha dama de companhia. O coração de Catarina estava partido, sua confiança, abalada, mas ela nunca reclamou com Henrique. Nunca nem sequer olhou feio para Bessie Blount. Sei que a fidelidade do marido não é importante. Mostrarei a eles o orgulho de uma rainha. Mostrarei que não ligo para suas aflições triviais. Sou a rainha. Ninguém pode me substituir. Mesmo se outra mulher come em meus pratos, mesmo se outra mulher usa minhas joias, continuo sendo a esposa de Archibald, continuo sendo a rainha viúva, continuo sendo a mãe do rei, mãe da filha de Archibald.

— Foi a esposa que ele botou em sua casa — diz alguém, tão longe que percebo que até mesmo os lordes de menor importância sabem de tudo. Trata-se de um sujeito tão insignificante que está com os homens do povo, no fundo da sala. — Foi a esposa, com quem ele se casou muito antes de o avô obrigá-lo a jurar votos a Vossa Majestade. A bela Janet Stuart de Traquair. Ela estava vivendo como dama dele, como bem deve, como uma esposa honesta deve viver. E os dois se deleitaram com seus aluguéis, com suas adegas, em sua cama. Vossa Majestade não é esposa dele. Jamais foi. Vossa Majestade é a ambição dele, ambição do clã dele. Ele se casou com ela muitos anos atrás, não era apenas prometido; era casado. Fingiu se casar com a rainha, e Vossa Majestade lhe deu tudo. Agora quer lhe dar a Escócia.

— Não acredito — é a primeira coisa que consigo dizer. Negue! Negue tudo!, digo para mim mesma. — O senhor está mentindo. Onde eles estavam morando? Onde foi toda essa alegria conjugal?

— No Castelo de Newark — respondem os homens, um após o outro. Todos sabem, só pode ser verdade. — Vossa Majestade não notou o chão varrido, os juncos frescos, os lençóis limpos?

— Janet Stuart saiu do castelo um dia antes de Vossa Majestade chegar, deixando-o limpo e arrumado para o marido, como a boa esposa que é.

— Mandou até costurarem suas meias.

Corro os olhos de um homem furioso e frustrado a outro. A fisionomia dos homens não revela solidariedade, apenas raiva por eu ter me deixado enganar e, por minha vez, tentado enganá-los. Penso: Ele preferiu Janet Stuart a mim. Quando fugi para a Inglaterra, correu para ela. Enquanto eu enfrentava os representantes escoceses e pegava dinheiro emprestado com Wolsey, ele estava feliz com ela, sua preferida.

Não sei como consigo sair da câmara do conselho, descer a ladeira íngreme e percorrer o quilômetro e meio até Holyroodhouse. Não sei como consigo saltar do cavalo, passar por minhas damas e chegar a meu quarto, sentindo-me terrivelmente só nos lindos aposentos reais.

Subo na cama como se fosse uma menininha, exausta depois de um dia longo. As damas vêm perguntar se estou bem. Se jantarei com a corte. Respondo que estou passando mal, com problemas de mulher. Elas acham que estou sangrando, mas penso que os meus também são de fato problemas de mulher: quando se ama um homem que trai. Que trai completamente, no pensamento, na palavra e na ação. Às claras e no murmúrio, de dia, à noite e, pior de tudo, em público, diante do mundo.

Trazem uma cerveja escura e doce, trazem hidromel quente. Não digo que não preciso de nada disso, que os problemas de mulher são ciúme, inveja, raiva, ódio. Tomo a cerveja, beberico o hidromel. Declaro que Archibald não pode vir me ver, que preciso ficar sozinha. Fico deitada na cama e me permito chorar. Depois adormeço.

Acordo durante a noite pensando que sou a maior idiota que já existiu, sinto-me humilhada por minha estupidez. Penso em Catarina casando-se com o rei da Inglaterra e mantendo-se ao lado dele, sem jamais considerar seus próprios sentimentos, sem jamais seguir seus próprios desejos, sendo sempre leal a ele por ter lhe dado sua palavra. Ela tem a constância da determinação. Decide-se por uma coisa, e nada a dissuade. Por isso é uma grande mulher.

Penso em mim mesma, casada com um rei, dando-lhe minha palavra de que seria uma boa regente, depois me apaixonando por um rosto bonito, um rapaz que eu sabia ser prometido a outra mulher. Penso em minha determinação em fazer com que ele gostasse mais de mim, mesmo sabendo que era noivo. Penso em meu deleite por roubá-lo de outra mulher. Na verdade, preferi que ele não fosse livre, preferi ganhá-lo de uma menina que nunca nem sequer vi. Tomei seu namorado, roubei seu noivo. Agora, pela primeira vez, tenho vergonha disso.

Sinto-me tão mal que penso que até minha irmã, Maria, entendeu melhor a vida do que eu. Chamei-a de tola, e, no entanto, ela jogou suas cartas com muito mais habilidade do que eu. Casou-se com um homem por amor e agora é sua esposa. Os dois estão sempre juntos. Ao passo que eu... Enterro o rosto no travesseiro, abafando o gemido de desespero por minha insensatez. Durmo novamente com a cabeça debaixo do travesseiro, como se não quisesse nunca mais ver a luz da alvorada.

De manhã, quando acordo, fico sabendo que Archibald saiu para caçar mas me deixou uma dezena de mensagens de amor, prometendo trazer um grande cervo para meu jantar. Imagino que tenha ficado sabendo o que os lordes me disseram; é uma cidade de espiões e intrigas. Suponho que pretenda contornar a situação, que enlaçará minha cintura, seduzindo-me para a estupidez novamente. Pelos cuidados que recebo de minhas damas, ao me vestirem e trazerem objetos a serem usados durante o dia, imagino que elas também saibam. Imagino que todos em Edimburgo saibam que a rainha descobriu que o marido roubou sua fortuna e foi sempre casado com outra mulher, sua esposa por escolha. Metade do reino deve estar achando graça dessa humilhação da princesa inglesa, a outra metade deve estar indiferente às tolices das mulheres de qualquer reino. Decerto estão dizendo que mulher não é capaz de governar. Decerto estão dizendo que provei que mulher não é capaz de governar.

Vou à missa, mas não consigo ouvir as preces. Vou tomar o café da manhã, mas não consigo comer. Uma delegação de lordes está vindo do conselho, e preciso recebê-los na sala de audiências. Visto-me com cautela, passando pó de arroz nas pálpebras inchadas, um pouco de ocre vermelho no rosto pálido e nos lábios. Escolho um vestido branco com mangas de um belo verde Tudor, calço sapatos de prata com cadarço de ouro. Deixo-os entrar quando estou sentada no trono, com as damas à minha volta, os servos dispostos junto à parede. Agimos com pompa, mas é tudo vazio, como o castelo de papelão de uma peça. Não tenho poder, e eles sabem. Não tenho fortuna, e eles sabem quem está com ela. Não tenho marido, e todos, à exceção de mim, sabem disso há meses.

Eles fazem uma mesura, com aparente respeito. Percebo que James Hamilton, o conde de Arran, que negociou meu casamento com o rei Jaime e se tornou conde por isso, mantém-se ao fundo, inusitadamente modesto, e que o lorde que se acha à frente tem um papel na mão, cheio de selos. Evidentemente, os homens chegaram a algum acordo e vieram anunciá-lo. Evidentemente, não será James Hamilton o primeiro a falar.

— Prezados lordes, agradeço sua atenção.

Não posso parecer triste, embora Deus saiba que estou.

Eles fazem uma mesura novamente. Estão nitidamente constrangidos com minha vergonha reprimida.

— Elegemos um novo regente — declara um dos lordes, a voz baixa.

Vejo a porta da sala de audiências se abrir e Archibald entrar. Ele fica ouvindo em silêncio, os olhos fixos em mim. Talvez pense que consegui obrigar os lordes a fazerem sua vontade. Talvez espere que eles digam seu nome. Talvez esteja esperando para ver se consigo vencer a humilhação que me causou.

Os lordes me entregam o papel. Vejo o nome do novo regente. Como já supunha, é James Hamilton, o conde de Arran, neto de Jaime II, parente de meu primeiro marido, o rei. Ergo a cabeça. Archibald continua me observando, instando-me a falar.

— É o desejo de todos? — pergunto.

— É — respondem eles.

O próprio James Hamilton assente com um gesto breve e se põe a avançar.

— Sugiro que haja dois regentes, governando juntos — proponho. — Eu e o nobre conde de Arran, James Hamilton, que sempre foi meu amigo. — Ignoro completamente Archibald, fixando o olhar no rosto assustado do conde. — Tenho certeza de que o senhor gostaria de trabalhar comigo, não é? Somos amigos há tanto tempo...

Ele se detém. Com certeza, não está muito animado com a possibilidade.

— Como o conselho desejar — responde, sem entusiasmo.

Um dos lordes mais velhos, um homem que não conheço, manifesta-se no fundo da sala, falando sem rodeios:

— Não se Vossa Majestade é esposa de um traidor, obrigada a lhe obedecer.

Archibald se adianta, pondo-se a meu lado. Ainda está vestido com a roupa de caça e, embora sejam proibidas lâminas na corte, todos sabem que traz a faca de caça na bota.

— Quem ousa dizer isso? — pergunta. — Quem ousa nos ofender, a mim e à rainha, minha esposa? Quem ousa nos afrontar, a nós e ao rei da Inglaterra?

Imediatamente, os lordes ficam alvoroçados, protestando contra a entonação dele. Ard os ignora, virando-se para mim.

— Sugira meu nome — pede.

— Eles nunca...

— Quero ver quem recusa.

— Os senhores aceitariam uma regência com o conde de Arran e o conde de Angus? — pergunto, conferindo a Archibald seu título completo, correndo os olhos à volta, observando as fisionomias irritadas.

— Jamais! — exclama alguém, no fundo do salão.

E todos os lordes, todos, sem exceção, gritam:

— Não!

Viro-me para Archibald.

— Acho que você já viu o bastante — observo, com amargor. — E agora James Hamilton é regente e guardião de meu filho, e sou desprezada.

Os lordes fazem mais uma mesura e se retiram da sala de audiências. Mal consigo notá-los.

— Viu o que você fez? — pergunto a Archibald. — Estragou tudo.

— Foi o que *você* fez! — responde ele, rápido como um chicote. — Foi seu irmão que traiu você, reconciliando-se com o conselho sem consultá-la. Foi ele que concordou em segredo que Arran fosse regente e você não fosse nada. Foi ele que transformou você em ninguém.

Isso deve ser mentira. Henrique não faria um acordo com o conselho pelas minhas costas.

— Ele me ama — protesto. — Jamais me abandonaria. Prometeu... Me mandou de volta para cá e prometeu me ajudar.

— Mas a abandonou — afirma Archibald. — Você está vendo o resultado.

— Foi você que me abandonou — digo com amargura — Sei tudo sobre Janet Stuart.

— Não sabe nada — responde ele, com frieza. — Não sabe nem vai saber. Não consegue nem imaginá-la.

— É uma meretriz! — cuspo. — O que há para imaginar sobre uma meretriz?

— Não vou permitir que fale dela dessa maneira — diz ele, com uma estranha dignidade. — Você é a rainha. Aja como uma.

— Eu sou sua esposa! — grito para ele. — Eu nunca deveria ouvir nada sobre ela.

Ele abaixa a cabeça, em silêncio.

— Você não vai ouvir nenhuma palavra sobre ela vinda de mim — murmura friamente e se retira.

Palácio de Holyroodhouse, Edimburgo, Escócia, Verão de 1518

Recebo boas notícias da corte da Inglaterra. Fico imaginando se eles percebem a dor física que sinto ao saber que estão felizes, prósperos, planejando o futuro, protegidos com amor e fortuna. Fico imaginando se Maria sequer percebe que seu discurso ininterrupto sobre vestidos, ou os gloriosos planos de noivado da pequena princesa Maria com o filho do rei francês, fazem eu me sentir terrivelmente excluída. Ela escreve páginas e mais páginas, e sou obrigada a decifrar a caligrafia atropelada e imaginar os espetáculos, a dança e a justa, os vestidos que serão encomendados, os sapatos que serão fabricados, as criadas trazendo e levando fios de ouro, flores bordadas e pequenos diamantes, a risada de Henrique, a alegria de Henrique, o triunfo de Henrique por se reconciliar com a França e selar a paz com o noivado da filha, um bebê de apenas 2 anos. No fim, ela escreve:

> E guardei a melhor notícia para agora: nossa querida irmã, Catarina, está grávida de novo. A Virgem Maria ouviu nossas preces. Se Deus quiser, o bebê nascerá na época de Natal. Pense só no Natal que teremos esse ano, com um novo Tudor no berço real!

Ela me pede para pensar na alegria deles! Não há necessidade. Não consigo parar de pensar nela. Sou assombrada por sua felicidade. Sei exatamente como será o Natal na corte, sem mim, sem que jamais sequer mencionem meu nome. Enquanto estou aqui abandonada por meu marido, humilhada perante o conselho, com meu irmão conspirando contra mim, Catarina entrará em confinamento, e Maria será rainha incontestada, conduzindo todas as danças, ganhando todos os jogos, a líder da corte mais rica da Europa. Então, quando Catarina surgir com o bebê no colo, haverá um grande batismo para honrar a preciosa criança, e as festas recomeçarão. Se ela der à luz um menino, haverá um torneio enorme, e as comemorações durarão dias, espalhando-se pelo reino. Se ela der à luz um menino, Henrique lhe entregará a chave do tesouro da Inglaterra, e ela poderá usar uma coroa nova a cada dia do ano, e meu filho será deserdado.

Observo a chuva forte pela janela, as montanhas cinzentas, envoltas em nuvem, o céu também cinzento. Mal consigo acreditar que ainda exista esse mundo de alegria, música e felicidade em algum lugar, e que um dia esse mundo foi meu. Nem sequer invejo a felicidade deles sem mim. Não posso culpá-los por me esquecerem. Eu mesma mal me lembro de seus rostos.

Palácio de Holyroodhouse, Edimburgo, Escócia, Primavera de 1519

Passo o Natal sem notícias de meu marido. É difícil comemorar sem ele trinchando a carne ou dançando com as damas. Ninguém fala dele, mas fico sabendo que está com Janet Stuart no Castelo de Newark. Os lordes não me consultam. Não aconselho lorde Dacre. É como se eu tivesse renunciado à regência, a meu casamento, à própria vida.

Meu pobre irmão perdeu o filho novamente. Todas as esperanças resultam em nada, e fico de fato triste por ele e também por ela. Recebo a notícia tarde, muito tempo depois do luto. A carta de lorde Thomas Dacre só chega quando a primavera começa a degelar a estrada. Junto à carta dele, há um bilhete de Catarina.

Deus não nos deu a alegria do nascimento dela. Bendito seja Seu Santo Nome, e quem pode duvidar de Sua vontade? Era uma menininha, que veio prematura. Eu tinha esperança de que não fosse cedo demais. Os médicos e as parteiras estavam a postos quando achei que era hora, e tentei mantê-la nessa vida instável... mas Nosso Senhor sabe o que faz, e aceito Sua vontade, embora não entenda.

Sei que sua vida não é fácil, mas rogo a você que passe tempo com seu filho, que é uma dádiva divina à rainha e à mãe. Essa foi minha sexta gestação, e tenho apenas uma criança comigo, e não é o príncipe que pedi. Seja feita a vontade de Deus, é o que sempre digo a mim mesma. Seja feita a vontade de Deus. Digo essas palavras o tempo todo, a noite inteira, quando não consigo dormir de tanto chorar.

Nossa irmã, Maria, está grávida de novo, graças a Deus, e em minha tristeza não consigo ser de muita ajuda. Mantenho-a por perto e rezo por sua segurança no suplício que está por vir, mas me sinto exausta, cansada de desilusão e gostaria de poder auxiliá-la mais. Suspeito que vá entender como me sinto quando lhe contar que minha dama de companhia, a jovem Bessie Blount, deixou a corte para dar à luz. Não consigo escrever mais. Deus age mesmo de forma misteriosa. Espero que você reze por mim, para que eu aprenda a me resignar à vontade Dele.

Ah, Margaret, parece que estou morrendo de sofrimento...

Catarina

Não consigo enfrentar a primavera com a coragem que deveria. Todo dia, há o verde Tudor. Todo dia, a neve derrete, e o sol brilha cada vez mais forte. Em frente à igreja, os botões nascem sobre a brancura do gelo, à sombra das árvores. Os pássaros começam a cantar pela manhã, e o cheiro das flores e de terra entra pelas janelas abertas, fazendo-me acreditar que é possível a renovação, que eu talvez me recupere desse longo inverno de decepções.

O conselho não me deixa ver meu filho mais de uma vez por semana, mas pelo menos permitem que eu o veja. Não envio nenhuma mensagem a Archibald e acho que jamais o verei novamente; é como se eu fosse viúva. Gostaria de sofrer o luto por ele, porém, mais uma vez, sou viúva sem um corpo para enterrar. Ele não manda nem mensagens nem dinheiro. Mantém todos os meus aluguéis, que são pagos a ele. Para sobreviver aos dias de frio, precisei penhorar todos os presentes que trouxe da Inglaterra. Enviei as duas últimas taças de ouro a lorde Dacre como garantia para um empréstimo. Agora que chegamos ao fim do inverno, dispenso grande parte de meus servos e sou atendida apenas por algumas poucas pessoas. Empresto os cavalos a estábulos particulares, envio minhas damas de volta a suas casas. Vivo como se fosse uma dama de meios escassos. O conselho é solidário, mas não pode fazer nada. Archibald coleta meus aluguéis como meu marido e mora como um lorde no Castelo de Newark, com a mulher que se intitula sua esposa. Ela deu à luz uma menina. Os dois vivem prodigamente, num castelo fortificado, com muitos empregados. São ricos, por causa dos impostos pagos por meus inquilinos. Não há como negar que ele é meu marido e possui direito legal sobre minha fortuna. É o lorde e mestre de minhas casas e pode viver como quiser. O tratamento que me dispensa não justifica divórcio. É um péssimo marido, mas a Igreja não se importa com isso. Ele continua sendo meu marido, continua dispondo de minha fortuna.

A única maneira de eu me defender seria declarar que ele é de fato marido de Lady Janet Stuart, que ela é a condessa de Angus, que nosso casamento é bígamo, nossa filha é bastarda e sou uma meretriz. A dúvida entre me considerar uma esposa traída ou uma meretriz pecadora me acorda de madrugada e me persegue por todo o dia.

Perdi minha posição de esposa e também minha autoridade de rainha. Outra mulher se deleita em minha casa, com o amor do marido que já foi meu. Não posso ver ninguém nem ir a lugar algum. Devo ser como meu finado marido: um fantasma que as pessoas dizem viver, mas ninguém jamais vê. Decerto escreverão baladas sobre nós, dizendo que um dia retornaremos para trazer paz à Escócia e levar nosso filho ao trono. As pessoas nos verão na névoa e contarão histórias sobre nós quando estiverem bêbadas.

Sei que deveria enfrentar essa meia morte, essa falta de vida. Preciso desistir de todas as minhas esperanças em relação a Archibald, abrir mão dele. Preciso aceitar a vergonha de ser meretriz e declará-lo inimigo. Preciso esquecer que o amei. Preciso ir para a Inglaterra, me atirar nos braços de meu irmão e pedir ajuda para me divorciar de Archibald.

Agora me arrependo; se tivesse seguido o conselho do bom lorde chanceler, Thomas Wolsey, eu seria imperatriz viúva romano-germânica, com baús de joias e um guarda-roupa cheio de vestidos. Ninguém seria poderoso o bastante para negar que meu filho morasse comigo. Eu criaria uma corte imperial na Escócia. Fui muito tola em dizer a Thomas Wolsey e a meu irmão que seria fiel a Archibald. Wolsey é agora núncio papal e poderia conseguir meu divórcio de Archibald com uma única carta. Eu jamais deveria ter falado de votos que não podem ser quebrados, de amor incontestável. Há apenas um laço afetivo em que confio: a relação da mulher com suas irmãs. Apenas o laço que existe entre nós três é indissolúvel. Nunca nos esquecemos umas das outras. No amor e na rivalidade, sempre pensamos umas nas outras.

Escrevo a Henrique. Não comento sobre a infidelidade de Archibald. Digo apenas que não estamos juntos e que ele ficou com meus aluguéis. Aviso que voltarei a Londres para morar na corte e que só me casarei novamente segundo seu conselho. Estou dizendo, o mais claramente possível: Quero me divorciar. Quero ser sua irmã novamente, quero ser apenas Tudor, não mais Stuart. Você pode me usar como quiser, me casar com quem melhor lhe convir, desde que me aceite de volta, como deve. Não espero ser uma monarca adversária, não espero superar sua esposa, Catarina. Entendo que ela fez o que não consegui fazer. Até minha irmã caçula, Maria, se saiu melhor do que eu. As duas se casaram por amor e mantiveram seus maridos. Outrora, eu me comparava a elas, cheia de orgulho. Agora, venho com modéstia.

Escrevo a Catarina e Maria, enviando as cartas no mesmo fardo. Digo a elas que estou péssima e que gostaria de voltar para casa.

Palácio de Linlithgow, Escócia, Verão de 1519

Um longo verão se passa até eu receber uma resposta de Henrique. Um longo verão, durante o qual meu filho é retirado de Edimburgo, infestada pela peste, mas não sou convidada a viajar com ele. Um longo verão, durante o qual ninguém me visita, e vou da tristeza à frieza absoluta; durante o qual decido que, de agora em diante, jamais me deixarei guiar pela paixão, apenas por meus interesses. Um longo verão, durante o qual me dou conta de que minhas únicas amigas, meus únicos amores de verdade, são minhas irmãs, que sabem o que é perder um filho, que sabem o que significa o sofrimento para uma mulher, que escrevem para mim.

Henrique se mantém em silêncio. Sei por quê. Ele está longe da cidade de Londres, suja e superpopulada. Está visitando os belos palácios à margem do Tâmisa, caçando junto às grandes casas do sul da Inglaterra, sempre muito bem acolhido, sempre recebendo o melhor que o interior pode oferecer. Deixou Thomas Wolsey com a lida do reino; não se dará o trabalho de escrever a ninguém, muito menos a mim. Não pensará em mim, abandonada pelo marido, desprotegida pelo irmão, sempre tentando chegar a um acordo com os lordes do conselho, sempre apelando ao ausente duque de Albany.

Minha irmã, Maria, não me negligencia. Escreve para dizer que deu à luz mais uma menina — os Brandon parecem propensos a ter meninas —, a quem batizou de Eleanor. Com certeza, eles prefeririam outro menino, qualquer pessoa preferiria. Um segundo Brandon seria outro sucessor ao trono, depois de meu filho, Jaime. O filho mais velho deles fica imediatamente atrás do meu na sucessão, e a cada dia que passa parece mais provável que Jaime herde o trono. Se o último bebê perdido foi a tentativa derradeira de Catarina — e, sem dúvida, em breve ela chegará ao fim de seus anos férteis —, será meu filho quem assumirá o trono depois de Henrique.

É impossível não pensar assim, por mais cruel que pareça. Sinto realmente dó de Catarina. Chorei quando li sua carta me contando sobre a morte do bebê, mas, ao mesmo tempo, sei que, enquanto ela não tiver um filho, Jaime herdará o reino da Inglaterra e da Irlanda, além da Escócia. Com certeza, Maria também deve pensar assim. Com certeza, deve querer outro filho homem. Não pode amar Catarina com tanta abnegação, a ponto de não ansiar pelo fim de seus anos férteis. Alguém seria capaz de amar a irmã a ponto de botar o interesse dela em primeiro lugar?

Mas talvez Maria seja uma irmã melhor para a rainha do que eu, porque escreve cheia de alegria, dizendo que a filha é uma criança linda, a pele feito a pétala de uma rosa branca, que estão todos encantados com a menina.

> *E aconteceu uma coisa pavorosa. Bessie Blount, que era uma dama de companhia muito estimada por nossa irmã, deixou a corte sem pedir autorização à rainha e simplesmente desapareceu. A moça deu à luz uma criança e, ah, Margaret, sinto dizer que ela teve um menino, que, sem sombra de dúvida, é filho de Henrique.*

Deixo a carta sobre a cômoda, vou até a janela e olho para fora, sem ver as ondulações brancas nas águas cinzentas do lago provocadas pelo vento. Primeiro, penso: Não preciso me preocupar, isso não tem importância alguma. Esse menino não terá lugar na linha de sucessão, é um bastardo que não vale nada. Mas então penso com mais calma que se trata do primeiro bastardo Tudor de Henrique, e isso vale alguma coisa. Vale muito. Bessie Blount mostrou ao mundo que Henrique pode ter filhos, e, sobrevivendo, o menino mostrará ao mundo que Henrique pode ter filhos saudáveis.

Isso, por si só, não é pouca coisa. E, por outro lado, prova que a culpa de todos esses sucessores mortos é de Catarina, não de meu belo irmão. Todos já achavam isso, mas ninguém ousava dizer. Agora está provado. Ela é mais velha do que ele, apenas um pouco, é verdade, mas tem 33 anos, com uma série de abortos e partos de natimortos nas costas. Vem de uma família perseguida pela morte e por doenças e, durante todos esses anos, conseguiu dar à luz apenas uma frágil menininha. A amante de Henrique, por sua vez, a jovem e saudável Bessie Blount, deu a ele um menino forte no quinto ano de sua relação. Trata-se de uma prova vitoriosa da virilidade de meu irmão, negando e calando para sempre a crença de que os Tudor seriam amaldiçoados pela invasão da Inglaterra e pelo desaparecimento dos príncipes na Torre. Se alguém matou os príncipes e recebeu uma maldição sobre sua descendência, não fomos nós. Pois eu tenho um filho saudável, Maria tem Henrique Brandon, e agora meu irmão tem um bastardo forte. O menino se chamará Henrique Fitzroy — Henrique por causa do rei, Fitzroy para indicar que se trata de um bastardo real. Não poderiam ter escolhido dois nomes que machucariam mais Catarina. Acho que isso partirá seu coração. Agora ela conhecerá o verdadeiro sofrimento. Um dia, ela me ensinou o que é a tristeza. Agora Bessie Blount está ensinando a ela.

Palácio de Linlithgow, Escócia, Outono de 1519

Só quando a folhagem das árvores que cercam o lago começa a ficar acobreada, recebo de meu irmão uma resposta, selada por lorde Dacre, cujos mensageiros a trouxeram e cujos espiões decerto a leram. Não me importo. Finalmente, tenho meu salvo-conduto, minha fuga. Sabia que Henrique se mostraria sensível a minhas necessidades e que Thomas Wolsey encontraria uma maneira de me ajudar. Não tenho dúvida de que se trata de um convite para eu voltar a Londres, anular meu maldito casamento e — se bem conheço Thomas Wolsey — encontrar um marido perfeito. Por que ele não quereria isso? Era exatamente o que estava implorando que eu fizesse três anos atrás, com meu irmão jurando que seria a melhor decisão que eu já havia tomado na vida.

Levo a carta ao cômodo de pedra no alto da torre, onde não serei incomodada, e, na pressa de abri-la, rasgo o selo. Imediatamente, vejo que não é a letra de Henrique. Ele ditou o texto a algum secretário. Imagino-o sentado atrás da mesa, à vontade, sorridente, com uma taça de vinho na mão, Thomas Wolsey lhe entregando documentos para assinar como uma vitoriosa mão de carteado, enquanto os servos lhe oferecem petiscos. Imagino Charles Brandon, meu interesseiro cunhado, ali perto, com outros homens — Thomas Howard, Thomas Bolena —, sempre prontos para rir, prontos a oferecer um conselho, enquanto Henrique dita a breve carta, uma das muitas obrigações que adiou por tempo excessivo, que não podem mais ser proteladas. Para ele não é nada; um convite para que eu vá a Londres. Para mim, é a liberdade do cárcere.

No começo, não entendo as palavras. É tudo tão diferente do que eu estava esperando que preciso ler e reler. Henrique não se mostra receptivo. Pelo contrário, é rígido, empolado como um corista. Fala do ritual divino e irrevogável do matrimônio, diz que todo desentendimento entre marido e esposa é uma falta, é pecado. Viro a página para me certificar de que ele assinou essa mixórdia. Isso vindo de um homem cujo bastardo destruiu o coração da esposa!

Releio mais uma vez. Por mais inacreditável que seja, ele me pede que volte para Archibald em pensamento, palavra e ação. Devemos viver juntos como marido e mulher, ou ele me considerará uma pecadora destinada ao inferno, e deixarei de ser sua irmã. Archibald, seu cunhado, lhe escreveu, e Henrique preferiu dar ouvido a meu marido infiel do que a mim. Talvez essa seja a pior de todas as coisas terríveis que ele me diz: que deu ouvido a Archibald, e não a mim. Acatou a palavra dele, recusando a de sua própria irmã. Como quem está disposto a ajudar, ele avisa que Archibald me aceitará de volta sem nenhuma reclamação, que apenas com Archibald a meu lado posso ter esperança de recuperar minha autoridade na Escócia. Apenas com Archibald a meu lado, ele, o rei, ou seu chefe de espionagem, lorde Dacre, hão de me apoiar. Ignorante como sempre, Henrique argumenta que Archibald tem autoridade sobre os lordes da Escócia, que apenas ele pode me manter no trono. Cubro o rosto com as mãos; Dacre decerto leu isso. Assim como todos os seus espiões.

Mas Henrique escreve mais. Como se isso não bastasse para partir meu coração, ele escreve mais, transformando meu choque em ódio. Ele anuncia que Catarina concorda. Aparentemente, a opinião de Catarina tem muita importância nisso, e ela chegou à conclusão de que, se eu optar por resistir a Deus e viver como uma pecadora miserável, não poderei mais ser sua irmã. Não devo voltar à Inglaterra, não devo me divorciar de meu marido, não devo ser feliz. Catarina decretou, e assim será. Catarina não me deseja na Inglaterra; uma mulher divorciada não pode ser sua hóspede, sua corte não pode ser desrespeitada, uma adúltera não pode estar perto dela.

Porque ainda sois carnais, Henrique cita São Paulo para mim, como se eu não soubesse de cor cada palavra que o velho misógino disse. *Pois, havendo entre vós inveja, contenda e dissensões, não sois, porventura, carnais?*

Fico tão chocada com o tom de Henrique, com seu propósito, com sua transição de irmão caçula a pregador, de rei a papa, que leio a carta várias vezes, em silêncio, depois desço, ainda em silêncio, a íngreme escada de pedra. Uma de minhas damas está sentada junto à janela, ali embaixo. Ignoro sua surpresa ao ver meu rosto pálido, os olhos vermelhos.

— Preciso rezar — murmuro.

— Chegou um frei franciscano de Londres — avisa ela. — Enviado pela rainha da Inglaterra, para ajudá-la. Está esperando para vê-la.

De novo? Mal consigo acreditar. Mais uma vez, Catarina me manda um confessor para me aconselhar, exatamente como fez depois da morte de Jaime, depois que suas ordens mataram Jaime. Ela sabia na época e sabe agora que desferiu um golpe medonho e espera atenuá-lo.

— Quem é?

— O frei Boaventura.

— Peça a ele que me espere na capela — digo. — Já estou indo.

Mais do que raiva com a recusa de Henrique de me deixar voltar à Inglaterra, mais do que frustração com a falta de compreensão dele sobre minha situação aqui — sua incapacidade de entender o perigo que eu, meu filho e todo o reino corremos —, mais do que tudo isso, o que me deixa desolada é o fato de Catarina conspirar com ele, protegida no refúgio de um casamento conveniente, decidindo que o mais importante — mais importante do que eu! mais importante do que sua própria irmã! — é a vontade de Deus. A pior parte dessa carta conjunta arrogante que me enviam junto a um frei e não um amigo, que me aconselha a voltar para meu marido e informa que não posso ficar na Inglaterra, são eles evocarem Deus e Suas leis sagradas contra meus problemas mundanos, é Catarina não me escrever como irmã para oferecer ajuda a uma mulher como ela, publicamente aviltada, derrotada pela negligência, tentando manter a cabeça erguida num mundo que gargalha às escondidas.

Como uma mulher pode se negar a dizer "Sim, venha, se você está infeliz e solitária"? Como Catarina pode ter acolhido Maria, que chegou sem aviso, casada em segredo com o amante, e ainda assim me rejeitar? Como pode ter sido tão generosa e cordial, tão hospitaleira e amável comigo durante um ano e agora me pedir que volte para meu marido e suporte o tratamento que ele me dispensa? Como pode dizer: "Seja negligenciada como eu, seja infeliz como eu? Tolere o abandono! Não queira mais da vida. Se eu não posso ter um futuro melhor, você também não terá"?

Catarina é minha irmã, minha cunhada. É casada com meu irmão. É a rainha da Inglaterra. Tudo isso deveria contribuir para que fosse generosa, amável e solidária comigo. Ela deveria entender meu desamparo, minha dor, minha humilhação. Sabe o que é ansiar pelo marido, ficar fantasiando sobre o que ele está fazendo, sobre o que a amante está fazendo com ele. Deve ficar imaginando, como eu fico imaginando, uma jovem bonita enlaçada ao corpo nu de meu marido, gemendo de prazer. Ela deveria querer aliviar meu sofrimento de qualquer maneira possível. Que tipo de irmã diz ao marido "Precisamos ensinar essa mulher a se comportar de acordo com a Palavra de Deus e não como ela acha melhor"? Como posso pensar nela como irmã? Isso é coisa da mais cruel rival e inimiga.

Não tenho nenhuma esperança de exercer influência no conselho sem o apoio de Henrique. Se ele me renegar, não sou ninguém, nem na Escócia nem em nenhum outro lugar do mundo. Se ele se aliar a Archibald contra mim, não passo de uma esposa abandonada, sem nem ter sequer o dinheiro de meus aluguéis. Se não sou uma princesa inglesa, sou um fantasma, como meu primeiro marido, sem lugar para morar, sem motivo para viver. Jamais imaginei que Henrique — o menininho que não conseguia aprender o catecismo — ficaria tão devoto, falaria com Deus, falaria como Deus.

É Catarina por trás de cada palavra da carta, Catarina por trás da citação de São Paulo, Catarina por trás das exigências de que eu me reconcilie com meu marido, Catarina por trás da definição do matrimônio como um sacramento divino do qual não há fuga. Catarina — cujo marido batizou e reconheceu um filho bastardo — é evidentemente contra o divórcio, contra qualquer divórcio.

Eu já deveria ter imaginado, tola que sou! Catarina jamais deixaria a ideia de divórcio chegar perto da volátil atenção de Henrique. Em vez disso, envia um frei franciscano para pregar para mim, como outro já pregou, fazendo-me entender meu próprio sofrimento, alegando que todas as injúrias que sofri foram trazidas por Deus e que preciso aceitar Sua vontade.

Na penumbra da capela, enquanto o sol se põe sobre o lago e o padre acende velas no altar, o frei Boaventura me repreende por eu ter esquecido minhas obrigações de esposa e mãe, por ter ido à Inglaterra, abandonando meu filho e meu marido na Escócia. Ele afirma que não é nenhuma surpresa um nobre como Archibald viver em minha casa e receber meus aluguéis em minha ausência. Ele é meu marido perante Deus; tudo que tenho é dele. Por que não moraria no Castelo de Newark e caçaria meus animais? O que posso dizer contra Archibald morar em nossa casa? É meu marido, que sofreu minha ausência sem reclamar.

Estou tão humilhada com a ideia de Archibald morando com Lady Janet Stuart, ela sentada à minha mesa como esposa dele, apresentando o filho a meus arrendatários, que não consigo nem sequer mencionar isso. Ajoelhada ao lado do altar, deito a cabeça nas mãos e apenas murmuro:

— Mas, padre, meu marido quebrou os votos matrimoniais, e ainda por cima em público. Todo mundo sabe. Ele não me ama.

Rígido, o frei me interrompe:

— Vossa Majestade o deixou. Abandonou-o para ir à Inglaterra.

— Ele me disse que iria também! — argumento.

— Mas ele não a recebeu bem em seu retorno à Escócia? Não foi encontrá-la como marido em Berwick? Vossa Majestade e ele não foram para o quarto como marido e esposa? Ele não a perdoou por abandoná-lo, acolhendo-a novamente?

Catarina contou isso a ele. Traiu minha confiança, talvez até lendo minha carta, minha alegria nos braços dele, nossas esperanças de um novo filho.

— Ele virá aqui para vê-la — anuncia o frei Boaventura. — Rogou que eu pedisse a Vossa Majestade que o recebesse. A rainha da Inglaterra pede a Vossa Majestade que o receba.

— Ela própria disse isso?

— Que o receba como marido.

— Padre, ele me deixou. Devo viver com um homem que não se importa comigo?

— Deus a ama — responde ele. — Se Vossa Majestade tratar seu marido com o amor e o respeito que lhe cabem, Deus reacenderá o amor no coração dele. Muitos casamentos atravessam momentos difíceis. Mas é a vontade de

Deus que os dois vivam juntos, em harmonia. — Ele hesita. — Também é a vontade do rei. E o conselho de irmã da rainha.

Não tenho escolha. O conselho de irmã de Catarina governará minha existência. Viverei como ela deseja. Devo mostrar a Henrique, ao mundo, que o casamento é indissolúvel, que dura até a morte. Ela não terá misericórdia, não abrirá exceções. Todos os casamentos Tudor devem durar até a morte. Eu me tornei seu exemplo.

O frei Boaventura se vai, suas palavras caindo no chão de pedra do meu desespero. Archibald não se arrisca a me visitar. Mas não sou poupada do suprimento infindável de conselheiros espirituais de Catarina, pois o lugar do frei Boaventura é ocupado por outro. Certeiro como os bonequinhos dos relógios, quando um se vai — tique-taque — outro surge para ocupar seu lugar; outro frei franciscano aparece no Palácio de Linlithgow, assim que Catarina fica sabendo que me recuso a encontrar Archibald, e Henrique fica sabendo que estou escrevendo para os franceses. Catarina sofre por minha alma imortal, certa de que não se pode escapar do casamento. Henrique pensa apenas em sua aliança com a França. Não entende que, se não me ajuda, preciso recorrer ao ausente regente francês e tentar trabalhar com ele. Agora os dois enviam o frei Henry Chadworth, ministro geral dos frades franciscanos, um homem controlador, muito instruído, que poucas vezes falou com uma mulher desde que a mãe o colocou no monastério.

Não tem paciência com mulher, não terá nenhuma comigo. Encarregaram-no de quebrar minha obstinação e me reduzir a adorar a comunhão com Deus, com meu marido, com os planos de meu irmão.

— Eles não entendem — respondo ao frei Chadworth, com o máximo de calma possível. — Padre, não adianta pedir que eu me reconcilie com meu marido. Ele não fica em casa comigo. Não liga para meus interesses, para os interesses de meu filho. Rouba de mim. O senhor está sugerindo que eu deveria deixá-lo ficar com minhas terras?

— São terras dele. E seu marido é um servo fiel do rei — argumenta o frade.

— Um servo muito bem pago do rei — corrijo-o. — Thomas Dacre dá uma fortuna a ele e a todos os outros lordes da fronteira que causam confusão e contaminam a Escócia inteira com ódio e desavença.

Agora que estou afastada de Archibald e de todos os Douglas, alguns lordes do conselho me confiam a verdade. Eles me explicam que Thomas Dacre traz desconfiança e desunião à Escócia, para que nos destruamos, poupando-lhe o trabalho de realizar uma invasão.

— Deus a fez uma princesa inglesa — lembra o frei Chadworth, a voz se erguendo sobre a minha. — Sua obrigação é com Deus e com a Inglaterra.

Encaro-o com rebeldia, como se ainda fosse uma princesa na sala de aula.

— Minha obrigação é comigo mesma — respondo. — Quero ser feliz. Quero ver meu filho crescer. Quero ser esposa de um homem bom. Não vou abrir mão dessas ambições pelo bem de meu reino ou pelo bem da igreja, muito menos porque minha cunhada, a rainha, assim prefere. Ela quer provar que um marido infiel continua sendo marido. Eu não quero.

— Isso é pecado — adverte ele. — E Deus e o rei a castigarão.

O frei me entrega cartas de minhas irmãs, Maria e Catarina. Maria diz que levou muito tempo para se recuperar do parto da pequena Eleanor, mas o marido foi atencioso e o rei enviou seu próprio médico. Conta que mandou fazer uma capa de veludo para poder sentar-se e receber visitas em sua enorme cama real. Diz que é muito engraçado que o imperador romano-germânico, Maximiliano, com quem eu talvez tivesse me casado, tenha morrido, e que o neto dele, com quem ela se casaria, seja o novo imperador. *Imagine só!*, escreve, cheia de alegria. *Você seria imperatriz viúva, e eu seria sua sucessora. Imperatrizes! Nós duas! Que engraçado!* Evidentemente, não há nada de engraçado nisso. Foi por essa exata razão que decidi não me casar com o imperador romano-germânico. Ela diz que Henrique está irritado por não lhe oferecerem o diadema real de imperador e que Catarina não anda muito bem.

Não é nenhuma surpresa. Ela está tendo dificuldade de entender por que Bessie Blount recebeu a bênção de um filho homem. Todos fomos a Walsingham, na esperança de que Deus daria um menino a Catarina. Mas Ele deu a Bessie. Deus age mesmo de forma misteriosa.

Então ela conta que, no próximo ano, todos irão à França para comemorar um novo tratado com os franceses. Confidencia que não vê a hora de visitar seu antigo reino novamente e que será um grande evento. Charles ganhará uma nova armadura para a justa, e ela receberá dezenas de vestidos novos.

Eles me chamam de la reine blanche *e dizem que nunca houve uma rainha da França mais bonita. É uma bobagem, mas muito gentil da parte deles. É muito bom ser amada em dois reinos, princesa em um, rainha de outro, aclamada em ambos!*

É só o que ela escreve. É só o que minha irmã escreve para mim sabendo que sua carta será trazida por um frei que vem me instar a agir contra meus interesses e servir aos de meu reino, voltando para um casamento com um homem que me traiu. É só isso que escreve sabendo que estou sozinha, num reino difícil, tentando ver meu filho, tentando me livrar de um casamento que se tornou uma afronta para mim. Só escreve sobre os trinta vestidos novos e a linda coroa que Henrique encomendou especialmente para ela. No fim, quase tarde demais para encontrar espaço na página, ela se lembra de que as damas francesas estão usando capas muito curtas e o capelo mais no alto da cabeça. *Ninguém*, escreve, sublinhando a palavra três vezes, *ninguém usa mais capelo de empena.*

Deixo a carta de lado. Maria me parece terrivelmente distante. Estou tão longe de seus pensamentos que ela nem se lembra de mim ao escrever. Se Henrique for à França para renovar o tratado com o rei Francisco e convencê-lo de jamais enviar o duque de Albany de volta à Escócia como regente, os lordes e eu continuaremos em dificuldade, sem alcançar a paz, no limiar de uma rebelião, por mais um ano. Não sei nem sequer se conseguiremos enfrentar mais um mês. Não sei se Maria sabe disso, ou se simplesmente não tem interesse. Evidentemente, não dispensa muita atenção a meus problemas. Duvido que chegue a pensar em mim, senão como alguém que teria interesse em saber como usar o capelo francês.

Abro a carta de Catarina. Ao contrário da garatuja arrastada de Maria, é um texto bastante curto. Ela diz que enviou o frei Chadworth para me falar sobre a vontade de Deus. Diz que, só de pensar em abandonar meu marido, estou condenando minha alma à danação eterna. Diz que fará qualquer coisa em seu poder para me ajudar, se eu desistir desse plano diabólico. Diz que ela e Henrique ficaram abismados de saber que escrevi ao duque de Albany, pedindo ajuda. Diz que mostrei minha vergonha ao mundo, que não tenho motivo para me divorciar, que não tenho motivo nem sequer para cogitar tal pecado. Diz que não suporta a ideia de eu ir para o inferno. Que seria melhor para meu filho, Jaime, se eu tivesse morrido com o pai, em vez de ele saber que a mãe é uma meretriz.

É possível que ela realmente ache que eu estaria melhor morta do que desonrada?

Leio a carta em silêncio, dirijo-me à lareira, onde um fogo minguado afasta o frio noturno, e jogo a carta sobre as chamas. Ela se inflama, o selo vermelho se contorce no calor, a fita faz um ruído, e logo tudo não passa de uma camada de cinzas sobre a lenha.

É possível que minha própria irmã realmente ache que eu estaria melhor morta do que desonrada?

Com certeza, ela nunca me amou, se pensa apenas na Palavra de Deus e não nas palavras que diz a mim. É impossível que algum dia tenha gostado de mim como uma irmã de verdade, se pensa no pecado do divórcio e não na pecadora, eu, uma mulher solitária e infeliz. Então ela não entende que estou sofrendo com a perda de meu marido, que fui publicamente humilhada, que estou temerosa do pecado e distante da graça de Deus?

Imagino-a observando Maria experimentar as coroas, a jovem mais bela de dois reinos que, sempre, sem fazer força, deixa Catarina a sua sombra. Imagino-a sabendo que o filho de Bessie Blount se chama Henrique Fitzroy e que todos estão cientes de que o rei o reconhece. Imagino o que uma mulher orgulhosa como Catarina sente ao ser preterida em sua própria corte, sem um menino nem no ventre nem no berço, com cada vez menos chance de isso acontecer a cada ano que passa. E então penso: Ela não precisa descontar em mim.

O frei Chadworth observa a carta arder no fogo.

— E então? — pergunta. — Elas a convenceram de se arrepender de seus pecados?

— Não — respondo. — Não dizem nada para me consolar e não me dão nenhum motivo para acreditar que me ajudarão.

— Não ajudarão mesmo — confirma ele. — Vossa Majestade não receberá nenhuma ajuda, a menos que se reconcilie com seu marido. Não tem escolha. Estou aqui para lhe dizer que não tem escolha. Sem seu marido ao seu lado, não receberá apoio algum da Inglaterra. Sem apoio da Inglaterra, jamais comandará o conselho. Sem o conselho, não poderá governar o reino e jamais verá seu filho novamente. Ele será criado sem mãe nem pai. Será órfão.

Faz-se um longo silêncio. Fico imaginando como ele pode ser tão cruel. Abaixo a cabeça.

— Muito bem — é tudo que digo. — Vocês venceram.

Não suporto a ideia de me encontrar com Archibald em público. Estou envergonhada, como se fosse eu que tivesse roubado e levado uma vida de adúltera. Sei que minhas damas me respeitarão menos por aceitá-lo de volta, que meu filho ficará sabendo e achará que não tenho orgulho, que sou uma coitada. Todos que nos viram em Berwick, quando eu estava tonta de amor, deduzirão que estou novamente embriagada de desejo. Por isso decreto que ele venha ao alto da torre, ao meu cantinho, o pequeno cômodo de pedra onde, tanto tempo atrás, Jaime, meu marido, despediu-se de mim rogando que eu não esperasse por ele. Minha dama pede a Archibald que suba, ouço suas botas ecoarem nas paredes de pedra, e ela fecha a porta lá embaixo, de modo que ninguém ouça o que dizemos. Ela deve imaginar que está ocultando um encontro amoroso, que a porta abafará os gemidos do sexo.

Estou tão irritada, tão angustiada, que fico trêmula quando ele surge no vão da porta e inclina a cabeça para passar sob o lintel de pedra. Ele se ajoelha a meus pés, como um peregrino arrependido, sem dizer uma palavra. Segura minhas mãos, sente meu tremor e se assusta com o frio de meus dedos.

— Meu amor — murmura.

— Você não tem o direito! — exclamo, a voz embargada.

Com veemência, ele sacode a cabeça.

— Não tenho mesmo, direito nenhum.

— Roubou meus aluguéis!

— Que Deus me perdoe. Mas defendi suas terras, protegi seus arrendatários e seu bom nome como proprietária.

— Você botou outra mulher em meu lugar!

— Meu amor, meu amor, nenhuma mulher poderia ocupar seu lugar. Me perdoe.

— Nunca.

Ele abaixa a cabeça.

— E não deve mesmo. Agi como um louco. Você é boa, é mais generosa do que mereço, só de me deixar vir aqui, implorar por perdão... Não quero morrer com esse peso na consciência. Minha determinação e minha felicidade foram destruídas com nossos problemas, tanto públicos quanto particulares. Vi coisas horríveis a seu serviço, tive de testemunhar crimes hediondos para levá-la à posição que lhe cabe. Para defender seu trono, pequei contra Deus. Não é de admirar que minha determinação tenha se esvaído. — Ele olha para mim. — Eu não podia continuar. Não tive força. Durante um ou dois meses de loucura, achei que poderia fugir. Por um instante, achei que poderia ser um homem comum, um homem com uma esposa e uma filha, numa casinha isolada. Quando de la Bastie morreu e você não conseguiu tomar o poder e me culpou, eu quis apenas fugir. Senti que havia decepcionado você. Fiz tanto e ainda assim a decepcionei. Meu amor, minha esposa, foi errado da minha parte ir embora. Sou destinado a coisas maiores, sou destinado a ser seu marido. Me perdoe por decepcioná-la dessa vez. Jamais a decepcionarei de novo.

— Você queria se livrar desses problemas?

Ele abaixa a cabeça novamente.

— Foi a única vez que a coragem me faltou. Em todos esses cinco anos. Não consegui enxergar uma maneira de fazê-la sair vitoriosa. Foi erro meu. Achei que, se não podia reaver seu filho, recuperar sua posição, era melhor não fazer nada, me retirar. Cheguei a pensar que deveria me matar, que seria melhor para você se eu estivesse morto.

Aperto levemente suas mãos, e Archibald imediatamente ergue os olhos, sorrindo para mim. É como se ele tivesse tocado meu corpo; esse sorriso, esse sorriso doce de menino, é como uma carícia, uma pulsação profunda. Ele sabe disso. Sabe que não suporto a ideia de sua morte. Sua voz é cálida, a entonação de quem divide um segredo.

— Você, que é tão corajosa, consegue entender que eu quisesse menos? Consegue entender que eu quisesse uma vida menor, uma mulher comum, uma ninguém, num mundinho pequeno? Que, por um instante, apenas por um instante, não me senti apto para ser o homem que sou com você, a esposa que amo?

— Você me trocou por ela — sussurro.

Mesmo agora, dói pensar que ele preferiria outra mulher.

— Ah, Margaret, você nunca desejou fugir de tudo isso e ir para a Inglaterra? Voltar à infância?

— Ah, sim, claro.

Não lhe digo que implorei para voltar, e eles recusaram.

— Foi assim comigo. Tive a fantasia de que poderia viver com a menina a quem um dia prometi me casar, num castelinho como o que poderíamos ter tido. Achei que deveria me afastar do conselho, me afastar de você e da corte. Achei que você não precisava de mim, que ficaria melhor sem mim, que talvez pudesse trabalhar com James Hamilton, o conde de Arran, que talvez pudesse escrever para o duque de Albany. Achei que se sentiria livre para conversar com esses homens importantes, como a mulher importante que é, sem mim para contê-la, para constrangê-la. Sei que sou um obstáculo na recuperação de seu filho. Achei que você ficaria melhor sem mim. O conselho me odeia e me teme; eu queria que os lordes pudessem vê-la sem mim. Achei que a coisa mais acertada, mais carinhosa, que eu poderia fazer era libertá-la de mim. Achei que deveria dar a você uma desculpa para negar nosso casamento, se você quisesse se livrar de mim. Achei que a coisa mais generosa que eu poderia fazer era abrir mão de você.

— Não posso me livrar de você. Eles não deixam. Catarina não deixa.

— Também não posso — observa ele. — Nem perante Deus, nem em meu amor por você. Por isso estou aqui, a seus pés. Sou seu até a morte. Ficamos separados, não pela primeira vez, mas voltei. Me aceite. Me aceite de volta, meu amor, ou sou um homem morto.

— Preciso aceitá-lo — afirmo. — Minhas irmãs fazem questão. Henrique faz questão.

Ele abaixa a cabeça e solta um soluço engasgado.

— Graças a Deus.

— Pode se levantar — digo, hesitante.

Não sei se devo ou não acreditar em suas palavras.

Ele não se levanta como um suplicante. Levanta-se segurando minhas mãos e me puxa para que fiquemos próximos, o corpo colado ao meu, o braço em torno de minha cintura, a mão debaixo de meu queixo, erguendo meu rosto para me beijar. Imediatamente, sinto o desejo assomar como uma onda, um misto de alívio, vitória e inveja. Já havia me esquecido dessa alegria, do gosto dele, do cheiro dele, e agora sinto-o novamente. E penso que o tomei de Janet Stuart. Tomei-o dela pela segunda vez. Sou a preferida dele, como deve ser.

— Você não pode se livrar de mim — murmura ele, a boca na minha. — Jamais vai se livrar de mim. Jamais nos livraremos um do outro.

Palácio de Holyroodhouse, Edimburgo, Escócia, Outono de 1519

Fazemos uma entrada triunfal em Edimburgo. Os homens de Archibald me acompanham com gaitas de foles e tambores, e toda a população sai de casa, dos estábulos e das lojas para ver a rainha viúva e seu belo marido voltando a Holyrood. As pessoas dizem que sou mais uma vez bem-vinda à capital, que preciso lhes mostrar meu filho, o pequeno rei. Outras gritam que Archibald é um traidor, que tenho um traidor a meu lado. Desvio o rosto. Há muitas maneiras de ser um escocês leal, e a maneira de Archibald não foi a dos Hamilton. Há quem erga as bolsas, agitando-as acima da cabeça. Enrubesço e olho para Ard; há fúria em sua fisionomia. As pessoas querem dizer que ele recebe pensão inglesa, que foi comprado por Thomas Dacre, com dinheiro de Thomas Wolsey, para ser servo de meu irmão, o rei. Querem dizer que ele se vende barato, que é um escravo inglês, não um escocês livre.

— Vou mandar prender todos — murmura entre dentes.

— Não faça nada — peço. — Que o povo se lembre dessa data como o dia em que voltamos para casa e não houve nenhum problema.

— Não serei insultado.

— Isso não significa nada. Nada.

O palácio é quente e acolhedor. Há mais uma vez servos dignos de uma rainha viúva, cavalos no estábulo, cozinheiros na cozinha. Archibald está pagando por tudo; diz que devo comprar o que for de meu desejo. Roda comigo pelos cômodos, fazendo-me rir, e comenta que preciso chamar costureiras para fazer vestidos novos para mim e para nossa filha, a pequena Margaret, que solta gritos e bate palmas, extasiada de ver o pai novamente, seguindo-o por toda parte como um cachorrinho. Ele anuncia que dará um banquete, e todos nos visitarão. Devemos parecer imponentes, pois somos imponentes.

— Mas o custo... — objeto.

— Deixe as finanças comigo — responde ele, magnânimo. — Tenho a confiança de seu irmão, e ele me mandou dinheiro para atender a suas necessidades. Tenho seus aluguéis, tenho minha própria fortuna. É tudo para você. Você é a rainha de tudo que está vendo. Mas, principalmente, é minha rainha, e ainda sou seu humilde servo. — Ele solta uma risada. — Você vai ver, quando trouxerem a carne assada hoje à noite, vou trinchá-la para você.

Não posso deixar de acompanhá-lo na risada.

— Faz tanto tempo!

— Foi a época mais feliz da minha vida — afirma ele. — Eu me apaixonei por você imediatamente, profundamente, depois comecei a imaginar que talvez você também me amasse. Não faz tanto tempo assim, foi ontem.

Quero acreditar. Claro que quero. É um sonho tê-lo novamente. Penso que, se Catarina estava certa e é a vontade de Deus que marido e esposa jamais se separem, a volta dele é um ato de Deus. Archibald e eu estamos juntos de novo, nosso casamento é abençoado, a Escócia se dobrará a meu comando e encontrará a paz. Não quero pensar de onde vem o dinheiro dele, não fico imaginando Dacre perdoando minhas dívidas. Não fico imaginando onde Janet Stuart dormirá hoje.

Visito meu filho. Ele se mostra tímido comigo; afinal, não moramos juntos desde que residíamos no Castelo de Craigmillar.

— Não me deixaram ficar com você — confidencio. — Quando tentava visitá-lo, não autorizavam.

Não consigo acreditar que Jaime tem apenas 7 anos; ele é cauteloso ao escolher as palavras.

— Eu disse aos lordes que gostaria de vê-la, mas ainda não posso comandar — responde. — O conde de Arran, no entanto, é respeitoso comigo, generoso.

Garante que o duque de Albany voltará em breve e que assim teremos paz. Garante que a senhora poderá morar comigo como minha mãe e que seremos felizes.

— Não, não, a Escócia precisa se manter independente da França — advirto. — Você é filho de uma inglesa, sucessor do trono inglês. Não queremos um conselheiro francês. Jamais se esqueça disso.

Davy Lyndsay, o eterno acompanhante e amigo de meu filho, adianta-se, fazendo uma mesura para mim.

— O rei tem orgulho de sua ascendência. Mas sabe que os guardiões franceses também são amigos e parentes.

— Ah, Davy! — exclamo. — James Hamilton recebe pensão dos franceses e diz que meu marido é arruaceiro! Não pode ser nosso amigo!

— Sua Majestade precisa ser amigo de todos — argumenta Davy, com firmeza. — Não pode favorecer um lado em detrimento de outro.

O menininho divide a atenção entre nós, como se tentasse decidir em quem acreditar, em quem confiar. É uma criança que não teve infância.

— Como eu gostaria que seu pai tivesse criado você! — lamurio-me.

Ele me fita com os grandes olhos castanhos cheios de lágrimas.

— Eu também — murmura.

Archibald me deixa em Holyrood, dizendo que tem trabalho a fazer em suas propriedades.

— Ah, devo acompanhá-lo? — pergunto. — Vou com você. Aonde vamos?

Uma ligeira titubeação, uma olhadela para o lado, me faz hesitar.

— Você vai caçar? — insisto. — Archibald, aonde você vai?

Ele se aproxima de mim, para que as pessoas à volta não ouçam.

— Vou me encontrar com Thomas Dacre — sussurra em meu ouvido. — Estou tratando de seus interesses, meu amor. Viajarei à noite para encontrá--lo, receber notícias de seu irmão, saber quais são os planos dele, e voltarei imediatamente para casa.

— Diga a lorde Dacre que precisamos chegar a um acordo com o regente francês — peço. — Não podemos nos opor a James Hamilton como regente interino, e mais cedo ou mais tarde o duque de Albany retornará. Precisamos trabalhar com os dois, preciso me tornar regente e garantir a custódia de Jaime.

— Albany nunca voltará — assegura-me Archibald. — É o desejo de seu irmão, e também minha vontade, que jamais o vejamos novamente. Seu irmão nos foi de grande serventia. Deixou Albany preso na França, tornou o exílio dele da Escócia uma parte do tratado com a França, ele fez muito por nós! E, sem ele, Hamilton não passa do líder de mais um clã. Pode se proclamar regente interino, pode se proclamar o que quiser, mas os franceses não o apoiarão, entrando em desavença com os ingleses. Podemos destruí-lo assim que estivermos prontos.

— Não, não. Chega de luta. Precisamos fazer tudo que pudermos para manter a paz até Jaime ter idade para subir ao trono. Hamilton ou Albany, o regente ou o regente interino, seja quem for, precisa dirigir o conselho e manter os lordes em paz. Preciso trabalhar com eles.

— Direi a Dacre que é isso que você pensa — promete Archibald. — Você sabe que quero a Escócia em paz para seu filho. Não quero outra coisa.

Descemos ao estábulo abraçados como jovens amantes. Dou-lhe um beijo de despedida numa curva da escada, onde ninguém pode vê-lo enlaçando minha cintura, onde ninguém pode ver como me agarro a ele.

— Você estará de volta amanhã à noite? — pergunto, ansiosa.

— Na noite seguinte — responde ele. — A fronteira é perigosa depois que escurece.

— Tome cuidado. Melhor ficar mais uma noite do que voltar depois do pôr do sol.

— Voltarei em segurança para você.

— Duas noites — murmuro.

— Não mais do que isso.

— Vossa Majestade sabe onde ele está? — indaga James Hamilton, o regente interino. — É algo de conhecimento geral.

Sinto um calafrio com sua entonação, como se ele tivesse posto a mão gelada em minha nuca.

— O que é de conhecimento geral? — pergunto.

Saí de Holyrood por Canongate, contornando a grande montanha que as pessoas chamam de Arthur's Seat, ciente de que James Hamilton e os lordes que defendem a França estão caçando nos campos e nos pântanos ao sul da cidade. Hamilton, o conde de Arran, mandou uma mensagem particular para mim, dizendo que queria conversar comigo em segredo, longe dos ouvidos atentos da cidade, e preciso saber o que ele dirá. Confio nele, faz anos que o conheço. Evidentemente, quero saber quais são seus planos para a Escócia, quais são as notícias da França, mas não quero saber de intrigas sobre meu marido.

— Archibald está visitando as propriedades dele na fronteira — respondo afinal, segurando a sela com tanta força que meu cavalo começa a andar lentamente para o lado, girando a cabeça. — Nossas propriedades. Está cuidando de minhas terras. Passará apenas duas noites fora.

— Sinto muito informá-la, mas ele está mentindo novamente. Foi visitar Lady Janet Stuart, no Castelo de Newark. Imaginei que Vossa Majestade não soubesse.

— Com certeza, não cabe ao senhor me contar — protesto.

Falo com imponência, mas tenho uma espécie de pressentimento ruim, um mau agouro. Não quero que esse velho amigo me diga mais nada. Não quero que esse homem que me viu princesa, na corte de meu pai, e avaliou que eu era apta para casar com um rei, considere-me agora uma tola que se aferra a um marido infiel, que se deixa humilhar por ele diante do mundo.

— Quem mais lhe contaria? — pergunta ele. — Quem está do seu lado? Todo o clã de seu marido jurou lealdade e discrição apenas a ele. Dacre o defende porque o comprou com ouro inglês. Suas irmãs não a aconselham?

Relutante, sacudo a cabeça.

— Não querem se insurgir contra o matrimônio legítimo.

— Então Vossa Majestade não tem conselheiros.

À nossa volta, minhas damas conversam com os homens dele. Eles estão caçando com falcões, as aves lustrosas esperando no punho dos falcoeiros, liberadas apenas quando os lordes estipulam. Os batedores assustam a caça, afastando-a de seu esconderijo, e os falcoeiros soltam as aves, que levantam voo e nos observam do alto, de onde não somos nada, apenas vultos dispersos numa terra vasta, sem demarcações.

— Tenho conselheiros, sim — afirmo com frieza. — Eles me avisariam.

— Vossa Majestade não tem ninguém. O lorde Thomas Dacre é chefe de seu marido. Não a advertiria contra ele. Trabalha para o rei da Inglaterra, não para Vossa Majestade. Eles compraram seu marido, não lhe contariam algo assim.

Esse é um medo tão íntimo meu que demoro um tempo para reagir. Solto uma risada.

— Se Dacre o comprou, vai exigir que ele seja fiel a mim e aos meus. O senhor não deveria tentar me alertar. Archibald e eu nos reconciliamos. Não há o que nos separe. Ele voltará para casa. É errado de sua parte falar mal do marido para a esposa.

— Ah, ele é seu marido? Achei que já fosse casado. E Dacre não se importa. A única coisa que Dacre faz é pagar a ele para mantê-lo do lado dos ingleses. Não se importa com o lugar onde ele dorme. Faz vista grossa quando Douglas rouba seus aluguéis e é infiel a Vossa Majestade. Thomas Dacre pode até dizer ao rei que seu marido não é o melhor marido da Escócia, mas não o advertirá de que o clã dos Douglas Vermelhos pode destruir o conselho dos lordes. Para Dacre, a única coisa que importa é a influência inglesa na Escócia, e ele acredita que a maneira mais eficaz de assegurá-la é mantendo Archibald casado com Vossa Majestade e Vossa Majestade escravizada a ele.

— Não serei usada! — exclamo. — Não serei insultada. Não sou escrava de ninguém.

— Vossa Majestade deve decidir por conta própria — sussurra ele. — Mas lhe garanto que o homem que Vossa Majestade chama de marido está hoje deitado na cama de outra mulher. E ele a chama de esposa. Suborna o conselho e corteja Vossa Majestade para servir a quem paga a ele: a Inglaterra.

— Sou a rainha regente.

— Então assuma seu poder. Trabalhe comigo e com o duque de Albany, mantenha aquele traidor fora de nossos assuntos.

— E se Albany não voltar?

— Ele voltará. Sabe que é obrigação dele conduzir seu filho ao trono. É de seu interesse que ele volte.

— Sou uma princesa inglesa. O rei sabia disso quando se casou comigo. O senhor sabia disso quando foi a Londres para me ver, e eu era apenas uma menininha. Casei-me para estabelecer uma aliança entre a Inglaterra e a Escócia. Vim aqui para romper a aliança francesa, não para mantê-la.

— O rei Jaime disse que a tornaria uma escocesa, que seu filho seria um verdadeiro escocês, nascido e criado aqui — observa Hamilton. — Vossa Majestade acha que ele estava em paz com seus parentes quando foi para Flodden? Ele sabia que não existe acordo com os ingleses. E, apesar de serem seus parentes, os ingleses não se mostraram muito carinhosos com Vossa Majestade. Não é apenas a paz dos escoceses que eles destroem. Sua paz e sua felicidade não importam para eles, para nenhum deles.

Corro os dedos pela crina do cavalo. É verdade o que James Hamilton diz. Ninguém se importa com minha paz e felicidade, nem mesmo minhas irmãs. Elas só querem se assegurar de que minha imagem não as comprometa.

— O senhor jura que eu ficaria em segurança se o duque de Albany retornasse? Eu poderia ver meu filho? Faria parte do conselho?

— Ele dividiria a regência com Vossa Majestade — garante-me ele. — Mas não com o conde de Angus. Jamais com ele. Ninguém confia nele. Mas com Vossa Majestade, sozinha. Vossa Majestade governaria com o duque, recuperaria seu poder, ficaria com a guarda de seu filho, teria o dinheiro e o poder da França como apoio.

— Escreverei a ele — decido. Minha desconfiança de Archibald, a sensação de que minhas irmãs me traíram para atender a objetivos egoístas, a falta de compaixão de Catarina, a ignorância de Maria em relação a tudo que importa... tudo me instiga a agir em meu próprio benefício, contra todos. — Escreverei ao duque e o convidarei de volta à Escócia.

Evidentemente, Thomas Dacre, com seus espiões por toda parte, sabe tudo que faço no mesmo instante. Escreve dizendo estar ciente de que me encontrei com James Hamilton e seus homens. Ansioso como Catarina com a reputação do matrimônio, diz que fui sozinha, sob o abrigo da escuridão, que minha honra está manchada. Diz saber que saí à noite, em segredo, quando meu marido não estava em casa. Meu comportamento é escandaloso. Ele foi obrigado a contar a meu irmão, o rei, que agora é de conhecimento geral que sou amante de James Hamilton, o conde de Arran.

Eu lhe respondo, cheia de coragem, furiosa com as ofensas de Dacre a meu nome. Fique sabendo, digo eu, que escrevi ao duque de Albany pedindo que volte à Escócia para governar, uma vez que o reino está num estado terrível de selvageria, os lordes lutando entre si, metade deles pagos pela Inglaterra para dividir o reino. Digo que fui obrigada a escrever pelo conselho dos lordes, porque nem Dacre nem meu marido me protegem do conselho. Preciso viver na Escócia, chegar a um acordo com os lordes e ver meu filho. Dacre me ajudará ou não?

É assim que se tratam as mulheres: quando agem por conta própria, são chamadas de pecadoras; quando têm êxito, são chamadas de meretrizes. Thomas Dacre nunca levantou um dedo para me ajudar a receber os aluguéis que Archibald coleta nem para obrigá-lo a ser um bom marido para mim. Mas James Hamilton e os lordes do conselho decidiram que devo receber o dinheiro de minhas terras. Por acaso, Thomas Dacre já fez algo assim? Seu silêncio é a resposta mais eloquente possível.

Recebo apenas silêncio de Archibald também. Portanto sei que Dacre contou a ele, assim como a meu irmão, assim como a minhas irmãs, que ele acha que me tornei amante de James Hamilton, que estou tentando atrair o duque de Albany de volta à Escócia. Não sei nem onde encontrar Archibald. Não enviarei um mensageiro ao Castelo de Newark, não me permitirei acreditar que ele está lá com Janet Stuart. Mas, se não estiver lá, onde pode estar? E por que não voltou para casa depois de duas noites, como prometeu? Por que não mandou me chamarem?

Depois de muitas noites dormindo sozinha em nossa imensa cama, entre os lençóis frios, compreendo que ele não voltará. Dacre deve tê-lo avisado de que sei que ele foi para o Castelo de Newark; Janet Stuart deve ter-lhe implorado que ficasse. Archibald é um lorde da fronteira, habituado às repentinas mudanças da sorte. Não se importaria de ser descoberto. Não se importaria com o fato de eu saber onde está. Ele não retorna a Edimburgo, e não procuro por ele no palácio. Penso que ele é como os bandos migratórios de patos que escurecem o céu nos dias de outono. Ele vem e vai, ninguém sabe por quê. Com certeza, eu não sei por quê.

Quando começa a esfriar, e as folhas das bétulas amarelecem, tremendo sob o vento gelado, e as folhas dos carvalhos voam à nossa volta quando cavalgamos junto às águas prateadas do lago, recebo uma carta da França, do próprio duque, o regente ausente, que diz que permanecerá no reino por mais tempo (ele não diz, mas deduzo, que é prisioneiro do acordo de meu irmão com o rei Francisco). Albany sugere, no entanto, que eu ingresse no conselho dos lordes como sua representante. Devo ser regente de novo. Devo ocupar seu lugar.

Não consigo acreditar que ele se mostrou tão generoso. Por fim, alguém que pensa no bem do reino. Por fim, alguém que pensa em mim. Evidentemente, é a solução correta. É a regência que o finado rei desejava, é a regência que desejo. Quem melhor do que a mãe do rei para ser regente? Qualquer indivíduo que tenha visto minha avó cuidar da Inglaterra sabe que a melhor pessoa para governar um reino é a mãe do rei. Albany deixa claro que Archibald não deve fazer parte do conselho. Deixa claro que acha que Archibald é espião de Dacre, seu cachorrinho, seu fantoche. Archibald recebeu dinheiro inglês e jamais será digno de confiança na Escócia. Por estranho que pareça, eu, uma princesa inglesa, sou considerada mais independente.

Aceitarei. É a melhor solução para mim, ainda que me ponha em comunhão com os franceses. Mas há mais. Albany se oferece para me fazer um favor, por eu me encarregar do trabalho. Avisa que irá a Roma, diz que tem muita influência no Vaticano. Como regente, todos os cargos da Igreja escocesa ficam sob seu domínio. Ele tem poder na Igreja, pode se encontrar com o próprio Santo Padre e se oferece para intervir na questão de meu divórcio com Archibald. Se eu assim desejar. Se eu achar que meu marido me abandonou por outra mulher e quiser me ver livre dele.

É como se eu estivesse no alto de minha torre, no pequeno cômodo de pedra, e finalmente pudesse respirar o ar fresco do dia. Posso ser livre. Posso me opor a Catarina, posso punir Archibald pelo adultério. Catarina talvez precise suportar um marido infiel, fingindo que o filho saudável dele não nasceu, mas eu não preciso. Talvez ela seja melhor esposa do que eu, aceitando tudo que o marido faz, mas eu sou mais rainha do que ela, assumindo meu poder autônomo. Veremos qual reputação será maior no fim.

Distraída, encantada, ponho-me a devanear. Que Archibald seja marido de Janet Stuart, ela que fique com ele. Não serei o degrau dele para a regência, sua ponte até meu filho, seu acesso ao poder. Ele que fique com Janet Stuart e a filha insípida dela, com sua vidinha, enquanto serei regente da Escócia, sem ele. Serei regente da Escócia com o apoio dos franceses, não dos ingleses. Esquecerei as esperanças que nutria em relação a meu irmão, exatamente como ele se esquece de mim. Não ansiarei pelo amor de minhas irmãs. Catarina que me desonre, Maria que continue pensando apenas em seus capelos. E, se eu não tiver irmã nenhuma, que assim seja. Sou mãe do rei, sou a rainha regente. Isso é melhor do que ser irmã, melhor do que ser esposa.

Castelo de Edimburgo, Escócia, Primavera de 1520

Enfim aceita pelos lordes como regente da Escócia e chefe do conselho, tenho permissão de entrar no Castelo de Edimburgo para ver meu filho. Posso até permanecer no castelo, se quiser. Eles já não temem que eu fuja com ele para a Inglaterra, já não pensam que darei ao clã dos Douglas a chave do castelo. Passam a confiar em mim, passam a entender minha determinação de ver meu filho se tornar rei de um reino com chance de sobrevivência. Juntos, começamos a considerar a Inglaterra um vizinho difícil, o mais próximo e mais perigoso. Reconheço para eles minha tristeza de saber que a maior influência inglesa na Escócia não sou eu, que trabalho pela paz, mas Thomas Dacre, que trabalha para gerar alvoroço. Com tato, convenço-os de que Archibald não fala por mim, de que é meu marido apenas no nome, não é digno de confiança no que tange a meus interesses. Estamos publicamente separados. Com tato, os lordes me dizem que ele precisa ser acusado de traição, por suas iniciativas contra a Escócia, por ser espião de meu irmão. Assinto. Eles não precisam dizer mais nada. Sei que Archibald traiu o reino, além da esposa.

— Vossa Majestade autoriza a expedição do mandado de prisão dele por traição? — perguntam-me.

Hesito. O castigo de traição é a morte, a menos que o réu consiga perdão. Com um súbito ímpeto de desejo, penso em Ard me pedindo perdão, penso em mim nessa posição de vantagem. Penso que talvez o perdoe.

— Prendam-no — declaro.

Para meu deleite, tenho autorização de entrar nos aposentos de meu filho e me sento com ele para ouvir suas aulas, brinco com ele nas horas vagas. Encontramo-nos cedo, antes do café da manhã, entre as ameias do castelo, para ensaiar uma peça cômica que Davy Lyndsay escreveu, em três atos. Jaime, Davy e eu nos tornamos atores de nosso próprio espetáculo. Vamos nos apresentar para a corte na hora do jantar, e, quando o sol se ergue no céu derretendo o gelo do telhado, começamos o ensaio.

A peça se baseia na antiga fábula da raposa e das uvas. Um após o outro, Davy, Jaime e eu nos sentamos na ameia e recitamos um poema às uvas imaginárias, altas demais, inalcançáveis, então inventamos nosso próprio motivo para as uvas não serem assim tão desejáveis. É engraçado quando Davy anuncia que as uvas são inglesas e têm um preço alto demais. É preciso comprar as uvas, mas também pagar pelo muro, pela terra onde crescem as videiras, pela chuva que cai sobre as videiras para fazê-las crescer e pelo sol que brilha para amadurecer as uvas. Então os ingleses ainda esperam que sejamos gratos pelo gosto das frutas e que demos gorjeta ao jardineiro. Jaime ri muito, depois declama sua parte em francês, dizendo que as uvas são muito gostosas, mas não tão gostosas quanto as de Bordeaux, que nada se equipara às uvas de Bordeaux e que, se tivéssemos juízo, cortaríamos as videiras e usaríamos a madeira para fazer um barco, viajar até Bordeaux e comprar as uvas de lá.

Agora é minha vez, e caminho junto ao parapeito imitando a arrogância de Thomas Dacre, quando algo chama minha atenção, um reflexo de metal.

— O que é aquilo? — pergunto.

Davy acompanha meu olhar, e o humor se esvai de sua fisionomia.

— Soldados. As cores dos Douglas. — Sem dizer mais nada, ele se vira para o guarda que está de sentinela junto ao rastrilho e começa a praguejar:

— Você está cego? Abaixe o rastrilho!

Seguro a mão gelada de Jaime quando ouvimos o rastrilho se fechar, a corrente rangendo, os estalos da ponte levadiça se erguendo. Ao redor do castelo, ouvimos o toque de trombetas convocando os homens a seus postos, o estrondo de canhões sendo empurrados, as ordens berradas, enquanto todos correm de um lado para outro, voltando os olhos para as ruas estreitas.

— O que está acontecendo? — pergunto a Davy Lyndsay.

— James Hamilton está prendendo seu marido por traição — responde ele, num murmúrio. — Parece que ele não vai se deixar capturar tão facilmente.

— Archibald está na cidade? Eu não sabia. — Viro-me para Jaime, meu filho, que me observa com os olhos contraídos, como se tentasse entender o que está vendo, como se tentasse enxergar por trás de minhas palavras se estou dizendo a verdade. — Eu não sabia — repito. — Juro que não sabia de nada. Nem que o conselho o havia convocado, nem que ele estava aqui.

— Não, eles não diriam a Vossa Majestade — assente Davy Lyndsay. — Por lei, a esposa não pode guardar segredo do marido. Se ele lhe perguntasse alguma coisa, Vossa Majestade seria obrigada a responder. É natural que os lordes a tenham poupado disso, que não quisessem que Vossa Majestade soubesse.

— James Hamilton está prendendo Archibald?

— Parece que o clã Douglas está resistindo. Devo tentar descobrir o que se passa?

— Vá! Vá!

Ele vai e volta quase imediatamente.

— O que está acontecendo? — pergunta Jaime.

E sorrio ao vê-lo assumir o comando, como o pequeno rei que ele é. Davy não sorri, mas responde a nós dois, igualmente seus mestres.

— Foi o que imaginei. O conselho fechou os portões da cidade para manter Archibald e sua gente aqui, mas estamos em menor número. Há quinhentos membros do clã Douglas em Edimburgo, armados, prontos para a luta.

Lá embaixo, vejo o portão de Netherbow trancado, todas as casas próximas com as portas e janelas fechadas. Na Via Regis, homens e mulheres desaparecem dentro de casa, vedando as janelas. Os mercadores que traziam mesas para expor os produtos desmontam-nas rapidamente. As portas do comércio, abertas para a manhã, fecham-se de pronto. Todos sabem que haverá confusão.

— O conde fugiu e trouxe seus homens, como se quisesse tomar o castelo, Vossa Majestade e o rei — continua Davy, a fisionomia apreensiva.

— O capitão do castelo não deveria levar os guardas à cidade para manter a ordem? — pergunto.

Ele sacode a cabeça.

— É melhor ficarem aqui para proteger o rei.

Novamente, Jaime me lança aquele mesmo olhar intrigado, calculado.

— Vamos entrar — sugiro, nervosa.

— Quero ver — diz meu filho. — Olhem.

Agora, com os primeiros raios de sol erguendo-se sobre a montanha, vemos que há homens correndo em silêncio e ligeiros como ratos por todos os becos, por todas as ruas estreitas de pedra, entre as casas.

— Membros do clã Douglas — explica Davy Lyndsay. — Já tão cedo! É como se tivessem planejado tudo.

— O que vai acontecer? — pergunta Jaime.

Ele não revela medo, mas uma espécie de curiosidade indiferente. Não é assim que um menino de 8 anos deveria ser. Não é algo que ele deveria estar vendo.

— É melhor entrarmos — sugiro novamente.

— Fique — responde ele.

E a verdade é que também estou fascinada pelo drama que se desenrola diante de nós.

Vejo um sentinela abrir a porta de uma guarita, gritando advertências. Logo, todas as portas se abrem para a saída dos Hamilton. O primeiro rapaz se depara com um grupo de rebeldes munidos de lanças e machados. Cai imediatamente sob uma saraivada de golpes, mas todos os homens que ouviram suas advertências saem de suas casas, prendendo o capacete, pedindo ajuda. Ouvimos o disparo de arcabuzes, gritos de dor, vemos uma explosão e fumaça preta, ouvimos mais gritos de pessoas morrendo queimadas dentro das residências.

— Ai, que Deus os ajude! — murmuro. — Davy, precisamos mandar os guardas darem um basta nisso.

Ele sacode a cabeça, os olhos cheios de lágrimas voltados para a cidade, o rosto trêmulo.

— Não temos homens suficientes — responde. — Seríamos massacrados. São escoceses lutando contra escoceses, e não devemos mandar mais escoceses para a morte.

Jaime observa em silêncio.

— Vamos entrar — peço a ele.

O olhar que meu filho lança para mim é de puro rancor.

— São membros do clã Douglas? — pergunta ele. — Homens de seu marido? Matando nossos homens? Membros do clã Hamilton?

— Não tenho nada a ver com isso — respondo, em desespero.

Vemos que os Douglas já ocuparam as principais ruas e becos da cidade e aguardam, como caçadores de ratos, os Hamilton fugirem das casas em chamas, lutando desesperadamente por suas vidas contra um inimigo mais bem armado e preparado. Vemos as pequenas nuvens de fumaça das armas de fogo. Ouvimos os gritos dos moribundos. Há uma luta terrível nas ruas estreitas, uma luta sem misericórdia, mesmo quando os homens caem de joelhos rendendo-se. Os Douglas estão ávidos por violência e vitória; esfaqueiam, perseguem, tropeçam nos Hamilton, escorregando nas pedras ensanguentadas. A Via Regis inteira, desde o castelo no topo até Holyroodhouse, encontra-se cheia de homens enfrentando-se, braço a braço, e Edimburgo já não é uma cidade, é um matadouro.

— Vamos para a capela — insisto com Davy Lyndsay e meu filho. — Pelo amor de Deus, vamos rezar para que isso acabe.

Os dois se viram para mim, lívidos. Quase corremos pela escada, passando por soldados que miram os canhões na direção dos acessos ao castelo, para o caso de os Douglas se aproximarem e tentarem chegar até nós. Entramos na Capela de Santa Margarida e nos ajoelhamos, os três, lado a lado, diante do pequeno altar.

Imediatamente, somos envolvidos pela paz da capela. À distância, ouvimos tiros e gritos, ouvimos os sons da fortaleza sendo preparada para o ataque. Junto as mãos e percebo que não sei pelo que rezar. Lá fora, meu marido, meu antigo companheiro, meu amor e pai de minha filha, luta contra a única esperança da Escócia, meu amigo e aliado James Hamilton. Mil de seus homens correm pelos becos estreitos, arrebentando portas, lutando como ratos encurralados para escapar das armadilhas dos pátios escuros. Trouxeram a guerra às ruas de Edimburgo; o caos da fronteira chegou ao coração da capital. É o fim da Escócia, o fim de minhas esperanças, o fim da paz.

— *Ave Maria, gratia plena, Dominus tecum. Benedicta tu in mulieribus, et benedictus fructus ventris tui, Iesus. Sancta Maria, Mater Dei, ora pro nobis peccatoribus, nunc, et in hora mortis nostrae.* Amém. Rogue por nós — acrescento. — Rogue por nós.

Meu filho ergue a cabeça e me encara.

— Ele está vindo, não está? — pergunta simplesmente. — Archibald Douglas, seu marido. Quando terminar de matar todo mundo, ele virá atrás de nós.

A luta dura a maior parte do dia, mas Jaime e eu permanecemos na pequena capela, rezando pela paz. À tarde, o capitão da guarda vem nos informar o que se passa, e peço a ele que se ajoelhe a meu lado, como se o silêncio sagrado pudesse suavizar o horror de suas palavras.

— Os Douglas Vermelhos tomaram a cidade — anuncia ele. — Há cerca de cem mortos nas ruas. Estão tirando os corpos do caminho com as carroças da peste. Foi uma guerra lá fora, enquanto ficávamos aqui dentro, sem fazer nada.

— O senhor precisava defender o castelo e o rei — argumento.

— Mas o regente interino, James Hamilton, quase morreu — protesta ele.

— Não o defendemos. Não defendemos a paz do rei.

— James Hamilton escapou?

— Fugiu com o burro de carga de um carvoeiro — responde o capitão. — Fugiu do campo de batalha e precisou atravessar o lago para se salvar. O arcebispo James Beaton foi arrastado de seu esconderijo, atrás do altar, em Blackfriars. Teriam-no destroçado, mas Gavin Douglas disse que era pecado matar bispo.

— O tio de meu marido estava lá, comandando os criminosos?

— Ele é um Douglas, não é um homem de Deus — responde o capitão, rispidamente.

— Eram todos membros do clã Douglas?

— Foram os Douglas Vermelhos contra os Hamilton. Foi uma guerra de clãs nas ruas da cidade, embora de um lado tivéssemos o regente interino, e de outro, o representante da Inglaterra.

— Mas pouparam o arcebispo Beaton?

— Pouparam. E exigiram que todos os Hamilton deixassem a cidade. Estão todos indo embora.

— Eles não podem ir embora! Edimburgo não pode ficar sob o poder de uma só família!

— O portão está aberto, e os Hamilton estão se retirando. O clã Douglas tem o controle da cidade. Logo, seu marido exigirá que abramos o portão do castelo para ele.

Vejo meu filho voltar os olhos para mim. Ele não se manifestou em nenhum momento, enquanto o capitão nos contava essas notícias terríveis. Imagino o que estará pensando por trás dessa máscara de indiferença. Seguro sua mão fria.

— Podemos resistir? — pergunto.

— Até quando? — grunhe o capitão. — Sim, podemos resistir ao cerco, mas e se ele trouxer o exército inglês contra nós?

— Não podemos resistir até sermos salvos? — insisto.

— Por quem? — Ele faz a pergunta-chave. — O regente interino acaba de fugir, disfarçado de carvoeiro, para se esconder nos pântanos acima do lago. O regente está na França. Vossa Majestade não tem exército, e seu irmão não enviaria um exército contra o próprio aliado, seu marido. Quem salvaria Vossa Majestade e o rei?

O frio me domina. Ponho a mão no ombro de meu filho e sinto que ele está tenso.

— O senhor está dizendo que precisamos receber o clã Douglas no castelo?

O capitão faz uma mesura, o rosto sério.

— É meu conselho.

— Eles são liderados por meu marido?

Ele assente.

Volto os olhos para Davy Lyndsay.

— Não tenho medo — minto.

Jaime se senta no trono, na sala de audiências. Sento-me ao lado dele, como rainha viúva. James Hamilton está escondido nos pântanos, com o burro de carga do carvoeiro, e não temos defesa contra Archibald. Meu marido surge na sala, ajoelha-se diante de Jaime e ergue a cabeça para piscar o olho para mim.

— Voltei — é tudo que diz.

Palácio de Linlithgow, Escócia, Verão de 1520

O conselho dos lordes se vê dominado pelo clã Douglas, liderado por meu triunfante marido, Archibald. Ele deixa claro que se apoderou da cidade, que se apoderou de mim. Exige que vivamos juntos, como uma família real, eu ao lado dele, como sua esposa, em sua cama à noite, à sua direita durante o dia, meu filho e minha filha sob sua guarda; ele é pai de ambos e chefe da casa real.

Não me renderei. Não deixarei que ele se apodere de mim, como espólio de guerra. Não permitirei esse assassino em minha cama. Não deixarei que ele me toque. Estremeço, horrorizada, ante a ideia dele escondendo seus homens em minha cidade, convocando-os para o massacre. Penso no povo de Edimburgo, meu povo, lavando o sangue das ruas, e abandono Edimburgo para viver sozinha em Linlithgow.

Mais uma vez, fico afastada de meu filho, preciso deixá-lo para trás, prisioneiro no Castelo de Edimburgo. Mais uma vez, não tenho dinheiro. Archibald fica com meus aluguéis, é proprietário de todas as minhas terras, e o conselho de lordes não ousa reclamar. Não espero ajuda de lorde Dacre, que é amigo e financiador de Archibald. Não espero ajuda de Henrique, que exigiu que eu voltasse para meu marido e disse que eu tinha sorte de ele me aceitar. Não tenho irmãs que me aconselhem; elas não escrevem para mim. Estou sozinha. É um verão frio, de chuva, há doença na cidade de Edimburgo, e mesmo no interior as pessoas estão apavoradas com a peste. Não escrevo a Catarina, afinal o que ela responderia? Sei o que ela pensa e por quê. Sei que não consegue ouvir a palavra "divórcio" sem pensar que sua própria vida, como esposa envelhecida e estéril de Henrique, está se esvaindo. Mas, no meio do verão, recebo um feixe de cartas de Londres.

A primeira é de minha irmã, Maria. Ela diz que ficou doente na primavera, mas já estava bem o suficiente, graças a Deus, para acompanhar o rei e a rainha à França. Mostra-se deleitada, a carta cheia de erros de ortografia e manchas de tinta. Apesar dos garranchos, entendo que a visita se deu para firmar a reconciliação da Inglaterra com a França e que houve bailes todos os dias. Henrique levou centenas, milhares de barracas ao campo perto de Calais, e toda a nobreza da Inglaterra levou seus servos, cavalos e falcões, construindo seus próprios palácios de verão com lona e madeira, exibindo sua riqueza e felicidade. Meu irmão pediu uma cidade para passar o dia e, no centro dela, um chafariz vertia vinho, com taças de prata para qualquer pessoa beber.

Maria tem trinta e três vestidos, muitos sapatos, dispunha de um baldaquino de ouro quando passeava sob o sol forte. Cavalgou nos cavalos mais lindos, todos a saudavam quando ela passava.

Eu queria tanto que você tivesse ido! Você teria adorado!

Tenho certeza de que eu teria adorado. Faz tanto tempo que ninguém me traz alegria, faz tanto tempo que os escoceses não têm motivo para se alegrar! Abro a carta de Catarina.

Querida irmã,

O rei, meu marido, ficou muito surpreso de saber, por intermédio de Sua Majestade, o rei Francisco de França, que você escreveu para o duque de Albany, pedindo a ele que retorne à Escócia. Também fiquei constrangida de saber que o duque falou com o Santo Padre, pedindo a ele que concedesse a anulação de seu casamento porque o rei Jaime IV não teria morrido em Flodden, quando você sabe que isso não é verdade. Você sabe que fui obrigada a trazer o corpo dele para que esse tipo de mentira não se propagasse. Dizem que você e o duque de Albany estão tramando o retorno dele à Escócia, para vocês se casarem, se a esposa dele morrer.

Margaret, por favor! Isso é um escândalo. Escreva imediatamente a seu irmão dizendo que não é verdade e volte para seu marido publicamente, para deixar claro que você não se tornou amante do duque francês. Que Deus a perdoe se você se esqueceu das obrigações que tem com sua família e com seu nome. Escreva imediatamente para mim assegurando-me de que está em estado de graça, casada com o bom duque de Angus. Mande lembranças minhas a seu filho querido. Margaret, pense nele! Como ele poderá herdar o trono se houver qualquer dúvida sobre sua honra? E sua filha? O divórcio a tornaria bastarda. Como você pode admitir isso? Como pode ser minha irmã e se declarar amante de alguém?

Catarina

Atravesso o pátio, saio por uma pequena entrada e desço a montanha até o lago. O campo se estende diante de mim, o gado pasta o capim verde, as andorinhas voam pelo céu. Algumas ordenhadoras passam por mim, os baldes oscilando nas varas penduradas nos ombros, levando nas mãos os banquinhos de trabalho. Elas chamam as vacas, que erguem a cabeça ao ouvir as vozes agudas e doces. Jaime gostava de passar a manhã com as ordenhadoras, que lhe davam uma colher e deixavam que ele tomasse o leite direto do balde. O líquido deixava um pequeno bigode branco sobre sua boca, que eu limpava com a manga do vestido.

Não vejo meu filho desde a batalha entre o clã Douglas e o clã Hamilton, que eles estão chamando de "a limpeza da calçada" depois que o sangue foi esfregado do pavimento. Não vejo Archibald desde que ele surgiu no castelo e me recolhi a Linlithgow, cavalgando em meio a seu exército silencioso. Não vejo James Hamilton desde que ele fugiu para salvar sua vida. Não tenho filha; ela precisa morar com o pai. Não tenho filho; ele é praticamente um prisioneiro. Não tenho aliados. Não tenho marido, e agora Catarina vem me dizer que tenho irmãs apenas sob condições absurdas.

Maria não é a menina tola que finge ser. Quer evitar a qualquer custo ficar no meio de uma briga entre mim e Catarina. Para sempre, escreverá sobre vestidos, alaúdes e dias de caça, evitando o fato de que estou sozinha, infeliz, em perigo. Não intervirá por mim junto a Henrique; teme demais por sua própria situação na corte. Para sempre, será o modelo da princesa inglesa, a beldade radiante, a esposa irrepreensível. Não arriscará sua posição na corte dizendo algo a meu favor.

Sei que não posso contar com Catarina. Ela saiu de casa aos 15 anos e amargou anos de solidão e pobreza para se casar com o rei e se tornar rainha da Inglaterra. Jamais contemplará algo que poderia ameaçar sua posição. Talvez ela me ame, mas não suporta a ideia de que eu me oponha aos votos matrimoniais. Talvez me ame, mas sua vida depende de que o único fim do casamento seja a morte.

Castelo de Stirling, Escócia, Dezembro de 1521

Minha sorte vira, afinal.

O próprio duque de Albany surge em meus aposentos, bonito como sempre, educado como sempre, inclinando-se sobre minha mão com um floreio francês, como se tivesse acabado de sair para pedir que escovassem sua capa e não houvesse se passado tempo algum.

— Vossa Majestade, estou a suas ordens — anuncia, com seu francês da Borgonha, o máximo da elegância e do charme.

Levanto-me de pronto, mal conseguindo respirar.

— Meu senhor!

— Seu servo leal — responde ele.

— Como o senhor chegou aqui? Os portos estão sendo monitorados!

— A frota inglesa saiu para me procurar no mar, mas não me encontrou. Os espiões deles, que me vigiavam na França, me viram deixar a corte, mas não viram aonde fui.

— Meu Deus, rezei tanto por isso! — digo com franqueza.

Ele segura minhas mãos com carinho.

— Vim assim que pude. Faz mais de um ano que imploro ao rei Francisco para me deixar vir, desde que fiquei sabendo da situação terrível em que Vossa Majestade se encontrava — explica ele. — A morte dos Hamilton! Guerra nas ruas de Edimburgo! Vossa Majestade deve ter achado que o reino estava ruindo diante de seus olhos.

— Foi horrível. Horrível. E me obrigaram a deixar meu filho.

— Eles terão de pedir perdão, e Vossa Majestade recuperará seu filho.

— Poderei ver Jaime novamente?

— Será a guardiã dele, prometo. Mas e seu marido? É agora inimigo? Não há possibilidade de reconciliação?

— Acabou, para sempre. — Dou-me conta de que o duque e eu ainda estamos de mãos dadas. Enrubesço, procurando me desvencilhar. — O senhor pode contar comigo — garanto-lhe. — Jamais voltarei para ele.

Ele hesita um pouco antes de soltar minhas mãos.

— E Vossa Majestade pode contar comigo — afirma.

Castelo de Edimburgo, Escócia, Primavera de 1522

Tomamos o Castelo de Edimburgo sem que um tiro seja disparado. Archibald apenas se rende, deixando o castelo e meus filhos, e o duque ordena que os guardas o conduzam à França. Gavin Douglas, tio dele, foge para a Inglaterra, levando suas mentiras a Henrique.

Em cavalos brancos, o duque e eu aguardamos diante do castelo, enquanto trombetas ecoam das ameias e a ponte levadiça é baixada. Toda a população da cidade está presente, assistindo a essa encenação de poder. O guardião do castelo surge com o uniforme dos Stuart — imagino que tenha trocado rapidamente de roupa, deixando o uniforme com as cores de Archibald debaixo da cama — e faz uma mesura, estendendo a chave do castelo ao regente, o duque de Albany. Num gesto gracioso, Albany a recebe e se vira para mim. Sorrindo ao ver o prazer que trago no rosto, oferece-me a peça de metal. Quando as pessoas aplaudem, toco a chave, a fim de mostrar que a aceito, como regente, e todos entramos no castelo.

Jaime, meu filho, está na torre de menagem. Sem cerimônia, salto do cavalo e corro em sua direção. Volto os olhos para a barba de Davy Lyndsay — que se tornou grisalha nos meses que estivemos separados — e sinto vontade de amaldiçoar Archibald por tudo que tivemos de passar, mas só consigo ver o rosto pálido de meu filho, sua fisionomia aflita. Faço uma mesura, como qualquer súdito deve fazer, e ele se ajoelha para a bênção materna, enquanto enlaço seu corpo e o aperto.

Ele está diferente; um pouco mais alto, um pouco mais forte, do que a última vez em que o vi. Agora tem 9 anos e se mostra sem jeito. Não se entrega a mim, não se agarra a mim. Sinto que nunca mais se agarrará a mim. Ele foi instruído a não confiar em mim e sei que terei a tarefa de ensiná-lo a me amar e a me valorizar mais uma vez. Quando ergo a cabeça, vejo que os olhos castanhos de Davy estão cheios de lágrimas. Ele as enxuga com as costas da mão.

— Seja bem-vinda, Vossa Majestade — murmura.

— Deus o abençoe, Davy Lyndsay — respondo.

Deito o rosto no cabelo cacheado de Jaime e de fato invoco proteção divina a Davy Lyndsay por ficar ao lado de meu filho durante todo esse tempo, por mantê-lo em segurança.

Não sou a única escocesa a me deleitar com a volta do duque de Albany. Os Hamilton sabem que, com o retorno do duque e com o apoio da França, eles podem se recuperar. Os lordes escoceses agora conseguem vislumbrar uma maneira de escapar à tirania do clã Douglas. O povo da Escócia, com a fronteira destruída pelas eternas invasões de Dacre, com a capital suja de sangue e em desordem, anseia pelo governo do regente que outrora nos trouxe paz.

Escrevo uma carta sarcástica a lorde Dacre dizendo que, apesar de suas previsões sombrias, o duque voltou a Edimburgo, a paz reinará na Escócia, e a Inglaterra não ousará invadir o reino agora que estamos protegidos pela França. Digo que o bom amigo dele, meu marido, parece ter abandonado seu posto e a família e que espero que ninguém me censure por não acompanhá-lo no exílio destinado aos traidores. Finalmente, podemos ter alguma alegria na Escócia novamente. Sorrio ao escrever; Dacre sabe que o jogo virou e que sou uma mulher livre, com poder.

Meu irmão deve ter enlouquecido. Não consigo acreditar que alguém teria o desplante de falar de uma rainha regente nos termos que estão falando de mim. Não consigo acreditar que meu irmão daria ouvido aos rumores. Um irmão de verdade condenaria essas pessoas. Se fosse de fato minha irmã, a esposa dele faria questão de silenciá-las. Por lei, os ferreiros ingleses têm ordem de cortar a língua de qualquer indivíduo que calunie a família real, mas é meu próprio irmão que escreve boatos a Dacre e permite que ele — um lorde da fronteira! — me acuse de crimes indizíveis.

Gavin Douglas, tio de Archibald, é convidado de honra na corte londrina e disse a todos que sou amante do duque de Albany. Garante que o bom duque veio à Escócia apenas para me seduzir, assassinar meu filho e ocupar o trono.

Isso, por si só, é loucura — loucura de se dizer, ainda mais loucura de se acreditar —, mas Gavin Douglas diz mais: que o duque mantém meu filho na pobreza, que rouba veludo vermelho e tecido de ouro para seus próprios pajens e se recusa a deixar meu filho ver seus tutores ou mesmo se alimentar. Diz que o regente está matando o jovem rei de fome e que eu permito que faça isso, para que juntos ocupemos o trono. Ainda pior, se é que pode ficar pior: alega que o duque envenenou meu caçula, Alexander. Dizem que estou dormindo com o assassino de meu filho. Espalham isso pelas cortes de Westminster e na sala do trono de Greenwich, e ninguém — nem meu irmão, o rei, nem minha cunhada, a rainha, nem a parente preferida deles, minha irmã caçula, Maria — ergue a voz para negar. Nem mesmo Maria se manifesta para argumentar que não pode ser verdade.

Como os três podem não me defender? Catarina me viu alguns meses depois de eu saber da morte de Alexander. Viu que eu não conseguia nem sequer pronunciar o nome dele, tamanho era meu sofrimento. Ela e Maria me abraçaram enquanto eu chorava por ele. Como pode acreditar quando meu inimigo declarado afirma que meu amante teria matado meu filho e que permiti isso?

As duas, minhas duas irmãs, já me magoaram, me ignoraram, já se equivocaram sobre mim. Mas isso é pior do que qualquer outra coisa. Dessa vez, elas fazem acusações que eu não faria contra uma bruxa. Acho que enlouqueceram. Acho que todos enlouqueceram, esquecendo-se do que éramos uns para os outros. Eu já disse que elas não eram mais minhas irmãs, que eu as esqueceria. Mas elas foram além: tornaram-se minhas inimigas.

Castelo de Edimburgo, Escócia, Verão de 1522

Meu irmão manda um arauto a Edimburgo, para se inteirar sobre a situação, uma vez que, aparentemente, não sou digna de confiança e minhas palavras não valem nada. O arauto traz cavalariços e outros servos, e seu secretário carrega cartas de minha irmã, Maria, e de minha cunhada, Catarina.

— A rainha pediu que eu lhe entregasse a correspondência em segredo e sugeriu que Vossa Majestade a leia sozinha — diz o arauto desajeitadamente.

Ele não sabe o que está escrito nas cartas, mas, assim como qualquer pessoa na Inglaterra, sabe o que se fala sobre mim.

Assinto e levo a correspondência para o quarto. Tranco a porta e quebro o selo. Há duas cartas. Leio primeiro a carta de Catarina, a rainha.

Querida irmã,

Não posso nem vou acreditar nas coisas que ouvi sobre você. O tio de seu marido, Gavin Douglas, diz barbaridades. Por favor, saiba que não permito que falem essas coisas em minha presença.

Lamento que ele tenha a atenção do cardeal Wolsey e do rei. Não há nada que eu possa fazer sobre isso, nem ouso tentar. Seu irmão ouvia meus conselhos, mas não ouve mais.

Imagino que você esteja sozinha e triste. Acredite em mim, às vezes a boa esposa precisa sofrer enquanto o marido cai em erro. Se Archibald retornar da França — e o tio garante que ele retornará —, aceite-o de volta. Apenas a reconciliação com seu marido dará um basta a essas histórias terríveis. Se você estivesse morando com ele, ninguém poderia dizer nada contra você.

Minha querida, é a vontade de Deus que a esposa não tenha escolha senão perdoar o marido que peca. Não há alternativa. Por mais que ela sofra. Não é com leviandade que a aconselho. Não foi fácil para mim aprender isso.

Sua irmã, Catarina

Inflexível, amasso a carta e a jogo na lareira. Quebro o selo da rainha viúva da França, que Maria insiste em usar, e aliso a carta amarfanhada no joelho. Como sempre, ela escreve sobre a corte, sobre as roupas, a moda. Como sempre, gaba-se de sua beleza, do baile que conduziu, das joias que Henrique lhe deu. Mas, dessa vez, há algo inusitado nessa velha história. Maria está ressentida porque outra moça está conduzindo a dança da corte, e parece que se trata de uma bela dança. Imediatamente, começo a entender o tamanho da infelicidade de Catarina. Ao decifrar a caligrafia pavorosa de Maria, preciso conter meu vergonhoso deleite. Maria diz que outra dama caiu nas graças de Henrique, e dessa vez o caso é bem mais notório do que qualquer outro. Ele a elege como par nos bailes, anda com ela, conversa, cavalga, joga cartas com ela. Como dama de companhia de Catarina, a moça se encontra sempre a sua vista; é reconhecida, não fica escondida. Tornou-se a mulher mais importante da corte, mais estimada do que a rainha. É bonita, cheia de viço, jovem. Todos sabem que é amante do rei e sua companhia mais íntima.

Eu não deveria achar graça. Mas a ideia de Catarina tendo de se humilhar enquanto outra mulher seduz seu jovem marido me enche de alegria. Se ela tivesse compreendido minha dor quando Archibald foi infiel comigo, eu agora estaria solidária. Mas, na ocasião, ela disse que era a vontade de Deus que a esposa perdoasse.

Ela é muito pior do que Bessie Blount, porque não é nem um pouco discreta. É claro que a menina é linda, e o pior é que Henrique está completamente encantado. Levou o lenço dela junto ao peito numa justa, disse ao Charles que não consegue parar de pensar nela. Ela piora a situação correndo atrás dele sempre que possível, e Catarina não pode mandá-la de volta para casa, porque ela é casada com o jovem Carey, que é de grande préstimo, um marido sem vergonha alguma de ser enganado; está recebendo terras e mais terras para fingir que não vê nada. Você morreria de pena da Catarina, se a visse. E ainda não há nenhum sinal de outro filho. A situação aqui está tenebrosa. Você ficaria desolada

Noto a mudança de tom na página seguinte, quando ela se lembra de que também tenho meus problemas. *Estão dizendo coisas terríveis de você*, escreve Maria, para o caso de eu ainda não ter notado.

Tenha cuidado para jamais ficar sozinha com o duque de Albany. Sua reputação deve ser irrepreensível. Você deve isso a nós, a Catarina e a mim, principalmente agora. Nós três — você, eu e Catarina — devemos sempre nos manter acima de qualquer escândalo e suspeita. Para sobreviver a essa loucura do Henrique, Catarina precisa estar acima disso. Para ele voltar para a esposa, arrependido, quando tudo acabar, ninguém pode ter nada a dizer das irmãs Tudor nem de nossos casamentos. Por favor, Margaret, não nos decepcione. Lembre-se de que, assim como nós, você é uma princesa Tudor. Deve estar acima dos escândalos e difamações. Todas devemos.

Ela termina a carta mandando beijos para mim e para meus filhos e acrescenta que Archibald voltará à Escócia para pedir perdão a Albany e diz que é essencial que eu intervenha por ele. *A obrigação da esposa é perdoar*, escreve, repetindo a cunhada. Então, por fim, no canto inferior da página, há algumas palavras pequeninas, amontoadas.

Ah, Deus me perdoe, mal consigo escrever. Meu filho, Henrique, morreu hoje da doença do suor. Reze por nós.

Saio do quarto, à procura do arauto.
— Minha irmã perdeu o filho? — pergunto.
Ele se mostra pouco à vontade ao conversar comigo, como se eu pudesse de repente tirar o corpete e dançar nua como Salomé. Só Deus sabe o que ouviu falar a meu respeito. Só Deus sabe o que pensa de mim.
— Infelizmente.

— Escreverei a ela — digo prontamente. — O senhor pode levar minhas cartas à Inglaterra, quando voltar?

Por mais absurdo que seja, ele hesita como se estivesse tentado a recusar.

— Qual é o problema? — pergunto. — Por que o senhor está olhando assim para mim?

— Recebi ordens de levar todas as cartas sem selo. Posso levar as cartas que Vossa Majestade escrever, mas tenho obrigação de avisá-la de que elas devem permanecer abertas.

— Por quê?

Ele abaixa a cabeça.

— Para ficar claro que Vossa Majestade não está escrevendo cartas de amor.

— A quem?

Seu nervosismo é evidente.

— A qualquer pessoa.

Se não fosse tão terrível, seria engraçado.

— Pelo amor de Deus, então o senhor não sabe que lorde Dacre lê tudo que escrevo, que sempre leu? Que vigia minhas ideias antes mesmo que eu possa concebê-las? E continua sem ter nenhuma prova contra mim? Quem o senhor acha que me ama na Inglaterra, onde Gavin Douglas diz a meu irmão que sou uma meretriz, e ninguém o contraria?

Faz-se um silêncio terrível. Dou-me conta de que falei demais. Nunca deveria ter usado a palavra "meretriz". Preciso estar, como sugere Maria, acima das difamações.

— Seja como for, posso levar suas cartas, se elas não estiverem seladas — observa ele, num fio de voz. — Mas agora preciso conversar com o regente.

— Irei com o senhor — anuncio.

Evidentemente, o arauto preferiria ter se encontrado com Albany sozinho, e logo entendo por quê. Ele trouxe uma carta de Henrique, que acusa Albany de me seduzir, de me usar, de auxiliar meu divórcio contra meus interesses e com fins próprios. Fico tão horrorizada com as palavras de meu irmão a um desconhecido, que mal consigo olhar para Albany enquanto o arauto lê as acusações em voz baixa, como se não quisesse que as ouvíssemos, como se não quisesse ter de dizê-las.

Albany fica lívido de raiva. Esquece as regras da cavalaria e se dirige ao arauto com desrespeito. Diz que de fato interveio junto ao Santo Padre para conseguir meu divórcio, a meu pedido, mas que é um homem casado, fiel à esposa. Não olha para mim, e sei que, com o rosto vermelho, molhado de lágrimas, pareço uma tola culpada. Com sarcasmo, o duque diz ao arauto inglês que a questão de meu divórcio cabe ao papa, que o Santo Padre será o único juiz. Albany apenas transmitiu a mensagem.

— Como meu irmão pode dizer essas coisas? — murmuro ao arauto, que volta os olhos para mim, fazendo uma mesura.

Albany diz achar extraordinário que o rei da Inglaterra acuse a própria irmã de se tornar concubina de outro homem. Constrangido, o arauto se mantém em silêncio. Murmura apenas que tem uma carta que precisa apresentar aos lordes escoceses e se retira da sala.

Como eu própria poderia ter-lhe dito, os lordes escoceses não têm tempo para um arauto da Inglaterra, sobretudo quando ele vem caluniar tanto o regente quanto a rainha viúva. Os homens o recebem de má vontade. Um dos lordes mais velhos sai intempestivamente da câmara do conselho, batendo a porta. Diante de tamanha hostilidade, o arauto lê as ridículas exigências de Henrique num murmúrio, e os lordes escoceses respondem que estão todos dispostos a servir ao regente, Albany, até que o rei, meu filho, tenha idade para subir ao trono, que estão satisfeitos com o fato de o regente designar tutores e guardiões dentre eles, segundo minha vontade. Consideram mentira ofensiva a sugestão de que o regente e eu seríamos amantes. Declaram que meu marido e o tio dele são traidores, banidos do reino, e que todos sabem que meu filho Alexander, o pequeno duque de Ross, morreu de doença. Envergonhado, o arauto deixa a câmara. Assisto a sua humilhação com prazer.

Espero que ele volte a Londres e diga a Henrique que ele é tolo de aventar essas infâmias aos escoceses. Espero que volte a Londres e diga a Catarina que Archibald e eu estamos separados e jamais nos reconciliaremos, que não concordo com a premissa de que a esposa deve perdoar o marido, que não concordo com a premissa de que a esposa Tudor deve estar acima de qualquer crítica. Espero que volte a Londres e diga a Maria que sinto muito pela morte de seu filho, mas que ela deveria ficar feliz por ninguém sugerir que ele teria sido assassinado. Espero que o arauto lhe diga que, agora que Archibald está exilado, tenho novamente meus aluguéis e estou comprando vestidos novos. Não preciso da ajuda de nenhum deles. Desisti dos três.

Palácio de Holyroodhouse, Edimburgo, Escócia, Outono de 1522

A única coisa que meu casamento com o rei da Escócia deveria impedir era a guerra entre minha terra natal e o reino de meu marido. Tentei manter a paz dentro da Escócia, e a paz entre a Escócia e a Inglaterra, por isso é difícil para mim quando o duque de Albany se mostra mais a serviço do rei francês do que do reino que lidera, a Escócia, quando ele se mostra mais fiel a seu financiador do que a mim, decidindo invadir a Inglaterra. Nem mesmo a perspectiva de humilhação de lorde Dacre consegue me consolar.

Nesse caso de emergência, meu irmão mais uma vez recorre a mim, como se jamais tivéssemos nos desentendido, mandando mensagens secretas, perguntando o que os franceses usarão contra seus homens. Ele me lembra — como se algum dia eu tivesse me esquecido — de que sou uma princesa inglesa, de que sou ligada a ele e a minha terra natal pelos laços inquebrantáveis do amor e da lealdade. Aconselho-o da melhor maneira possível, e, quando Albany desiste da tentativa de invadir a Inglaterra e vai para a França, buscar mais capital e soldados, descubro-me sozinha na Escócia, o regente viajando, meu marido exilado, os inimigos derrotados. Finalmente, sou a pessoa que fomenta a paz, a única líder restante.

Castelo de Stirling, Escócia, Primavera de 1523

Parecia impossível, mas apesar de todas as adversidades, descubro-me sozinha, em posse absoluta de minha fortuna, única regente no poder e guardiã de meu filho. Passei o Natal doente, mas fico mais forte à medida que os dias se tornam mais claros. Então recebo uma carta de minha irmã, Maria, encaminhada por Dacre. Ela escreve muito brevemente, do confinamento. *Deus me abençoou, e tive outro menino, a quem chamarei de Henrique.*

Sei que esse é o nome do filho que ela perdeu, sei que Maria está pensando primeiro, antes de qualquer outra coisa, no garotinho que morreu tão cedo. Mas batiza o menino com o nome dos reis Lancaster, com o nome de nosso irmão, de nosso pai. Tenho certeza de que, no íntimo, espera que ele se torne rei da Inglaterra, sucessor de Henrique. Espera que Henrique me ignore, que ignore meu filho, Jaime, e honre seu rebento. Charles Brandon decerto espera conduzir o filho ao trono, e não há ninguém em Londres que interceda por mim e meu filho, nem minha irmã nem minha cunhada.

É natural que Maria dê atenção às difamações sobre mim, que as repita. É de seu interesse sugerir que não sou esposa de verdade, que não sou Tudor de verdade, que não sou rainha de verdade. Se Henrique se deixar convencer de que também não sou mãe de verdade, deserdará meu filho. Maria pode pedir que eu leve uma vida imaculada, mas sabe que o mundo real não é fácil para a esposa de um marido cruel. Preciso viver sozinha; as pessoas estão fadadas a fazer intriga. Mas será que Maria deixaria essas intrigas se agigantarem a ponto de comprometer meu filho inocente?

Fico imaginando o que Catarina pensa dessa briga secreta pela sucessão. Fico imaginando como deve ser difícil para ela, que é culpada por não haver um príncipe Tudor. Fico imaginando se seu amor por minha irmã chega a esmorecer, quando o casamento de Maria é abençoado, quando ela se mostra tão fértil e, assim que um Henrique morre, outro nasce para substituí-lo. Maria continua tendo filho após filho, ao passo que Catarina obviamente parou.

A Inglaterra fica em paz com a Escócia depois da partida de Albany, e achei que conseguiria mantê-la. Mas Henrique manda o filho do duque de Norfolk, o assassino de Flodden, armar o norte, e não há dúvida de que pretende destruir o reino que cogitou se insurgir contra ele. Será à maneira de Dacre: tornando a fronteira um deserto. Eles derrubam todas as construções, incendeiam todas as plantações, destroem todos os castelos. Não deixam um feixe de trigo nos campos. Nenhum animal sobrevive, não sobra nenhuma criança. Os pobres pegam os pertences que lhes restam e fogem às pressas para o norte ou para o sul, onde quer que imaginem encontrar ajuda. Os soldados os roubam no caminho, mulheres são estupradas, crianças gritam de desespero. O plano de Dacre é tornar a fronteira um deserto para que nenhuma força armada volte a cruzá-la. E no começo do verão ele atinge seu objetivo: nada mais brotará na terra, nada mais amadurecerá. Quando vim para a Escócia, essa era uma terra fértil, onde qualquer homem podia ganhar a vida, caso não se importasse com as estradas vazias e as aldeias minúsculas. Qualquer pessoa podia conseguir descanso à noite, num dos mil pequenos castelos onde forasteiros eram uma raridade e hospitalidade era a regra. Agora a terra está vazia. Apenas os lobos correm pela fronteira, e seus uivos noturnos são como o lamento do povo que outrora morou ali, expulso pela maldade dos ingleses.

Castelo de Linlithgow, Escócia, Verão de 1523

Meus filhos e eu passamos o verão juntos, como uma verdadeira família real, no belo castelo às margens do lago, onde já tive tantos momentos de felicidade e tristeza. Jaime cavalga todos os dias, o mestre das cavalariças oferecendo-lhe animais cada vez maiores, à medida que crescem sua força e confiança. O trinchador, Henry Stuart, cavalga com ele. É um jovem de vinte e poucos anos que apresenta uma elegância natural, que Jaime admira e espero que lhe seja um exemplo. Henry tem o cabelo castanho-claro — o que é incomum para um escocês — e cacheado, que se enrola em direção à nuca como numa estátua de um deus grego. Não é um menininho bonito. É rijo, enérgico, como são todos esses rapazes de famílias acostumadas à guerra, mas está sempre alegre. Tem um sorriso encantador, e os olhos castanhos brilham quando ele sorri. Com os outros rapazes da corte, ensina a Jaime todos os jogos a cavalo: o arremesso de lanças, o disparo de flechas, ensina como pegar argolas com a lança no chão e — todos rimos disso — a pegar um lenço com a ponta da lança, como se alguma dama lhe estivesse oferecendo sua graça.

— Jogue para mim, mamãe! — pede Jaime, e me debruço sobre o parapeito do camarote real para jogar o lenço, que ele tenta pegar, errando repetidamente, até conseguir afinal, e todos nós aplaudimos.

Os lordes rogam ao duque de Albany que ele retorne, mas eu me mantenho calada. Em sua ausência, Henrique escreve para mim, sugerindo um tratado de paz permanente entre a Inglaterra e a Escócia, e paz para a fronteira. Escreve uma carta longa, atenciosa, como se jamais tivesse me insultado. Escreve sobre a necessidade de proteção do sobrinho, meu filho, reconhecendo que Jaime é sucessor tanto da Inglaterra quanto da Escócia. Escreve dizendo que Deus ainda não o abençoou com um filho homem, ninguém sabe por quê — a vontade de Deus não pode ser questionada —, que talvez um dia Jaime seja designado rei de toda a ilha. Embriagada de ambição, penso que jamais terá existido um rei como Jaime, desde Artur da Bretanha. O cardeal Wolsey escreve com o respeito de praxe; mal consigo acreditar que janta todas as noites com o tio de meu marido e não ouve nada além de afrontas a meu respeito. Até mesmo lorde Dacre muda o tom; agora sou novamente reconhecida como uma princesa da Inglaterra, como rainha viúva da Escócia e — estando Albany de volta à França — como única regente.

Não há nenhum motivo para meu filho não ser coroado rei na primavera, quando terá 12 anos. Por que não? Ele foi criado para ser rei, sabe que é seu destino, foi instruído como rei, sempre protegido por Davy Lyndsay, sempre atendido por súditos reverentes. Ninguém que o visse pela primeira vez, elegante e cauteloso, duvidaria de que é um menino que alcançou a maturidade, a majestade. Doze anos é uma boa idade para o menino se tornar independente; se tem idade suficiente para o casamento, por que não para a coroação? Que melhor maneira de unificar o reino senão com a coroação do rei?

Assim que decido me empenhar nisso, contra a vontade dos lordes, que prefeririam esperar, o duque de Albany regressa sem aviso, decidido a guerrear contra a Inglaterra. O conde de Surrey, filho de Norfolk — um comandante cruel, filho de outro comandante cruel —, destrói a cidade de Jedburgo, explodindo a abadia, para mostrar o poder inglês sobre a indefesa Escócia.

Escrevo a Henrique, em desespero. Não é assim que convenceremos os lordes escoceses a aceitarem meu filho como rei! Se deseja comandar a Escócia por intermédio do sobrinho e da irmã, ele precisa me dar dinheiro para subornar o conselho, precisa me apresentar como alguém que defende a paz. Se quer fazer isso à força, seria melhor trazer um exército a Edimburgo e impor um Estado de direito. Torturar os pobres da fronteira apenas os deixará mais hostis à Inglaterra, apenas deixará os lordes mais desconfiados de mim.

Evidentemente, Albany precisa reagir, por isso traz tropas francesas para atacar a Inglaterra, com canhões pesados e milhares de mercenários. Dessa vez, trata-se de um grande exército. Fico dividida. É claro que quero ampliar o poder e a influência da Escócia, é claro que fico extasiada com a ideia de aumentar o reino para o novo rei; se Albany conseguir levar a fronteira mais para o sul e conquistar Carlisle e Newcastle, meu filho terá a grande herança com que o pai dele sonhava.

— E o Rosa Branca, nosso aliado, atacará pelo sul, ao mesmo tempo — garante Albany, seguro de meu apoio.

Firmo a mão na pedra gelada do consolo da lareira. Isso me paralisa. O grande medo de nossa infância, como crianças Tudor, era a chegada da outra família real, a família de minha mãe, os Plantageneta. As muitas irmãs de minha mãe — sempre férteis, sempre ambiciosas — e seus muitos filhos sempre estiveram à margem do reino, procurando uma oportunidade de voltar. O Rosa Branca, como o chamam, é o último de muitos. Richard de la Pole, primo de minha mãe, viu irmão após irmão morrerem na guerra contra meu pai, ou no cadafalso. Meu pai jurou que ninguém da antiga família real jamais tomaria de volta o que os Tudor conquistaram em Bosworth, e fui criada para considerar qualquer pretendente ao trono um inimigo terrível a nossa segurança e nosso poder.

Esses eram os pavores de minha infância; nada era pior do que ficar sabendo que um de nossos primos havia desaparecido da corte, revelando-se inimigo. Mesmo agora, lembro-me da fisionomia assombrada de minha mãe quando ela descobria que outro parente se voltara contra nós. Sejam quais forem os benefícios para meu filho, eu jamais poderia me associar a um primo Plantageneta contra meu irmão Tudor. Albany não tinha como saber disso quando procurou essa aliança. Não suporto os Plantageneta. Não me imagino amiga desse inimigo. Poderia de fato ter considerado a possibilidade de invasão à Inglaterra, poderia tê-la apoiado para aumentar o poder de meu filho e o tamanho do reino, poderia ter tolerado uma aliança com os franceses, mas jamais, jamais, jamais com um de meus malditos primos.

Nessa noite, traio o duque de Albany e — instigada por minha lealdade de infância aos Tudor — escrevo a meu irmão:

Albany tem mercenários alemães e soldados franceses, mas não pode mantê-los aqui no inverno. Se Vossa Majestade puder retê-lo no Castelo de Wark, o clima fará o restante do trabalho. Defenda-nos contra o Rosa Branca. Se Richard de la Pole vier à Escócia, fugirei para a Inglaterra com Jaime. Nós, os Tudor, para sempre enfrentaremos juntos os Plantageneta.

Sua irmã, M.

Castelo de Stirling, Escócia, Outono de 1523

O duque de Albany é derrotado graças a meu conselho, e ele e o conde de Surrey negociam uma difícil reconciliação sem me consultar. Nenhum dos dois confia em mim. Não se fala mais sobre minha ida à Inglaterra, não se fala mais sobre a coroação de Jaime no próximo ano, não se fala mais sobre sua sucessão na Inglaterra. Em vez disso, Henrique suspende minha pensão e me deixa em dívida com os franceses. Não entendo por que se mostra tão frio de repente, quando apenas meses atrás fui sua espiã e confidente. Não consigo imaginar o que fiz para ofendê-lo, não consigo imaginar o que aconteceu. Com certeza, servi a ele como nenhum outro monarca, como nenhuma outra irmã, jamais lhe serviu. Então recebo uma carta de Maria:

Querida irmã,

Catarina — nossa irmã e rainha — pediu que eu lhe avisasse que seu marido, Archibald, o conde de Angus, veio da França para a Inglaterra e está sendo recebido por toda a corte como amigo do cardeal e irmão do rei. Ele pretende retornar à Escócia imediatamente, e Catarina e eu imploramos a você que o receba de braços abertos, que vocês vivam juntos como marido e esposa. Ele fala com muito carinho de você e torce pela reconciliação.

> *Lamento dizer que nosso irmão está claramente apaixonado por Maria Carey (nascida Maria Bolena) e que é recíproco. Se os dois fossem livres, acho que se casariam. Mas não têm essa escolha. Os votos matrimoniais são indissolúveis. Se o homem pudesse abandonar a esposa porque se apaixonou por outra mulher, o que seria de todas nós? Que casamento duraria mais de um ano? De que valeria o juramento diante do altar se pudéssemos descartá-lo? Como poderíamos acreditar no juramento de lealdade entre o rei e o súdito, entre o amo e vassalo, se o juramento do casamento fosse temporário? Se o casamento é incerto, tudo é incerto. Você não pode ser a única Tudor a mostrar ao mundo que nossa palavra é indigna de confiança.*
>
> *Precisa fazer sua parte, precisa aceitar seu marido de volta e suportá-lo da melhor maneira possível. Eu lhe imploro. Não podemos viver numa família em que anulação ou divórcio seja sequer mencionado. Temos muito pouco tempo no trono para que nossa postura seja questionada, para que nossos filhos se tornem bastardos. Por favor, Margaret, por todos nós, me responda imediatamente dizendo que aceitará seu marido de volta.*
>
> *Sua irmã, Maria, rainha viúva da França*

Com a carta nas mãos, desço a ladeira íngreme do jardim do castelo, cruzando o portão aberto, com dois guardas franceses vigiando as pessoas que entram e saem. Avanço pela trilha sinuosa da floresta, depois caminho junto à margem do rio, que corre na direção da aldeia, aglomerada em volta da praça ao pé da colina. Estou completamente sozinha, sob os galhos nus das árvores, pisando sobre as folhas de outono. O dia está claro, o céu, azul, o ar, frio. Penso em Maria, juntando coragem para escrever uma carta da qual sabe que não gostarei; penso em Catarina, advertindo-a de que, se Henrique abandonar a esposa, nenhuma mulher na Inglaterra estará segura. Sei que é verdade. Nesse mundo, as mulheres não têm poder; não possuem nada, nem mesmo seus corpos, nem mesmo seus filhos. A esposa deve viver com o marido e ser tratada como ele desejar, comendo à mesa dele, dormindo na cama dele. A filha é propriedade do pai. Fora do casamento, a esposa não tem amparo algum. Legalmente, não possui nada, ninguém a protegerá. Se a mulher não pode se casar com a certeza de que será esposa daquele homem até o fim da vida, onde encontrará segurança? Se o homem puder abandonar a esposa quando bem entender, nenhuma mulher poderá contar com sua fortuna, sua vida, seu futuro. Se o rei deixa claro que os votos matrimoniais não significam nada, então nenhum voto significa nada, então nenhuma regra significa nada; viveremos num mundo vazio, como se não houvesse nem lei nem Deus.

Subo o caminho de volta para casa arrastando os pés. Mesmo sabendo disso tudo, não posso mais viver com Archibald, não posso ficar com o homem com quem me casei por amor, a quem dei tudo que tinha e que preferiu outra mulher. Não posso voltar para um homem que tem sangue nas mãos. Mas entendo o que Catarina e Maria dizem: os votos matrimoniais devem ser eternos. O casamento real é indissolúvel.

Não respondo a Maria, mas escrevo uma carta dolorosa ao cardeal Wolsey, sabendo que ele escreverá um resumo preciso para apresentar a Henrique, quando meu irmão achar uma brecha no tempo que passa com a amante.

Preciso lhe dizer que os franceses me prometeram abrigo em Paris, caso Archibald retorne à Escócia. Juro solenemente que jamais voltarei a viver com ele, mas entendo que não devo persistir na questão do divórcio. Peço ao senhor que não deixe Archibald voltar à Escócia, que o rei, meu irmão, não lhe dê salvo-conduto, que o aconselhe a continuar no exílio. O duque de Albany logo irá para a França, antes que as tempestades de inverno deixem o oceano perigoso demais, e na ausência dele tentarei levar meu filho ao trono. Espero tirar Jaime do Castelo de Stirling, da eterna vigilância dos guardas pagos pelos franceses. Espero levá-lo a Edimburgo e torná-lo rei. Acredito que conseguirei fazer isso com os lordes do conselho e com a ajuda de James Hamilton, desde que o clã Douglas não intervenha e Archibald continue no exílio. Não sou volúvel nem sou infiel, e seu grande amigo Archibald Douglas, o conde de Angus, é ambas essas coisas.

Deus e a Escócia estarão mais bem servidos se ele permanecer longe daqui para sempre. E eu também.

Palácio de Holyroodhouse, Edimburgo, Escócia, Verão de 1524

Mal acredito que consegui o que desejava, mas parece que a sorte está novamente a meu lado. Com ouro inglês e proteção inglesa, tiro meu filho do Castelo de Stirling, onde ele ficava sob a vigilância de guardiões franceses, e o levo a Edimburgo. Triunfante, acomodo-o em seus aposentos, em meu palácio, pendurando um pano de ouro no dossel de sua cama, e juntos jantamos sob o baldaquino real.

O povo de Edimburgo está ávido para vê-lo. Precisamos trancar os portões do palácio para manter os pátios e jardins livres de simpatizantes, e uma vez por dia meu filho vai à varanda, acenar para as pessoas que vieram aclamá--lo. Quando há o disparo de canhão no Castelo de Edimburgo, ao meio-dia, meu filho saúda a multidão como se fosse um disparo de deferência, e não para anunciar o meio-dia. Todos os sinos das igrejas tocam ao mesmo tempo, e Jaime sorri, acenando para a multidão, que tira o chapéu, manda beijos e grita bênçãos.

— Quando Sua Majestade será coroado? — pergunta alguém.

E me ponho ao lado dele, com um sorriso.

— Em breve — respondo. — O mais breve possível. Assim que os lordes estiverem de acordo.

E as pessoas aplaudem.

Albany foi para a França, e em sua ausência domino o conselho. Peço aos lordes que venham, um de cada vez, jurar lealdade ao pequeno rei. Todos obedecem, à exceção de dois, e eu mando prendê-los. Já não hesito, imaginando que talvez mudem de ideia, que talvez eu possa convencê-los. Aprendi a ser implacável. Não correrei nenhum risco. Henry Stuart, que agora é tenente dos guardas de meu filho, sorri para mim.

— Vossa Majestade ataca como um falcão — observa. — Rápido, de súbito.
— Também vejo tudo como um falcão, do alto — digo sorrindo.

Deixo a corte real de Holyrood tão rica e bonita quanto na época em que meu marido Jaime me trouxe ao castelo. Mantenho perto de meu filho pessoas que desejo que ele estude e admire: damas de companhia bonitas e elegantes, cortesãos com dom para o esporte e a música, eruditos. O mais imponente deles é Henry Stuart, que brilha por sua beleza e inteligência afiada. Promovo-o ao posto de tesoureiro de Jaime; ele é cauteloso com o dinheiro e digno de confiança. É uma espécie de parente. Vejo realeza nele. Embora seja jovem, é sagaz; eu acataria sua opinião antes de acatar a opinião de qualquer outra pessoa do reino, exceto de James Hamilton, o conde de Arran, que regressou à corte como principal conselheiro e regente interino.

Meu filho está no centro de tudo, protegido e orientado como um menino deve ser, e ainda assim um rei no âmago do poder. Evidentemente, não faz nem diz nada sem meus conselhos, mas entende tudo: a necessidade de manter os lordes escoceses do nosso lado, nossa dependência do dinheiro inglês, o perigo de que os franceses voltem e, no entanto, a vantagem desse perigo sempre presente, pois é apenas quando a Escócia está ameaçada que Henrique se lembra de que a irmã está protegendo o reino para a Inglaterra e para ele.

Por isso, fico satisfeita quando Henrique envia dois cavalheiros importantes de sua corte, que poderão confirmar para ele que Holyroodhouse é um palácio tão magnífico quanto Greenwich. O arquidiácono Thomas Magnus e Roger Radcliffe surgem com belos presentes para Jaime, que fica encantado. Ele recebe um traje de tecido de ouro, de excelente corte, e — ainda melhor para um menino de 12 anos — uma espada cravada de pedras preciosas, de tamanho apropriado.

— Veja, mamãe! — exclama ele, mostrando-me a bainha, os rubis do punho, manejando a arma com habilidade, balançando-a no ar.

— Cuidado para não me decapitar — brinca Davy Lyndsay.

E Jaime sorri, radiante.

Os homens se ajoelham para mim, estendendo um presente. Entreabro o embrulho de seda. Trata-se de um imenso tecido, com tamanho suficiente para dois vestidos ou diversas mangas. Meu preferido: pano de ouro, o tecido dos reis, que se tece com fios de ouro, um verdadeiro tesouro.

— Obrigada. Por favor, agradeça a meu irmão — peço, com extrema tranquilidade.

Eles que não pensem que gritarei de alegria e mandarei logo fazerem vestidos, para ficar contemplando-os o tempo todo, vangloriando-me de que isso prova o amor de meu irmão por mim. Estamos todos muito distantes de Morpeth, e já não fico tão facilmente deleitada quanto outrora.

Peço aos cavalheiros que se aproximem, os músicos tocam um pouco mais alto, e minhas damas se afastam, para que os homens possam me dar as notícias de Londres sem que todos os bisbilhoteiros de Canongate fiquem sabendo de tudo meia hora depois.

— Trazemos uma proposta que, acreditamos, deixará Vossa Majestade satisfeita. — O arquidiácono faz uma mesura. — E também cartas particulares.

Estendo a mão, e eles me entregam a correspondência.

— Qual é a proposta?

Ele faz uma nova mesura e abre um sorriso. Evidentemente, é algo importante. Do outro lado da sala, vejo Henry Stuart piscar o olho para mim, como se entendesse minha alegria pelo fato de minha sorte estar virando de novo e meu irmão estar me tratando como deveria, como uma monarca por direito. Sinto vontade de retribuir a piscadela, mas apenas me viro para o arquidiácono e pergunto em voz baixa:

— Sim. Qual é a proposta?

Ambos os homens se aproximam, praticamente cochichando. Preciso cobrir o rosto com a luva, como se cheirasse o couro perfumado, para esconder meu sorriso. Eles estão oferecendo a Jaime a mão da prima dele, Maria, filha única de Catarina e Henrique. Estão praticamente confirmando que ele será nomeado sucessor da Inglaterra. É a melhor solução possível para Henrique: a filha se torna rainha da Inglaterra, sua posição garantida por se casar com o primo, meu filho, o rei da Escócia e sucessor da Inglaterra.

Controlando minha expressão, fito-os com indiferença.

— A princesa não está noiva do imperador romano-germânico? — pergunto.

— Por enquanto. — O arquidiácono abre as mãos brancas. — Esses acordos sempre mudam.

Esses acordos mudam ao sabor do volátil desejo de meu irmão. A princesa Maria já foi prometida à França, assim como à Espanha. Mas, se Henrique noivar a pequena princesa Maria com meu filho, o contrato se manterá; eu o tornarei indissolúvel.

Henry Stuart atravessa a sala e se põe a meu lado. Sinto o rosto arder. Ele se inclina para falar confidencialmente em meu ouvido.

— Vossa Majestade, mantenha as aparências, preciso lhe dar uma notícia ruim. Mantenha as aparências.

Isso é tão inusitado, e tão íntimo, vindo de um jovem que se provou um bom amigo, que imediatamente ergo a luva mais uma vez e abaixo os olhos para ocultar meu medo.

— O que foi? — pergunto, aflita.

— Seu marido, Archibald Douglas, o conde de Angus, está na cidade.

Viro-me para os representantes de meu irmão, sentindo, como o roçar da asa de um anjo, o toque de Henry Stuart em meu ombro, dando-me força, como se não quisesse que eu vacilasse.

— Estou sabendo que o conde de Angus voltou à Escócia — observo, com frieza.

Não há tremor algum em minha voz. Henry Stuart se afasta e contrai os olhos num sorriso oculto para mim, como se eu fosse tudo que ele esperava.

Os representantes abaixam a cabeça e trocam olhares constrangidos.

— Voltou, sim — confirma Radcliffe, por fim. — E esperamos que não seja uma inconveniência para Vossa Majestade. Mas não conseguiram mantê-lo na França, e não tínhamos motivo para encarcerá-lo na Inglaterra. Seu irmão, o rei, não queria que ele a incomodasse, mas o conde é um homem livre, pode ir aonde quiser. Não podíamos prendê-lo.

— Não queríamos que isso perturbasse Vossa Majestade... — acrescenta o arquidiácono.

— Ele não perturbará Sua Majestade — intervém Henry, esquecendo-se da cautela que me pediu. — Nada a perturba. Ela é rainha viúva em seu próprio reino, é a regente. O que a perturbaria aqui? Os senhores mesmo o trouxeram? Viajaram juntos, como amigos?

Ele me dá segurança para ser majestosa no momento em que me sinto mais vulnerável.

— Meu irmão deveria pensar em minhas prerrogativas, como rainha, antes de considerar as prerrogativas de Archibald, como conde — afirmo. — Archibald Douglas perdeu todo direito sobre mim quando me faltou como marido. Os senhores podem lhe dizer que não receberei cartas dele, que ele não pode manter um séquito de mais de quarenta homens e não deve chegar a menos de quinze quilômetros da corte.

Meus dois conselheiros, James Hamilton e Henry Stuart, assentem. É apenas uma questão de nossa própria segurança. Ninguém se esquece do que Archibald fez quando invadiu a cidade com seu clã. James Hamilton não quer nunca mais ter de fugir no lombo de um burro de carga, e Henry Stuart tem o orgulho impetuoso de um rapaz totalmente devotado e preferiria morrer a me ver em perigo.

Levo as cartas para o sossego de minha capela, onde não serei incomodada nem por meu filho, nem pelo palavrório de minha filha, nem pelo sorriso tranquilo do belo tesoureiro de Jaime. Há apenas uma carta pessoal, de minha irmã, Maria. Catarina se mantém em silêncio, e é a carta ausente da rainha que me diz tanto quanto as três páginas de minha irmã. A pista se encontra na última página de Maria. Ela escreveu:

Lady Carey (que era uma moça muito mais simpática quando se chamava Maria Bolena) se recolheu a seus aposentos e teve uma filha. Evidentemente, todos sabem que Henrique é o pai, e a família Bolena tem agora concessão de terras, títulos e sabe Deus mais o quê. Muito bom para uma família que veio do nada. Henrique, que Deus o abençoe, está radiante com o nascimento de outra criança saudável, e Charles diz que todos deveríamos entender que ele é homem e tem seu orgulho. Charles diz que sou boba por me deixar incomodar com isso, que não tem importância, mas se você visse o sofrimento de nossa irmã, sentiria o que estou sentindo. Charles diz que ninguém liga, que uma criança bastarda aqui ou ali não faz diferença alguma, mas todo mundo sabe — embora ninguém mencione — que os anos férteis da rainha acabaram. Henrique janta com Catarina, trata-a irrepreensivelmente bem e às vezes passa a noite nos aposentos dela, mas é por educação. Ele já não a ama mais; ela é esposa apenas no nome. A falta de um filho homem fica ainda mais evidente com o crescimento do menino saudável de Bessie Blount e toda vez que a menina de Maria Bolena faz festa quando vê o pai. E se ele tiver outro menino bastardo? E mais outro?

Catarina já não come. Está usando um cilício por baixo do vestido, como se fosse culpada. Mas não reclama de nada, não diz nada. Absolutamente nada. Acho que Henrique se sente desconfortável, o que o deixa mais impetuoso, e a corte inteira enlouqueceu um pouco. Charles diz que estou ficando uma velha ranzinza, mas, se você visse Catarina quando ela se recolhe mais cedo para rezar, enquanto a corte dança até tarde da noite, entenderia o que estou dizendo. Todos bebem à saúde do novo bebê, como se tivesse nascido uma verdadeira princesa. As pessoas foram discretas em relação a Henrique Fitzroy, mas o nascimento da bastarda Bolena é abertamente festejado. Todos sabem que Henrique Fitzroy está mais forte a cada dia que passa e vive tão bem quanto se estivesse aqui. Henrique é o rei, evidentemente pode fazer o que quiser. Mas, ah, Margaret! Se você visse Catarina, também sentiria que nosso tempo de felicidade ficou para trás.

Sim, é o que sinto. É a maneira como o mundo gira, sobretudo para as mulheres. A jovem princesa da Espanha que se casou com meu belo irmão mais velho, Artur, que encantou meu pai, seduziu meu irmão caçula e pregou as inflexíveis leis do casamento para mim, agora vê o marido deixá-la por uma mulher mais jovem. Agora vê a moça entrar em confinamento e sair dali com um bebê Tudor de cabelinho ruivo. Catarina sempre conseguiu o que queria com um misto de charme e opiniões incisivas. Sempre teve Deus e a lei do seu lado. Agora seu charme se desvanece, e ninguém dá atenção a suas opiniões. Tudo o que lhe restou foram Deus e a lei. É natural que irá se agarrar a eles.

É claro que sinto pena dela, é claro que sei que os votos devem ser mantidos, principalmente por reis e rainhas, mas também acho que essa é minha chance. Declarei publicamente que Archibald não pode se aproximar da corte, que ele está proibido de ficar em minha presença. Não me deixarei balançar por isso. E agora acho que chegou a oportunidade de ir adiante. Levarei meu filho ao trono da Escócia e pedirei o divórcio. Enquanto estiver apaixonado por uma mulher casada, tendo seus bastardos, Henrique não pode proibir minha liberdade, não seria tão hipócrita. O declínio de Catarina — por mais triste que seja, por mais lamentável que seja — é minha chance. O mundo não é como ela determina. Não precisamos viver como ela imagina ser o certo. Não serei sacrificada para provar seus argumentos. Serei livre, independentemente do que ela pense sobre mim. Terei a ousadia de dar fim a meus votos matrimoniais, assim como meu irmão teve a ousadia de quebrar os dele.

Palácio de Holyroodhouse, Edimburgo, Escócia, Outono de 1524

Acordo no escuro, ao toque violento dos sinos de igreja, toque de alarme, e me levanto.

— O que é isso? O que está acontecendo? — pergunta a dama de companhia que dorme comigo enquanto me veste o penhoar.

Abro a porta de minha câmara privada no momento que os guardas abrem a porta do outro lado do cômodo, e Henry Stuart surge correndo, de culotes e bota, vestindo a camisa sobre o peito nu.

— Vista-se — pede, com urgência. — Os Douglas desacataram sua ordem. Entraram na cidade.

— Archibald?

— Saltaram o muro e abriram os portões, por dentro. São centenas. Tenho permissão para atacá-los?

— Daqui? Podemos atacá-los daqui?

— Depende de quantos são.

Ele dá meia-volta e se retira às pressas, gritando aos guardas que ocupem seus postos. Corro de volta ao quarto, ponho um vestido e calço os chinelos. Minha dama de companhia está sentada num banco, chorando de pavor.

— Chame as outras — ordeno. — Peça para irem à minha sala de audiências e fecharem todas as janelas.

— Os Douglas estão vindo? — balbucia ela.
— Não se eu puder impedir — respondo.

Sigo para a sala de audiências, onde encontro Davy Lyndsay com Jaime. Meu filho está pálido, nervoso. Tenta sorrir ao me ver e faz uma mesura para receber minha bênção.

— Vamos defender o palácio — digo a Davy antes de me virar para Jaime e erguer sua cabeça ainda abaixada. Faço uma reverência para meu filho e lhe dou um beijo. — Seja corajoso e não se aproxime das janelas nem do muro. Não deixe que o vejam, proteja-se.

— O que eles querem? — pergunta meu filho.

— Dizem que querem reingressar no conselho dos lordes, deixar de ser acusados de traição — explica Lyndsay. — É uma maneira estranha de pedir isso.

— A maneira do Archibald — murmuro, com amargor. — Armas escondidas, um exército secreto. Ele deveria ter vergonha. Quantos matou da última vez?

Os representantes ingleses surgem correndo. Ainda não estão completamente vestidos, e o arquidiácono exibe as pernas nuas.

— São os franceses?

— Pior — respondo. — É seu amigo Archibald Douglas, com centenas de homens, dos quais não tem nenhum controle.

Eles estão literalmente brancos de medo.

— O que Vossa Majestade vai fazer?

— Destruí-los.

Holyroodhouse é um palácio, não um castelo, mas o muro é alto e há torres por toda parte, além de um grande portão de ferro, que pode isolar completamente o terreno. Ouço o estrondo dos canhões do castelo e entendo que Henry Stuart deve ter cavalgado como um louco pela Via Regis, para pedir aos guardas que se armem e ataquem qualquer um que os ameace. O castelo não pode cair.

— Tragam os canhões — digo ao capitão da guarda. — Esses homens não podem entrar.

Não temos postos de ataque como o castelo, mas os guardas levam os canhões para o portão, prontos para bombardear a Via Regis, sua própria cidade. Atrás deles, ajoelhados, encontram-se meus soldados, com armas de fogo, arcos e flechas.

— Pelo amor de Deus, eu lhe imploro, não atire em seu próprio marido. — O arquidiácono surge a meu lado quando estou junto ao portão, aflito como meus guardas, correndo os olhos pela Via Regis à procura de algum sinal do exército dos Douglas. — Seria um ato terrível de insubordinação conjugal. Não haveria reconciliação possível, nenhum papa perdoaria...

— Volte para seus aposentos — interrompo-o. — Isso é assunto escocês, e, se os senhores não tivessem dado salvo-conduto a meu marido, ele não estaria aqui.

— Vossa Majestade!

— Vá! Ou eu mesma atirarei no senhor!

Ele se afasta, ofendido. Lança um último olhar aterrorizado para a rua, como se temesse que uma horda de loucos surgisse correndo, de roupa xadrez, com faca nos dentes, e se retira.

Olho para trás. Jaime está ali, a espada inglesa pendurada na cintura.

— Vá para a sala de audiências — exijo. — Se tudo der errado, que o encontrem no trono. Se eles entrarem, mantenha a calma e se entregue. Davy vai orientá-lo. Não permita que toquem em você. Eles não podem encostar a mão em você. — Viro-me para James Hamilton, o conde de Arran. — Proteja-o — peço. — E mande prepararem os cavalos, caso ele precise fugir.

— Onde Vossa Majestade vai ficar? — pergunta ele.

Não respondo. Se eles entrarem, morrerei. Terão de passar por cima de meu cadáver para capturar meu filho. Isso não é encenação; é guerra entre mim e Archibald, entre a regência e o clã Douglas, entre o trono e criminosos. É nossa última batalha, eu sei.

Davy Lyndsay conduz meu filho para dentro.

— Deus a abençoe — murmura para mim. — Onde está Henry Stuart?

— Defendendo o castelo para nós — respondo. — Assim que for seguro, iremos para lá. Esteja preparado.

Ele assente.

— Tome cuidado, Vossa Majestade.

— Lutaremos até a morte — respondo.

Durante o dia inteiro, ficamos a postos, ouvindo notícias de algumas baixas, certo tumulto, alguns saques, um estupro. Durante o dia inteiro, ouvimos notícias de que o clã Douglas está por toda parte da cidade, tentando obrigar os homens a atacarem o palácio, sem receber nenhuma ajuda. O povo teme os canhões do castelo e do palácio, está farto da guerra, sobretudo dentro da cidade. Mais do que qualquer outra coisa, as pessoas estão fartas dos Douglas Vermelhos. Por fim, ao meio-dia, depois de dezenas de alarmes falsos, ouvimos o tropel e vemos um exército com as cores dos Douglas avançando em nossa direção, lanças em punho, os rostos torcidos de fúria, como se eles imaginassem que fraquejaríamos de medo.

— Fogo! — grito.

Os canhoneiros não titubeiam. Os arqueiros lançam as flechas, os atiradores disparam as armas. Três ou quatro homens caem no chão de pedras, gemendo. Cubro a boca com a mão, meus ouvidos zumbem, surdos com o barulho. Não consigo enxergar por causa da fumaça fétida. Mas não me afasto.

— Fogo! — repito.

Os Douglas se dispersam antes do segundo bombardeio, arrastando os feridos, o sangue sujando as pedras da rua. Já não há ninguém a nossa frente, mas mantemos posição. Os canhões são novamente munidos, os atiradores aprontam novamente as armas. Entreolhamo-nos; estamos vivos, estamos decididos, estamos cheios de ódio com o fato de ousarem se insurgir contra nós, ameaçando nosso rei. Manteremos guarda. Acho que ficaremos aqui até a meia-noite. Não me importa que passemos dias aqui. Não me importa o sofrimento, não me importa a morte. Estou tomada pela fúria. Se Archibald estivesse aqui, eu própria o mataria.

A fumaça começa a se dissipar. Meus ouvidos ainda zumbem quando vejo, no meio da ladeira, um homem num cavalo negro. É Ard. Eu o reconheceria através da fumaça mais espessa, eu o reconheceria na escuridão, eu o reconheceria no nevoeiro quente do inferno. Ele está olhando diretamente para mim, e eu sustento seu olhar.

É como se o tempo parasse. Só vejo o vulto a cavalo, mas imagino seus olhos castanhos, que outrora me fitaram com tanta paixão, encarando-me agora. Ele está parado, apenas o cavalo se mexe, mantido firme por suas mãos fortes. Ele olha para mim como se quisesse falar, como se fosse descer a ladeira para mais uma vez reivindicar que sou sua.

Não abaixo a cabeça como uma mulher recatada. Não enrubesço como uma mulher apaixonada. Com os olhos fixos nos dele, digo em voz alta, alta o bastante para ele ouvir:

— Apontar armas. Para o homem a cavalo.

Os guardas miram. Esperam o comando para atirar. Meu marido, meu inimigo, toca o chapéu cumprimentando-me — quase posso vê-lo sorrir —, vira o cavalo e começa a se afastar lentamente, sem medo, pela Via Regis, até se perder de vista.

Aguardamos, certos de que Ard está se reorganizando ou escalando o muro dos fundos do palácio para nos surpreender por trás. Aguardamos com os nervos em frangalhos, um sentinela em cada porta, as flechas dispostas nos arcos, as armas carregadas. Então, por fim, ouvimos o sino da St. Giles anunciando as quatro horas, depois um sino mais alto emitindo repetidamente uma única nota, pedindo paz.

— O que está acontecendo? — pergunto ao capitão. — Mande alguém descobrir.

Antes que ele possa fazer qualquer coisa, vejo um cavalo avançando com mais rapidez do que seria seguro, descendo a ladeira íngreme do castelo. Noto as cores da casa de Stuart nas vestes do cavaleiro. É Henry Stuart. Apenas esse rapaz ensandecido desceria o caminho de pedras tão rápido. Ele para diante dos canhões e salta do cavalo.

Faz uma mesura para mim.

— Vossa Majestade está bem?

Assinto.

— Tomo a liberdade de lhe informar que o clã Douglas, com o conde de Angus a sua frente, retirou-se da cidade, e os portões estão fechados — anuncia ele.

— Eles se foram?

— Por ora. Venha comigo. Vossa Majestade e o rei precisam ficar na segurança do castelo.

O capitão grita um recado para o estábulo. Alguém sai correndo para buscar Jaime. O dia inteiro, todos aguardamos por esse momento; os cavalos estão selados, prontos. Subimos a ladeira a galope. A ponte levadiça já se encontra baixada, o rastrilho, levantado, os portões, abertos, e o castelo parece nos acolher quando passamos pela ponte e entramos. Assim que o portão se fecha, ouvimos o rangido da ponte subindo e o som de ferro contra ferro e de correntes enquanto o rastrilho é baixado.

Henry Stuart se vira para mim.

— Vossa Majestade está salva. Deus seja louvado, Vossa Majestade está salva. — A voz dele falha de emoção. Ele me ajuda a descer do cavalo e me abraça, como se fôssemos amantes, como se fosse natural que pudesse me abraçar, que eu pudesse encostar a cabeça em seu ombro. — Deus seja louvado, meu amor, você está salva.

Ele me ama. Acho que eu sempre soube, desde os primeiros dias, quando o notei entre os companheiros de Jaime, a cabeça acima dos demais. Acho que o notei quando joguei o lenço no chão para meu filho e o vi aplaudir. Ao ajudar Jaime a tirar a armadura, ele pegou meu lenço, com a rosa bordada no canto, e o guardou. Agora, mais de um ano depois, mostra que ainda o tem; ele sabia desde aquela época, desde aquele momento. Eu só sabia que gostava dele, que ele me fazia rir, que eu ficava feliz de receber sua atenção, que me sentia segura quando estava em sua companhia. Não tinha pensado no amor. Estava tão abalada por causa das repetidas traições de Ard que acho que havia me esquecido de que podia amar.

Afasto-me imediatamente. Precisamos ser cautelosos. Não posso ter uma palavra dita contra mim enquanto meu pedido de divórcio é avaliado em Roma, etapa por etapa, enquanto sou a regente de um rei jovem, enquanto meu irmão é abertamente promíscuo e minha cunhada defende o casamento como se fosse o único caminho para o paraíso.

— Não faça isso — peço.

Ele me solta de imediato, afastando-se, o rosto aflito.

— Me perdoe — murmura. — Foi o alívio de vê-la. Passei o dia atormentado.

— Perdoado — sussurro ardentemente. Penso no olhar ameaçador de Ard, penso na fumaça dos canhões, interpondo-se entre mim e ele. Penso na paixão súbita que sentimos pela vida quando a morte se avizinha, no fato de que tanto o ódio quanto o amor são uma paixão. — Ah, Deus, você está perdoado. Encontre-me hoje à noite.

Palácio de Holyroodhouse, Edimburgo, Escócia, Primavera de 1525

Ninguém pode saber que Henry Stuart está apaixonado por mim. Ah, Davy Lyndsay sabe, porque sabe tudo. Minhas damas de companhia sabem, porque notam o jeito como ele olha para mim; ele tem 28 anos, não sabe esconder o desejo. James Hamilton, o conde de Arran, sabe, porque me viu abraçada a Henry no castelo. Mas ninguém que poderia dar a notícia aos ingleses sabe que tenho um homem bom que me ama e que não estou mais sozinha contra o mundo.

Deleito-me com a atenção que ele me dispensa; é como unguento sobre a queimadura. Ser amada por um homem como Archibald Douglas é ser incendiada; ser rejeitada por ele é como ficar marcada. Quero me curar e esquecer que o amei. Quero me perder na adoração de Henry Stuart. Quero dormir a seu lado nas frias noites escocesas e jamais voltar a sonhar com Archibald.

Com Henry posso ficar serena, o que é maravilhoso, porque tenho muitos inimigos e não disponho de aliados. Archibald se recolhe ao Castelo Tantallon e faz uma série de reclamações sobre mim a meu irmão. Diz que tentou se reconciliar, mas que eu sou terrivelmente perigosa. Diz que os próprios representantes de Henrique podem confirmar que apontei armas para ele. Henrique e seu porta-voz, o cardeal Wolsey, pedem a Archibald que insista. Eles querem que o clã Douglas mantenha a França fora da Escócia. Dizem que ele precisa exigir, que deve me obrigar à reconciliação. Um conselho medonho, com palavras violentas.

Eles não me ouvem, não me apoiam. Passo todo o período natalino sem notícias, então recebo alguns presentes bonitos e uma carta de minha irmã, Maria. Ela fala do Natal maravilhoso que teve: as roupas, os bailes, os espetáculos, os presentes. No fim, explica por que a corte, comandada por uma rainha envelhecida, está tão feliz.

Maria Carey tem agora uma adversária: a irmã, Ana Bolena. Sério, essas meninas da família Bolena! Ana era minha dama de companhia na França, é muito charmosa, muito espirituosa, muito esperta. Eu jamais teria sido tão generosa se soubesse o que faria com minhas lições. Lamento dizer que ela e a irmã estão enlouquecendo a corte, com uma sequência inesgotável de eventos. Henrique está completamente desorientado com as duas. É frio com nossa irmã, Catarina, que não consegue agradá-lo, por mais que se esforce, e anda distante de mim. As meninas Bolena foram as verdadeiras rainhas da corte nesse Natal, planejando todos os entretenimentos, todos os jogos, que Ana Bolena sempre ganha. Ela faz com que a irmã, que era tão amada, agora pareça enfadonha; faz com que eu pareça sem graça, imagine o que não faz com Catarina! É deslumbrante. Só Deus sabe como isso terminará, mas não estamos falando de mais uma meretriz bonita. Ela tem sede de mais.

Não há nada sobre mim. É como se eu não tivesse comandado Holyrood, apontando os canhões para a Via Regis, enfrentando meu próprio marido, desafiando-o e derrotando-o. Ninguém sabe que o deixei, não sou uma esposa abandonada, sou senhora do meu destino. Sou o principal assunto no mundo inteiro, à exceção de Londres, onde Henrique tem um novo flerte e está deixando a rainha infeliz. Isso é tudo que importa em Londres. É sem dúvida por causa disso que Archibald não está conseguindo se fazer ouvir. É por isso que estou esquecida. Posso estar lutando pelos direitos de meu filho, conspirando para mantê-lo em segurança, desesperada pela ajuda da Inglaterra, traçando planos para a Escócia, mas em Londres só se pensa nos desejáveis olhos castanhos de Ana Bolena e no sorriso apaixonado de Henrique. Graças a Deus, ao receber essa carta, posso encostar a cabeça no ombro de Henry Stuart, segura de que alguém me ama. Em Londres podem ter se esquecido de mim, mas agora tenho alguém que me ama pelo que sou.

Não há como fugir de Archibald, porém. Os representantes ingleses insistem que o clã Douglas seja recebido em Edimburgo, insistem que os lordes, pagos pelos ingleses, sejam acolhidos pelo conselho. Em troca, prometem me apoiar como regente, e todos concordamos que deve haver paz com a Inglaterra, que devemos noivar Jaime e sua prima, a princesa Maria.

— Vossa Majestade terá paz e uma aliança com a Inglaterra — promete o arquidiácono Magnus. — Servirá aos dois reinos. Ambos lhe serão gratos.

Fico apavorada de encontrar Archibald. É como se ele pudesse me enfeitiçar, como se eu pudesse me ver novamente indefesa em sua presença. Sei que estou sendo tola, mas sinto pânico como um camundongo que congela diante de uma cobra, sabendo que a morte é certa, incapaz de fugir.

— Não quero mesmo desfilar com Archibald — murmuro para Henry Stuart e James Hamilton, o conde de Arran.

Mas como posso confidenciar a esses dois homens que estou trêmula com a ideia de Archibald se aproximar de mim?

— Ele deveria ter vergonha de chegar perto de você — enfurece-se Henry. — Por que não podemos exigir que ele mantenha distância?

— Quando Vossa Majestade o viu pela última vez? — pergunta Hamilton.

Sacudo a cabeça para afastar a imagem nítida de Ard, tão alto no cavalo negro, com fumaça ao redor.

— Não sei. Não me lembro.

— Precisa haver um desfile — adverte James Hamilton. — Vossa Majestade não precisa andar de mãos dadas com ele, mas precisa desfilar. As pessoas precisam ver que vocês trabalharão juntos com o conselho.

Henry solta uma imprecação e sai de perto da lareira de minha câmara privada, postando-se junto à janela, de onde contempla a neve caindo.

— Como podem lhe pedir isso? — pergunta. — Como seu irmão pode pedir isso a sua irmã inocente?

— É necessário — afirma James Hamilton, a fisionomia preocupada. — Vossa Majestade precisa mostrar que os lordes estão unidos, que o conselho está unido. As pessoas precisam ver todos os lordes juntos. Mas é igualmente terrível para ele, que terá de se ajoelhar para Vossa Majestade, prestar juramento de lealdade.

— Você deveria cuspir na cara dele! — irrita-se Henry. Ele se vira para mim, em desespero. — Você pretende voltar para ele?

— Não! Nunca! E ele não pode me beijar — acrescento, em pânico. — Não pode segurar minhas mãos.

— Ele precisa jurar lealdade — repete Hamilton, com paciência. — Não pode fazer mal a Vossa Majestade. Estaremos todos a seu lado. Ele se ajoelhará e juntará as mãos, que Vossa Majestade tomará. Então ele beijará sua mão. Só isso.

— Só? — explode Henry. — Todos vão achar que eles são novamente marido e esposa.

— Não vão, não — respondo, encontrando coragem em seu desespero. — É lealdade dele em relação a mim. Significa que ganhei. Trinta passos; são pouco mais de trinta passos. Não pense que significa alguma coisa, não pense que não amo você, não pense que voltarei para ele, porque juro que não voltarei. Nunca. Mas preciso andar ao lado dele, preciso segurar a mão dele, precisamos ser a rainha viúva e o conde de Arran, seu marido, para conduzir todos os lordes ao conselho.

— Não suporto isso! — exclama ele, como uma criança enfurecida.

— Suporte por mim — peço. — Porque tenho de suportar por meu filho, Jaime.

Imediatamente, o olhar dele abranda.

— Por Jaime — murmura.

— Preciso fazer isso por ele.

— É apenas um juramento público de lealdade — lembra-nos James Hamilton.

Fico imóvel, tentando não tremer.

Caminho ao lado de meu filho, Jaime, com um vestido de pano de ouro, e ambos usamos nossas coroas ao entrarmos no Tollbooth, em Edimburgo. Archibald conduz o desfile, levando a coroa. James Hamilton, o conde de Arran, segue no encalço dele, levando o cetro. E o conde de Argyll vai em seguida, com a espada cerimonial de Jaime. Atrás dos três, seguimos Jaime e eu, lado a lado, com o baldaquino sobre nossas cabeças. Faz um frio excruciante — vemos nossa respiração no ar, ao caminharmos — e pequenos flocos de neve giram a nossa volta. Estou pagando um preço alto pela reconciliação da Inglaterra com a Escócia, um preço alto pela segurança de meu filho. À noite, durante o jantar em Holyroodhouse, terei de dividir a taça com meu marido e mandar para ele a seleção de pratos. Ele sorrirá ao aceitar os melhores cortes de carne, assim como voltou a legalmente recolher os aluguéis de minhas terras. Não olharei para Henry Stuart, que estará lívido, sentado entre os lordes de Jaime, sem comer nada.

É nessa noite que o arquidiácono Thomas Magnus me entrega uma carta de Catarina.
— Ela mandou para o senhor? Por que não diretamente para mim?
— Ela queria que eu lhe entregasse hoje, no dia em que Vossa Majestade e seu marido conduzissem o conselho.
— Ah, foi o conde que ditou? Assim como decidiu que haveria o desfile? — pergunto, com amargor.
O arquidiácono ergue a carta para me mostrar.
— Sua Alteza escreveu — responde. — Veja, aqui está o selo, intacto. Não sei o que escreveu, ninguém sabe. Mas ela me pediu que lhe entregasse a carta quando o conde de Angus ingressasse no conselho e jurasse lealdade a seu filho.
— Ela sabia que isso aconteceria?
— Rezou por isso, sabendo que era a vontade de Deus.
Pego a carta de suas mãos. Ele faz uma mesura e se retira, permitindo-me ler a sós.

Querida irmã,

Henrique me disse que pediu a seu marido, o conde, que apoiasse você e seu filho no conselho de lordes e que está satisfeito com o fato de o conde honrar suas obrigações e os votos como seu marido. Fico muito feliz e agradecida de saber que seus problemas chegaram ao fim, que seu marido voltou para você, que seu filho é aceito como rei e que você é regente. Sua coragem foi recompensada, e agradeço a Deus isso.

468

Conhecendo-a como a conheço, implorei a Henrique que pedisse a seu marido que fosse generoso e paciente com você, e ele me prometeu que você só precisará voltar para Archibald, viver de fato como esposa dele, na semana de Pentecostes, para ter tempo de se habituar a ele novamente e talvez voltar a se apaixonar por ele, que foi tão fiel a você, tanto no exílio quanto na Inglaterra. Pude observá-lo, e ele me convenceu de que a ama de verdade. Você não tem nenhum motivo para não voltar para ele.

Jurei a Henrique, por minha própria honra, que os rumores que ouvimos sobre você são falsos. Dei minha palavra de que você é uma mulher boa, de que não tornaria sua filha bastarda, de que não mancharia seu nobre nome pedindo o divórcio, sobretudo de um marido que busca seu perdão.

Ser uma boa esposa é perdoar. E principalmente uma rainha como você, como eu, como nossa irmã, Maria, é obrigada a mostrar ao mundo que o casamento não acaba, que nossa capacidade de perdão não tem fim.

Por isso combinei com Henrique que você aceitará Archibald de volta como seu marido na semana de Pentecostes e espero que seja feliz novamente. Assim como espero também ser, um dia.

Sua irmã, a rainha,

Catarina

Não sinto nem raiva por ela me entregar nos braços de um traidor infiel, que trouxe seu exército contra mim. Penso que é seu golpe de mestre.

Archibald deve morar em Holyrood com nossa filha, com meu filho e comigo, e devemos mostrar ao mundo que somos uma família reconciliada. Devemos provar a Henrique que não pode haver divórcio, que o marido sempre volta para a esposa, que o casamento realmente só termina com a morte. Para as pessoas que nos veem jantando lado a lado, diante do salão imponente, parecemos lorde, esposa e filho. Apenas Jaime e eu ficamos debaixo do baldaquino, nossas cadeiras são um pouco mais altas do que a de Archibald, mas é ele que manda os pratos para as figuras importantes da corte, é ele que anda pelo salão conversando com os amigos e pede música, como o grande homem da família.

Os cozinheiros se esmeram fazendo banquetes com diversos pratos, como se estivessem deleitados por se acharem novamente cozinhando para seu lorde. Os músicos tocam melodias dançantes, e Archibald ensina a todos os passos novos de Londres, postos em voga por Ana Bolena. Os atores apresentam novos espetáculos, escolhendo pessoas da corte para dançar e participar das peças. Com frequência, escolhem Archibald, que dança no meio da roda, os olhos castanhos sorrindo para mim, os ombros encolhidos, como se dissesse que não busca esses louvores, que apenas chegam até ele. Ele é o eterno centro das atenções.

É simpático com Jaime e não o sobrecarrega de atenção, o que deixaria meu cauteloso filho de 12 anos desconfiado; conversa com ele sobre fugas espetaculares, batalhas, estratégias, as guerras da Cristandade, os planos do rei da Inglaterra e os constantes ajustes e jogos de poder das cortes europeias. Ele não perdeu tempo na França, nem na Inglaterra. Sabe de tudo que está acontecendo. E conta a Jaime histórias para lhe ensinar a arte de governar, segurando seu ombro, elogiando-o por entender. Leva-o à biblioteca, abre mapas sobre a grande mesa redonda e mostra a ele como a família Habsburgo se tornou cada vez maior, espalhando-se pela Europa.

— É por isso que precisamos ter uma aliança com a Inglaterra e com a França — observa. — Os Habsburgo são um monstro que vai nos devorar.

É carinhoso com Margaret, que o adora, como um pai recuperado como que por milagre. Louva a beleza dela, leva-a para toda parte, compra laços para seu cabelo sempre que passam pelo mercado. Comigo, é charmoso e encantador como quando era meu trinchador e fazia de tudo para me agradar. Abre um sorriso cálido para mim diante dos comentários de Jaime, como se me elogiasse por criar um menino tão inteligente, ri quando faço alguma observação, o braço sempre estendido para me acompanhar à corte. Quando as pessoas dançam, os músicos tocam e as cartas são dadas, tudo está de acordo com minha vontade. Ele me conhece tão bem que sabe o que desejo antes mesmo de eu ter tempo de pedir. Pergunta sobre a antiga dor no quadril, lembra nossa perigosa viagem em busca de segurança. Nosso passado é uma história de amor que ele reconta em minúcias, de tempos em tempos, sempre perguntando se me lembro daquela vez em que... Se me lembro daquela noite em que... Dia após dia, atrai-me com um entrelaçamento de lembranças e interesses comuns.

Com frequência louva minha coragem para Jaime, dizendo-lhe da sorte de ter uma mãe que é uma heroína. Conta a Margaret sobre as dezenas de vestidos que meu irmão me mandou, como recompensa por minha bravura. Sempre sugere que ele próprio estava lutando por meus interesses, pela segurança de Jaime. É como se ele entoasse uma canção da história que conhecemos, mas a música tivesse um estranho acorde novo.

Atrás de Archibald, vejo Henry Stuart contorcendo-se de fúria, mas impotente. Não há nada que eu possa fazer para mostrar que não estou me deixando amolecer por esse novo Archibald virtuoso, porque ele vê — todos veem — que estou. Tive tão pouco afeto em minha vida que tenho sede de atenção, mesmo vinda de um homem que se tornou meu inimigo.

Amo Henry Stuart, meu coração salta quando ele surge na corte e faz uma mesura para mim, o cabelo castanho reluzindo à luz das velas, o olhar direto e franco. Mas, quando Archibald se põe atrás de minha cadeira, a mão pousada em meu ombro, sinto que estou segura: o único homem na Escócia que poderia reivindicar meu poder está do meu lado, o amigo e aliado de meu irmão está do meu lado, o marido com quem me casei por amor, que me traiu tão terrivelmente, voltou para casa.

— Esse é nosso final feliz — sussurra ele, debruçado sobre mim, e não encontro coragem de contradizê-lo.

Henry Stuart surge em minha câmara privada antes do jantar, quando todos estão se vestindo. Minhas damas vêm me dizer que ele está aguardando. Peço que elas se retirem e saio para vê-lo vestida como rainha, de veludo verde, as mangas prateadas. Ele faz uma reverência e me espera sentar, mas me dirijo até ele, vejo sua fisionomia triste e sinto tanto desejo que não consigo me impedir de botar a mão em seu peito e murmurar:

— Ah, Henry.
— Vim pedir permissão para deixar a corte — anuncia ele.
— Não!
— Você deve estar vendo que mal consigo viver debaixo do mesmo teto que você e seu marido.
— Você não pode ir embora! Não pode me deixar aqui com ele!

Ele segura minha mão junto ao casaco belamente bordado.

— Não quero ir — murmura. — Você sabe que não quero. Mas não posso viver nessa casa como se fosse subordinado dele.

— A casa é minha! Sua lealdade é comigo!

— Se ele é seu marido, tudo é dele — responde Henry, em desalento.

— Inclusive eu. Sinto vergonha.

— Sente vergonha de mim?

— Não, nunca. Sei que você precisa dividir o poder com ele, sei que precisa tê-lo aqui. Entendo. É o acordo com os ingleses, eu entendo. Mas não consigo.

— Meu amor, meu querido, você sabe que meu divórcio vai sair, que ficarei livre!

— Quando?

Detenho-me com a entonação melancólica dele.

— A qualquer momento, deve sair a qualquer momento.

— Ou talvez nunca saia. Enquanto isso, não posso esperar por você na casa de seu marido.

— Não volte para Avondale. — Seguro com força seu casaco. — Se não pode ficar aqui, pelo menos não volte para lá.

— Para onde mais eu iria?

— Vá para Stirling — sugiro. — O castelo é meu, ninguém pode negar isso. Vá para Stirling e convoque a guarda. Peça reforço e transforme o castelo num refúgio seguro para nós, se tudo der errado aqui.

Estou dando trabalho a ele, entregando-lhe uma missão que o faça se sentir importante.

— Por favor — imploro. — Embora não possa me proteger aqui, você pode me dar um lugar seguro para onde fugir, caso seja necessário. Quem sabe o que o clã Douglas vai fazer?

— Eles vão fazer o que os ingleses mandarem — responde em tom seco.

— E você também.

— Por enquanto — assinto. — Por enquanto, é preciso. Mas você sabe que estou tentando recuperar minha liberdade, que estou lutando pela liberdade de meu filho, para que possa ser o verdadeiro rei de um reino livre.

— Mas, ainda assim, você mantém Archibald e o clã dele do seu lado.

Hesito antes de lhe dizer a verdade. Meus sentimentos são tão contraditórios que mal consigo explicá-los.

— Sinto medo dele — admito. — Sei que Archibald é cruel, implacável. Não sei o que ele seria capaz de fazer. E, por isso, quando ele está do meu lado, sei que estou segura. — Solto uma risada triste. — Não tenho nenhum inimigo fora do castelo quando ele está aqui dentro. Quando ele é bom para mim, sei que nada pode me ferir.

— Você não vê que precisa se livrar dele? — pergunta Henry, com a lucidez impaciente da juventude. — Você está vivendo com ele por medo.

— Minhas irmãs exigiram — respondo. — Meu irmão exigiu. Estou fazendo isso pelo Jaime.

— Não vai se tornar esposa dele na cama, assim como no nome?

Ele é jovem, não sabe quando estou mentindo.

— Jamais — respondo, apesar de Catarina ter prometido exatamente isso para a semana de Pentecostes. — Jamais pense isso.

— Você não o ama?

Ele ainda não sabe que uma mulher pode amar, temer e odiar, tudo ao mesmo tempo.

— Não — garanto-lhe. — O amor não é assim.

Ele se enternece. Abaixa a cabeça e beija minhas mãos.

— Muito bem — diz. — Vou para Stirling e ficarei esperando o seu chamado. Você sabe que só quero lhe servir.

Consigo atravessar a primavera sem meu jovem amante, embora sinta falta de sua presença, de seu olhar enciumado, no fundo do salão. A cada dia fico mais aflita, à medida que a ambição de Archibald se torna mais evidente, à medida que ele aumenta sua influência no conselho de lordes, e sua determinação de governar a Escócia fica mais óbvia. Sua conexão com a Inglaterra é forte, sua fortuna (minha fortuna) é imensa, sua autoridade domina todos. Ele continua carinhoso comigo, mas temo pela Páscoa e então Pentecostes, quando voltará a minha cama. Não vejo nenhuma maneira de recusar. O pior é que ele fala como se fosse um acordo que tivéssemos ambos feito livremente, como se tivéssemos decidido esperar pelo verão para nos reconciliar, como se desejássemos outro filho, feito um casalzinho de melros aninhado na macieira. O plano de Catarina — de me dar tempo, para eu me habituar a ele — se tornou uma tentativa de conquista que nos levará, inexoravelmente, de volta ao casamento.

Ele é esperto demais para dizer isso abertamente, mas pede novas cortinas para minha cama, novos lençóis, informando à costureira que deve estar tudo pronto para Pentecostes. Fala com segurança sobre o verão, dizendo que iremos a Linlithgow, que seguiremos ainda mais ao norte, que devemos levar Jaime numa viagem pelo reino, como o pai dele costumava fazer. Diz que ensinará Margaret a cavalgar com uma perna de cada lado do cavalo, como um menino, para ela poder caçar e passear à vontade. Não há nunca dúvida em sua voz de que estaremos juntos, como marido e esposa, nesse verão e em todos os verões que se seguirão.

Confiante, ele solicita ao cardeal Wolsey o uso absoluto de minhas terras; todos os meus aluguéis, todas as taxas, todas as frutas e vegetais irão para ele, como meu marido legítimo. Não tenho notícia alguma da mulher que ele outrora chamou de esposa, Janet Stuart de Traquair. Não sei se ela está morando no Castelo Tantallon ou em alguma de minhas propriedades, e ninguém tem coragem de me dizer. Não sei nem sequer se ela foi abandonada e está agora em algum outro lugar, talvez na Traquair House, vivendo na aflitiva esperança de que ele volte para ela, e temo que volte. Archibald jamais a menciona, e um constrangimento terrível também me detém. Perdi a coragem de contestá-lo.

Cantando a música de nossa felicidade, do casamento que vence todas as dificuldades, de nossa luta para ficar juntos, ele pintou um novo quadro da situação. Consigo entender como foi habilidoso em fazer isso quando estava em Londres, assim como o faz aqui, em Edimburgo. Ele convence meu filho — quase me convence — de que éramos profundamente apaixonados e fomos separados por acidente, mas agora estamos reatados. Não consigo me aferrar a minha própria história. Começo a achar que ele tem razão, que me ama, que é minha única segurança. Sua visão de mundo, sua opinião sobre mim, sua versão sobre nossas vidas, aos poucos tudo parece me envolver.

Um dia, ele chega mesmo a dizer:

— Quando a fumaça se dissipou e vi você atrás dos canhões, pensei: Meu Deus, essa é a única mulher que já desejei na vida. Nossa paixão sempre foi muito grande, Margaret, sentíamos amor e ódio ao mesmo tempo.

— Dei ordem para apontarem as armas. Sabia que era você — observo.

Ele sorri, sua segurança inabalável.

— Eu sei que você sabia. E você olhou para mim e entendeu o que eu estava pensando.

Lembro-me da silhueta dele sobre o cavalo, no meio da Via Regis, como se me desafiasse a atirar.

— Não, não entendi o que você estava pensando — respondo obstinadamente. — Só queria que você fosse embora.

— Ah, jamais farei isso.

Ele representa meu irmão, o grande rei; tem a certeza divina de minha cunhada, a rainha da Inglaterra; é endossado pelo homem e por Deus. E me tem em seu poder. Não estou apaixonada — Deus me livre de tal sofrimento —, mas ele domina a corte, domina Jaime e a mim, e sinto como se não houvesse nada que eu possa dizer ou fazer para exigir minha liberdade. Ele me diz o que pensar como se minha própria mente fosse propriedade dele. Só posso esperar pela notícia de que meu divórcio foi aprovado em Roma, e só então poderei lhe dizer que sou livre, que ele é membro do conselho, mas não é nada para mim. Nesse dia, poderei lhe dizer que ele não é meu marido, que não é padrasto do rei. É pai de minha filha, mas não manda em mim. Pode ser aliado do rei da Inglaterra, mas já não é parente dele. Toda noite, ajoelho-me diante do crucifixo e rezo pedindo que os serventuários do Santo Padre escrevam logo, libertando-me dessa estranha vida pela metade, em que moro com um marido que não ouso contrariar e anseio por um homem que não posso ver.

É insuportável. Preciso escapar antes do verão. Não posso sair para cavalgar com Archibald todos os dias, vê-lo dançar todas as noites. Não posso me ajoelhar a seu lado na capela para assistir à missa, como se estivéssemos em comunhão. Sei que em breve, em algum momento depois da Páscoa, ele virá a minha cama, que minhas damas abrirão a porta do quarto para ele entrar, fazendo mesuras e então se retirando, para nos deixar a sós. Sou tão dominada por ele, tão subjugada por ele, que sei que não resistirei. Legalmente, sei que não posso resistir. Cada vez mais, temo me esquecer como se resiste: não resistirei.

Preciso quebrar o compromisso que meu irmão firmou por mim, quebrar o encantamento que Catarina criou. Os dois decidiram, por motivos próprios, que Archibald e eu devemos honrar os votos matrimoniais e nos reconciliar. Meu casamento autoriza a paixão de Henrique por Maria Bolena, porque demonstra que nenhuma traição pode destruir o casamento. Somos uma prova disso. Os dois — Catarina e Henrique — nos obrigaram a entrar em acordo. Henrique paga pela guarda de Jaime, suborna o conselho dos lordes e apoia Archibald, com a condição de que ele represente os interesses da Inglaterra e seja fiel ao casamento comigo, a princesa inglesa. Henrique escreve para mim, Catarina escreve para mim, até minha irmã, Maria, escreve para mim, e todos dizem que meu futuro, que o futuro de meu reino e de meu filho, está nas mãos de meu bom marido. Ele será fiel, preciso aceitá-lo de volta. Seremos felizes.

Em sigilo, disfarçando a caligrafia, enviando a carta pela porta dos fundos do palácio, até o porto, e dali, num navio mercante francês até a França, escrevo ao duque de Albany. Digo que farei qualquer coisa, qualquer coisa, para conseguir o divórcio. Digo que sei que ele tem influência no Vaticano. Digo que deixarei o conselho dos lordes sob seu comando, que entregarei a Escócia aos franceses, se ele me libertar de Archibald e dessa terrível vida pela metade que está acabando comigo.

Palácio de Scone, Perth, Escócia, Primavera de 1525

O Palácio de Scone é uma construção erguida junto aos prédios da abadia, ao lado da igreja de Scone. É o famoso local de coroação de todos os reis escoceses, e adoro a abadia de pedra cinza, o palácio, a pequena igreja na montanha, desde que vim a Perth pela primeira vez com meu marido Jaime, o rei. A paisagem aqui é indômita, as montanhas são altas, os vales entre elas, ocupados por uma floresta densa, onde ninguém mora, e os caminhos estreitos são trilhados apenas por cervos e javalis. Nessa época do ano, o topo das montanhas está coberto de neve, embora os lírios já floresçam à margem do rio. Está frio demais para caminhar junto ao rio turbulento, branco com o degelo do inverno, ou nos jardins murados do monastério, onde os primeiros brotos verdes dos vegetais já surgem na terra escura dos canteiros.

Archibald não nos acompanha nessa visita atípica ao norte, ficando em Edimburgo com os lordes, e Jaime e eu nos vemos subitamente livres. Só agora que estamos longe dele, percebo como ele me cala, como me limito a observá-lo. É como se meu filho e eu andássemos sempre na ponta dos pés a sua volta, como se ele fosse uma cobra adormecida que pudesse nos atacar. Apenas Margaret sente saudade; ele é muito envolvente e carinhoso com a filha, e ela não o teme em segredo.

Saímos para caçar ou cavalgar todos os dias, e meu mestre das cavalariças nos conduz pela floresta, até as charnecas, onde o vento é cortante, gelado e forte. Meu filho adora essas terras altas, que são uma parte tão grande de seu reino. Passa o dia inteiro cavalgando, com apenas alguns companheiros. Os rapazes vão a um pequeno monastério para tomar o café da manhã, batem à porta de uma fazenda remota para jantar. As pessoas ficam encantadas de receber o rei, e Jaime parece vicejar com essa liberdade, depois de anos sendo praticamente prisioneiro em seus próprios castelos. Ele lembra o pai: gosta de surpreender o povo, cavalgar em meio às pessoas como se fosse um homem comum, conversar com elas como um igual. Digo a ele que seu pai costumava adotar o nome Gudeman de Ballengeich, uma aldeia próxima a Stirling, fingindo ser um homem do povo, para poder dançar com as moças e dar dinheiro aos pedintes, e Jaime sorri dizendo que adotará o mesmo nome, que será o filho de Gudeman.

Henry Stuart nos acompanha, cavalgando ao lado de Jaime, o companheiro perfeito para um jovem rei, falando sobre cavalaria e nobreza, contando antigas histórias da Escócia. Durante o dia, é companheiro e amigo de Jaime. À noite, vem em segredo a meu quarto para me tomar nos braços.

— Você é minha paixão, meu amor — sussurra em meu ouvido.

Peço que ele fique em silêncio e fazemos amor aos sussurros. Ele se vai antes do nascer do dia, de modo que, quando acordo para a missa, é como se tivesse sonhado com um jovem amante e mal consigo acreditar que estávamos de fato juntos.

Estamos tão felizes no norte, tão distantes dos problemas de Edimburgo, que fico surpresa quando anunciam a presença do arquidiácono Thomas Magnus no jantar, recém-chegado de uma visita à Inglaterra. Aqui jantamos cedo e vamos para a cama quando a cera das velas começa a pingar nos castiçais. O céu é escuro como veludo preto, com minúsculos pontinhos prateados. Não há luz em Perth, não há tochas na aldeia de Scone. Não há nada além do brilho misterioso — nem o sol da alvorada nem a luz das estrelas — no ponto onde a terra escura encontra o céu negro, e o único barulho é o persistente crocitar das corujas.

— Eu não esperava vê-lo na Escócia tão cedo, arquidiácono — comento. — Seja bem-vindo.

Ele não é exatamente bem-vindo. Sei que estava em Londres, que deve trazer recados da Inglaterra. Não duvido de que tenha parado em Edimburgo para contar as notícias a Archibald, recebendo dele suas instruções.

— Meu irmão, o rei, conta com boa saúde? E Sua Majestade, a rainha?

Ele faz uma mesura. Em voz baixa, diz que tem cartas para mim e uma má notícia de Londres.

— Meu irmão está bem? — pergunto novamente, aflita. — E Sua Majestade, a rainha?

— Graças a Deus — responde ele. — Os dois estão bem. Mas houve uma batalha terrível. Lamento dizer que sua antiga aliada, o reino da França, foi derrotada. O próprio rei foi capturado.

— O quê? — balbucio.

Vejo, assim como ninguém poderia deixar de ver, o prazer que ele sente com minha surpresa, sabendo que isso me deixa sem aliados contra meu irmão e seus homens.

— O rei Francisco foi capturado e está sendo mantido em cativeiro pelo imperador — prossegue ele, com frieza. — Seu amigo, o duque de Albany, comandando o exército para o rei, foi derrotado. O inimigo de seu irmão, Richard de la Pole, pretendente ao trono da Inglaterra, foi morto.

— Ele era meu inimigo também — afirmo. — Parente e inimigo, as duas coisas. Graças a Deus não nos incomodará mais.

— Amém — responde o arquidiácono, como se preferisse ser ele a invocar Deus. — Portanto, Vossa Majestade, sendo uma princesa perspicaz, entenderá rapidamente que não tem mais nenhum amigo de poder, além dos ingleses, uma vez que os franceses foram e permanecerão destruídos por uma geração, o rei em cativeiro, seu governo interrompido. Ele era seu aliado, mas agora é prisioneiro do Império de Habsburgo. O reino de seu irmão está seguro de possíveis ataques dos franceses. Seu amigo, o duque de Albany, foi derrotado.

— Fico feliz com qualquer coisa que deixe a Inglaterra em segurança — respondo, de modo automático, mal sabendo o que digo.

Se os franceses foram derrotados e o duque foi humilhado, ele não poderá intervir por mim no Vaticano, não será de ajuda alguma na Escócia. O arquidiácono tem razão: perdi um amigo e um aliado. Serei dependente de Henrique para sempre. Ficarei sob o domínio de Archibald para sempre.

— Imagino que seja um choque para Vossa Majestade — observa ele, com inconvincente solidariedade. — É o fim da França como potência. Todos os lordes escoceses que recebem dinheiro francês terão seus pagamentos suspensos.

Ele se detém; sabe que os franceses me dão dinheiro. Sabe que dependo da pensão e da guarda deles, que metade dos lordes são pagos para apoiá-los.

— Fico feliz por meu irmão — digo, entorpecida. — Fico muito feliz pela Inglaterra.

— E por sua irmã, a infanta espanhola, que agora vê o sobrinho dominar toda a Europa — lembra o arquidiácono.

— Por ela também — confirmo.

— Eles escreveram a Vossa Majestade.

O arquidiácono estende a correspondência, pesada com os selos reais. Chamo uma de minhas damas.

— Peça aos músicos para tocarem aqui. Lerei as cartas que trazem notícias de Londres em minha câmara privada.

— Espero que sejam boas notícias — observa ela.

Assinto com uma segurança que não tenho, deixo os guardas fecharem a porta em meu encalço, dirijo-me à grande poltrona do abade, disposta num estrado, de frente para o salão vazio, e quebro o selo.

Nunca em minha vida li uma carta assim. Sei que Henrique é exagerado, mas nunca desse jeito. Sei que é colérico, mas jamais dessa maneira. Meu irmão escreve como um homem que não pode ser contrariado, como um homem que mataria a pessoa que discordasse dele. Está furioso, a pena deixa manchas de tinta pela página, como se cuspisse ódio. Está enfurecido, muito enfurecido. Diz saber que eu era próxima de Albany, mas que meu aliado agora é um homem derrotado. Diz ter interceptado minha carta, que mostra que, embora eu fingisse estar publicamente reconciliada com Archibald, estava o tempo todo pedindo a Albany para apressar meu divórcio no Vaticano. Diz ter lido, horrorizado, que eu faria "qualquer coisa, qualquer coisa" para me ver livre. Diz entender muito bem o que eu pretendia: que eu estava me oferecendo a Albany, para envergonhar a mim mesma e a minha família. Diz saber que fui comprada pelos franceses, que estava implorando ao duque que ele usasse sua influência para me libertar. Diz que sou terrivelmente falsa e que ele jamais deveria ter acreditado na esposa, que jurou que eu era uma mulher boa, digna de confiança. Diz que ela não tem discernimento, pois afirmou que eu me reconciliaria com meu marido. Diz que provei que ela é mentirosa, má conselheira, que jamais voltará a perder tempo lhe dando atenção e que a culpa é minha. Diz que sou mentirosa e ela é tola.

Ele diz que o sobrinho de Catarina é o grande conquistador da Europa e que o reino da França terminou tão rápido quanto começou. Diz que a princesa Maria jamais se casará com meu filho, Jaime, que será imediatamente prometida ao imperador e será a maior imperatriz que o mundo já teve. Diz que, quando estiver pronto, conduzirá pessoalmente um exército para tomar a Escócia e Jaime se submeterá ao trono da Inglaterra, como a Escócia sempre esteve submetida. Diz que não devo imaginar que Jaime herdará o trono da Inglaterra, pois ele próprio tem um filho, um filho forte e saudável, Tudor de corpo e alma, que se tornará legítimo e subirá ao trono como Henrique IX, que não devo imaginar que Jaime sequer verá o interior da Abadia de Westminster. Na verdade, não devo imaginar que ele sequer verá Londres, exceto, talvez, para prestar homenagem, e que também nunca mais verei Londres. Henrique diz que me preveniu sobre isso, que Catarina — aquela mulher estúpida — me preveniu sobre isso. A infidelidade conjugal será minha desgraça, a deslealdade à Inglaterra será minha perdição. Fui advertida sobre essa sina e agora não tenho salvação.

Noto que há um barulho insistente; são minhas mãos que tremem, segurando a carta. Deixo os papéis caírem no chão e me dou conta de que meu corpo todo treme, como se eu tivesse febre, como se fosse louca e estivesse prestes a ter um ataque. Não consigo respirar direito e sinto muito frio, como se estivesse exposta ao vento gelado. Tento me levantar, mas descubro que as pernas não me sustentam. Volto a me sentar na poltrona e tento pedir ajuda, mas a voz não sai. Meus anéis chacoalham na madeira folheada a ouro da poltrona. Cerro as mãos nos braços da poltrona, para fazê-las parar; porém, os nós de meus dedos ficam brancos e continuo tremendo. Penso que terei de suportar esse acesso de loucura, como já suportei outros choques terríveis, outras perdas terríveis. Meu irmão se virou contra nós, meu amigo foi derrotado, os franceses estão destruídos, e o mundo é demais para mim. Meu marido ganhou. Estou perdida.

Já escurece quando consigo abrir a carta de Catarina. Ela não escreve muito. Parece desolada, mas sei que está triunfante.

Meu marido e eu chegamos à conclusão de que, se está decidida a se divorciar, você não é apta para ser guardiã de seu filho nem para ser rainha. Terá de se exilar para ficar com seu novo amante; soubemos que está de caso com Henry Stuart. Margaret, se negar seus votos matrimoniais, você estará fadada à danação eterna, não será mais irmã nem minha nem de meu marido.

Catarina

Nada pode dar fim a um casamento legítimo. Você sabe o que tenho de aceitar como vontade de Deus e desejo do rei. Mas isso não acaba com meu casamento. Nada acaba. Nada acabará. C.

Preciso conversar com Jaime. Ele é um menino de apenas 12 anos, mas é rei. Precisa saber que cometi o erro terrível de aliá-lo à França, agora derrotada, que seu noivado foi cancelado e caí em vergonha. Entro em seu quarto quando ele está rezando com Davy Lyndsay, que volta os olhos atentos para meu rosto lívido, e sinto que sou um fracasso como mãe, como guardiã e rainha.

Jaime se ajoelha para minha bênção. Quando beijo seu rosto, ele salta sobre a cama e me fita avidamente, como se ainda fosse um menininho e eu tivesse vindo lhe contar uma história de ninar. Davy Lyndsay abaixa a cabeça e faz menção de se retirar, mas digo:

— O senhor pode ficar. A corte inteira saberá disso amanhã. É melhor o senhor ouvir de mim.

Jaime troca um olhar surpreso com Davy, e o velho homem retorna, mantendo-se de costas para a porta, como se estivesse de sentinela. Viro-me para meu filho.

— Você ficou sabendo do que houve em Pavia? Da derrota dos franceses?
Jaime assente.

— O arquidiácono Magnus me contou, mas não sei o que significa para nós.

— Ele deve ter contado que significa que nossa aliada, a França, passará anos enfraquecida, que foi quase destruída. Eles não têm mais nem rei. O rei foi capturado e não será liberto.

— Os franceses pagarão o resgate — afirma Jaime. — Pagarão pela volta dele.

— Se puderem. Mas o imperador vai obter o que puder, em termos de terras, cidades e taxas, antes de devolver o rei a seu reino. Vai redefinir as fronteiras da Europa. Perdemos um aliado, estamos sem amigos. Não temos escolha senão nos reconciliarmos totalmente com a Inglaterra. Se eles quiserem abrir guerra contra nós, não temos quem nos defenda.

Jaime assente novamente.

— Meu tio, o rei, já estava querendo se reconciliar conosco.

— Estava. Estava querendo se reconciliar com um reino pequeno, aliado a uma grande e perigosa potência. Mas agora não tem nada a temer da Escócia. — Hesito. — E está muito, muito irritado comigo.

Meu filho me fita com os olhos límpidos.

— Por quê?

— Eu estava tentando conseguir a anulação de meu casamento com Archibald, o conde de Angus — respondo, num murmúrio.

— Achei que a senhora e ele tivessem feito as pazes — responde meu filho.

— Não exatamente. Em meu coração, não fiz.

Mesmo eu noto como isso soa falso. Viro-me para Davy Lyndsay, cuja fisionomia se mantém inalterada, os olhos fixos em Jaime.

— Eu havia escrito ao duque de Albany para pedir a ele que usasse sua influência no Vaticano para acelerar meu divórcio — confidencio. — Esperava consegui-lo antes da semana de Pentecostes, quando contaria ao conde.

— Mas o duque foi derrotado, e a França perdeu o rei — observa meu filho.

— É pior do que isso. Meu irmão, o rei da Inglaterra, interceptou minha carta ao duque e sabe que eu estava tentando conseguir o divórcio e que, portanto, quebrei o acordo com a Inglaterra e os traí. — Trêmula, respiro fundo. — Ele está furioso comigo. Perdi a amizade dele.

O rosto jovem de Jaime se mantém muito sério.

— Se os lordes do conselho se virarem contra a senhora, estaremos sozinhos. Se a senhora não for esposa do conde de Angus, nem a regente escolhida pelos franceses, nem a irmã estimada do rei da Inglaterra, não terá poder nenhum.

Assinto.

— E o conde de Angus ficará ofendido com o fato de a senhora tentar conseguir o divórcio enquanto vivia com ele, como esposa.

— Eu sei.

— E a senhora o enganou? Fingiu fazer as pazes com ele enquanto escrevia ao Vaticano, tentando conseguir o divórcio?

— Fingi.

— Foi infiel a ele? — pergunta Jaime, com frieza.

— Eu queria ser livre — murmuro, em desalento. — Queria ficar livre do Archibald.

— A senhora tem um amante?

Abaixo a cabeça diante da fúria justificada de meu filho.

— Eu queria ser livre.

— Mas eu não sou livre — ressalta meu filho. — Estou sob a guarda dele, sob a guarda dos lordes do conselho. Se a senhora perder seu poder, minha situação será pior do que nunca. A senhora cairá em desgraça, e eles me manterão prisioneiro. Ele me manterá como seu enteado.

— Sinto muito!

Ele crava os olhos mim.

— A senhora cometeu um erro terrível — afirma. — Acabou conosco.

Castelo de Stirling, Escócia, Verão de 1525

Perco todo meu poder no conselho dos lordes, Archibald não quer nem me ver. Recolho-me ao Castelo de Stirling e passo a viver como uma viúva, sozinha. Tenho uma corte pequena, mas quase não disponho de dinheiro para mantê-la. Não recebo nada da França. Recebo apenas uma pequena parcela dos aluguéis de minhas terras — uma pensão miserável paga por Archibald, por misericórdia. Ele é um marido enganado, teria o direito de me deixar morrer de fome e ninguém o culparia.

Henry Stuart me recebe com alegria, mas logo fica sabendo que caí em desgraça e que jamais nos casaremos. Protesto publicamente que meu caso continua sendo avaliado pela corte papal, que meus aluguéis deveriam ser pagos a mim, não a Archibald, que meu filho deveria ficar sob minha guarda até sabermos o que será decidido. O conselho responde que, até o casamento terminar, eu tinha obrigação de viver com meu marido, que devo me apresentar diante deles, em Edimburgo. Os lordes me odeiam por eu ser uma mulher que busca a liberdade. Sabem que eu teria vendido todos, completamente, para me ver livre de Archibald. Odeiam-me por minha traição. Sentem-se enganados como Jaime e sabem que eu estava tentando escapar para deixá-los sob o poder de Archibald.

Não vou a Edimburgo. Não voltarei para Archibald nem mesmo para ver Jaime, e em minha ausência eles declaram que abri mão de toda minha autoridade. Decretam que meu filho será mantido pelo conselho de lordes, um grupo rotativo de guardiões, e Archibald é o primeiro. E se torna o único. Jaime fica sob o poder de Archibald e jamais voltará para mim. Não sei nem sequer se Jaime gostaria de me ver. Ele acha que o traí, não me perdoa.

Archibald também fica com Margaret. Não há nada que eu possa fazer para protestar. Ela é sua filha, e ele tem provas, apresentadas pelo rei da Inglaterra, de que a mãe caiu em desonra. Ela fica contente de ir; é a queridinha do pai, sua preferida. Penso que deveria tentar convencê-la a ficar comigo, mas não tenho força para suplicar nem poder para exigir.

Escrevo a meu irmão, o rei, para lhe pedir ajuda, em nome do sobrinho, mesmo que ainda esteja furioso comigo. Escrevo a Catarina dizendo que, como mãe, ela deve entender que é intolerável para mim que Jaime seja mantido por meu inimigo. Nenhum dos dois responde, mas recebo uma carta de minha irmã, Maria, que me lembra que meus problemas e tristezas significam pouco em Londres; estão todos inquietos com o que se passa na corte.

Nosso irmão alçou o filho bastardo, Henrique Fitzroy, à nobreza. O menino se tornou duque tanto de Richmond quanto de Somerset, sendo agora o maior duque do reino. Possui muito mais terras e recebe muito mais impostos do que meu marido. Charles acha que Henrique nomeará Fitzroy sucessor, para que o filho herde o trono da Inglaterra.

Noto que sua caligrafia muda quando ela se dá conta de que está escrevendo para a mãe do sucessor legítimo.

Sei que você vai ficar preocupada com isso, mas é apenas o que o Charles acha. Talvez, no fim, seu filho herde o trono. Só que, com todo mundo falando tão mal de você, Henrique não pode nomear seu filho sucessor. Há quem questione inclusive se podemos ter certeza de quem é o pai de Jaime. Se você é adúltera agora, talvez já tivesse sido antes. É terrível ouvir isso. Lamento repetir. Eu gostaria muito que você se reconciliasse com o conde de Angus. Todos gostam tanto dele! Você não pode suspender a petição enviada ao papa? Jamais conseguiria o divórcio agora.

Evidentemente, a rainha ficou muito triste com o enobrecimento de Henrique Fitzroy, e agora Maria Carey está grávida de novo, e todos sabem que é filho do rei. A irmã dela, Ana Bolena, também mora na corte, e o rei está sempre com uma ou com outra, já que as duas disputam sua atenção, o que é um sofrimento para Catarina. Ela tem de morar com as rivais e agora vê um filho bastardo ocupar um palácio tão esplêndido quanto o que recebeu a princesa legítima, filha dela. A princesa Maria irá para o Castelo de Ludlow, mas não se tornou princesa de Gales. Não entendo por quê, mas Charles diz que os ingleses jamais aceitariam uma mulher no trono. Portanto ninguém sabe o que vai acontecer, muito menos a rainha.

A corte já não é feliz. As irmãs Bolena se desdobram para deleitar e entreter Henrique; brincam, dançam, tocam música, compõem, caçam, velejam e flertam, mas a rainha apenas se mostra cansada. E também estou cansada. Estou cansada disso tudo.

Isso é tudo que diz. Não tem nenhum conselho novo para mim, senão que eu volte para Archibald; é o que sempre dizem. Acho que Maria não pensa de fato em mim. Não imagina minha vida, com pouco dinheiro, sozinha, sem poder ver meu filho, abandonada por minha filha, sem poder entrar na capital. Uma rainha no nome, mas sem poder, riqueza ou reputação. Para Maria, o mundo se concentra em Londres e na disputa entre as duas lindas meninas Bolena, um grande ponto de interrogação pairando sobre o trono da Inglaterra como um reluzente baldaquino. Há tantas outras coisas que me atormentam! Mas nem ela nem minha cunhada, Catarina, jamais pensam em mim.

Palácio de Holyroodhouse, Edimburgo, Escócia, Primavera de 1526

Por fim, permitem que eu volte a Edimburgo para ver meu filho. Durante mais de um ano, ele foi mantido sob a guarda de Archibald e não pude fazer nada além de escrever e mandar pequenos presentes, implorando que ele se lembrasse de que a mãe o ama e estaria com ele se pudesse. Não consigo me esquecer da frieza em sua voz, da fúria em seu rosto. Ele me culpa por nossa derrota. E tem razão. Também me culpo.

Surpreendentemente, é Henrique, meu irmão, quem viabiliza meu retorno à corte. Henrique exige que Archibald me entregue meus aluguéis e impostos. Henrique diz que devo ter permissão de ver meu filho. Henrique diz a Archibald que tenho direito ao divórcio, se ficar de fato provado que o casamento era inválido desde o início. Henrique mudou completamente de opinião: me perdoou, quer que eu seja feliz.

Fico atônita. Não consigo entender a mudança que me trouxe essa oportunidade. Fico tão animada, tão esperançosa, que escrevo a ele e a Catarina para lhes agradecer a generosidade, para jurar minha gratidão e lealdade a minha terra natal. Por algum motivo, o rei me estima novamente e novamente sou aceita na família. Não sei por que sou de súbito amada novamente, mas fico tão grata quanto o cachorro açoitado que lambe a mão que segurava o chicote. Henrique tem todo o poder e do nada me concede sua bênção.

É Maria quem explica:

Você deve ter ficado sabendo que a menina Bolena, Maria Carey, deu à luz um menino. Nosso irmão, o rei, está extasiado, como qualquer homem ficaria, por ter um filho saudável para mostrar ao mundo. O segundo filho bastardo saudável. O nome do menino será Henrique, mas ele receberá o sobrenome do marido: Carey. Isso poupa a rainha da humilhação de mais um bastardo chamado Fitzroy, mas é a única coisa da qual ela está sendo poupada. Todos sabem que o garoto é filho do rei e todos sabem que deve ser culpa da rainha que eles tenham apenas uma filhinha frágil. Catarina está jejuando mais do que nunca, quase não come no jantar, e o tecido áspero que usa como cilício deixa seus ombros e quadris em carne viva. Realmente acho que vai se flagelar até a morte, deixando Henrique livre. Você ficaria arrasada se a visse, você que a ama tanto. Eu, a outra irmã, não posso fazer nada além de assistir à autoflagelação. É insuportável.

Maria Carey parece ter perdido a estima de nosso irmão, que agora está publicamente aos pés da irmã, Ana Bolena. Ela anda pela corte como se tivesse nascido na realeza. Você não acreditaria se visse como essa menina saída do nada se comporta na corte, em nossa corte. Nem mesmo você e eu, como princesas de sangue, jamais tivemos essas liberdades. Ela tem precedência onde pode e onde não pode, e Henrique a conduz ao salão de jantar e aos bailes como se ela fosse rainha. É absurdo. Ela vai na frente das duquesas, como se tivesse o direito. Catarina sorri com uma nobreza digna de santa, mas todos veem que está desesperada. Sou chamada para admirar e acompanhar Ana Bolena e sempre respondo que estou indisposta, que estou cansada demais ou preciso ir para casa. Finjo estar doente para não parecer estar a seu serviço. Mas é exatamente isso que ela faz parecer. Quando decide fazer alguma coisa, basta olhar para Henrique, e instantes depois estamos todos cumprindo suas ordens. É como uma peça medonha da corte, atores representando a realeza. Não há mais elegância, alegria e beleza aqui. Há apenas pose, risadas amargas, o cinismo terrível dos jovens e a solidão da rainha.

O pior é que acho que ela ainda não se tornou amante dele. Desempenha o papel da algoz que não o deixa em paz e no entanto não se entrega. Está sempre tocando nosso irmão, tocando os lábios dele, acariciando-o, mas não permite que encoste nela. Parece amá-lo perdidamente, mas não quer pecar. E, se não quer ser amante dele, o que acontecerá? Charles diz que, se Henrique se deitasse com ela, em uma semana estaria tudo terminado, mas Charles sempre diz essas coisas, e mademoiselle Bolena não é mulher de se deixar entregar por amor.

Você se lembra de que, quando éramos crianças, sir Thomas More trouxe Erasmo para nos visitar, e Henrique não conseguia pensar em mais nada até escrever um poema, até ler o poema para o grande filósofo? Ele está assim agora. Quer que Ana Bolena o considere alguém excepcional. Ou quando ele viu pela primeira vez nossa irmã, Catarina? Está assim de novo. Parece só conseguir ser ele próprio quando ela o está admirando. Encomendou casacos novos, está escrevendo poesia, está ávido de atenção como um adolescente apaixonado. Catarina apenas jejua e reza pela alma dele. Eu também rezo.

Agora sei por que Henrique está tão tolerante em relação a mim. Agora sei por que as regras de Catarina já não se aplicam a todos nós. Sinto o gosto do triunfo, a música que entoo em minha mente me faz dançar. Enfim, o poder de Catarina sobre Henrique está esmorecendo. Ele tem o filho que ela não pôde lhe dar e está considerando esse filho seu possível sucessor. Agora outra mulher lhe deu outro menino, e ficou óbvio que a culpa de Henrique não ter nenhum filho legítimo para herdar nossa recém-conquistada coroa Tudor é de Catarina. Durante anos, a decepção e a tristeza de Catarina foram também a decepção e a tristeza de Henrique, a recusa dela em questionar os caminhos de Deus foi um modelo para ele, a fidelidade dela às leis do casamento eterno era sua única resposta para a decepção do casal. Mas já não é a resposta de Henrique. Agora ele está vendo por si próprio que Deus não quer que ele morra sem um filho e sucessor. Agora que ele tem um segundo filho homem — como se Deus dissesse ao mundo: Henrique pode ter um menino, Henrique deve ter filhos homens —, vemos que sempre foi Catarina quem não podia concebê-los. Não se trata de uma mágoa de Deus com o casal dourado que sempre pareceu ter tudo. Trata-se de uma mágoa de Deus com Catarina, apenas com ela. O casamento não é o mastro ao qual eles precisam se agarrar no naufrágio de suas esperanças. O próprio casamento é o naufrágio, o naufrágio de Catarina. Sem ela, Henrique pode ter filhos homens.

Por isso duvido muito de que Catarina exigirá novamente que eu volte para meu marido e duvido muito de que meu irmão insistirá no casamento até a morte. Agora entendo por que ele disse a Archibald que, se existem bons motivos para o divórcio, mesmo o divórcio real de um Tudor deve receber autorização. Agora sei que Henrique, nomeado "defensor da fé", que jurou que o casamento deve durar até a morte, já não pensa mais assim.

E Catarina, a irmã que me ameaçou dizendo que eu já não seria mais sua irmã, pode acabar não sendo mais esposa. E eu teria de ser um anjo celestial para não pensar que sua crueldade comigo está sendo devidamente retribuída.

Poderei ver meu filho em sua câmara privada, sem ninguém presente além de meu ex-marido, Archibald, e do confiável guardião de Jaime, Davy Lyndsay. Não posso ter acompanhantes, devo ir sozinha. Não faz sentido protestar em relação à presença de Archibald, uma vez que ele tem um poder tão grande quanto o de um rei; ele domina o conselho e tem a guarda de Jaime. Possui todos os direitos do mundo.

Visto-me cuidadosamente para o encontro: um vestido verde Tudor com mangas verdes mais claras e colar de esmeraldas, além de esmeraldas em meu capelo. Fico imaginando se Jaime achará que mudei muito. Estou com 36 anos, já não sou jovem e há uns poucos fios brancos em minhas têmporas. Arranco-os. Será que Maria já tem cabelo branco entre os fios dourados? Às vezes acho que tenho a aparência de quem levou uma vida difícil, uma vida de luta constante; outras vezes vejo-me sorrindo no espelho e acho que ainda sou uma mulher bonita e, se pudesse me casar com o homem que amo e ver meu filho no trono da Escócia, poderia ser uma mulher feliz, uma boa esposa.

As portas duplas da câmara privada — outrora minha câmara privada — se abrem, e entro. Como Archibald prometeu, não há ninguém na sala além dele, Davy e meu filho, que se acha sentado no trono, as pernas mal alcançando o chão. Esqueço-me do discurso que preparei e corro em sua direção.

— Jaime! Ah, Jaime! — balbucio.

Abruptamente, detenho-me para fazer uma mesura, mas ele já se levantou, já desceu os degraus e se joga em meus braços. É meu amor, meu menino. Está diferente e no entanto continua o mesmo. Abraço-o apertado, sentindo sua cabeça quente sob meu queixo; ele cresceu desde a última vez que o vi. Também está mais robusto, os braços que enlaçam minha cintura são fortes.

— Mamãe — murmura.

E noto o grasnido adorável do menino cuja voz está mudando. Ele perderá a voz infantil, e jamais a ouvirei novamente. Pensar nisso me faz chorar. Ele ergue o rosto, me fita com os olhos castanhos francos, e sei que o tenho de volta, exatamente como ele era. Ele me perdoou, ele sentiu saudade de mim. Lamento muito tê-lo decepcionado, mas estou deleitada de estar abraçando-o mais uma vez. Ele sorri. Enxugo as lágrimas dos olhos e retribuo o sorriso.

— Mamãe — é tudo que ele consegue dizer.

— Estou tão feliz que... — Não consigo terminar a frase, mal consigo respirar. — Estou muito feliz, muito.

Meu deleite em ver Jaime faz com que eu me sinta grata a Archibald por permitir meu retorno a Edimburgo. Margaret é novamente minha filhinha, vem a meus aposentos todos os dias, superviso sua educação, e ela vive sob minha orientação. Archibald tem poder absoluto no conselho de lordes; ninguém ousa se opor a ele. Se quisesse me banir da cidade, ele poderia, e ninguém me defenderia. É generoso comigo, não posso negar. Está servindo a Henrique, está fazendo as vontades da Inglaterra. Na verdade, ele não tem escolha, mas ainda assim está sendo gentil comigo.

— Você não pode ter realmente sentido medo de mim! — exclama, com ternura. — Quando penso na rainha que você era quando nos conhecemos, você não tinha medo de nada, e eu era um servo tão humilde que você mal me notava. E, quando olhou para mim atrás do canhão, e vi você sorrir em meio à fumaça! Não acreditei nem por um instante quando me disseram que estava com medo de mim. Não é possível que tenha medo de mim, Margaret.

— Não tenho — afirmo, de forma provocativa.

— Claro que não. Você esteve em minha vida como uma lua no horizonte, diferente de qualquer mulher comum.

— Eu não sabia que você pensava assim — observo cautelosamente.

— Claro. Fomos amantes, fomos marido e esposa, fomos pais de uma filha linda, estivemos em lados opostos de um canhão, mas sempre fomos a pessoa mais importante na vida do outro. Não é verdade? Em quem você pensa na maior parte do dia? Em quem você pensa todos os dias? Em quem você acha que eu penso toda hora? Toda hora!

— Isso não é o mesmo que amar alguém — protesto. — Não quero saber de palavras de amor. Sei que você tem outra mulher; você sabe que amo Henry Stuart. Vou me casar com ele, se o papa conceder o divórcio.

Ele solta uma risada e faz um gesto com as mãos, como se dissesse que Henry Stuart não significa nada para ele.

— Não, por Deus, não! Não é o mesmo que amar, é mais do que isso — argumenta. — Muito mais. O amor vem e vai. Se tiver a duração de uma música ou de uma história, já durou bastante. Todos sabem disso, inclusive a rainha da Inglaterra, que Deus a abençoe. O amor acabou para ela. Mas o pertencimento continua. Você é mais do que uma das amantes de minha vida. Sou mais do que um preferido seu. Você sempre será a primeira estrela do crepúsculo para mim.

— Você fala de lua e estrelas — respondo, ligeiramente arfante. — Está querendo se tornar poeta?

Ele abre um sorriso sedutor.

— Porque é à noite que penso em você. É das noites com você que mais sinto saudade — sussurra.

O carinho de Archibald comigo, sua generosidade com meu filho, se prolonga, pois ele convence o conselho a declarar Jaime rei no verão, aos 14 anos. Agora, finalmente, os oficiais que formam a corte de Jaime e governam em seu nome serão dispensados. Os guardiões franceses se vão, os lordes do conselho perdem seus cargos, Jaime e eu poderemos escolher nossos servos e assumir o comando. Exultantes, começamos a fazer listas de homens que designaremos para nos servir, mas as coisas não acontecem como deveriam. Em vez de nos deixar designar os cargos, Archibald avoca para si o trabalho. Nomeia sua própria gente para a corte real, e nos damos conta de que Jaime continuará sendo rei apenas no nome.

Todas as cartas são expedidas com o selo de Jaime, mas são ditadas por Archibald e copiadas por seus serventuários. Todo o erário é controlado e mantido pelo tesoureiro de Archibald, vigiado pelos soldados do castelo. Mais uma vez, ele tem posse de todo o dinheiro. A guarda real responde aos capitães de Archibald e ao próprio Archibald; são todos homens do clã Douglas. Para o mundo lá fora, Jaime é rei, mas por trás das muralhas ele não passa do enteado de meu marido. Sou a rainha viúva, mas sou sobretudo esposa de Archibald.

Não tenho dúvida de que Archibald pretende levar isso adiante indefinidamente. Jaime nunca terá permissão de assumir o poder, nunca designarei os cargos oficiais de minha corte, jamais me livrarei do domínio de meu marido. O arcebispo de St. Andrews, James Beaton, que foi um terrível inimigo meu no passado, está sofrendo a perda de sua posição como lorde chanceler e vem se encontrar comigo na capela, quando estou rezando sozinha, para oferecer apoio. Diz que ele e outros seguirão qualquer comando meu. Diz que me ajudarão a libertar Jaime do despotismo do padrasto.

Mas primeiro preciso sair dali. Todo dia em que me sento à mesa de Archibald, com Jaime a meu lado, reforça a ideia de que estamos reconciliados. Toda vez que ele me oferece o melhor corte de carne, ou a primeira prova do melhor vinho, parece que está servindo à esposa com amor e honra. Até Jaime olha para mim como se quisesse confirmar que não estou me deixando seduzir pelo charme de Archibald. Penso na lua no horizonte, na primeira estrela do crepúsculo, e digo a Jaime que preciso ir embora.

Ele fica lívido.

— E me deixar aqui? Com ele? De novo?

— Eu preciso — respondo. — Não tenho como conseguir apoio enquanto estiver debaixo do mesmo teto que Archibald. Ele me vigia dia e noite. E não posso escrever para Londres, pedindo ajuda, enquanto ele estiver pagando ao mensageiro e quebrando o selo das cartas.

— Quando a senhora vai voltar? — pergunta meu filho, com frieza.

Sinto o coração se contorcer de dor pela forma como ele esconde o medo por trás da entonação ríspida.

— Espero voltar daqui a poucos meses, talvez à frente de um exército — prometo. — Não descansarei nem um minuto, pode ter certeza. Vou libertar você, Jaime. Você vai ser livre.

Ele está tão triste que acrescento:

— Francisco de França está livre, e ninguém achava que isso aconteceria.

— A senhora vai recrutar um exército? — cochicha ele.

— Vou.

— Jura por sua honra?

Abraçamo-nos apertado por um instante.

— Volte logo para mim — pede ele. — Mãe, volte logo.

Castelo de Stirling, Escócia, Outono de 1526

Faço três tentativas de raptar Jaime da guarda de Archibald, mas meu marido é habilidoso demais, seus homens são leais demais a ele, estão decididos demais a manter Jaime. O ataque de surpresa na fronteira, quando ele e Jaime estão cavalgando, é frustrado; a tentativa de rapto dentro do Castelo de Edimburgo é um fracasso. Por outro lado, cada vez mais lordes escoceses vêm para nosso lado, inconformados com o abuso de poder de Archibald. Ainda assim, é um dia bem difícil para mim quando Davy Lyndsay surge em minha sala de audiências e faz uma mesura.

— O senhor aqui? — Levanto-me de pronto, a mão sobre o coração. — O Jaime está doente? O senhor veio me buscar?

— Fui dispensado do serviço — anuncia Davy, num murmúrio. — O conde de Angus me mandou embora, e não me permitiram permanecer, embora tivesse me disposto a ficar sob o mesmo teto que o rei sem pagamento, para ele saber que eu estava lá. Ofereci-me a dormir no estábulo. Dormir com os cães. Mas ele exigiu que eu fosse embora. Seu filho terá outro responsável por sua corte. Já não posso lhe servir.

Fico apavorada. Jaime nunca se separou de Davy. Durante toda uma vida de despedidas e morte, sempre teve Davy a seu lado.

— Ele está sozinho? Meu filho?

— Tem alguns companheiros.

A maneira como Davy Lyndsay contrai a boca deixa claro que ele não os tem em alta consideração.

— Quem é o tutor dele?

— George Douglas.

Trata-se do irmão caçula de Archibald, que só se importa com o triunfo do clã Douglas.

— Meu Deus, o que ele vai ensinar a meu filho?

— A frequentar prostíbulos e beber — responde Davy Lyndsay, com amargor. — Não sabe fazer outra coisa.

— Meu filho!

— Estão estragando-o de propósito. Levam-no aos bordéis para embebedá-lo. Riem quando ele cai, quando uma prostituta o leva para o quarto. Que Deus os perdoe pelo que estão fazendo com nosso menino.

Levo a mão à boca.

— Preciso buscá-lo.

— Precisa. Por Deus, precisa.

— E o que o senhor vai fazer? — pergunto.

Isso é tão difícil para ele quanto para mim. Davy não se separa de Jaime desde que meu filho nasceu.

— Se a senhora permitir, gostaria de fazer parte de sua corte. E, se for possível, quando Vossa Majestade mandar uma tropa para salvar o rei das garras do clã Douglas, poderia me mandar junto?

— O senhor, um poeta, quer lutar por ele?

— Deus sabe que eu morreria de bom grado por nosso menino.

Seguro suas mãos, e ele junta as palmas no antigo gesto de lealdade.

— Não suporto ficar sem ele — murmura. — Deixe-me buscá-lo.

— Sim — respondo, sem hesitação. — Vamos tirá-lo de lá. Prometo.

Escrevo aos lordes do conselho, escrevo ao próprio Archibald, escrevo a Henrique. Escrevo a Catarina:

Por insistência sua, vivi publicamente com o conde de Angus, como esposa, desde que ele voltou à Escócia, e, embora ele esteja agora em Edimburgo e eu esteja em Stirling, não estamos separados, nem recebi notícia alguma do Vaticano sobre o progresso de meu divórcio. Pelo que sei, a petição será recusada, e viverei e morrerei esposa de Archibald.

Mas ele quebrou o acordo que fez com você e comigo. Está mantendo meu filho, seu sobrinho, o rei, confinado. Jaime não tem permissão de sair sem guardas armados do clã Douglas, só pode caçar nos arredores da cidade, e as pessoas próximas dele não têm autorização de vê-lo. Peço a você que fale com meu irmão, o rei, pedindo-lhe que ordene ao conde de Angus que liberte Jaime, como deveria. Fiz tudo que você me pediu. Jaime não deve ser castigado.

Isso não é o que parece: o pedido de ajuda de uma irmã. É um teste sobre a influência de Catarina. Acho que ela está em declínio. Acho que seu poder está esmorecendo. Se Catarina ainda tiver alguma influência sobre Henrique, poderá usá-la para libertar Jaime, mas acredito que perdeu todo o poder que exercia sobre ele. Henrique é aconselhado pelo cardeal nos assuntos de Estado, discute religião e filosofia com Thomas More e é cada vez mais influenciado pela outra mulher de sua vida. Com certeza Ana Bolena não se satisfará, como a irmã se satisfez, com um título para o pai em troca de um filho bastardo. Imagino que Ana seja uma jovem que deseja compartilhar o poder de Henrique, além de sua cama. Não se trata de uma simples meretriz bonita. Trata-se de uma nova jogadora em busca de poder. Ela será a dona não coroada da corte e líder do pensamento reformista da religião. Levará modos franceses a Londres, e veremos o rei com a velha rainha de um lado e sua jovem companheira do outro.

Minha irmã, Maria, confirma isso. Numa longa carta que me conta sobre sua saúde e o crescimento do filho, acrescenta:

... a rainha se mantém calada e distante, enquanto a corte está cada vez mais movimentada. Quem a vê, magra e com febre, pensaria que está doente. É como se o espírito fosse a única coisa forte nela, ardendo nos olhos. Ela agora se levanta à noite para rezar e, evidentemente, está exausta ao cair da tarde, branca como um fantasma durante o jantar. Não há nada que eu possa fazer para confortá-la. Ninguém consegue confortá-la.

Todos dizem que o nascimento do bastardo Carey prova que o rei é fértil e poderia ter um filho homem, um sucessor legítimo, se nossa irmã se afastasse para ele se casar novamente. Mas como ela poderia fazer isso? Deus a designou para ser rainha da Inglaterra, e ela acredita que Lhe faltaria afastando-se. Depois de se casar com Artur, depois de perdê-lo e alcançar o trono por intermédio de Henrique, com a intervenção direta de Deus, não pode abandoná-lo agora. Não consigo acreditar que essa seja a vontade de Deus, e o bispo Fisher diz que não há motivo para invalidar o casamento.

É um sofrimento terrível para ela, e para mim, que você continue com sua petição de divórcio no Vaticano. Como eles estão levando tanto tempo para responder, não seria melhor suspendê-la e anunciar que você se reconciliou com seu marido? Então você teria certeza de que seu filho está sendo bem tratado, em vez de nos pedir ajuda. Se você fizer isso, todos os seus problemas acabarão. Minha irmã querida, preciso lhe dizer que Catarina, a rainha, pensa como eu. Ambas achamos que você deveria voltar para seu marido e proteger seu filho. Ambas temos convicção de que é o certo. Acreditamos que não há mais nada que você possa fazer.

Um grupo de lordes que me apoiam pede para se encontrar com Jaime no Castelo de Edimburgo, e Archibald o leva. Em público os homens perguntam se ele é realmente livre, e meu filho responde que ninguém, nem mesmo sua mãe, precisa se preocupar, porque ele não poderia levar uma vida mais agradável e feliz do que a vida que leva com Archibald, a quem chama de bom primo.

— Isso pode ser de fato verdade? — Henry Stuart está comigo, com o arcebispo Beaton e o conde de Lennox, quando um dos lordes simpáticos a minha causa vem me dar a notícia. Davy Lyndsay se encontra no vão da porta, ouvindo como o cão fiel que sente falta do dono. — Será que Archibald virou a cabeça do menino oferecendo a ele apenas diversão, deixando-o se corromper?

Viramo-nos para o mensageiro.

— O jovem rei não estava sofrendo coerção ao responder — explica o lorde. — O conde de Angus se manteve com ele durante todo o tempo, mas o menino poderia dizer o que quisesse, bastavam três passos para se juntar a nós. E ele não fez isso. Disse especificamente que a mãe não precisava temer por ele.

— Mas eu temo! — desespero-me.

Henry põe a mão em meu ombro.

— Todos tememos — afirma.

Ouvimos barulho na sala de audiências, burburinho das pessoas que aguardam ali para me ver. Vejo Henry levar a mão à espada.

— Vossa Majestade está esperando alguém? — pergunta ele.

Sacudo a cabeça quando os sentinelas abrem a porta, e um jovem usando o uniforme real entra na câmara privada. É um dos cavalariços de Jaime, que se ajoelha a meus pés.

— Vim a mando de Sua Majestade, o rei — esclarece.

Davy Lyndsay se adianta.

— Conheço esse rapaz. O rei está bem, Alec?

— Sim, conta com boa saúde.

— Você pode se levantar — digo.

Ele se põe de pé e anuncia:

— Trago uma mensagem. O rei não queria escrever. Mas avisa que foi obrigado a dizer o que disse aos lordes, que é prisioneiro do conde de Angus e pede que Vossa Majestade o salve. Diz que Vossa Majestade prometeu buscá--lo. Diz que deve fazer isso.

Levo a mão ao coração, que bate acelerado com o pedido de meu filho. O rapaz se dá conta de que não deveria falar assim com uma rainha. Enrubesce, ajoelha-se novamente e abaixa a cabeça.

— Estou apenas dizendo as palavras do rei — murmura. — Ele me pediu que dissesse exatamente isso.

— Compreendo. — Toco sua cabeça de leve. — Você deve voltar com uma resposta?

— Sim. Ninguém me viu sair, ninguém sabe onde estou.

— É o que você espera — intervém Lennox.

O rapaz abre um sorriso breve.

— É o que espero — aquiesce, com um sorriso de bravura.

— Diga a ele que iremos — respondo. — Diga que não o decepcionarei. Diga que estou recrutando um exército que marchará contra o conde de Angus e que o libertaremos.

O rapaz assente.

— Vossa Majestade sabia que George Douglas, irmão do conde de Angus, é agora chefe da corte do rei?

— Chefe? — pergunta Davy Lyndsay.

Faz-se um silêncio atroz.

— Então o rei corre perigo de vida — deduz o conde de Lennox. — Não há ninguém com o menino que o ame. Não há ninguém que não se beneficiaria com a morte dele.

— Archibald não o mataria — protesto em descrença. — Não é possível que o senhor esteja dizendo isso.

Lennox se vira para mim.

— Archibald tem sangue real e tomou todo o poder do rei. Tem a guarda do rei, e ninguém consegue libertá-lo. O que é isso senão a medida que antecede o aprisionamento do rei com a declaração de que ele está doente ou louco? Depois disso, não vai precisar de muito para declarar que Jaime está morto e que Archibald é agora o rei.

Afundo na poltrona.

— Ele não faria isso. Eu o conheço. Ele não faria mal a meu filho. Archibald o ama.

Quase digo: E me ama também.

— Ele não fará nada se pudermos detê-lo — diz Henry Stuart.

Recrutamos um exército, e vários lordes se juntam a nós com seus criados armados. Alguns são inimigos jurados de Archibald e participariam de qualquer investida contra ele, outros esperam se beneficiar com as oportunidades da batalha, mas outros ainda — um bom número de pessoas — simplesmente desejam a liberdade de meu filho. Planejamos atacar o novo aliado de Archibald, meu antigo amigo James Hamilton, conde de Arran, na aldeia de Linlithgow Bridge, antes que Archibald possa trazer de Edimburgo seu exército. O conde de Arran e o clã Hamilton ocupam a ponte, por isso Lennox conduz seus soldados pelo rio, a fim de atacá-los pelo flanco. Há contra-ataque, e o exército dos Douglas vem às pressas do sul. Meus lordes ficam horrorizados ao ver o estandarte real na retaguarda das forças de Archibald. Meu marido, esse homem cruel, trouxe Jaime a sua primeira batalha. Trouxe Jaime para ver os homens de sua mãe morrerem na luta para libertá-lo.

Evidentemente, não é só maldade, é uma tática brilhante. Ele está usando Jaime como eu própria o usei ao mandá-lo, aos 3 anos de idade, entregar a chave do Castelo de Stirling. Esse menino é arrastado como um ícone diante do povo desde que nasceu, e agora Archibald coloca Jaime e o estandarte real no coração de um exército pérfido. Metade de nossos homens não levantaria armas contra o estandarte real. Para eles, é uma blasfêmia. O conde de Lennox corre os olhos à volta em desespero, vendo seus aliados se recolherem, mas os homens da frente de ambos os exércitos se acham absortos, gritando insultos, estocando com lanças, dilacerando com machados e brandindo espadas imensas de batalha. É sangrento e terrível, e Jaime, mantido na retaguarda, ouve os gritos ensandecidos de fúria, os gritos de dor dos homens que caem. Quando vislumbra uma chance de fugir, avança com seu cavalo, a fim de atravessar os exércitos, e é nessa hora que o novo chefe da corte do rei, George Douglas, irmão de meu marido, segura o braço de meu filho e o mantém cruelmente preso com o punho de metal. George grita na cara de meu filho que é melhor ele permanecer junto deles, porque o clã Douglas jamais o deixará escapar.

— Fique onde está, porque preferimos destroçá-lo a partir sem Vossa Majestade.

Aterrorizado, Jaime desvia o olhar, mas obedece. Já não ousa tentar escapar do homem que parece enorme em seu cavalo e o segura com tamanha força. Não ousa mais chegar até o conde de Lennox. A batalha é interrompida — estava condenada assim que ergueram o estandarte real —, e nossos homens debandam. Um líder não consegue voltar; temos de deixar o conde de Lennox ferido no campo e, quando recuperamos seu corpo, vemos que ele sofreu várias punhaladas. Nossas forças retornam a Stirling, e Archibald avança em nosso encalço, seguindo-nos pela estrada de terra, enquanto serpenteamos pelas montanhas, chapinhamos nos baixios e subimos a ladeira de pedra, até alcançarmos o castelo, onde nos escondemos, erguendo a ponte levadiça e fechando o rastrilho, a fim de nos prepararmos para resistir.

Assim como Jaime me garantiu, tantos anos antes, o Castelo de Stirling é forte. Archibald só pode tomar o castelo se trouxer os canhões, mas não há ninguém para nos resgatar.

— Precisamos fugir — propõe Henry a mim e ao arcebispo Beaton. — Teremos de entregar o castelo, e seria melhor se o conde não nos encontrasse aqui.

Volto os olhos para ele, em desalento.

— Entregar o castelo?

— Nós perdemos — decreta Henry. — É melhor você voltar a Linlithgow e torcer para chegar a algum acordo com Archibald. Não pode ficar aqui, esperando que ele a capture.

O arcebispo não precisa que lhe digam duas vezes. Já está tirando o bom capote e o casaco acolchoado.

— Vou sair pela porta falsa do castelo — anuncia. — Vou pegar o cajado e o casaco de algum pastor. Não serei capturado pelo clã Douglas. Eles me decapitariam como decapitaram o cavaleiro. Não quero minha cabeça num espeto, na praça.

Divido o olhar entre o homem que amo e o homem em quem confio. Estão ambos desesperados para fugir do castelo, para se esconder de meu marido. Estão apavorados com o homem que vem atrás deles, atrás de mim. Mais uma vez, me dou conta de que ninguém me ajudará. Eu própria terei de me salvar.

Atravesso o reino com apenas alguns homens para me proteger. Chove torrencialmente, e a água apaga os vestígios de nossa passagem, abafa o ruído dos cavalos. Archibald, comandando seus homens debaixo da tempestade em direção ao Castelo de Stirling, não nota que passo a um quilômetro dele. Sei que seu exército está ali, na estrada, avançando para o norte, mas não o vejo nem ouço o tropel da cavalaria. O campo está tão deserto que não há ninguém para informá-lo sobre nossa viagem de trinta quilômetros, de Stirling a Linlithgow. Ninguém nos vê passar, nem mesmo os pescadores ensopados pela chuva, nem mesmo os meninos que fazem o pastoreio. Quando o Castelo de Stirling abaixa a ponte levadiça e abre o rastrilho, em vergonhosa rendição, Archibald fica sabendo que mais uma vez não conseguiu me capturar. Que escapei.

Palácio de Linlithgow, Escócia, Outono de 1526

Ele sabe, porém, que ganhou. Não preciso de uma carta do cardeal Wolsey, em Londres, para me dizer que abrir guerra contra meu marido é uma calamidade. Ninguém poderia apoiar uma rainha militante, ainda mais se ela está lutando contra o marido. Mas o cardeal escreve com muita temperança; já não é o grande defensor do casamento Tudor que outrora fora.

> *É claro que, minha querida filha em Cristo, é possível que o Santo Padre chegue à conclusão de que há motivo para a anulação do casamento, e, sendo assim, meu conselho seria que Vossa Majestade tentasse chegar a um acordo com seu marido em relação a suas terras e sua filha. Ele vai querer comandar o conselho dos lordes, e Vossa Majestade teria de concordar com a preeminência dele. Todos achamos que ele é o melhor governante que a Escócia poderia ter e o melhor guardião para seu filho. Chegando a um acordo com o conde, Vossa Majestade teria lugar de honra na corte e poderia ver seu filho e sua filha, mesmo que no futuro se case com outro homem.*

É tão diferente das exigências de praxe que recebo de Londres — de que devo permanecer casada, ou subverterei a própria Igreja — que fico relendo a carta durante algum tempo, imaginando o que o cardeal pretende com essas palavras tranquilas, escritas numa caligrafia impecável. Chego à conclusão de que a intenção do cardeal provavelmente está além da minha compreensão. Mas, quando Archibald escreve para mim com cortesia, cheio de educação, como se seu exército não tivesse assassinado um homem ferido, o conde de Lennox, como se seu irmão não tivesse agarrado meu filho com suas mãos violentas, entendo que a política inglesa mudou. Mudou completamente.

Agora devemos nos separar, mas não devo derrotar Archibald. Posso ser livre, se entregar meu poder. Está claro que alguém na Inglaterra já não acha que o divórcio é um anátema. Alguém em Londres acha que o divórcio pode acontecer e marido e esposa podem chegar a um acordo. Alguém em Londres acredita que o casamento real pode terminar e os cônjuges podem se casar novamente. Aposto que esse alguém seja Ana Bolena.

Que vergonha que a bisneta de um mercador de seda esteja determinando a política inglesa na Escócia! Catarina abusou do poder e foi mais tirana do que rainha, mas pelo menos nasceu na realeza. Ana Bolena é uma mulher do povo, o pai tinha orgulho de servir em minha corte, os avós eram mais humildes do que os de Charles Brandon, o marido de Maria. Mas, graças ao amor de Henrique pelo que é vulgar e ostentoso, Charles está casado com minha irmã, e Ana agora aconselha o rei da Inglaterra. Não é de admirar que, em comparação, meus problemas com Archibald pareçam ínfimos. Não é de admirar que para eles não faça nenhuma diferença que eu esteja apaixonada por Henry Stuart, um lorde escocês de sangue real. O que eles poderiam dizer contra ele? O que podem dizer contra mim, quando o rei da Inglaterra escolhe os amigos e a amante entre a escória do reino, fingindo que são a nata?

Archibald me convida a visitar meu filho em Edimburgo. Diz que serei convidada de honra em Holyroodhouse, que poderei ver Jaime sem testemunhas, sempre que eu desejar, pelo tempo que eu desejar. Diz que nossa filha, Margaret, está bem e feliz no Castelo Tantallon e virá a Edimburgo para me ver. Com distante cordialidade, oferece os aposentos palacianos que outrora abrigaram o duque de Albany, os aposentos destinados ao regente. Com isso, entendo que não há dúvida de que não dividiremos a cama, e os lençóis de Pentecostes poderão permanecer no armário. Entendo que ele também recebeu de Londres a notícia de que o divórcio é agora permitido, e que ele deve me tratar com equidade e respeito. Entendo que, embora tenha perdido a guerra contra Archibald, ainda posso chegar a um acordo com ele. Sorrindo, respondo que ficarei feliz de rever meu filho, minha filha e meu querido Archibald.

Palácio de Holyroodhouse, Edimburgo, Escócia, Outono de 1526

A população de Edimburgo se junta nas ruas para me saudar quando entro na cidade e sigo, mais como uma mulher vitoriosa do que como uma esposa separada e derrotada, em direção a Holyrood. Empregados e servos, membros do clã Stuart e do clã Douglas, abaixam a cabeça e tiram o chapéu quando desço do cavalo, e Archibald me cumprimenta com extrema educação, como se nunca tivéssemos sido nada além de rainha e chefe do conselho. Ele me conduz aos aposentos privados de Jaime e me deixa à porta.

— Independentemente do que ele diga — murmura, inclinando a cabeça para a porta fechada, guardada por dois soturnos membros do clã Douglas —, eu jamais faria mal ao Jaime. Amo esse menino como se ele fosse meu filho. Você sabe disso.

— Sei — respondo, relutante. — Mas que reclamação ele poderia fazer de você?

Ele abre um sorriso.

— Eu não o deixo governar — admite. — Ele não pode assumir o poder. Preciso controlar os lordes até ter certeza de que eu e minha casa estamos seguros, de que o reino está em comunhão com a Inglaterra. Você sabe disso.

Assinto. Eu sei.

Os guardas abrem a porta, e entro para ver meu filho.

Ele se levanta imediatamente do chão, onde estava jogando dados, mão direita contra mão esquerda, e atravessa a sala em minha direção. Tornou-se um rapaz, logo vejo. Um ano atrás, viria saltitando como um pônei. Agora vem rápido, mas os ombros são os de um homem adulto, os pés estão plantados no chão. Ele tem presença, algo que nunca teve antes.

— Sempre que nos encontramos, você está mudado — murmuro, fitando seu rosto e vendo a sombra de um bigode, o começo de uma barba irregular. — Barba! Você agora tem barba!

— A senhora está sempre a mesma — responde ele, galante. — Sempre bonita.

— Foi horrível — lamento, de súbito. — Tentei tantas vezes tirá-lo daqui.

— Eu sei. Também tentei fugir. — Ele abaixa a voz. — Mas me impediram. Disseram que me destroçariam, membro por membro. A senhora me pediu que nunca deixasse que eles me tocassem, mas disseram que me desmembrariam. Eu não tinha autoridade. Eles não tinham nenhum respeito, e eu não conseguia me impor.

Em desalento, entreolhamo-nos.

— Falhei com você — balbucio. — Que Deus me perdoe, e espero que você também me perdoe.

— Não — diz ele, de pronto. Já pensou sobre isso. — A senhora sempre tentou fazer o melhor por mim, manter o poder, me levar ao trono. Quem falhou comigo foram seu irmão, o rei, seu marido, meu guardião, e os lordes que se deixaram conduzir como ovelhas por um lobo. A senhora não pode se responsabilizar por esses homens, esses idiotas.

— Não tenho dinheiro, não tenho exército nem apoio da Inglaterra — observo. — Não tenho nenhum plano.

— Eu sei — responde ele, e de repente o sorriso alegre do pai ilumina seu rosto. — Por isso pensei que poderíamos simplesmente ser felizes. Mesmo se estivermos presos. Pensei que poderíamos ser felizes nesse inverno e passar o Natal juntos, nós três, sabendo que a cada ano que passa e fico mais velho, a cada mês que minha barba cresce, aproxima-se mais o fim do governo dos Douglas Vermelhos. Archibald não poderá me manter prisioneiro quando eu for adulto. No fim, ganharemos apenas tendo sobrevivido.

Seguro sua mão e beijo seu rosto, onde os ralos pelos negros são tão macios quanto seus cachos infantis. Agora temos a mesma altura. Meu filho tem meu tamanho e continua crescendo.

— Muito bem — assinto. — Vamos pedir para trazerem Margaret e seremos todos felizes.

Palácio de Linlithgow, Escócia, Verão de 1527

Para meu assombro, vivemos juntos, nós quatro, e somos felizes. O longo inverno gelado se dissipa afinal, e o milagre que é a primavera escocesa surge aos poucos, bem aos poucos, primeiro no verde molhado dos gramados, depois no grasnar dos gansos que voam pelo céu, então na cantoria dos pássaros e finalmente no florescimento dos lírios e nos brotos crescendo nas árvores, a vida brotando à medida que a seiva se fortalece a ponto de eu quase poder senti-la no ar quente que antecede a chegada do verão.

    Archibald comanda o conselho. Não há dúvida de que todo o poder se concentra em suas mãos, mas ele traz as leis e promulgações para Jaime assinar. Jaime obedece e sela os documentos como lhe pedem, com uma breve careta, sem jamais falar nada de seu guardião. Meu filho está encantado por estarmos novamente juntos, e designo Davy Lyndsay para minha corte, de modo que Jaime tem mais uma vez o estimado companheiro a seu lado todos os dias, e não somos completamente dominados pelo clã Douglas.

    A corte gira em torno de mim e de meu filho, como deve ser, e todos saímos para caçar e cavalgar juntos. Organizamos pequenas justas e outras competições. Quando o tempo esquenta, vamos todos a Linlithgow, onde passeamos de barco no lago e Jaime pesca salmões. À noite, temos peças e bailes, e Jaime se mostra um grande dançarino e músico. Nenhuma pessoa criada por Davy

Lyndsay deixaria de ser poeta, e Jaime escreve as letras de suas próprias canções. Um grupo de jovens nobres lhe faz companhia. Acho que alguns são má influência, bebendo demais, apostando alto nas cartas, talvez frequentando bordéis. Mas esses são os passatempos dos rapazes, e Deus sabe que o pai de Jaime não era nenhum santo. Ver Jaime montado num cavalo ou participando de uma justa faria qualquer pessoa se lembrar de seu pai. Todos acham que meu filho deveria assumir o poder este ano ou no próximo.

Recebemos notícias da Inglaterra e do restante da Europa. As tropas do imperador continuam conquistando terreno, invadindo inclusive Roma, saqueando a cidade. As pessoas falam como se todos os cristãos tivessem sido assassinados, todas as igrejas tivessem sido profanadas, como se o fim dos tempos se aproximasse. O próprio papa é detido pelas forças do imperador, e, embora eu saiba que deveria rezar por ele, não consigo deixar de pensar em mim: que esse é o fim de minha esperança de liberdade. Todas as questões religiosas serão supervisionadas pelo imperador, o sobrinho de Catarina, por isso não duvido de que minha petição para anulação do casamento tenha se perdido, ou tenha se queimado na destruição do Vaticano. Acho que nunca me divorciarei de Archibald, e Henry Stuart sempre viverá fora da corte, encontrando-se comigo apenas quando conseguimos uma tarde juntos, tarde que desperdiçamos com lamúrias. Ambos achamos que jamais teremos permissão para ficar juntos, que ele será sempre privado da honra e dos benefícios do serviço real, que jamais lhe darei um herdeiro.

Meu irmão nunca me escreve. A Escócia e a Inglaterra assinaram o tratado de paz, e Henrique evidentemente acha que meu trabalho está feito e ele não precisa de meu afeto. Maria escreve uma carta tão desesperada que preciso ler e reler para entender o que diz. Só Deus sabe o que se passa em Londres.

Ana Bolena decidiu deixar a corte, foi para a casa do pai no Castelo de Hever, e Henrique lhe escreve sempre, de próprio punho, implorando que ela retorne. De próprio punho! Por algum motivo, ela pode desobedecer às exigências reais e, em vez de punição, é recompensada com joias e dinheiro.

Margaret, não sei nem dizer como é humilhante para todos nós ver Henrique acossando essa mulher como se fosse um trovador, como se fosse uma dama tão importante quanto uma rainha. Catarina é admirável, não diz nada, age como se não houvesse nada errado, carinhosa como sempre foi com Henrique, sem falar atravessado com ninguém, nem mesmo atrás de portas fechadas, embora tanto a irmã da meretriz, Maria, quanto a mãe Elizabeth Bolena (agora Lady Rochford, acredite ou não) ainda sirvam em seus aposentos e ela tenha de suportar os sorrisos de ambas, com aquele misto de desculpa e triunfo, todos os dias. Catarina acredita que tudo isso será esquecido, como os outros flertes foram esquecidos, e imagino mesmo que serão, pois quem agora se importa com Bessie Blount? Mas, se você visse o veludo que ele mandou para ela, ficaria tão furiosa quanto eu.

A corte está dividida entre os jovens tolos, que se deleitam com o escândalo desse flerte, e os mais velhos, que amam a rainha e se lembram de tudo que ela fez por Henrique e pela Inglaterra. Mas por que essa Bolena está se escondendo em Hever? Morro de medo de que esteja grávida. Mas acho que saberíamos, não é? Além do mais, ela se vangloriou tanto de sua virgindade...

O Santo Padre está enviando um representante à Inglaterra, para reconciliar Henrique e nossa irmã. Talvez ele peça a mademoiselle Bolena para permanecer em Hever. Ouvi dizer que ela só retornaria à corte se tivesse seus próprios aposentos e criados, como se fosse uma princesa nata. Já tem mais servos do que eu. E você pode imaginar quem está pagando as contas. Todos sabem, é absolutamente público; as contas são enviadas diretamente ao tesoureiro.

Já não há alegria na corte, mas precisamos frequentá-la, porque Charles diz que ele não pode perder contato com o rei, e sinto a obrigação de me manter ao lado de Catarina enquanto ela enfrenta esse suplício. O sofrimento está estampado em seu rosto; ela parece ser uma mulher com uma doença grave. Ninguém disse nada à princesa Maria, que é mantida em Ludlow o máximo possível, protegida pela megera Margaret Pole, mas é claro que ela sabe, como poderia não saber? Toda a Inglaterra sabe. Henrique Fitzroy está sempre na corte e agora é tratado como um príncipe. Não sei nem lhe dizer como estamos infelizes. À exceção de Henrique e Ana Bolena, naturalmente; ela está radiante.

Soubemos que você voltou para seu marido e está morando com ele, em harmonia. Fico muito contente com isso, irmã querida. A rainha diz que você lhe dá esperança; separando-se dele, abrindo guerra contra ele e se reconciliando, afinal. É como um milagre.

Posso dar esperança à rainha, mas duvido muito de que mais alguém pense em mim. É evidente que Henrique está satisfeito em deixar a Escócia ser governada pelo cunhado. Na verdade, nomeou Archibald guardião das marchas, dando-lhe a incumbência da segurança de toda a região fronteiriça, como se pedisse ao leão que dormisse com a ovelha. Como meu marido, Archibald mais uma vez recebe legalmente todos os meus aluguéis. Se decidisse me deixar sem um centavo, poderia, mas é generoso comigo, certificando--se de que o conselho me pague uma pensão como rainha viúva, dando-me bom material para os vestidos de Margaret. Se visita Janet Stuart de Traquair, enfurnada em alguma de minhas muitas propriedades, ninguém comenta nada comigo. Qualquer pessoa que o visse, respeitoso na capela, educado no jantar, divertindo-se durante os bailes, imaginaria que ele é um marido fiel e sou uma esposa de sorte.

Mais do que isso, todos imaginariam que ele é carinhoso. Quando surge num cômodo, sempre faz uma mesura para mim com a mão no peito, como se não se esquecesse de que já me amou. Quando beija minha mão, o beijo é demorado. Às vezes, quando está atrás de minha poltrona, põe a mão suavemente em meu ombro. Quando cavalgo, é sempre o primeiro que aparece para me ajudar a descer do animal, abraçando-me por um instante enquanto me leva até o chão. Para o mundo, parece ser um marido afetuoso, e é essa impressão que deve chegar à Inglaterra, pois minha irmã, Maria, escreve no avesso da página, num canto, como algo que lhe ocorresse posteriormente:

Escreva a Catarina contando sobre sua felicidade; vai confortá-la saber que marido e esposa podem se reconciliar depois de muito tempo separados. Ela está aflita com os muitos rumores que começaram a surgir sobre o casamento dela com o rei. Se alguém lhe perguntar, Margaret, diga que se lembra perfeitamente bem de que nosso pai decidiu, antes de morrer, que Henrique deveria se casar com Catarina, e ela e Henrique receberam a dispensa papal. Se alguém disser alguma coisa sobre Deus não ter dado a eles um filho homem, responda que Deus age mesmo de forma misteriosa e que temos, graças a Ele, uma bela princesa saudável como herdeira. Não fale nada sobre Henrique Fitzroy, nem sequer o mencione. Todos os dias, rezo para que Ana Bolena consinta ter um caso de amor normal e se mostre estéril. No momento, todos aguardamos, como criados numa casa de banho, que ela diga seu preço. Só Deus sabe o que pretende com essa demora.

Eu deveria estar feliz com o fato de o longo domínio de Catarina sobre meu irmão ter chegado ao fim. Acho que deveria estar feliz, mas não estou. Fico pensando: Esse é meu momento de triunfo, por que não me sinto triunfante?

Enquanto é deixada de lado por uma corte jovem e feliz que se encontra dominada pela nova preferida de Henrique, enquanto é negligenciada pela família Bolena e os parentes deles, os Howard, enquanto é silenciada como conselheira pelo cardeal e por outros que cumprem o trabalho para o reino, Catarina não pode influenciar Henrique contra mim. Não pode convencer ninguém da santidade do casamento, quando o rei se acha entregue à sedução. A corte Bolena, voltada apenas para o prazer, instigada pela tentação, ávida por escândalo, não é audiência para os pensamentos profundos de Catarina sobre fidelidade e obstinação. Com a diminuição de seu poder, deveria ser meu momento. Mas agora, por azar, é exatamente o momento em que o papa é prisioneiro do imperador, e todos os processos estão suspensos.

— Sabe, acho que ficaremos juntos para sempre, como Deucalião e Pirra — observa Archibald, surgindo em minha câmara privada, cumprimentando minhas damas como se tivesse todo o direito de entrar sem ser anunciado.

Não sorrio. Não me lembro de quem são Deucalião e Pirra e não quero me envolver com Archibald.

— Marido e esposa fiéis, que repopularam a Terra — explica ele. — Acho que faremos uma nova Escócia quando nosso garoto aqui tiver idade para governar.

— Ele já tem idade — argumento. — E é meu garoto, não nosso.

Archibald solta uma risada, leva a mão ao peito e abaixa levemente a cabeça.

— É verdade — responde. — Pelo menos, temos uma filha que nos faz feliz.

— Se estamos tão felizes, imagino que o arcebispo Beaton possa voltar à corte — sugiro, testando-o.

— Ah, ele está cansado de pastorear? — pergunta Archibald. — Ouvi dizer que trocou a bengala de ouro por um cajado simples e deixou o Castelo de Stirling às pressas.

Enrubesço de fúria.

— Você sabe muito bem o que aconteceu.

Ele pisca o olho.

— Sei. E, por mim, ele pode voltar. Mas é seu filho que deve fazer o convite, evidentemente. Mais alguém?

— Como assim?

— Mais alguém que você queira trazer de volta à corte? — pergunta ele, com simpatia. — Se vamos viver juntos e felizes para sempre, você gostaria de ter mais alguém a seu serviço? Basta pedir ao Jaime. Eu ficaria feliz de receber qualquer amigo seu aqui. Desde que...

— Desde que o quê? — pergunto, pronta para me ofender.

— Desde que a pessoa entenda que sua reputação não deve ser comprometida — responde ele, com a pompa de um corista. — Enquanto estiver comigo, como minha esposa, não quero nenhum rumor sobre você. Sua reputação como mãe do Jaime, como mãe de nossa filha e rainha viúva, deve ser irrepreensível.

— Minha reputação é irrepreensível — afirmo.

Ele segura minhas mãos, como se quisesse me consolar.

— Ah, minha querida, sempre há rumores. Infelizmente, os franceses disseram a seu irmão que você sempre se comunica com o duque de Albany.

— Eu preciso me comunicar sempre com ele! Ele é regente da Escócia!

— Mesmo assim. Seu irmão acredita que você pretende se casar com ele.

— Que absurdo!

— E alguém disse a seu irmão que você tem um amante, Henry Stuart.

Não gaguejo.

— É mentira.

— Alguém disse a ele que você e Henry Stuart pretendem raptar seu filho e botá-lo no trono como um peão do clã Stuart.

— Ah, quem poderia ser? — pergunto, com amargor. — Quem será o espião de meu irmão, que sabe tantos detalhes e recebe tanta atenção na Inglaterra?

Archibald beija minhas mãos.

— Na verdade, não sou eu. Mas, como sei que sua família significa muito para você, e como o rei está questionando a validade do próprio casamento, é ainda mais importante para ele que não haja nenhum escândalo sobre você.

— Henrique está questionando a validade do casamento dele?

— Está.

— Você acha que ele pretende deixar a rainha? — murmuro.

— Deveria — responde Archibald, como se condenasse Catarina, uma mulher inocente, uma mulher sem poder.

— Soube que um representante do papa estava indo à Inglaterra para reconciliá-los.

Archibald solta uma risada.

— Para pedir a ela que não se oponha.

Dirijo-me à janela e me ponho a contemplar o jardim. As flores caem das macieiras como se fossem neve na primavera. Não sei se me sinto vitoriosa ou desolada. É como se a montanha que chamam de Arthur's Seat tivesse de repente se deslocado e afundado: o horizonte mudou totalmente. Catarina controlava minha vida. Já a invejei, amei, odiei e quase fui destruída por ela, mais de uma vez. Poderia ela desaparecer de súbito? Poderia perder completamente a importância?

— Ela jamais vai concordar — prevejo.

— Não, mas, se provarem que o casamento é inválido, não caberá a ela.

— Por que motivo seria inválido?

— Porque ela foi casada com seu irmão Artur — diz simplesmente, como se fosse óbvio.

Lembro-me da carta de Maria, alertando-me sobre o que eu deveria dizer. Juntas, minhas duas irmãs devem ter preparado uma resposta para cada pergunta. Não me consultam, apenas me instruem.

— O papa emitiu uma dispensa — afirmo, como Maria pediu.

— Talvez a dispensa fosse inválida.

Volto os olhos para ele.

— Que tipo de argumento é esse? É claro que a dispensa papal era válida.

— Isso já não importa. O sobrinho da rainha agora mantém o papa prisioneiro. Duvido de que o Santo Padre teria coragem de desonrar a tia do algoz. Jamais permitirá o divórcio de seu irmão. Jamais permitirá nosso divórcio.

— Mas isso não tem nada a ver comigo! — protesto.

— O papa tem seus próprios problemas, não vai ligar para os seus. E Henrique só quer saber do divórcio dele. — Archibald resume à perfeição a crescente vaidade de Henrique, seu egoísmo de praxe: — Ele quer deixar claro que os membros da família Tudor só podem pedir anulação do casamento seguindo a vontade de Deus. A última coisa que quer é você, com seu histórico de casamento por vontade própria, tão distante de Deus, uma mulher tão escandalosa, pedindo divórcio antes dele, manchando sua reputação. Ele exige que o comportamento de todos seja irrepreensível, para ele poder pedir a anulação do próprio casamento sem que haja qualquer sugestão de sua...

Ele se interrompe, à procura da palavra certa.

— De sua o quê?

— Lascívia egoísta.

Encaro-o, chocada com o fato de ele apontar o vício de Henrique de maneira tão direta.

— Você não deveria dizer isso dele, nem mesmo comigo.

— Você pode ter certeza de que ele não quer que digam de você.

Penso que Henry Stuart poderia vir morar na corte, para termos o consolo da companhia um do outro, uma vez que jamais teremos liberdade para nos casar, mas, para minha surpresa, é meu filho que se recusa a permitir. Ele empertiga o corpo, ficando apenas um pouco mais alto do que eu, e declara que não pode tolerar nenhuma imoralidade na corte.

Quase rio na frente dele.

— Mas Jaime! — exclamo, dirigindo-lhe a palavra como se ele fosse um menininho mimado. — Você não pode decidir quem são meus amigos.

— Na verdade, eu posso. — Ele fala com frieza, não parece nem um pouco meu menino. — Fique sabendo que essa é minha corte e decidirei quem mora aqui. Já tenho um padrasto acima de mim, não terei outro. Achei que a senhora já tivesse tido maridos suficientes.

— Henry não tentaria controlar você! — argumento. — Sempre foi seu amigo. É tão encantador, gosto tanto dele, ele é tão agradável!

— É exatamente por isso que não o quero aqui — declara Jaime.

— Ele não é seu padrasto, jamais poderia ser meu marido.

— Isso só piora as coisas. Imaginei que a senhora entenderia.

— Meu filho, você está enganado — respondo, a raiva crescendo.

— Não estou, milady mãe.

— Não serei controlada por ninguém. Nem mesmo por você, meu filho. Sou uma princesa Tudor.

— Esse sobrenome está se tornando sinônimo de escândalo — diz Jaime pomposamente. — O adultério de seu irmão é notório no mundo todo, seu próprio nome está manchado. Não permitirei que minha mãe seja conversa de taberna.

— Como você ousa? Quando todos sabem que você e sua corte jogam e fornicam, que esses rapazes são péssima companhia e bebem até cair! Como ousa me repreender? Não fiz nada além de me casar por amor e ser traída. Agora quero me casar novamente. O que pode haver de errado nisso?

Ele não diz nada. Apenas me encara, como o pai me encararia.

Viro-me sem fazer mesura e me retiro da sala.

Castelo de Stirling,
Escócia, Verão de 1527

Vou para Stirling, e imediatamente chega aos ouvidos de Henrique que fui expulsa da corte de meu filho e que estou levando uma vida adúltera com meu amante. Chega a seus ouvidos que meu filho pediu que eu me emendasse, afastando-me do pecado, e, quando me recusei, ele adequadamente me expulsou. Henrique me manda uma carta indignada, na qual me ameaça com a danação eterna, caso eu não abandone o adultério. Escreve para Jaime igualmente, dizendo que também ele precisa se endireitar. Precisa parar de beber, parar de frequentar bordéis e se dedicar à prática da cavalaria, a esportes nobres. Fico desconcertada com essa nova moralidade rígida, até que recebo uma carta de Maria:

> *Mademoiselle Ana não quer se entregar ao rei. Falam muito de sua virtude e de como ela é intempestiva. Nunca vi sedução assim; devemos todos pensar em sua castidade, enquanto ela usa vestidos decotados e o capelo no alto da cabeça. Ela finge ter sotaque francês e lê livros heréticos. É uma moça moderna, sem dúvida. Ficamos fervorosamente castas, enquanto dançamos como meretrizes. A rainha está doente. Não sei como consegue jantar quando os pratos mais elaborados se destinam às jovens e elas lambem os beiços.*

Não suporto mais a corte. Não a frequentaria mais, se Charles não me obrigasse. Catarina lhe pede para não fazer nada que prejudique o casamento. Ouviu dizer que você deixou a corte de seu filho para viver com seu amante. Falei para ela que deve ser mentira. Sei que você não faria algo assim. Tanto por si própria, quanto por nós. Você não faria, não é? Jure para mim que não.

Castelo de Stirling, Escócia, Outono de 1527

Não respondo de imediato. Não posso dar a Catarina a garantia que ela pede, não posso sacrificar minha felicidade para proteger a dela. Não posso espelhar a hipocrisia de meu irmão. Não posso alegar que sou conduzida apenas pela vontade de Deus. Pela primeira vez na vida, não tenho medo, não corro perigo. Jaime está seguro, minha filha é feliz em Tantallon, o reino se acha tranquilo sob o domínio de Archibald, Henry e eu vivemos como lorde e dama, administrando nossa propriedade e nos divertindo. É como se eu jamais tivesse conseguido ser feliz e estar em paz ao mesmo tempo na minha vida. Por fim, estou longe de Archibald, livre do constante misto de medo e desejo que ele provoca em mim. Por fim, posso ficar com o homem que me ama, retribuindo esse amor sem tristeza, sem mentiras. Esse é meu outono, é meu momento.

Juntamos madeira para as grandes fogueiras do inverno. Estocamos peixe salgado e carne defumada na enorme despensa do castelo. Estamos cavalgando à sombra das árvores que vão perdendo suas folhas em cores de joias, rubis e bronze, ouro e esmeralda, quando Henry aponta o portão do castelo, no alto da montanha, dizendo:

— Olha! Não é o estandarte papal? Deve ser algum mensageiro do Santo Padre.

Contraio os olhos por causa do pôr do sol.

— É, sim — respondo, levando a mão ao pescoço. — Ah, Henry, será que é alguma notícia sobre o divórcio?

— Talvez — responde ele, segurando minha mão que mantém as rédeas. — Fique calma, meu amor. Pode ser qualquer coisa. O papa pode ter sido libertado. Pode haver um novo papa. Pode ser o divórcio, ou uma dezena de outras coisas.

— Vamos!

Atravessamos a floresta e subimos a montanha, avançando pela estrada sinuosa, até o alto; entramos no castelo e encontramos o mensageiro papal no grande salão, com uma xícara de cerveja na mão, parado diante da lareira.

Ele faz uma reverência à minha entrada, e quando vejo a mesura que faz para Henry sei que ganhamos.

— O Santo Padre me concedeu o divórcio — afirmo, com segurança.

O mensageiro faz uma nova mesura, para nós dois, como se Henry já fosse meu marido.

— Concedeu — responde.

Finalmente. Não consigo acreditar. Estou finalmente livre de Archibald. Esse é meu batismo para estar livre do pecado, meu nascimento. Minha reabilitação. Quase sinto vontade de ser herege e dizer que é meu segundo advento. Tenho a chance de ser feliz de novo. Tenho a chance de me casar de novo. Serei o centro da vida de Henry e manterei a cabeça erguida na Escócia e diante do mundo. Aconteceu o que Catarina disse que jamais aconteceria, apesar de sua proibição. O próprio papa e eu nos opusemos a ela. Catarina disse que eu não poderia me divorciar, que eu não deveria me divorciar, e estou divorciada. É o triunfo de minha vontade sobre a vontade dela. E estou muito feliz.

Temos um grande banquete nessa noite: lombo de veado, tortas de aves canoras, ganso assado, muitos peixes, javali assado e travessas e mais travessas de doces no fim do jantar. Todos sabem que o mensageiro papal trouxe uma boa notícia, que estou livre de Archibald, e seguramente alguém já foi a Edimburgo para lhe contar que ele me perdeu afinal e estou livre. Margaret não se tornará bastarda e exigirei que venha morar comigo.

Fico rindo ante a ideia de ser uma mulher livre. Mal consigo acreditar que é verdade, depois de tantos anos de espera, depois de tantas cartas terríveis da Inglaterra. Imagino que eles logo saberão disso e imagino minha cunhada ajoelhada, rezando por minha alma e pela alma de seu marido. Acho que estou triste por ela, por Catarina, a esposa que será abandonada, e estou feliz e orgulhosa de mim, que me casarei novamente, com um rapaz que me ama pelo que sou. Penso que sou uma mulher jovem como a meretriz Ana Bolena, que ousa enfrentar as velhas leis e escolher seu próprio futuro. Penso que Catarina, e todas as outras pessoas velhas que mantêm as mulheres na posição em que elas se encontram, sob o domínio dos homens, são minhas inimigas. O mundo está mudando, e estou na vanguarda da mudança.

— Alguma notícia de meu irmão, o rei da Inglaterra? — pergunto ao mensageiro, quando lhe servem mais uma taça de vinho.

— O Santo Padre recebeu uma petição — responde ele. — Mandará um representante a Londres para saber quais são as provas.

Fico tão surpresa que largo a colher.

— Que provas? Achei que o representante papal fosse a Londres para reconciliá-los, ou para conversar com a rainha.

— Ele vai se inteirar das provas para a anulação do casamento — responde o homem, como se fosse um assunto trivial. — O Santo Padre fará uma investigação completa.

Eu deveria ter previsto isso, mas a capacidade de Henrique de dizer uma coisa e fazer outra ainda me surpreende.

— Meu irmão quer anular o casamento dele?

— Vossa Majestade não sabia?

— Eu sabia que ele tinha dúvidas. Achei que o representante papal iria a Londres para esclarecer essas dúvidas. Não sabia que haveria uma investigação. Não sabia que havia provas. Achei que meu irmão se opusesse à dissolução do casamento.

O breve sorriso do mensageiro sugere que ele também ouviu dizer isso.

— Não é questão de dissolver um casamento correto — argumenta, com cautela. — Pelo que entendi, o rei acredita que o casamento com a rainha nunca foi válido. Ele tem provas. E, evidentemente, não tem sucessor.

— Ele não tem sucessor há dezoito anos — protesto. — E tem a princesa. Por que pediria a anulação agora?

— Parece que não é para se casar com outra dama — responde o mensageiro cautelosamente. — É para não viver em pecado. Não é por interesse próprio; ele acredita que Deus não abençoou o casamento, porque não foi um casamento. Nunca foi um casamento.

Volto os olhos para Henry, que está sentado à cabeceira da mesa dos lordes, não a meu lado, uma vez que ainda não é meu marido.

— Mesmo aqui na Escócia ouvimos falar de Ana Bolena — observo.

O mensageiro papal sacode a cabeça devagar, deleitando-se com a diplomática negação do óbvio.

— Mas no Vaticano, não. A cúria não sabe nada sobre essa moça — mente, deslavadamente. — O nome não consta em nenhum documento. A presença dela na corte de Londres não tem relação nenhuma com as provas. Seu irmão quer a anulação do casamento por motivos religiosos, não por sentimentos pessoais. Ele tem dúvidas. Não tem desejos.

Castelo de Stirling, Escócia, Primavera de 1528

Henry e eu nos casamos na pequena capela de Stirling. É uma das construções mais antigas do castelo, erguida na encosta da montanha, de modo que a nave é em declive, e há uma escada de pedra gasta no altar. Quando Henry e eu avançamos de mãos dadas em direção a meu confessor, caminhamos para o alto, e de fato me parece que foi assim nossa vida juntos.

Temos testemunhas; jamais voltarei a incorrer no erro de deixar que aleguem que não me casei, que apenas firmei um pacto particular. O padre traz um corista para cantar um hino, mas é uma cerimônia íntima. Henry me entrega o anel de seu clã, com a insígnia do pelicano que é o timbre de sua família. Me dá uma bolsa de ouro. Vamos para a cama à tarde, e o matrimônio fica consumado, indissolúvel. Por fim, estou casada com um homem bom, na segurança de meu próprio castelo. Quando adormeço nos braços dele, e a fria tarde primaveril se esvai lá fora, penso em Catarina e no consolo de sua fé. Penso em toda sua convicção, na grande certeza que ela nutria sobre a vontade de Deus, e no entanto sou eu, a cunhada menos inteligente, menos devota, menos instruída, mais pobre, com menos joias, inferior em todos os sentidos, que estou casada com um belo rapaz, com a vida pela frente, e, enquanto a corte dança no grande salão, Catarina reza sozinha, abandonada pelo rei, que lhe diz que ela é a melhor esposa que ele poderia ter, mas, ai dele, não chega a ser esposa de fato.

Não temos uma lua de mel tranquila em Stirling. Poucas semanas depois do casamento, os guardas do muro do castelo soam o alarme. Assim que o toque ecoa, os animais que pastavam além dos limites do castelo são trazidos para dentro, a ponte levadiça se ergue e o rastrilho se fecha. As pessoas que estavam fora, visitando parentes e amigos na cidadezinha ao pé do morro, ficarão exiladas até o perigo passar, e alguns aldeões que vieram trabalhar na cozinha ou em outras dependências do castelo ficarão presos conosco. De uma hora para outra, temos de nos defender, e saio correndo de minha câmara privada — onde estava rezando —, à procura do capitão do castelo, no posto de vigia, sobre o portão principal. À esquerda, vejo os guardas puxando os canhões, apontando-os para a estrada abaixo, por onde se aproximará qualquer exército que deseje nos atacar. Atrás de mim, os homens protegem o portão do palácio, os arqueiros se enfileiram no muro que dá vista para o único caminho até o castelo.

— O que houve? — pergunto. — São os Douglas?

— Ainda não sabemos.

Vejo um arauto subindo a estrada, dois homens em seu encalço, aflitos como ficaria qualquer pessoa sob a mira de quarenta canhões. Estandartes tremulam na frente e atrás dele.

— Parem! — grita o capitão do castelo. — Identifiquem-se!

— Temos um mandado de prisão.

O arauto ergue o papel, mas está longe demais para vermos se é legítimo.

— Para quem?

Que insólito! Quem eles poderiam querer prender?

— Um traidor notório, Henry Stuart, por se casar com a rainha regente sem permissão do filho dela, o rei.

O capitão volta os olhos para mim, vê meu assombro. É a última coisa que eu esperava. Imaginei que Archibald e eu tivéssemos chegado à conclusão de que eu deveria ser livre. Imaginei que era uma exigência de Henrique. Imaginei que Ard estava satisfeito com o poder que havia ganho, com o uso que faz de minhas terras.

— Abram o portão, em nome do rei da Escócia — pede o arauto.

É a senha, incontestável. Não podemos nos opor ao nome do rei da Escócia sem sermos, nós próprios, declarados traidores. Mordo o lábio quando o capitão volta novamente os olhos para mim, à espera de ordens.

— Preciso obedecer — murmura.

— Eu sei — respondo. — Mas primeiro mande alguém conferir se é mesmo o selo real.

Estou querendo ganhar tempo, mas não tenho nenhum plano para os dez minutos extras. Henry surge a minhas costas a tempo de ver o mestre das cavalariças examinando o selo. Vemos o homem fazer sinal ao capitão, para confirmar que é legítimo. O capitão grita para os guardas, e o rastrilho é lentamente erguido.

— Você conseguiria sair por uma das portas falsas do castelo, enquanto eles entram pelo portão principal? — pergunto, em desespero, segurando as mãos de Henry, fitando seu rosto lívido.

— Eles o pegariam na estrada da aldeia — adverte o capitão. — Deve haver guardas à espera, por toda parte.

— Podemos escondê-lo?

— Também seríamos culpados de traição.

— Nunca pensei nisso. Nunca imaginei isso!

— Vou exigir salvo-conduto — murmura Henry. — Vou exigir julgamento. Se eu vier a público com parte de minha própria gente, e você escrever aos lordes do conselho, talvez me perdoem. Ninguém me culparia por eu me casar com você. Ninguém pode culpá-la. Você é legalmente divorciada.

— Não é pior do que Charles Brandon fez com Maria — respondo. — E eles só receberam uma multa, que nunca pagaram.

— Nem mesmo Archibald ousaria me executar por isso — diz Henry, ironicamente.

— Ele só está tentando me assustar — balbucio.

Minhas mãos trêmulas mostram seu êxito.

— Eu vou — anuncia Henry. — Prefiro me entregar a ser capturado.

Quero impedi-lo, mas deixo-o descer a escada de pedra e receber o arauto no pátio. Acompanho-o quando o portão interno do castelo se abre, e Henry pede a seus criados que o acompanhem a Edimburgo com seus cavalos. Diz alguma coisa ao arauto. Vejo-o repetir a pergunta e sacudir a cabeça.

— Vou com você — proponho, em voz baixa. — Vou falar com Archibald. Ele não vai se recusar a ceder se eu estiver lá, intervindo por você.

— Não é o Archibald — responde ele, a fisionomia assustada. — É realmente um mandado de seu filho, Jaime. E ele está seguindo o conselho do rei da Inglaterra. Seu irmão quer me condenar por traição, e seu filho quer me ver morto.

Castelo de Stirling, Escócia, Verão de 1528

Todos escrevem para mim: Henrique, Thomas Wolsey, Catarina, Maria. Todos lamentam meu divórcio. Henrique me ameaça com a danação dos adúlteros. Catarina me pede para pensar na legitimidade de minha filha, diz que a estou rebaixando a ser uma bastarda. Thomas Wolsey afirma que a carta furiosa de Henrique é uma cópia fiel das palavras que ele proferiu, e Maria me informa que o decote dos vestidos agora desce a partir dos ombros.

Escrevo a Archibald, escrevo a Jaime. Escrevo a William Dacre, sucessor de lorde Thomas Dacre, escrevo a Maria, a Catarina, a Henrique, escrevo ao cardeal Wolsey. Se tivesse coragem, escreveria a Ana Bolena, a conselheira mais poderosa da corte de Henrique. Tentando controlar o medo, explico, o mais calmamente possível, que meu antigo casamento foi anulado pelo próprio papa, porque meu marido tinha um contrato prévio com Lady Janet Stuart de Traquair. Como sou livre, escolhi me casar com Henry Stuart e, embora devesse ter pedido permissão, eu, assim como minha irmã, Maria, peço essa permissão depois do matrimônio. Peço apenas o mesmo tratamento de Maria, que se casou com Charles Brandon sem autorização do irmão. Peço apenas para ser tratada de maneira justa, como Maria foi tratada. Por que eu deveria receber um tratamento mais duro do que ela? Por que deveriam me tratar com menos compaixão do que trataram Maria, que foi viúva de um rei e se casou com alguém de sua escolha, durante o ano de luto? O que poderia ser mais desrespeitoso do que isso?

Escrevo cautelosamente a Archibald. Digo que estou feliz com o fato de nossa filha se achar segura, sob sua guarda, mas reforço que ela é nobre e legítima. Que manteve seu nome. Espero que ela me visite quando eu assim desejar. Espero vê-la quando quiser.

Recebo uma carta de meu filho. Ele nem sequer responde a meu pedido de misericórdia por Henry Stuart. Não diz nada pessoal; tudo que escreve é lido pelos conselheiros de Archibald. Mas a carta traz a notícia de que Jaime está convocando uma reunião do conselho para reclamar sobre a anarquia da fronteira. Não sei por que Jaime de repente se dedicaria à desolada área da fronteira, nem por que me diria isso quando estou lhe implorando que liberte meu jovem marido.

Uma noite, estou escrevendo mais uma série de apelos quando ouço o grito de um guarda e o súbito sinal de alarme. São três toques altos, sinal de que apenas alguns homens se aproximam do portão principal, e não o repique estrondoso dos sinos alertando sobre a chegada de um exército. Imediatamente, rezo para que seja Henry Stuart voltando para casa e deixo de lado a pena, visto uma capa e saio para o pátio. O grande portão foi aberto sem o comando do capitão do castelo, e ouço os aplausos dos soldados.

Isso é muito inusitado! Eles não aplaudiriam Henry Stuart, e não consigo imaginar que outra pessoa viria depois do toque de recolher. Atravesso o pátio para ver quem é o visitante noturno acolhido com o portão aberto e com aplausos por minha guarda, e me deparo com um grande corcel, sobre o qual vejo o radiante sorriso de meu filho.

— Jaime! — é tudo que consigo dizer.

Ele salta do cavalo e joga as rédeas para o cavalariço.

— Jaime!

Meu filho está vestido como um miserável, uma capa quadriculada de lã, cinza e marrom, um cinto grosso em volta de sua cintura e um facão na bainha ordinária. Mas está com suas próprias botas de montar e traz no rosto um sorriso indiscutível de triunfo.

— Eu fugi! — Ele me abraça e me beija, depois me toma pela cintura e dança comigo pelo pátio, enquanto seu cavalo se afasta e os homens aplaudem. — Fugi. Finalmente. Consegui. Escapei.

— Como? Como você fez isso?

— Archibald foi à fronteira, para abrir guerra contra sua própria gente, e avisei a todo mundo que me levantaria ao raiar do dia para caçar. Fui para a cama cedo, e todos fizeram o mesmo. Jockie Hart e esses dois outros rapazes prepararam meu cavalo e uma muda de roupa e juraram me acompanhar. Antes da alvorada, antes mesmo que as pessoas soubessem que tínhamos partido, já estávamos na estrada do norte.

— Ele virá atrás de você — respondo, olhando para o sul, como se já avistasse o exército de Archibald vindo de Edimburgo.

— Claro. Deduzirá que vim procurar a senhora. Vamos entrar, fechar os portões e convocar os guardas.

Ele me conduz para dentro do castelo, o braço em meu ombro. Peço para acenderem velas quando entramos no salão, e todos acordam, sonolentos, extasiados com a notícia de que o rei se encontra aqui, o próprio rei, e que jamais será capturado novamente.

— Devemos hastear o estandarte real — sugiro. — Dessa forma, quem se insurgir contra nós será declarado traidor. E você deve expedir um mandado exigindo distância de qualquer membro do clã Douglas.

— Escreva — pede Jaime. — Assinarei e selarei com meu anel.

— Você o trouxe?

— Sempre uso. Archibald esconde o selo grande, mas tenho o anel.

— E envie uma declaração dizendo que todos os lordes que são leais ao rei devem vir ficar com Sua Majestade. Vamos convocar um conselho de lordes e depois o parlamento, em Edimburgo — aviso a meu principal serventuário, que escreve avidamente, jogando areia sobre o texto para secar. Solto uma risada animada. — Parece outra peça. Mas dessa vez temos o figurino e conhecemos as marcações.

— E escreva ao Castelo de Edimburgo para ordenar a libertação de Henry Stuart — pede Jaime.

Encaro-o.

— Não é o que a senhora deseja? — pergunta ele.

— Claro, mas achei que você fosse contra o casamento.

— Eu era contra o escândalo, não contra o casamento — responde ele, com a formalidade dos jovens. — Foi Archibald que pediu a prisão de seu marido, em meu nome. Queria agradar a seu irmão, e concordei, para ele achar que a senhora e eu éramos inimigos. É óbvio que Henry Stuart não é minha preferência, mas, se é a sua, eu o libertarei e o tornarei lorde. De onde ele é?

— De Methven — respondo. — Pode ser lorde Methven.

— Escreva — pede Jaime, sorrindo. — Esses são meus primeiros decretos como rei governante.

Castelo de Edimburgo, Escócia, Verão de 1528

Chegamos a Edimburgo em triunfo, e é um triunfo maior do que qualquer outro. Os lordes nos encontram em Tollbooth, as pessoas jogam flores e água perfumada das sacadas e se juntam nas ruas estreitas para ver Jaime e a mãe, juntos, sorrindo para os aplausos. Jaime, o rei delas, é finalmente rei governante, e Archibald não se encontra em parte alguma.

Mantemos o castelo armado, abastecido, pronto para se defender, porque estou sempre com medo de que Archibald retorne com o clã Douglas. Jaime mantém sentinelas à porta do quarto e dorme com um homem armado, numa cama improvisada ao lado da sua. Meu irmão escreve dizendo que estou para sempre amaldiçoada por quebrar os votos matrimoniais e viver em adultério. Nem sequer respondo. É terrível qualquer irmão escrever essas palavras de reprovação à irmã, mas um irmão que abandona a esposa todos os dias para cortejar outra mulher, que é casto apenas porque a amante se recusa a ceder, não tem nenhum direito de falar assim comigo. Jamais voltarei a pensar que a moralidade é diferente para o homem.

Por toda a cidade, há rumores de que o clã Douglas está formando um exército nas montanhas para nos atacar. Os habitantes e os mercadores apoiam o jovem rei, mas têm medo do poder dos Douglas. Apenas seis anos atrás, o clã Douglas derramou sangue nas ruas de Edimburgo, e faz menos de quatro anos que abri fogo contra eles em Holyroodhouse. As pessoas não querem se ver presas na cidade entre duas forças bélicas. Não há nada pior do que uma guerra civil.

Os lordes chegam ao acordo de que o clã Douglas é culpado de traição. Faz-se o anúncio: o arauto vai à praça e, depois de três toques de trombeta, informa o nome dos traidores. Meu ex-marido, Archibald, é condenado à morte. Nossa inimizade finalmente nos trouxe a esse ponto. Não apenas me divorciei dele, e me casei com outro homem, como também exigi sua morte. Talvez tenha de vê-lo ser executado. Só pode ser o fim de tudo entre nós.

— Deveríamos ir para Stirling — sugere Henry.

Estamos na câmara privada de Jaime. Estou sentada no trono, enquanto Jaime anda de um lado para outro, olhando para fora das janelas. Alguns lordes se encontram conosco. A maioria preferiu o rei ao padrasto dele. Quase todos afirmam que sempre foram leais, mas que foram subornados pelo ouro inglês e tinham medo de Archibald.

— Voltar para Stirling? — indaga Jaime. — Não quero que pareça que estou com medo. Não quero fugir.

— Para nos reorganizarmos — explico. — Archibald não pode tomar o Castelo de Stirling. Se atacar o estandarte real, será um autoproclamado traidor, e ninguém poderia defendê-lo. Vamos ficar lá, até saber se ele vai se render, se vai entregar seus castelos.

Jaime se vira para os lordes.

— É o que os senhores aconselham? — pergunta, com cautelosa cerimônia.

— Sim — confirma um deles. — E precisamos saber o que o rei da Inglaterra fará por nós, agora que o sobrinho está no trono e a irmã se casou com outro lorde.

Todos se viram para mim, e sinto vergonha por não poder garantir o apoio de meu irmão.

— O rei da Inglaterra sempre protegeu o conde de Angus — afirma alguém, sem rodeios.

— Ele não pode fazer isso agora!

— Protegê-lo em detrimento da própria irmã? — pergunta outra pessoa.

Viro o rosto, para eles não verem meu sofrimento. É bem possível.

Castelo de Edimburgo, Escócia, Outono de 1528

O parlamento se reúne, e, como Archibald não veio ao conselho, não jurou lealdade a Jaime nem entregou seus castelos e suas terras, como lhe foi exigido, os lordes ratificam sua traição, confirmando a condenação à morte.

Mas, ainda assim, contra a vontade dos lordes escoceses, contra os direitos do rei, contra o desejo da irmã, meu irmão continua apoiando Archibald, como se pegasse em armas contra mim e meu filho. Por mais incrível que seja, poucas semanas depois da fuga de Jaime, recebemos uma carta da Inglaterra, escrita por um serventuário, dirigida a Jaime, o rei, aconselhando-o a restaurar o poder de Archibald, por ser ele o melhor e mais sábio conselheiro que a Escócia tem a oferecer.

— Ele não menciona a senhora — observa Jaime.

— Não — assinto. — Talvez ele não esteja escrevendo nenhuma carta pessoal. Estão todos muito doentes na Inglaterra.

A doença do suor, a terrível epidemia que algumas pessoas chamam de doença dos Tudor, está fazendo muitas vítimas, e Henrique tem pavor dela desde que nossa avó decretou que ele e Artur jamais deveriam se aproximar de alguém que estivesse acometido pela enfermidade. Os meninos Tudor eram tamanha raridade que não podiam chegar perto das moléstias. Enquanto seus súditos morrem nas lojas, atrás do balcão, rezando nas igrejas, nas ruas, a caminho de casa, Henrique viaja pela Inglaterra, indo de palácio em palácio, permanecendo apenas quando lhe juram que não há doença atrás dos altos muros. A própria Ana Bolena fica doente e é levada a Hever. Se o Deus de Catarina for misericordioso com a rainha que com tanto fervor reza para Ele, Ana Bolena morrerá lá.

Jaime desacata a ordem de Henrique de restaurar o poder de Archibald e declara que, ao contrário, fará justiça com o antigo padrasto. Ele e um pequeno exército de lordes leais cercam o Castelo Tantallon. Penso no pequeno castelo com vista para o oceano, o rochedo branco atrás, o mar quebrando no pé da montanha. Fico apavorada por minha filha, e Jaime oferece uma recompensa por ela, mas Archibald resiste durante semanas, então ataca nosso exército e rouba nosso canhão. Ele parte pelas terras que foram devastadas por ordens suas, enviando grupos de homens para queimar a vegetação outonal das montanhas ao sul de Edimburgo, para que sintamos o cheiro de fumaça nas ruas, como uma ameaça de futuros incêndios. Durante meses, exige perdão e a restauração de seu poder e, nesse meio-tempo, torna um inferno a vida das pessoas que moram em torno de seu castelo, atacando-as, queimando suas casas. Por fim, vai para a Inglaterra, instala minha filha no Castelo de Norham e — por mais inacreditável que seja — estabelece-se em Londres como mediador, como a voz da serenidade diante do turbilhão de meu pecado.

Adúltero, impostor, traidor, Archibald é recebido com afeto por pessoas que deveriam ser minhas amigas, por minhas irmãs. Recusa-se a responder ao pedido que faço sobre minha filha. Não sei como a trarei de volta para casa. Então ela será criada como se não tivesse mãe? Então ele acha que pode levá-la como se eu estivesse morta? Não consigo entender essa injustiça. Archibald me abandonou, abandonou minha causa, roubou minhas terras, raptou ambos os meus filhos e abriu guerra contra sua própria gente, por ambição, e, mesmo assim, é considerado um marido prejudicado, um herói exilado. Recebo uma carta de minha irmã, Maria, depois da chegada dele a Londres, mas logo fica evidente qual é o foco de sua atenção.

O cardeal Campeggio, o representante papal, chegou a Londres e já se encontrou tanto com o cardeal Wolsey quanto com nosso irmão, o rei. Henrique se deixou convencer de que deve duvidar da validade do casamento dele (não é difícil imaginar por quem), e ninguém pode negar que está muito preocupado. Infelizmente, mademoiselle Bolena recuperou a saúde e agora se esconde em Hever, para que ninguém possa sugerir que há a possibilidade de se tratar de um desejo egoísta.

Na verdade, não vejo a hora de o cardeal Campeggio dar fim a essa incerteza terrível. Catarina mostrou a ele a antiga carta de dispensa do papa Júlio, que diz que ela e Henrique eram livres para se casar, houvesse ou não se consumado o casamento dela com Artur, portanto não existe nenhuma base legal para qualquer questionamento, e ela deixou claro que não comparecerá a nenhuma audiência.

Ah, Margaret, eu estava presente quando o cardeal perguntou se ela não consideraria a possibilidade de se recolher a um convento e deixar Henrique. Ela se manteve tão tranquila, tão digna! Disse que Deus a designou ao matrimônio e que ela foi uma boa esposa. Disse na cara do cardeal que recebeu as amigas de Henrique (as meretrizes dele, é uma vergonha que ela tenha sido obrigada a conviver com elas) como se fossem suas próprias amigas, e é verdade. Disse que nunca faltou a Henrique como esposa, mas Deus preferiu levar os bebês para Ele. Não vai se recolher a um convento, e Campeggio jamais a convencerá. Acho que mademoiselle Bolena terá de se contentar em ser amante; não tem como alcançar posto maior, não existe posto maior para alguém como ela. Catarina se mantém firme, e todos a admiram. Está lhe custando a saúde, a felicidade e a beleza, mas ela não cede. Diz que o casamento é para a vida toda, e ninguém pode negar essa verdade.

Seu marido, o conde de Angus, está na corte, bonito, saudável. Fala com muito afeto de você e das terríveis consequências de sua traição. Acredita que seu casamento com Henry Stuart é inválido, que seu filho está mal-aconselhado e você vive em pecado. Margaret, rezo para que você resolva essa infelicidade e chame Archibald de volta para casa. Catarina mostra a todas nós como a esposa deve ser. Pediu que eu lhe dissesse que não é tarde. Pediu que eu implorasse a você que aceite o conde de volta à corte. Margaret, por favor, pense: se você continuar assim, jamais nos veremos de novo. Pense nisso, pense em Catarina, pense em seu filho. Pense em sua filha também; você nunca mais a verá se não se reconciliar com seu verdadeiro marido. Estou muito triste por você e por Catarina, não suporto ver nossa família dilacerada, não suporto ver você ser ridicularizada diante de todos. M.

Castelo de Edimburgo, Escócia, Inverno de 1528

Pela primeira vez, meu irmão escreve para mim, como já deveria ter escrito, para falar dos temores sobre seu casamento. Explica que não tem nenhuma outra mulher em mente, embora eu saiba que Ana Bolena está ocupando lindos aposentos providenciados por Thomas Wolsey e que a corte vai vê-la todos os dias, que ela acrescenta trechos às cartas de meu irmão, que mesmo esta carta pode ter sido escrita com ela a seu lado, compondo as frases elaboradas.

Ainda assim, não consigo deixar de sentir pena dele. Trata-se de meu irmão caçula. Ele acha — e Deus sabe que tem bons motivos para achar — que seu casamento foi amaldiçoado desde o início. Lembro a fisionomia amarga de minha avó ao declarar que Catarina jamais deveria se casar com Henrique e penso: E se ela estivesse certa? E se não havia realmente uma dispensa legítima? E se Catarina tiver sido sempre cunhada de Henrique, e não esposa? O que mais explicaria a sucessão terrível de bebês mortos? O que mais explicaria esse suplício?

Escreve ele:

Se nosso casamento ocorreu contra as leis de Deus e for claramente inválido, não apenas lamentarei muito me afastar de uma mulher generosa, terna e companheira, como também lamentarei o azar de ter vivido durante tanto tempo em adultério, para imenso desprazer de Deus, e de não ter nenhum filho legítimo para herdar esse reino. Esses são os conflitos que agitam minha mente, as angústias que assolam minha consciência, e é para esses tormentos que busco remédio. Portanto, irmã querida, peço a você, com confiança em você, que declare nossa intenção a nossos súditos e amigos, a seus súditos e amigos, e reze conosco para que a verdade aflore, a fim de desafogarmos a consciência e salvarmos nossas almas.

— Que Deus o abençoe — murmuro a meu marido. — Independentemente do que ele sinta por essa Ana Bolena, é terrível para o homem ser casado durante tanto tempo e descobrir que o casamento é inválido.

— É um pesadelo — concorda Henry. — Mas ele parece querer fazer questão de dizer que não há nenhuma jovem bonita nos melhores aposentos do palácio.

— Sempre há jovens bonitas — argumento. — E Henrique nunca antes achou que seu casamento fosse inválido. Houve jovens bonitas que lhe deram filhos, até mesmo filhos homens. Se meu irmão diz que está atormentado, acredito nele.

— E você agora acha que Catarina deveria ser posta de lado?

Lembro a menina que veio da Espanha, a noiva ensimesmada de Artur, a viúva que foi da pobreza e humilhação ao posto de rainha da Inglaterra, a rainha bélica que mandou um exército contra meu marido e fez questão de levar o corpo dele como troféu.

— Ela nunca pensou em ninguém além de si mesma — afirmo, com frieza.

— Mas meu irmão agora está pensando nas leis de Deus.

Maria me escreve no Natal, mas a carta não passa de uma longa lista dos presentes que Henrique deu a Ana. Ela não pergunta por mim, nem por Henry, seu cunhado. Não pergunta nem sequer por meu filho, que agora é rei. Como sempre, Maria não entende a importância do que se passa. Só pensa nos aposentos gloriosos que Ana Bolena usurpou no Palácio de Greenwich, no fato de que todos a visitam, negligenciando Catarina. Diz que Ana usa debrum de ouro e pedras preciosas em forma de coração nas tiaras, como se as tiaras fossem coroas. Suas pulseiras são a conversa da corte; aparentemente, eu ficaria consternada se visse seus rubis. Maria não diz nada sobre o sofrimento de nosso irmão nem sobre o estado de sua alma.

Catarina não é bem servida em seus aposentos, as damas das famílias Bolena e Norfolk nem mesmo lhe prestam mais assistência. Nosso irmão, o rei, não janta com ela, nunca passa a noite em sua cama.

Perco a paciência com Maria. Por que o rei passaria a noite com Catarina? De jeito algum, conseguiria ter um príncipe de Gales dormindo na cama estéril dela. Talvez o representante papal decida que os dois de fato não são marido e esposa. Por que Catarina deveria ser servida por duquesas? Como princesa viúva de Gales, não é rainha e não deveria ter esse tipo de regalia. Maria — ela própria rainha viúva — deveria pensar que as regras da corte existem para ser seguidas. Catarina se deleitou com seu título e sua posição enquanto nos dominava. Agora talvez o mundo esteja mudando. Meu mundo mudou uma centena de vezes sem nenhuma ajuda dela. Agora seu mundo está mudando também, e não consigo sentir piedade. Ela já me arruinou, agora está enfrentando sua própria ruína.

Castelo de Stirling, Escócia, Primavera de 1529

Evidentemente, meu filho é contra a ideia de se casar com a prima, a princesa Maria. Se houver qualquer chance de a mãe dela ser apenas princesa viúva, a menina será uma bastarda real e, portanto, totalmente inadequada como esposa de um rei. Estamos em pleno acordo sobre isso, quando ouvimos rumores de que Archibald estaria aconselhando Henrique a favor do casamento, para estabelecer um novo tratado de paz entre a Inglaterra e a Escócia. Jaime se enfurece, dizendo que não precisa nem de um tratado de paz duvidoso nem de uma princesa incerta. Diz que deseja se aliar à França, casar-se com uma princesa francesa.

— Jaime, por favor — respondo. — Você não pode decidir as coisas assim, de repente. Ninguém sabe o que vai acontecer na Inglaterra.

— Sei que meu tio nunca nos honrou — afirma ele. — Sei que sempre preferiu Archibald, o conde de Angus, a mim e à senhora, e está fazendo isso agora.

— Tenho certeza de que ele vai honrar tanto o tratado de paz quanto o noivado — argumento.

Jaime, um menino que parece homem, um menino com missão de homem, me culpa sempre que é Archibald que nos causa problemas.

— É o que a senhora diz! Mas quando foi que seu irmão honrou a palavra dele, a um reino ou a uma mulher? O rei da Inglaterra faz o que deseja, depois veste tudo de santidade. Espere só para ver o que ele vai fazer com os cardeais em sua corte. Ele vai conseguir o que quer, e depois inventar que é a vontade de Deus. Ele não me engana.

Castelo de Stirling, Escócia, Verão de 1529

Aguardo uma carta de Maria. Sei que ela vai querer ser a primeira a me dizer qual foi a decisão do representante papal no caso de nosso irmão. Quando a carta chega, presa com laços em ambos os lados, bem selada para ninguém ler, já nem sei mais se desejo que os cardeais tenham declarado o casamento de Henrique inválido ou exigido que ele permaneça com Catarina. Não há dúvida sobre a lealdade de Maria; ela sempre foi a pequena seguidora da rainha. Recebeu de Catarina apenas ternura e apoio. As duas foram verdadeiras irmãs. Para mim, Catarina não chegou a ser nenhuma bênção. Não é deslealdade quando ela própria me faz pensar se realmente a desejo para sempre rainha da Inglaterra. Foi ela que provocou essa hostilidade entre nós, repetidas vezes. Quando tinha poder, foi terrivelmente cruel comigo, até começar a decair, então pediu que eu a ajudasse.

Ana Bolena está excedendo sua posição em todos os sentidos!

Maria começa a carta sem nenhuma palavra de cumprimento, com uma página inteira de indignação. Abro o papel sobre os joelhos e olho para fora da janela em direção ao lago e às montanhas. Jaime saiu para cavalgar, só voltará para o jantar. Tenho todo o tempo do mundo para decifrar o garrancho de Maria.

Na Páscoa, ela abençoou os anéis de cura para os pobres como se tivesse o toque divino. Vive como se fosse a rainha — na verdade, melhor, porque Catarina jejua completamente toda sexta-feira e todo dia santo. Ana Bolena não teve audácia de comparecer ao tribunal; acho que, se tivesse comparecido, haveria uma insurreição em favor da rainha. As mulheres não apenas da cidade como de toda a Inglaterra estão furiosas com a possibilidade de "a grande meretriz" (como a estão chamando!) ocupar o lugar de nossa rainha. Se Henrique conseguir o veredicto que deseja do tribunal, duvido de que o povo permitirá que essa mulher seja coroada. É terrível. Não consigo nem falar com ele sobre isso; ele só consulta a própria Bolena e Wolsey.

Imagino que você fique sabendo dos trâmites da audiência pelo arquidiácono, mas o que ele talvez não lhe diga é que o bispo John Fisher, que foi tão afetuoso com nossa avó, se levantou no tribunal e jurou que não havia assinado o documento sobre o qual todos os clérigos teriam concordado. Henrique disse que havia o selo e a assinatura dele, e ele disse que não eram nem seu selo nem sua letra. Foi um horror, foi uma grande surpresa, ficou evidente para todos que a anuência dele havia sido falsificada. Henrique disse que não importava, mas importa, Margaret. Importava para todos. Isso mostra do que os Bolena são capazes.

Ana foi para Hever, e Catarina passa o tempo todo rezando. Charles diz que convocar cardeais é perda de tempo, que Henrique deveria dormir logo com essa mulher e torcer pela chegada do tédio. Cada um diz uma coisa, à exceção do querido John Fisher, que afirma que o casamento de Catarina era válido, que todos sabiam disso e que ele jamais se deixará convencer do contrário.

Não sei de fato, porque eu era jovem demais. E é melhor você não dizer nada, independentemente do que pense. Cada um tem uma opinião, as pessoas não falam de outra coisa. A situação ficou tão feia que os servos que usam o uniforme real são vaiados em Londres, e andam atirando lama até mesmo nos cavalos das pessoas de minha corte. Acho que Henrique arruinará a família para satisfazer a essa mulher. Pior: John Fisher repetiu na frente de todos o que Henrique disse quando você começou essa ideia de divórcio (você deve estar tão arrependida!). Você se lembra? "O casamento do rei e da rainha é indissolúvel, seja por forças humanas ou divinas." Por isso agora, mais uma vez, todos apontam o dedo para você, falando de seu divórcio, dizendo que, se você pode se divorciar, Henrique também pode, por que não poderia? É terrível como avisei que seria; as pessoas estão novamente falando de você, e Catarina está desolada.

Comento pouco sobre a carta com Jaime, quando ele chega em casa, morrendo de fome, exigindo que o jantar seja servido imediatamente, assim que ele tomar banho e trocar de roupa. Digo apenas que a audiência começou em Londres e que, sem dúvida, o arquidiácono Magnus nos contará mais. É Henry que me pergunta, ao se sentar a meu lado para o jantar:

— Eles dizem alguma coisa sobre nós?

— Não — respondo. — Só falam de meu divórcio, do fato de Henrique ter sido contra.

Ele assente.

— Eu preferiria que não dissessem nada sobre nós.

Sacudo a cabeça.

— Há tanto escândalo associado ao nome Tudor agora, que eu preferiria que não dissessem nada sobre nenhum de nós.

Palácio de Holyroodhouse, Edimburgo, Escócia, Verão de 1529

Antes de sair em viagem pelo litoral, voltamos a Edimburgo e nos encontramos com o embaixador inglês.

— O senhor tem notícias de Londres? — pergunto. — Os cardeais chegaram a alguma conclusão sobre a importante questão do rei?

— A audiência está suspensa — informa ele. — O cardeal Campeggio diz que o assunto será decidido em Roma, pelo papa. Diz que o tribunal não tem autoridade para formular uma decisão.

Fico pasma.

— Então por que ele foi à Inglaterra e instaurou a audiência?

— Ele nos fez entender que tinha autoridade — responde brandamente Thomas Magnus. — Mas agora achamos que só foi à Inglaterra para convencer a rainha a se recolher a um convento e se consagrar. Como ela se recusou, ele precisava levar as provas a Roma, para que se chegue a uma conclusão.

— Mas e a audiência?

— Foi parcial — admite ele. — A rainha não quis ser interrogada.

Não consigo acreditar que Catarina se opôs ao tribunal do papa, ela que sempre foi tão obediente a Roma.

— Ela nunca se recusou a falar com nenhum cardeal!

— Ela apareceu, fez um discurso e saiu.

— Discurso? Ela falou com o tribunal?
— Falou com o suposto marido, o rei.

Nem sequer me atenho às maliciosas palavras "suposto marido".

— Meu Deus, o que ela disse?

Até Jaime, que nos ouve sem muita atenção, afagando a orelha do cachorro, ergue a cabeça.

— O que a rainha disse?

— Ela se ajoelhou para o rei — frisa Magnus, como se isso melhorasse a situação. — Disse que, quando os dois se casaram, ela era uma donzela, não havia sido tocada por nenhum homem.

— Ela disse isso no tribunal? — pergunta Jaime, agora tão absorto quanto eu.

— Disse que era a leal esposa dele há vinte anos e jamais negou uma palavra de carinho nem mostrou nenhuma centelha de insatisfação.

Jaime ri da ideia dessa mulher envelhecida, de joelhos, jurando sobre a antiga virgindade, mas sinto uma coisa estranha, horrível, como se fosse chorar. Por que haveria nisso algo que me provoca lágrimas?

— Conte! Conte! — pede Jaime. — É tão bom quanto uma peça.

— Ela disse mais. — Magnus se perde. — Ela se ajoelhou. Estava ajoelhada, a cabeça baixa.

— Sim, o senhor disse, o que mais?

— Disse que, se houvesse algum motivo por lei que alguém pudesse aventar, desonestidade ou impedimento, ela partiria, mas, não havendo, suplicava que ele a deixasse permanecer em sua posição e fosse feita justiça.

— Minha nossa! — exclama Jaime, admirado. — Ela disse isso tudo? Na frente de todos?

— Ah, tem mais. Por fim, disse que se pouparia do sofrimento do tribunal e que entregava sua causa nas mãos de Deus.

Pigarreio antes de perguntar:

— E depois disso?

Meu coração bate acelerado. Não consigo entender qual é meu problema.

— Depois disso, ela se retirou.

— Saiu do tribunal?

Magnus assente, o rosto sério.

— Fez uma mesura ao rei e se retirou. O rei disse que deveriam chamá-la de volta, e os homens gritaram: "Catarina de Aragão, retorne ao tribunal." Mas ela nem sequer virou a cabeça, apenas saiu. E lá fora...

— O que houve lá fora?

— Lá fora as mulheres lançavam bênçãos a ela, os homens diziam que jamais deveriam tê-la obrigado a comparecer. Todos gritavam que era uma vergonha, uma vergonha para o rei, que uma esposa assim fosse obrigada a se defender.

Levanto-me. Meu coração bate tão forte que parece que vou passar mal. Penso em Catarina, confrontando Henrique, o mentiroso — ele foi mentiroso a vida inteira —, enfrentando-o diante dos dois cardeais, diante dos lordes, diante dos homens que governam nosso mundo, então fazendo uma mesura e se retirando. Como ela ousou! O que ele vai fazer?

— O que ele vai fazer?

Minha voz parece um grasnido. Por que não consigo falar?

Thomas Magnus me encara com gravidade.

— Os cardeais levarão a questão ao Santo Padre, para que se chegue a uma decisão. O rei não fez mais nada, mas a rainha o desafiou abertamente e disse que não confia nos conselheiros nem na corte dele. Exigiu ser tratada como rainha da Inglaterra e disse que não tem culpa nenhuma. Não sei o que vai acontecer. Não recebi nenhuma instrução, e nada assim jamais aconteceu na Inglaterra.

— Onde está o rei?

— Ele vai sair em viagem. — Thomas Magnus abaixa a cabeça e pigarreia. — Não levará a rainha.

Com isso, entendo que é uma ruptura, talvez para sempre. Ele levará Ana Bolena, a bisneta do mercador de seda, que cavalgará a seu lado, no lugar da infanta espanhola. Henrique abandonou Catarina. Também entendo o que estou sentindo nesse turbilhão de emoções. Triunfo, pelo fato de as palavras de Henrique se voltarem contra ele. Bem feito, seu hipócrita! Mas também lamento, lamento muito que tudo tenha chegado a esse ponto, que Catarina tenha precisado se ajoelhar para ele diante de todos os lordes da Inglaterra para declarar que não confia nem em Henrique nem neles. O casamento de conto de fadas que me provocou tanta agonia e inveja acabou, a bela princesa foi abandonada, e não consigo deixar de me sentir contente por isso. Ao mesmo tempo, também é inevitável a dor profunda que sinto com o fato de que Catarina era minha irmã e agora se encontra sozinha.

Palácio de Holyroodhouse, Edimburgo, Escócia, Inverno de 1529

Nossa corte é gloriosa e requintada como as melhores da Europa. Seguindo a antiga tradição natalina, trazemos um pinheiro para o palácio, temos gaitistas de foles todas as noites e nos entregamos às danças rápidas e impetuosas da Escócia, bem como às danças da corte francesa. Temos poesia durante todo jantar, escrita pelos grandes *makars*, poemas sobre liberdade, sobre a beleza das montanhas e os mares revoltos do norte. Temos baladas das terras baixas, canções de amor e trovas em francês e latim. Jaime adora música como o pai adorava; toca alaúde para a corte e passa a noite inteira dançando. Adora mulher e bebida, assim como o pai adorava, e não intervenho durante o Natal, pois todo rapaz se diverte nessa época do ano. Não o criei para ser santo, mas para ser rei, e prefiro um filho que apregoe sua adoração pelas mulheres do que o homem atormentado e cheio de segredos que meu irmão se tornou.

Jaime honra os membros da corte que lhe serviram bem durante o ano, presenteando seus preferidos. Davy Lyndsay, ainda a serviço real, sem jamais faltar no cuidado e lealdade ao filho que deixei sob seus cuidados, é condecorado cavaleiro e nomeado rei de armas, um arauto de grande importância. Trata-se de uma excelente escolha para Davy, que passou a vida estudando a cavalaria e poesia. Que melhor figura haveria para representar Jaime com mensagens a outros reis e imperadores? Jaime concede ele próprio o título do novo arauto e o abraça em público.

— O senhor foi mais do que um pai para mim — murmura. — Jamais me esquecerei.

Davy Lyndsay fica muito emocionado. Quando beijo seu rosto, sinto que está molhado de lágrimas.

— Nosso menino será um grande rei, graças à educação que o senhor lhe deu — afirmo.

— Ele é um grande rei por ser filho de uma grande rainha — responde Davy.

Recebemos presentes da Inglaterra, mas nada que revele o esmero que Catarina costumava dedicar aos metros de seda que escolhia para mim, ou às camisas bordadas que dava para Jaime. Esses presentes de cortesia de uma corte para outra vêm do mestre de cerimônias, como parte de suas obrigações, não da rainha que ama a irmã. Fico imaginando que tipo de Natal Catarina terá agora que continua sendo esposa mas já não é amada, agora que continua sendo rainha mas não é bem servida. Recebo uma carta de Maria depois dos doze dias natalinos, que começa com o que é mais importante para minha irmã. Eu riria se não soubesse que ela está descrevendo a desintegração da corte de Henrique. É o fim da ordem, a ordem que minha avó estipulou em seu grande livro. É o fim de tudo.

Ele a deixou andar na minha frente.

Maria escreve com dolorosa simplicidade. Quase posso vê-la sacudindo a cabeça loura, ao testemunhar mais uma vez mademoiselle Ana subvertendo as regras sagradas da precedência, a ordem dos nobres, erguendo a saia e entrando na frente de minha irmã, a irmã do rei da Inglaterra, rainha viúva da França.

Margaret, ela foi na minha frente. Era o enobrecimento de seu pai, um homem simpático, não tenho nada contra ele: Thomas Bolena trabalhou para nossa prima Margaret, foi trinchador seu, você deve se lembrar. É um bom servo da Coroa, eu sei.

Quase posso ver Maria tentando recordar os fatos, sua perplexidade sem fim.

Henrique o tornou não apenas conde de Ormond, como também conde de Wiltshire, o que imagino não ser nenhuma honra para Wiltshire. O filho dele é agora visconde de Rochford.

Descanso as páginas sobre os joelhos, para poder pensar. Será esse o preço dela? Estará Henrique enobrecendo o pai para comprar a honra da filha? Se for assim, talvez estejamos chegando ao fim de nosso suplício. O pai ganha a ordem de dois condados, a mãe se torna ao mesmo tempo cafetina e condessa; o irmão, proxeneta e visconde. Por que não? Se Ana Bolena aceitar essas honras em troca de sua tão alardeada virgindade, poderemos todos ser felizes de novo.

Henrique ofereceu um grande jantar para comemorar o enobrecimento da família. É claro que a rainha não compareceu, por isso fui no lugar dela, para conduzir as damas, com a duquesa de Norfolk atrás de mim, e estávamos todas nos dirigindo a nossos lugares de praxe quando vi que a cadeira da rainha se achava posta à mesa, ao lado de Henrique, e, quando me detive, o mestre de cerimônias me conduziu a uma mesa próxima, e Ana Bolena (agora Lady Ana) passou por mim, subiu os degraus do estrado e se sentou à direita de Henrique, como se fosse rainha, coroada.

A duquesa de Norfolk e eu nos entreolhamos, boquiabertas, como camponesas vendo um porco de duas cabeças na feira. Eu não sabia o que fazer nem dizer. Margaret, nunca fui tão infeliz. Nunca fui tão insultada. Olhei para o Charles, que me pediu para sentar, comer e fingir que não estava notando nada. E por isso me sentei, e ELA MANDOU UM PRATO PARA MIM! Juro. Como se eu devesse ficar contente por estar em sua graça! Henrique estava olhando, não disse nada; nem para impedir, nem para incentivar. Ela me escarneceu. Eu me servi e fingi comer. Achei que passaria mal de tanta vergonha. Henrique deve estar louco para me tratar assim, sua própria irmã. Pôs essa meretriz na frente da esposa, na frente de mim; ela era minha dama de companhia! Acho que vou morrer dessa desonra.

Espero que você tenha um Natal mais feliz do que o nosso. Catarina acha que Ana Bolena está decidida a converter Henrique à religião reformada, e então ele não terá de consultar nem o papa nem as leis da Igreja, apenas o que sua consciência diz. É só nisso que eles acreditam, esses luteranos. Mas que consciência ele pode ter?

Pitlochry,
Escócia, Verão de 1530

Enquanto meu irmão espera o Vaticano deliberar sobre a petição de anulação de seu casamento, o Santo Padre envia um representante para nos visitar. Isso não pode ser coincidência, confidencio a Jaime quando estamos cavalgando pelo campo, ao norte de Scone, com o imenso cavalo do representante papal em nosso encalço, Sua Excelência admirando a paisagem indomada que, segundo ele, lembra a cordilheira dos Apeninos, que protege Roma. O Santo Padre decerto quer se certificar de que, independentemente dos livros heréticos que meu irmão ande consultando, independentemente das oposições que ele venha a fazer ao domínio de Roma, pelo menos eu sou fiel a nossa santa avó, Lady Margaret Beaufort, permanecendo obediente à autoridade papal. Jaime, meu filho, é muito devoto e se opõe às heresias de Lutero e mesmo aos questionamentos mais moderados dos reformistas alemães e suíços. Como muitas crianças criadas em circunstâncias difíceis, agarra-se às certezas do mundo antigo. Depois de perder o pai na infância e se rebelar contra um padrasto, não rejeitará o papa.

Adoramos esses verões, quando cavalgamos às terras do norte, que ficam cada vez mais acidentadas e desertas, quanto mais avançamos. Às vezes, ao pôr do sol, o céu se enche de estranhos arco-íris, de cores incríveis. Só escurece muito tarde, e a alvorada surge cedo. No meio do verão, praticamente não há noite. As terras do norte são o reino das noites brancas, e as pessoas se deleitam ao sol, bebendo, dançando e quase não dormindo.

Jaime, assim como o pai, carrega a justiça consigo aonde vai, realizando audiências e condenando infratores. Faz questão de que a paz do rei vá da fronteira sem lei das Terras Baixas aos confins sem lei das Terras Altas. Leva aos clãs do norte o sonho de um rei cuja justiça se estende dos tempestuosos mares do norte, onde sempre sopra um vento forte, às conturbadas terras banhadas pelo Tyne. O representante papal o admira, diz que não fazia ideia da riqueza e do poder dessas terras do norte. Preciso admitir que, até vir à Escócia, eu também sabia muito pouco sobre os homens e as mulheres desses lugares remotos, mas aprendi a amá-los e respeitá-los.

— Eu não sabia, por exemplo... — começa o representante papal, com seu francês cauteloso, então se interrompe, pois saímos do bosque num descampado junto a um rio largo e profundo, e diante de nós há um palácio de madeira, erguido como uma casa de sonho. É uma construção extraordinária. São três andares, com um torreão em cada canto, bandeiras tremulando em cada um deles, e há mesmo uma casinha de guarda junto ao portão e uma ponte levadiça, que é o tronco de uma árvore. Quando paramos os cavalos para admirá-lo, a ponte levadiça desce sobre o fosso — um desvio do rio, que contorna o castelo —, e John Stuart, o conde de Atholl, surge a cavalo, e, no palafrém a seu lado, está Lady Grizel Rattray, usando uma coroa de flores.

— O que é isso? — pergunta o representante papal, maravilhado.

— Isso — responde Jaime, com pompa, escondendo o próprio assombro — é um palácio de verão que meu fiel amigo John Stuart preparou para nós. Por favor, venha por aqui.

Ele cumprimenta John, e os dois riem. Jaime bate nas costas dele e elogia a construção impressionante, enquanto Grizel me saúda, e a parabenizo pela criação desse tesouro.

Saltamos dos cavalos diante da ponte levadiça, os animais são levados para o campo, e o conde e a condessa nos conduzem ao palácio.

O interior é ainda mais onírico, pois o chão é o próprio campo, cheio de flores. No andar superior, há quartos em cada um dos quatro cantos, e todas as camas são construídas na parede, cobertas de camomila, como um dossel perfumado, e cobertas de peles. O salão de jantar é aquecido à moda antiga, com uma fogueira no centro, e o chão é terra batida, muito limpa, lustrada com a passagem de muitos pés. A mesa alta se encontra sobre um estrado, depois de alguns degraus entalhados na madeira, e tudo tem o brilho verde das melhores velas de cera.

Encantada, corro os olhos à volta.

— Venha ver seu quarto — chama a condessa, conduzindo-me pela escada de madeira ao cômodo com vista para o rio e para as montanhas.

Em todas as paredes, há tapeçarias de seda, e todas as tapeçarias são cenas de florestas, campos ou margens de rio, de modo que é como se cada parede fosse uma janela. As janelas mesmo têm moldura de madeira, e são feitas à perfeição com vidro veneziano, de modo que posso olhar para fora e ver meu cavalo pastando no campo banhado pelo rio, ou fechar as venezianas, para manter o calor.

— Que maravilha! — exclamo para a condessa.

Ela ri de prazer, balança a cabeça com a coroa de flores e diz:

— Meu lorde e eu ficamos tão honrados de recebê-los que quisemos lhes oferecer um palácio tão bonito quanto Holyroodhouse.

Descemos para jantar. A fogueira está acesa, e o cheiro de lenha se funde ao aroma de carne assada. Há toda sorte de aves e três tipos de cervo. Quando entramos no salão, todos se levantam para nos saudar, erguendo as reluzentes taças de peltre. Sento-me entre Jaime e o representante papal. O conde de Atholl se senta do outro lado de Jaime; a condessa, à cabeceira da mesa das damas.

— Que impressionante tudo isso! — comenta comigo o representante papal, em voz baixa. — Que inusitado! Um tesouro no meio do nada. Esse conde de Atholl deve ser muito, muito rico.

— É, sim — confirmo. — Mas não criou esse palácio de madeira para impedir Jaime de tomá-lo. Não somos como na Inglaterra. Um bom súdito pode manter sua riqueza, suas terras, por mais imponentes que sejam suas construções.

— Ah, Vossa Majestade se refere ao pobre cardeal Wolsey — responde o representante papal, sacudindo a cabeça. — Ele cometeu o erro de viver melhor do que o próprio rei, e agora o rei tomou tudo dele.

— Acho que não é meu irmão que tem inveja — falo suavemente. — Henrique sempre disse que Wolsey deveria ser recompensado por seu trabalho a serviço do reino. O senhor logo vai perceber que é a mulher com quem meu irmão agora mora na bela casa de Wolsey, o York Place, que está por trás da ruína do cardeal.

O representante papal assente, sem responder.

— O Santo Padre ficou muito aborrecido — segreda, num murmúrio.

— De fato, é a pior coisa que poderia acontecer — respondo. — E ouvi dizer que Lady Ana é luterana.

Ele fica sério, mas é cauteloso demais para sugerir que a preferida do rei é herege.

— Vossa Majestade escreve a sua cunhada, a rainha?

— Escrevo a minha irmã, Maria, mas a rainha anda tão angustiada que preferi não aumentar suas aflições.

— Ela tem um novo representante da Espanha para aconselhá-la.

— Ela não deveria precisar de um representante espanhol. É a rainha da Inglaterra — observo. — Deveria confiar nos conselheiros ingleses.

Ele abaixa a cabeça.

— É verdade. Mas, como a Espanha a apoia, o Santo Padre deve apoiá-la também. E não há nenhuma prova concreta contra o casamento dela com seu irmão. Se ela ao menos fosse persuadida a se recolher... Será que Vossa Majestade não poderia sugerir que ela se torne abadessa, que leve uma vida de santidade? Será que ela a ouviria?

A música que vem da galeria, o tinido dos cristais, o burburinho das conversas de repente se esvai. A claridade do salão, as tapeçarias, a madeira entalhada, o bruxuleio do fogo de repente se embotam. Por um instante, penso no que eu diria a Catarina, se fosse chamada a aconselhá-la. Penso no prazer que eu teria se ela se retirasse da vida pública para o isolamento de uma abadia, e só houvesse Maria e eu, as duas rainhas viúvas, sem Catarina dominando a corte. Penso em como minha vida teria sido melhor se ela não tivesse chegado tão longe, se não tivesse sido regente da Inglaterra, se não tivesse mandado um exército a Flodden com ordens de não levar prisioneiros, de matar todos que pudessem, se jamais tivesse aconselhado Henrique contra mim.

Então penso melhor. Penso nela como princesa de Gales, quando Artur morreu, deixando-a sem nada. Penso na hostilidade terrível de minha avó.

Penso em como ela suportou a pobreza e as dificuldades, vivendo à margem da corte, virando os vestidos pelo avesso e cerzindo a bainha, comendo mal, sem receber ajuda, aferrando-se ao chamado que acreditava vir de Deus: ser rainha da Inglaterra.

— Eu não a aconselharia a abandonar a coroa — respondo ao representante papal. — Não aconselharia nenhuma mulher a desistir de suas conquistas. Aconselharia todas as mulheres a trabalhar como puderem, a ganhar o que puderem e a manter o que ganharem. Nenhuma mulher deveria ser obrigada a ceder seus bens ou a se entregar. A mulher sábia enriquecerá da mesma forma que o homem, e a lei deveria proteger seus direitos, não roubá-la como um marido enciumado.

Ele sorri com elegância para mim e sacode a cabeça.

— Vossa Majestade sugeriria uma irmandade de rainhas, uma irmandade de mulheres — observa. — Sugeriria que a mulher pode se erguer do lugar onde Deus a botou: abaixo do marido, em todos os sentidos. Vossa Majestade subverteria a ordem estabelecida por Deus.

— Não acredito que Deus queira que eu seja pouco instruída ou pobre — argumento com firmeza. — Não acredito que Deus queira mulher alguma na pobreza e na ignorância. Acredito que Deus me quer a Sua imagem, raciocinando com o cérebro que Ele me deu, ganhando a vida com as habilidades que Ele me deu, amando com o coração Ele que me deu.

O capelão do conde se põe a fazer uma longa oração, e todos abaixamos a cabeça.

— Não posso discutir com Vossa Majestade — sussurra o representante papal, diplomático. — Porque Vossa Majestade fala com a bela lógica de uma bela mulher, e nenhum homem pode compreendê-la.

— E não posso discutir com o senhor, porque o senhor acha que está me elogiando — respondo. — Manterei silêncio, embora seja o que penso.

Passamos três dias no palácio de madeira, e em todos eles Jaime, o conde e o representante papal saem para caçar. Às vezes, também pescam. Uma tarde, faz tanto calor que Jaime tira a roupa, e ele, o conde e a corte vão nadar no rio. Observo-os da janela do quarto, apavorada com a ideia de Jaime ser carregado pela correnteza. Ele é a esperança da Escócia, o futuro do reino. Não gosto que se exponha a nenhum tipo de perigo.

No último dia, agradecemos ao conde e à condessa dizendo que precisamos seguir viagem. Jaime beija os dois e lhes dá uma corrente de ouro do próprio pescoço. Dou a ela um de meus anéis. Não é um de meus preferidos: um rubi de minha herança.

Quando estamos nos afastando, o representante papal olha para trás e exclama:

— Meu Deus do céu!

Todos nos viramos. No local onde estava o palácio de verão, há nuvens de fumaça e o crepitar de fogo. Estalidos de pólvora debaixo das paredes indicam que o fogo foi ateado para destruir o palácio. Jaime detém o cavalo, para podermos ver as chamas amarelas subindo ávidas pelas folhas secas e pelos pequenos ramos, de súbito incendiando a vegetação do teto. Há um grande estrondo quando as paredes pegam fogo e a primeira torre desaba no coração das chamas.

— Precisamos voltar! Apagar o fogo com a água do fosso! — desespera-se o representante papal. — Precisamos salvar o palácio!

Jaime ergue a mão.

— Não, ele foi incendiado de propósito. É a tradição — afirma. — É um belo espetáculo.

— Tradição?

— Quando um lorde das Terras Altas oferece um banquete, ele constrói o salão de jantar e, quando o banquete termina, ele queima tudo, as mesas, as cadeiras e o salão. Nada jamais será usado novamente: foi uma experiência única.

— Mas e as tapeçarias? E a prataria?

Jaime encolhe os ombros, rei até a ponta dos dedos.

— Tudo destruído. Essa é a beleza da hospitalidade das Terras Altas: é por inteiro. Fomos convidados de um grande lorde; ele nos deu tudo. O senhor está num reino rico, um reino de conto de fadas.

Acho que Jaime está se excedendo um pouco, mas o representante papal se benze como se acabasse de testemunhar um milagre.

— Que espetáculo! — murmura.

— Meu filho é um grande rei — lembro a ele. — Isso lhe mostra o apreço de seu povo.

Não duvido nem por um instante de que a condessa recolheu as tapeçarias e todos os outros objetos de valor. Provavelmente tiraram as janelas antes de atear fogo nas paredes de madeira. Mas é de fato um espetáculo e cumpriu sua função. Quando voltar a Roma, o representante papal contará ao Santo Padre que meu filho tem ambições para além da prima, a princesa Maria. A Escócia é um grande reino, pode se aliar a quem quiser. Ele que diga ao papa também que não tomaremos o partido de meu irmão, contra minha cunhada. Nós duas somos rainhas, somos irmãs, isso tem importância.

Castelo de Stirling, Escócia, Inverno de 1530

Jaime anda dedicando muita atenção a Margaret Erskine, uma bela jovem de 20 anos, esposa de sir Rob Douglas de Lochleven. Não posso gostar disso. Ela é sem dúvida a menina mais adorável da corte, e há nela um brilho que a destaca de todas as outras moças com quem Jaime dança, cavalga e — imagino — encontra-se em segredo para fazer amor. Mas não é uma plebeia, para ele pegar e largar. É filha do barão Erskine, família com a qual não se brinca.

— Quem disse que estou brincando? — pergunta Jaime, com seu sorriso de canto de boca.

— Você não pode estar fazendo outra coisa quando entra em Stirling disfarçado para beijar as esposas dos mercadores e depois revela que é o rei.

Jaime solta uma risada.

— Ah, eu não me limito a beijar.

— Você deveria se limitar a beijar. Deveria ver, pelo exemplo da Inglaterra, a confusão em que o rei pode se meter por causa de mulher.

— Não me meto em confusão nenhuma — responde ele. — Adoro a Margaret, mas também gosto da Elizabeth.

— Que Elizabeth?

Ele sorri novamente, nem um pouco arrependido.

— Na verdade, são várias Elizabeth. Mas nunca me esqueço de que devo me casar com uma aliada ao reino. E não acho que será minha prima, a princesa Maria.

— Henrique jamais revogará os direitos de Maria, independentemente do que o papa decida sobre Catarina. Ele ama a Maria. E, veja bem, meu casamento foi suspenso, mas minha filha não se tornou bastarda. Margaret é conhecida como Lady Margaret Douglas e recebe todo o respeito de Londres. A princesa Maria poderia manter o título, mesmo se a mãe não for rainha. E o pai a ama.

— Ele diz que ama Catarina. Isso não vai salvá-la.

Encaro meu filho.

— Não consigo pensar nisso. Não consigo imaginar a Inglaterra sem ela como rainha.

— Porque por muito tempo a senhora pensou em Catarina como seu modelo e como uma rival — responde ele. — Viveu à sombra dela, mas agora tudo mudou.

Fico assombrada com a percepção de meu filho.

— É que éramos três, as três fadadas a ser rainhas. Irmãs e rivais.

— Eu sei, entendo. Mas Catarina não é a rainha que era quando enviou um exército para destruir a Escócia. Os escoceses não conseguiram, mas o tempo a venceu.

— Não é o tempo — protesto, de súbito irritada. — O tempo chega para todas as mulheres e também para todos os homens. Ela não foi derrotada pelo tempo, mas pela sedução de uma rival comum, pelo egoísmo de meu irmão e pela fraqueza da família dela, que deveria ter enviado uma armada no instante em que ela foi exilada da corte.

— Mas não enviou — observa Jaime. — Porque ela é mulher e, embora seja rainha, não tem poder.

— Essa é a única proteção da mulher? — pergunto. — O poder? E o cavalheirismo? E a lei?

— O cavalheirismo e a lei são aquilo que quem tem poder concede a quem não tem poder, se quiser — responde Jaime, um rei que foi prisioneiro durante toda a infância. — Ninguém com juízo dependeria de cavalheirismo. A senhora nunca dependeu.

— Porque meu marido era o inimigo — murmuro.

— O de Catarina também.

Jaime me faz pensar em minha filha, Margaret, na pequena princesa Maria e na mãe dela, Catarina, minha rival, minha irmã, meu outro eu. Se tornar a filha bastarda, Henrique sacrificará seu único rebento legítimo pelas promessas de Ana Bolena; não terá nenhum herdeiro legítimo. Penso em Catarina me ameaçando ao inferno se eu deixasse Margaret se tornar bastarda, penso mais uma vez que estamos juntas no perigo: a vida dela é a minha, os horrores dela são os meus.

Se Henrique abandonar Catarina e renegar a filha, meu filho se tornará seu sucessor e poderá ser o maior rei que já houve: o primeiro monarca Tudor e Stuart a governar os reinos unidos, da extremidade oeste da Irlanda à extremidade norte da Escócia. Que rei meu filho será! Que reino ele governará! Evidentemente, minha ambição cresce ante a ideia. Evidentemente, rezo para que Ana Bolena jamais tenha um filho legítimo de Henrique. Quando o mensageiro da Inglaterra me traz uma carta selada de minha irmã, Maria, não espero boas notícias, não sei nem o que esperar.

Você deve ter sabido que Thomas Wolsey morreu preso, um exemplo do que ela está disposta a fazer, voltando-se contra um grande homem do reino, antigo protegido de Henrique. Agora que estamos vendo o poder de Ana Bolena, algum de nós pode se sentir seguro? Ela criou uma encenação, uma dança, a coisa mais pavorosa já vista na corte, em qualquer corte, não importa o que digam. Aquele irmão abominável dela e seus amigos pintaram o rosto de preto, como mouros, e dançaram de maneira selvagem, indecente. Outro homem se vestiu como o cardeal — o pobre Thomas Wolsey —, e o título era "Levando o cardeal ao inferno". O espetáculo foi encomendado e projetado pelo pai e pelo irmão dela, para diversão do embaixador francês. Ainda bem que não encenaram na minha frente, nem na frente de nosso irmão. Henrique está angustiado com a morte do velho amigo, o cardeal, e acho que perdeu o único homem do reino que ousava lhe dizer a verdade. Com certeza ninguém nunca conduziu o reino como Wolsey. Não há ninguém que possa ocupar seu lugar.

A rainha passará o Natal em Greenwich, e Ana Bolena estará lá também, com sua corte rival. Henrique ficará entre uma e outra, receberá presentes de ambas. Seria um pesadelo se isso já não acontecesse há tanto tempo que nos acostumamos a ter duas cortes antagônicas, e agora parece normal. Os outros reis da Europa devem rir de nós.

Catarina está terrivelmente angustiada, e também estou sofrendo muito. Sinto um peso na barriga, que tenho certeza de que é preocupação com Henrique e com o que vai acontecer. Charles diz que é uma pedra, o mesmo que Ana Bolena tem no lugar do coração. Ouvimos dizer que você está feliz e seu filho está seguro no trono. Fico muito contente! Reze por nós, Margaret, porque não há nada bom na Inglaterra este ano.

Castelo de Stirling, Escócia, Primavera de 1531

Fico sabendo o que acontece em seguida na Inglaterra pelo arquidiácono, embora ele esteja quase mudo de perplexidade com as circunstâncias que deve relatar.

Ele vem a minha câmara privada, esperando evitar plateia para o que tem a dizer. Faz uma mesura e explica que falará em breve com meu filho, mas que preferiu falar primeiro comigo. Quase me pergunta como deve iniciar o assunto com Jaime. Antes, precisa considerar o que vai dizer a mim.

— Tenho uma notícia séria da Inglaterra — anuncia.

Imediatamente, levo a mão à boca pensando: Catarina morreu! É fácil imaginá-la jejuando a ponto da inanição, o cilício transformando a pele frágil em feridas infeccionadas, a morte por sofrimento. Mas então penso: Não, ela jamais abandonaria a filha sem alguém que a proteja. Jamais se recolherá a um convento nem se entregará à morte. Jamais desistirá de sua causa. Henrique teria de arrancá-la à força do trono, Deus teria de levá-la à força ao paraíso: ela jamais partiria por iniciativa própria. Por isso penso: Aconteceu alguma coisa com Archibald! Ele é um homem que passou a vida na fronteira, entre a segurança e o perigo, entre a Escócia e a Inglaterra. Onde está agora? O que está fazendo? Essas são perguntas que jamais farei em voz alta.

— Que notícia? — pergunto, a voz equilibrada.

Os músicos escolhem esse momento para fazer silêncio, e todas as minhas damas, todos os pajens a meu lado, os criados junto à mesa e à porta, aguardam a resposta. Ele precisa falar para a sala silenciosa.

— Lamento dizer que o Santo Padre excedeu sua autoridade e cometeu um erro — declara.

— O Santo Padre cometeu um erro? — repito sua heresia.

— Exatamente.

É melhor ele não tentar essa abordagem com Jaime. O papa é orientado por Deus, não pode cometer erros. Mas o arquidiácono serve a um rei que afirma também ouvir a voz de Deus, e que o rei ouve com maior clareza do que qualquer outra pessoa, que o rei sabe mais do que o papa.

— O Santo Padre decidiu afinal sobre a questão do casamento de meu irmão? — pergunto.

Ele faz uma nova mesura.

— Ainda não, o Santo Padre continua deliberando, mas, nesse meio-tempo, antes de a decisão ser publicada, exigiu que o rei morasse com a princesa viúva.

— O quê? Com quem?

O arquidiácono quase pisca o olho para se fazer entender.

— A princesa viúva, Catarina de Aragão.

— O papa a chama assim? Não a chama de rainha?

— Não, não, foi o rei que decretou que todos devemos chamá-la por esse título. Falo em obediência a ele. Ele próprio a chama de irmã.

— Ela perdeu o título de rainha?

— Perdeu.

Assimilo essa informação.

— E o que o Santo Padre diz?

— Que o rei deve evitar a companhia de certa mulher.

— Que mulher?

Como se eu não soubesse.

— Lady Ana Bolena. O papa diz que o rei deve abandoná-la e viver com a ra... ra... — Ele gagueja a palavra proibida. — Com a princesa viúva.

— O papa está exigindo que meu irmão viva com Catarina, embora meu irmão afirme que ela não é sua esposa?

— Exatamente. É por isso que nós estamos considerando que o Santo Padre está mal informado e cometeu um erro.

— Nós?

— Nós, a Inglaterra — responde ele. — Vossa Majestade também, como princesa inglesa. Espera-se que Vossa Majestade chame Catarina de Aragão de princesa viúva. Que diga que o Santo Padre cometeu um erro.

Encaro o arquidiácono, que se atreve a me dizer o que devo pensar, o que Henrique quer que eu diga.

— Sua Majestade, o rei, decidiu que o Santo Padre não pode governar a Igreja na Inglaterra — prossegue ele, a voz suave ficando cada vez mais baixa, ao proferir essa infâmia. — Como o rei governa o reino, não pode haver outro governante. O rei é, portanto, o Chefe Supremo da Igreja da Inglaterra. Compreende-se que o papa é um bispo, um governante espiritual, não terreno; o bispo de Roma.

É incompreensível. Pisco os olhos, confusa.

— O senhor pode repetir?

Ele repete.

— Henrique pediu ao senhor para me dizer isso? Está anunciando isso a todas as cortes estrangeiras? Está dizendo ao papa que o papa não governa a Igreja?

O arquidiácono assente, como se as palavras também lhe faltassem.

— E ele disse isso à própria Igreja? Ao clero?

— Todos concordaram.

— Não pode ser! — protesto. Penso no confessor de minha avó. — O bispo Fisher jamais concordaria com isso. Prestou juramento de obediência ao papa. Não mudaria porque Henrique não aceita a opinião do papa. — Penso nos grandes clérigos, temor dos hereges, penso em Thomas More. — E outros. A Igreja não pode concordar com isso.

— Não é uma questão de opinião do papa, mas de seu direito tradicional — argumenta o arquidiácono.

— Parece que ele tinha o direito de governar quando Henrique lhe pediu que enviasse um cardeal.

— Agora não tem mais — afirma o arquidiácono.

Encaro-o novamente, horrorizada.

— Isso é heresia — sussurro. — Pior, é loucura.

Ele sacode a cabeça.

— É a nova lei — observa. — Espero poder explicar a seu filho as vantagens...

— Que vantagens?

— O dízimo — murmura ele. — Os frutos da Igreja. Peregrinações, as grandes riquezas da Igreja. Na Inglaterra, agora tudo pertence à Coroa. Se chegar à mesma decisão sagrada, seu filho também poderá governar sua própria Igreja, também poderá ser o Chefe Supremo, recebendo todas as riquezas da Igreja. Sei que os impostos da Escócia são insuficientes...

— O senhor quer que o rei da Escócia renegue o papa também?

— Ele logo perceberia que é vantajoso, tenho certeza.

— Jaime não vai roubar da Igreja — rebato. — Jaime é devoto. Não vai se declarar um papa escocês.

— O rei não está se declarando papa — tenta me corrigir o arquidiácono. — Está restaurando os direitos tradicionais dos reis da Inglaterra.

— E o que vem depois disso? — pergunto. — Que outros direitos tradicionais? O domínio sobre as mulheres? A sujeição da Escócia?

O brilho nos olhos do arquidiácono me diz que Henrique reivindicaria também isso, se puder um dia. Ana Bolena o inspirou a ser o menino mimado que ele nasceu para ser. Acredito que ela está cometendo um erro terrível. Está mostrando a Henrique seu poder. Será que também lhe mostrará quando parar?

⁂

Como imaginei, o arquidiácono não consegue convencer Jaime.

— Ele teve a audácia de sugerir que reformássemos a Igreja na Escócia — diz meu filho, enfurecido.

Ele surge em minha câmara privada antes do jantar, quando estou apenas com duas damas, uma das quais sei que é amante de Jaime. Ela se dirige ao banco perto da janela, para nos deixar conversar a sós. O que ele quiser que ela saiba, dirá a ela mais tarde. Agora quer conversar comigo.

— O papa é um bom amigo da Escócia — continua. — E seu irmão não tinha nenhuma queixa do domínio de Roma até querer que declarassem o casamento dele inválido. Ele é tão óbvio! É vergonhosamente óbvio. Está destruindo a Igreja para poder se casar com essa meretriz.

É impossível conversar com meu filho quando ele está furioso assim.

— E o que vai acontecer com a Igreja? Nem todo o clero vai concordar com isso. O que seu irmão fará com quem se recusar a aceitá-lo como Chefe Supremo? O que vai acontecer com as abadias? Com os monastérios? E se os sacerdotes não se curvarem às ordens dele?

Noto que estou tremendo.

— Talvez eles possam se aposentar — imagino. — O arquidiácono disse que haveria um juramento. Todos teriam de prestar juramento. Talvez os que não estiverem de acordo possam se aposentar.

Jaime olha para mim.

— Todos? A senhora sabe que isso é impossível — observa. — Ou há juramento, ou não há. Se eles não prestarem juramento, Henrique será obrigado a dizer que é traição ou heresia, ou as duas coisas. A senhora sabe qual é o castigo para traição e heresia.

— O bispo Fisher terá de abandonar a Inglaterra — murmuro. — Terá de ir embora. Mas jamais deixaria Catarina sem um confessor, sem um conselheiro espiritual.

— Ele não vai sair do reino — profetiza Jaime. — Vai morrer.

Suffolk Place, Londres, Inglaterra, Verão de 1532

Querida irmã,

Os defensores de Ana Bolena — a família dela, que tanto se beneficiou com sua ascensão, e seus parentes, os Howard — ficaram insuportáveis. Ela está ocupando os aposentos da rainha e é servida como se pertencesse à realeza. Você pode imaginar como me sinto, vendo-a na poltrona de Catarina, dormindo na cama de Catarina. Agora pediu que as joias de Catarina sejam trazidas da casa do tesouro, para usar em ocasiões importantes. As joias da Coroa, como se ela fosse a rainha coroada.

Falei em voz alta o que todos pensam: que não se faz uma rainha vestindo de seda a neta de um camponês. Podemos botar uma corrente de ouro num porco, que continuaremos tendo apenas presunto. Evidentemente, isso foi repetido em nossa corte e houve uma briga com os servos dos Howard — mais uma de muitas rixas. Mas não é minha culpa, porque só falei o que todos dizem.

Enfim, nosso bom sir William Pennington estava sendo vencido e fugiu da luta, procurando abrigo na Abadia de Westminster, e aqueles covardes da Casa de Norfolk o seguiram e o mataram, mataram-no diante do altar, a mão dele na pedra sagrada e o sangue nos degraus da chancelaria. Charles os prendeu por violação de santuário e assassinato, mas os Howard foram correndo dizer ao rei que seus homens estavam defendendo a honra daquela Ana, como se ela tivesse alguma. Eles recebem toda a atenção de Henrique, *são seus novos protegidos, e agora Henrique está furioso com o Charles e comigo, não sei o que faremos.*

Tivemos de deixar a corte. Um homem de nossa casa é morto diante do altar, mas somos nós que temos de deixar a corte! Precisamos esperar o tempo passar, mas simplesmente não temos dinheiro, nunca temos dinheiro suficiente, e, se o Charles não está na corte com Henrique, recebendo gratificações, não sei o que faremos. De qualquer forma, como posso ir para a corte quando ela está tendo precedência, comportando-se como uma rainha? Não posso me submeter a ela. Mal consigo cumprimentá-la. E se ela exigir que eu a sirva em seus aposentos? Será que Henrique faria de mim sua dama de companhia? Que catástrofe precisa acontecer para ele se dar conta de que está partindo meu coração e destruindo Catarina, arruinando tudo que já conquistamos?

Fiquei sabendo que o Natal foi calmo, a corte estava em Greenwich, e, pela primeira vez, Catarina não estava lá, mas sozinha na antiga casa de Wolsey. É onde ela mora agora. Eles a expulsaram. Ana Bolena encheu Henrique de presentes, mas ele mandou devolverem a taça de ouro que Catarina lhe deu. Mandou devolverem, como se ela fosse uma inimiga.

Não ando me sentindo bem, mas imagino que seja só preocupação por isso tudo. Sua vida, tão longe da Inglaterra, com um filho honrado e um marido carinhoso, parece melhor do que a minha. Quem imaginaria que eu chegaria a invejá-la? Quem imaginaria que nós duas seríamos mais felizes do que Catarina? Reze por nós, suas irmãs infelizes.

Maria

E mais: dizem que Thomas More terá de renunciar ao posto de lorde chanceler, porque não consegue jurar que Henrique é o verdadeiro chefe da Igreja. Henrique se compadeceu de Thomas e disse que ele pode deixar o cargo e viver em reclusão. Quantas pessoas terão de deixar a corte e viver em reclusão enquanto essa mulher se comporta como rainha?

Jedburgo,
Escócia, Outono de 1532

Vou para o sul, encontrar Jaime na fronteira. Ele está realizando audiências, executando ladrões de gado e ovelhas, independentemente de virem do sul ou do norte da fronteira, prometendo guerra com a Inglaterra.

— Terei paz na fronteira — afirma ele. — Só irei sossegar quando tirar os ingleses de nossos apriscos e de nossas torres.

— Não é assim que se faz — argumento, com tato. — Não se consegue paz assustando as pessoas.

— Era o método de Archibald Douglas — lembra ele.

— Era.

— A senhora ainda pensa nele?

Sorrio, sacudindo a cabeça, como se não tivesse nenhum interesse em Ard.

— Quase nunca.

— A senhora sabe que preciso manter a segurança da fronteira.

— Sei e acho que você é o rei que fará isso. Mas não ameace Henrique com uma guerra. Ele só vai retribuir a ameaça. No momento, meu irmão tem mais complicações na vida do que é capaz de resolver. Se continuar se insurgindo contra o papa, insultando a tia do imperador, vai ser considerado herege, e todos os reis católicos terão autorização de atacá-lo. É nesse momento que você deverá declarar guerra. Antes disso, não. Agora, quando ele está com a reputação tão baixa que os outros reis querem apenas distância, é hora de negociar com ele qualquer coisa que você deseje.

— Achei que a senhora fosse uma princesa inglesa, que os Tudor sempre viriam em primeiro lugar — observa Jaime. — A senhora mudou o discurso.

— Eu vim para cá trazer paz entre a Inglaterra e a Escócia, mas Henrique tornou isso impossível — respondo, com franqueza. — Sempre fui leal a ele, mas ele não foi leal a mim, nem a minha irmã, nem a minha cunhada, a esposa dele. Acho que virou um homem em quem ninguém pode confiar.

— Isso é verdade — assente Jaime.

— Ele transferiu minha cunhada para uma casinha em Bishop's Hatfield e proibiu a filha de vê-la. Pôs uma meretriz nos aposentos de minha mãe. Foi longe demais. Não suporto meu irmão, preciso me manter fiel a minhas irmãs. Não posso ficar do lado dele.

Jaime me fita, medindo minhas intenções.

— Mas basta ele chamar, que a senhora vai correndo para ele.

— Agora, não — afirmo. — Nunca mais.

Westhorpe Hall, Inglaterra, Outono de 1532

Henrique está planejando outra visita à França, gastando uma fortuna em joias e vestidos, cavalos e justas, para impressionar o rei (que voltou para casa depois de pagar resgate, mas continua orgulhoso como sempre). Falei que estou doente demais para viajar, pois não suporto a ideia e sinto um peso tão grande na barriga e nas entranhas que realmente acho que estou doente demais para isso. Não poderia dançar numa ocasião assim, meus pés não se levantariam do chão. Ah, quando penso no Campo do Pano de Ouro, quando éramos jovens e felizes! Eu não poderia voltar à França com uma mulher despudorada no lugar da verdadeira rainha.

Henrique não cogita levar Catarina, nem sequer a viu este ano. Manda para ela mensagens frias, e ela agora precisa se mudar novamente, para Enfield, porque tanta gente a visita que Henrique fica constrangido. Escrevo a ela, mas Charles diz que não posso vê-la. Isso desagradaria profundamente a Henrique, e preciso mostrar lealdade a ele, meu irmão e rei, antes de qualquer outra pessoa. Preciso cumprimentar Ana Bolena com o respeito devido às mulheres mais importantes do reino. Não ouso dizer nada sobre ela. Faço tudo que Henrique e Charles me pedem, como se tivesse um coração de pedra, e, quando ela envia um prato para mim durante o jantar, finjo comer enquanto sinto o estômago revirar.

Ela é toda sorrisos. Toda sorrisos e brilho, das joias de Catarina. Brilha como veneno.

Não vejo Catarina há dez meses, não a vi este ano e costumava encontrá-la praticamente todos os dias. Ela não me escreve com frequência, diz que não há o que dizer. Existe um buraco terrível em minha vida, no lugar que ela ocupava. É como se ela estivesse morta, como se meu irmão a tivesse apagado da face da Terra. Você deve achar que estou exagerando, mas realmente sinto que Henrique a matou, como se o rei pudesse executar a rainha!

De qualquer forma, não vou à França com aquela mulher. Nenhum de nós vai. E soube que nenhuma dama real da França a cumprimentará. Como poderiam? Ela é amante de Henrique, o pai dela tem um título tão novo que ninguém consegue lembrar, e todos ainda o chamam de sir Thomas, por hábito. As únicas companheiras que ela pode exigir são aquelas que defendem sua ambição: a irmã, a cunhada e a mãe. E há rumores de que Henrique já teria se deitado com as três. Todas são odiadas na Inglaterra. Ela e Henrique tiveram de voltar para casa mais cedo na viagem desse ano, porque ela era vaiada aonde quer que fosse.

Juro que às vezes acordo de manhã e me esqueço de que isso tudo aconteceu. Penso que Henrique é um belo rei, recém-entronado, que Catarina é uma rainha amada e sua conselheira de confiança, que sou novamente uma menina, e por um instante sou feliz, então me lembro de tudo e sou tomada de tanta tristeza que vomito uma bile verde como a inveja. Graças a Deus, nossa amada mãe morreu antes de ver essa mulher sentada em seu lugar, trazendo tanta vergonha para nossa irmã, para nós, para nosso nome.

Maria

Palácio de Holyroodhouse, Edimburgo, Escócia, Inverno de 1532

Davy Lyndsay vem à corte para participar de uma justa de poesia. Temos um *flyting*, quando um poeta ataca outro numa torrente de afrontas improvisadas. Jaime é espirituoso e faz a corte gargalhar com as ofensas que dirige ao amigo, reclamando de tudo, desde seu ronco terrível até a injúria de que ele copiaria seus versos de um livro. Davy responde mencionando a promiscuidade de Jaime. Cubro os ouvidos e aviso que não quero saber de mais nada, mas Jaime ri dizendo que Davy está apenas falando a verdade: que ele precisa se casar logo, ou encherá o deserto da fronteira de pequenos Jaime.

Quando o riso e a poesia acabam, há dança, e Davy vem beijar minha mão para acompanhar o baile a meu lado.

— Ele não é pior do que outros rapazes dessa idade — comento.

— Lamento discordar de Vossa Majestade — responde Davy. — Mas é, sim. Toda noite, visita alguma mulher na cidade ou fora dela e, quando não sai do palácio, está com alguma criada ou mesmo uma dama. Parece um coelho.

— Ele é muito bonito — observo, indulgente. — E é jovem. Sei que minhas damas flertam com ele, como ele poderia recusar?

— Ele deveria se casar — salienta Davy.

Assinto.

— Eu sei. É verdade.

— A princesa Maria não serve para ele — afirma Davy. — Sinto muito mencionar sua família, Vossa Majestade, mas sua sobrinha não serve. Não podemos confiar no título dela. Sua posição é incerta.

Já não posso discordar. Henrique não levou a filha legítima na viagem para a França; levou o filho bastardo, Henrique Fitzroy, deixando-o lá com os filhos do rei da França, como se ele fosse um príncipe nato. Ninguém sabe que título Henrique Fitzroy ainda receberá, mas parece que meu irmão está preparando-o para a realeza. Ninguém sabe se a princesa Maria manterá seu título, ninguém sabe nem sequer se é possível tirar o título de uma princesa. Nenhum rei, em toda a história do mundo, tentou fazer algo assim.

— Ela tem sangue real. Ninguém pode negar.

— Que Deus a proteja — é tudo que ele diz.

Passamos alguns instantes em silêncio.

— Vossa Majestade tem notícias de sua filha, Lady Margaret? — pergunta Davy.

— Archibald não permite que ela fique comigo. Deixou-a a serviço de Lady Ana Bolena. — Sinto a boca se contrair de nojo e endireito o rosto. — Ela é muito estimada pelo rei, seu tio. Dizem que se encontra numa posição invejável.

— O jovem Jaime quer se casar com a filha do rei francês — observa Davy. — Faz anos que consideramos isso, ela tem um belo dote, e trata-se da Antiga Aliança.

— Henrique não vai gostar — imagino. — Não vai querer a França se intrometendo nos assuntos escoceses.

— Eles não precisam se intrometer — considera Davy. — Ela seria esposa dele, não seria regente. E precisamos do dinheiro que ela traria. Vossa Majestade não receberá um dote como o dela de meninas escocesas como Margaret Erskine.

— Então será a princesa Madeleine de França — declaro. — A menos que recebamos uma boa notícia da Inglaterra.

Davy Lyndsay me encara com um sorriso torto.

— Estamos esperando uma boa notícia da Inglaterra?

— Na verdade, não. Já não esperamos. Nunca mais recebi uma boa notícia da Inglaterra.

Palácio de Holyroodhouse, Edimburgo, Escócia, Primavera de 1533

Não recebemos uma boa notícia. O próprio Henrique escreve para mim no Ano-novo:

Irmã,

É com grande prazer que escrevo para dizer que me casei com a marquesa de Pembroke, Lady Ana Bolena, uma dama de reputação irrepreensível que aceitou ser minha esposa, uma vez que minha aliança anterior não foi casamento, como todos os eruditos agora acreditam. A rainha Ana será coroada em junho. A princesa viúva de Gales viverá reservadamente no campo. A filha dela, Lady Maria, será uma dama respeitada e servirá nos aposentos da rainha.

Palácio de Linlithgow, Escócia, Verão de 1533

Portanto é o fim, penso.

É o fim para Catarina. Minha rival e minha irmã, minha inimiga e minha amiga, está acabada com esse último golpe em seu orgulho, seu nome, seu próprio ser. Eles a transferem novamente, dessa vez para um antigo e malconservado palácio bispal, o Buckden, em Cambridgeshire, com poucos servos e uma pensão pequena demais para manter sua posição de rainha. Ela é novamente pobre, como era quando comia peixe velho. Fico sabendo que ainda usa o cilício por baixo dos vestidos e mais uma vez precisa remendar as mangas e dobrar a bainha. Mas agora não pode recorrer a seu mérito e à intrepidez da juventude para esperar por dias melhores. Está sozinha. Seu confessor, o bispo Fisher, está em prisão domiciliar, a filha é mantida a distância. Lady Maria não tem autorização de ver a mãe. Não pode nem sequer ir à corte, a menos que se curve para Ana Bolena, como rainha.

Ela tem o orgulho da mãe.

Não faria isso.

Estou em melhor situação do que minhas duas irmãs. Agarro-me a essa pequena alegria, obstinada como quando éramos meninas, brigando pela supremacia. Sou casada com um homem honrado, meu filho é reconhecido rei. Estou sentada no pequeno cômodo de pedra, no alto do meu castelo, vendo a cidade em paz à minha volta. Gostaria de ter me despedido de Catarina e só fico sabendo que deveria ter me despedido também de Maria quando recebo sua carta:

Querida irmã,

A dor em minha barriga piorou, sinto um peso enorme e não consigo comer, as pessoas duvidam de que chegarei a ver o Natal. Fui poupada da coroação — o casamento se deu em segredo, porque o ventre de Ana Bolena já estava grande — e duvido de que verei o nascimento do bastardo. Deus me perdoe, mas rezo para que ela sofra um aborto e o inchaço de seu ventre seja uma pedra como a minha. Escrevo a Catarina, mas leem as cartas, e ela não pode responder, por isso não sei como está. Pela primeira vez na vida, não sei como está. E faz quase dois anos que não a vejo.

Agora me parece que éramos três meninas cheias de esperanças e que um mundo cruel nos trouxe a isso. Quando o homem tem autoridade sobre a mulher, a mulher pode ser — e será — muito rebaixada. Passamos o tempo todo admirando e invejando umas as outras, quando deveríamos estar nos orientando e nos protegendo. Agora estou morrendo, você vive com um homem que não é seu marido, seu verdadeiro marido é seu inimigo, sua filha não vive com você, e Catarina perdeu a luta contra o príncipe com quem se casou por amor. Qual é o sentido do amor se ele não nos deixa generosos? Qual é o sentido de sermos irmãs se não amparamos umas as outras? M.

Nota da autora

Como revela a lista bibliográfica, existem poucas biografias de Margaret, a rainha viúva da Escócia. Muitos relatos sobre ela são flagrantemente hostis. Ela sofre (assim como várias outras mulheres ao longo da história) com o fato de haver tão poucos registros acerca de sua vida que com frequência não sabemos o que estava fazendo ou pensando. O quebra-cabeça da história nos oferece um quadro de mudanças abruptas de curso e lealdades, e muitos historiadores deduziram que Margaret seria incompetente ou insensata, explicando isso a partir da sugestão de que ela seria dominada pela megalomania ou pela luxúria, ou, de maneira mais simples e tradicional, que seria uma típica mulher volúvel.

É óbvio que rejeito o conceito de uma "natureza" feminina (sobretudo quando se afirma que ela seria moral e intelectualmente fraca) e, no caso de Margaret, acredito que ela foi, sem dúvida, mais ponderada e estratégica do que o modelo loba/tola do comportamento feminino. Este romance sugere que Margaret provavelmente fez o melhor que podia em circunstâncias que seriam impossíveis para qualquer pessoa, homem ou mulher. Todos que buscavam poder na Europa do fim do período medieval mudavam de lealdade com notável rapidez e falta de honra. Para Margaret, assim como para seus inimigos e amigos homens, a única maneira de sobreviver era mudar de aliança, tramar contra os adversários e avançar da forma mais rápida e inesperada possível.

Ela nasceu em 1489, segunda filha do casamento arranjado de Elizabeth de York — uma Plantageneta da antiga família real — e Henrique Tudor, o vencedor da batalha de Bosworth, e acredito que essa consciência de ser a primeira geração de uma nova dinastia foi tão forte para ela quanto para seu irmão mais notório, Henrique VIII, dando a eles uma sensação tanto de orgulho quanto de insegurança. Acho que ela sempre deve ter tido uma ideia de sua própria importância, como menina Tudor mais velha, e de sua inferioridade, por ser mulher e não um dos prestigiados sucessores homens. Ela foi a irmã mais velha e menos bonita de uma menina que se tornaria famosa por sua beleza, depois foi a jovem esposa de um homem muito mais velho, num casamento arranjado, com fins políticos.

Escrevi sua história em forma de ficção, na primeira pessoa, no presente, porque queria poder recorrer a esse sentido psicológico e mostrá-lo em sua personalidade. Queria descrever sua experiência íntima de três casamentos, dos quais há registro apenas do que é público. Não há nenhum relato sobre o que ela sentiu quando perdeu a custódia da filha, Margaret, nem como se sentiu ao abandonar o filho, Jaime, ou sobre seu sofrimento com a morte do pequeno Alexander. As regras do relato histórico estipulam que o historiador pode apenas especular sobre as emoções da pessoa tratada. Mas o romancista pode — na verdade, deve — recriar uma versão delas. É aqui que a ficção histórica faz algo que acho profundamente interessante: pega o relato histórico e o vira pelo avesso, o mundo interior explicando o registro exterior.

Algumas cenas deste romance são História. A chegada de Margaret ao Castelo de Stirling, com os bastardos do marido saindo do castelo para recebê-la, vem da biografia de Maria Perry:

> Margaret, que já devia ter ouvido histórias sobre o "passado" do marido, foi pega de surpresa ao descobrir que o castelo que recebera como dote era usado como morada dos filhos ilegítimos do rei. Havia sete ao todo. (Perry, p. 45.)

Também há registro da devoção religiosa, do sentimento de culpa e da promiscuidade do marido de Margaret, cuja morte, em Flodden, foi a tragédia de sua vida. O roubo do corpo de Jaime como uma espécie de troféu é verdadeiro e foi de fato ordenado por Catarina de Aragão.

Trata-se de um momento infeliz da História, mas muito inspirador para um romancista. Imaginar Catarina ordenando que não houvesse prisioneiros — na verdade, ordenando que se matassem os feridos e os homens que tentassem se render —, numa guerra contra o marido da cunhada, foi o que me inspirou a escrever este romance como a história de três irmãs: a bela e mimada rainha viúva da França, a famosa Catarina de Aragão, cujo reinado começou com grandes esperanças e terminou em tristeza, e a quase desconhecida Margaret, cuja vida foi uma luta por poder político e felicidade pessoal.

Com isso em mente, fiquei abismada com quanto suas histórias se entrelaçavam, refletindo-se umas nas outras. As três tiveram casamentos arranjados, ficaram viúvas e se casaram novamente com homens de sua escolha. As três perderam filhos. As três dependeram da benevolência de Henrique VIII, as três deixaram de ter o apoio dele, as três foram ameaçadas pela ascensão de Ana Bolena. As três eram princesas natas, mas tiveram dívidas e chegaram a viver na pobreza. Elas se conheceram quando eram meninas, antes do casamento de Catarina, depois voltaram a se encontrar já adultas viúvas, no retorno de Margaret a Londres, quando, juntas, rogaram pela vida dos aprendizes.

Não era comum uma mulher Tudor que esperasse por amor no casamento. Os historiadores sociais diriam que os casamentos da elite eram quase todos contratos arranjados até o século XVIII. Mas, em Margaret e sua irmã, Maria, vemos duas mulheres Tudor — na verdade, princesas Tudor — com poderosas ambições românticas, agindo com independência, até mesmo desafiando seus guardiões. Margaret foi uma mulher surpreendentemente moderna no desejo de se casar por amor, de se divorciar de um marido insatisfatório e se casar novamente, querendo manter o poder político e a custódia dos filhos. O fato de ter conseguido fazer tudo isso num mundo em que a lei e a Igreja tinham o propósito de servir ao homem, num reino que era violento e perigoso, numa época em que nem a Escócia nem a Inglaterra jamais haviam tido uma rainha governante, é prova não de insensatez, mas de determinação, habilidade e paixão.

Na ausência de qualquer registro pessoal, os sentimentos de Margaret em relação aos três maridos só podem ser matéria de especulação. Imagino que ela tenha aprendido a amar o marido que a tornou rainha e que tenha sofrido profundamente sua perda. Dizem que nunca falou dele em público, depois de sua morte. O fato de se achar profunda e desastrosamente apaixonada por

Archibald Douglas é demonstrado por suas ações: o casamento em segredo, a tentativa de promovê-lo ao conselho e suas reconciliações. A terrível fuga à Inglaterra foi como descrevo, mas o motivo de ele permanecer na Escócia, se havia a intenção de ser infiel a ela desde o início do casamento, é algo que os historiadores ainda não sabem e talvez jamais descubram. Sabemos que ele chamava Janet Stuart de esposa e que os dois tinham uma filha, que recebeu o nome dele, mas ele voltou para Margaret mais de uma vez. No romance, sugiro que ela sempre foi atraída por Archibald, apesar das infidelidades dele. Sabemos com certeza que pensou nele em seu leito de morte:

> Espero que os senhores peçam ao rei para ser generoso com o conde de Angus. Rogo a Deus misericórdia por ter ofendido tanto o conde. (Henrique VIII, *Letters and Papers*, vol. 16, outubro de 1541, 1307.)

Agradeço aos historiadores que exploraram essa personagem maravilhosa e sua época. Segue uma lista dos livros que estudei para escrever este retrato fictício de Margaret. Também conheci suas principais residências e recomendo uma visita aos castelos e palácios da Escócia. Arruinados ou restaurados, eles são realmente lindos, o pano de fundo perfeito para a história de uma mulher tão complexa e interessante.

Bibliografia

ALEXANDER, Michael Van Cleave. *The First of the Tudors: A Study of Henry VII and his Reign*. Londres: Croom Helm, 1981 [1937].

ANDERSON, William. *The Scottish Nation; or The Surnames, Families, Literature, Honours, and Biographical History of the People of Scotland: Vol. I*. Edimburgo: Fullarton, 1867.

BACON, Francis. *The History of the Reign of King Henry VII and Selected Works*. Cambridge: Cambridge University Press, 1998.

BARRELL, A.D.M. *Medieval Scotland*. Cambridge: Cambridge University Press, 2000.

BERNARD, G.W. *The Tudor Nobility*. Manchester: Manchester University Press, 1992.

BESANT, Walter. *London in the Time of the Tudors*. Londres: Adam & Charles Black, 1904.

BINGHAM, Caroline. *James V: King of Scots*. Londres: Collins, 1971.

BUCHANAN, Patricia Hill. *Margaret Tudor Queen of Scots*. Edimburgo: Scottish Academic Press, 1985.

CARROLL, Leslie. *Inglorious Royal Marriages: A Demi-Millennium of Unholy Mismatrimony*. Nova York: New American Library, 2014.

CAVENDISH, George; LOCKYER, Roger (ed). *Thomas Wolsey, Late Cardinal: His Life and Death*. Londres: The Folio Society, 1962 [1810].

CHAPMAN, Hester W. *The Sisters of Henry VIII*. Londres: Jonathan Cape, 1969.

CHRIMES, S.B. *Henry VII*. Londres: Eyre Methuen, 1972.

CLAREMONT, Francesca. *Catherine of Aragon*. Londres: Robert Hale, 1939.

CLARKE, Deborah. *The Palace of Holyroodhouse: Official Souvenir Guide*. Londres: Royal Collection Trust, 2012.

COOPER, Charles Henry. *Memoir of Margaret: Countess of Richmond and Derby*. Cambridge: Cambridge University Press, 1874.

COX, Adrian. *Linlithgow Palace: Official Souvenir Guide*. Edimburgo: Historic Scotland, 2010.

CUNNINGHAM, Sean. *Henry VII*. Londres: Routledge, 2007.

DAWSON, Jane E.A. *Scotland Re-Formed 1488-1587*. Edimburgo: Edinburgh University Press, 2007.

DIXON, William Hepworth. *History of Two Queens: Volume II*. Londres: Hurst and Blackett, 1873.

DONALDSON, Gordon. *Scotland: James V to James VII*. Edimburgo: Oliver & Boyd, 1965.

DOUGLAS, Gavin; SMALL, John. *The Poetical Works of Gavin Douglas, Bishop of Dunkeld, with Memoir, Notes and Glossary by John Small, M.A., F.S.A.Scot.: Volume First*. Edimburgo: William Paterson, 1874.

ELTON, G.R. *England Under the Tudors*. Londres: Methuen, 1955.

FELLOWS, Nicholas. *Disorder and Rebellion in Tudor England*. Bath: Hodder & Stoughton Educational, 2001.

GOODWIN, George. *Fatal Rivalry: Flodden 1513; Henry VIII, James IV and the Battle for Renaissance Britain*. Londres: Weidenfeld & Nicolson, 2013.

GREGORY, Philippa; BALDWIN, David; JONES, Michael. *The Women of the Cousins' War: The Duchess, the Queen and the King's Mother*. Londres: Simon & Schuster, 2011.

GUNN, Steven. *Charles Brandon: Henry VIII's Closest Friend*. Stroud: Amberley, 2015.

GUY, John. *Tudor England*. Oxford: Oxford University Press, 1988.

HARRIS, George. *James IV: Scotland's Renaissance King*. Londres: Amazon, 2013.

HARVEY, Nancy Lenz. *Elizabeth of York: Tudor Queen*. Londres: Arthur Barker, 1973.

HAY, Denys. *Europe in the Fourteenth and Fifteenth Centuries: Second Edition*. Nova York: Longman, 1989 [1966].

HUTCHINSON, Robert. *Young Henry: The Rise of Henry VIII*. Londres: Weidenfeld & Nicolson, 2011.

INNES, Arthur D. *England Under the Tudors*. Londres: Methuen, 1905.

JONES, Michael K.; UNDERWOOD, Malcolm G. *The King's Mother: Lady Margaret Beaufort, Countess of Richmond and Derby*. Cambridge: Cambridge University Press, 1992.

JONES, Philippa. *The Other Tudors: Henry VIII's Mistresses and Bastards*. Londres: New Holland, 2009.

KESSELRING, K.J. *Mercy and Authority in the Tudor State*. Cambridge: Cambridge University Press, 2003.

KRAMER, Kyra C. *Blood Will Tell: A Medical Explanation of the Tyranny of Henry VIII*. Indiana: Ash Wood Press, 2012.

LICENCE, Amy. *Elizabeth of York: The Forgotten Tudor Queen*. Stroud: Amberley, 2013.

———. *In Bed with the Tudors: The Sex Lives of a Dynasty from Elizabeth of York to Elizabeth I*. Stroud: Amberley, 2012.

LINDESAY, Robert. *The History of Scotland: From 21 February, 1436 to March, 1565*. Edimburgo: Baskett, 1728.

LISLE, Leanda de. *Tudor: The Family Story*. Londres: Chatto & Windus, 2013.

LOADES, David. *Henry VIII and his Queens*. Stroud: Sutton, 2000.

———. *Henry VIII: Court, Church and Conflict*. Londres: The National Archives, 2007.

———. *Mary Rose: Tudor Princess, Queen of France, the Extraordinary Life of Henry VIII's Sister*. Stroud: Amberley, 2012.

MACDOUGALL, Norman. *James IV*. Edimburgo: John Donald, 1989.

MACKAY, Lauren. *Inside the Tudor Court: Henry VIII and his Six Wives through the writings of the Spanish Ambassador, Eustace Chapuys*. Stroud: Amberley, 2014.

MATTINGLY, Garrett. *Catherine of Aragon*. Londres: Jonathan Cape, 1942 [1941].

MURPHY, Beverly A. *Bastard Prince: Henry VIII's Lost Son*. Stroud: Sutton, 2001.

NEWCOMBE, D.G. *Henry VIII and the English Reformation*. Londres: Routledge, 1995.

PAUL, John E. *Catherine of Aragon and her Friends*. Londres: Burns & Oates, 1966.

PERRY, Maria. *Sisters to the King: The Tumultuous Lives of Henry VIII's Sisters — Margaret of Scotland and Mary of France*. Londres: André Deutsch, 1998.

PLOWDEN, Alison. *House of Tudor*. Londres: Weidenfeld & Nicolson, 1976.

PORTER, Linda. *Crown of Thistles: The Fatal Inheritance of Mary Queen of Scots*. Londres: Macmillan, 2013.

REED, Conyers. *The Tudors: Personalities & Practical Politics in 16th Century England*. Oxford: Oxford University Press, 1936.

REESE, Peter. *Flodden: A Scottish Tragedy*. Edimburgo: Birlinn, 2013.

RIDLEY, Jasper. *The Tudor Age*. Londres: Constable, 1988.

SADLER, John; SERDIVILLE, Rosie. *The Battle of Flodden 1513*. Stroud: The History Press, 2013.

SCARISBRICK, J.J. *Henry VIII*. Londres: Eyre Methuen, 1968.

SEARLE, Mark; STEVENSON, Kenneth. *Documents of the Marriage Liturgy*. Nova York: Pueblo, 1992.

SEWARD, Desmond. *The Last White Rose: Dynasty, Rebellion and Treason*. Londres: Constable, 2010.

SHARPE, Klein. *Selling the Tudor Monarchy: Authority and Image in 16th Century England*. Londres: Yale University Press, 2009.

SIMON, Linda. *Of Virtue Rare: Margaret Beaufort, Matriarch of the House of Tudor*. Boston: Houghton Mifflin, 1982.

SIMONS, Eric N. *Henry VII: The First Tudor King*. Nova York: Muller, 1968.

SMITH, Lacey Baldwin. *Treason in Tudor England: Politics & Paranoia*. Londres: Jonathan Cape, 1968.

SOBERTON, Sylvia Barbara. *The Forgotten Tudor Women: Margaret Douglas, Mary Howard & Mary Shelton*. North Charleston: CreateSpace, 2015.

STARKEY, David. *Henry: Virtuous Prince*. Londres: HarperPress, 2008.

_____. *Six Wives: The Queens of Henry VIII*. Londres: Chatto & Windus, 2003.

THOMAS, Paul. *Authority and Disorder in Tudor Times, 1485-1603*. Cambridge: Cambridge University Press, 1999.

THOMSON, Oliver. *The Rises & Falls of the Royal Stuarts*. Stroud: The History Press, 2009.

VERGIL, Polydore; ELLIS, Henry (ed). *Three Books of Polydore Vergil's English History: Comprising the Reigns of Henry VI, Edward IV and Richard III*. Londres: Camden Society, 1844.

WARNICKE, Retha M. *The Rise and Fall of Anne Boleyn*. Cambridge: Cambridge University Press, 1989.

WEIR, Alison. *Elizabeth of York: The First Tudor Queen*. Londres: Jonathan Cape, 2013.

_____. *Henry VIII: King and Court*. Londres: Jonathan Cape, 2001.

_____. *The Lost Tudor Princess: A Life of Margaret Douglas, Countess of Lennox*. Londres: Vintage, 2015.

_____. *The Six Wives of Henry VIII*. Londres: Bodley Head, 1991.

WHITE, Robert. *The Battle of Flodden, Fought 9 Sept. 1513*. Newcastle-upon-Tyne: The Society of Antiquaries of Newcastle-upon-Tyne, 1859.

WILLIAMS, Patrick. *Katharine of Aragon: The Tragic Story of Henry VIII's First Unfortunate Wife*. Stroud: Amberley, 2013.

WILSON, Derek. *In the Lion's Court: Power, Ambition and Sudden Death in the Reign of Henry VIII*. Londres: Hutchinson, 2001.

YEOMAN, Peter. *Edinburgh Castle: Official Souvenir Guide*. Edimburgo: Historic Scotland, 2014.

YEOMAN, Peter; OWEN, Kirsty. *Stirling Castle, Argyll's Lodging and Mar's Wark: Official Souvenir Guide*. Edimburgo: Historic Scotland, 2011.

PERIÓDICOS

DEWHURST, John. "The Alleged Miscarriages of Catherine of Aragon and Anne Boleyn." *Medical History*, vol. 28, n° 1 (1984): 49-56.

WHITLEY, Catrina Banks; KRAMER, Kyra. "A new explanation for the reproductive woes and midlife decline of Henry VIII." *The Historical Journal*, vol. 53, n° 4 (2010): 827-848.

OUTROS

Henrique VIII: *Letters and Papers*, acesso online: http://www.british-history.ac.uk/search/series/letters-papers-hen8

Este livro foi composto na tipografia
Minion Pro, em corpo 11/15, e impresso
em papel off-white no Sistema Cameron da
Divisão Gráfica da Distribuidora Record.